《西南民族大学学报》（人文社会科学版）创刊35周年成果巡礼

探索与创新

主　编　赵心愚　余仕麟

文学：

从文化启蒙到思想激荡

副主编　申　燕

四川大学出版社

责任编辑:庄　剑
责任校对:舒　星
封面设计:墨创文化
责任印制:王　炜

图书在版编目(CIP)数据

文学：从文化启蒙到思想激荡 / 赵心愚，余仕麟主编. —成都：四川大学出版社，2014.7
（探索与创新）
ISBN 978-7-5614-7919-3

Ⅰ.①文… Ⅱ.①赵… ②余… Ⅲ.①文学研究—文集 Ⅳ.①I0-53

中国版本图书馆 CIP 数据核字（2014）第 172621 号

书名　**文学:从文化启蒙到思想激荡**

主　　编　赵心愚　余仕麟
出　　版　四川大学出版社
地　　址　成都市一环路南一段 24 号 (610065)
发　　行　四川大学出版社
书　　号　ISBN 978-7-5614-7919-3
印　　刷　四川和乐印务有限责任公司
成品尺寸　148 mm×210 mm
印　　张　19.375
字　　数　519 千字
版　　次　2014 年 8 月第 1 版
印　　次　2014 年 8 月第 1 次印刷
定　　价　43.00 元

◆读者邮购本书,请与本社发行科联系。
电话:(028)85408408/(028)85401670/
(028)85408023　邮政编码:610065
◆本社图书如有印装质量问题,请寄回出版社调换。
◆网址:http://www.scup.cn

总　序

《西南民族大学学报》（人文社会科学版）（以下简称学报社科版）创刊于1979年7月，是在改革开放的春天里应运而生的宁馨儿。35年来，沐浴着改革开放的春风和党的民族政策的阳光雨露，在学校党委、行政的正确领导和强有力的支持下，学报社科版通过不断的改革探索和锐意创新，刊物质量不断提高，社会影响逐渐扩大，近20年来已经陆续入选中文社会科学引文索引（CSSCI）来源期刊、中文核心期刊、中国人文社会科学核心期刊、RCCSE中国核心学术期刊、全国高校百强社科期刊，还被评为“全国民族地区学报名刊”“四川省社会科学学术期刊名刊”等，并且在CSSCI期刊的评选中连续数届名列全国民族学与文化学类学术期刊前茅。“三十而立”，35岁的学报社科版已经开始走向成熟。

回想35年前创刊之时，十一届三中全会刚刚开过，正从“文化大革命”浩劫中恢复过来的西南民族学院（2003年6月更名为西南民族大学）改由国家民委和四川省双重领导（以国家民委为主），并被列为“六五”期间重点建设院校，学校迎来了自1951年建校以来的第二次大发展。1979年3月，学校《关于把工作重点转移到教学、科研上的意见》颁布实施后，更为把工作重心从思想、工作、制度上转移到教学、科研上来，做了一系列准备，为本刊的创办和发展营造了宽松有利的环境。自创刊以来，学校在其机构设置、人员配备、硬件设施、办公经费等方面，都给予了巨大的支持。尤其在进入新世纪以后，学校实现跨越式、超常规大发展，进入了建校以来发展得最快、最好的黄金时期，办学规模迅猛扩大，办学实力和办学水平迅猛提升，学校从各方面对学报的支持自然更大，要求也更高。这些年来，学报社科版和理科版（1975 年创刊）努力抓住这种大好机遇改革创新，加快发展，取得了长足的进步。特别是学报社科版，自"十五"以来更加明确了特色化发展战略，立足学校的学科特色和地处大西南的地域优势努力做大做强"民族学·人类学"板块，着重打造"民族理论与民族政策""民族文化""藏彝走廊""灾难人类学"等栏目和专题，逐渐凝练了自身特色和品牌优势；同时锐意改革，不断创新，较早在全国学报界推出了一系列新的改革尝试，并通过建立健全规章制度，强化科学管理，一次又一次取得较大的突破，在海内外学术界尤其是民族学界产生了较高的知名度和较大的影响力，成了为数不多的同时拥有最重要的"三核心"（CSSCI 来源期刊、中心核心期刊、中国人文社会科学核心期刊）头衔的重量级刊物，被誉为"民族学类学术期刊的一朵奇葩"。

作为综合性学术期刊，学报社科版开设有"民族学·人类学""哲学·宗教""法学""经济·管理""新闻传播""语言文学""政治""历史""教育"等基本栏目，创刊以来各个栏目所刊发的文章数以千计。在创刊 35 周年之际，学报编辑部以基本栏目为单位，从各个栏目历年所刊发的众多文章中各精选出四五十篇辑集成册，结成《民族学·人类学：追述与反思》《民族文化：发掘与弘扬》《哲学·宗教：智慧与超越》《法学：社会秩序如何构建》《经济·管理：效率与福利》《生态文明：利用与厚生》《文学：从文化启蒙到思想激荡》《传媒与文化产业：媒介时代前瞻》《政治·历史：守望与追求》《教育：百年树人》《信息分析与科学评价：学术影响力研究》等 11 个专题卷册，作为纪念创刊35周年的“探索与创新”系列丛书，其目的有三：一是检视创刊35年来各个基本栏目的大体质量，二是反映我校学报社科版创刊35年来在推动我国学术进步和文化繁荣方面做出的努力，三是为各学科领域专家学者对我校学报办刊35年来的优秀文章进行“专业化”阅读提供方便。

为了从各个栏目数以千计的文章中遴选出相对较为优秀的四五十篇作品，丛书各卷册都遵循如下遴选标准：（1）名家名稿；（2）他引次数多的文章；（3）被《新华文摘》《中国社会科学文摘》《中国高校学术文摘》《人大复印资料》等四大文摘转载的文章；（4）获得省部级以上优秀社科成果奖的文章；（5）属于省部级以上基金项目成果等。在选编时，上述条件同时具备得越多者优先入选，而入选文章至少要符合其中的一两条。在此前提下，丛书还同时考虑到各个年代和卷册内各个栏目板块以及文章主题的基本平衡，规定原则上一个作者的文章在一卷中最多只能选用一篇。这样，既尽可能照顾到更多的作者，又保证了每一篇入选文章都具有较高的质量。

21世纪的今天，以移动互联网为代表的新兴媒介层出不穷，全球化、数字化、国际化浪潮滚滚而来，势不可挡，高校学报正面临着更加严峻的挑战和更为激烈的竞争。逆水行舟，不进则退。作为面向海内外发行的综合性学术期刊，《西南民族大学学报》（人文社会科学版）将再接再厉，进一步提高办刊水平，既要及时反映西南民族大学社会科学研究的新成果，为促进西南民族大学的内涵发展、特色发展做出新的更大的贡献，更要为中国各民族文化的传播、传承和我国民族地区的经济社会文化发展提供更为有力的学术支撑，使其不仅在国内成为名刊，也能够面向世界，逐步成为具有一定国际影响力的学术期刊。

是为序。

目 录

古代、近代文学

现当代文学

文艺理论

民族文学

文学人类学

戏剧文学

符号学

《离骚》解诂

何剑熏

我自幼就爱好屈原的作品，但苦于文字艰深，理解不易。作为个人阅读，可抱陶渊明的态度："不求甚解"，但是后来职业却是教书，持这种态度就不行了。抗日战争初期，我在一个小县的中学开始讲授《离骚》，备课时也参考了好几家的注释，但到课堂上去讲，无论使用哪家的说法都说不圆。于是有些句子只好硬着头皮自己作释，断断续续好几年，终于完成了《楚辞新注》十七卷、《笺屈札记》一卷、《楚辞俗证》两卷。有一两次，还将它们油印发给学生。抗战以后，虽然也是教书，但所教的是别种课程，再未教过《楚辞》了。那些东西只好放在箱底，听其尘封蠹蚀而已。"文化大革命"中家被抄洗，《楚辞新注》也未幸免。但是既不教书，它们对我也就毫无用处，故也不甚惋惜。去年，又教书了，而且教的是与《楚辞》有关的课程，这才旧事重提，就我所记得的写了一些；同时又参考了几种新注。凡与别人相同的即删弃之，不同的就保存下来，虽已没有许多，但总可以算是一点看法。如果认为还有可讨论的地方，那就幸甚了。如果全无是处，概为胡说，又何尝不可以呢？随便随便！

作者

一九八〇年一月二十三日

春与秋其代序

王逸曰：“代，更也。序，次也，春来秋往，以次相代。”

剑熏按：序假为御，《荀子·天论》“列星随旋，日月递照，四时代御”。代序即代御。或用谢。《文子》：“春秋之代谢。”（李善《文选（刘琨）劝进表注》引）。代谢亦代御。御，进也。《广雅·释诂》：“御，进也”；《国语·晋语》：“朱也当御”；韦昭《注》：“御，进也。”春与秋其代进者，言春去秋来，四时递进也。

何桀纷之猖披兮

王逸曰：“猖披，衣不带貌。”五臣曰：“猖披，谓乱也。”朱骏声曰：“猖披，同伥跛。”沈祖绵曰：“朱说是。《说文》：伥，狂也，俗作猖。跛，行不正也。”

剑熏按：猖披即猖狂或张狂，古二语同用，义同。

焦赣《易林·临之大壮》：“心志无良，昌披妄行。触抵墙壁，不见户房。”《大畜之睽》：“心志无良，伤破妄行。”伤破即昌披的音误。而《噬嗑之贲》则云：“志不别扬，张狂妄行。蹈渊仆颠，杀伤伯身。”昌披与张狂互用。则昌披就是张狂。昌披，猖披同。北魏孝文帝拓跋元宏《吊比干文》：“咨尧舜之耿介兮，何桀纣之猖败。”作猖败，亦同。

恐皇舆之败绩

王逸曰：“皇，君也。舆，君所乘之车。绩，功也。”

剑熏按：舆假为旅。《叔尸钟》：“余命女政予朕三军，肃成朕师旟之政德”，旟即旅。皇旅，即王师之意。败绩，乃就皇师而言，若舆为车，则不得言败绩。

《左传》昭公十一年传：“凡师，敌未陈曰败某师，皆陈

(阵)曰战，大崩曰败绩，得俊曰克，覆而败之曰取某师。京师败曰王师败绩于某。”此处败绩用后一义。因楚亦称王，与周天子一样，故用是语。

及前王之踵武

王逸曰：“踵，继也；武，迹也。”朱熹曰：“踵，足根也。”

剑熏按：朱熹释踵为足根是对的。及假为趿，亦同蹑、蹀。《说文》：“趿，进足有所撷取也。”“蹑，追也。”（此从李善《文选（潘岳）籍田赋注》引。今本《说文》作蹑，蹈也。）或作蹀。李登《声类》：“趿，蹑也。”（李善《文选（谢惠连）捣衣诗注》引）“及前王之踵武”者，言追蹑前王之步迹也。及又同袭。《九歌·少司命》：“芳菲菲兮袭予。”王逸训袭为及，是也。及本掩取，为一人在前，后出一手，表示掩捕之义（即在人不知时，以手逮之之意）。在军事上，潜取为及。《保卣》：“王命保及东国五侯。”后用袭。《公羊传》僖公三十三年传：“秦伯将袭郑。”何休《注》：“轻行急至，不戒以入曰袭。”及袭同义。“及前王之踵武”者，即追蹑，因袭前王之步武或步伐之意。

余既滋兰之九畹兮，又树蕙之百亩

王逸曰：“滋，莳也。十二亩曰畹，或曰：田之长为畹。树，种也。二百四十步为亩。”洪兴祖曰：“释文滋作葓，音栽。《说文》：田三十亩曰畹。”又曰：“《司马法》：六尺为步，步百为亩。秦孝公之制，二百四十步为亩。”

剑熏按：滋，当从《释文》作葓，葓同栽。王逸训葓为莳，是。莳，更别种也。兰无实，分株以植，故需别种，即移植。蕙亦当如是。

田十二亩为畹，王逸说。三十亩，班固说。（《文选（左思）魏都赋》“下畹高堂”。张湛《注》：“班固曰：畹，三十亩。”）

"田之长曰畹"，当为贾逵说。且皆为《离骚章句》中语（因班固、贾逵皆曾为本篇作过注释）。足见汉代学者对畹这种田制已不了解。近时山东临沂银雀山汉墓《孙子兵法》残卷的发现，对畹的田制始能确知。残简《吴问》云："孙子曰：范、中行氏制田，以八十步为畹，以百六十步为亩。""智氏制田，以九十步为畹，以百八十步为亩。""韩、魏制田，以百步为畹，以二百步为亩。""赵氏制田，以百二十步为畹，以二百四十步为亩。"虽多不同，但皆以半亩为畹。

此实不能成为计量单位。如为计量单位，则当云：八十步为畹，二畹为亩。九十步为畹，亦二畹为亩。但不如此，于畹之后复言步，是畹可无，宜乎后人不解其义矣。

亩，周制百步为亩。春秋末季，诸侯之国已有变更，虽在一国之中，强族亦可自立亩制，上引残简可证。因其时晋国虽为六卿专政，尚未被其瓜分。其二百四十步为亩之田制，即已出现，非秦孝公时商鞅首创，以后即为秦国定制。《说文》："六尺为步，百步为亩，秦田二百四十步为亩。"汉仍秦制，仍以二百四十步为亩。桓宽《盐铁论·未通篇》："御史曰：古者制田，百步为亩，民井田而耕，什而籍一。先帝哀怜百姓之愁苦，衣食不足，制田二百四十步为一亩，率三十而税一。"楚之田制，未闻有变。故注屈《赋》，当以周制百步为准，不当以秦汉二百四十步释之也。

长顑颔亦何伤

王逸曰："顑颔，不饱貌。""虽长顑颔饥而不饱，亦何所伤病也。"

剑熏按：《说文·页部》："顑顲，食不饱面黄起行也。"顑顲即顑颔。又《欠部》："歁，食不满也，从欠，甚声，读若坎。歉，食不满也"。广韵："顑顲，瘦也。"此数字虽然不同，意义则完全一样。王逸的“食不饱”，叩歉歉之义。歉歉从欠，所主为食不饱，顑颔或頗颔从页，所主在面，因食不饱致面显黄色，因而致瘦。《庄子·列御寇篇》：“槁项黄馘”，即瘦颈黄面的意思，亦食不饱所现之象。《广韵》直释为瘦，是兼二义而言之也。

揽木根以结茝兮，贯薜荔之落蕊，矫菌桂以纫蕙兮，索胡绳之纚纚。

王逸曰：“揽，持也。根以喻本。贯，累也。薜荔，香草也，缘木而生。蕊，实也。矫，直也。胡绳，香草也。纚纚，索好貌。”张自烈《正字通》云：“胡绳即结缕别名。”王夫之曰：“木根，恶木之根。矫，反剥之也。纫，纫而揉之也。胡，大也。绳，绹也。纚纚，绳垂貌。”沈祖绵曰：“胡声通壶，壶又通瓠。《广韵》：瓠，瓠卢，瓢也。瓠有藤，故名为胡绳。”

剑熏按：此段总言结绳，前三句是说备办用以结绳的材料，后一句则总言搓绳。若如王、沈之释，则前后不相贯矣，故此释非是。揽，取也。本篇“夕揽州之宿莽”，王逸释揽为采。揽、揽同，采亦是取。木根，桑根也。古有言桑曰木者。《广韵·屋韵》：“杁，初桑，莫卜切。”与木同声，故木即杁。（有人甚至以木有桑音，见孙志祖《读书脞录》，但其所举，仅有扶桑又作扶木一个孤证，故不取用。）

贯，穿也，联也。此为常训，不需举例。

蕊，《说文》：“华心点也。”（惠琳《众经音义》引，见丁福保《提要》）。本书《九章·惜誓》：“矫兹媚以私处兮。”王《注》：“矫，举也。”《太平御览》引伏虔《通俗文》：“合绳曰纠，单展曰纫，织绳曰辫，大绳曰絙。”元应《一切经音义》引吕忱《字林》：“单绳曰纫。”《玉篇》：“纫，绳缕展而续之。”由此，知纫为单绳，为名词。贾思勰《齐民要术·种梨》：“先以麻纫缠十许匝。”麻纫，即单股的麻绳。故制单股索亦曰纫，音变即今拧字。

索，即《诗·七月》"宵尔索绹"的索字，当释为搓，纫与索的区别当是制作单绳叫纫，合两股单绳制成一条绳子叫索。和《通俗文》所说的"合绳曰纠"的纠同义。

胡绳，当从王夫之释为大绳。胡借为瑕，遐、假，此类字，古代音同通用。《诗·我将》："伊嘏文王。"王引之《经义述闻》云："嘏读《雝篇》假哉皇考之假。《诗·旱麓》'遐不作人'。《玉篇》《潜夫论》引作'胡不作人'。《仪礼·士冠礼》：'永受胡福。'郑玄《士冠礼注》：'胡，遐也。遐，远也。"远与长义相仍，故书有用遐为永者。《书·召诰》："天既遐终大邦殷之命"。伪孔《传》训遐为远，亦可训永。"天既遐终大邦殷之命"，即天既永绝大邦殷之命。永，长也。绳即绳索之绳。纚纚，盛貌。扬雄《甘泉赋》："乃望通天之绎绎。"李善《注》引薛君《韩诗章句》："绎绎，盛貌。"纚纚与绎绎同。不用绎绎者，因用韵之故。蕊、纚，古音同属歌韵，故协。

忍尤而攘诟

王逸曰："尤，过也。攘，除也。诟，耻也。言己所以能屈节按志，含忍罪过而不去者，欲以除去耻辱之人，如孔子诛少正卯也。"

剑熏按：以忍尤属己，攘诟为除去耻辱之人，属之他人，非是。尤，怨也。《诗》："式相好矣，无相尤矣"，即无相怨矣。《论语·先进章》："言寡尤，行寡悔。"《孟子·公孙丑篇》："君子不怨天，不尤人。"诸尤字皆当训怨。尤，即《说文》之訧。訧字虽可训过、训罪、训责，但以训怨为长，因訧或尤与怨为双声，故可通用。

攘诟，亦即《荀子·解蔽篇》"厚颜而忍诟"，《史记·伍子胥传》"刚戾忍诟"的忍诟。攘字古有相反二义，一训却或除，一训取。训却或除者，毛苌《小雅·车攻传》："宣王内修政事，外攘夷狄"；《汉书·司马迁传》"小子何敢攘焉"。训取者，《论语·子路章》："其父攘羊，而子证之"；《孟子·滕文公》篇："曰攘其邻之鸡者。"《国语·齐语》："西征，攘白狄之地。""攘"谓窃取或夺取。训却之攘，亦与让同。《史记·太史公自序》"小子何敢让焉"，《汉书·司马迁传》作"何敢攘焉"，"何敢让"即何敢辞、何敢却，或何敢推。《公羊传》襄公二十九年传："何贤乎季子？让国也。""让国"，即推国也、辞国也。则攘实让字义。让，退让之让；退让，在己则为忍。上引《荀子·解蔽篇》《史记·伍子胥传》直书作"忍诟"，即此词之攘诟也。《尔雅·释诂》："攘，仍也。"《方言》："攘，止也。"皆后一义。

芳与泽其杂糅兮

郭沫若曰："《诗·秦风》：'与子同泽'，毛苌曰：'泽，汗衣，近污诟'。"姜亮夫曰："古文泽字作臭，与臭字相似，故误作泽"。

剑熏按：《诗·秦风》泽字假为襗。此句本书数见，皆作泽。《说文》古文之臭，故书中未见有用之者，故两说都非。泽字自有污义。《礼记·曲礼》："共饭不泽手。"此"泽"字自以训污为宜。"供饭不泽手"者，言不以污手供饭。污与泽，古音皆在鱼部，故可通用。泽，古音可读影母或喻母者。

《仪礼·郊特牲》："旧泽酒。"郑玄《注》："泽读为醳"。醳正喻母音，驿、怿同。

又焦赣《易林·豫之大过》："杨水潜凿，使君洁白。里素表朱，敖游皋泽。"此数句又见《否之师》，皋泽作皋沃，余则全同。泽与沃可以相误，是泽读喻母之证。沃与污声近，故泽可读污。又《左传》"楚谓虎於兔"，他书有作檡兔者，檡可为於，自然可以为污。

女媭之婵媛兮

王逸曰：“媭，屈原姊也，婵媛犹牵引也。”洪兴祖曰：“婵媛，一作掸媛。”《说文》曰：“媭，女字也。”贾侍中说：“楚人谓姊曰媭。”方廷珪曰：“婵媛，温柔牵恋之貌。”刘师培曰：“须有才智之名。”沈祖绵曰：“方言一：胁阋，惧也。宋卫之间，凡怒而噎噫，谓之胁阋；南楚江淮之间谓之啴咺。婵娟即啴咺之转音。”

剑熏按：《离骚》中的人物，或为古人，如尧、舜、禹、汤、文王、夏桀、殷纣、吕尚之类；一为神人，如望舒、飞廉、宓妃之类，皆无实际，女媭亦是。即使楚有称姊为媭之语，但此处之媭亦难定为屈原之姊。刘师培引《易·归妹》“归妹以须”，从郑志说。须为有才智之称，亦难信从。《归妹》之须，亦当作媭。媭确当训姊。因上文言“归妹以娣”，娣为女弟，此言以须，须即媭，故此当释为姊，乃与娣相称。吴澄谓“归妹以须”之须，子夏本作嬬（见何楷《古周易订诂》和《康熙字典·嬬字》，引）。嬬与媭同。但此媭亦不能为屈原之姊。予谓女媭当为北天七宿中的须女，倒起说，便为女媭。

《星经》：“须女谓之婺女。”（崔驷《史记索隐》误引为《尔雅》，此从黄奭正改。）

李播《天文大象赋》云：“澹须女之缯室，奄开邦于会稽。”苗为《注》：“须女四星，亦曰婺女，贱妾之称，职之卑者。”女媭即此。

婵媛当从沈祖绵释。唯不明确。查《方言》“凡怒而噎噫谓之胁阋，南楚江淮谓之啴咺”。细绎之，乃讲话时语气梗阻之意。如果此语仅就“怒而噎噫”言，虽可用于此句之婵媛，于《九歌》“女婵媛兮为予太息”“忽倾寤以婵媛”则不可通。因彼处的婵媛皆不在发怒之时，因此，婵媛不能专主于怒时，悲时亦可使用。因悲因怒说话时而声调梗阻肌肉牵引之谓。若此处以女须为星，则牵引之者，乃星光闪烁战动之意。

鲧婞直以亡身兮，终然夭乎羽之野

剑熏按：宋援《苏诗·和致仕张郎中春画诗注》引作“鲧婞直以亡身兮，终然夭乎羽山之野”。有山字，当据补。

判独离而不服

剑熏按：判假为偏。判，帮母，偏，滂母，为隔纽双声，可互用。此即今语偏要偏不要之偏。“偏独离而不服”者，即偏独弃而不用也。卢照邻《长安古意》：“意气由来排灌夫，专权判不容肖相。”判字亦是这个意思。

依前圣以节中兮，喟凭心而历兹

王逸曰：“喟，叹也。历，数也。言己所言，皆依前世圣人之法节其中和。喟然舒愤懑之心，历数前世成败之道而为此词也。”五臣曰：“中，得也。历，行也。”洪兴祖曰：“《方言》曰：凭，怒也，楚曰凭。历，逢也。喟凭心而历兹者，叹逢时之不幸也。”王夫之曰：“节中，节刚柔得中也。喟，叹其不然之词；凭心，犹言任意。历兹，谓涉历此世。”

剑熏按：诸说皆有未当处，“曰鲧婞直以亡身兮”至“夫何茕独而不予听”为女嬃责屈原语，此则为屈原答语。《国语·鲁语》：“夫祀，国之大节也。”韦昭《注》：“节，制也”，《越语》：“有节事。”《注》同。此制为制度之制。古制度之制与抑制之制同。如言嗜欲无节，饮食无节，与言嗜欲无制，饮食不制同义。此处节字当为节制之意。

中，故书有用与心同意的例子。《淮南子·说山训》：“则中不平也。”《史记·乐书》：“四畅交于中。”《礼记·文王世子》：

"礼乐交错于中。"诸中字，高诱、郑玄、张守节皆训为心，是也。又《礼记·中庸》："喜怒哀乐之未发谓之中。"是中即中情，即藏于内心的诸般感情。"依前圣以节中"者，谓依前圣以抑制中心之感情。

喟，古与喟、嘅、忾等字声近通用。《集韵》喟、喟同字，《礼记·礼运》："喟然而叹"，《晏子春秋·杂篇》作"喟然而叹"。喟，喟《说文》皆训为叹，故二字同。嘅，叹也，亦与忾同。《诗·曹风》："忾我寤叹"，《玉篇》引作"嘅我寤叹"。是喟、喟、嘅、忾音同通用之证。此喟假作忾，训怒。《左传》文公四年传："诸侯敌王所忾。"杜预《注》："忾，恨怒也。"今人谓发怒曰发气，即忾字。凭，满也。本篇"凭不厌乎求索"，王逸《注》："凭，满也"，是其证。历，过也、度也。《远游》："历众山而日远。"王《注》："历，过也。"

兹当训年。古书常见兹作年字用的例子。《左传》宣公十二年传："昔岁入陈，今兹入郑。"即昔岁入陈，今年入郑。《孟子·滕文公》篇："今兹未能，请轻之，以待来年然后已。"即今年未能，以待来年然后已。《古诗十九首》："为乐当及时，何为待来兹。"即为乐当及时，何为待来年。兹作年用者，系载之假，兹、载同属精母，为双声，故可相假。《尔雅·释天》："夏曰岁，商曰祀，周曰年。唐虞曰载。"喟凭心而历兹"者，即怀着满腔怒气以度岁月耳。旧注没有释妥。

固乱流其鲜终兮

王逸曰："鲜，少也。羿以乱得政，身既灭亡。"洪兴祖曰："鲜，一作尠。《传》曰：以德和民，不闻以乱。以乱易乱，其流鲜终。"

剑熏按：作鲜是。鲜终，古语，与令终为对文。令终者，善终也。《史政父爵》："用祈介眉寿永令灵终。"即用祈求长命令终。鲜终，即《论语》所谓“不得其死”。王逸训鲜为少，即使解少为年少之少，亦不明确。因年少而死谓之夭。鲜终，则为死于非命，不论老少皆然。杜预《左传注》：“人不以寿死曰鲜终”，亦不明确。因不以寿死，亦可谓夭，不当言鲜。故鲜当训为杀，或径读为杀。因鲜、杀同属心母，为双声，故可通用。故书中有假鲜为杀者。《墨子·鲁问》篇：“楚之南有啖人之国者。桥其国之长子生，则鲜而食之，谓之宜弟。”又《节葬》篇：“越之东有亥沐之国者，其长子生，则鲜而食之。”（今本此鲜字作解，乃浅人妄改。《鲁问》篇作鲜，乃未改之本。）两鲜字皆当训杀或读为杀。

又《史记·鲁周公世家》：“作肸誓。”崔骃《集解》引徐广曰：“肸一作鲜，一作狝，《尚书》作费。”司马贞《索隐》：“《尚书》作‘费’。《尚书大传》作‘鲜誓’。”是狝可为鲜。《广韵·狝韵》：“狝，鲜，息浅切，二字同声同韵。”《仙韵》：“鲜，相然切。”为新鲜之鲜，属平声，鲜少之鲜，属上声，古或无别。《尔雅·释诂》：“狝，杀也。”《周礼·大司马》：“中秋教治兵，以狝田”；郑玄《注》：“狝，杀也”；注《尚书大传洪范传》亦云：“狝，杀也”；《国语·周语》：“狝于既蒸”；韦昭《注》：“狝，杀也。”鲜与狝音同，自可通用，故鲜可训为杀。

抑有进者，狝、鲜与杀古音同属心母，狝鲜古属寒韵，杀属月韵，为入声。故杀转入寒韵即为鲜、为狝。所以杀、狝、鲜属同韵字，只是平入有所不同而已。

浇身被服强圉兮

王逸曰：“浇，寒浞子也，强圉，多力也。”闻一多曰：“《尔雅·释天》：‘在丁曰强圉’，孙炎注曰：‘万物皮孚坚者也。’此以坚释强字，以皮孚释圉字，皮孚即孚甲，物之孚甲谓曰强圉，则人之介胄亦得为强圉。”

剑熏按：闻解强圉为介胄，与下句"纵欲而不忍"无必然关系，故此解非是。余谓"被服"当读如"禀赋"，被、禀双声并母，赋、服双声谤母，故可同读。强圉，宜如王逸释为多力，《诗·大雅》："曾是强御。"古人释为强梁善御。强梁善御，亦多力之谓。

此词之浇，即《论语》"奡荡舟"的奡。相传能陆地行舟，正说他是多力的人。因恃身体结实。故"纵欲而不忍"。结果，《论语》云："不得其死然。"此词说："厥首用夫颠陨"，皆言未能善终。

乃遂焉而逢殃

王逸曰："言夏桀终为殷汤所诛灭。"

剑熏按：本篇"鲧婞直以亡身兮，终然殀乎羽山之野。"《天问》："齐桓九合，卒然身杀"，"启代益作后，卒焉离孽"，此"遂焉"与"终焉""卒焉"同用，故遂焉同终焉，卒焉义同。

《礼记·曲礼》："有后入者，阖而勿遂。"郑玄《注》："遂，尽也。"这是训遂为尽的例子。

《汉书·陈平传》："吾闻先生事魏不遂。"颜师古《注》："遂，竟也。"这是训遂为竟的例子。竟、终、尽，与卒义同，遂、竟、终、卒义亦同。故遂焉即终焉、卒焉。

又"遂"，《广韵》音徐醉切，属邪母，古音属定母。终，职戎切，属照母，古音属端母。端、定同为舌头音，为隔纽双声，故可同读。"遂焉而逢殃"，即终焉而逢殃，亦即今语所说：终于遭到灾殃的意思。

周论道而莫差

王逸曰："周，周家也。差，过也。言殷汤夏禹，周之文王，受命二君，皆畏天敬贤，议论道德，无有差过。"姜亮夫曰：

“周，偏也。论，择也。”

剑熏按：周，当从王逸释为周家，至训论为议论之论则非。姜亮夫训论为择，乃以论为抡字之假。《说文》：“论，择也。”余谓论为沦字之假。《尔雅·释言》：“沦，率也。”《小雅》：“沦胥以铺”，段玉裁《说文·水部注》亦云：“沦为率之假借，古率读如律，与沦为双声，故可相假。”率即循，率道即循道，亦即上文“既遵道而得路”之遵道。

阽余身而危死兮

王逸曰：“阽犹危也。或云：阽，近也。”洪兴祖曰：“阽，临危也。《小尔雅》曰：‘疾甚谓之阽。’《前汉》注云：‘阽，近边欲坠之意。’”

剑熏按：张衡《思玄赋》：“执彫虎而试象兮，阽焦原而跟趾。”臣瓒《注》：“安临危曰阽。”阽字当用这个讲法。

危，诡的借字。古代此两字通用。《史记·天官书》：“司危星。”《汉书·天文志》作“司诡星。”《文子·上德》篇：“尺寸虽齐，必有危。”《淮南子·说林训》亦有此句，危作诡。以上是诡、危通用之证。《说文》：“诡，责也。”（今本《说文》诡只训责，古本当有一曰变也，一曰违也两训。见李善《文选·海赋注》及《西京赋注》引，今脱失矣。）席世昌以为诡无责义，以许慎为误，实则非是。诡训责，当为诡之首义。

《汉书·京房传》：“臣出守郡，自诡效功。”《张汤传》：“万年自诡三年可成。”《赵充国传》：“自诡求无已。”《孟尝传》：“诡人求采，不知纪极。”诸多诡字，颜师古、李贤皆训为责，是也。责，罪责，责罚之责。诡死，犹言受责罚不以其罪而死。春秋、战国时有此语。《韩非子·有度篇》：“忠臣危死不以其罪，则良臣伏矣”。正是此意。

溘埃风余上征

王逸曰：“溘犹掩也。埃，尘也。言我设往行游，将乘玉虬，驾凤车掩尘埃而上征。”王夫之曰：“埃当为竢。”

剑熏按：李善《文选（汪淹）杂体诗注》引作“溘飔风而上征”。《远游》有与此类似的句子：“掩浮云而上征。”敦煌发现之释道骞《楚辞音》残卷有埃字，亦有溘字。是他所见的《离骚》作溘，作埃，与王逸本同。惟下余字当从《选注》与《远游》作而。

埃字为焂字之误。若作埃，如王《注》释为尘埃，则风字无义。作飔，乃不知埃为焂的误字，以为无义而改之者。作竢亦不谐。

《玉篇》：“埃；热也。”《广韵》：“埃，热甚也。”埃风即热风。下句云：“朝发轫于苍梧兮”，苍梧在南方炎热之地。宜其所掩者，为焂风。

上面的溘字即假为掩。古盍、奄声同通用。《左传》昭公二十七年传：“吴公子掩余。”《史记·吴世家》：“吴公子烛庸、盖余二人将兵，遇围于楚者，闻公子光弑王僚自立，乃以其兵降楚。”《左传》的掩余，即《史记》的蓋余。《墨子·耕柱》篇：“古者，周公旦非（诽）关叔，辞三公东居于商蓋。”《韩非子·说林上》篇：“周公旦已胜殷，将攻商蓋。”《孟子·滕文公》篇：“周公相成王，诛纣，伐奄，三年讨其君。”《墨子》《韩非子》之“蓋”，即《孟子》之“奄”。又《说文》：“盍读若掩。”据此，则溘即掩。“溘埃风而上征”，即掩热风而上征也。

后飞廉使奔属

王逸曰：“飞廉，风伯也。”朱熹曰：“属，连也。”王夫之曰：“奔属，疾趋相连属也。”方廷珪曰：“属，接也。”

剑熏按：飞廉，即风之长音。飞，今属非母，古属帮母。风从凡声，古音亦属帮母。是飞、凡二字无论古音今音，皆为双声。廉、凡古音同属侵韵。故风字在《诗》中常与南、林、心等字谐韵。飞廉相切即得风音。

属当释为随，或从。属本为人的后窍，故申义为随，或从。宋玉《对楚王问》“国中属而和之者”，即国中随而和之者，从而和之者。谢瞻《张子房》诗“济济属车士，粲粲翰墨场”，《汉书音义》“大驾属车八十乘”，“属车”即随车、从车。“后飞廉使奔属”，即使风伯在后奔随以执事也。

雷师告余以未具

剑熏按：具假为輂。《说文·车部》：“輂，直辕车轒，从车，具声。”段玉裁《注》：“依韵会引作改辕车，无轒字，当从，直辕车也。”如此，则輂于《说文》当有二义，一为直辕车，一为轒。此处从段氏说为大车。未，无也。古未无声近通用。《诗·鸱鸮》：“曰予未有室家”，即曰予无有家室。《孟子》：“未之有也”，即无之有也。无輂犹言无有大车，因古代言雷，乃驾大车出行。《淮南子·览冥训》“包羲氏乘雷车，服应龙”，本书《九歌·东君》：“驾龙辀兮乘雷”，即包羲、东君所乘为雷车，雷神亦当如是。雷师言无大车，或此次出行，乃在不当有雷的时候，故仅有望舒（月），飞廉云霓等物随行服务。后面“吾令丰隆乘雷兮，求宓妃之所在”。雷神至此，始蒙使用。

飘风屯其相离兮

王逸曰：“回风为飘。飘风，无常之风以兴邪恶之众，屯其相离，言不与我和合也。”洪兴祖曰：“飘风，旋风。屯，聚也。”

剑熏按：离同丽，当训附，不当释为分离之离。古离、丽音属歌韵，故常通用。《易·彖传》“日月丽于天，百谷草木丽乎地。”王弼《注》“丽，附也。”《庄子·骈拇》篇：“附离不以胶漆。”附离连言，离亦附也。《诗·渐渐之石》：“月离于毕，俾滂沱矣。”郑玄《笺》：“离，附也”。丽、离皆训附，是离丽声同通用之证。或用厉，李善《西都赋注》引薛君《韩诗章句》云：“厉，附地。”离字当用此训。

倚阊阖而望予

王逸曰：“阊阖，天门也。”

剑熏按：倚读为靠。今语以背凭物曰靠，即倚字。倚从奇声，奇从可声。本音在歌韵。《左传》作“宫之奇”，《春秋事语》作“宫之柯”（见 1977 年第 1 期《文物》），可证。今音奇声已转支韵，方音则未全变，四川方言中以背凭物曰靠。靠，一读 kao，属肖韵；一读 ko，属歌韵。音 ko 者，为古音。

吾令丰隆乘云兮

王逸曰：“丰隆，云师，一曰雨师。”洪兴祖曰：“《九歌·云中君注》云：云师丰隆；王臣曰：云神屏翳。按，丰隆，或曰雷师，或曰云师。”

剑熏按：丰隆当为雷师，古人听取的神名。与所命之物或以声音，或以形状为其依据，如风伯为飞廉，飞廉即为风之切音。电神名列缺，即由连蜷来。本书《九歌·云中君》“灵连蜷兮既来”，连蜷即状电光委曲之状。云中君，即电神。列缺与连蜷皆双声字，故列缺为电神。屏翳当为云师，屏翳即蔽翳，云起则天空即为之蔽翳。陆机《赠尚书郎颜彦先诗》“望舒离金虎，屏号吐重阴”，即此。因雨为云所兴，故又或以屏翳为雨师。《天问》：“屏号起雨，何以兴之？”即说雨为屏翳所兴，实则云所兴耳。丰隆即状雷声，长言之为丰隆，短言之即为蓬。《诗·大雅·灵台》：“鼍鼓蓬蓬，矇瞍奏公。”以蓬蓬状鼓声，亦可以状雷声。

非此之用，即为误用。

句末云字，当为雷字之误。《九歌·东君》："驾龙辀兮乘雷，载云旗兮委蛇。""乘雷"二字已见于彼处，此处均乘云，亦是乘雷。因丰隆既是雷神，所乘的当然是雷，不是云。

来违弃而改求

王逸曰："违，去也。改，更也。言宓妃虽有美德，骄傲无理，不可共事君，来去相弃而更求贤者也。"

剑熏按：训违为去，以来为来去，不成词。来当训宁。来属来母，宁属泥母，为同位音，可通用。《左传》哀公十六年传："不慭遗一老"，即天不宁遗一老，天不愿遗一老。（杜预训慭为且，误。）慭，从来声，读为喻母。喻、来、泥亦同位音，可互转。慭，愿也。此来字也当训愿。违，背也。"来违弃而改求"，即宁背弃而改求。此篇"来吾导夫先路"，即吾愿导夫先路。王褒《九怀·匡机》："来将屈兮困穷"，即宁将屈兮困穷。违，亦可训远。《国语·鲁语》："令命使臣更次于外，为有司之以班命事也，无乃违乎?"韦昭《注》："违，远也。"

百神翳其备降兮，九疑缤其并迎。皇剡剡其扬灵兮，告余以吉故。

剑熏按：迎、故，与上文疑、之，下文同，调俱不入韵。因古迎字在阳韵，故在鱼韵，二部虽可对转，但究竟是两个韵部，不能相协。

《庄子》："不将不迎，应而不藏，故能胜物而不伤。"

《史记·龟策列传》："雷电将之，风雨迎之，流水行之，侯王有德，乃得当之。"

焦赣《易林·豫之巽》："登阶上堂，见吾父兄，左酒右浆，与福相迎。"又《泰之损》："列蔽牡荆，生贤山傍，仇敌皆憎，孰肯相迎。”迎字皆与阳部字协韵。《广韵》迎字收入庚韵，是。庚为介韵，所收之字古韵皆属阳韵，今韵皆属耕韵，依照古音，迎字当与阳韵字协韵。

既使如《列子·力命篇》所称“自然者，默之成之，平之宁之。将之迎之”，迎亦当与将协韵，不与宁、成相协。故此处迎当作迓或逆，乃得与鱼部“故”字协韵。

曰勉升降以上下兮，求矩矱之所同。汤禹俨而求合兮，挚咎繇而能调。

段玉裁曰：“调，本音在第三部，读如稠。《车攻》以韵同字，离骚以韵同，东方朔《七谏》以韵同字，皆读如重，此古合韵也。《史记·卫青传》“大当户铜离”。徐广曰：一作稠离，汝阳鲖阳之鲖，见肿韵。亦见有韵，皆第三部第九部关通之证，江氏谓《车攻》调同非韵，《离骚》《七谏》为古人相效之误，似是而非矣。”孙诒让曰：“同当作周，与下调协韵。……《淮南子·氾论训》云：有本于中，而以矩矱之所周者也。淮南王尝为离骚传，《氾论》所云必此文。然知西汉本固作周矣。”

剑熏按：同、调不韵，同乃周之误字。孙说是。故书周、同形近，致误者甚多。《墨子·非儒下》篇：“深虑同谋以奉贼。”俞樾《平议》：“同乃周字之误。深虑周谋相对为文，言其虑深沉、其谋周密也。”又《庄子·让王》篇：“乃自投稠水而死。”陆德明《释文》：“稠水，本又作桐水。徐音同，又徒董反，又音封。本又作稠。司马本作洞，云：洞水在颍川，一云在范阳郡界。”稠从周声，洞从同声，洞误为稠，犹同误为周也。据《广韵》：“鲖，真塚切，又直柳切”。似鲖有纣的一音。细绎之，乃大谬不然。鲖字出《汉书·地理志》：“汝南郡鲖阳县。”《正字通》引孟康《注》“鲖音纣红反”。所据乃不误之本。误本“音纣红反”四字脱下“红反”二字，仅剩“音纣”二字。后人据此，鲖即有纣音了。《后汉书·阴兴传》："封兴子为鲖阳侯"。李贤《注》："鲖，音纣"，知唐初《汉书》鲖字音切已误。故孙愐作《唐韵》，鲖字除"直塚切"外，复有"丈柳切"之一音。注《楚辞》者，亦多引此，以证同调可韵。故订之如上。

本书东方朔《七谏》同与调韵。同亦周字之误，说与此同。段氏所举《史记·卫青传》"大当户铜离"，作稠离者，亦是误字。《诗·车攻》同调非韵，江永说是。

惟党人之不谅兮，恐嫉妬而折之。

王逸曰："谅，信也。"王夫之曰："折，伤也。"方廷珪曰："不谅其存君与国之心，蔽之不已。势必毁折其玉，祸害不远矣。"

剑熏按：谅假为良。古谅、良声同，常互假。《礼记·乐记》："则易直子谅之心油然而生。"子谅，《韩诗外传》作"慈良。"王逸既训谅为信，良亦可训信。《文选·古诗十九首》："良无磐石固"，李善《注》："良，信也。"是良、谅通用之证。良，善也。不良，不善也。《诗·墓门》："夫也不良，国人知之。"不谅与不良同。折，方训为毁，可从。唯当有所解释。予谓折读为制。古制折通用。《论语·颜渊章》："片言可以折狱者，其由也与。"《释文》："折，《鲁论语》读为制。"《管子·霸言篇》："小国得之以制节，其失也以离强。"王引之《经义述闻》："制读为折，折节者，卑屈其节。"李善《文选（张协）杂体诗注》引李奇《汉书注》："制，拆也"。《广雅·释诂》："制，折也。"本篇"制芰荷以为衣兮"，王嘉《拾遗记》引作"折芰荷"。古淛江，今曰浙江。都可证明，古制折通用。制，断也。制狱既断狱。裁断与刀断意同。此处制当为刀断，乃见毁义。

又何芳可祗

王逸曰：“祗，敬也。”孙诒让曰：“祗，振也。”

剑熏按：古祗，多通用。《论语·子张章》：“多见其不自量也。”《鲁论语》多作祗。《左传》襄公二十九年传：“祗见疏也。”《释文》：“祗，一本作多”，“多，称也，重也。”《汉书·袁盎传》：“人闻之，皆多盎。”又《灌夫传》：“士亦以多之。”《说文》：“多，重也。”古轻重之重与重叠之重同。重之，称之，誉之，敬之，义亦相仍。上引《汉书》二句，若将多字换为称、誉、敬、重，皆通。

凤凰翼其承旂兮

王逸曰：“翼，敬也。画龙虎为旂。”洪兴祖曰：“《周礼》：交龙为旂，熊虎为旗。《左传》曰：三辰旂旗；《尔雅》曰：“有铃曰旂。”

剑熏按：《小尔雅·广言》：“翼，送也。”谢朓《鼓吹曲》：“凝笳翼高盖，叠鼓送华辀。”翼，送叠言，翼亦送也，接也。言凤鸟在后相送，承乎旂旗。

此句又见《远游》，王《注》云：“俊鸟夹谷而扶轮也。”是训翼为辅。此处翼字亦可训为辅。《书·益稷》：“汝翼。”《史记·夏本纪》引作“汝辅”。是司马迁以训诂改字。郑玄《诗·行苇笺》：“在旁曰翼。”即王逸所谓“夹谷扶轮”的意思。

旂，旧有两释。《周礼·司常》：“交龙为旂。”《尔雅·释天》：“有铃曰旂。”实则一事。《诗·周颂·载见》：“龙旂阳阳，和铃央央。”毛苌《传》：“铃在旂上”，明旂为画龙之旗。故曰“龙旂”。旗上复系数铃，故云“和铃央央”。《毛公鼎》：“（锡）朱旂二铃”，铃即铃。言周王赐毛公朱旂，复赐二铃。朱旂后再言二铃，知铃乃悬于旂之上者。又《訇殷》（图见郭沫若《文史论集》）："易汝……緣旂攸勒。"緣即鑾。鑾，铃也。鑾旂，有铃之旂也。王逸以旂为"画龙虎之旗"，实误。

抑志而弭节兮，神高驰之邈邈

王逸曰："邈邈，远貌。言己虽乘云龙，犹自抑案，弭节徐行。高抗志行，邈邈而远，莫能追及。"

剑熏按：王逸释抑为案，下又言"高抗志行"。则又以抑为高，抑无此义。从全段看，释抑为高，似是。所以，弭节一词的解释，应当另外寻求新义。

此语本书屡见，本篇"吾令羲和饵节兮"，王逸《注》："饵，按也，按节徐行也。"《九歌·湘君》："夕弭节兮北渚。"则释弭为安，弭节释为"弭情安意"。《远游》："徐弭节而高厉"，所释亦同。故书使用的弭节一语，多半解为徐行。如司马相如《子虚赋》："于是弭节徘徘，翱翔容宇"。郭璞《注》："弭犹低也。节，所仗信节也。"亦有径用弭节为案节者。如《子虚赋》："案节未舒。"司马彪《注》："案节，行得节，未舒，马未舒。"李善《注》："天文志曰：案节徐行，服曰：谓行迟也。"班固《东都赋》："先驱复路，属车案节。"李善《注》又引《子虚赋》："案节未舒。"案节亦是徐行，与弭节是同一个意思。

假如详细考查一下，那么，诸家的解释是大可商量的。释弭节为按节徐行，于"吾令羲和弭节兮"，"夕弭节兮北渚"当然可以。若拿来释这一句，"抑志而弭节兮"及《远游》"飒弭节兮高厉"（今本作"徐弭节而高厉"，乃浅人妄改，此依李善《文选（张衡）思玄赋注》引。），则不可通。因此《辞》云："屯余车其千乘兮，齐王轪而并驰，驾八龙之婉婉兮，载云旗之委蛇，抑志而弭节兮，神高驰之邈邈。奏九歌而舞韶兮，聊假日以媮乐。"完全为直述句，中间并无转折，若"抑志弭节"为"按节徐行"，与下句“神高驰之邈邈”则不调协，因按节谓止而不进。前面“吾令羲和弭节兮，望崦嵫而勿迫”，即是此意。《湘君》：“夕弭节兮北渚”，亦是这种意思。在此处，上文已言屯车，驾马，载旗，乃高驰之备，若抑志弭节为止车或徐行，就不能高驰。故弭节一词在本书中实有相反的两种意思。检《说义》：“㥿，厉也，一曰止也。从心弭声，读若沔。”如此，则故书中训止训息之弭，如弭兵，弭战，皆㥿字的假借字。㥿训厉，则弭亦可训厉。㥿训止，则弭亦可训止。此处之弭，当训厉。《远游》弭节之弭，曹植《应诏诗》：“弭节长骛，指日遄征”之弭，皆当训厉。“吾令羲和弭节兮”，“夕弭节兮北渚”之弭，当训止。所以，这里的弭字当释为厉。

节，《说文》释为“竹约”，即竹节。此处当释为策，即马策。马策用竹做的，为竹之地下茎，此物多节，故以节为策。故书中，有以节为策者。《淮南子·主术训》：“执节于掌握之中。”高诱《注》：“节，策也。”又节，《广韵》：“子结切”，属精母屑韵，古音属清母质韵。策，“楚革切”，属穿母麦韵，古音属清母职韵。韵虽不近，声却同属齿头音，故节可借为策。

策，亦可使用筴字。《战国策·燕策》：“客谓燕王曰：齐南破楚，西屈秦，用韩魏之兵，燕赵之众，犹鞭筴也。”筴即策。筴，《广韵》音“古协切”。属见母，节属精母，见、精为同位音，可相转。故从夹得声之浃、浹、颊，音“子协切”，属精母，节亦属精母，故节可为筴。如此，则弭策当释为厉策或厉筴，是无疑义的。

那么，上面的抑志，当与弭节相类，亦当求其反义，用一般讲法是不行的。

《说文·印部》：“印，执政者所持信也，从爪，从（卩），於刃切，按也。从反印，於棘切。抑，俗从手”。又《匕部》：“卬，望欲有所庶及也，从匕、从卩。《诗》曰：高山卬止，伍冈切”。

此类解说，使人难信。首先，汉人始叫印章为印，古代称玺，解印为执政者所持之信，是以汉事解古事，故不可从。

林义光《文源》说："印，抑双声，当即抑之古文。金文正反无别。"

我同意此说。予更谓印之反文即为卬。抑，按也；卬，扬也。文反义亦相反，但金文中正反无别。故印亦可用为卬。《毛公鼎》："印邵皇天。"孙诒让释为"卬（仰）邵皇天"。字形同《说文》之抑。又《诗·齐风·猗嗟》："抑若扬兮"，抑亦此当读为卬，卬扬相类，与上句颀长相类，无相反义。颀长说身材，卬扬说仪表。此处抑亦当作卬。卬，举、扬的意思。与训按训遏之卯适成反义。即使《诗·大雅·抑》"抑抑威仪，维德之隅"这句话中的抑抑，也当作卬抑，即与今天所说"昂昂藏藏"的"昂昂"同义。

总之，印、卬、抑实一字，只卬、抑二字读者不同，读阳韵音，为卬、扬之意，读入声职韵，音"于力切"者，为压抑意。这里的抑字当用前一个意思，释为扬或举。

志，姜亮夫据张渡《然疑待徵录》释为帜，是对的。《说文》无帜，《新附》有之。古识、志通用，帜、志亦通用。《周礼·司常》："司常掌九旗之物名，各有所属。"郑玄《注》："属谓微识也。"《左传》昭公二十一年传："扬徽者，公徒也。"杜预《注》："徽，识也。"二识字皆假为帜。识志亦通用。《周礼·保章氏》："掌天星以志星辰日月之变动。"郑玄《注》："志，古文识；识，记也。"《论语》："多见而识之。"班固《白虎通·礼乐篇》引作"多见而志之"，是其证。

志亦假为帜。《孙膑兵法·威王问》："田忌曰：敌众且武，必战有道乎？孙子曰：有。埤垒广志，严正辑众，避而骄之，引而劳之。攻其无备，出其不意，必以为久。""埤垒广志"即增埤堡垒、广设旌旗之意，志假为帜甚明。（银雀山汉墓竹简整理小组释埤为卑，误。）因此，抑志，犹上引《左传》之扬徽，厉策扬徽，奋厉以行，高驰之入青云也。

（该文由吴贤哲校阅）

［原载《西南民族学院学报》（哲学社会科学版），1980年第3期］

苏轼与中国诗学“活法”说论考

——从“弹丸脱手”“兔起鹘落”说起

曾　明

“活法”说是中国古典诗学的一个富有表现力的命题，我们曾经撰文指出最先提出“活法”说的是北宋天圣二年（1024）登进士第的后期西昆体诗人胡宿（996—1067），而非南北宋之交的吕本中（1084—1145）[①]。从胡宿到吕本中，数十年间，“活法”说在不断充实和完善。经过对文献的耙梳和考证，我们发现：苏轼具有承前启后的重要作用。本文以苏轼为中心，对宋代诗学“活法”说之实践进行考论。认为苏轼“弹丸脱手”与“兔起鹘落”正是对“活法”说的最好实践，苏轼虽未用过“活法”一词，但他用过和“活法”相对的“死法”及“法活”等词语。[②]

一

在中国诗学“活法”说的阐释过程中，无论是胡宿还是吕本中，都常常以“弹丸”作喻。“弹丸”之喻是“活法”说之用，“活法”只是其名。所以，胡宿在提出“活法”之名时，以“珠走盘”之喻实之。

---

① 参见曾明：《胡宿诗学“活法”说探源》，载《文学评论》2011年第2期；曾明：《“师法”与“活法”——苏轼“活法”说初考》，载《西南民族大学学报》（人文社科版）2010年第6期。

② 参见（宋）苏轼撰，王松龄点校：《东坡志林》（卷八），北京：中华书局，1981年。

苏轼后出转精，他是中国诗学史上以“弹丸”论诗文创作次数最多的文人。如：“新诗如弹丸，脱手不暂停。昨日放鱼回，衣巾满浮萍”[①]；“新诗如弹丸，脱手不移晷。我亦老宾客，苦语落纨绮”[②]；“舍酒尚可乐，明珠如弹丸。但恐千仞雀，匆匆发虚弹”[③]；“中有清圆句，铜丸飞柘弹”[④]；“《楞伽》四卷，可以印心……句句皆理，字字皆法，后世达者，神而明之，如盘走珠，如珠走盘”[⑤]；“岩栖木食已皤然，交旧何人慰眼前。素与昼公心印合，每思秦子意珠圆。当年步月来幽谷，拄杖穿云冒夕烟。台阁山林本无异，故应文字未离禅。辩才作此诗时，年八十一矣。平生不学作诗，如风吹水，自成文理。而参寥与吾辈诗，乃如巧人织绣耳。”[⑥]

苏轼集中“弹丸”或“珠走盘”或“圆珠”之喻，[⑦] 盖有三义。其一，前四例以“弹丸”喻诗之“清圆快速”，是苏轼赞参寥、王定国、毛滂、欧阳叔弼等成诗之速如弹丸脱手，似有神助；而所成之诗，美若弹丸般圆润流转，声色并佳。其二，第五例赞《楞伽经》字字句句皆“活”，法力广大无边；凡潜心向佛者，皆能顿悟其旨而成佛。其三，后一例，朱弁《风月堂诗话》引作辩才《和参寥寄秦少游诗》。故“每思秦子”云云，乃辩才赞秦少游语，谓少游的诗流美如珠。少游与僧道潜、参寥等，有

① （宋）苏轼：《苏轼诗集》（卷一八），北京：中华书局，1982年，第949页。

② （宋）苏轼：《苏轼诗集》（卷二六），北京：中华书局，1982年。第1400页。

③ （宋）苏轼：《苏轼诗集》（卷三一），北京：中华书局，1982年，第1654页。

④ （宋）苏轼：《苏轼诗集》（卷三四），北京：中华书局，1982年，第1824页。

⑤ （宋）苏轼：《苏轼文集》（卷六六），北京：中华书局，1986年，第2085页。

⑥ （宋）苏轼：《苏轼诗集》（卷五五），北京：中华书局，1982年，第2755页。

⑦ 又请比较《苏轼文集》卷四十内制诏敕类《赐新除吏部侍郎傅尧俞辞免恩命乞知陈州不允诏》：“士无贤愚，为国太息。如珠玉之在泥土，麟凤之在网罗。”《苏轼诗集》卷二六《赠杜介》：“微言粲珠玉，未说意先了。”《苏轼诗集》卷二六《次韵答满思复》：“纸落云烟供醉后，诗成珠玉看朝还。”《苏轼诗集》卷三二《绝句》、“不羡千金买歌舞，一篇珠玉是生涯。”

“支、许之契”[①]，被视为僧俗交往的典范。故辩才在“素与”二句中，前句以“昼公”——诗僧皎然——比参寥；后句直言参寥好友秦少游。总言自己和此二人心心相印，情投意合。

“弹丸”在苏轼诗中甚至是一个非常广泛的审美意象。“西南火星如弹丸，角尾奕奕苍龙蟠”[②]、“累累弹丸间，琐细或珠琲”[③]、“舍酒尚可乐，明珠如弹丸”。均是其证。

与“珠走盘”之类的比喻相联系，苏轼诗文中甚至还有“珠跳盆”“跳丸”“跳珠”之说，如“老翁儿戏作飞雨，把酒坐看珠跳盆”[④]、“归来平地看跳丸，一点黄金铸秋橘”[⑤]、“还来一醉西湖雨，不见跳珠十五年”[⑥]。“珠”又与“盆”前后照应，“光圆摩尼珠，照耀玻璃盆”[⑦]。又有“玉盘”“冰盘”，“暮云收尽溢清寒，银汉无声转玉盘”“冰盘荐文鲔，玉斝倾浮蛆”[⑧]。又请比较《虔州八境图》八首题下所附《引》曰：“苏子曰：此南康之一境也，何从而八乎？所自观之者异也。且子不见夫日乎，其旦如盘，其中如珠，其夕如破璧，此岂三日也哉。”[⑨] 又请比较“高论无穷如锯屑，小诗有味似连珠”[⑩]、“羡君意气风生座，落笔纵横盘走汞”[⑪]、“素与昼公心印合，每思秦子意珠圆。”[⑫] 可见在苏

① （宋）朱弁：《续骫骨皮说·参寥子》；（宋）潜说友：《咸淳临安志》卷七十《人物·方外·僧道潜传》，北京图书馆出版社，2006年。

② （宋）苏轼：《苏轼诗集》（卷一七），北京：中华书局，1982年，第862页。

③ （宋）苏轼：《苏轼诗集》（卷三一），北京：中华书局，1982年，第1652页。

④ （宋）苏轼：《苏轼诗集》（卷三七），北京：中华书局，1982年，第1999页。

⑤ （宋）苏轼：《苏轼诗集》（卷二六），北京：中华书局，1982年，第1374页。

⑥ （宋）苏轼：《苏轼诗集》（卷三一），北京：中华书局，1982年，第1647页。

⑦ （宋）苏轼：《苏轼诗集》（卷四一），北京：中华书局，1982年，第2283页。

⑧ （宋）苏轼：《苏轼诗集》（卷一五），北京：中华书局，1982年，第753~757页。

⑨ （宋）苏轼：《苏轼诗集》（卷一六），北京：中华书局，1982年，第792页。

⑩ （宋）苏轼：《苏轼诗集》（卷二二），北京：中华书局，1982年，第1184页。

⑪ （宋）苏轼：《苏轼诗集》（卷二七），北京：中华书局，1982年，第1430页。

⑫ （宋）苏轼：《苏轼诗集》（卷五五），北京：中华书局，1982年，第2755页。

轼看来，“盘”“珠”“璧”“日”是同义的。苏轼的《日喻》：“生而眇者不识日，问之有目者，或告知曰：‘日之状如铜盘，扣盘而得其声。’”①

考苏轼以“弹丸”喻诗之说，当出自齐梁“活法”说的创始人之一的沈约转述的谢朓之语。《南史》卷二二《王筠传》云：

沈约每见（王）筠文咨嗟……筠又能用强韵，每公宴并作词，必妍靡。约尝启上言：“晚来名家，无先筠者”。又于御筵谓（筠叔父）王志曰：“贤弟（指王志之弟王揖）子文章之美，可谓后来独步。谢朓尝见语云：‘好诗圆美流转如弹丸。’近见其数首，方知此言为实。”

所谓“妍靡”犹如陆机《文赋》里“绮靡”，包括“色”“声”两个方面：“妍”指色彩的艳丽夺目，“靡”指韵律的流美动听。而谢朓之语“圆美流转如弹丸”正可概括这两个方面。但当以指声韵的流转圆美为主。苏轼的“弹丸”说之义，也主要指后者。张溥《汉魏六朝百三家集题辞·王詹事集》云：“沈隐侯知王元礼，犹蔡伯喈之知仲宣。当日两人情好相得，诗文互赏。《郊居》佳句，惟元礼能读；‘好诗弹丸’，非隐侯莫为知音也。”即从声韵而言者。孔平仲云：

谢朓云：“好诗圆美流转如弹丸。”故东坡云：“中有清圆句，铜丸飞柘弹。”盖诗贵圆熟也。（《谈苑》卷四）

孔平仲殆以为苏轼“弹丸”说出于谢朓，而其义亦重在声韵方面。又叶梦得云：

古今论诗者多矣，吾独爱汤惠休称谢灵运为“初日芙蕖”，沈约称王筠为“弹丸脱手”两语，最当人意。“初日芙蕖”，非人

① （宋）苏轼：《苏东坡集》（卷二三），北京：商务印书馆，1958年，第24页。

力所能为，而精彩华妙之意，自然见于造化之妙，灵运诸诗，可以当此者亦无几。“弹丸脱手”，虽是书写便利，动无留碍，然其精圆快速，发之在手，筠亦未能尽也。然作诗审到此地，岂弗更有余事。（《石林诗话》卷下）

叶石林所谓“沈约称王筠为‘弹丸脱手’”云云，若对照上引《王筠传》，则“脱手”二字，显系误加。但它却不是独撰，而来自上引苏轼的诗句。这里，石林已把沈约转述的谢朓之语与苏轼之诗混二为一、不分彼此了。此亦从一个侧面证明苏轼之说，确实出自谢朓。后来，明费尚伊也以“弹丸脱手”和“初日芙蓉”并举。其《赠郭更生孝廉二首》之一云：“蝎来读新诗，矫健如游龙。弹丸脱敏手，初日开芙蓉”①，疑又出于石林。苏轼不仅以《南史·王筠传》所载的谢朓论诗之语论诗，而且还一再使用《南史·王筠传》所载之王筠押强韵的典事。如《苏轼诗集》卷二十六《追作〈淮口遇风诗〉，戏用其韵》：

我诗如病骥，悲鸣向衰草。有儿真骥子，一喷群马倒。养气勿吟哦，声名忌太早。风涛借笔力，势逐孤云扫。何如陶家儿，遶舍觅梨枣。君看押强韵，已胜郊与岛。

又如《苏轼诗集》卷四十四《广倅萧大夫借前韵见赠，复和答之》二首其二云：

心闲诗自放，笔老语翻疏。赠我皆强韵，知君得异书。滔滔沮叟是，绰绰孟生余。一笑沧溟侧，应无愦可摅。

此二诗，前首赞己子苏迨《淮口遇风》诗能如王筠为诗那样能用强韵；后首则誉广倅萧大夫之赠诗亦如王筠那样用强韵。据

① （明）费尚伊：《市隐园集》（卷三），收录于《明诗话全编》（第六册），南京：江苏古籍出版社，1997年，第5821页。

考证，苏轼还是有宋一代第一个用此事者。其后，稍晚于苏轼的蔡宽夫的《诗话》亦用之。其云：

前史称王筠善押强韵，固是诗家要处；然人贪于捉对用事者，往往多有趁韵之失。退之笔力雄赡，务以词采凭陵一时，故间亦不免此患。

文中之“前史”即指《南史·王筠传》也。蔡氏认为唐韩愈也和王筠一样作有强韵诗。但韩愈的“强韵”有的又被称为和“宽韵”相对的“窄韵”，与王筠的只言和韵之意不尽相同。

所谓“宽韵”，指韵书那些包含字数较多或字数虽不多但其中常用字较多的韵部。“窄韵”则和“险韵”即“僻韵”相类，皆指韵书中那些包含字数较少的韵部。根据王力《汉语诗律学》，在三十个平声韵中从宽韵、中韵到窄韵、险韵的排列顺序为：

宽韵：支 先 阳 庚 尤 东 真 虞

中韵：元 寒 鱼 萧 侵 冬 灰 齐 歌 麻 豪

窄韵：青 蒸 覃 盐（微 文 删）

险韵：江 佳 肴 咸

以上四类实可归为宽韵、中韵和窄韵、险韵两大类。宽韵、中韵字数较多或虽字数不多但常用字较多，选择余地大，用起来比较容易。窄韵、险韵字数少，回旋余地小，费力而不讨好。其中又以押险韵尤难。故唐、宋诗人喜押险韵以炫耀才华。杜甫、韩愈、苏轼是其代表。杜甫《季秋苏五弟缨江楼夜宴》（五律）诗全用“江”字韵；韩愈《病中赠张十八》（五言排律）四十四句，也全用“江”字韵；苏轼《雪后北台书壁二首》之一：“黄昏犹作雨纤纤，夜静无风势转严。但决衾裯如泼水，不知庭院已堆盐。五更晓色来虚幌，半夜寒声落画檐。试扫北台看马耳，未随埋没有双尖”；之二：“城头落日始翻鸦，陌上晴泥已没车。冻合玉楼寒起栗，光摇银海眩生花。遗蝗入地应千尺，宿麦连云有几家？老病自嗟诗力（“诗力”，《中国诗学》引作“诗人”，误。）退，寒吟《冰柱》忆刘叉”①；《谢人见和前篇二首》之一：“已分杯酒欺浅懦，敢将诗律斗深严。渔蓑句好真堪画，柳絮才高不道盐。败履尚存东郭足，飞花又舞谪仙檐。书生事业真堪笑，忍冻孤吟笔退尖”；之二：“九陌凄风战齿牙，银杯逐马带随车。也知不作坚牢玉，无奈能开顷刻花。得酒强欢愁底事，闭门高卧定谁家？台前日暖君须爱，冰下寒鱼渐可叉”。这四首诗皆押属“窄韵”的“盐”字韵，而最后二句所用“尖”“叉”二字押韵，其能用之字更少，亦更见“险难”。苏轼云：“敢将诗律斗深严”②，又云：“险韵清诗苦斗新”（《再和二首》之二）。当是“夫子自道”也。他虽是有以押“险韵”而与人斗奇争新之意，但决不以韵害意，牵强生涩，而是“意与韵会”，“自然浑成”。

值得一提的是，苏轼所吟的刘叉《冰柱》诗，也有人认为它是押“险韵”。李廷先云：“使这首诗显出它的最大特色的是在用韵方面。它用的是麻韵，麻韵字的音是响亮的，高亢的，但韵字却比较少，因有‘险韵’之称。这首诗共二十七韵，全属麻韵，中间的‘舥’字，‘柤’（音楂）字很少有人用过。‘邪’字用了两次，前一个音‘牙’，是剑名；后一个音‘霞’，是奸邪之‘邪’的另一读，音义不同，故得同用。用麻字写古体诗，一韵到底的很罕见”③。此虽和王力把“麻”归入“中韵”偏后不尽相同，但在苏轼，他可能与李廷先有相似的看法吧。所以，他在作窄韵诗时，还念念不忘刘叉的“险韵”诗《冰柱》呢！

苏轼在主张诗律应如“弹丸”一样流转圆美的同时，又爱争

---

① 高步瀛：《唐宋诗举要》（下册），北京：中华书局，1959年，第661～664页。

② （宋）苏轼：《苏轼诗集》（卷六），北京：中华书局，1982年。

③ 萧涤非等：《唐诗鉴赏辞典·刘叉》，上海：上海辞书出版社，1983年，第1041页。

奇斗险，喜押"险韵""窄韵"，走"独木桥"，这其实正是苏轼善于应变的地方。想当初，胡宿为了革昆体和太学体"聱牙僻涩，至不可读"[①] 之弊，而提出"珠走盘"说；几乎同时，欧阳修、梅尧臣等又继以追求平易自然为目的的创作实践；从而使当时诗文风格为之一变。但正如孔平仲所言："然圆熟多失之平易，老硬多失之干枯，能不失二者之间，则可与古作者并驱矣"[②]。苏轼的主张正有兼顾二者之妙。他的"和韵诗"既能"押险韵"，又能若谢玄晖所称"圆美流转如弹丸"；"险"者使之"易"，"涩"者使之"滑"，"拗"者使之"稳"[③]。故朱弁云："其和韵诗，用韵妥帖圆成，无一字不平稳"[④]。而费衮则云："作诗押韵是一奇，荆公、东坡、鲁直押韵最工，而东坡尤精于次韵，往返数四，愈出愈奇"[⑤]。"稳"而"奇"，正是苏轼次韵诗押韵的特点。不过，这类次韵诗，他人则"和不得"。清顾嗣立《寒厅诗话》云："己苍先生尝谓：'世人诗集中如有《拟铙歌》《和江淹杂拟》及《东坡尖叉韵》，此人必不知诗。悠悠此世，解我语者毕竟无几人'。又曰：'诗有纽不得者，江文通《杂拟》是也；有和不得者，尖叉是也。知此者可与言诗'。"[⑥]

更有进者，苏轼对于诗的声律，既一再强调说："诗律号严令"（《径山道中次韵答周长官兼赠苏寺丞》）、"敢将诗律斗深严"（《谢人见和前篇二首》之一）、"传家诗律细"（《夜坐与迈联句》）、"君看押强韵"（《追作淮口遇风诗，戏用其韵》）、"赠我皆

---

① （宋）陈造：《江湖长翁集》（卷三三），收录于《四库全书》，上海：上海古籍出版社，1987年，第357页。

② （宋）孔平仲：《谈苑》（卷四），北京：中华书局，1985年，第29页。

③ （明）姚希孟：《响玉集》（卷八），收录于《明清闳阁全集》。

④ （宋）朱弁：《风月堂诗话》（卷下），台北：广文书局有限公司，1973年，第7页。

⑤ （宋）费衮：《梁溪漫志》（卷七），太原：山西人民出版社，1986年，第37页。

⑥ （清）王夫之等：《清诗话》（上），上海：上海古籍出版社，1978年，第88页。

强韵”（《广倅萧大夫借前韵见赠复和答之二首》之二）、“险韵新诗苦斗新”（《再和二首》之一）、“旧学严诗律”（《韩康公挽词三首》之二）、“羡君五字入诗律”（《与龙节侍宴前一日，与子由同访王定国，小饮清虚堂，定国出数诗，皆佳，而五言尤奇。子由又言：昔与孙巨源同过定国，感念存殁，悲叹久之，夜归稍醒，各赋一篇，明日朝中以示定国也》）；又云：“诗无定律君应将。”（《次韵王定国得晋卿酒相留夜饮》）这种既“严诗律”而又“无诗律”的说法同出于一人之口，此当如何解释呢？

笔者以为苏轼是要通过“严诗律”“入诗律”而最后到达“无诗律”——自然音律的境界。所谓“无诗律”，不是不要诗律，而是进入“有万卷书”而似“无书”，既像杜甫那样“晚来渐于诗律细”而又不受诗律束缚，即“不烦绳削而自合”“随心所欲不逾矩”的地步。

二

和以“弹丸”喻诗之写作如“弹丸脱手”一样快速敏捷之义相近的是“脱兔”说。苏轼《送欧阳推官赴华州监酒》云：

我观文忠公，四子皆超越。仲也珠径寸，照夜光如月。好诗真脱兔，下笔先落鹘。知音如周郎，议论亦英发。[①]

又《文与可画筼筜谷偃竹记》云：

故画竹，必先得成竹于胸中，执笔熟视，乃见其所欲画者，急起从之，振笔直遂，以追其所见，如兔起鹘落，少纵则逝矣。[②]

① （宋）苏轼：《苏轼诗集》（卷三四），北京：中华书局，1982年，第1806页。

② （宋）苏轼：《东坡全集》（卷三六），收录于《四库全书》，上海：上海古籍出版社，1987年，第22页。

又《与谢民师推官书》云：

求物之妙，如系风捕影，能使是物了然于心者，盖千万人而不能一遇也。而况能使了然于口与手者乎，是之谓辞达。①

前例论诗法，其以“好诗如脱兔，下笔先落鹘”，赞欧阳修之二公子之诗写得又快又好；次例言画法，谓文与可作画之矫健敏捷如“兔起鹘落”。末例所言，亦有“稍纵则逝”，必须立即“系”“捕”之意。笼统而言之，此与“新诗如弹丸，脱手不暂停”“新诗如弹丸，脱手不移晷”有意思相同之处。另外，如说“千章万句卒非我，急走捉君应已迟”（《次韵味孔毅父集古人句见赠五首》之五）、“好诗冲口谁能择，俗子疑人未遣闻”（《重寄》）、“作诗火急追亡逋，清景一失后难摹”（《腊月游孤山》）、“当其下笔风雨快，笔所未到气已吞”（《王维、吴道子画》）等，也有说下笔必须神速之意。这一特点也为黄庭坚所称道：黄庭坚在《双井茶送子瞻》云：“想见东坡旧居士，挥毫百斛泻明珠。”

考“脱兔”一词，始见《孙子·九地》篇：

始如处女，敌人开户；后如脱兔，敌不及拒。

其后，荀子、司马迁论兵时也用过《孙子》之语。《史记》卷八二《田单列传》：

太史公曰：兵以正合，以奇胜。善之者，出奇无穷，奇正还相生，如环之无端。夫始如处女，适人开户；后如脱兔，适不及距。其田单之谓邪？

《史记集解》引徐广云：“适”音“敌”，“适人”同“敌人”。又引魏武帝曰：“如女”，示弱；“脱兔”，往疾也。苏轼所用“脱

① （宋）苏轼：《东坡全集》（卷七五），收录于《四库全书》，上海：上海古籍出版社，1987年版，第23页。

兔”之义即出于《孙子》。但这仅是一个方面的意思。若将“兔起鹘落”和“少纵即逝”合而言之，则可引申出另外的意义。故今人多用此二语作证论文学艺术创作中“灵感”的“突发性”和“短暂性”。这里，不妨即作如此理解。苏轼说，文与可画竹，不是提笔即画，而是先要经过艰苦的艺术构思即苦心经营和酝酿，得成竹于胸中后，“提笔熟视”，等待“见其所欲画者”时刻“灵感”的到来。这“灵感”，似猎物兔子之突然跃出；而作者则当如猎鹰之猛然冲下趁机抓住猎物一样地急起振笔，直画所见。这一刻的到来，是如此之突然，又是如此之短暂，如果动作稍慢一点，则“灵感”即会“一去不复返”，跑得无影无踪。在此，苏轼并没有把“稍纵即逝”的“灵感”说得神乎其神，不可捉摸。他既重视“灵感”，又强调“提笔熟视”，即它文所说的“经营”，并认为平日的“经营”才能产生突发的“灵感”。意即：要有“熟视”，才有“所见”。故其《宋复古画潇湘晚景图三首》中云：“经营初有适，挥洒不应难。”又其《画水记》云“画水之变”（亦见《雪浪斋铭并引》，《东坡文集》卷十九），即画“活水”的孙知微与后继蒲永升作“活水画”的过程可与《文与可画偃竹记》同观。文与可画偃竹前的“执笔熟视”，孙知微于大慈寺寿宁院四壁作湖滩水石前的“营度经岁，终不肯下笔”，都是说的“灵感”未来时对“灵感”的“经营”；蒲永升在“王公富人”面前，即使他们以“势力使之”，也因缺乏“灵感”，“辄嬉笑舍去”。亦可见，“灵感”是“富贵不能淫，贫贱不能移，威武不能屈”的。画家对“灵感”的“经营”，时间有的很长，甚至“经岁”——一年。但不管“经营”时间之长短，其“灵感”都是突发的、短暂的、自然而来的。对文与可言，“如兔起鹘落，稍纵即逝”，必须当“见其所欲画时”，“急起从之，振笔直遂，以追其所见”，所画之竹“数尺而有万尺之势”；而对孙知微言，在其“营度经岁”后，“一日，仓皇入寺，索笔墨甚急，奋袂如风，须臾而成，作轮泻跳戚之势，汹汹欲奔屋也”；对蒲永升言，则“遇其欲画，不择贵贱，顷刻而成”，所“临寿宁院水，作二十四幅，每夏日挂之高堂素壁，即阴风袭人，毛发为立”。有“活水”之誉，而为世人“传宝”者，“如往时董羽、近日常州戚氏画水”，“可谓死水，未可与永升同年而语也”。他人所记，也多有同于此者。如郭熙云：“画之生意，亦岂易有？及乎境界已熟，心手已应，方始纵横中度，左右逢源，世人将率意触情，草草便得”①。此是画家言题画诗者。又周紫芝云：“人间作画如作诗，妙由心得非人为。五日一石十日水，此事无乃亦可期。向来郭恕先，妙手真复奇。经年不肯下一笔，胸中丘壑谁当知？忽然有兴不可遏，写作槎枒风雨枝。回头却笑阎立本，缓急与人为画师”②。此是诗家言作画者。其中，郭恕先之“经年不肯下一笔”，与孙知微的“营度经岁，终不肯下笔”，简直如出一辙；而郭熙所言之“境界已熟，心手相应”，也和记文与可的“见其所欲画”云云，并无不同。

苏轼记文与可、孙知微、蒲永升作画过程之文亦可与昔先乡贤符载（蜀人）《江陵陆侍御宅燕集观张员外画松石图》之记同观。③ 符载目睹和记录了张璪在陆澧家画松石图的全过程。而文章的重点之一则是生动描绘了画家“灵感”产生的那一霎时。秋七月的一天，陆澧在家宴请宾客，环境幽静，樽俎嘉美，景候疏爽，高朋满座。这使张噪作画灵感突发。这时，作者写道：张璪“天纵之思，欻（音需）有所诣，暴请霜素，愿为奇踪”。所谓“天纵”者，乃自然而来也；“欻有”者，忽然产生也；“暴请”

① （宋）郭思：《林泉高致集·画意》，收录于《四库全书》，版本同前，第6页。

② （宋）周紫芝：《太仓稊米集》（卷一二），收录于《四库全书》，版本同前，第63页。

③ （清）董诰等编：《全唐文》（卷六九），上海：上海古籍出版社，1990年，第3130～3131页。

者，急不可耐也。于是，画家立刻“乘兴”居于“霜素”之中，“箕坐鼓气，神机始发”。其作画快速之状，“若流电激空，惊飙戾天”；其作画动作有快速地“摧、挫、斡、掣、撝霍、瞥列”等；只见“毫飞墨喷”，而“怪状忽生”。其与苏轼形容文与可之画竹、孙知微蒲永升之画水，仅是用词不同而已。唐朱景玄《唐朝名画录》云“石尖欲落，泉喷如吼”，简直把山水画“活”了。

“灵感”之来如“兔起”，抓住“灵感”如“鹘落”，如果稍一迟疑，则猎物就会跑得无影无踪。此亦如苏轼所言：“作诗火急追亡逋，清景一失后难追”。这样的认识，似始源于齐梁“活法”说的创始人之一的梁代钟嵘《诗品》。《诗品下》评袁嘏诗云：

嘏诗平平耳，多自谓能。尝语徐太尉云：“我诗有生气，须人捉住，不耳，便飞去。”

《南齐书》和《南史·文学传》述袁嘏事时也有大致相同的记载。《品》文中之“能”，指作诗才能。文意略是：诗作平平的袁嘏说他亦是写诗高才，写出的诗，富于生气，只是不易为尔。因为产生这些诗句的“灵感”说来就来，说去就去，必须即时抓住，否则，它便飞快地逝去而无踪迹可寻觅了。这虽是“诗作平平”的袁嘏的自我解嘲，却也有一定的理论意义。它用富有“生气”的语言，道出了产生有“生气”“能飞去”的诗——即后人所说的“活法诗”——的“灵感”的特性：他犹如电之光、石中火，突然而生，倏然而逝，诗家必须抓紧时机，立即将它捉住，否则，即使“满眼诗无数”，也会“斯须忽失之”[①]；此亦正如金圣叹所言：“文章最妙是此一刻被灵眼觑见，便于此一刻放灵手捉住。盖于略前一刻不见，略后一刻便亦不见，恰恰不知何故却

① （元）方回：《桐江续集》（卷二八），北京：商务印书馆，1935年，第327页。

于此一刻忽然觑见，若不捉住，便寻不出"（《读第六才子书》）；也如王夫之所说的"才著手便煞，一放手又飘忽去"[①] 及张实居所说的"当其触物兴怀，情来神会，机括跃如，如兔起鹘落，稍纵则逝矣。有先一刻后一刻不能之妙"[②]、徐增所说的"好诗须在一刹那上揽取，迟则失之"[③]。北宋胡宿"活法"说的盟友苏舜钦亦有诗评同调梅圣俞。其云："夫子与众殊，琢饰睨佳句。将然纸上动，读毕恐飞去……古贵知者稀，流俗岂足顾"（《答梅圣俞见赠》）。袁嘏等说的"有生气""能飞去"，正是"活法"诗应具之义。朱庭珍《筱园诗话》云："诗以气为主，有气则生，无气则死。亦与人同"；方东树《昭昧詹言》云："诗文者，生气也，观于人身及万物动植，皆全是气所鼓盈。气才绝，即腐败臭恶不可近。诗文亦然"。可见，"有生气"，乃"人身及万物动植"和"诗文"能"活"的必备条件。而"能飞去"，亦必须"有生气"。汤显祖《序丘毛伯稿》云："天下文章之有生气者，全在奇士，士奇则心灵，心灵则能飞动，能飞动则上下天地，来去古今，可以屈伸长短生灭如意，如意则可以无所不如"。又方熏《山静居画论》论画云："气韵生动，须将生动二字省悟，能会生动，则气韵自在。"又云："气韵生动为第一义，然必以气为主，气胜则纵横挥洒，机无滞碍，其间韵自生动矣。"所以，钟嵘所录袁嘏之论，从客观上说，也是在言"活法诗画"的特色。另外，《诗品中》也有谈"诗思"即"灵感"特征的内容。其评谢惠连诗引《谢氏家录》云：

康乐每对惠连，辄得佳语。后在永嘉西堂诗思竟日不就。寤寐间，忽见惠连，即成"池塘生春草"。故云："此语有神助，非

---

① （清）王夫之等：《清诗话》（上），上海：上海古籍出版社，1978年，第10页。
② （清）王夫之等：《清诗话》（上），上海：上海古籍出版社，1978年，第128页。
③ （清）王夫之等：《清诗话》（上），上海：上海古籍出版社，1978年，第434页。

吾语也。”

钟嵘引此轶事，实际也是在言“诗思”即“灵感”或“诗兴”产生的过程和特性。“诗思竟日不就”，谓虽经终日“营度”，绞尽脑汁，心力俱疲，诗思却久久不来；于是，表面上不再思虑，然“意静神王”，“寤寐间，忽见惠连”而有“池塘生春草”之句，谓忽遇想见之人，则诗兴大发，妙语横生；“语有神助，非吾语也”，谓“诗思”突发，诗句自来，而又不知何故，只好以“神助”解之。其实，这则著名的诗坛轶事正说明突发的“灵感”来自“竟日”的“苦思”（胡应麟《诗薮》外编卷二谓：“灵运诸佳句，多出深思苦索”）。钟嵘似乎也看到了“灵感”后面的艰苦。此正如朱庭珍所云：“诗人构思之功，用心最苦……工部所谓‘意匠惨淡经营中’也……殆思路几至断绝之际，或触于人，或动于天，忽然灵思泉涌，妙绪丝抽，出而莫御，汩汩奔来，于是烹炼之，剪裁之，振笔而疾书，自然迥不犹人矣。所谓成竹在胸，借书在手；又所谓兔起鹘落，迅追所见，稍纵即逝也……不能锐入，何能锐出？未曾用心至思路断绝之候，何能望有思路涌出之时，安可希得心应手之技乎？”是的，如果不加经营而只等待其自来，那永远不会有“灵感”来的。因为“灵感”是不光顾思想“懒汉”的。同时，钟嵘之论，也说明环境于“诗兴”的生发也很重要。试想，谢灵运若不是突然遇着平时善于启发其“诗思”的族弟谢惠连（哪怕在梦中），而是遇见诬奏其谋逆的会稽太守孟顗，可能至今还未写出那句脍炙人口万古传诵的“池塘生春草”呢！这样说，并非危言耸听或故意炒作。稍后于苏轼的潘大临回答谢无逸“近日曾作诗否”之问时说：

秋来日日是诗思，昨日捉笔得“满城风雨近重阳”之句，忽催租人至，令人意败，辄以此一句奉寄。[1]

潘邠老遇见最使穷人烦心的人——催租人，穷人最烦心的事——催交租，原有的诗思都被打断了，哪能产生新的“灵感”呢？此与《诗品》所记的谢灵运之逸事相对。谢灵运的这段诗坛佳话的理论内涵，被唐王昌龄和诗僧皎然（谢灵运十世孙）总结了出来。王昌龄《诗格》云：

诗有三格。一曰生思：久用精思，未契意象，力疲智竭，放安神思，心偶照镜，率然而生……

皎然《诗式·取境》云：

又云：不要苦思，苦思则丧自然之质。此亦不然。夫不入虎穴，焉得虎子？取境之时，须至难、至险，始见奇句。成篇之后，观其气貌，有似等闲，不思而得，此高手也。有时，意静神王，佳句纵横，若不可遏，宛若神助。不然，盖由先积精思，因神王而得乎！

的确如此，谢灵运这句自谓“语有神助”实为“久用精思”之后的“率然而生”的自然“活句”，其妙正在于“有似等闲，不思而得”；或如叶梦得所言之“无所用意”，“不假绳削”[2]。若涉有意雕琢，则成死句。因为，不仅“雕琢损天和”[3]，而且如果“弄斤操斧太甚，所谓七日而混沌死也”[4]。

三

本文还要强调的是苏轼对如何“营度灵感”的认识。如上所

---

① （宋）葛立方：《韵语阳秋》（卷三），北京：中华书局，1985年，第12页。

② （宋）叶梦得：《石林诗话》（卷中），北京：中华书局，1991年，第14页。

③ （宋）苏轼：《苏轼诗集》（卷二五），北京：中华书局，1982年，第1325页。

④ （宋）张表臣：《珊瑚钩诗话》（卷一），香港：迪志文化出版有限公司，2003年，第4页。

述，他除强调“灵感”的自然突发性外，还重视平日的“营度”。他在《书晁补之所藏文与可画竹》诗中说：

与可画竹时，见竹不见人。岂独不见人，嗒然遗其身。其身与物化，无穷出清新。庄周世无有，谁知此凝神。

这是说，与可作画之际，先作聚精会神的思考，即如庄子所说的“用志不分，乃疑（凝）于神”（苏轼《书诸集改字》引此二句云：“蜀本《庄子》作‘疑’”，本作‘凝’”），不仅忘了别人，甚至连自身也遗忘了，完全进入到“身与竹化”、物我不分的境界，分不清自己是竹还是人，因为他心中唯有竹子，别的什么都忘记了。把这种“物我不分”的境界表达出来，就自然传神了。而要做到“身与竹化”，又必须先做到与竹为友，甚至和竹朝夕相处，进而“修竹”“千亩在胸中”。东坡应文与可之令作《洋州三十咏》，其《筼筜谷》诗戏写文与可在洋州太守任上的生活云：

汉川修竹贱如蓬，斧斤何曾赦箨龙？料得清贫馋太守，渭滨千亩在胸中。

文与可得诗之日，正“与其妻游谷中，烧笋晚食，发函得诗，失笑喷饭满案”①。为了与竹为友，文与可还在谷中修筑了一亭子，作为“朝夕游处之地”；又尊墨竹为“君”，作墨君堂以居之；并属苏轼为《墨君堂记》“以颂‘君’德”。其文云：与可经过长期的观察、研究、体验和反复的绘画实践，“然可与独能得君之深，而知君之所以贤。雍容谈笑，挥洒奋迅而尽君之德。稚壮枯老之容，披折偃仰之势，风雪凌厉以观其操，岩石荦确以致其节。得志，遂茂而不骄；不得志，瘁瘠而不辱。群居不倚，

① （宋）胡仔：《苕溪渔隐丛话前集》（卷三十九），北京：中华书局，1985年，第171页。

独立不惧。与可之于君，可谓得其情而尽其性矣"[①]。故其所画"与可之于竹石枯木，真可谓得其理者矣。如是而生，如是而死，如是而挛拳瘠蹙，如是而条达畅茂；根茎节叶，牙角脉缕，千变万化，未始相袭而各当其处，合于天造，厌于人意，盖达士之所寓也欤?"[②] 所画之竹不仅有"千变万化"的形似，得竹之真，而且还"得竹之理"，传竹之神，可以说，是把竹画"活"了。故苏轼又曰："与可论画竹木，于形既不可失，而理更当知；生死新老，烟云风雨，必曲尽真态，合于天造，厌于人意，而形理两全，然后，可言晓画。"（《书竹石后》）而郭若虚亦云：与可"善画墨竹，富潇洒之姿，逼檀栾之秀，疑风而动，不笋而成者也。"[③] 风姿潇洒，秀竹青青，"疑风而动"，"不笋而成"（自然而成之意），非"真竹""活竹"岂能如是哉？有明画家莫是龙云："看得熟，自然传神。传神者，必以形，形与心手相凑而相忘，神之所托也"[④]。正与苏轼论文与可作画之情实相合。

画竹如此，它物亦然。其《书戴嵩画牛》《书黄筌画雀》，就提供了两个反面事例。前者云：

蜀中有杜处士，好书画，所宝以百数。有戴嵩画牛一轴，尤所爱，锦囊玉轴，常以自随。一日曝书画，有一牧童见之，拊掌大笑曰："此画斗牛也？牛斗力在角，尾搐入两股间，今乃掉尾而斗，谬矣！"处士笑而然之。古语有云："耕当问奴，织当问婢。"不可改也。

---

① （宋）苏轼：《东坡全集》（卷三十五），收录于《四库全书》，上海：上海古籍出版社，1987年，第10~11页。

② （宋）苏轼：《东坡全集》（卷三十五），收录于《四库全书》，上海：上海古籍出版社，1987年，第11~12页。

③ （宋）郭若虚撰：《图画见闻志》（卷三），北京：商务印书馆，1936年，第20页。

④ （明）董其昌：《画禅室随笔》（卷二），收录于《四库全书》，上海：上海古籍出版社，1987年，第24页。

后者云：

黄筌画飞鸟，颈足皆展。或曰：“飞鸟缩颈则展足，缩足则展颈，无两展者。”验之信然。乃知观物不审者，虽画师且未能，况其大者乎！①

苏轼殆已认识到认真观察事物及向劳动者学习对画真画活画的重要。否则，连形似的起码要求都达不到，何论神似！换言之，则连“真”都不是，又怎能“活”呢？作画如此，于诗亦然。其《题陶渊明诗》云：

陶靖节云：“平畴交远风，良苗亦怀新。”非古之偶耕植杖者，不能道此语；非余之世农，亦不能识此语之妙也。②

可见，无论作诗还是读诗，都必须有自身的生活体验。否则，不仅自己写不出好诗，就是别人写出“活法诗”来了，也体会不到它的妙处。所以，后来王夫之说：“身之所历，目之所见，是铁门槛。”③

从上论可知，苏轼的“好诗如弹丸”和与此义近的谓文与可画竹如“兔起鹘落”之论，都是对诗、画“活法”说的形象比喻。他远承齐梁的谢朓、沈约、钟嵘，直接本朝的胡宿，而下开启稍后的吕本中，是中国的“活法”说发展过程中的承前启后者。

［原载《西南民族大学学报》（人文社会科学版），2012年第1期］

---

① （明）李宗孔：《宋稗类钞》（卷三十四），收录于《四库全书》，版本同前，第421页。

② （宋）苏轼撰，王松龄点校：《东坡志林》（卷十），北京：中华书局，1981年，第53页。

③ （清）王夫之等：《清诗话》（上），上海：上海古籍出版社，1978年，第4页。

范浚诗歌的多元视角

张 剑

受长期文学史训练的影响，古代文学研究逐渐形成了一套固定模式和“规定动作”，如研究作家作品，一般是先介绍时代和作家生平，然后分门别类地介绍其作品的思想内容，然后再从体裁、结构、修辞手法、语言等方面介绍其艺术特点，最后总结其文学史地位，简明有效但也容易千人一面；因此许多学者更愿意在“自选动作”上下功夫，以实现学术创新和自我超越。本文研究两宋之交一位独特儒者范浚（字茂明，1102—1150）的诗歌，欲用一节完成“规定动作”，其余各节致力多元化的“自选动作”，力图对一系列有意味的问题做相对深入的挖掘和分析。

一、关于范浚及其诗歌的一般性描述

两宋之交的浙东兰溪范氏，和江姓、胡姓一样，都是当地聚族千口以上的大姓①。范浚曾祖父范大录曾为县吏，祖父范锷官至左朝议大夫，父范筠曾官左朝议郎，范筠十子，依次为范溶、范深、范渭、范浒、范浩、范泳、范洵、范浚、范澄、范溉，除范浚外，皆曾入仕，范氏算得上官宦世家。范氏藏书亦富，且多异书，如曾藏有卢仝《春秋摘微》、王安石《唐百家诗选》等。

① （宋）范浚：《安人胡氏墓志铭》云：“时婺之兰溪，言令姓者推江、范，而胡亦严名宗。三家族属各千指。”见《全宋文》，上海辞书出版社、安徽教育出版社2006年版，第194册，第174页。本文所引范浚文章皆据《全宋文》。

在这种家庭环境中，范浚自然从小受到了良好的教育。其《香溪集》卷二《送茂瞻兄机宜之官广东》题注“时年十七”，卷三《叹旱》题注“时年十八”，卷一《述岩赋》题注云“辛丑年作”（二十岁），卷十九《设淮阴先生说李孝逸辞》题注“时年二十一”，可知其少年时已善作文辞。后来文名愈盛，以至有人假托范浚之名作《元祐赋》，并在福建一带刻板售卖。《香溪集》卷十八《答姚令声书》载此事云：“得足下去月尾书……首及妄人假仆姓名和《元祐赋》，锓板散鬻。”范浚还工书法，其侄范端臣《祭叔香溪先生文》谓其“游戏乎翰墨，则钟颜虞褚同笔势之清妍”。

范浚不仅能为诗赋翰墨，而且穷研经史百家，师心自得，于性理、事功之学皆有所造。如其心性论提出“性命心仁无二”“止而觉”谓仁、“天下一性”等观点，近陆王而与程朱一派有所分别；其工夫论提出诚与不欺、思与敬、慎独与自牧、知耻有悔、学与养、存心、尽心、尽性等观点，又使他与程朱一派有所联系，范浚所著《心箴》，还被朱熹取入《孟子集注》；范浚生于朱陆之前，而能弥合朱陆，尤为可贵。[①] 范浚不仅重视人心，也关注世道，绍兴初他曾上书李纲，勉其开纳群贤；他还作《策略》二十五篇，涉及庙算、任相、理财、朋党、用兵、除盗诸事，可见他的用世之心。

奇怪的是，范浚并没有利用自己的文化优势和文学才能谋取科举进身，而是徜徉于兰溪美丽的山水间做一名隐士。但是隐士也需要生活来源，范浚选择了授徒讲学。据《香溪集》可考的范浚门生有永丰柴喆、龙游（盈川）虞唐佐、诸暨张龟年、寿昌邵恂、义乌陈九言、邑人高栴六人，当然不止此数，如曾刻印《唐百家诗选》的倪仲传也是范浚门生；但范浚学生亦不会像伪托朱

① 参见拙作《范浚的理学思想及其时代意义》，载《中国哲学史》2013 年第 2 期。

熹之作《范子小传》所说的达到数百人。范浚讲授的内容不以诗文为主，倪仲传因读《唐百家诗选》有误学业，范浚干脆把这部书锁了起来。范浚为其他学生所写《存心斋记》《养正斋记》《自牧斋记》《三益斋记》诸文，皆以圣贤学行相期许，由此可知范浚授学大概。

不讲利禄之学，生计自然不会宽裕。陈岩肖这样描述范浚的生活：“先生危坐一室，尘埃栖户牖而凝几席，败帷故器，人所不堪，而先生貌充体胖，神宇泰然。”（《香溪集原序》）范浚也自述说：“邈与世其无竞，蓬茅一室，松菊三径。林岭泉石，娱吾游衍；风花雪月，供吾啸咏。无营无欲，爰清爰静。随所适而得此生焉，聊乐乎天命。”（《过庄赋》）也许用“安贫乐道”四个字形容范浚是合适的。

绍兴二十年（1150），范浚辞世，其著述由侄端臣、门人高梈整理为《香溪集》二十二卷，于绍兴三十一年刊行，此本元代已罕见，大约元至顺壬申（1332）范氏后裔元璘以两残宋本拼合重刊，明成化十五年（1479）兰溪县令唐韶又据元刊翻刻，较为流行；清乾隆七年，范氏后人范友松、范文焕率族人又重刻《香溪集》，但编排、行款与明成化本有较大不同，属另一版本系统，《四部丛刊》本即据此影印，但误作明本。①

《香溪集》包括赋一卷、诗三卷、文十八卷，涉及政治、经济、军事、哲学、历史、文化、人情酬应、人生感怀等不同方面。范浚之文，包括书启、说、论、进策、题跋（题、跋、书、读）、辨、问对、记、箴、铭、传、墓志、祭文、青词等不同文体一百三十八篇（《续丹扆六箴》按一篇计），博极经史，辨博峻整，其中论道文多达三十余篇，从中可以领略到他作为理学家的风采。范浚之诗，共一百六十五首，其中五古三十四首、七古三

① 参见拙作《宋范浚〈香溪集〉版本源流考》，载《文献》2013年第1期。

十一首、五律三十一首、七律二十六首、七绝三十二首、六言五首、杂言六首。近体诗平易温静，有晚唐之格；古体诗奇崛遒劲，颇挟魏晋风力，古体中乐府诗奇丽流美，亦近中晚唐气格。《四库全书总目·香溪集》谓其“近体流易，犹守元祐旧格，不涉江西宗派”，评价并不准确。总的说来，范浚并不著以诗名，其诗歌史的位置只能介乎二三流诗人之间，但他却是一位饱含文化意味的诗人。从其诗中，不但可以窥见基层诗人的若干面相，对中国诗歌发展史有更丰富的理解；而且可以探知复杂的文化信息，对自然、社会、人生有更深刻的体验。

二、为何而隐

隐逸与仕宦相对而言，在中国具有悠久的传统，但并非不仕宦的人皆可称隐士。按张立伟的话说：“可以仕而不仕方为隐，可以仕是隐士的身份资格，并非渔父樵夫引车卖浆者之流皆是隐士。而‘知’又是构成隐士资格的重要条件。”① 张氏又将隐逸分为“不合作的忤世之隐”和“不介入的避世之隐”两大类型，前者包括“以正直抗议邪恶”“以独立抗议束缚”“以抱负抗议环境”，后者包括“为生存而隐”“因冷漠而隐”等。冷成金则从隐逸文化传统的发展顺序中将隐逸划分为“道隐”“心隐”“朝隐”“林泉之隐”“中隐”“酒隐”“壶天之隐”七个阶段，认为它们的共同特点是“通过各具特色的方式从僵化禁锢的价值观念中解脱出来，寻求一种更加富有活力的自由的价值观念”②。

其实除了那种心恋利禄，暂且栖身山林待时而动，或以退为进，借高隐之名搏终南捷径的行为，隐逸说到底是一种不能适应

① 张立伟：《归去来兮——隐逸的文化透视》，北京：三联书店，1995 年，第 32 页。

② 冷成金：《隐士与解脱》，北京：作家出版社，1997 年，第 6 页。

外部社会环境，或志趣在仕宦之外，因而对社会采取一种主动疏离的生活方式，它更多是一种性格选择。范晔《后汉书·逸民传》云：“《易》称‘遁之时义大矣哉’。又曰：‘不事王侯，高尚其事。’……或隐居以求其志，或回避以全其道，或静己以镇其躁，或去危以图其安，或垢俗以动其概，或疵物以激其清。然观其甘心畎亩之中，憔悴江海之上，岂必亲鱼鸟乐林草哉，亦云性分所至而已。”[①] 其中“静己以镇其躁”“垢俗以动其概（节概）”“疵物以激其清（清高）”，都是讲以一己高洁品质对抗社会躁进污浊之风，有些同义重复，然“性分所至”四字实为关键，它点出了人们个性化、多元化生活选择的可能性，这也正是隐逸所具有的重大文化价值。

但对于古代知识分子而言，仕宦之外，可以选择的人生职业有限，一味任性的隐逸，往往难以立己养亲。有无可能打破仕隐对立，创造一种两全其美的生活方式？东方朔的“避世金马门”（《史记·滑稽列传》），谢灵运的“既欢怀禄情，复协沧州趣”（《之宣城郡出新林浦向板桥》）已导其源，而到了白居易，就鲜明提出一个“中隐”来：

> 大隐住朝市，小隐入丘樊。丘樊太冷落，朝市太嚣喧。不如作中隐，隐在留司官。似出复似处，非忙亦非闲。不劳心与力，又免饥与寒。终岁无公事，随月有俸钱。君若好登临，城南有秋山。君若爱游荡，城东有春园。君若欲一醉，时出赴宾筵。洛中多君子，可以恣欢言。君若欲高卧，但自深掩关。亦无车马客，造次到门前。人生处一世，其道难两全。贱即苦冻馁，贵则多忧患。唯此中隐士，致身吉且安。穷通与丰约，正在四者闲。（《中隐》）

---

① （南朝）范晔：《后汉书》，北京：中华书局，1965年，第2775页。

王康琚在《反招隐诗》（《文选》卷二十二）中提出“小隐”与“大隐”，白居易承此言“中隐”，意谓身处闲散官职而能得隐者闲适自得之趣，这样既可以在物质生活上无忧无虑，复可以在精神生活上得到解脱。“中隐”又可曰“吏隐”，所任之官多属散官、闲官或地方官，只有如此，才能在职责意识与精神自由方面达成一致，如果任朝廷要职或剧郡，职责所限，事务烦冗，哪得如此闲情逸致。你可以说“中隐”是一种消极制度意识的反映[①]，但却不能说它是一种堕落的行为。因为当你处身一种成熟僵化的体制中，个人的无力感是很强烈的，张扬理想者往往被奔竞躁进者所利用，而能够静己闲适、守常备位，既是体制稳定的需要，也是不违良知的理性选择。因此“中隐”（“吏隐”）得到中唐之后文官们的广泛响应，如北宋王禹偁、欧阳修、司马光、苏轼、苏辙、文同、张耒等都留有相关诗文，形成了一种可以圆融调谐身与心、职与事、仕与隐矛盾的强大精神传统，影响着文人的出处安排。

范浚有能力和机会出仕，这点毋庸置疑，他与李纲、楼炤、富直柔这样的显宦都有交往，绍兴二年（1132）春，富直柔欲举荐范浚应贤良方正能直言极谏科，但为范浚所辞谢；绍兴十一年，知婺州周纲欲以范浚为学官，亦被婉拒，皆是明证。宋末金履祥说范浚是因“秦桧当国”（《孟子集注考证》卷六）、不欲与奸佞合作而不出仕，但绍兴初期秦桧名望不恶，范浚及其家族与秦桧亦有交情，此说难以成立。[②]

那么范浚为什么没有采取“吏隐”这种看上去兼美的调和方

① 白居易的“职责意识”与闲适意趣以及其中的消极制度意识，可参见刘宁《唐宋之际诗歌演变研究》第一章第三节“元、白之‘元和体’的精神意趣”，北京师范大学出版社2002年9月版。

② 参见拙作《范浚与秦桧、朱熹关系考论——兼从范浚看道学谱系的生成》，载《中华文史论丛》2013年第4期。

式呢？我觉得除了“去危以图其安”的因素外，其友陈岩肖的话更值得重视：“先生居香溪之上，自少至老，笃学而赡于文，探道而不以世故婴其虑。……了无仕进意。”（《香溪集原序》）虽然“了无仕进意”一语有些绝对，但范浚显然属于那种“性分”在笃学探道而不在仕宦的人。范浚《上致政胡待制书》将这层意思讲得更加显豁：“浚生四十有九年矣，顾发已种种，而常自安于穷巷，不敢妄怀求进之心，夫岂以是为硁硁哉？盖斯道也，广之弥宇宙，穷日月，约之不出乎身。古之人己事未明，则不敢以为人自任。……方且汲汲于自力，而何暇乎求仕，是固后学所宜知，而浚将终身勉焉者。”另外，范浚作于绍兴初的《寄上富枢密书》云：“浚闻公卿之大任，莫若索士，而士则以自鬻为丑，抑尝怪近时公卿大人不俛眉下士，类多简弃寒素，莫之省录。狂生贱儒，习为躁竞，望高门而走谒……逆施倒置，闻见稔积，渐靡成俗，视为当然。此浚所以闭关穷间，无足迹于通贵之门，虽藿食水饮，而犹守愚抱拙，不之改也。”似乎范浚不出的原因是要保持道的尊严，不愿主动出仕，而并不拒绝公卿大夫的主动“索士”。但他正是在这封书信中婉拒了富直柔的主动举荐，恰可证明范浚对道的追求远远大于对仕宦的兴趣。

范浚是一个在宇宙论、心性论、工夫论上都有不凡见解的理学家，他的“道”自然可理解为儒家圣人之道。其《尧典论》借《易·系辞》的“立天之道，曰阴与阳；立地之道，曰柔与刚；立人之道，曰仁与义”阐述“三者一道”的道理。其《读老子》更明确言：“仁也、义也、礼也、智也……四者异名，总而名之曰道。”其《次韵六兄茂永论有无之作》还借僧肇《答刘逸民书》中论有无关系的理论[①]对“道”的性质做了讨论：

---

① （明）梅鼎祚辑：《释文纪》卷十《释答刘逸民书》云：“齐万有于一虚，晓至虚之非无。”文渊阁《四库全书》，第1400册。

磨砖不成镜，画饼不可食。谈空如画饼，要匪实消息。泥有如磨砖，未免见排辟。筹量有无中，背道费寻觅。先天为心祖，此事冥太易。空毋堕渺茫，有勿着声色。勿同半生灭，邪见徒役役。万有齐一虚，寥廓鸟无迹。至虚本非无，岂谓滞神识。佳哉僧肇论，妙意真的的。

诗中的“道”即“先天”“太易”（大易）、“至虚”，是万有之本源、宇宙之本体，万事万物万虑皆其发生运化之表现，因此绝非空无；万事万物万虑又非其完整本体，因此亦不能言其为具象的有。可见范浚所认知的“道”是一个既“存有”又“活动”的“道”。

从本体的清净纯一及其运化之理来看世间的奔竞之风，自然觉得格格不入，范浚的《狂泉》诗云：

昔有大荒国，水以狂泉名。国人皆饮泉，狂颠率无宁。一者自穿汲，乃独能常醒。国人既皆狂，反见不狂惊。顾谓不狂人，无乃鬼物凭。不然是狂疾，救疗当痊轻。施针灼炷艾，肤肉无全平。而彼不狂者，被虐楚不胜。贲然走泉所，酌饮不敢停。既饮即亦狂，万虑皆迷冥。其狂与众一，众始欢相倾。世事今亦然，嗟哉感诗鸣。安得跨鹏背，独往游天溟。寄谢彼狂子，酌泉吾不能。

南朝袁粲《妙德先生传》云：“昔有一国，国中一水，号曰狂泉。国人饮此水，无不狂，唯国君穿井而汲，独得无恙。国人既并狂，反谓国主之不狂为狂。于是聚谋，共执国主，疗其狂疾。火艾针药，莫不毕具。国主不任其苦，于是到泉所酌水饮之，饮毕便狂。君臣大小，其狂若一，众乃欢然。我既不狂，难以独立，比亦欲试饮此水。”此诗即化用传文，但与妙德先生“欲试饮此水”的随波逐流不同，范浚却是“酌泉吾不能”，而是期望“安得跨鹏背，独往游天溟”。

这种彻底与世俗对抗的姿态，也正是范浚无法认同吏隐这种调和行为的根本原因。在范浚看来，依靠身与心的分离实现吏与隐的调和不过是一种自我欺骗，吏与隐之间是无法真正调和的。他在《温州永嘉县不欺堂记》《慎独斋记》《自牧斋记》等文章中多次强调不自欺，也导致了他对吏隐方式的否定。我们来看他的《六笑》诗：

我笑支道林，远移买山书。巢由古达士，不闻买山居。我笑贺知章，欲乞鉴湖水。严陵钓清江，何曾问天子。我笑陶靖节，自祭真忘情。胡为托青鸟，乃欲长年龄。我笑王无功，琴外无所欲。当其恋五斗，乃独不知足。我笑杜子美，夙昔具扁舟。老大意转拙，欲伴习池游。我笑韩退之，不取万乘相。三黜竟不去，触事得谗谤。客言莫谩笑古人。笑人未必不受嗔。螳螂袭蝉雀在后，只恐有人还笑君。回头生愧不能语，嘲评从今吞不吐。誉尧非桀亦何为，讪周讥禹终无取。

在这首诗中，他对支道林、贺知章、陶潜、王绩、杜甫、韩愈六人都表达了某种程度的不满，而对巢父、许由、严光三人表示出由衷的敬意。支道林写信给竺法深欲买山而居，贺知章向唐玄宗上书乞鉴湖而归，都未摆脱世俗的名利之念。因此竺法深答支道林曰：“未闻巢、由买山而隐。”而范浚也讥讽贺知章：“严陵钓清江，何曾问天子。”巢父、许由是尧时隐士，尧让位于二人，皆逃于野而不受。严光（字子陵）与汉光武帝刘秀曾为同窗好友，但刘秀称帝后他却隐名换姓垂钓于富春江畔，唯恐被人知晓。诸人境界由然而分高下。

与支、贺相比，陶潜与王绩则属另外一类。陶渊明曾作《自祭文》云“乐天委分，以至百年。……识运知命，畴能罔眷。余今斯化，可以无恨”；但《读山海经》其五中他又委托青鸟向王母乞求“在世无所须，惟酒与长年”。王绩《古意六首》其一云

"月夜横宝琴，此外将安欲"，似乎于琴外无所萦心，但其《五斗先生传》又于美酒眷恋难忘。陶、王二人名利之心虽很淡漠，然而毕竟于长寿或琴酒等物尚有执念，在范浚看来，仍算不得真正的高隐。

杜甫、韩愈又属于一类。杜甫《破船》诗云："平生江海心，宿昔具扁舟。"《自京赴奉先县咏怀五百字》云："杜陵有布衣，老大意转拙。许身一何愚，窃比稷与契。"又《玉腕骝》云："胡虏三年入，乾坤一战收。举鞭如有问，欲伴习池游。"杜甫向往的是获得稷契那样的高位以展济世之心，或者如卫伯玉的战马一样立下赫赫战功后，然后再游乐习池，功成身退。韩愈《岳阳楼别窦司直》诗云："爱才不择行，触事得谗谤。……誓耕十亩田，不取万乘相。"《南内朝贺归呈同官》云："三黜竟不去，致官九列齐。"韩愈推崇的是柳下惠三黜不去其国，以直事人，后始弃官归隐。杜、韩都是对社会具有强烈责任感和承担感的人，他们的归隐以理想的实现为前提，这是一种范蠡式的情怀，与范浚心中的巢父、许由、严光等仍有质的不同。

概言之，巢父、许由、严光等人是真正的遗世独立，保有较纯粹的隐士道统，那种先隐后仕如伊尹，先仕后隐如柳下惠、范蠡，不忘世俗名利如支道林、贺知章，沉溺身外之物如陶潜、王绩，等等，都多少割裂了道的浑然性。范浚直接巢父、许由、严光等古隐士之道，且留下了较丰富的诗文，为我们了解这类隐士的心态提供了较理想的样本。在吏隐之风大盛的两宋，这种为道而隐、孤高绝世的行为，也就别具清凉醒世的功能，并与南宋道学的理想化进程暗相呼应。

三、看人远，看云近

如果我们承认人性和心理活动的复杂性，就不会简单认为范浚在选择为道高隐的时候没有过矛盾、犹豫、挣扎和痛苦。他笃学、探道，但也有用世的才能和心志。否则我们无法解释为什么他会有进卷之作，其中二十五篇《进策》尤能见其治世之才，他的文章也多有现实的价值关怀。如胡应麟《范浚先生集序》所云："其诗文不甚概于古，其持论甚破款，而才藻辞令，奕奕足以发之，非龌龊守章句椎朴俚儒比。尤慷慨好纵谈天下事，所上皇帝诸书，及李、富两柄臣启，抵掌万言，率引喻古今，洞达彼己，凿凿可见施行。至传翟义、说李孝逸、志徐徽猷（按"猷"当作"言"），雄辩瑰略，百折弗穷，而忠义激烈，浩然之气，诵之犹若浡郁于简编，而飞动于翰墨，是又足觇先生肩抱之奇伟。匪槁首山泽，锐于忘世者也。"① 从中可以看出他另一幅入世的面孔。

不过，如前所言，范浚对入世的条件十分苛求，《寄上李丞相书》中云："欲依世挠节则不能，欲遗世远引则不忍，欲求所依归则无有。遑遑乎若迷涂冥行，而无适从于斯时也。士非信道笃，自知明，行藏自我，不因人而作辍，则其所成就殆未可知也。"可见他虽然矛盾彷徨，但绝不愿为道屈身，哪怕对现实做出些微让步。在《遣兴五首》其一中，我们可以进一步体味他的这种心境：

商山园绮徒，雪发映松露。山间谓终老，不踏市朝路。一朝前星匿，羽翼起调护。婆娑古衣冠，笑定国储副。留侯计偶尔，曷遽动贞素。因知古今士，出处自冥数。功名苟不免，四老犹一助。宁庸巧驰驱，失尔邯郸步。

据《史记·留侯世家》《汉书·张良传》载，秦末东园公、绮里季、夏黄公、角里先生，避秦乱，隐商山，年皆八十有余，

---

① （明）胡应麟：《少室山房集》（卷八三），文渊阁《四库全书》本，第1290册，第597页。

须眉皓白，时称商山四皓。汉高祖召，不应。后高祖欲废太子，吕后用留侯张良之计，迎四皓，辅太子，遂使高祖辍废太子之议。这首诗即用此典，最后指出“出处自冥数”，如驰驱竞进，终会落得邯郸学步的结局。由此可见范浚信道自知、行藏自我、待时而动、守命适性的思想。

但是，社会现实最终令范浚失望，在范浚看来，这不仅是一个如《狂泉》诗中所描绘的众人皆醉我独醒的社会，而且充满着不安定和险恶的气氛：

高蝉荫嘉木，未省螗斧危。勇虫亦何愚，不顾黄雀饥。痴痴挟弹子，已复露沾衣。世事无不然，古今同一悲。（《杂兴五首》其三）

翻云覆忽雨，昨火今已冰。三涂九州险，未似今人情。人言余耳事，令我不忍听。嗟哉泜水上，刎颈遂寒盟。（《遣兴五首》其五）

前首诗化用了《庄子·山木》《韩诗外传》和《说苑》中有关螳螂、蝉、黄雀、挟弹童子的典故，用来形容人际间互相牵制算计的复杂关系。后首诗说的是即使像陈余、张耳那样的刎颈之交也会反目成仇，人与人之间惯弄权术、反复无常，其险恶胜于三涂山那样的九州之险。《冬夜有感》诗将这种心情揭示得颇为透彻：

宵长倦观书，掩帙起微步。徘徊檐隙月，点缀竹梢露。寒空顽无风，寂历雁时度。不知何处村，尚急野塘戽。哀哉当丙夜，取水穷沮洳。得无空鱼群，一举不复顾。那知今竭泽，无复鱼可捕。天公仁百物，暴殄天所怒。褰裳欲从之，告以盍长虑。浮云暗林野，恐堕荆棘路。出门还入门，此意定谁喻。遣兴强微吟，凄凉不能句。

他不满对人民苛刻盘剥、竭泽而渔的做法，想要出谋划策，挺身而出，却又怕障碍重重，陷己于荆棘罗网，于是出而复入，凄凉长叹。这种对世道人心的强烈不适应和担忧畏惧，也成为范浚最终放弃入世济世之心，选择为道而隐的诱因之一。

与对世俗人情的失望和主动疏远相比，范浚对于自然山水表现出一种由衷的热爱。他的诗中，山居、登临、出郊、玩月、探春、喜雨、喜雪的题材比比皆是，且多姿多彩，充满生意和亲切之感。略举数首可窥一斑：

远草连云碧积，繁花照日红酣。信马贪看春意，不知错过村南。（《春日行兰溪道中六言》）

燕落雨知节，鸠鸣天欲晴。行云飞断碧，斜日漏微明。笋上竹三径，苗肥田一成。野人知得饱，索酒坐班荆。（《次韵六兄茂永首夏新晴》）

乐事惬幽讨，闲情便旧游。梳风修竹晚，挂日老枫秋。一饱桑门饭，百忘尘世忧。萧条茅屋下，可以纵冥搜。（《游南山晚归二首》其一）

云顽欲雪不雪，梅冻将花未花。荒草狭蹊山路，断桥流水人家。

瑟缩鸦栖古树，联拳鹭立回塘。水际风低白苇，隔村时见牛羊。（《冬日行兰溪道中六言二首》）

春日里云草连碧、花日映红，信马贪看，以致忘记时间空间；夏日里燕落鸠鸣、笋茁苗肥，正好与野老把酒言欢；秋日里晚竹老枫，饱餐僧饭，亦堪忘忧；冬日里荒草古树、断桥流水、回塘白苇、鸦鹭牛羊，真是鲜活如画。在他的《次韵陈叔永山居二首》其二中，还具体展现了自己的归隐之乐：

子方夸小隐，我亦爱深居。出补登山屐，归携带月锄。旋沽新漉酒，聊驻故人车。有此幽栖乐，虽贫亦晏如。

朴素、温馨、自然、明净，真有一种陶渊明式的返朴归真的快乐。范浚觉得，与人心的功利善变、难以捉摸相比，不改的青山、长流的绿水显得更可亲近信赖。他的《寄题郑亨仲可友亭》云："嗟今轻薄子，对面生九疑。宁如友真山，贞质终无移。"《次韵富修仲见赠二首》其二云："幽栖长懒放，野性耻浮沈。避俗真成僻，居山恨不深。"都多少传达了这层意思。在《次韵侄端臣感兴》诗中，范浚集中显现了这种亲近自然疏离人世的态度：

……独往属幽人，膏肓嗜泉石。伊予真爱山，所向留屐迹。遥岑难历脚，望望怜寸碧。阿卿昨远游，厌俗眼常白。归来对家山，随遇有余适。哦诗洗穷愁，感事念今昔。婆娑碧溪上，俛仰欣自得。应嗤囊行路，万事等儿剧。相期从此始，幽赏旦连夕。

白眼厌俗，青眼对山，岂不正是基于范浚"膏肓嗜泉石""真爱山"的个性；也只有在大自然的怀抱里，"随遇有余适"的范浚才能"俛仰欣自得"，难怪他对自然山水会"幽赏旦连夕"了。

四、雨与晴

将伤感的文学家与淡定的理学家所做的诗歌相比，可能会有一个有趣的发现，即伤感的文学家往往善于写雨，而淡定的理学家则更喜欢写雨晴。这大概因为雨的朦胧潮湿和缺少光线较适合象征情绪的复杂、粘冷和阴郁，如李贺的《崇义里滞雨》《苏小小墓》，李商隐的《重过圣女祠》《细雨成咏献尚书河东公》《七月二十八日夜与王郑二秀才听雨后梦作》等；而雨晴较适合表现心境的通透、爽利和洒脱，因此黄庭坚称道周敦颐时便云"人品甚高，胸中洒落如光风霁月"（《濂溪诗序》）。

范浚的诗中，雨字出现二十四次，晴字出现十五次，似乎写晴不如写雨多。但是那些写雨的诗句，有的只是比喻，如"翻云复忽雨""欲语先愁泪如雨""真界飞花雨"；有的实际上是在写晴，如"黄梅雨歇春归后""雨余池上兴悠哉""燕落雨知节，鸠鸣天欲晴""出郭雨初霁"，真正诗题中写雨或诗句中以写雨为主的只有如下两首：

初弦落微月，草宇夜岑寂。追凉拂桃笙，伸欠聊偃息。檐荣忽飞雨，散乱银竹白。避漏起移床，青灯晕空壁。晓看蛙入户，时有燕为石。是节正骄阳，歊燿火云赤。烦蒸等坐甑，百体劳按抑。良苗忧槁暴，空有庭树碧。借免抱龟肠，犹应困蔬色。炎埃今一洗，万井沐甘泽。望岁即交欢，宁容须暇隙。相逢如得酒，酾饮莫余沥。（《次韵侄端臣喜雨》）

邮亭羁客寒无毡，夜怀家山情惘然。灯前坐感雨萧瑟，浩叹达晓愁无眠。邻翁不出蓬茨里，听雨听风心似水。黄昏鼻息已雷鸣，往往檐喧不经耳。愁霖一种声纷纷，邻翁不闻羁客闻。是中转物有妙理，起予暗契瞿昙旨。（《理喻》其一）

《次韵侄端臣喜雨》是次韵诗。前四句写夜深月落，天气炎热，诗人借桃枝竹席纳凉休息；接六句写檐前大雨如注，似一片白色的银竹，屋中漏雨，诗人只好移床让避；大雨连晓，以至清晨青蛙跳入户中，燕子也纷纷衔泥筑巢，由此见出雨之大、雨之长。再接八句倒叙节候旱热，如坐蒸笼，庭树尚碧而田苗欲枯，如此下去，人民即使能够像乌龟那样以水为食（古人认为蝉以露为食，龟以水为食），但也恐怕会面有菜色，营养不良吧，言外之意仍是饥饿难免。最后六句扣"喜雨"，炎热顿去，枯井充盈，人民抓紧耕种，有望丰收（望岁），因此一片欢腾，诗人畅想着与侄儿相逢，一定痛饮美酒以示庆贺。诗题是"喜雨"，注定诗歌不会写因雨可能导致的潮湿、阴郁、烦乱等负面感觉；因此虽是写雨，心情却是欢喜晴朗的。《理喻》其一写的倒是"惘然""萧瑟"并且使人"无眠"的"愁霖"。但诗人目的在于通过羁客与邻翁对于雨的不同反映，展示心境的不同可能带来的对外界感受的差异。它和《理喻》其二、《杂兴四首》同为性理诗，雨并不是诗歌描写的中心，只是用来说明心性的一种媒介。

对于写晴或写雨余、雨后，范浚的态度明显要积极得多。仅从诗题上看，即有《寓居宝惠寺喜晴登山》《次韵侄端臣雨晴出郊》《次韵六兄茂永首夏新晴》《次韵弟茂通晚晴》《岁暮喜晴》《春雪晚晴出西村》《雨后出郊二首》八首。与“晴”相应，这些诗也多使用亮度与饱和度较高的色彩词，如以下两首：

晴山喜见晓巑岏，笑出蓬门不暇冠。风扫断云齐万弩，日融残雪上三竿。早黄杨柳漏春信，晚翠枇杷凌岁寒。从此林芳入幽赏，冻醪新压味甘酸。（《岁暮喜晴》）

步屐寻春犯雪泥，村南村北鹁鸠啼。堕梅残白犹明树，着柳暗黄初映堤。风景快晴云擘絮，江天未暮日悬规。最怜碧涨侵沙尾，更傍横桥一杖藜。（《春雪晚晴出西村》）

第一首描写冬雪晓晴。一二句言晨起天气晴好，能够望见附近耸立的山峰，赶快出门寻芳探幽，甚至来不及戴上帽子；三四句言疾风如万箭齐发，席卷残云，日头逐渐升起，不断消融着残雪；五六句言早黄的杨柳透露春天临近的消息，晚熟的枇杷苍翠欲滴，无惧岁末的严寒；末两句言林木花草都将生机勃发供人欣赏，新酿的春酒也等待人们品尝。颈联杨柳的嫩黄与枇杷的苍翠，色调一暖一冷，对比鲜明，又衬以风卷残云后的晴空、丽日、白雪，增加了画面的亮度，给人一种冷暖辉映、明彻晴和的感觉。

第二首描写春雪晚晴。一二句言踏雪探春，村南村北到处传来鹁鸠的叫声，以听觉暗示春的无所不在；三四句从视觉入手，看到梅树上还有残雪耀眼，堤岸上杨柳悄悄染黄；五六句视线移至天上，白云堆絮，落日如规；末两句视线再由江上落日下移至江面，但见碧水浸没沙滩，诗人正从桥上扶杖经过。颔联明写雪之白与柳之黄，是显性色；颈联暗示云之白与日之红，是隐性色；尾联明写江水之碧，暗写沙滩之黄；但皆冷暖相衬，又充满亮度。

范浚其他的写晴诗，如“丹崖断云归，翠窦飞泉入”（《寓居宝惠寺喜晴登山》）、“平瀛涨新绿，滟漾摇晴陂”（《次韵侄端臣雨晴出郊》）、“行云飞断碧，斜日漏微明”（《次韵六兄茂永首夏新晴》）、“浮云卷尽绮霞明”（《次韵弟茂通晚晴》）、“映山行白鹭，迁木韵黄鹂”（《雨后出郊二首》其二）等，也都是通过冷暖色的对比，调和出一种明亮清爽的景象，可见这是范浚诗歌的一种习惯和特色表达，从中也可看出诗人的某种情趣和心境来。

五、两种春

在理学家看来，春天发生万物，既可体味儒家仁恩之义，又可体味大易流行、生生不息的天人合一之境。如朱熹《仁说》云：“盖天地之心，其德有四，曰元、亨、利、贞，而元无不统。其运行焉，则为春、夏、秋、冬之序，而春生之气无所不通。故人之为心，其德亦有四，曰仁、义、礼、智，而仁无不包。”因此大多数理学家都喜欢在诗中写春天，借以体拟仁道，或传达自己对世界和生命的认知。

范浚诗歌对春天特别敏感，出现在他诗中的“春”字达六十四次。还有一些诗，虽通篇未出现“春”字，但实际上亦是写春景，如《幽居》《对酒分和杜诗》等。在范浚的写春诗中，的确可以看到他对春天带来的生命萌动的歌赞。如《次韵弟茂通立春四首》其一、其二：

物华俱入发生辰，喜见花梢刺眼新。便好衔杯嚼红蕊，不须枝上火烧春。

青青覆雉麦畦肥，柳线轻黄拂面垂。拟赠物华无丽句，徒惭口业未抛诗。

白居易《早春招张宾客》诗有“花光焰焰火烧春”，形容早春花枝怒放如朵朵火焰的盛况。范浚诗写立春之景，对春光的体认显然更早一些，他看到了含苞欲绽的清新花枝、轻柔拂面的淡黄柳条，还有长势喜人刚能覆盖野雉的青青麦田，他无须等到春花怒放，已是要衔杯痛饮、赋诗高歌了。“便好衔杯嚼红蕊”化自白居易《玩半开花赠皇甫郎中》“衔杯嚼蕊思”，“徒惭口业未抛诗”化自白居易《寄题庐山旧草堂兼呈二林寺道侣》“犹残口业未抛诗”。再看他的《雨后出郊二首》：

晴景收林霭，春郊剩物华。曲尘官道柳，粉艳野墙花。竹里草亭古，沙边苔径邪。遣心知有处，发兴渺无涯。

扶舆穿密竹，度彴过前溪。霁色烟横野，春声水绕畦。映山行白鹭，迁木韵黄鹂。客里贪幽事，归时日已西。

这是早春雨后的郊野：官道两旁淡黄的柳条，野外墙头粉色的花朵，竹林里古意盎然的草亭，沙路边歪斜的苔径。诗人迂回穿过浓密的竹林，踏上独木桥渡过小溪，进入大自然的更深处寻幽探胜，这时他的视听为之一变：原野霁烟四溢，山前白鹭惊起，水声潺潺绕田而流，黄鹂唧唧择木而飞，真是美不胜收。诗人流连忘返，直至日落始归。

在生机勃勃、清新美好的大自然怀抱里，范浚不仅诗酒自适，而且真切感受到生命的惬意与宁静，他似乎与自然融为一体，这可以说是范浚大部分写春诗的特点。不过，尽管诗人沉醉美景，与自然亲密无间，但不论摹景、叙事还是议论，诗人都有着较强的主体性，他有选择地将自然万象有序化和明净化，以契合自己的心意。在这些诗中，诗人对世界的态度是主动和有把握的。

值得玩味的是，范浚笔下还有另外一种春天。在那里，诗人没有从积极的一面进入，他的态度是暧昧甚至放纵的，似乎对自然万物缺乏掌控的力量和信心，诗的世界也因此缺乏一种和谐感与秩序感，诗人心境也多黯淡低迷或无奈不安。如：

天暄地媚春融融，化工点染分花容。东风夜半入香陌，杂树晓繁争白红。兰丛蕙根芳翠滴，柳艳明眉轻羃䍥。红颜绿鬓青春客，壶中新醅鸭头色。残丝冉惹愁如织，日暮低迷草萋碧。（《春融融效李长吉体》）

杨花乱落青春暮，燕拂帘旌傍人语。缥壶买酒洗春愁，回风落日檐花舞。赫蹄断烂千载书，青灯照字惊蟫鱼。冬烘老生时自哂，安用盘盂学田蚡。（《三月廿六日夜同侄端臣端杲观异书效李长吉体》）

一春痴癖门长扃，两耳不闻鶗鴂声。不知东南风，扫尽红紫英。行行点检桃李径，但见树子青冥冥。门前水流渠，照灼须眉清。科斗游其间，脚股各已生。渠旁草郁郁，草底蚯蚓鸣。韵如抽茧丝，幽咽得我听。念此琐细物，随时变音形。黄河赤鲤或点额，老骥塞默长羁缨，嗟嗟世路真难行。（《同侄伯通端杲效卢仝体》）

这几首都是拟体诗，所模拟的对象是中晚唐以奇丽著称的李贺和以险怪著称的卢仝，已经预示着诗人和谐宁静的心境将被打破。《春融融效李长吉体》开篇就是“天暄地媚”的热闹气势，以下红、白、翠、绿、碧，浓得化不开的颜色扑面而来，尤其对绿色的渲染从第五句一直持续到结句：兰蕙的香绿，柳枝的黛绿，青年男女的鬓绿，壶中的酒绿，夕阳下的草绿，虽说是“春融融”，但“残丝”一句点出乃暮春之色，整幅画面的色彩并不明朗，而是杂乱阴郁且绿意过浓，因此给人以“愁如织”和“低迷”之感。《三月廿六日夜同侄端臣端杲观异书效李长吉体》的诗题已明示出是残春，但没有从颜色上着力，而是多用一些消极性和毁坏性的动词，强化人与外界的龃龉感，如“乱落”“暮”“断烂”“惊”“哂”等，从杨花乱落的春暮，到回风舞花的日暮，再到青灯照射残书的夜暮，一个老书虫自嘲道：何必像田蚡那样多识古文奇字呢？人对现实的无力感油然可以感知。《同侄伯通端杲效卢仝体》描摹的是暮春或初夏光景，这从诗中“东南风”一词可以推知。该诗不仅红、紫、青、黄、赤等字点缀其间，色彩斑斓；而且“长扃”“不闻”“不知”“扫尽”“幽咽”“塞默”“难行”等字眼让诗的情绪低落；再加上鶗鴂、科斗、蚯蚓、赤鲤、老骥等动物意象的转换跳跃增大了诗歌的张力，全诗充满着一种奇陡突兀的刺激感和紧张感。

也许我们可以将范浚的前一种春叫做“所历春”，把后一种春叫做“所拟春”。因为前者是诗人亲身感知的世界，后者带有幻想与假设成分。范浚诗歌的奇妙性是他对直接感知的审美对象经过了理性的过滤，使之达到一种明净、调和、有序、宁静，但感觉也因此是不完整的；而在他所模拟他人审美经验的世界里，反而有可能保留被他理性过滤掉的其他感觉，特别是那些模拟李贺、卢仝、温庭筠等重视感官描绘的诗人的诗歌中，常常变有序的展开为无序的共呈，更多表现出一种人类感觉尚未明晰分化时的包容感和丰富感。有点热烈，有点感伤，有点怪异，有点混乱，有点朦胧，甚至有点无聊……这样一种审美经验的呈现，也许更接近于人类原始的感性经验吧。

值得一提的是，范浚对夏的描写，也有“所历”与“所拟”两种不同形态。范浚所历之夏与所历之春一样，是一个自适清和的世界：“麦风澹荡气清和，又见阴阴夏木多。试问社中同志士，经春学力竟如何。”（《四月一日偶成三绝句奉勉诸友》其一）“水亭珍簟卧瑠璃，日暮凉生小雨催。谁刺莲船过前渚，榜歌声落枕边来”（《四睡次三兄茂载韵》之夏）。但是在所拟之夏中，色彩或刺激则要浓烈得多：

黄梅雨歇春归后，抟黍哺雏鸠唤妇。红残小颊蹊上花，翠刷浓眉陌头柳。箨痕半脱烟篁瘦，露裛幽香逗书牖。云容漠漠晓阴愁，麦信风前一搔首。（《四月十六日同弟侄效李长吉体分韵得首字》）

海棠红歇莺停歌，麦风时候犹清和。帘垂箓簌深院静，赤栏细柳阴婆娑。池塘正觉幽事好，萍叶藻蔓涵清波。一双胡燕薇丛外，衔得芹泥来补窠。（《同弟茂通效温飞卿体》）

效李贺的诗照例是狠重字眼交织，浓艳色彩混杂，所写物象纷沓密集，黄梅雨、哺雏鸠、蹊上花、陌头柳、烟中竹、窗前花、天上云、麦信风、搔首客，特别是形容风雨过后，花枝凋零如女子颊上残红，陌上柳色如女子翠眉新描，以人喻物，刺激感颇为真切。效温庭筠的诗虽然写麦风清和，但海棠之红、栏杆之赤、细柳之绿、萍藻之青，加上垂帘、深院、池塘、胡燕及“赤栏细柳”的暗示，诗中的香艳味颇浓，一幅美人初夏酣眠图也呼之欲出。这和《四月一日偶成三绝句奉勉诸友》中的麦风清和显然是两个世界。

总之，“所历”的特点在于诗人基于自身理性对感性的提纯和过滤，使诗歌在符合自己审美趣味的世界里打开；“所拟”的特点是诗人模拟特定的对象，使诗世界在特定对象的审美规定性中打开。“所历”与“所拟”是两种不同的审美经验，并不限于范浚诗歌中的春与夏，也不限于范浚的诗歌，它所呈现出的审美情感和诗歌趣味的差异性，值得人们关注。

六、怎样学唐

范浚传世一百六十五首诗，能够明确判断借鉴或学习唐诗者有百首左右，在宋调盛行的两宋之交，范浚的诗歌显示出一定的特殊性。范浚诗歌学唐主要有以下几种形式：

一是诗题标有“拟”“效”“和”“读”等明确学唐信息者。

如《拟李太白笑矣乎》《避盗泊舟武康远光亭下与同行分和杜工部诗伤秋及宿江边阁二首》《对酒分和杜诗》《戏效白傅体送姚删定》《读王建射虎行》《春融融效李长吉体》《三月廿六日夜同侄端臣端杲观异书效李长吉体》《四月十六日同弟侄效李长吉体分韵得首字》《同侄伯通端杲效卢仝体》《同弟茂通效温飞卿体》等。

二是诗题虽未标明学唐，但诗意或风格学唐者。如《题武康唐伯南扫月轩》用李白《赠闾丘处士》诗意，《苦寒行》用杜诗《茅屋为秋风所破歌》诗意，《次韵侄端方过予偕行南村玩月》学韩愈《山石》风格，《送兄瞻机宜之官广东》《送春曲》学李贺诗风格。

三是袭用或化用唐人诗句者，这是范浚学唐的主要形式。袭用即直接将唐人诗句一字未改引入己诗者，如本文第一节所举《六笑》诗中有关杜甫与韩愈的诗句，再如《寄题郑亨仲可友亭》“可望不可攀”出李白《自梁园至敬亭山见会公谈陵阳山水兼期同游因有此赠》，《送别姚令声删定还诸暨》“汉朝公卿忌贾生”出李白《行路难三首》之二，《题武康唐伯南扫月轩》“竹影扫秋月”出李白《赠闾丘处士》，《题双清堂》“心迹喜双清”出杜甫《屏迹》其一，《次韵侄端臣感兴》“贵贱俱物役”出杜甫《陪李北海宴历下亭》，《示友》“忍过事堪喜”出杜牧《遣兴》，其例颇夥。

化用诗例更多，又可分增字式、减字式、换字式、伸展式、压缩式、错综式六种，略举如下：

增字式是将某句唐诗增字后化入自己诗中。如《次韵楼仲辉郎中游天王寺登城晚归三绝句》其三“不忘朝廷醉眼中”实由杜甫《九日登梓州城》“朝廷醉眼中”增字而来；《龙游吴宰因劝农过寓居》其二“谁言羁旅知交态”实由杜甫《久客》“羁旅知交态”增字而来；《送李国佐还三衢》“惜哉计出柏马下”实由韩愈

《招杨之罘》“计出柏马下”增字而来；《读杨子云传》“文章要亦千古事”实由杜甫《偶题》“文章千古事”增字而来；《寓龙丘次韵六兄茂永见寄》“何如合眼到东川”实由白居易《寄行简》“合眼到东川”增字而来。

减字式是将某句唐诗减字后化入自己诗中。如《冬夜有感》“寒空顽无风”实由韩愈《月蚀诗效玉川子作》“寒气屃赑顽无风”减字而成；《杂兴五首》之三“世事无不然”实由韩愈《短灯檠歌》“吁嗟世事无不然”减字而成；《题武康唐伯南扫月轩》“此乐无人知”实由韩愈《芍药歌》“丈人此乐无人知”减字而成。

换字式是将某句唐诗中的某些字置换为其他字化入自己诗中。如《狂泉》“无乃鬼物凭”实由杜甫《营屋》“甚疑鬼物凭”换字而成；《上李舍人》“蚤以鸳鹭姿”实由韦应物《观早朝》“愧无鸳鹭姿”换字而成；《次韵侄端臣感兴》“伊予真爱山”“幽赏旦连夕”，实由韩愈《和裴仆射相公假山十一韵》“公乎真爱山，看山旦连夕”换字而成；《赠青城山人》“曾期汗漫九垓外”，实由李白《庐山谣寄卢侍御虚舟》“先期汗漫九垓上”换字而成；《读王建射虎行》“良弓挂壁无由弯”，实由韩愈《雪后寄崔二十六丞公》“大弨挂壁无由弯”换字而成；《送春曲》“残丝欲断感春心”实由李贺《残丝曲》“残丝欲断黄蜂归”换字而成；《次韵侄端臣同游藏春园》“绝胜酒里到家乡”实由白居易《吾士》“琴诗酒里到家乡”换字而成；《读长门赋》“一朝秋水落芙蕖”实由施肩吾《代农叟吟》“坐看秋水落红莲”换字而成；《未侄》“何异妇女留须眉”实由陆龟蒙《江湖散人歌》“我见妇女留须眉”换字而成。

伸展式是将某句唐诗延展成两句或数句化入自己诗中。如《寓居兰溪地湿卧病》“御湿要须谋日饮，乏资深根值年荒”，实就杜甫《屏迹》“年荒酒价乏”一句分出；《寄题何元晋亦乐堂》

“士生堕尘网，窘若囚飞虫”，实就韩愈《城南联句》“囚飞粘网动”一句化出；《次韵侄端臣感兴》“日车走长天，劫劫不容息”实就卢仝《叹昨日》其三“日车劫劫西向没”一句分出，而“遥岑难历却，望望怜寸碧”实就韩愈《城南联句》“遥岑出寸碧”一句化出。

压缩式是将两句或数句唐诗整合为一句化入自己诗中。如《读长门赋》“凤觜煎胶续断弦”，实就杜甫《病后遇王倚饮赠歌》“麟角凤觜世莫识，煎胶续弦奇自见”压缩而成；《次韵翁承之见寄二首》其一“人情巇险摧车路”，实就白居易《太行路》诗“太行之路能摧车，若比人心是坦途”整合而出；《次韵弟茂通立春四首》其二“拟赠物华无丽句”，实就李商隐《县中恼饮席》“晚醉题诗赠物华，罢吟还醉忘归家。若无江氏五色笔，争奈河阳一县花”一诗简缩而来；《次韵三兄茂载偶成二首》其二“君看如弦死道边”实就李白《笑歌行》“君不见直如弦，古人知尔死道边”压缩而成。

错综式是将唐人诗句打乱秩序后整改为自己的诗句。如《寄题何元晋亦乐堂》“况欲云卧听松风”实由李白《荅杜秀才五松见赠》“爱听松风且高卧”整改而成；《次韵侄端臣喜雨》“檐荣忽飞雨，散乱银竹白”实由李白《宿虾湖》“白雨映寒山，森森似银竹”整改而成；《送乔民瞻倅武昌》“莫言椎碎黄鹤楼”实由李白《醉后答丁十八以诗讥余搥碎黄鹤楼》“黄鹤高楼已椎碎”整改而成；《偶作二首》其一“身闲贵莫比，心足富有余”，实由白居易《闲居》“心足即为富，身闲乃当贵”整改而成；《听琴》“知音惟月露”，实由刘禹锡《乐天寄洛下新诗兼喜微之欲到因以抒怀也》“月露为知音”整改而成。

这些化用诗例，大多仍袭其意，但有的也反用其意或意思发生一定变异。如“莫言椎碎黄鹤楼”就反用李白“黄鹤高楼已椎碎”之意，而“绝胜酒里到家乡”也和白居易“琴诗酒里到家乡”之意有一定差别。

以上是就其基本形式而言，有的化用诗例则表现为多种形式的综合运用。如《同侄伯通端杲效卢仝体》“草底蚯蚓鸣”由韩愈《晚雨》“池岸草间蚯蚓鸣”化来，《送袁上人还铜山》“辨口剧河注”由韩愈《石鼓歌》“愿借辨口如悬河”化用，这是兼用了减字式和换字式；《暮春病起绝句二首》其二“西窗日脚篱筛动”化用元稹《闲二首》其一“篱筛日脚红”，这是兼用了增字法与错综法；《寄谢潘舍人赠乌纱帽》“先生有意念衰丑”化用杨巨源《见薛侍御戴不损里帽子因赠》“有意怜衰丑”，则是兼用了增字法和换字法。

范浚学唐，总体来看，有这样几个明显特点。一是一首诗里，往往多次袭用或化用唐人诗例。如《遣兴五首》其二：“少陵古诗伯，未必真豪人。胡为冷炙辱，自分潜悲辛。莫倚善题赋，未悟严武嗔。徒言磊落士，不肯异其身。”其中“胡为冷炙辱，自分潜悲辛”，化用杜甫《奉赠韦左丞丈二十二韵》“残杯与冷炙，到处潜悲辛”；“莫倚善题赋，未悟严武嗔”化用严武《寄题杜二锦江野亭》“莫倚善题鹦鹉赋”；“徒言磊落士，不肯异其身”化用杜甫《三韵三篇》其一“君看磊落士，不肯易其身。”《题弟茂通斗斋》则联翩化用了白居易《重戏答》“大池高馆不关身”、《小宅》“何劳问宽窄，宽窄在心中”、《即事重题》“身稳心安眠未起”、《自题小草亭》“各随其分足，焉用有余为”等诗句。《送兄茂瞻机宜之官广东》“我兄岂不感时节”实由韩愈《秋怀诗十一首》其四“岂不感时节”增字而来，“不辞触热向武威”实由杜甫《送高三十五书记》“触热向武威”增字而来；“鬼雨洒草南山悲”实就李贺《感讽五首》之三“南山何其悲，鬼雨洒空草”缩编而成；其他“愁肺”出自李贺《潞州张大宅病酒遇江使寄上十四兄》“旅酒侵愁肺”；“腰间长剑生铜吼”化自《开愁歌》“临岐击剑生铜吼”；“六印黄金大如斗”化用李贺《许公子郑姬歌》“后解黄金大如斗”。范浚学唐的密集程度令人咋舌，实到了无所顾忌的地步。

二是学唐对象广泛，但以中晚唐为主。范端臣《祭叔香溪先生文》云“吟哦乎诗章，则少陵、太白若心法之授受”，说得并不全面。粗略所计，范浚学习过的唐代诗人，有王绩、李白、孟浩然、杜甫、岑参、严武、韦应物、顾况、白居易、元稹、韩愈、施肩吾、杨巨源、李贺、卢仝、刘禹锡、王建、刘长卿、杜牧、李商隐、温庭筠、韩偓、陆龟蒙等二十余人，以中晚唐诗人居多。范浚袭用或化用诗句最多的诗人是李白、杜甫、白居易、韩愈、李贺，意味着他兼取飘逸、沉郁、平易、怪奇等多种风格，在诗风的选择上具有多样化的趣味。

三是化同己出，随心所欲。如果对前代诗歌较为陌生，初读范浚诗，会觉得他是一个不假雕饰、性灵自然的诗人，因为从字面上看去，他的诗既无奇字，亦无僻典，似乎通俗易晓；但如果仔细推求，会惊讶地发现，那些看似明白的诗句其实大都有其来历，不过因用得自然，具有较大的隐蔽性。解构主义者把这种现象称为“互文性”，在他们看来，任何文本都是其他文本之吸收与转化，所有文学都是互为文本，甚而由此否认作品的独创性。这种看法有其道理，亦不无偏颇。他人话语作为文化符号虽然具有一定的社会公共性，但把他人话语作为文化符号引入自己的文本，如果能够恰切、自然地为自己个性化的命题服务，其独创性无疑是存在的。范浚妙同己出地化用唐人诗句，较好传递了自己的心意情志，本身就是一种艺术的再创造，不能简单以抄袭目之。

七、不是江湖，亦非江西

范浚为何采用如此大规模明显学唐的策略？要知道，他的才力，完全可以运其神意而不用其字句，如那几首标明“拟”“效”

唐人的诗歌，一片神行，字句上反而较少抄袭唐人。与之形成鲜明对比的是，《香溪集》里几乎没有发现一篇学习宋人的诗歌，欧、王、苏、黄等诗坛大家对于范浚就像不曾存在一样。这是值得进一步玩味的问题。

范浚大肆学唐的原因，可以根据不同材料给出不同理由，如地域的影响、身份的影响等，都可说是其中重要因素。钱志熙先生《试论“四灵”诗风与宋代温州地域文化的关系》一文，对地域、身份给予诗人的影响有不少精彩论述：

大体上看，温州地区的学术与文学，基础在于元丰、元祐时期。……这其中，影响最大的，在学术上就是二程理学，在文学上则是苏黄为代表的元祐文学风气。这种影响，一直延续到南宋时期。而永嘉学派的事功经制之学与永嘉四灵“诸人摆落近世诗律，敛情约性，因狭出奇，合于唐人”的诗风，从近距离来看，正是对地域化的元祐理学与文学风气的一种超越，是温州学术与文学发展从模仿、引进到综合地域原有的文化资源进行独立创新期的表现。

大凡地方诗家的吟咏，风格比较本色，与主流的诗派与诗歌风格预流的意识比较淡薄，容易趋于自然平易，其作品的内容也多是咏写地域内的风景与人文。尤其当名公巨卿们在努力地追求与当代的主流诗派与风格接近时，政治与文化上地位低下的地方诗家与他们的风格差异就显得比较突出了。这正是永嘉四灵诗派具体的地域的诗歌背景。①

以之对应范浚，不乏可对应之处。如同为地方诗家，范浚与四灵诗派一样，“与主流的诗派与诗歌风格预流的意识比较淡

① 钱志熙：《试论“四灵”诗风与宋代温州地域文化的关系》，载《文学遗产》2007年第2期。

漠”；温州和兰溪所属的金华同处于浙东地域文化圈，范浚与四灵诗派所闻见的风景与人文有一定的相似性与关联度，在以学唐人诗歌来超越元祐文学（包括江西诗派）上有较一致的诉求。试观以下两首诗：

幽居长杜户，竟日少来人。花动蜂儿去，帘垂燕子嗔。脱巾慵不整，得酒醉仍频。养拙风尘外，吾宁愧此身。（范浚《幽居》）

蓬户掩还开，幽居称不才。移花连旧土，买石带溪苔。药信仙方服，衣从古样裁。本无官可弃，安用赋归来。（翁卷《幽居》）

同为幽居，手法和风格如出一辙，并且诗中也都向唐人学习。不同的是范浚“帘垂燕子嗔”取自杜牧《十九兄郡楼有宴病不赴》“燕子嗔垂一竹帘”，“养拙风尘外，吾宁愧此身”取自杜甫《酬韦韶州见寄》“养拙江湖外”和《赠王二十四侍御契四十韵》“飘飘愧此身”；而翁卷“移花连旧土，买石带溪苔”取自姚合《武功县中作三十首》其四“移花兼蝶至，买石得云饶”，尾联又用陶渊明《归去来兮辞并序》之典。其他写山居、郊游、春雪、夏晴等所见自然景致时，范浚与四灵或江湖诗人也堪称近邻。总之，当写及亲身所处环境和自然风物时，便容易看出范浚与四灵、江湖诗人之间的相似度。

但我们并不能由此认为范浚是四灵或江湖诗人的先驱。首先，就身份而言，范浚和四灵、江湖诗人虽多为在野和地位较低的文人，但范浚本人还是一名理学家，他不像四灵、江湖诗人那样既反江西诗派，又反理学诗派，对于理学诗，他颇写了一些，如《理喻》二首、《杂兴》四首、《次韵六兄茂永论有无之作》等，略举两例：

饥人嗜败肉，渴者甘腐浆。一为饥渴害，食饮俱失常。况兹

方寸间，邪欲纷难量。微哉此心害，祸甚饥渴伤。（《杂兴》其三）

昔人称水淫，好洁若无奈。居然一日间，洗涤十余过。君看七尺躯，孰与此心大。洗心傥亦尔，会绝客尘涴。（《杂兴》其四）

像《南史》中好洁成癖、一日十数洗的何佟之一样，君子也当不断洗涤自己的心灵，闲邪存诚，防微杜渐，始能保养真心，否则被无穷无尽的邪欲所侵，视败肉腐浆为美味，则会离道心愈来愈远。范浚著名的《心箴》亦云：“心为形役，乃兽乃禽。惟口耳目，手足动静。投间抵隙，为厥心病。一心之微，众欲攻之。其与存者，呜呼几希。君子存诚，克念克敬。天君泰然，百体从令。”这段话实可和这两首诗相互参证。范浚爱化用白居易诗，也是有感白诗对于调心修身的功用，并非认同其吏隐的生活方式。

其次，就对待诗歌的态度、诗体的选择和写作方法而言，两者也有明显不同。范浚不像四灵或江湖诗人专意或刻意为诗，诗只是其表达或抒展心情的一种方式；他也不像四灵一样主攻五律，他的七古、五古、七律、五律、七绝数量接近；他学习唐人对象广泛，不像四灵一样宗奉姚合、贾岛。最为重要的是，范浚学唐最爱用的方式是直接点窜或采摭唐人诗句入诗，不像四灵、江湖诗人那样较少用典且着意锻炼字句，“以浮声切响、单字支句计巧拙”（叶适《徐文渊墓志铭》，《水心文集》卷二十一）。范浚诗中，到处不加收拾地镶嵌着或明或暗的唐人诗句；不仅如此，还镶嵌了不少有关《史记》《汉书》《后汉书》《南史》《晋书》、陶渊明、谢灵运的典故，虽然琳琅满目、光彩四溢，但都是别人的珠宝。这倒和刘克庄批评江西诗派“资书以为诗”[①]，钱钟书先生批评江西诗派“把诗人变成领有营业执照的盗贼……挨门排户大大小小家都去光顾”[②]

然而范浚又绝不属于江西诗派。因为江西诗派学唐以杜甫为宗；范浚则大肆学唐，且偏于中晚唐。江西诗派诗风追求新警峭拔、劲健清奇，末流甚至堕落为穿凿尖新、生硬槎牙；范浚则诗风多样，如严羽评论江淹：“拟渊明似渊明，拟康乐似康乐。”（《沧浪诗话·诗评》）他学李白、学杜甫、学白居易、学韩愈、学李贺、学卢仝，都能得其神韵。江西诗派重视学问，喜欢在诗歌中卖弄逸书僻典、涩字险韵，以炫奇逞博；范浚读百家之书，求江山之助，所重在涵养道德学问，诗歌在他那里只是吟咏性情的工具，追求的是自然惬意，而非学问的展览，只要表达妥帖，用自己的话，还是借鉴别人的话，在他看来实无所谓，这也是范浚不介意大肆学唐的一个重要原因，因为诗体大备、名篇如云的唐诗无疑是最好的诗料库。

这样，范浚就成为独立于江西诗派和四灵、江湖诗派之外的特殊存在。虽然就诗艺而言，他尚与北宋欧、王、苏、黄等大家有不小差距，但就诗史而言，他的存在或可暗示两宋之际诗坛面貌的复杂性和多元性。

八、多元视角的意义

文学研究者面对作家或文本时，往往倾向于寻找一种统一性来解决问题。即我们通常相信一个作家会有或者会在作品中传达出相对统一的文学观念，不同作家对同一概念会有大致统一的认

① （宋）刘克庄：《后村大全集》卷九六《韩隐君诗》，四部丛刊初编本，第2A页。

② 钱钟书：《宋诗选注·序》，北京：人民文学出版社，1958年，第24页。

识指向，我们据此构建出了各种类型的文学史。这一做法在认知对象的便利性、表达命题的条理性和反映事物局部的真实性方面，已被无数次证明是有效的。

但是，一个作家有成长的变化，其思想和著述未必会有前后统一的连续性，不同作家对同一概念的内涵与外延可能也无普遍自觉的规定性。清人杨沂孙曾说：“震川先生治古文，自谓得力于《史记》最深。每下第，辄取《史记》重读而评点之，计传于世者不啻十数本，其见地用意，前后不同，各有所主也。夫一人之诣，阅数十年而不能同者，后之人乃据其一时之见，而以为精意在是，可乎。”① 深刻批评了将归有光对《史记》的一时之评视为其终生定评的做法。古人又不像今人受过现代学科知识体系的系统训练，在诸如格、法、体、势、韵等概念的使用上确有其随意性，非要假定其必有一个共同遵循的范畴或概念，对事实的追寻便如缘木求鱼。即使在今日，那些自说自话的学术著作也比比皆是，而在学术研讨会中，风马牛式的交流更是屡见不鲜。

其实，米兰·昆德拉“人类一思考，上帝就发笑”的名言已经道出了追寻者的困境。真理具有整体性和无限性，而人类任何一种进入方式都是片面的、有限的，譬如“盲人摸象”，谁摸到的都不是全部的真理。只不过，由于相信统一性的“摸象者”最多，累积的经验最为丰富（如宋元明清今人大量的诗话、词话、文话等），操作得最为熟练（如数千种各类型文学史塑造出的模式），积非成是，很多人逐渐相信这是追寻真理的唯一之路，如此既遮蔽了对“大象”其他部位的认知，又因这条路径经过之人太多，很难有新的发现，从而使研究陷入不抄抄袭前人或饾饤琐屑的怪圈。如此看来，采取多元化的研究视角，也就不无意义，

① （清）杨沂孙：《观濠居士文集》第一册《读武昌张氏所刊归评〈史记〉》，钞本，常熟图书馆藏。

它至少能程度不同地释放被一元化视角或常规性视角所遮蔽的“大象”的其他部位。

本文对范浚诗歌的研究即是如此，虽然笔者乐意承认范浚及其诗歌具有相对的统一性。如从大的方面来说，范浚有意疏离当下的主流诗坛，即和他在处世上以隐士姿态避离主流社会，在学术上不介入宋代道学主流的话语系统，保持了某种内在的一致性。但本文仍不欲强行统一这位儒者的思想，也不准备沿袭“题材、体裁、艺术手法、语言修辞”等这套成熟得近乎陈腐的视角或模式来研究其诗歌，而是将其诗歌看做是一个有着多重构造和众多相对独立部分，并不断变化的对立统一体。在进入研究的具体路径上，也承认各条不同路径对探索事物的独立价值与互补性，并尽可能采用多元化的视角来观照问题。希望笔者这种尝试，会是一种有价值的尝试。

[原载《西南民族大学学报》(人文社会科学版)，2013 年第 12 期]

“儒户”与蒙元初期的文学功用观

魏崇武

自唐至宋，“文以载道”说已成为文学思想的传统之一，甚至是最具影响力的传统。到蒙元初期（1235—1279），“文以载道”说继续盛行，占据了当时文学功用观上最为主要的位置，这可谓显而易见。然而，在这种似乎太过常见的论调背后，有何属于蒙元初期所特有的因素？当我们把眼光投向当时儒士的生存环境时，似乎可以有所发现。

一、“儒户”的创立

为经过甄别后合乎条件的儒士专门设立户籍，称为“儒户”，是元朝独有的现象。

关于蒙元创设儒户的目的，萧启庆先生说：“元代儒户的诞生，原是为救济在兵燹中流离失所的儒士。一方面使他们与僧、道相等，取得优免赋役的地位；另一方面，也有为国储存人才之意，并不是有意压抑儒士。”① 在金朝灭亡前后，旧金儒士殁于战乱者不计其数。有幸存活的儒士之中，只有少数人得到一定的保护，并能够继续以其知识、文才谋生，部分遁避于佛道之门者也可以较为安稳，而大多数人或被俘为奴，或转而从事其他行业，生活困顿，斯文扫地。因此，耶律楚材奏得窝阔台准许，用

① 萧启庆：《元代的儒户：儒士地位演进史上的一章》，收录于《元代史新探》，台北：新文丰出版公司，1983 年，第 6 页。

通过考试确立儒户的办法，既为当时的统治需要选录了部分适用的人才，又使大量的儒士得以摆脱困境，于此可见其挽救汉文化的良苦用心。

最早确立儒户的时间和事件，是在太宗十年（1238）所举行的“戊戌试”[①]。此次考试沿袭金朝科举的科目，考词赋、经义、策论，中选者共4030人，其中有四分之一的中选者藉此摆脱奴隶身份[②]。后来，又先后于定宗二年（1247）、宪宗二年（1252）、中统四年（1263）、至元八年（1271）、至元十三年（1276）在地方上举行过或是为了确定儒籍或是为了分拣儒户的考试[③]。其中至元十三年分拣儒户的考试，中选者有3890户，约占汉地在籍军民总户数的6.1‰。因之后再也没有在汉地举行过类似的甄别考试，上述数字大致就是元代中后期北方汉人中保有的儒户数量了。[④]

二、当读书成为一种职业

儒户的出现，表示蒙元初期的众多儒士步入了职业化的轨道。然而，在现代社会学中，所谓“职业”“职业性”“职业化”等，都不是定义明确的概念，有关它们的纷纭众说令熟知职业社

---

① 相关研究可参阅：[日]安部健夫《元代的知识分子和科举》，收录于索介然：《日本学者研究中国史论著选译》（第5卷“五代宋元”），北京：中华书局，1993年，第636～679页；姚大力：《元朝科举制度的行废及其社会背景》，收录于南京大学历史系元史组：《元史及北方民族史研究集刊》（第6辑），（《南京大学学报》专辑），1982年，第25～69页；赵琦：《金元之际的儒士与汉文化》，北京：人民出版社，2004年，第61～72页；等。

② （明）宋濂等：《元史·耶律楚材传》（第11册），北京：中华书局，1976年，第3461页。

③ 据《元史·董文用传》《元史·月合乃传》《通制条格》卷二、《庙学典礼》卷三、许有壬《故承事郎河东山西道提刑按察司经历李公墓碑》等记载。

④ 萧启庆：《元代的儒户：儒士地位演进史上的一章》，收录于《元代史新探》，版本同前，第6页。

会学的艾尔曼也颇为头痛[①]。为了避免麻烦，在这里，我们先就其字面意义来谈论相关问题。

在我国，“职业”一词，较早见于《荀子·富国》：“事业，所恶也；功利，所好也。职业无分，如是则人有树事之患，而有争功之祸矣。”唐杨倞注：“职业，谓官职及四人之业也。”[②] 所谓“四人”即“四民”，指士、农、工、商。后来，“职业”常用于泛指所从事的主要工作。不过，与农、工、商相比，士有非职业化或弱职业化的特点。当然，这是指士经过春秋、战国的社会大变动时期而转为知识阶层之后的特点。顾颉刚先生推断，士成为四民之首，是战国游士既兴以后之事。对此，余英时先生深表赞同，并认为春秋晚期之后，士从最底层的贵族转化为最高级的庶民，而庶民阶级又大量上升为士，士阶层随着规模的扩大而发生性质上的变化，“士已从固定的封建关系中游离了出来而进入了一种‘士无定主’的状态。这时社会上出现了大批有学问有知识的士人，他们以‘仕’为专业，然而社会上并没有固定的职位在等待着他们。”[③] 可见，在入仕从政之前，成为知识阶层之后的士并无固定的、特殊的职业特征，而其为获得知识而进行的读书活动也不是一种当时就可以赚取生活资料的职业。

按艾尔曼所转述的观点——“确切或规范的职业范围，进入并取得职业身份所需程序，是职业化在字面意义上包含的两个主要内容。”[④] ——蒙元初期所确立的儒户，倒是基本符合职业化

---

① ［美］艾尔曼：《从理学到朴学——中华帝国晚期思想与社会变化面面观》，南京：江苏人民出版社，1997年，第68～70页。

② （清）王先谦：《荀子集解》，收录于《诸子集成》，上海：上海书店，1986年，第114页。

③ ［美］余英时：《士与中国文化》，上海：上海人民出版社，2003年，第13～15页。

④ ［美］艾尔曼：《从理学到朴学——中华帝国晚期思想与社会变化面面观》，南京：江苏人民出版社，1997年，第68～70页。

的特征。因为，要想成为儒户，必须通过考试。而成为儒户之后，就有了相应的权利和义务。《庙学典礼》《通制条格》《元典章》等书中保存了不少与此相关的记载，根据萧启庆先生的研究，儒户的特权大致包括两个方面：（一）可以参加岁贡儒吏的考试，有一定的晋身机会；（二）在经济方面，所有在籍儒士可得到相当于奖学金性质的廪给，而且可以蠲免部分赋役义务①。而儒户的唯一义务就是就学，以便在考选吏员时参加考试。总的说来，是"权利大于义务"②。但这样一来，也就有不少其他各色人户通过各种手段混入儒户，以便逃避赋役，结果还需要对不合格儒户重新加以甄别、淘汰。

从出路而言，儒户所面临的主要有两条：一是充任胥吏，二是出任儒学教官。在经由充吏而入仕的出路方面，蒙古朝廷为儒士设置的制度性保障是岁贡。萧启庆先生认为：

> 作为一个入仕的途径，元代岁贡儒吏所提供的机会，在数量上说，并不亚于宋金的科举。③
>
> 元代儒户和其他各代儒士相差最大的是在仕进机会及在社会上所受尊敬两方面。在仕进方面，主要的差别在于机会的"质"；"量"的方面，相差不大。在种姓制度的阻碍下，元代儒户及其他士人仍有不少入仕的机会，不过多只能永沉下僚，和唐、宋、明、清科第之士有攫朱夺紫之望的情形有异。与此相关的是元代

---

① 儒户如果拥有田产，须纳地税；如果经商，须纳商税。相关文件散见于《庙学典礼》一书。

② 萧启庆：《元代的儒户：儒士地位演进史上的一章》，收录于《元代史新探》，版本同前，第 18 ~25 页。

③ 萧启庆：《元代的儒户：儒士地位演进史上的一章》，收录于《元代史新探》，版本同前，第 30 页。

士人在社会上所受尊崇不如前后各代。①

相对于充任吏员而言，儒士们想要经由担任教官入仕，却是更为艰难。因为各级教职名额有限，升迁也很困难，所以作为出路而言还不如去充任吏员。

总的看来，儒户实际上是两截子职业：在未被举贡之前，读书就是儒户的职业内容；被举贡之后，无论是做吏员还是当教官，就算是有了新的职业。与此同时，儒户也可以被视为半拉子职业，因为儒户并不享有读书的专利权：他们算是专业的，但别的读书人也不算业余的，尤其是在水平上，儒户与非儒户的读书人并无截然的高下之分。

三、对文学功用观的可能影响

如果说儒户的出现、户籍制的这一新创对于蒙元初期文论毫无影响，那么我们恐怕连自己都说服不了，但是要说它有怎样的影响和影响多大，却也实在是一个难题。我想，原因在于：

首先，由于资料缺乏，我们只能知道极少数的儒户。比如，在第一次确立儒户的"戊戌试"中，中选的北方儒士有 4030 人，但现今事迹可考者只有 35 人：杨奂（1186—1255）、徐之纲（1189—1263）、郝鼎臣（1190—1275）、任某（1192—1247）、麻革（1193？—1257?）、郭时中（1195—1255）、寇靖（1195—1274）、安滔（1199—1276）、刘祁（1203—1250）、孟攀鳞（1204—1267）、赵友（1207—1277）、许衡（1209—1281）、刘德渊（1209—1286）、砚弥坚（1212—1289）、张文谦（1217—1283）、赵良弼（1217—1286）、兀林答僖（1218—1263）、赵椿龄（1218—1290）、刘景石（1219—1286）、张昂霄（1219—

① 萧启庆：《元代的儒户：儒士地位演进史上的一章》，收录于《元代史新探》，版本同前，第 6 页。

1288)、王天挺（1222—?)、张著（1224—1292)、雷膺（1225—1297)、张延（1229—1290）[①]、宋规、于伯仪、石璧、张葵轩、鲜于仲权、何志渊、冯彰、张皞、王从俭、荆国器、解政祥。以上人员，多数被任用为各级官员或教官（28人），个别从医（1人）、从军（1人）或当道士（1人），还有4人职业不详[②]。

在“戊戌试”后举行的数度考试中，北方汉地新增或汰择部分儒户，户数、户主均有所变动。从至元十三年（1276）分拣儒户最后确定的户数（3890）来看，总体上变动不是很大，但比“戊戌试”4030户还有所缩减。而在关于儒户的记载上，除“戊戌试”中选者以及其中部分人（如许衡、徐之纲、赵友、张昂霄、石璧、张皞等等）的子孙外[③]，我们还能知道的人也不是很多。笔者目前掌握的其他北方儒户，还有刘巨川（1214—1291）[④]、申屠致远（?—1298）[⑤]，李壑、李衎（1235—1281）兄弟[⑥]，苏桂高[⑦]等。此外，王恽《中堂事记》所记载的一些人中，应该有一部分是属于儒户：

庚申年（1260）春三月十七日，世祖皇帝即位于开平府，建

① “戊戌试”时，张延年仅十岁，可能和后来参加定宗二年（1247）考试的李衎（1235—1281）一样，都以经童中选。李衎的生平资料见许有壬《故承事郎河东山西道提刑按察司经历李公墓碑》。

② 赵琦：《金元之际的儒士与汉文化》，北京：人民出版社，2004年，第66～69页。

③ 按，儒户资格可以世袭。

④ 吴澄：《故教谕刘君墓碣》，收录于李修生等编：《全元文》（第15册），南京：江苏古籍出版社，1999年，第511～512页。

⑤ 吴澄：《故善人申屠君墓表》，收录于李修生等编：《全元文》（第15册），版本同前，第435～437页。

⑥ （元）许有壬：《故承事郎河东山西道提刑按察司经历李公墓碑》，收录于李修生等编：《全元文》（第38册），版本同前，第439～441页。

⑦ （元）同恕：《鹰房民匠总管毛公墓志铭》，收录于李修生等编：《全元文》（第19册），版本同前，第393页。

号为中统。元年（1260）秋七月十三日，立行中书省于燕京，札付各道宣抚司，取儒士、吏员通钱谷者各一人，仍令所在津遣乘驿赴省。恽亦忝预其选。是年冬十月，至燕，以三书投献相府，大率陈为学行己、逢辰致用之意，颇蒙慰奖，令随省通知计籍，使综练众务、日熟闻见焉。……①

到省听任人员：康天英，字国才，相人；胡袛遹，字绍闻，武安人，终山东按察使；李谦，字受益，今翰林侍读学士；刘宣，字伯宣，太原忻州人；韩□，字宝之，平阳人；马天骥，字彦良，磁州人；陈祥，字君祥，大名人；张焕，字彦明，济南人；张遹祖，字仲贤，顺天人；白俞，字舜俞；吴让，字谦甫。……刘仲祥，东平人（亦系到省听任人员）。②

燕京行省札取儒士、吏员的这种做法，无疑为后来的岁贡儒吏张本。但上述人员哪些属于儒户，哪些属于非儒户，需要甄别。不过，要想完全搞清楚这些人乃至蒙元初期都有哪些人属于儒户，需要专门的钩稽、考究，这里暂时将此问题搁置。

其次，“戊戌试”中选者中，年龄参差不齐，难以一概而论。相当数量的人年龄较大，思想已经相当成熟。比如杨奂、徐之纲、郝鼎臣、麻革、郭时中、寇靖、安滔等等，中选时已经四五十岁，对于这些人来说，“职业化”可能在他们的思想行为上会有一些影响，但恐怕不会太大。而对张文谦、赵良弼、兀林答僖、赵椿龄、刘景石、张昂霄、王天挺、冯彰③等中选时年仅二十岁上下的青年，甚至是十四五岁的少年如张著、雷膺，又甚至

---

① （元）王恽：《中堂事记》（上），收录于《秋涧集》（卷八〇），文渊阁四库全书本。

② （元）王恽：《中堂事记》（上），收录于《秋涧集》（卷八〇），文渊阁四库全书本。

③ （元）徐之纲：《元帅总管冯君增筑坟台之记》，收录于李修生等编：《全元文》（第1册），版本同前，第182页。

才十岁的张延等，儒户的特殊性恐怕较能影响到他们。这种差异性，也给我们把握儒户群体思想特征增加了难度。

不过，我们还是可以从儒户这一职业的基本要求，以及我们所能了解到的儒户们的文学观念，来考察儒户这一新生事物对于文学功用观的可能影响。

（一）国家对儒户的实用责求以及相关矛盾

元朝设立诸色户计，是为了方便管理。占据元代户口数最多的民户，以及军户、站户、匠户、盐户、冶炼户、打捕鹰房户、茶户、酒户、醋户等等专业户计，承担着沉重的赋役。而儒户则享受着与僧、道、也里可温、答失蛮等各种宗教户计相当的待遇，可以蠲免部分赋役，还能得到廪给之资，其唯一义务是入学以备选用。这种优待的背后，蒙古朝廷当然不会无所要求，儒户们也不可能不考虑自己所承担的责任。

从现存资料来看，蒙元朝廷对于系籍儒生达到岁贡的要求是"行义修明、文书优赡、深通经史、晓达时务、可以从政"[①]，然后才有机会被贡解为六部令史。从前面的引文可知，中统元年（1260）就已有贡举儒士、吏员的临时性措施。现知岁贡的政策最早于至元六年（1269）施行[②]。南宋灭亡后，中书省又于至元十九年（1282）发布全国性的规定："岁贡人额：按察司、上路总管府，三年一次，贡二名，儒一名，吏一名。下路总管府，二年一次，贡一名，儒、吏递进。"而诸路、司向六部贡解儒、吏之后，如果所辖机构的吏员出现职阙，则会从下级机构（府、州）的吏员中选用，要求被选者具备"行止廉慎""材干明敏"的素质。而府、州吏员出现职阙，则组织儒生进行考试，以"行

① （元）佚名：《庙学典礼》（卷一，"岁贡儒吏"条），杭州：浙江古籍出版社，1992年，第18页。

② （元）佚名：《大元圣政国朝典章》（上册，"儒吏"条），北京：中国广播电视出版社，1998年，第35页。

移有法、算术无差、字画谨严、语言辩利、能通《诗》《书》《论》《孟》一经者为中式"[1]。

从以上的材料来看，统治者对于儒士的要求主要是行政能力，希望能从中选拔到行政能力与人品、学问都属优秀的人才，以补充到各级管理部门之中，充当吏员。而旧金时期深受重视的词赋之学，在岁贡儒吏中不占重要地位。王恽《中堂事记》还记载了这样的事情：

时官至省者士人，首以有无生理、通晓吏事为问，及取要所业文字，盖审夫资身之术，或能否从事及手笔何如耳。又拟以士人充省掾、吏员补两部令史。东平士夫李谦闻之，不欲吏，辞去。[2]

王恽（1227—1304）本人就是贡举儒、吏时来到燕京行中书省任职的。当时王恽已三十岁出头，他倒是很愿意有这个机会。但当时年纪相对轻一些的李谦（1233—1311）却不屑于为吏，而决然辞去。这反映出儒士的自我期待与元朝对儒士的期待之间，实际上是存在错位或距离的。

错位或距离或者还表现在其他方面，如儒士们的文艺爱好与国家的实用企求之间。和漠北四朝的皇帝们比起来，忽必烈算是对儒学了解得相对略多一些，但注重实用的他对儒士的吟诗弄赋

---

① （元）佚名：《庙学典礼》（卷一，"岁贡儒吏"条），杭州：浙江古籍出版社，1992年，第18～19页。

② （元）王恽：《中堂事记》（上），收录于《秋涧集》（卷八〇），文渊阁四库全书本。

颇为看不惯，曾说：“汉人惟务课赋吟诗，将何用焉？”① 在《庙学典礼》中，我们看到元中期的江南有这样的现象：大德二年(1298）二月，江南诸道行御史台的治书侍御史呈送咨文，批评行台下辖各地官员“有以己之好尚，辄使师生习于世无用之学，徒费日月，有误后人”，“又或风使学官，板无益之书，镌不急之石”② 等等。这里所批评的“无用之学”“无益之书”和在蒙元初期文献中经常可以见到的所谓“有用之学”“有用之文”相对比，即可知道，其中肯定包括了一些常被指斥的缺乏社会政治功用的文艺创作。

还有，错位或距离或者还表现在儒户对于出路的缺乏信心与国家有欠完善的教育政策之间。比如，大德三年四月，浙东海右道肃政廉访司牒文批评婺州路学的学官失职、诸生逃学和不用功：

近日以来，一等儒人不守元规，惟知户役之优免，遽忘圣经之阃奥，朔望拜谒，尚有阙礼，坐斋肄业，安有尽心？近于三月朔日，司官诣婺州路学，为见本学职员数少，略行点视，其不到者八十人。及至讲说，有不通者十余辈。此盖教官教诲之无方，抑亦儒生怠慢之所至。宪司：除另行外，诚恐本路儒学亦有似此去处，今将元奉行御史台备到福建儒学提举司讲究到规式拟议责罚开坐前去，牒可照验，行下合属儒学，一体施行……③

---

① （明）宋濂等：《元史·赵良弼传》（第十二册），北京：中华书局，1976年，第3746页。普列汉诺夫认为，人类“以功利观念对待事物是先于以审美观念对待事物的”（［俄］普列汉诺夫：《论艺术（没有地址的信）》，北京：三联书店，1964年，第147页），文明程度越低的民族，就越是要求文艺“首先服务于纯粹实际的、功利的目的”（同上，第170页）。

② （元）佚名：《庙学典礼》（卷五，“行台治书侍御史咨呈勉励学校事宜”条），杭州：浙江古籍出版社，1992年，第115页。

③ （元）佚名：《庙学典礼》（卷六，“宪司举明学校规式”条），杭州：浙江古籍出版社，1992年，第119～120页。

可见这并非个别现象。郑介夫《太平策》“养士”一则也说：

朝廷待士亦云厚矣，何乃不体上意，务为苟且，以偷盗侵欺为能事，以积日满考为尽职？书单作支，破食甚众；坐斋习读，不见一人。每岁租入，仅以供给教授、正录、直学、吏胥数家而已，生员子弟并不沾升合之惠。学校已为虚设，又立一儒学提举司，上不能承流宣化，下不足仪表后进，尤为冗滥者也。①

以上两则材料虽属元中期，但蒙元初期的情形照此推理，应是更加糟糕。因为自成宗继位后，元代教育较之世祖时期其实是有了较大发展的。

那么，为何会出现这样的情形？《庙学典礼》记载，江南平定，“兵火之后，科举已废，民知为儒之不见用也，去儒而为吏、为商，甚至为盗，儒风十去六七矣”②。由此看来，一方面国家对儒户实行一定的优待政策，希望可以从中培养出所需要的人才，但另一方面因为前述儒户出路不理想的现实，使得元朝的教育对国家和儒士双方都没有达到比较理想的目标。至于胡祗遹、郑介夫等人所批评的那些教育腐败现象，则对元朝的儒学教育进一步造成了巨大的破坏③。

（二）职业要求之内化与文学之社会政治功能的强调

儒户职业的外在要求，如果能内化为儒士的自身要求，就会有缓解相关矛盾的可能。但由于长期以来“士志于道”的传统，“治国平天下”的理想，以及有朝一日金榜题名所能带来的巨大

---

① 郑介夫为南人，大德七年（1303）上《太平策》。郑介夫：《太平策・养士》，收录于《全元文》（第39册），版本同前，第55页。

② （元）佚名：《庙学典礼》（卷一，“省台复石国秀尹应元所献学田”条），杭州：浙江古籍出版社，1992年，第22页。

③ 可参阅胡祗遹《时政》，收录于《全元文》（第5册），版本同前，第569页；郑介夫：《太平策・养士》，收录于《全元文》（第39册），版本同前，第54～57页；等等。

荣耀，种种因素的作用下，使得许多儒士很难甘心接受区区吏职。比如杨奂在金末屡试不中，却始终不愿试补掾吏，即是一例。但是，由于蒙元初期这一历史时期的特殊状况，有些儒士出于现实出路的考虑，也会接受吏职，比如那些或接受岁贡，或转而习吏，或兼修吏业的儒士等。再说，就算儒户职业的外在要求不一定会使得儒士们完全转向实干型，但是也可能会表现在其他方面。有些较为社会责任感的儒士即使不愿费神去修习吏业，至少也会要求自己刻苦地专精儒业，以不辜负那份优待。比如，陈栎《次韵儒户蠲徭》云：

蠲征芝墨几番新，实虑陵夷赋《子衿》。圣学相传千载远，君恩不隔万山深。蠹鱼文字谁勤阅，野马尘埃日暗侵。好是自鞭勉其实，不然何以服人心。①

这虽然是元中期南方儒士的诗作，但应与蒙元初期北方儒士在想法上是共通的。从这里，可以看出一些较有社会责任感的儒户对自身的要求。

儒户职业的外在要求，如果内化为儒士的自身要求，就有可能在文学功用论的问题上，自然而然地倾向于对实用的强调。联系蒙元初期儒士对于实行汉法的迫切要求，儒士们更容易强调文学的社会政治功能。比如属于儒户的许衡，就大力倡导“文以载道”。又如，属于儒户的杨奂说：

金大定中，君臣上下以淳德相尚，学校自京师达于郡国，专事经术教养，故士大夫之学，少华而多实。明昌以后，朝野无事，侈靡成风，喜歌诗，故士大夫之学，多华而少实。②

① （元）佚名：《庙学典礼》（卷六，“宪司举明学校规式”条），版本同前，第119～120页。

② （元）杨奂：《跋赵太常拟试赋稿后》，收录于《全元文》（第1册），版本同前，第131页。

可见他喜经术多于喜歌诗，因为经术多“实”而歌诗多“华”。那么在文学上，他自然也是会主张“实”。郝经曾致书杨奂请教，其中有云：

不耕凿、不蚕缫而衣食者，谓之游食之民；不道德、不仁义而文章者，谓之逐末之士。甚哉！天下之袭讹踵陋而莫之知也。大圣大贤不作，而逐末之纷纷也。天下已乱，生民已弊，无有为拯而药之者。之士也，方相轧以辞章，相高以韵语，相夸以藻丽，不知何以尧舜其君民也，道其不行矣夫！伏观先生《韩子辨》《正统例》《还山教学志》，洋洋灏灏，若括元气而翕辟之，其事其辞其理，皆有用者也，非世之逐末之文也。[①]

根据文意，必须是宣扬仁义道德、可以“尧舜其君民”的文章，才是有用之文，而不是“逐末之文”。郝经讲杨奂所作不是“逐末之文”，杨奂的这几部书倒也不是文学作品，但在观念上，为文须有益于社会政治，恐怕是杨、郝二人同气相求的缘由。

又如属于儒户的刘祁，郝经说他“上稽韩刘下苏黄，探道索古追羲皇。一编《处言》含天章，立意造语攀荀扬”，则是由文而进乎道了。郝经还说刘祁《处言》一书：“其辞汪洋焕烂，高壮广厚，约而不缺，肆而不繁，其理则诣乎极而穷乎性命，于死生祸福之际，尤为明晰，非世之所谓文章，古所谓立言者也。”[②]又如儒户刘敏中（1243—1318，“戊戌试”中选者刘景石之子）就有自觉的“歌咏圣时”的意识。至元六年（1269），元世祖有减租、赈灾的旨，刘敏中作《至元恩泽颂》，其小序云：

某以草茅鄙人，猥占儒籍，荷国厚恩，报答无所，覩此盛

---

① （元）郝经：《上紫阳先生论学书》，收录于《全元文》（第4册），版本同前，第164页。

② （元）郝经：《浑源刘先生哀辞并引》，收录于《全元文》（第4册），版本同前，第461～462页。

事，不能默默。窃述舆情，作为《至元恩泽颂》一首，虽不能尽扬洪休，勒之金石，而其所以歌咏圣时，或可取也。①

又如安滔（“戊戌试”中选者）之孙安熙（1270—1311）“为文章以理为主，皆有为而作”②。等等。

从以上材料来看，我们可以说，儒户身份或多或少会影响着儒士们对于文学功用的看法，它会进一步促使儒士的道、政、学、文的结合。特别是刘敏中的说法，更是十分清楚地表明其关注现实政治的态度。

当然，以上文字只是就蒙元初期文学功用观的一些特殊因素进行探讨，我们也不可过分夸大习儒职业化的影响。而且，我们也不能据此就认为，儒户身份只会使儒士们只注重文学的社会政治功能而否定文学的审美功能。其实，像理学家许衡那样持“作文害道”的较为极端观点的人并不多，有些人还是比较注重文学的审美功能的，比如刘祁在《归潜志》一书中说：

夫诗者，本发其喜怒哀乐之情，如使人读之，无所感动，非诗也。予观后世诗人之诗，皆穷极辞藻，牵引学问，诚美矣，然读之不能动人，则亦何贵哉？故尝与亡友王飞伯言：“唐以前诗在诗，至宋则多在长短句，今之诗在俗间俚曲也，如所谓源土令之类。”飞伯曰：“何以知之？”予曰：“古人歌诗，皆发其心所欲言，使人诵之，至有泣下者。今人之诗，惟泥题目、事实、句法，将以新巧取声名，虽得人口称，而动人心者绝少，不若俗谣俚曲之见其真情，而反能荡人血气也。”飞伯以为然。③

① （元）刘敏中：《至元恩泽颂并序》，收录于《全元文》（第11册），版本同前，第472页。

② （元）苏天爵：《默庵先生安君行状》，收录于《全元文》（第40册），南京：凤凰出版社，2004年，第191页。

③ （金）刘祁：《归潜志》，北京：中华书局，1983年，第145～146页。

也就说，首先需要打动人心，才能起到应有的效果。应该说，刘祁既注重文学的社会政治功能，又重视文学的审美娱乐功能，认识是比较全面的。

四、结语

蒙元初期的文学功用论主张"文以载道"，倡导作"有用之文"，具有明显的经世致用的特点。这似乎并无太过特别的地方。但结合时代背景来看，这一阶段的文学功用论却又有其特殊之处，比如"儒户"这一职业化现象会对其产生一定的影响。职业的外在要求和"文以载道"思想传统的结合，以及儒学、儒士在当时所面临的多重困境，会使蒙元初期文论更加突出强调文学在社会政治方面的功能。如果再联系王恽、胡祗遹等人的"贱生于无用"论，以及众多儒士对于"有用之学""有用之文"的呼唤，我们将会对蒙元初期文学功用论有更进一步的认识，只是限于篇幅，只能另文加以探讨。

［原载《西南民族大学学报》（人文社科版），2008 年第 9 期］

论宋诗兴盛与理学文化思潮

许　总

宋代儒学的最显著特点，当为一改汉学墨守师说、拘泥训诂而为缘词生训、穷理尽性，显示出由人文性、实用性向哲学化、思辨化的转变。以儒学复兴为思想内涵和文化背景，宋代诗歌也以议论说理为主要特征。在文化史的整体进程上看，作为宋代儒学核心体现的理学实与宋代诗歌的发展有着紧密的联系。固然，从本质上看，理学的“为文害道”观与诗歌的缘情特性直接相冲突，但是，理学家借诗以为阐发义理工具的好尚，理学与宋诗尚理内质的契合，都促使两者形成解不脱的关联。到北宋后期，宋诗发展到极盛，而理学则在此前正式确立，考察两者的关系，即不难发现理学作为一种特定的文化思潮在宋诗兴盛进程中的重要作用。

一

北宋王朝一开始就建立于内忧外患的时代背景之上，在其盛衰的全程中，实皆蕴含着深刻的社会矛盾，北宋中叶后持续不断的政治改革，就是因此而造成。每一次的政治变革，既是统治者巩固政权的需要，又在实际上触及社会各阶层的利益，并由此触发旷日持久的政治斗争乃至党争倾轧。

政治上的对立，必然包含了思想上的分歧，而处于宋代儒学复兴的大背景上，不同的政治派别却又无一例外地到儒学经典中寻找自己的理论根据。这样一来，随着政治上革新与保守两大阵营的分立，同是尊崇儒学的宋学却分裂成诸多在政治上、思想上乃至世界观、方法论的许多根本问题上都尖锐对立的学派。同时，由于对现实政治的具体看法不同，对儒学经典的解释角度各异，在政治上同属一大阵营的学派在思想上也存在着分歧。就这一时期宋学的派别而言，主要可以分为以王安石为代表的新学派、以司马光为代表的温公学派、以“三苏”为代表的蜀学派、由以二程为代表的洛学和以张载为代表的关学构成的理学派。自熙宁二年王安石变法，四大学派都卷入了由此而激起的政治漩涡之中，并由政治上的对立进而形成思想上哲学上的论战与分垒。例如司马光反对王安石新法，在思想上乃至对儒学经典的阐释方面亦与新学尖锐对立。又如苏轼、程颐都反对王安石变法，蜀学、洛学与新学的不同显而易见，就连蜀学与洛学之间在思想上实亦存在分歧。这样的对立与斗争，就政治方面而言，实际上加剧了社会矛盾，但就思想方面而言，却恰恰成为促使人们思想更加活跃的加速剂，宋学在北宋后期突然得到迅猛发展而臻于极盛，原因正在于此。

应该看到，围绕北宋后期政治变革而形成的宋学诸多派别，在政治上的倾轧与思想上的论争的过程中，随着各派自身的发展及各种因素的影响，其地位与影响表现出互有消长的态势。大体说来，前期以新学与蜀学影响为大，而后期则显然可见由洛学与关学构成的理学的地位不断提高。到南宋时，洛学与关学更被奉为宋学的正统与主流，而二程与张载则被视为理学的开创者与奠基者。

张载与二程特别是二程被尊为理学的奠基人，自有多方面原因。首先，程颐于元祐初得到司马光、吕公著等人的推荐除秘书省校书郎，“太皇太后面谕将以为崇政殿说书”，为哲宗皇帝讲“道学”，因直接得到统治者的赞赏，使“洛学”得以盛行；其次，“洛学”既被保守派作为与“新学”相抗衡的工具，又无同属保守阵营的“蜀学”所含有的禅味，所以在当时被视为醇儒，是继孟子之后圣人不传之学，使圣人之道复明于世；再者，二程门人极多，“一时人士归其门者甚盛”[①]，甚至张载死后其弟子亦改换门庭师事程颐，正因弟子门人的积极传道，使其学术益趋盛炽，其结果是不仅“新学”“蜀学”无法与之相抗衡，就连“关学”亦无“洛学”那样流传广泛。当然，关学与洛学成为理学正宗，更有其自身内容方面的因素。据朱熹和吕祖谦合编的《近思录》十四卷中提出的十四个问题，可以将理学的性质与内涵概括为：以“道体”与“性”为核心，以“穷理”为精髓，以“主静”“居敬”的“存养”为工夫，以“齐家”“治国”“平天下”为实质，以“为圣”为目的。以此为参照，张载与二程的学说正是在这些根本的问题上，提出了后世理学家最为关心的核心问题，体现了理学的本质精神。

当然，在张载与二程活动的北宋后期，理学并未成为占据主导地位的学派，而是作为一个普通的学派在与其他各派的对峙论争之中形成诸派并立的局面。考诸史实，当时活跃于学坛的四大学派都存在分歧，而以王安石与司马光之间、苏氏与程氏之间的冲突更为直接。司马光与王安石不仅在政治主张上直接冲突，而且在思想领域内的世界观、方法论方面也明显对立。在司马光看来，“天者，万物之父也”，这个作为“万物之父”的天是有意志和人格的，人们必须按照天的意志办事，“违天之命，天得而刑之，顺天之命者，天得而赏之”[②]；王安石则认为，“天”是自然的物质的，顺沿自己的道路即“天道”运行，并无任何意志，“无作好，无作恶，无偏无赏，无反无侧”[③]。

与司马光、王安石新旧党争带有浓厚的政治色彩不同，苏氏与程氏同属政治上的保守阵营，因而洛、蜀之争则基本上体现在

① （宋）朱熹：《伊洛渊源录》，四库全书本。

② （宋）司马光：《司马温国文正公集》，四部丛刊本。

③ （宋）王安石：《临川先生文集》，四部备要本。

学术观点和思想作风范围之内。关于洛、蜀之争的根本分歧所在，朱熹曾经加以提挈性评论，《朱子语类》卷一百三十记朱熹语云：“东坡与伊川是争论甚么？只看这处，曲直自显然可见，何用别商量？只看东坡所记云：几时得与他打破这‘敬’字！看这说话，只要奋手捋臂，放意肆妄，无所不为，便是。”又记云：“问：‘东坡与韩公如何？’曰：‘平正不及韩公，东坡说得高妙处，只是说佛，其他处又皆粗。’又问：‘欧公如何？’曰：‘浅！’久之又曰：‘大概皆以文人自立，平时读书，只要把做考究古今治乱兴衰底事，要做文章，都不曾向身上做工夫，平日只是以吟诗饮酒戏谑度日。’”① 这里所谓的“敬”字是二程对从事内省功夫的抽象和概括，在洛学中占有极高地位，理学家正是通过这种方式实现其“内圣外王之道”的最高理想，而苏轼要打破这个“敬”字，显见其不将内省功夫放在首位，由此亦正表明了蜀、洛之间的深刻差异。

然而，尽管如此，宋学诸派别之间的共同点却也是显而易见的。如蔡卞尝论王安石学术云“自先王泽竭，国异家殊，由汉迄唐，源流浸深。宋兴，文物盛矣，然不知道德性命之理。安石奋乎百世之下，追尧舜三代，通乎昼夜阴阳所不能测而入于神。初著《杂说》数万言，世谓与孟轲相上下，于是天下之士始原道德之意，窥性命之端云”②，可见王安石学术的核心在于开创了对宋以来所未有的“道德性命之理”的探索，而这恰恰也正是理学所关注的核心课题；又如陆佃尝记王安石讲学情形云“淮之南学士大夫宗安定先生之学，予独疑焉。及得荆公《淮南杂说》与其《洪范传》，心独谓然，于是愿扫临川之门。后余见公，亦骤见称奖，语器言道，朝虚而往，暮实而归，觉平日就师十年，不如从

① （宋）朱熹：《朱子语类》，北京：中华书局，1986年。

② （宋）晁公武：《郡斋读书志》，续古逸丛书本。

公一日也”[①]，其与安定之学在具体方面固有不同，但致力于“语器言道”，并反复强调“善学者读其书，惟理之求”[②]，却与理学精神全无二致。

蜀学虽与洛学在具体学术观点上论争激烈，但其通经致用的治学道路亦与理学家并无不同。蜀学创始人苏洵对诗、书、礼诸经均有论述，《六经论》即为他的代表作，尤其是“晚年好《易》，曰《易》之道深矣，汩而不明者，诸儒以附会之说乱之也，去之，则圣人之旨见矣”[③]。苏洵之子苏轼、苏辙继续推动了蜀学的发展，苏轼撰《易传》《书传》，被后人称为“轼究经世之学，明于事势，而又长于议论，故其诠解经义于治乱兴亡之故，披抉明畅，较他经独为擅长”[④]。甚至朱熹亦曾赞扬“老苏父子自史中《战国策》得之，故皆自小处起议论”[⑤]，并在一定程度上肯定了苏轼《易传》《书传》对儒学经义的阐释。

由此可见，宋学诸派别在具体学术观点上的分歧与争论，并未掩盖作为一代之学术的共性特征与互补性质。南宋人员兴宗《苏氏程氏王氏三家之学是非策》尝对王安石新学、苏氏蜀学、程氏洛学之异同加以评论云“昔者国家右文之盛，蜀学如苏氏，洛学如程氏，临川如王氏，皆以所长，经纬吾道，务鸣其善鸣者也……考其渊源，皆有所长，不可废也。然学者好恶，入乎彼则出乎此，入者附之，出者污之，此好恶所以萌其心者。苏学长于经济，洛学长于性理，临川学长于名教，诚能通三而贯一，明性理以辨名教，充为经济，则孔氏之道满门矣，岂不休哉……今苏、程、王之学，未必尽善，未必尽非，执一而废一，是以坏易

① （宋）陆佃：《陶山集》，四库全书本。
② （宋）惠洪：《冷斋夜话》，北京：中华书局，1988年。
③ （宋）欧阳修：《欧阳文忠公全集》，四部丛刊本。
④ （清）纪昀等：《四库全书总目》，北京：中华书局，1965年。
⑤ （宋）朱熹：《朱子语类》，北京：中华书局，1986年。

坏。置合三家之长，以出一道，使归于大公至正”，这里对三家的评论是否正确，另当别论，但其欲“合三家之长，以出一道”，显然是一卓见，而之所以能够“通三而贯一”，则又显然是以三家之学具有“明性理以辨名教”的共性特征为基础。随着时间的推移，程氏系统的理学得到极大的发展，最终在宋学中占据主导地位，其中一个重要原因实际上正是“性理”在其学术中所占地位远远超过其他学派，从这一意义上看，可以说在宋学诸派的学术思想深层其实都或隐或显地贯穿渗透着理学精神，而北宋后期学派并立极盛局面恰与理学正式建立同时出现，则亦可以在这一意义上找到一个合理的解释。

二

中国传统学术主要是由经学、史学、文学这三者所构成，对由儒家经典与儒学大师构成的道学统系的阐述与定位，决定其史学观的性质，而通经明理更是离不开文字阐释的形式，这又决定了文学观的形成。可以说，正是在三者的互补互动之中构成学术的整体。然而，作为圣贤之学的经学毕竟居于统治地位，因而，由此而形成的哲学思想也就必然支配着各具体学科的性质与走向。

就宋学中的文学思想而言，“文”“道”关系就成为一个最为核心的问题。理学家文学思想的核心是“文以载道”，这首先由周敦颐提出，固然与唐以来古文家所倡导的“文以明道”“文以贯道”思想一脉相承，但是，无论是“明”还是“贯”，其立足点都还在于“文”，可谓为倡导儒学的文学家的文道结合观，而理学家将之易为“载”，则使文完全成了传道之工具，并使儒家政教文学观发展到极端。到二程，“文以载道”进而发展为“文以害道”，程颐曾明确指出“今之学者有三弊，一溺于文章，二牵于训诂，三惑于异端。苟无此三者，则将何归，必趋于道矣”，可见“道”被置于绝对至高无上的地位，其他一切有害于“道”

的事物皆被摒弃鄙视。如“问：‘作文害道否？’曰：‘害于道，凡为文，不专意则不工，若专意，则志局于此，又安能天地同其大也？《书》曰玩物丧志，为文亦玩物也’”，“学者先学文，鲜有能至道，至如博观泛览，亦自为害，故明道先生教余曰：贤读书，慎不要寻行数墨”[①]，在程氏兄弟看来，不仅作文是“玩物丧志”，就连阅读训诂也被视为“害道”之举。继承程氏之学并成为理学集大成者的朱熹，在文道关系的问题上亦全然继承了二程的观点，他认为“道者文之根本，文者道之枝叶”，在具体看待写作诗文的问题上，则不仅指出“才要作文章，便是枝叶，害着学问”[②]，并以此概括当时文坛，称“近世诸公作诗费工作，要何用”，“今言诗不必作，且道恐分了为学工作，就到极处，当自知无益”[③]。

王安石作为新学的创立者，在政治上和具体的学术观点上与理学家皆有深刻的分歧，但在文道关系的认识上则显然具有共通性。他反复强调“尝谓文者，礼教治政云尔”，“治教政令，圣人之所谓文也”，同时又认为“文者，言乎志者也”，“读其文章，庶几乎得其志之所存”[④]。所谓“礼教治政”“治教政令”，明确规定了其文学思想的政治意义与功利内涵，这一内涵实即王安石所阐释的“道”之本质与核心，与理学家之“道”偏重学术道统相较，王安石之“道”更多地带有政治功利性与实用性，但是在文道关系上以“道”为根本的认识却是基本一致的。南宋永嘉学派钜子叶适尝论文章衰败之原因云“及王氏用事，自比周孔，掩绝前作，程氏兄弟，发明道学，从者十八九，文字遂复沦坏”[⑤]，

① （宋）程颢、程颐：《二程集》，北京：中华书局，1984年。

② （宋）朱熹：《朱子语类》，北京：中华书局，1986年。

③ （宋）朱熹：《朱子语类》，北京：中华书局，1986年。

④ （宋）王安石：《临川先生文集》，四部备要本。

⑤ （宋）叶适：《习学纪言》，四库全书本。

将文字沦坏的原因完全归诸王、程，未必遂为定论，但在此意义上并列王、程，却恰恰透露了二者存在着皆以周孔之道掩盖艺文这一共同点的确切信息。

作为蜀学代表人物的苏轼，其思想构成固然较为复杂，较多地糅合了释道思想成分，对所谓“道”的阐释亦更为宽泛而模糊，但在文道关系这一论题上态度却同样十分鲜明，如《潮州韩文公庙碑》称赞韩愈“文起八代之衰，而道济天下之溺”，《居士集序》推崇欧阳修“其学推韩愈、孟子，以达于孔氏，著礼乐仁义之实，以合于大道”，并尝自云“吾所为文必与道俱”。在具体论文时，则不仅认为应当“辞达”“达意”，“引物连类，折之于至理”，而且极力倡导“有为而作”“缘诗人之义，托事以讽，庶几有补于国”。这样的文道观显然正是苏氏父子创作的准则，苏洵《上欧阳内翰书》云“胸中之言日益多，不能自制，试出而书之”，苏轼《南行前集叙》则云“古之圣人，有不能已而作者，故轼与弟辙为文至多，而未尝敢有作文之意”，甚至与理学家常说的“有德者必有言”之意几乎难以区别。

当然，与纯粹的理学家相比，同时又“以文人自立”的王安石、苏轼对“文”的态度自然与理学家并不完全等同。如王安石在《上人书》中对“文辞”与“补世”的关系加以论述道：“且所谓文者，务为有补于世而已矣。所谓辞者，犹器之有刻镂绘画也。诚使巧且华，不必适用，诚使适用，亦不必巧且华。要之以适用为本，以刻镂绘画为之容而已。不适用，非所以为器也，不为之容，其亦若是乎？否也。然容亦未可已也，勿先之，其可也。”这里对“适用”即“补世”的文学功能的反复强调，固然是儒家政教文艺观的充分体现，但在“以适用为本”的同时，王安石又认识到“辞者，犹器之有刻镂绘画”，一方面“不适用，非所以为器也”，而另一方面“不为之容，其亦若是乎？否也”，对文学表达形式的重视，则显然使文学自身之价值凸现出来。又如苏轼《答谢民师书》中云："孔子曰：'言之不文，行而不远。'又曰：'辞达而已矣。'夫言止于达意，即疑若不文，是大不然，求物之妙，如系风捕影，能使物了然于心者，盖千万人而不一遇也。而况能使了然于口与手者乎？是之谓辞达，辞至于能达，则文不可胜用矣。"如此解释"辞达"，实际上不仅要求作家充分表现思想意图，而且还要求使事物形象完美地反映出来，这就包含了一个重要的美学命题。因此，苏轼论文常以山川草木为喻，苏洵则以"风行水上"为比，苏辙之"养气"说进而在理论上予以深切著明的阐释，皆共同表达了对文章中须包含自然流畅之势、宏博滂霈之气的美学要求。从理学家批评"苏文害正道，甚于佛道"[①] 看，恰恰透露了苏氏文学观与理学家文学观的差异所在。

其实，细察理学家的文学思想，其间亦有微妙的变化。在理学家看来，"圣人亦摅发胸中所蕴，自成文耳，所谓有德者必有言也"，正因文学具有传播圣人之"道"这一重大负载的作用，所以对"文"本身亦并非完全忽视，程颐自谓"某素不作诗，亦非是禁止不作，但不欲为此闲言语"，即是这种心态的典型体现。从周敦颐的"文以载道"到程颐的"文以害道"再到朱熹的"道文一贯"，文道关系表现出从文附属于道到文与道对立再到文与道一体化的发展变化，正是理学家对文的作用的认识不断深化的结果。程颐尝言"诗之言述也，言之不足而长言之，咏歌之所由兴也，其发于情感之深，至于不知手之舞、足之蹈，故其入于人也亦深，至可以动天地、感鬼神"，程颢亦云"学之兴起莫先于诗，诗有美刺，歌颂之以知善恶治乱兴废""学者不可不看诗，看诗便使人长一价格"[②]，正是由于认识到诗歌对国家治乱兴衰的认识作用和对个人道德性情的涵养作用，使得理学家由一味推

① （宋）朱熹：《朱子语类》，北京：中华书局，1986 年。

② （宋）程颢、程颐：《二程集》，北京：中华书局，1984 年。

尊文中所传之道逐渐流露出对道之所以传之文的重视。朱熹认为"大意主乎学问以明理，则自然发为好文章，诗亦然"[①]，既主张"贯道明理"，又要求"自然流出"，实即理学家文学观赖以形成的基础，也是理学家从事文学创作的指导思想，南宋理学家真德秀在《咏古诗序》中云"以诗人比兴之体，发圣人义理之秘"，就是对理学家文学创作的总结和概括。

本来，吟咏性情，发乎义理，中正和平，温柔敦厚，正是儒家传统诗教之核心，宋代理学家既继承诗教，又由于宋代儒家正统观念的复归与强化，因而更强调性情的"粹然一出于正"，并在这种"粹正"之中体现儒学义理，邵雍论诗"故哀而未尝伤，乐而未尝淫，虽曰吟咏性情，曾何累于性情哉"[②]，即一方面体现了将传统诗教与理学精神整合规范的意图，另一方面又显见出不废性情吟咏的愿望。正是因此，理学家一方面对性情的认识带有浓厚的理性化色彩，另一方面在大量的吟咏实践中又往往流溢出真情实感来，如周敦颐作为一代理学宗师，却"雅好佳山水，复喜吟咏"[③]，其弟子程颢、程颐则在"见周茂叔后"，"吟风弄月而归"[④]。可见，理学家虽力图融性情于义理之中，然于义理与性情并未绝然偏废一端，而这也就恰恰成为在"文以害道"的理学氛围中宋诗却得以发展兴盛的一个重要契机。

三

宋诗在北宋后期发展到极盛状态，自有多方面原因。由以欧阳修、梅尧臣、苏舜钦为代表的北宋中期诗歌复古运动对宋诗体格风调的全面建设，为宋诗的进一步发展奠定了坚实的基础，即

---

① （宋）朱熹：《朱子全书》，四库全书本。
② （宋）邵雍：《伊川击壤集》，四部丛刊本。
③ （宋）周敦颐：《周元公集》，四库全书本。
④ （宋）陆九渊：《陆九渊集》，北京：中华书局，1980年。

体现了作家创作经验的积累结果与文学史自身的演进规律。然而，北宋中期的诗歌复古运动是以儒学复兴运动为其思想核心与基础，而欧阳修等人则更是正式建立于北宋后期的理学的思想先驱。同时，活跃于此期诗坛的重要诗人皆是北宋后期政治或学术上某一派别的代表人物，各派之间的论争皆与理学学派有着直接或间接的关系，而正是这种激烈的论辩成为人们思想活跃的加速剂，使得这一时期诗人的个性与创造精神被空前地激发和拓展。由此看来，隆宋诗坛的形成，实在与理学有着割不断的瓜葛与干系。再者，宋代重文的国策、尚理的时风对文人心理的浸染，形成强烈的理性精神，由此向诗歌创作衍射，便造成“宋人诗主理”[①] 这一宋诗的最根本特征。宋诗大家多为哲学家，所作诗即多为其哲学思想的载体。首先出现于隆宋诗坛的大诗人王安石、苏轼就是与理学并峙的新学、蜀学的代表人物。而宋学最终一统为理学，尚理精神亦于理学中得到最终凝定与归位。因此，宋学本质精神既然集中体现于理学，则理学精神实际上对宋代文人心理具有深层的渗透与同化力量。从这样的角度上看，宋诗的理性精神亦无疑可以认为与理学精神肸蛮相通。事实上，宋诗的极盛状态恰与理学正式建立同时出现，正是对这一点的有力证明。

该期诗坛的代表诗人是王安石、苏轼、黄庭坚、陈师道。陈师道《后山诗话》曾以“王介甫以工，苏子瞻以新，黄鲁直以奇”概括此期诗坛，既说明了作为个体的诗人个性的极度发展，又隐示了其以各种力求新奇的个性构成一种精神风貌的共性特征。事实上，在这一时期，不仅诗歌创作数量空前兴盛，各种个人风格充分发展，并共同构成宋诗完全成熟的特征和最高程度的体现，而且在整个宋诗史程上，这一时期大家最为集中，所谓宋诗四大家王安石、苏轼、黄庭坚、陆游，其中三家即属此期。当

---

① （明）杨慎：《升庵集》，四库全书本。

然，王、苏、黄、陈诸大家并非在此时突然出现，而是一方面在宋诗创作极度兴盛的艺术氛围中由众多诗人烘托而出，另一方面更显示了诗史的发展与联系。可以分为这一时期的前期的诗人王安石、苏轼就是在欧阳修的直接提拔与护持下脱颖而出，正体现了北宋诗歌复古运动的最终结果；而可以分为这一时期的后期的诗人黄庭坚、陈师道则皆出自苏门，崛起于苏门的学术精神与艺术陶染之中，又体现了这一时期内的诗史流变关系。此后，在黄庭坚诗的巨大影响之中，由黄、陈合流而形成的江西诗派，更以其众多的诗人、鲜明的主张与凝定的风格独占了宋诗史上一个完整时期。由此可见，由王、苏、黄、陈为代表的北宋后期诗坛，不仅矗立起宋诗史上的艺术高峰，而且是一个在整个宋诗史程上起着继往开来的作用、决定着宋诗最本质精神与面貌的关键性的重要阶段。而从由前所述的此期诗坛与理学的深层联系看，则又表明了理学在整个宋诗史程中的深层的潜在的作用与影响。

如果说，王安石、苏轼与理学的关系主要表现在作为不同学派在学术观点的论辩中造成思想的激烈交锋，从而客观上产生了思想上的互相渗透与间接影响，那么，黄庭坚、陈师道乃至江西诗派与理学的关系则进而表现为在学术观点上与师承关系上的联结沟通与直接影响。而对于北宋后期乃至其后相当长的时期内的宋诗与理学的关系问题，从这里亦可以看得更为明确而清晰。

从文学史的角度看，黄庭坚向被视为苏门四学士之首，与苏轼有着密切的师友关系，并称“苏黄”，但从哲学史的角度看，情况则复杂得多。在《宋元学案》中，黄庭坚之名分列于《蜀学略》《范吕诸儒学案》《华阳学案》三处，且其评传被置于《范吕诸儒学案》之中，列为李常门人。李常字公择，与司马光、吕公著、王安石等交游甚密，但在熙宁变法后因与王安石政见不合而与王疏远，吕好问称其“有乐正子之好善”，吕本中则记其“每令子妇诸女侍侧，为说《孟子》大义”，可见其在思想上可以划入理学一派范围之内。黄庭坚既是其外甥，又被列为其门人，可见受其影响之深，王梓材案语云“先生虽称苏门学士，然考其学行，实本之李公择，故著录于此”，从“学行”着眼，正可见出黄庭坚在哲学思想上的渊源所自。理学集大成者朱熹对苏轼为人颇多非议，对黄庭坚却大加赞赏，称其“孝友行，瑰玮文，笃敬人也，观其赞周茂叔光风霁月，非杀有学问不能见此四字，非杀有工夫亦不能说出此四字”①，赞赏黄庭坚，最主要的原因是黄庭坚给予周敦颐以极高评价，可见关捩所在。此外，黄庭坚曾从范祖禹学，而范则与程颐在学术上同一趣味；黄庭坚又与程氏门人吕希哲交游，而吕氏不仅与程氏关系密切，且是一延绵数代的理学世家。综此，皆足见黄庭坚与理学家之间千丝万缕的联系。陈师道虽亦受知于苏轼，但却尝自云不愿做苏氏门人，而是一见黄庭坚即“尽焚其稿而学焉”②。陈师道又是曾巩的门人，而曾巩以及陈师道本人则屡次见称于朱熹之口。由此可见，陈师道也同样与理学有着解不脱的关系。

正因与理学在人事上的紧密联系，黄、陈在对诗的基本看法方面亦与理学家文学思想有着相当程度的契合。如黄庭坚《书王知载〈朐山杂咏〉后》云：“诗者，人之性情也，非强谏争于廷，怨忿诟于道，怒邻骂坐之为也。其人忠信笃敬，抱道而居，与时乖违，遇物而喜，同床而不察，并世而不闻，情之所不能堪，因发于呻吟调笑之声，胸次释然，而闻者亦有所劝勉，比律而可歌，列干羽而可舞，是诗之美也。其发为讪谤侵陵，引颈以承戈，披襟而受矢，以快一朝之忿者，人皆以为诗之祸，是失诗之旨，非诗之过也。”将之与邵雍所谓“虽曰吟咏性情，曾何累于性情哉”、程颐所谓“兴于诗者，吟咏性情涵畅道德之中而歌动

① （清）黄宗羲：《宋元学案》，北京：中华书局，1986年。

② （宋）陈师道：《后山集》，四库全书本。

之，有‘吾与点也’气象”相较，何其相似乃尔！

值得注意的是，作为奠定一代诗风的基石，苏、黄诗历史地位与总体成就的共性显而易见，但从各自的思想渊源及其对其后诗坛的影响看，苏、黄诗艺术个性显然又存在极大的差异，二人甚至在当时就曾“互相讥诮”，至谓“未知句法”①，而前引黄庭坚对诗的基本问题看法的一段话，实际上也是针对苏轼而发的，其于《答洪驹父书》中云“东坡文章妙天下，其短处在好骂，慎勿袭其轨也”，就直点苏轼之名了。对此，陈师道则采取完全赞同的态度，其于《后山诗话》中云“苏诗始学刘禹锡，故多怨刺，不可不慎也”，与黄庭坚同一口吻。而尤其值得玩味的是，理学家对苏轼诗的指责也恰恰集中在这一点上，南宋理学家杨时曾云“为文要有温柔敦厚之气，对人主语言及章疏文字，温柔敦厚尤不可无，如子瞻诗多于讥玩，殊无恻怛爱君之意”，又说“观苏东坡诗，只是讥诮朝廷，殊无温柔敦厚之气，以此人故得而罪之”②，可见此与黄、陈的说法正是一脉相承。朱熹《答汪尚书》进而详细剖析道“苏氏之言，高者出入有无而曲成义理，下者指陈利害而切人情，其智识才辨谋为气概又足以震耀而张皇之，使听者欣然而不知倦，非王氏之比也，然语道学则迷大本，论事实则尚权谋，炫浮华，忘本实，贵通达，贱名检，此其害天理，乱人心，妨道术，亦岂尽出王氏之下也哉”，更是从学术根本上将苏轼与王安石视为一体而加以否定。

本来，在苏、黄的各自影响下而形成的诗派对立，在北宋末已显露端倪，由黄、陈合流而形成的江西诗派即宗法山谷而无取于东坡。若进而考察江西派中主要诗人的生平与思想，则不难发现，其与理学的关系显然较之黄、陈尤为紧密。江西诗派的确立

---

① （宋）胡仔：《苕溪渔隐丛话》，北京：人民文学出版社，1962年。

② （宋）杨时：《龟山集》，四库全书本。

以吕本中作《江西诗社宗派图》为标志，而作为使江西诗派得以确立的核心人物，吕本中本人又同时身兼理学家，且从吕公著、吕希哲、吕好问至吕本中再到吕祖谦，吕氏实为理学世家，由此也就成为江西诗派与理学关系的一条重要纽带。江西派中核心成员皆与吕本中交游密切，与吕本中同时的江西派重要诗人曾几亦可视为理学家，另如谢逸、汪革、饶德操等不仅与吕本中为友，且又出自吕希哲之门下，徐俯则是理学家杨时的学生，甚至南宋大诗人杨万里也是既出入江西又精研理学。苏、黄身后，黄庭坚及江西诗派在诗坛的影响愈来愈大，特别在南宋前、中期，诗坛几乎是江西诗派的一统天下，而苏轼的影响则几乎被挤出南宋，主要移转到与南宋对峙的金元，究其根源，自有多方面因素，但是，从“程学盛南苏学北”看，江西诗派恰与程朱一系的正统理学一道兴盛于南宋，绝非偶然。可以说，江西诗派正是依倚着逐渐成为宋学主流的理学的肯定与宣扬而得以大规模地占据诗坛，并使北宋以后的理学逐渐带有了诗意化和文人化特点，理学也正是通过初具自觉宗派意识的江西诗派为中介而得以大规模地影响诗坛，从而在“宋调”的全面建构中发挥出重要的作用。

在思想史上，理学被认为是宋学的最本质与核心的体现；在文学史上，江西诗派则被认为是宋诗最本质特征的体现。而宋学由北宋后期的新学、蜀学、关学、洛学等众多学派的争鸣到归位于理学一宗，宋诗由中后期诗坛的王安石、苏轼、黄庭坚、陈师道等一流大家的并列到凝定于江西一派，两者恰呈同步状态。理学与宋诗的关系在这一段历史中无疑表现得最为显明。

[原载《西南民族大学学报》(人文社科版)，2007 年第 2 期]

佛教"水观"与苏轼诗

梁银林

苏轼熟悉大乘佛教经典，对《楞严经》尤为推重。他说："《楞严》者……其文雅丽，于书生学佛者为宜。"还说："《大乘》诸经至《楞严》，则委曲精尽胜妙独出者。"他晚年谪居儋州时亦有诗云："《楞严》在床头，妙偈时仰读。"① 可见《楞严经》是他终其一生随时阅览的释典。苏轼是一个比较典型的"书生学佛者"，往往以文学的态度出入佛经，《楞严经》雅丽的文辞以及那些形象性的故事，自然会成为他诗歌创作的材料。本文仅以苏轼与《楞严经》中月光童子（即月光菩萨）修习水观之事关系密切的几首诗为例，做一点浅显的论析，非敢以偏概全，以管窥豹而已。

一

水观，是佛教修习禅定的方法之一，又称水想、水定、水想观等。《佛说观无量寿佛经》："初观成已，次作水想。想见西方一切皆是大水，见水澄清，亦令明了，无分散意。既见水已，当起水想，见水映彻，作琉璃想。此想成已，见琉璃地内外映彻。"丁福保《佛学大词典》释"水观"云："一心观想水，观法成就，则在水得自然，于身之内外，现出水，亦得随意，是为水定。"

---

① （宋）苏辙：《亡兄子瞻端明墓志铭》，收录于《栾城后集》（卷二十二），北京：中华书局，1990年，第1127页。

吴汝钧《佛教大词典》云："水观，对水作专心的观想，又称水定。此观法若能成就，身体内外便如意之所想，有水现出，而臻于自在状态。"水观修习的要领大抵是这样的：首先专心致志地观想水的清澄，进而观想己心己身乃至周围的一切皆如水一样的澄澈空明，这样，其心便达到了清净虚寂的境界。《楞严经》描述月光童子修习水观而修得圆满无上正觉，显得形象生动而且直观，虽不可思议，却比较容易领悟与把握。《楞严经》卷第五：

月光童子，即从座起，顶礼佛足，而白佛言：我忆往昔恒河沙劫，有佛出世，名为水天，教诸菩萨修习水观，入三摩地。……我于是时，初成此观，但见其水，未得无身。当为比丘，室中安禅。我有弟子，窥窗观室，唯见清水遍在室中，了无所见。童稚无知，取一瓦砾投于水内，激水作声，顾盼而去。我出定后，顿觉心痛，如舍利弗遭违害鬼。我自思惟：今我已得阿罗汉道，久离病缘，云何今日忽生心痛，将无退失？尔时童子捷来我前，说如上事。我则告言：汝更见水，可即开门，入此水中，除去瓦砾。童子奉教。后入定时，还复见水，瓦砾宛然，开门除出。我后出定，身质如处。①

月光童子的修习水观，重在心的修炼，其所达到的境界是心如止水，清净澄澈，寂静无澜，了无尘染。这种身心幻化而臻至虚无空明的境界，是通过那位无知的童稚投掷、除去瓦砾的事相过程而形象化地显现出来的。换句话说，是童稚的那一片"激水作声"的瓦砾，使原本难以捉摸且不可思议的境界，变得形象、直观而易于把握了。佛教传入中国以后，修习水观而有所成者，亦代有人在。如唐道宣《续高僧传·法进》：

释法进，不知氏族，住益州绵竹县响应山玉女寺，为辉禅师

① 《大正藏》(十九卷)。

弟子……后教水观。家人取柴，见绳床上有好清水，拾两白石安著水中。进暮还寺，弥觉背痛，具问家人，云安石子，语令明往可除此石。及旦进禅，家人还见如初清水，即除石子，所苦便愈，因尔习定，不出此山。

僧传的这则记载，几乎就是《楞严经》所述水观修习的翻版。虽然绵竹僧释法进的“背痛”较之月光童子的“心痛”，显出禅定境界的高下差异，但它至少可以说明，西来佛教在中国本土化的过程中，水观——这种入定的修习方法还是颇受重视的。

二

苏轼生长于佛教传播相当发达的四川，家庭宗教气氛浓郁，对他有潜移默化的影响。初仕凤翔时，他在同僚王大年的引导下学佛典而喜佛书，以后多与僧人禅师交好，颇受熏染沾溉。他“读释氏书，深悟实相”，还到佛寺“焚香默坐，深自省察”，有过“物我相忘，身心皆空”[①] 的体验和感悟，佛学修为达到了较高境界。苏轼的诗歌创作，或采摄佛经语汇，或简练佛经事状，或点化佛学义理入诗，丰富了其诗的思想内容，提升了诗歌的意境，在佛教文学化的艺术实践上做了有益的探索。他摄化《楞严经》水观修习事相而写作的诗歌，就是这方面的例证。

先看被纪昀称为“竟是偈颂”[②] 的《武昌酌菩萨泉送王子立》：

送行无酒亦无钱，劝尔一杯菩萨泉。
何处低头不见我，四方同此水中天。

这首诗作于宋神宗元丰四年，也就是苏轼因“乌台诗案”获

① 《黄州安国寺记》，收录于《苏轼文集》（卷十二）。
② （清）纪昀：《评苏文忠公诗集》（卷二十）。

罪而贬谪到黄州的第二年。王子立即苏辙的女婿王适。苏轼任徐州太守时，子立是州馆“贤而有文”的学生。苏轼获罪，“亲戚故人皆惊散”,[①] 只有王子立、子敏两兄弟不离去。元丰三年苏轼初到黄州，王子立还同岳父一起前往拜望。这次王子立是从筠州到徐州秋试而路经黄州，两人见面，倍感亲切，相与同游武昌西山，苏轼就菩萨泉而生发感慨，写下了这首送行诗。

诗歌前两句点送行之题，切菩萨泉之境。“无酒亦无钱”，是苏轼在自己所亲近且非常信任的晚辈面前说的大实话。苏轼谪居黄州，挂名“团练副使”，但“不得签书公事”，实际上是朝廷流放的罪人。对于一个全靠薪俸维系生计的士大夫而言，贬谪期间经济困窘是不言而喻的。苏轼在《与张子厚参政书》中，描述了他初到黄州时遭遇的贫困生活境况：“见寓僧舍，布衣蔬食，随僧一餐，差为简便。……穷达得丧，初了其理。但禄廪相绝，恐年载间，遂有饥寒之忧，不能不少念。”沦落到寄寓僧舍、疏食斋饭的地步，自然没有什么礼物馈送，于是便“劝尔一杯菩萨泉”。苏轼对菩萨泉相当熟悉，其诗《杜沂游武昌以……》云：“君言西山顶，自古流白泉。上为千牛乳，下有万石铅。”又有《菩萨泉铭并叙》道其来历：传言此泉之出与文殊师利菩萨金像有很大关系。由此可见，苏轼实际上是借菩萨泉寄寓对王子立此行参加考试的殷切希望，表达了良好的祝愿。

后两句承菩萨泉而自然想到与其相关联的文殊菩萨金像，又进一步联想到月光童子修习水观的情形，巧妙地点化佛经故事入诗，以表达自己谪居黄州以来的清净心态。“何处低头不见我”，一语双关：其一，从《楞严经》所载水观修习之事看，这句诗显然是由月光菩萨修禅入定，其弟子“窥窗观室，唯见清水遍在室中，了无所见”的佛事熔炼而成，这样，“不见我”指的是不见

① 《王子立墓志铭》，收录于《苏轼文集》(卷十五)。

月光菩萨。其二，就苏、王两人于菩萨泉告别的实情而言，诗中的“我”即是指代苏轼本人。无论对“不见我”做出怎样的解读，诗句都透露了一个明显的信息，即形质性的事相在这里被幻化消解，用譬喻性的说法，留住下来的唯有清水般洁净的清净心性，这是苏轼贬谪黄州后在习染佛禅方面得到的具有重要意义的感悟。他作于元丰三年的《安国寺浴》诗云：“老来百事懒，身垢犹念浴。……尘垢能几何，翛然脱羁梏。……心困万缘空，身安一床足。岂惟忘净秽，兼以洗荣辱。”通过“不见我”所显现出来的一片清净心，正是苏轼一年多来不断洗浴、不断修炼所取得的标志性成果。诗歌最后以“四方同此水中天”收束，巧妙嵌入“水天”二字，以切《楞严经》所谓“有佛出世，名为水天，教诸菩萨修习水观，入三摩地”的语义，突出了诗作与佛经的密切关系。唐布袋和尚诗云：“手把青秧插满田，低头便见水中天。六根清净方为道，退步原来是向前。”苏轼虽然不是出家人，但在追求了无尘染的清净心方面，却与出家人是相同的。此外，苏诗中的一个“同”字还表明，清净心的获得，不仅苏轼我能够做到，王子立同样也可以做到，暗示子立要以平常清净之心，去对待即将来临的考试，表现了苏轼对晚辈的真切关爱，辞虽浅而意犹深，语愈淡而情愈浓。

三

《楞严经》所载月光菩萨修习水观的故事中，那位投掷瓦砾的无知童子扮演了重要角色，他更是多次被苏轼安排到诗歌中，作为表达自己清净心的生动介质。如《观台》：“三界无所住，一台聊自宁。……须防童子戏，投瓦犯清泠。”另一首与佛教水观修习有直接关联的诗是《臂痛谒告，作三绝句示四君子》其二：

心有何求遣病安，年来古井不生澜。
只愁戏瓦闲童子，却作泠泠一水看。

此诗作于宋哲宗元祐六年苏轼守颍州时，与前一首《武昌酌菩萨泉送王子立》诗相隔了十年。这一阶段，是苏轼的仕途生涯起落浮沉最为频繁、变化最大的时期。元丰八年贬谪生活结束后，苏轼被任命为登州太守，又诏入京城并连升三级，官至翰林学士知制诰，后因党争自请外任杭州太守，再入京城任职，再出任颍州太守。这种走马灯似的仕宦经历，苏轼在其《泛颍》诗中，用“散为百东坡，顷刻复在兹”做了形象的概括。十年官场的大起大落，看惯了世事的浮云变幻，苏轼对“人生如梦”有了更为深刻的体会，他似乎显得更加平静了。于是，《楞严经》中月光菩萨修习水观之事又一次被他采摄入诗，成为表现其心迹的创作材料。

这首七言绝句虽以“臂痛”为其发端，但立意却全在一个“心”字上。“心有何求”，其实说的就是心无所求。因为宦海浮沉难以逆料，官身不由己，穷达多变，自己没有任何决定性，求与不求都毫无意义，所以索性把它“放下”，用《般若波罗蜜多心经》的话说就是“心无挂碍”，即不要存有念想。如果勉强说还有所求的话，那么苏轼当下所求，只不过是希望臂痛之病早日安好罢了。“年来古井不生澜”承接首句并紧扣“心”字而制作，说明在全无所求、统统放下之后，其心境有如古井之水，清明沉静，不起波澜。

诗歌的后两句是借月光菩萨的酒杯，浇自己心中的块垒。其中，“只愁”二字大有讲究，意味犹深。只愁，表明别无它愁，唯有一愁。但是，就一般的情形而言，愁乃因所求而生起，有求则必有愁，而且是成正比的关系，所求越多，愁亦越多。既然前面已经心无所求，又哪里来的这一愁？仔细体味这两句诗，不难看出，苏轼这里的所谓愁，与一般意义上的所求已经没有多大的联系。他愁的是自己这一片古井般无波无澜、无忧无虑的清净心，难以为他人所理解，仅仅被视为“泠泠一水”而已；愁的是这片容不得半点尘埃污染的清净心，难免于"闲童子"所投掷的那片瓦砾的入侵，而作为一种象征，瓦砾代表着包括功名利禄在内的尘世间的种种诱惑、牵挂乃至强制。清人王文诰说："此诗运意独佳，妙在驱遣释乘，绝无障碍，故可喜也。"① 其实，更为可喜的是，苏轼结合自己的人生际遇来体味和感悟月光菩萨的水观修习，在更深的层次上认识到，清净心的修得只是一个开始，并非一劳永逸，尚需精心地、持久地、无间断地加以维系与呵护，这是苏轼从佛教水观中得到的又一次开悟。

四

通过以上分析可以看出，苏轼采摄、融化《楞严经》水观修习之事而创作的诗歌，都有驱遣佛经以为我诗服务的特点，积极的影响占主流，应仔细辨析，认真研究，不能简单地看成是偈颂语而予以否定。赵朴初先生在《要研究佛教对中国文化的影响》一文中说："佛教还为中国文化带来了新的意境，新的文体，新的命意遣词方法。数千卷由梵文翻译过来的经典本身就是伟大富丽的文学作品。……般若和禅宗思想影响了陶渊明、王维、白居易、苏轼的诗歌。"赵朴初先生的这段话，揭示了佛教对中国文学的深刻影响以及佛教与中国文学的密切关系。仅就"新的意境""新的命意遣词方法"来讲，苏轼采摄佛教"水观"内容而创作的这些诗作亦可作为范例。从更大的范围看，宗教与文学本来就是关系密切的两个范畴，仿佛一对孪生的兄妹，两者都具有反理性的特质，在直指人心，诉诸情感，最终解决精神问题等方面，有着更多的契合之处。宗教借文学为载体，能得以更广泛地传播；同时，文学又深受宗教的影响，使之呈现出异样的风貌。

佛教与中国文学深结不解之缘，这种互为因果、相得益彰的

---

① （清）王文诰：《苏文忠公诗编注集成》（卷三四）。

“双赢”关系，应当是最为重要的原因之一。陈垣先生在《佛教能传播中国的原因》一文中说：“佛教入中国一千八百余年，今日虽极衰落，然昔曾深入社会中心，佛教何以能得此，佛家说是佛力广大，有人说是帝王提倡，据我观察，有三种原因：一、能利用文学；二、能利用美术；三、能利用园林。”佛经本身的文学色彩和佛学颇受中国文士喜爱，为佛教利用文学而传播提供了更多的可能性。

一般地说，宗教典籍主要是阐发义理、净化人心，文学作品侧重于塑造形象、抒发感情。然而，深入考察佛教在中国文学化亦即诗化之历程，可以明显看到，在中国特定的文化背景下，宗教与文学这两种异质的文化却不断地相互交合渗透，其中，又以那些富于文学色彩、形象化特征明显的佛经内容被采摄入诗最为突出。周裕楷先生的《中国禅宗与诗歌》一书，在对禅宗与中国诗歌的关系做了深入探讨后指出：“佛教的中国化在很大程度上是指佛教的诗化，禅宗发展史的种种事实鲜明地展示了这一诗化过程。”佛教的诗化使其中国本土化的步伐得以加速，而佛经内容、佛学义理以及那些奇异事典的加入，又在一定程度上改变了中国诗歌言志缘情的传统，使诗歌的哲理性得到加强，境界得以提升，表现范围也因此而扩大。在佛教诗化的运动中，苏轼无疑是其中最为优秀的代表之一，他融摄佛教水观内容而创作的这些诗歌亦可称得上是典范。

［原载《西南民族大学学报》（人文社科版），2005 年第 3 期］

由浪漫到平实

——从文人关注视野与生活情趣的转变看宋代文学的理性精神

田耕宇

中唐以前中国文学中所表现出来的文人生活情趣和关注视野，大抵不出"兼济"与"独善"二端，文学作品要么抒发治国平天下的雄心壮志和胸襟抱负，要么宣泄理想与现实的矛盾冲突和痛苦；要么写入世之奋发昂扬，要么写出世之平淡冲和；要么写家国之大事、民生之疾苦，要么写历史之兴衰、现实的理乱。文人偶尔写身边的琐屑小事，也多有寄托，正所谓"醉翁之意不在酒"。到安史之乱中的杜甫诗中，这种情况有了转变，尤其是在他的蜀中诗里，其生活情趣与关注视野发生了很大的变化。杜诗以"诗史"著称，他被誉为"诗圣"，人们称他"抵死只忧时"①、"一饭未尝忘君"②，也把他视为"宋调"的开端，江西诗派更奉其为"一祖三宗"的祖师崇高地位。杜甫之所以得到宋人的认同和尊敬，更多的是由于他后期诗歌中似俗实雅、近于审美化了的地主文人的生活情趣引起了共鸣。

除去儒家诗教传统在宋代文学中得以延伸外，宋代文学较之以往的深刻变化，主要就是注重表现人的生活态度、生活情趣和

---

① （元）马祖常：《石田集杂咏》，收录于《杜诗详注附编》，北京：中华书局，1979年，第2285页。

② （宋）苏轼：《王定国诗集叙》，收录于《苏轼文集》（卷十），北京：中华书局，1986年，第318页。

生活方式，以及与之相关的心态意绪。宋人一方面在词中记录他们在两性情感方面的交流，另一方面则在诗文，尤其是诗中，表现他们的“文人”生活情趣。这显然不是以盛唐那种尚军功、好游侠，追求事功为时尚，而是以尚儒雅、好理趣，追求心境的闲适为归宿；不是以驰骋大漠，遍游名山，广交天下豪侠为乐事，而是在公事应酬之余，或与二三好友谈禅言理、品茗论诗的“雅集”为美事；或以一门一户将自身与外界隔绝开来（不是躲进山林乡村，而是身居闹市），铺开一幅纸，在笔墨砚台之间，画一幅山水、留一幅墨迹，然后欣欣然陶醉其中……宋代画论的发达、书学的发展、金石学的异军突起、品茗之风的大炽，无不说明文人生活情趣发生了深刻变化。

这种变化主要由以下几个方面因素引起，第一，中唐以后在兼济与独善矛盾之间进行调适，人们对政治生活之外的现实生活投注了更多的关心，尤其是在精神享受及娱乐方面。第二，世俗地主阶级与生俱来的世俗人情味，使其更看重世俗日常生活。第三，禅宗的风行及禅悦之风对士人的巨大影响。

一、兼济与独善之间的调适

世俗地主要建构自己的文化，首先要使自己的思想成为统治阶级的思想；其次，世俗地主文人应该成为统治阶级思想的宣传主体；再次，世俗地主文人必须参与现实政治，并在其中发挥主体作用；最后，世俗地主文人必须对自己所宣传鼓吹的统治阶级思想深信不疑。如果满足了以上条件，世俗地主阶级在中唐以后建构自己的文化，将会一帆风顺，然而事实并非如此。当在与封建士族的激烈搏斗中逐渐占据统治地位的世俗地主文人们踌躇满志地想“兼济天下”时，当他们俨然以主人翁的姿态鼓吹着他们所要重建的文化道统时，他们产生了前所未有的困惑。面临着理想与现实的冲突，行动与心灵的冲突，出仕与退避的矛盾就在眼前摆着，分明地为这些正在庆幸能够通过自己的努力，占据或正在占据要路的庶族文人兜头泼一盆凉水。一时间，许多文人在现实的困惑前措手不及，怎样应付这一困惑，并走出困境，就成了中唐以来文人思考的问题。从中唐元和年间的白居易到宋元祐年间的苏东坡，作为地主阶级文人在这一特定时期的代表，以他们一生的行事遭遇，反思与调适，最终解决了困扰庶族地主文人出处进退的矛盾，并将这三百年间庶族地主文人所走过的现实历程和心路历程典型地再现出来，展示了中国封建后期文化大厦建构的过程。

"安史之乱"后的中唐，世俗地主文人们个个将眼光投注在重振纲纪、再现大唐威仪的现实改革中，两税法的推行，元和年间平藩的胜利等新气象，使他们看到了王朝中兴的希望。活跃于这一时期的地主文人们被时代激发出来的政治热情与进取精神，较之盛唐文人更为自觉、更为强烈。像永贞革新的政治图变的轰轰烈烈，韩愈以复兴儒家道统为己任，拼死以谏佛骨，白居易敢冒权贵之大不韪而讥刺批判现实，以裴垍为核心的稳健政治集团的形成，这都使生于斯时的地主文人们激动不已。以韩愈为代表的古文家们，以白居易为代表的乐府诗人们，高唱着入世的进行曲，高举起直接上承汉代的儒家学说和宣传儒家学说的古文与乐府大旗，甘作除弊革新的前驱。试读韩愈《答崔立之书》：

方今天下风俗尚有未及于古者，边境尚有被甲执兵者，主上不得怡而宰相以为忧。仆虽不贤，亦且潜究其得失，致之乎吾相，荐之乎吾君。上希卿大夫之位，下犹取一障而乘之，若都不可得，犹将耕于宽闲之野，钓于寂寞之滨，求国家之遗事，考贤人哲士之终始，作唐之一经，垂之于无穷，诛奸谀于既死，发潜德之幽光，二者将必有一可。[1]

字里行间完全是抱定了除弊革新与“自强不息”的精神。与之相同的是得到唐宪宗任用为左拾遗的白居易，一方面对皇帝的眷顾感恩不尽，以示忠诚：“授官以来，仅将十日，食不知味，寝不遑安，惟思粉身，以答殊宠，但未获粉身之所耳。”[2] 另一方面，他勤于谏章，敢于谏诤，为了职责有时甚至连皇帝也不给面子。他大写讽喻诗，把写诗作为尽谏官之职分，目的只在参与政治，除弊革新。在《与元九书》中说：“身是谏官，手请谏纸，启奏之外，有可以救济人病，裨补时阙，而难于指言者，辄咏歌之，欲稍稍递进闻于上，上以广宸聪，副忧勤，次以酬恩奖，塞言责，下以复吾平生之志。”

其言之恳切，其心之真挚，其精神之可嘉，正体现了那一个时代地主文人置身现实，欲求中兴的普遍现象。然而即使是在力图革新除弊，重振雄风的君主执权柄时代，亦不免有令地主文人寒心、甚至失望的现实。“永贞革新”的失败与“甘露之变”的悲剧使不少文人从对中兴的期待美梦中惊醒过来，并开始认真地看待属于自己的这个阶级的政权，思考其政治体系及其维系这个体系的思想意识。他们清醒地看到了这个政治体系固有的弊端，诸如嫡长子继承制下皇权的争夺，宦官专权、藩镇割据、民生疾苦等等，而要靠帝王的英明与否的来解决这些弊端，其偶然因素太多，以致厕身其中的人很难把握住自己的命运。士人要出处进退都裕然自如，不仅要学会儒家老祖先们教会的那一套存身活命、待时而起的方法，更得学会“新形势”下的生存之道，即在翻覆多变的政治风云中处之泰然。

---

① 马其昶：《韩昌黎文集校注》，上海：上海古籍出版社，1986年，第165页。

② （唐）白居易：《初授拾遗献书》，收录于《白居易集》，北京：中华书局，1979年，第1228页。

孟子说：“古人之得志，泽加于民；不得志，修身见于世。穷则独善其身，达则兼善天下。”话虽说得明白，但在出处进退，兼济与独善关系处理上，绝大多数士人是很难调适得十分和谐的。在大多数情况下，出世与入世，始终是难以调和的两个极端。入世者踌躇满志，出世者满腹怨艾。兼济与独善不仅没有成为绝大多数士人心里调适的支点，反而成为判断“得意”与“失意”“成功”与“失败”的标准。洒脱如李白，执着如杜甫都不免在出处进退上不自觉地采取了非此即彼的态度。韩愈说得好：

士之行道者，不得于朝，则山林而已矣。山林者，士之所独善自养而不忧天下者之所能安也，如有忧天下之心，则不能矣。①

可以看出，即使到了中唐，文人士大夫对兼济天下与独善自养的看法也还是难以两全的。从白居易到苏东坡，其间三百年的时光中，无数世俗地主文人都面临着这样的矛盾：

企望“天王圣明”，皇权巩固，同时自己也做官得志，“兼济天下”。但是事实上，现实总不是那么理想，生活经常是事与愿违。皇帝并不那么英明，仕途也并不那么顺利，天下也并不那么太平。他们所热心追求的理想和信念，他们所生活和奔走的前途，不过是官场、利禄、宦海浮沉、上下倾轧。所以，就在他们强调“文以载道”的同时，便自觉不自觉地形成和走向与此恰好相反的另一种倾向，即所谓“独善其身”，退出或躲避这种争夺倾轧。结果就成了既关心政治、热衷仕途而又不感兴趣或不得不退出和躲避这样一种矛盾双重性②。

但也有人能较好地处理这一矛盾，既能保持理想，又能很裕

① （唐）韩愈：《后廿九日复上宰相书》，收录于马其昶：《韩昌黎文集校注》。
② 李泽厚：《美的历程》，合肥：安徽文艺出版社，1999年。

如地享受生活：或琴棋书画，或山林江河，或市井青楼，或田园，或台阁，或一门一户闭关天下喧嚣，或诗朋画友雅集，或与禅僧论禅，或与同道对床夜语。总之，当世俗地主文人从苦闷与困惑中醒过来后，他们（尤其以白居易、苏轼为代表的文人）找到了在出处进退之间处之泰然的生活方式，而这恰好是固执的理学家们所缺少的。因此，与其说是理学家们代表了世俗地主文人的思想，毋宁说是那些思想驳杂，行为通脱的诗人词客更能代表世俗地主文人的人生态度。郭熙在论及文人画兴起的心理时说：丘园养素、啸傲泉石、听猿观鹤、渔樵隐逸的山水之乐是人们所向往的，但“直以太平盛日，君亲之心两隆，苟洁一身出处，节义斯系。岂仁人高蹈远引，为离世绝俗之行，而必与箕颍、埒素、黄绮同芳哉！白驹之诗、紫芝之咏，皆不得已而长往者也。”人在朝得意之后：“林泉之志、烟霞之侣，梦寐在焉，耳目断绝。”心里常思念山水之乐，故文人画得以兴起：

今得妙手，郁然出之。不下堂筵，坐穷泉壑；猿声鸟啼，依约在耳；山光水色，滉漾夺目。此岂不快人意，实获我心哉[①]。

可见即使是官僚化的庶族地主文人，官场得意，也时常有厌恶名缰利锁、要求回归自然的心理需求，更何况失意于功名事业者，心理调节是更加必要的。

二、世俗人情味与文人的“雅趣”

如果说盛唐文学是在诗人们豪饮醇酒时冲口而出的天籁之声，宋代文学则是文人们品啜清茗时闲吟出来的人籁之音，其风度和情趣显然有别。

① （宋）郭熙：《林泉高致》，收录于沈子丞：《历代画论名著汇编》，北京：文物出版社，1982年。

胡适先生说：

以政治上的长期太平而论，人称为“盛唐”，以文学而论，最盛之世其实在这个时期，天宝末年大乱以后，方才是成人的时期。从杜甫中年以后，到白居易之死其间的诗与散文都走上了写实的大路，由浪漫而到平实，由天上而回到人间，华丽而回到平淡，都是成人的表现。①

胡适认为由杜甫开始，中国古典文学进入了成年期，用了“写实”“平实”“人间”“平淡”等来描述这一时期文学的特点。但有一点他未曾谈到，那就是由杜甫开先声的“宋调”，表面看来平实淡泊、琐碎现实，有些“俗”气，比不得青春浪漫，出言即云济苍生、安社稷、平天下那么气壮山河，那么符合儒家宏愿的“醇雅”，但透过那些细小事物或生活情趣，传达出来的理趣中的“儒雅”，则是后期正统文学和美学为之追求的最高境界，而这点正是由杜甫后期作品中诸多论诗、论画、品茗、赏酒、与野人田夫的交谈往来中，似拙实雅，近于审美化了的生活情趣导夫先路的。

世俗地主阶级来自民间，他们不是从宫廷或深深侯门中养尊处优中进入仕途，而是在经历了鲜活的下层世俗生活和自己的拼搏跻身权力圈的，世俗生活情景深深地烙在他们的心中，世俗生活情趣流淌在他们的血液里，这种与身俱来的世俗人情味是无法褪去的。

白居易出身小官吏家庭，他有诗写自己早年贫穷的生活，遭遇兵荒马乱饥饿的身世和骨肉离散的经历：

时难年荒世业穷，弟兄羁旅各西东。田园寥落干戈后，骨肉流离道路中。吊影分为千里雁，辞根散作九秋蓬。共看明月应垂

① 胡适：《白话文学史》，长沙：岳麓书社，1986年。

泪，一夜乡心五处同。[①]

元稹家境贫寒，步入仕途的过程十分艰难，因此对民间生活和习俗也十分熟悉。其云：

臣九岁学诗，少经贫贱，十年谪宦，备极凄惶，凡所为文，多因感激，故自风诗至古今乐府，稍有寄兴，极近讴谣，虽无作者之风，粗中道人之采。[②]

由此可知元、白一类出身低微，取仕艰难的文人，有干预现实政治之机，势必要奋身进取，以实现其理想抱负。但如果进取受阻，他们来自下层的出身和经历必然使其珍惜已取得的“成就”，并且容易产生知足的情绪，从而转向关注自己所熟悉和能使自己“忘忧”的事情以调适心态。

从杜甫入蜀后的部分“闲适”诗中，大量写日常生活琐事的篇什，以及大量使人忘忧而陶冶性情的咏画、咏酒、咏书法、咏歌管的诗章，就不难发现下层地主文人进取遇阻时关注视野的变化。这些作品在不少人看来是杜甫兼济之志难以实现时的消极生活表现，实际是论者对世俗地主阶级与生俱来的世俗人情味特征缺乏了解。

到了中唐白、元等人那里，琴、棋、书、画、酒、茶、歌舞、垂钓、笔、墨、纸、砚，凡是文人日常生活中所接触到的事物，无论是高雅，还是浅俗，不管是雅集，还是独处，他们的关注与表现都是那么津津乐道，乐此不疲。从某种角度上看，这一现象仿佛是从俗，有悖士大夫经邦治国之志，但实际是文人还原了自身世俗地主阶级的面目。如果我们回忆一下孔子的生活，就

---

① （唐）白居易：《自河南经乱关内阻饥兄弟离散各在一处，因望月有感》，收录于《白居易集》，北京：中华书局，1979 年，第 267 页。

② （唐）元稹：《进诗状》，收录于《元稹集》，北京：中华书局，1982 年，第 406 页。

不难感受到被汉代以来神圣化了的"圣人"，其实也十分典型地代表了来自下层的文化人真正面目。在《论语》一书中为我们展现的孔子，显然是活生生的、真实的、有着丰富世俗生活的"人"。试看《论语》所录孔子言行：

有朋自远方来，不亦乐夫。/子谓韶，尽美矣，又尽善矣。/富与贵，是人之所欲也。/子在齐，闻韶，三月不知肉味。/食不厌精，脍不厌细。/（曾皙）曰：暮春者，春服既成。冠者五六人、童子六七人，浴乎沂，风乎舞雩，咏而归。夫子喟叹曰："吾与点也。"……

孔子为百代宗师，为推行自己的学说和政治主张，周游列国，在陈蔡之地被政敌所困，粮尽、弟子病倒，他却处乱不惊，弦歌鼓琴不止。他的儒雅风范堪称典范，但其于世俗日常生活的热爱也是明显的。

汉代以后那些自称为儒的迂腐之人，认为人的一切行为都只有所谓的"兼济天下"才具有价值，殊不知这恰好走上了违背人性的歧路。那些钟鸣玉食、锦衣轻裘的贵族文人一方面过着腐朽糜烂的生活，一方面却虚伪地摆出一副救世主的说教嘴脸，装出不食人间烟火的样子，使文学成为宣扬其统治阶级伦理道德的工具。

缪钺先生说：

凡唐人以为不能入诗或不宜入诗之材料，宋人皆写入诗中，且往往喜于琐事微物逞其才技。如苏黄多咏墨、咏纸、咏砚、咏茶、咏画扇、咏饮食之诗，而一咏茶小诗，可以和韵四五次（黄庭坚《双井茶送子瞻》)、《以双井茶送孔常父》《常父答诗复次韵戏答》，共五首，皆用"书""珠""如""湖"四字为韵。余如朋友往还之迹，谐谑之语，以及论事说理讲学衡文之见解，在宋人诗中尤恒见遇之。此皆唐诗所罕见也。[①]

这段话虽写的是宋诗的特点，但宋诗所传达出来的却是代表自杜甫以来文人士大夫在传统生活理想和立身行事之外的生活情趣与关注视野的转变，是中唐以来文人心态渐次向内收敛这一社会心理转变导致的必然。被扭曲了的人性在世俗地主阶级那里得到了很大的复原，加之市民生活情趣和生活观念的冲击，离经叛道的南禅宗思想的影响，正统文学出现了以往少有的新气象，它反映出人的主体意识迅速觉悟。文人们不再板着脸孔只唱一个调子，而是将自己生活的全部统统展示出来。在有明显市民思想意识影响下，晚唐诗词中男女两性之事墨粉登场，表明文人们关注的视野除去建功立业外，已经大大拓宽。虽然这些“俗情”仿佛与文人的“儒雅”身份十分不谐调，但毕竟是他们所思、所想、所为。

另一方面，文人毕竟是文人，他们关注的视野更多还是与其身份相协调的“雅趣”。从中唐开始，与文人生活情趣相关的琴棋书画、文房四宝，品茗、论诗、论书、论画、唱酬、雅集更是文学着力表现的题材。试看以下作品大量出现，就可以见出文人生活的丰富：白居易有《废琴》《好听琴》《船夜援琴》《琴》《楚妃叹》《雨中听琴者弹〈别鹤操〉》《琵琶行》，韩愈《听颖师弹琴》，卢纶《河口逢江州朱道士因听琴》，元稹《听妻弹〈别鹤操〉》，雍裕之《听弹〈沈湘〉》，孟郊《听琴》，薛能《秋夜听任郎中琴》，韦庄《赠峨眉山弹琴李处士》，李冶《从萧子叔听弹琴赋得〈三峡流泉〉歌》。

宋人对琴更是独有会心之处，大作家如欧阳修、苏轼等人更是写下不少琴诗和论琴艺的作品，如欧阳修《三琴记》《送杨畏

① 缪钺：《论宋诗》（《宋诗鉴赏辞典·代序》），上海：上海辞书出版社，1987年。

序》《论琴帖》《夜坐弹》《弹琴效贾岛体》，苏轼《舟中听大人弹琴》《破琴诗》《行香子》《琴诗》。

围棋是中国文人酷爱的智力游戏活动，一部灿烂的围棋史使中华文化瑰宝显得更加富有民族特色，传说尧舜以棋教子，而战国时期纵横家们以围棋显示他们的纵横思想。儒、道、名家无不谈棋，有人称孟子为围棋鼻祖。汉魏时期著名文人无一不精通棋艺，班固、李尤、马融、应瑒、王粲、蔡颖等棋艺高超，而且精研棋理。班固有《弈旨》、马融有《围棋赋》，“竹林七贤”、王、谢世家在棋史上留下不少佳话。入唐以来，琴棋书画并称，张彦远引唐人何延之《兰亭记》说：“辩才博学工文，琴棋书画皆得其妙。”[①] 而棋待诏的出现，标志着棋史一个崭新的里程碑的出现。“永贞革新”的主要人物王叔文就是以善棋为待诏，入东宫侍奉太子，并乘机向太子讲述人间疾苦事，得到太子喜欢，太子继位是为唐顺宗，重用王叔文等人进行著名的“永贞革新”。

中唐以来，以围棋为文人的闲情雅兴和避世高情之风盛行，白居易、元稹等人更是嗜棋成癖，不仅二人时常相聚论棋，而且有客来访竟以棋待客。传说元稹居家待客有两大佳处，一是酒，二是棋。他十分得意地说：“酿酒并毓蔬，人来有棋局。还酿凭耐酒，运智托围棋。”[②]

长庆元年，元稹在府中举行一次围棋盛会，连德高望重的老丞相段文昌也兴致勃勃地参加，元稹为此写下《酬段丞与诸棋流会宿弊居见赠二十四韵》诗，诗中笔墨酣畅地描写了这一盛会，而且称“此中无限兴，唯怕俗人知”[③]。由此看出他是满足于这一种高雅情趣的。白居易棋艺虽不精湛，但其爱好一如元稹。他

---

① （宋）张彦远：《法书要录》（卷三）。

② （宋）元稹：《解秋》，收录于《全唐诗》，北京：中华书局，1982 年，第 4494 页。

③ 《全唐诗》，版本同前，第 4525 页。

谦虚地称自己“及至书画棋博，可以接群居之观者，一无通晓”。尽管如此，白居易仍然“花下放狂冲黑饮，灯前起座彻明棋”[①]。有客来访时“晚酒一两杯，夜棋三数局”[②]，甚至“围棋赌酒到天明。”[③] 晚年的白居易，自号香山居士，常与胡杲、吉皎等八位德高望重的老者，聚会香山斗棋，称为“香山九老”。明代画家黄彪专门作《九老图》再现九老弈棋的情景。晚唐人因时代黑暗，大多避世，弈棋与观棋就成为文人生活中的一大闲情雅趣，试读以下诗句：

樽香轻泛数枝菊，檐影斜侵半局棋。

——杜牧《题桐叶》

岩树阴棋局，山花落酒樽。

——许浑《题邹处士隐居》

园里水流浇竹响，窗中人静下棋声。

——皮日休《李处士郊居》

萧骚寒竹南窗静，一局闲棋为尔留。

——郑谷《灯》

棋声花院闭，幡影石幢幽。

——司空图《与李生论诗书》

对局含情见千里，都城已得长蛇尾。

——温庭筠《谢公墅歌》

对面不相见，用心如用兵。

——杜荀鹤《观棋》

---

① （唐）白居易：《独树浦夜雨寄李六郎中》，收录于《白居易集》，北京：中华书局，1979 年，第 320 页。

② （唐）白居易：《郭虚舟相访》，收录于《白居易集》，北京：中华书局，1979 年，第 147 页。

③ （唐）白居易：《刘十九同宿》，收录于《白居易集》，北京：中华书局，1979 年，第 359 页。

在这些诗中，不管诗人以怎样的心思和感情投入，都可见出他们对围棋的深爱。

宋代文人虽说少了唐代文人那种侠气，但儒雅风度远胜唐人。加之宋代重文风气，文士更是倾心于棋艺，无论欧阳修、苏轼、黄山谷、陆游、杨万里等一批著名文人，还是整个社会，对围棋的倾心都超过前人。宋代延续唐代棋待诏制度，各地方举荐，朝廷严格考试，都市中还出现了棋会这一民间围棋组织，出现了大批棋手，后世称之为“棋工”。正如绘画一样，大量画工的出现，必然推动画艺的普及。但后人之爱棋，绝非棋工之功利，就如“画工画”与“文人画”有别一样，文人将弈棋与观棋都作为一种高雅的活动来参与。一代文坛宗师欧阳修自称“六一居士”，其《六一居士传》自称：“吾家藏书一万卷，集录三代以来金石遗文一千卷，有琴一张，有棋一局，而常置酒一壶，以吾一翁，老于此五物之间，是岂不为‘六一’乎。”[1] 在《新开棋轩呈元珍表臣》诗中，欧阳修这样描写他新辟幽雅棋轩的环境，表现了他对弈棋特有的文人雅趣，其云：

竹树日已滋，轩窗渐幽兴。人闲与世远，鸟语知境静。春光蔼欲布，山色寒尚映。独收万虑心，于此一枰竞。[2]

摆脱世间纷纷扰扰，在变幻莫测的小小棋局中，让精神自由驰骋，静以忘忧，使许多常处宋代政治争斗和时代危艰的文人们得到心灵的休憩，是文人们在棋中所获得的乐趣。试读下列诗句：

世上滔滔声利间，独凭棋局老青山。心游万里不知远，身与

---

① （宋）欧阳修：《六一居士传》，收录于《欧阳修全集·居士集卷》，北京：中国书店，1986 年，第 305 页。

② （宋）欧阳修：《欧阳修全集·居士外集》，北京：中国书店，1986 年，第 365 页。

一山相对闲。

——黄庭坚《观叔祖少卿弈棋》

棋局每坐隐，屏山时卧游。

——陆游《夏日》

时引方外人，百忧销一局。

——文同《棋轩》

文人有时难免争胜斗奇，以弈棋赌胜负，以小小“赌注”为乐，亦是文人生活中的雅趣。据《夷坚志》载，王安石晚年赋闲金陵，常与处士薛昂对弈，二人约定赌棋罚诗，输者赋梅花诗一首。王安石先负一局，即随口吟出《梅花》诗云：“华发寻香始见梅，一枝临路雪培堆。凤城南陌他年忆，杳杳难随驿使来。”次局薛昂负，他迟迟不能成吟，王安石棋兴大发，忍耐不住，便代他赋诗云：“野水荒山寂寞滨，芳条弄色最关春。欲将明艳凌霜雪，未怕青腰玉女嗔。”后来薛昂官场走运，并出知金陵，有人作诗讥笑他说：“好笑当年薛乞儿，荆公座上赌新诗。而今又向江东去，奉劝先生莫下棋。”[①] 此事为诗坛一段佳话，亦为棋史一则笑谈，由此可以看出文人生活的多姿多彩。

传说苏轼与文同弈棋以建茶兖墨为“赌资”，苏轼输棋后文写《子平棋负茶墨小章督之》诗风趣地督促苏轼践约，诗云：“睡忆建茶斟潋滟，画思兖墨泼淋漓。可怜二物俱无有，记得南堂胜棋时。”玩笑中将朋友之情、生活之乐趣写得十分自然。

宋人嗜茶，雅好品茶，又好作画，文同的墨竹为当时人所推崇，苏轼曾有《筼筜谷》诗及《筼筜谷偃竹记》记文同画墨竹，并有一段充满戏谑而又赞美文同的话，成为文坛一大趣闻，他说：“余诗（《筼筜谷》）云：‘料得清贫馋太守，渭滨千亩在胸

① 丁传靖：《宋人佚事汇编》，北京：中华书局，1986年，第733页。

中。’与可是日与其妻游谷中，烧笋晚食，发函得诗，失笑，喷饭满案。”[①] 成语“胸有成竹”即出于此。

更多时候，胜负并不重要，重要的是在观棋与弈棋过程中的无限情趣，苏轼有一首《观棋》诗，这样表达文人们对观棋和弈棋的态度：

> 五老峰前，白鹤遗址。长松荫庭，风日清美。我时独游，不逢一士。谁欤棋者，户外屦二。不闻人声，时闻落子。纹枰坐对，谁究此味？空钩意钓，岂在鲂鲤。小儿近道，剥啄信指。胜固欣然，败亦可喜。优哉游哉，聊复尔耳。[②]

苏轼这种“胜固欣然，败亦可喜”的态度，骨子深处与建构中国文人士大夫心理的儒道二家思想有关。儒家以博取功名，兼济天下为理想人生境界，道家则以个体精神和人格自由为人生至境。这两种看似完全相悖的思想，却时常在“达士”身上和谐地统一起来。“达士”既能为理想的追求至九死而不悔，又能视功名于无物，又显然与禅宗“平常心是道”的思想有关。

琴棋书画之外，文人们在日常生活中还耽于文房四宝，金石题跋，成为时尚风趣。如梅尧臣《九月六日登舟再和藩歙州纸砚》诗所云“文房四宝出二郡，迩来赏爱君与予”。只需翻检苏轼文集就可以发现除去传统的诗文、制策等所表现的内容外，像“诗词题跋”“书帖题跋”“画题跋”“纸墨题跋”“琴棋杂器题跋”“游行题跋”“杂记人物”“杂记异事”“杂记修炼”“杂记医药”“杂记草木饮食”“杂记书事”“杂文题跋”，占据文集很大部分。此外，就以传统“铭文”所记题材来看，也发生了很大的变化，此处不惮其烦，将《苏轼文集》所收铭文目录抄于下，可以见出

① （宋）苏轼：《苏轼文集》，北京：中华书局，1986年，第366页。
② （宋）苏轼：《苏轼诗集》，北京：中华书局，1982年，第2310页。

当时文人生活关注的变化：

《却鼠刀铭》《玉堂砚铭》《鼎砚铭》《王平甫砚铭》《邓公砚铭》《端砚铭》《孔毅甫龙尾砚铭》《孔毅甫凤朱石砚铭》《凤朱砚铭》《米芾石钟山砚铭》《黻砚铭》《丹石砚铭》《王仲仪砚铭》《端砚石铭》《端砚铭》《黄鲁直铜雀砚铭》《陈公密子石砚铭》《龙尾石月砚铭》《迈砚铭》《迨砚铭》《卵砚铭》《唐陆鲁望砚铭》《周炳文瓢砚铭》《王定国砚铭二首》《鲁直惠洮河石砚铭》《故人王颐有自然端砚铭之成于片石上稍稍加磨治而已铭曰》《天石砚铭》《汉鼎铭》《石鼎铭》《大觉鼎铭》《文与可琴铭》《十二琴铭》《杨次公家浮磬铭》《法云寺钟铭》《邵伯埭钟铭》《徐州莲华漏铭》《裙靴铭》《金星洞铭》《洗玉池铭》《菩萨泉铭》《六一泉铭》《卓锡泉铭》《参寥泉铭》《何公桥铭》《九龙台铭》《远游庵铭》《苏程庵铭》《谷庵铭》《夕庵铭》《桄榔庵铭》《三槐堂铭》《山堂铭》《德威堂铭》《清隐堂铭》《四达斋铭》《雪浪斋铭》《思无邪斋铭》《梦斋铭》《广心斋铭》《谈妙斋铭》《澹轩铭》《择胜亭铭》《惠州李氏潜珍阁铭》《真相释迦舍利塔铭》《大别方丈铭》《石塔戒衣铭》《南安军常乐院新作经藏铭》《广州东莞县资福寺舍利塔铭》。

铭是古代称功德、申鉴戒的一种极为庄严的文体。刘勰《文心雕龙·铭箴》篇说："夫箴诵于官，铭题于器，名目虽异，而警戒实用。箴全御过，故文资确切；铭兼褒赞，故体贵弘润：其取事也必核以辨，其文也必简而深，此其大要也。"[①] 周振甫先生认为铭的内容可分为三："一是题记，二是记功德，三是表誓戒。第一种不成为文章，作为铭文应该只是后两种。"[②] 从中唐开始以褒赞和警戒为主要写作目的铭文，就有向杂文方向转变的

① 周振甫：《文心雕龙注释》，北京：人民文学出版社，1981 年，第 117 页。

② 周振甫：《文心雕龙注释》，北京：人民文学出版社，1981 年，第 127 页。

趋势，韩愈《瘗砚铭》记李元宾砚，云其："悲欢穷泰，未尝废其用"，后来为役者刘胤误坠毁坏，"乃匣归埋于京师里中"。[①]韩愈专为此事作铭文以记之，显然已经没有把铭文视作"褒赞""警戒"看待。

从上所录苏轼大量赏玩、游记性铭文可以看出文人不仅在日常生活关注视野方面发生极大转变，而且将这种转变在大量文章中表现出来，甚至在传统视为极庄重、严肃的文体中表现，这足以证明文人关注视野的转变已经十分深刻。试读苏轼的《猪肉颂》，真足以让那些奉传统为神圣的人痛感"斯文扫地"：

> 净洗锅，少著水，柴头罨烟焰不起。待他自熟莫催他，火候足时他自美。黄州好猪肉，价贱如泥土。贵人不肯喫，贫人不解煮，早晨起来打两碗，饱得自家君莫管。[②]

虽说这是苏轼经过"乌台诗案"打击、遭贬官后的作品，有些游戏人生的味道，但也反映出地主文人在出处进退上的新的认识，即冷静思考人生以后采取的淡然旷达的生活态度的表现。与这篇《猪肉颂》前后写于黄州时期的苏轼作品很多，其中有像《赤壁赋》《定风波》"莫听穿林打叶声"词等充满人生哲理的名作。由此可以肯定地说，将生活的视野放得更宽广，使人生过得更充实、更丰富、更有"人情味"，甚至达到审美人生的境界，正是这些生活视野宽广而丰富的作品丰厚的底蕴。

三、禅宗的风行及禅悦之风

南禅宗在中唐时期崛起，马祖道一"平常心是道"，禅宗的直觉体悟、宁静观照和禅家公案的话头机锋，对文人的生活情

---

① 马其昶：《韩昌黎文集校注》，上海：上海古籍出版社，1986年，第165页。
② （宋）苏轼：《苏轼文集》，北京：中华书局，1986年，第597页。

趣、关注视野和审美理想的转变有不可忽视的影响。《五灯会元》卷四列白居易为佛光如满禅师的法嗣，他的后半生自称香山居士，能裕如地优游于出处进退之间，其受禅宗的影响是十分明显的。中晚唐诗人与禅师们的接触十分频繁，柳宗元、李商隐、段成式、司空图等人替禅师作赞，与之交往等，在其作品中都有表现。

禅宗五宗（沩仰宗、临济宗、曹洞宗、云门宗、法眼宗）在晚唐五代得以立宗，临济宗又创黄龙派与杨歧派，形成“五宗七家”，大有天下佛家统于禅宗之势。宋代著名文人大多与禅宗有极深的渊源，尤其是苏轼与黄庭坚，前者出自黄龙派门下东林常总禅师、后者出自黄龙祖心禅师门下。作为诗坛宗师，苏、黄的人生态度和诗禅结合，影响了整个宋诗的禅化倾向。

清人丁传靖《宋人佚事汇编》卷九引《扪虱新话》说王安石曾问张文定：“孔子百年生孟子亚圣，后绝无人何也？文定言：‘岂无又有过于孔子者。’公问：‘是谁？’文定言：‘江南马大师、汾阳无业禅师、雷峰、岩头、丹霞、云门是也。儒门淡薄，收拾不住，皆归释氏耳。’荆公叹服。”[①] 在张方平看来，马祖道一、汾阳无业、雪峰义存、岩头昙成、丹霞天然、云门文偃等禅师都超过孔子，这样的论调，居然令王安石大为叹服。由此可见禅宗的人生哲学、生活情趣确令文人，尤其是饱经官场沉浮、世态炎凉之后的士大夫文人心悦诚服。

中唐以来，在经历了一次又一次政治改革的期望、干预、遭挫之后，文人士大夫们已经学会了调适自先秦以来将“兼济”与“独善”视为人生价值两端带来的矛盾痛苦。如：

大隐住朝市，小隐入丘樊。丘樊太冷落，朝市太嚣喧。不如作中隐，隐在留司官。似出复似处，非忙亦非闲。不劳心与力，

① 丁传靖：《宋人佚事汇编》，北京：中华书局，1986年，第528页。

又免饥与寒。终岁无公事，随月有俸钱。君若好登临，城南有秋山。君若爱游荡，城东有春园。君若欲一醉，时出赴宾筵。洛中多君子，可以恣欢言。君若欲高卧，但自深掩关。亦无车马客，造次到门前。人生处一世，其道难两全。贱即苦冻馁，贵则多忧患。唯此中隐士，致身吉且安。穷通与丰约，正在四者间。①

如果说白居易这首《中隐》多少还带有一些游戏人生的态度，那么司空图的《耐辱居士歌》就比白居易更多了一些看透人生、随缘任运的意味：

咄咄，休休休，莫莫莫，伎俩虽多性灵恶，赖是长教闲处着。休休休，莫莫莫，一局棋，一炉药，天意时情可料度。白日偏催快活人，黄金难买骑鹤。若曰："尔何能?" 答云："耐辱莫"。②

白居易也好，司空图也好，他们所表现出来的唐代文人对官场与人生的态度有逐渐深刻的转变，但较之又经历了近两百年世俗地主文化发展浸润的苏东坡，又肤浅了许多。在苏轼身上所折射出来的宋代文人的思想，显然已经有了封建后期地主阶级文人对日益严酷的专制政治的清醒认识。日本学者吉川幸次郎认为“宋诗好谈哲学道理”，宋诗人以人生哲理的眼光来审视人生，从而采取了达观的人生态度，这种“新的人生观最大的特色是悲哀的扬弃。”③

苏轼《迁居临皋亭》诗说：

我生天地间，一蚁寄大磨。区区欲右行，不救风轮左。虽云走仁义，未免违寒饿。剑米有危饮，针毡有危坐。岂无佳山水，

① （唐）白居易：《中隐》，收录于《白居易集》，北京：中华书局，1979 年，第 490 页。

② 《全唐文》，上海：上海古籍出版社，1983 年，第 8489 页。

③ ［日］吉川幸次郎著，郑茂清译：《宋诗概说》，香港：香港联经出版事业公司，1977 年，第 26 页。

借眼风雨过。归田不待老，勇决凡几个？幸兹废弃余，疲马解鞍驮。全家古江驿，绝境天为破。饥贫相乘除，未见可吊贺。淡然无忧乐，苦语不成些。[①]

在苏轼看来无论是通达，还是困顿，奔走在此途中的人生如同在左旋的磨子上忙碌往右奔命的蚂蚁，这就是人生的大悲剧。看破了这悲剧，以“淡然无忧乐”的人生态度去迎接它，就会以“一蓑烟雨任平生”[②] 的坦然在从人生中发现美。

应该说，文人关注视野的深刻转变从中唐展开，到苏轼已经达到了自我超越的境界。绍圣元年（1094），苏轼被贬惠州，经南华寺有诗云：“我本修行人，三世积精炼。中间一念失，受此百年谴。抠衣礼真相，感动泪雨霰。借师锡端泉，洗我绮语砚。”[③] 连智慧过人的苏轼尚且对佛禅如此倾心，真正是“儒门淡泊，收拾不住，皆归释氏”[④] 了。可见“平常心是道”的禅宗思想对文人关照生活的巨大影响。

当然，任何一个生活在封建时代的封建文人都不可能完全超越社会，更不能超越现实生活，这就是为什么宋代文学作品显得那么充满生活情趣、充满个性，同时又显示出强烈的理性精神的深刻文化内蕴所在。从这个角度来审视宋代文学，可以说是与唐音交相辉映的、富于理性精神的宋调的形成，标志着思想文化史上唐型文化向宋型文化转变的完成。

［原载《西南民族大学学报》（人文社科版），2005 年第 11 期］

---

① （宋）苏轼：《苏轼诗集》，北京：中华书局，1982 年，第 1053 页。

② （宋）苏轼：《定风波》，收录于薛瑞生：《东坡词编年笺证》，西安：三秦出版社，1998 年，第 332 页。

③ （宋）苏轼：《南华寺》，收录于《苏轼诗集》，北京：中华书局，1982 年，第 2060 页。

④ 《景德传灯录》（卷二八）引江西大寂道一禅师语，《大正藏》第五十一册。

以道得人心中事为工

——张籍与白居易

徐希平

白居易的社会讽喻诗在中国文学史上占有十分重要的地位。这一创作成就直接缘杜诗而来，同时也与张籍等同辈诗人的影响分不开。关于前者，已不乏论述，故本文主要探讨张籍与白居易诗歌之关系。

与任何事物运动的规律一样，文学的发展也是相互联系的。如果说杜甫、白居易是唐代诗坛两座现实主义的高峰，那么张籍诗歌就是二者间联系的桥梁和纽带，他们都是在撷取前人文学优秀成果的基础上取得创造性成就的。张籍被誉为“乐府正宗”，正说明他继承了《诗经》汉乐府以来的优良传统，保持其基本特色。而他最为崇拜并奉为楷模的还是诗圣杜甫。唐人冯贽《云仙杂记》曾记载张籍焚杜诗而饮的故事，虽未必可信，却也事出有因。像杜甫那样忧国忧民，反映现实，终生为国家民族而歌唱确实是张籍所努力追求的，而饮杜诗“易吾肝肠”便是这种精神的形象化表现。张籍学杜的探索、发展，又对稍后的白居易产生了重大而积极的影响。他的那些代表其最高成就的乐府、古风大多创作于早年漫游时期，先于白居易同类作品，两人又有着深挚的情谊，时常赠酬切磋。白居易在广泛学习的同时，从张籍作品中获得许多新的营养。因此对张籍十分尊重和钦佩，他赞其为“高才”，而自称“短羽”（《酬张太祝晚秋卧病见寄》），这并非文场客套，而是由衷之言。每得张籍新作，常吟赏不已，彻夜不寐，并向人推荐，在《与元九书》中，更将张籍与陈子昂、李杜、二孟（浩然、郊）之名并列，视为卓然成家、具有开拓之功的前辈诗人。这都表明他对张诗的推崇，而在借鉴中又更加发扬了其一脉相承的杜甫精神。这种继承创新关系从彼此相似的理论与实践的具体比较中可以得到清晰的认识，由此也揭示出唐代乃至整个中国诗歌发展的一般规律。

一、创作主张的一致性

关于文学创作，白居易有较完整的理论体系，张籍则论述不多，但仍有脉络可寻，可以考察二者相近的文学主张。

（一）“相示以义”的基本创作原则

张籍《上韩昌黎书》曰：“举动言语，无非相示以义，非苟相谀悦而已。”又盛赞孟子、扬雄能以其书“明圣人之道”。《上韩昌黎第二书》称：“君子发言举足，不远于理，未闻以驳杂无实之说为戏也。”这都反映出其文学主张，要求以所谓“义、理、道”指导创作并作为最终目的。推而广之，也就是须以强烈的社会责任感去“美刺讽喻”，宣扬人类社会基本道德准则和观念，为社会政治服务。这种“相示以义”“明圣人之道”的观点，显然继承了汉魏乐府的优良传统，同时也承袭杜甫创作倾向。在此之前，没有谁像杜甫那样更自觉地反映现实、义不容辞地承担诗人的社会责任了。创作诗歌，意在寄寓其“致君尧舜上，再使风俗醇”之理想。杜诗实践贯穿着其创作原则态度，而张籍上述论点则使之更为明确，是其观点的阐析和发挥。尤其是他在“相示以义”之前加“无非”二字，更显出其深刻认识和鲜明态度，这不仅对韩愈“文道合一”古文理论有重大影响，也对白居易的创作产生一定影响。

白居易同样重视“道”的作用，即所谓“奉而始终之则为道，言而发明之则为诗”。“览仆诗，知仆道焉”。（《与元九书》）

这与《毛诗序》之"在心为志，发言为诗"既有联系，又有差异，其"道"既指传统儒道，亦兼指人所奉行的处事原则。"道"不同，"言"亦相异。白居易前期奉行"兼济"之道，遵循"为君为臣为民为物为事"的原则，其创作倾向自然与杜甫相近。"文章合为时而著，歌诗合为事而作"，这里的"时""事"显然不是指自然变化和一般生活现象，而是要求反映社会生活本质。不是被动地有感而发，抒写个人性情，而是主动关注并参与生活。白居易大批指斥时弊、令权贵切齿的讽喻诗，正是积极干预生活、实现"兼济"之道的产物。在对杜甫现实主义创作原则的总结和系统化过程中，无疑借鉴了张籍学杜的成果和体会。

与此相联系，张籍强调形式服务于内容，他深恶"驳杂无实之说""嚣嚣为多言之徒"，因为它们会"挠气害性，不得其正"（均见《上韩昌黎书》），就是说会伤害内容，妨碍"明道"，故力主"弃无实之谈"，有益于世。白居易赞其诗"风雅比兴外，未尝著空文"（《读张籍古乐府》）。王建也谓"君诗发大雅，正气回我肠"（《送张籍归江东》）。都说明他反对空洞之文。这与白居易的主张相同，白氏认为作文应"系于事不系于文"（《新乐府序》），语言形式与情感义理犹如花、苗与根、实的关系，他批评六朝单纯"嘲风雪、弄花草"之靡风，指出"雕章镂句，将焉用之?"（《策林 68》）因此，他旗帜鲜明地提出："俾辞赋合戒讽喻者，虽质虽野，采而奖之；碑诔有虚美愧辞者，虽华虽丽，禁而绝之"（同上），都表明其内容重于形式的主张。也可以解释二人的诗风同样质朴的原因。

（二）"化乎天下"的文学功用观

自孔子提出"兴观群怨"说，文艺的功用一直受到重视。中唐时期，社会矛盾十分复杂，张籍概括其世情是"圣人之道""君臣父子夫妇朋友之义沉于世，而邦家继乱"，"老释惑乎生人久矣。"因此他十分强调文章的社会作用。力劝韩愈著书立说，阐发圣道，教谕百姓。他认为单凭言喻，作用有限，最好方法“莫若为书，为书而知者，则可以化乎天下矣，可以传于后世矣”。“化乎天下”包含文学的教育、认识和改造作用，而传世则不同于曹丕所谓个人立言传名“不朽之盛事”，而是传播优秀文化，所以他劝韩愈“盍为一书，以兴存圣人之道”。对文学功用的重视，给予白居易以积极影响，白居易一贯强调诗歌的美刺讽喻作用，他在《读张籍古乐府》诗中称其功用，“读君《学仙》诗，可讽放佚君；读君《董公》诗，可诲贪佞臣；读君《商女》诗，可感悍妇仁；读君《勤齐》诗，可劝薄夫敦”。整个世风都已涉及，讽、诲、感、劝实际上是文学教化作用的具体化。此外白居易也明确认识到文学的传世作用，如他认为反映自己“兼济”“独善”之志的讽喻诗和闲适诗不为时人所重，但相信传之后世，千百年后人们必能知其主而爱之。因此，他坚决主张写作必须既对现实负责，也对后世负责，“其事覈而实”，“使采之者传信”，指斥那些谀墓愧词“仍传后代疑”（《立碑》），这都见出其重视文学功用的观点。

（三）“宏广以接天下士”的文学批评观

杜诗云：“不薄今人爱古人。”这是一种正确的文学批评态度，爱古人不易，不薄今人尤难，贵远贱近，向声背实之陋习自古而然，张籍对此十分厌恶，主张不抱偏见，客观评价。他曾批评韩愈“商论之际，或不容人之短”的毛病，劝他心胸开阔，“宏广以接天下士”。这对后来韩愈奖掖后进，兼纳众体的态度不能说没有影响，而白居易同样持此态度，《与元九书》指出“贵耳贱目，荣古陋今”是盛行的世俗观念，深表不满。他们对于同代作家，无论蜚声已久，还是初露锋芒，凡有可取，都热情褒扬。张籍对承其诗风的文学后辈如朱庆馀、李馀、项斯、董居中等人都大力提携扶持，而对风格迥异、冷僻寒瘦的孟郊、贾岛也真诚赞许。白居易不仅推崇张籍、孟郊，还极赞一些显不如己的诗人如邓鲂等。都表明他们懂得风格多样化的重要性，不囿于世俗，为文学的繁荣而开展批评。

二、反映时事的敏锐性

关于张籍作品的内容和题材，明人胡震亨曾评论说："张文昌只得就世俗俚浅事作题目，不敢及其他。"又进一步解释道："文昌乐府，只《伤歌行》咏京兆杨凭者是时事。"（《唐音癸签》卷九）胡氏所谓"时事"未免范围太狭，而"世俗俚浅事"本身就概括了张诗反映社会生活的基本内容。张籍继承杜甫忧国忧民之传统，关注现实，反映生活，或以小见大，或借古寓今，内容广泛，差不多涉及中唐时期各方面有关国计民生的社会问题，这是比杨凭遭贬重大得多的时事，不过与杜甫在反映现实的侧重点上有所差异，不是直接对历史事件作具体叙述，而多以普通百姓的心境描写来侧面反映时事，反映人民疾苦。所以宋人张戒《岁寒堂诗话》指出其诗"专以道得人心中事为工"。也正是张籍诗歌的鲜明特色。

张、白诗歌不仅反映一般人所注意到的时事，更以杜甫那样高度的社会责任感去观察感受生活，以敏锐的洞察力去揭示和发掘问题的实质，其作品思想内容有许多新的突破，比一般诗作涉及面更广，也更深刻，以下几方面即可看出这一突出特点，由此也更显示其继承创新的渊源关系。

（一）异于时俗的妇女观

封建社会妇女的痛苦不幸是历代进步文学的常见题材，与那种只耽于描写妇女体态容貌的作品相比，这是一种质的飞跃。但是，早期的这类作品大多是反映妇女因所谓"痴情女儿负心汉"及战祸离乱而酿制的悲剧，对于造成妇女悲剧根本原因——封建礼教制度则较少揭露，著名的《焦仲卿妻》斥责"父母之命，媒妁之言"，已开始接触到本质，但其危害是同时相对于男女双方的。因此，直接揭露封建礼教对妇女的束缚和迫害，张籍可谓先行者之一。他的《离妇》诗，就是对旧伦道残害妇女罪恶的愤怒控诉。一位“十载来夫家，闺门无瑕疵”的劳动妇女竟惨遭遗弃，原因是所谓“薄命不生子，古制有分离”。女子无辜，却被强加罪名，卑劣的负心汉还披上了一件“合理”的外衣，可以为所欲为。这是多么的不公，人们在同情其遭遇，谴责负心汉的同时，也将对这封建“古制”产生怀疑和不满。白居易同样对此有深刻认识，在《和微之〈听妻弹别鹤操〉》中，对古代商陵牧子恪守古训，虽然痛苦也坚持要离弃无子之妻的行为感到不满，表示出不必遵从这种毫无人道的旧礼教的进步观念，自谓“无儿虽薄命，有妻偕老矣”。在另一首《妇人苦》诗中，他对那种男人续弦名正言顺，女子丧偶只能“终身守孤孑”的传统习俗进行了有力的批判，妇女的遭遇“有如林中竹，忽被风吹折。一折不重生，枯死犹抱节”，礼教的无情由此暴露。

一些描写宫女生活的作品，他们也一反流俗，揭示其作为统治者玩物的悲惨命运。宫中妇女不仅有所谓人老珠黄，色衰被弃之忧，甚至红颜犹存，仍有旦夕遭弃之险。张籍借一宫妃之口，沉痛地诉其哀怨：“春天百草秋始衰，弃我不待白头时。罗襦玉珥色未暗，今朝已道不相宜。”这就比前人更深一层地揭露出统治者的朝三暮四的糜烂生活，也突出了宫女身不由己的凄苦。白居易亦有类似描写。如《后宫词》：

泪湿罗巾梦不成，夜深前殿按歌声。红颜未老恩先断，斜依熏笼坐到明。

形象生动，写出宫女的不幸和作者的不平。而张籍的另一些诗还直接以妇女的反抗来抨击统治者反复无常的本性。《吴宫怨》中描写一位美女拒绝君王的玩弄，因为她认识十分明确：

宫中千门复万户，君恩反复谁能数？君心与妾既不同，徒向君前作歌舞。

反抗虽然是消极的，但表明已开始觉醒。

张籍、白居易以妇女生活为题材的作品如此深入发掘，展示其复杂内心世界，代表她们鸣不平，触及悲剧根源，显出不同凡响的卓绝见识。

（二）对官商坑农的忧虑

安史乱后，百业凋敝，却出现商业经济畸形发展的状况。商人与官府勾结，牟取暴利，他们“居无征徭，行无权税，身则避于盐籍，利尽入于私室”（白居易《策林·议盐法之弊论盐商之幸》）。对此，中唐许多人如王建、元稹等都曾进行过揭露，张、白在谴责其丑行的同时，更注意到这对于农业和农民利益的伤害。张籍《估客乐》写道：“年年逐利西复东，姓名不在县籍中。农夫税多难为食，弃业宁为贩宝翁。”商贾利丰而逃税，农夫重税难糊口，令人深思。《野老歌》同样渲染二者的贫富悬殊。山农辛勤耕作，不足输税。“岁暮锄犁依空室，呼儿登山收橡实。”而另一方面则是“西江贾客珠百斛，船中养犬长食肉”。通过鲜明的对比，表现出作者对国计民生大事的关怀和对时弊的揭露抨击，其深刻的思想性和现实性光映百代。

白居易也曾表达同样的感受，其《盐商妇》就以盐商老婆的自述，暴露其获利之奥秘：“婿作盐商十五年，不属州县属天子，每年盐利入官时，少入官家多入私。官家利薄私家厚，盐铁尚书远不知。何况江头鱼米贱，红鲙黄橙香稻饭。”官商勾结，谷贱伤农，势必严重破坏农民生产积极性，说明改变这种状况已刻不容缓。

（三）对统治者横征暴敛的无情鞭挞

中唐时期，社会矛盾更加尖锐，统治者为了转嫁危机，更加疯狂地掠夺聚敛，加重百姓负担。张籍白居易与许多正直诗人一样对此予以揭露。而且善于以新的角度加以发掘，无情地撕下统治者的虚伪面纱，显出其吸血鬼的本质。张籍的《野老歌》就是一例。

老翁家贫在山住，耕种山田三四亩。苗疏税多不得食，输入官仓化为土。

官家的凶恶与贪婪已到了何等惊人的程度。榨取有道，挥霍无度，竟至消耗不尽而空贮内府朽烂成灰。真是触目惊心，令人咋舌。结合白居易的类似诗句，“进入琼林库，岁久化为尘”（《重赋》），“厨有臭败肉，库有贯朽钱”（《伤宅》），可以对统治者暴敛民财有更深刻的认识。据《通鉴》卷229载：德宗建中、贞元间，朱泚作乱，据长安近年，大掠府库，“日费甚广”，“及长安平，府库尚有余蓄，见者皆追怨有司之暴敛”。这正可说明张白诗所具有的诗史性质。

同时，白居易还对统治者所玩弄的敛财骗局予以揭露。“十家租税九家毕，虚受吾君蠲免恩”（《杜陵叟》），大灾年强征租税后，方公布免租诏令以显皇恩，实属绝妙讽刺。由此，他们以其犀利的笔调，揭示出“四海无闲田，农夫犹饿死”的根源。

（四）对方术迷信的辛辣嘲讽

有唐一代，方术盛行，王公贵族多信奉之，欲以求仙长生，张籍白居易则毫不留情地揭露其害。张籍的《求仙行》写道：“汉皇欲作飞仙子，年年采药东海里，蓬莱无路海无边，方士舟中相枕死……九皇真人终不下，空向离宫祠太乙。”其借古讽今之意十分明显。后来白居易也曾作《海漫漫》诗，说明秦皇汉武求药成仙终为虚幻，以此“戒求仙也”。二诗的主题、题材、表现手法及语言形式都极为相近，可见其间的联系，针砭了这种荒诞无稽之时弊。

张籍另有一首《学仙》诗，被白居易称之为“可讽放佚君”，揭穿仙道苦难害人实质更是入木三分，方士们百般折磨那些虔诚愚昧的学者，使之“虚羸生疾，寿命多夭伤”，为了继续行骗而掩盖罪行，“身殁惧人见，夜埋山谷傍”。学仙不成，徒留笑柄。警喻世人，以此为戒。

（五）对“谀墓”陋习之批评

谀墓作伪，由来已久，立碑家用以欺世盗名，撰文者以此获取厚酬，习俗如此，无以为非，不少著名文士都乐于此道，张籍白居易则极为厌恶这种虚美愧词，在《白邙行》中，张籍含蓄地表示了自己的意见：

> 车前齐唱《薤露歌》，高坟新起白峨峨。……千金立碑高百尺，终作谁家柱下石。

权贵图取虚名，丧事热闹异常，千金购虚美之文，刻碑欲谋求不朽，然事与愿违，只是徒劳。生前无实际惠政，将很快被人遗忘，有的甚至“名字比尸首烂得更早”。

与张诗的含蓄讽刺稍异，白居易诗更淋漓痛快。其《青石》诗代石申言：“不愿作人家墓前神道碣，坟土未干名已灭；不愿作官家道傍德政碑，不镌实录镌虚辞。”态度严正，旗帜鲜明。《立碑》诗还对那些见利忘义、败坏文风者予以鞭挞，“勋德既不衰，文章亦陵夷”，“铭勋悉太公，叙德皆仲尼”，“古石苍苔字，安知是愧词?”鄙夷之情溢于言表。

由以上数端，即可窥张白诗深刻思想内容之一斑，因其强烈的社会责任感，方能如此目光敏锐，大胆美刺，专以道得人心中事为工，勇于道他人所未道，亦可见其对杜甫精神之继承与发扬光大。

三、艺术形式的承继性

“为人性僻耽佳句，语不惊人死不休”，“新诗改罢自长吟”，“毫发无遗憾”，这都是杜甫精心锤炼，一丝不苟的创作态度之真实写照。而苦心追求艺术形式的完美也正是杜诗不朽的重要原因。张籍白居易对此同样有正确的认识，并非如有人所谓其诗完全忽略形式，皆率意而作。他们在形式上的共同特点主要有以下几个方面。

(一) 关于乐府诗体的创新

乐府诗通俗晓畅，利于“补察时政”。元稹《古题乐府序》阐述其基本创作原则有二，“寓意古题，刺美见事”；“即事名篇，无复依旁。”并特地强调此承杜诗而来。且亦为白居易所遵循。

事实上，在元白之前有不少诗人如元结等都已显出类似意趣，张籍则更自觉地进行探索。在古题方面，写下许多与古义关系较远，甚至全无古义之作，如《董逃行》，原以董卓兴乱而终窜亡来儆诫后世（参《乐府诗集》卷 34 引《古今注》)，张籍却以古刺今，写兵燹给百姓造成的巨大灾难。再如《朱鹭曲》，据郭茂倩解释是“古之君子，悲周道之衰，颂声之息，饰鼓以鹭，存其风流”(《乐府诗集》卷 16)。而张籍则以之喻无所逃隐，终被屠戮的弱者，反映现实环境之险恶。这类“寓意古题，刺美见事”之作甚多，诸如《猛虎行》《少年行》《伤歌行》《白头吟》等，都不受原题约束。而当古题不适应表现复杂生活内容时，他便即事名篇，自创新题，如著名的《节妇吟》为拒绝蕃镇贿赂，以节妇自喻其志而命题；《永嘉行》吟古伤今，以西晋灭亡之事隐喻当今外族入侵，灾难深重的社会现实，故用晋怀帝年号为题。此外如《山头鹿》《雀子多》《各东西》《牧童词》《羁旅行》等，皆有意新创。其内容既为时事，其语言风格亦由古题之苍古变得清新，其形式更摆脱羁绊，灵活自由。其成就开白居易等之先河。

(二) 反本作结的特殊章法

白居易《新乐府序》道：“首句标其目，卒章显其志，诗三百之义也。”这种篇章结构在张籍乐府中随处可见，如《筑城词》

首句："筑城处，千人万人齐把杵。"末句点明题旨："家家养男当门户，今日作君城下士。"他如《山头鹿》《促促词》《古钗叹》《朱鹭》等，张白并非偶合，均同出《诗经》之故，首句往往义兼比兴，结尾更有画龙点睛，震聋发聩之效，这极为后世所重。宋·周紫芝评道："唐人作乐府者甚多，当以张文昌为第一。"（《竹坡诗话》）元代范德机亦云："乐府篇法，张籍为第一"。（《木天禁语》）北宋张耒乐府更全摹张籍。故白居易亦当有所借鉴。

白氏虽然首尾并提，而实际更重视"卒章显志"，即如何在结尾使主题得到突出、深化的问题，这显然受张诗启发。范德机在总结张籍乐府篇法时便只谈其结尾，有所谓"含蓄不发结者，又有截断顿然结者。"更强调指出："要诀在于反本题结，如《山农词》，结却用'西江贾客珠百斛，船中养犬多食肉'是也。"仅就后者而言，即可见出二人的相承关系。

所谓反本题结，实为对比手法的特殊运用，即先扣住本题极力渲染，最后以精炼之句以反面戛然收束，产生强烈鲜明的对比效果，发人深省，深化主题，余味无穷。如范德机所举《山农词》之例：

……苗疏税多不得食，输入官仓化为土。岁暮锄犁傍空食，呼儿登山收橡实。西江贾客珠百斛，船中养犬长食肉。（今本《张司业集》题作《野老歌》）

……贫儿多租输不足，夫死未葬儿在狱。旱日熬熬蒸野冈，禾黍不收无狱粮，县家唯忧少军食，谁能令尔无死伤。（《山头鹿》）

白居易诗中亦大量熟用此法：

尊溢九酝，水陆罗八珍。果擘洞庭橘，脍切天池鳞。食饱心自若，酒酣气益振。——是岁江南旱，衢州人食人。（《轻肥》）

……朱门车马客，红烛歌舞楼，欢酣促密坐，醉暖脱重裘。……日中为一乐，夜半不能休。——岂知阌乡狱，中有冻死囚。（《歌舞》）

前面扣题极写宦官公侯之淫乐，然后陡转，不着片语，主题自明，意蕴倍增。张白这种反本题结法显然与“朱门酒肉臭，路有冻死骨”不无联系，然又自有其创获。

（三）民歌古风的保持和发扬

乐府采自民歌，风格质朴自然，其后文人之作多趋雅饰，渐去本色，张籍白居易则能不断从民间汲取营养，较多地保持其特色。

韩愈曾指出：“张籍学古谈，轩鹤避鸡群。”说明其风格与众不同。其诗写景状物，多以疏笔白描；叙事抒情，更是意约意丰，显得古朴无华，淡雅清新，这与白居易诗的通俗晓畅，不加凋饰一样，源于民歌古风。

张籍的许多新题乐府本来就出自当时流传的民间谣曲（参杨生枝《乐府诗史》），而又大量采用民间口语俚语入诗。如：

朱朱食草莫相触，官家截尔头上角。（《牧童词》）

山头鹿，角芟芟，尾促促。（《山头鹿》）

另如《促促词》《乌夜啼引》等，运用口语均贴切自然，而又有助于表达丰富深邃的意旨，非轻率滥制者可比。故后来论者誉其诗为“思难辞易”，王荆公对此更大加赞叹：“看似寻常最奇崛，成如容易却艰辛”（《题张司业集后》）。这种言辞质径、老妪能解的白居易新乐府同样能使“见之者易谕”，而又无浅俗之讥。

（四）书面语辞的熔铸与锤炼

杜诗所谓“读书破万卷，下笔如有神”，“转益多师是汝题”，都包含对书面语的学习。这同样为张籍白居易所重视。张籍早年游学幽燕，熟谙经籍，韩愈说他“志在古道”“又甚好其言辞”。

(《答陈生书》)常与韩愈研讨文字，"端来问奇字，为我讲形声"。(《题张十八所居》)因此驾驭语言准确自如，多熔铸前贤而自成机杼。如：

山东二十余年别，今日相逢在上都。说尽向来无限事，相看摩捋白髭须。

这首《别故人》全据杜甫《别唐十五诫》诗句"九载一相逢，百年能几何?"而翻成新篇，道沧桑之慨，意味尤长。又如《各东西》：

我今与子非一身，安得死生不相弃?

出自刘希夷《公子行》"与君相向转相亲，与君双栖共一身"。反其意而用之，更贴切生动地写出离别愁绪，化而无痕，犹如独创。

白居易诗中同样不乏此例，其化用杜诗"安得广厦千万间，大庇天下寒士俱欢颜"而写成"争得大裘长万丈，与君都盖洛阳城"和"安得万里裘，盖裹周四垠"，亦受广泛赞许。

最明显反映张白之联系者，白氏所化词句，常直接出自张诗。如下面几组诗句：

张：为人莫作女，作女实难为。(《离妇》)
白：人生莫作妇人身，百年苦乐由他人。(《太行路》)
张：苗疏锐多不得食，输入官仓化为土。(《野老歌》)
白：进入琼林库，岁久化为尘。(《重赋》)
张：边将皆承主恩泽，无人解道收凉州。(《凉州词》)
白：遗民肠断在凉州，将卒相看无意收。(《西凉伎》)
张：年年逐利西复东，姓名不在县籍中。(《贾客乐》)
白：婿作盐商十五年，不属州县属天子。(《盐商妇》)

其内容和形式都十分相似，清晰地显示出二者在语言上的借鉴。

以上我们从张籍白居易创作主张、诗歌内容与艺术形式等三方面进行了分析，对其主要的相似特点作了比较，除此之外，尚可进一步探寻。当然，这也并不意味二者完全一致，否则也就无个性和价值可言了。如果说张籍乐府在思想内容深度上十分突出，写时事多从小处着笔，以普通人的遭遇反映现实，专以“道得人心中事为工”，有时简直就是人民自己的呐喊，那么，白居易在题材的广泛性方面就更具特色，更注重正面描写社会时事，更近于杜诗，这与彼此的生活面有关。至于现实主义理论的系统化自然是白居易的杰出贡献，另外如刘熙载《艺概》所谓“白香山乐府与张文昌……其不同者，在此平旷而彼峭窄耳”，也指出了其同属浅切风格中的内在差异。但无论怎样，他们之间的相似点很多这是客观存在的。这里既有自觉的学习借鉴，也有因交往切磋中的潜移默化而产生紧密的联系。

张籍白居易之间的这种联系有何意义呢？不言而喻，它极大地推动着现实主义文学的健康发展，因为它本身就是适应着时代与文学发展的需要而产生。中晚唐之际，社会矛盾愈趋激烈，白居易等人为配合改革弊政的斗争，自觉以诗讽喻美刺，这便需要摆脱大历以来的华艳诗风之影响。白居易希望其诗能像杜诗一样具风雅比兴之义，发挥巨大的社会作用，甚至他还不满于杜，大有超越之志。然而，代表唐代现实主义文学最高成就的杜诗令他一时难于追步，必须在对其博大精深的意旨逐一进行理解的基础上方能有所创新，这就需要借助于桥梁和阶梯，以接力的方式攀登。因而，张籍的出现便势在必然。他是大历后第一个能直接继承杜甫传统并取得突出成就的著名诗人，他颇不满当时“乐府无人传正声”的情形，热切期待着“几时天下复古乐，此瑟还奏《云门曲》”。以自己的创作努力恢复优良诗歌传统。也以自己的探索与成就为白居易提供了借鉴的经验。从而加速了对杜甫精神的深入理解，便于开拓发展。登高而招，其见者远，顺风而呼，其闻者彰。天才站在巨人的肩上，就会如龙腾云，如虎添翼，终于成其伟大。因此，若无张籍以辛勤汗水架好的一条通向高峰的金桥，白居易独自从头进行曲折的探索，能否同样取得如此成就将很难逆料，或许，他就会像张籍一样，成为一条通顶的路，而不会攀上另一座高峰。

“张生何为者，业文三十春，尤工乐府诗，举代少其伦。”成功的攀登者不会忘记辛劳的开路人，就像挺拔的大树不会忘记脚的泥土、地底的根。白居易对张籍的赞语表明其钦服和师承，也揭示了其成功的重要原因。

［原载《西南民族学院学报》（哲学社会科学版），1997 年第 1 期］

中国的“再疆域化”

——十九世纪传教士在中国的翻译

赵稀方

德鲁兹（Gilles Deleuze）和瓜塔利（Felix Guattari）将资本主义机器的运作划分为“去疆界化”（deterritorialization）和“再疆界化”（redeterritorialization）两个过程，“去疆界化”是一种破坏，而“再疆界化”是一种重建，这种重建依靠的是“政府官僚制度和法律、秩序的力量”。[①] 美国学者何亚伟（James L. Hevia）将这种说法运用于中国近代历史的研究中，认为贸易和对华战争是帝国主义对中国的“去疆界化”，而“条约”和“机构”“制度”则是对中国的“再疆界化”。在这种“再疆界化”的过程中，需要强调的是文化的力量。传统意义上，人们通常将帝国主义视为一种军事和政治行为，而把文化、文学视为现代观念或美学。萨义德（Edward W. Said）曾对此提出批评：在他看来，在帝国主义“去疆域化”的过程中，文化事实上发挥了极其重要的作用，“帝国主义的主要战争当然是占有土地，不过一旦涉及谁拥有这片土地，谁有权力在那里居住和工作，谁进行运作，谁过去将它夺回，现在规划它的前途——这些问题却都是在叙事中得到反映、竞争及一度被决定的”[②]。也就是说，文化或

① Deleuze and Guattari: *Anti-Oedipus*, *Capitalism and Schizophrenia*, Athlone Press Ltd, 2004: 37.

② Edward W. Said: *Culture and Imperialism*, Vintage, 1994: xiii.

文学事实上是帝国主义“再疆界化”的重要构成手段。这种将文化与帝国主义联系起来的观点，对本文研究近代以来西方文化的输入，研究西方传教士在中国的翻译提供了切实有效的视角。不过，这种视角自有其局限性，立刻需要补充的是：第一，殖民性与现代性实在是一个硬币的两面，难以区别；第二，传教士通常并非有意识地为帝国主义服务，他们所希望的是向中国输入西方的宗教和文明，把中国拉入到现代世界中去；第三，在“再疆界化”的过程中，中国人并非是完全被动的，它通常会在帝国主义与现代性之间进行主动抉择。“再疆界化”具有正负不同的方面，我们所展示的只是一种历史过程。

本文从十九世纪西方传教士在中国的翻译，分析近代西方文化在中国“再疆域化”的过程。

一

无论是德鲁兹和瓜塔利的“去疆界化”“再疆界化”，还是萨义德的“战争”与“叙事”，似乎都有一个军事或商业行为先于文化的秩序，因而何亚伟才谈到，先有鸦片战争的破坏，其后才有“条约”和“制度”的重建。事实上，文化上的进入远远早于军事行动。在中国近代，最早进入中国的是英国传教士马礼逊(Rebort Morrison)，时在1807年，大大早于鸦片战争。在世界范围内，传教士大概都是最早进入的。

当然，回顾西方人来中国的经历，首先要提到明清之际。不过，那时的情况不太一样，中华帝国国力强大，因此不存在“再疆界化”的问题。当时的文化交流，大体属于常态。十九世纪的情况就不太一样了，清帝国国力渐衰，被迫接受西方的“再疆界化”过程。

不过，在鸦片战争的军事“去疆界化”之前，西方早期的文化“再疆界化”是较受限制的。来自英国伦敦传道会（London

Missionary Society）的马礼逊，是十九世纪来中国的第一个新教传教士。那个时候的清帝国闭关自守，马礼逊刚到广州时甚至无法居留，只能以美国人的身份住在美国商馆里。后来获得了东印度公司翻译职务的聘任，才得以合法居留广州。《马礼逊回忆录》中常常提到清帝国当时严厉的禁教政策，甚至全文刊载了《著嗣后各地西洋人传教照西洋人会考治罪输事上谕》（嘉庆十六年五月二十九日）。此“上谕”有云：“西洋人素奉天主，其本国之人自行传习原可置之不闻，至若诳惑内地民人，甚至私立神甫等项名号，蔓延各省，实属大干法纪。”“嗣后西洋人有私自刊刻经卷、倡立讲会、蛊惑多人，及旗民人等向西洋人转为传习，并私设名号，煽惑及众，克有实据，为首者竟当定为绞决。”[1] 马礼逊在中国不断面临来自官府的阻碍，《马礼逊回忆录》中经常有这种记录：1808 中英摩擦期间，马礼逊在给沃博士的信中说：“这个精明世故的民族真是太无理、太荒谬了！如果一个外国人学习他们的语言或者拥有他们的书籍竟然就是犯罪，如果中国人有外国人的书就罪加一等。英国远征军的到来使广州和澳门方面对外国人的限制增强了十倍”[2]；马礼逊日记（1809 年 1 月 14 日）有云：“这里的中国官员经常给外国人找麻烦，他们事先不予任何通知就进入家中察看”[3]；马礼逊致施拉布索尔先生的信（1815 年 1 月 9 日）有云：“地方官府立即宣布禁教令，并且逮捕了几位基督徒。一名广州的中国天主教代理人侥幸逃脱，他的

① ［英］艾莉莎·马礼逊著，北京外国语大学中国海外汉学研究中心翻译组翻译：《马礼逊回忆录》（第一卷），北京：大象出版社，2008 年，第 178 页。

② ［英］艾莉莎·马礼逊著，北京外国语大学中国海外汉学研究中心翻译组翻译：《马礼逊回忆录》（第一卷），版本同前，第 136 页。

③ ［英］艾莉莎·马礼逊著，北京外国语大学中国海外汉学研究中心翻译组翻译：《马礼逊回忆录》（第一卷），版本同前，第 131 页。

家被查抄，家人最后也被投进监牢。"[1] 之所以能够限制西方人，显然是因为当时的清帝国尚具备与西方"议价"的实力。

能够体现那一时期清帝国与西方实力对比的事件，莫过于1793年马嘎尔尼使团访华事件。乾隆皇帝要求对方行跪拜大礼，而拒绝接受与对方平等贸易的要求。史家评论，此事件表明清帝国当时尚沉迷在天国上朝的迷梦中，丧失了与世界对话的机会。不过，这一事件至少表明彼时的清帝国尚具有拒绝对方的实力。这种情形，至马礼逊时代仍然延续着。可以说明问题的是，1813年，英国阿美士德勋爵（Lord Amherst）再次率使团访华，又碰到同样问题，嘉庆皇帝要求对方行跪拜之礼，被拒绝，使团遂被驱逐。有趣的是，因为懂得中文，马礼逊被邀请担任这次使团的秘书，从而目睹了这次进京访问的全部过程，并且记录在日志里，《马礼逊回忆录》刊载了这些日志。正是由于清帝国这种强势地位和排外政策，马礼逊等传教士在中国的境遇不会太好。不过，此时清帝国的强势事实上已经是外强中干，无法像康熙皇帝那样遏止来自海外的传教士的进入。马礼逊之后，鸦片战争以前，已经有一大批西方传教士在中国进行活动，其中较为知名的有美籍传教士裨治文（Elijah Coleman Bridgeman）、卫三畏（Samuel Wells Williams），德籍传教士郭士立（Karl Friedrich），英籍麦都思（Walter Henry Medhurst）等。

令人意想不到的是，马礼逊来中国的障碍，事实上不止于中国官府，同样也来自西方内部。马礼逊来华，是受基督教团体伦敦会的派遣，却并没有得到政府允许。据《马礼逊回忆录》："英国和英国的影响所及的地区如印度等地，都存在着反对传教士的强大偏见"，因此马礼逊无法获准直接前往中国，而不得不先转

① ［英］艾莉莎·马礼逊著，北京外国语大学中国海外汉学研究中心翻译组翻译：《马礼逊回忆录》（第一卷），版本同前，第227页。

道美国，然后再到中国。到达中国之后，马礼逊所受到的直接排挤来自澳门。天主教将新教视为它的竞争对手和敌人，当然不欢迎新教传教士。1813 年，马礼逊的助手米怜来华的时候，澳门总督拒不让他居留，米怜只好转而去了南洋。另外，马礼逊后来就职的东印度公司，因为不希望影响公司的贸易，也限制马礼逊的传教行为。马礼逊在刚到广州时给伦敦会司库卡斯特先生的信中（1807 年 11 月 4 日）说，他在广州居住主要有三个难题：“第一，中国人；第二，葡萄牙天主教士；第三，东印度公司。”① 这些事实表明，我们不能机械地看待传教士与西方帝国主义的关系。西方是政教分离的，传教士与帝国主义的政治、军事、贸易并没有直接配合的关系，很多基督教团体甚至是以排斥政治相号召的，西方不同国家、不同宗教之间也有相互排斥的地方。当然，在将西方强加于中国这一点上，它们都有着共通性。对“再疆界化”的理解，不必过于狭隘。

对于以传播福音为己任的传教士来说，踏上中国领土之后，首先面临的便是中西宗教信仰之间的冲突。在《马礼逊回忆录》中，我们处处都能感觉到这种冲突。到广州的路上，马礼逊就看到中国民间烧香的情景，他在书信中（1807 年 9 月 8 日）提道：“大约 8 点，当我从他们的小船旁经过时，看到他们用数千根像火柴似的被点燃的小棍以祭奠他们的虚构的神灵。”不久在 11 月 4 日书信中又提道：“中国的宗教仪式非常荒废和繁复。他们这条街供奉着一个鬼神，另一条街就供奉着另一个鬼神，总是烛火通明，还在偶像前奏乐、唱戏，放置水果、酒、糕点、禽类和烤猪等，同时点燃蜡烛、香、纸和爆竹。我曾见他们向满月跪拜，

① ［英］艾莉莎・马礼逊著，北京外国语大学中国海外汉学研究中心翻译组翻译：《马礼逊回忆录》（第一卷），版本同前，第 87 页。

给它祭酒并且敬献水果。其中的细节不能一一详举。"[①] 诸如此类的记载在后来的日志和书信中比比皆是，马礼逊感叹偶像崇拜的粗俗，并激起了改造中国宗教信仰的使命感，"我对自己说：'这些无知、精明、仪表堂堂的中国人啊，我该怎么教导他们呢?'可是我又想到了英国的弟兄们，非洲霍屯督的弟兄们，还有很多不知名的弟兄姐妹，他们又是如何工作的呢?"[②] 马礼逊以世界其他地区的传教士激励自己，以一种开拓者的勇气，召唤中国人从自己的民间信仰走出，走近基督上帝。

宗教信仰之外，本土思想也是传教的一个障碍。对于中国的儒家思想，马礼逊评价也不高，原因当然是这种思想没有经过神启。马礼逊发现，他在说服中国百姓的时候，他们往往用孔夫子的话来进行应答，并且认为孔子与耶稣相似。马礼逊对此完全不能接受，"我们承认孔子理应受到人们的尊重和敬仰，然而是万能的主创造了世界，塑造了孔子，给予孔子智慧。他至多算得上上帝的仆人。"[③] 为了解中国文化，马礼逊亲自学习"四书"，学习的结果当然并没有改变他的看法。在另外一封信中（1809 年 10 月 11 日），马礼逊谈道："我现在正在读中国先哲孔子最著名的《四书》，已经读到了第三本的中部。这些书有许多精华，但也存在一些错误，总的来说，这些错误是非常严重的。孔子看起来好像是一个很能干并且正直的人，一生基本上都不肯接受当时流行的迷信，可是他并没有提出弥补这一不足的宗教信仰。"[④]

---

① ［英］艾莉莎·马礼逊著，北京外国语大学中国海外汉学研究中心翻译组翻译：《马礼逊回忆录》（第一卷），版本同前，第 82 页。

② ［英］艾莉莎·马礼逊著，北京外国语大学中国海外汉学研究中心翻译组翻译：《马礼逊回忆录》（第一卷），版本同前，第 89 页。

③ ［英］艾莉莎·马礼逊著，北京外国语大学中国海外汉学研究中心翻译组翻译：《马礼逊回忆录》（第一卷），版本同前，第 109 页。

④ ［英］艾莉莎·马礼逊著，北京外国语大学中国海外汉学研究中心翻译组翻译：《马礼逊回忆录》（第一卷），版本同前，第 150 页。

试图以《圣经》的翻译和传播，来改变中国人的信仰，这便是早期西方在中国“再疆界化”的主要内容。为了传教有所凭依，首先必须有《圣经》汉译本，也因为当时的环境不利于传教，因此马礼逊把工作的重点放在《圣经》的翻译上。基督教自公元七世纪就传入中国，一直到明清之际耶稣会来华，一直都没有完整的《圣经》中文译本，这大致与天主教独尊拉丁文《圣经》有关。据考，巴黎外方教会的传教士让·巴塞特（Jean Basset，1662—1707）第一次译出《新约》手稿，存放在大英博物馆；18世纪末，耶稣会士贺清泰（Louis de Poirot）也译出《旧约》和大部分《新约》，题为《古新圣经》。不过，这两个译本均未出版。需要提及的是，差不多在马礼逊翻译《圣经》的同时，英国浸礼会的传教士马希曼（Josuua Marshman）也在印度的塞兰坡（Serampore）翻译《圣经》，并于1822年出版。马礼逊译本是第一部在中国境内出版的《圣经》汉译本。

对传教士而言，《圣经》汉译本的重要性不言而喻。它意味着基督的神第一次可以用本土语言向中文世界进行宣讲，照亮这异教徒的东方世界。在1819年11月25日给伦敦会的信中，马礼逊在谈及完成《圣经》汉译文的意义时说：“凭借摩西、大卫和先知，基督耶稣和他的门徒以自己的语言向这片土地上的居民宣讲神的《圣经》，我希望这预示着在世界东方加速传播《圣经》一个幸福时代到来的好消息；我相信笼罩在异教徒心中疑虑的黑暗将会被来自天上的黎明之光驱散，那些镀金的佛像和遍地各种偶像在神的强有力的话语面前，有一天将会轰然倒塌，如同大衮偶像在耶和华的约柜前倒下一样。”在同一封书信中，马礼逊抱怨中国的封闭和愚昧：“尤为严重的是，中国文人对世界一无所知，也不懂当代科学，自欺欺人已经达到了极端的程度，把一切与他们的经验、情感和方式不同的都视为稀奇古怪、蛮夷人的东西。”① 唯其如此，《圣经》汉译本的出现才显得至关重要。对马礼逊而言，它向中国人提供了通往光明世界的桥梁。马礼逊《圣经》汉译本的完成，在欧洲引起了不小的轰动。英国圣公会在给马礼逊及米怜的信中（1821 年 1 月 26 日）谈道：“当《圣经·新约》被译成中文的消息宣布时，激起了欧洲学者们的极大好奇，还有一些怀疑这些消息的真实性，当他们亲手捧着汉语的《圣经·新约》，并购买收藏它们时，惊异得无法相信他们的眼睛。中文《圣经》的全译本，将会产生最强烈的效果。”②

二

《圣经》翻译完成之后，西方传教士一方面继续修订《圣经》，印行宣传基督教的小册子，另一方面逐渐将翻译的重点转向了西方文明的启蒙，翻译介绍世界地理、历史、天文及自然科学等知识，这应该与他们传教的困难直接相关。中国人自以为是天下的中心，将外国人视为蛮夷，因此很难接受西方人的教化。传教士想通过对西方文明的介绍，打破中国人传统的自我中心的疆域观念，让中国重新定位自己的位置。

上文提到，1813 年 7 月英国伦敦传道会给马礼逊派来了助手米怜，却无法在澳门以至广州立脚，只好去了南洋。1815 年，马礼逊和米怜在马六甲创办了近代中国第一个中文刊物《察世俗每月统计传》；1917 年，创办了马六甲印刷厂。此后，伦敦传道会又创办了《特选撮要每月纪传》（1823，巴达维亚）、《东西洋考每月统计传》（1933，广州-新加坡）；而在鸦片战争之前，伦

① ［英］艾莉莎·马礼逊著，北京外国语大学中国海外汉学研究中心翻译组翻译：《马礼逊回忆录》（第一卷），版本同前，第 4 页。

② ［英］艾莉莎·马礼逊著，北京外国语大学中国海外汉学研究中心翻译组翻译：《马礼逊回忆录》（第一卷），版本同前，第 56 页。

敦传道会已经在南洋拥有了马六甲、新加坡及巴达维亚三处印刷厂。印刷厂和报刊主要进行宗教宣传，不过逐渐增加了世俗内容，介绍西方的地理、天文等知识。这里值得约略一提的，是中国境内创办的第一份中文期刊《东西洋考每月统计传》。

《东西洋考每月统计传》（1933）创刊在广州，后期在新加坡。它已经是一份世俗刊物，宗教内容较少，它的主要构成部分是历史、地理、新闻等栏目。该刊的宗旨十分明确，以西方文明打破中国人愚昧和无知。刊物主编在刊物出版缘起中指出："当文明几乎在地球各处取得迅速进步并超越无知与谬误时——即使排斥异见的印度人也已开始用他们自己的语言出版若干期刊——唯独中国人却一如既往，依然故我。虽然我们与他们长久交往，他们仍自称为天下诸民族之首尊，并视所有其他民族为'蛮夷'。如此妄自尊大严重影响到广州的外国居民的利益，以及他们与中国人的交往。""编者偏向于用展示事实的手法，使中国人相信，他们仍有许多东西要学。"① "再疆域化"的启蒙是从最基本的地理和历史开始的。在"地理"栏目中，该刊连载介绍了世界地图的全貌，以及各大洲及区域国家的地理状况，向中国人展示了一种前所未有的全新的地球空间概念，让中国人明白原来中国并不是地球的中心。历史栏目名为"东西史记和合"，是每期的头条栏目。这个栏目很独特地将中西历史分栏并列刊登，如"汉土帝王历代—西天古传历记""商朝—以色耳神朝""唐纪—英吉利王朝"等，它喻示着中国的历史只是世界历史的一个部分。文章认为，中国历史与欧洲历史之间存在着配合的关系，譬如，"彼此都说洪水之先，有过十世有千六年，有神人杂糅之类，故在此件东西史记皆和合矣。"中西上古史都有洪水在先，文章认为这是中西历史和合的依据。不过，关于人类始祖，中国有三皇五帝，

① 《东西洋考每月统计传·前言》，北京：中华书局，1997年，第12页。

西方有亚当夏娃，并不相同，到底相信谁呢（“或问三皇五帝与亚大麦子孙，姓名不同，又汉书番文说者纷纷，莫之一统，果以何为依据”）？答案是以《圣经》为准，理由还很充分，即秦始皇焚书坑儒，古史失记，而摩西亲听古传，记载保留至今，当然以摩西为可信（“曰中国秦始皇有焚书坑儒，故上古事远，或有失记，然或西域商朝时候，离洪水不远，有圣人摩西，亲听古传，又感神默照，未知此事，立刻记之，其书还在，是故西域之史或亦可信耶”[①]）。如此，中国被嫁接到了西方基督教的脉络之中，文章试图让中国人明白，中国只是以西方为中心的世界历史的一个部分。

上述印刷厂及刊物，主要在海外，所以影响有限。鸦片战争以后，中国与英、法、美等国签订《南京条约》等条约，被迫割让香港，开放广州、福州、厦门、宁波和上海作为通商口岸。在取得合法进入中国传教的权利后，外国传教士们将他们的活动中心由南洋转移到了中国国内。1842—1960年间，传教士们在香港、广州、福州、厦门、宁波和上海均有译介著作印行出版。这其中宗教著作占据大多数，不过也出现了一些非宗教著作，其中包括地理、历史、天文和自然科学等，都是西方文明的启蒙之作。最值得一说的，是上海的墨海书馆及其所创办的刊物《六合丛谈》。1843年，巴达维亚的印刷厂移至上海，命名为墨海书馆，是为中国近代第一家印刷厂；1857墨海书馆创立《六合丛谈》，是为上海的第一份综合性中文杂志。墨海书馆及《六合丛谈》的翻译出版，对中国近代历史产生了较大影响。

墨海书馆的创立者，是伦敦会的传教士麦都思（Walter Henry Medhurst）。我们在这里要说到的，却是另一位来自英国的重要人物伟烈亚力（Alexander Wylie）。伟烈亚力对自然科学

---

① 《东西洋考每月统计传·正文》，北京：中华书局，1997年，第6页。

有着强烈的兴趣，热衷于翻译西方自然科学著作，他与中国数学家李善兰合作，翻译了数种中国自然科学史上的奠基之作。1857年1月26日，伟烈亚力在上海创办了《六合丛谈》，这是上海历史上第一份中文期刊。教会办的刊物自然是旨在传教，因此其不乏传教之作，不过，占据刊物主体的是对地理、天文及自然科学的翻译介绍。伟烈亚力专门为《六合丛谈》发刊号写了一篇"小引"，其中提到：西人来华已经14年，但与中国颇多隔阂，他希望以文字的形式进行沟通，"颁书籍以通其理，假文字以达其辞。"接着伟烈亚力指出，中国人好旧，所崇尚的六经诸子等"皆陈迹也"，而西人尚新，因此"观事度理，推陈出新"，探究科学之奥妙，文中接着对诸种自然学科进行了一一介绍：

请略兴其纲：一为化学，言物各有质，自能变化，精识之士，条分缕析，知有六十四元，此物未成之质也；一为察地之学，地中泥沙与石，各有层累，积无数年岁而成，细为推究，皆分先后，人类未生之际，鸿濛甫辟之时，观此朗如明镜，此物已成之质；一为鸟木草木之学，举一骨即能辨析入微，知全体形状之殊异，植群卉即能区别其类，知列国气候之不同；一为测天之学，地球一行星耳，与他行星同，远地球者为定星，定星之外，则有星气，星气之说，昔以为天空之气，近以远镜窥之，始知系恒河沙数之定星所聚而成，今之谈天者，其法较密于古，中国古时有天元求一诸法，今泰西代数最深者为微分法，以之推算天文，无不解处洞然矣；一为电气之学，天地人物之中，其气之精密流动者曰电气，发则为电，藏则隐含万物之内，昔人畏避之，以其能杀人也，今则聚为妙用，以代邮传，顷刻可通数百万里；别有重学、流质数端，以及听视诸学，皆穷极毫芒，精研物理……

伟烈亚力这段文字很简练，却介绍了多种自然科学学科：化学、地质学（察地之学）、动物学、植物学（鸟木草木之学）、天文学（测天之学）、电力学（电气之学）、力学（重学）、流体力学（流质）、声学、光学（听视诸学）。这些最早译介西方科学的文字，对中国近代科学学科的形成和发展具有重要的贡献。

“小引”中这段介绍西方科学学科的文字，时常被人征引，而这一段接下来的文字却没有引起注意。

> 精研物理，凡此地球中生成之庶巢，由于上帝所造，而考察之名理，亦由于上帝所畀，大故当获事上帝，知其聪明权力，无限无量，盖明其末，必探其本，穷其流，必溯其源也。

这段话解释了一个很多人想不通的问题，即为什么外国传教士会积极传播西方先进的自然科学？原来在基督徒看来，自然乃上帝所造，运用自然科学研究自然的奥秘有利于认识造物主上帝之伟大，这种来自于自然神学的观点，使得传教士认为传播科学有利传播基督教。国人常把基督教与西方科学对立起来，因而很容易抹杀传教士在传播西方科学过程中的贡献。事实上，是否应该传播自然科学在教会内部也时有争论。传教士之所以愿意传播西方先进的自然科学，另外还有一个心理原因，即打破国人心目中认为外国人皆蛮夷的想法，显示西方人的先进，以便于中国人接受基督教。

伟烈亚力相信科学，但更相信上帝，对他而言，两者之间并无矛盾。事实上，伟烈亚力在《六合丛谈》上发表科学文章的同时，也发表了很多宣传基督教的文章，如《马达加斯加岛传教述略》《景教记事》《门徒传教四方记》《上帝无所不知论》《公会记略》《乡人训子记》等。传说伟烈亚力在任期间，共计推销了一百万部《圣经》，他对上帝的狂热由此可见一斑。在《麦都思行略》（1卷4号）一文中，伟烈亚力称赞麦都思在中国的传教行为，“盖上帝特生是人，以出华人于沉沦之地耳”。他翻译传播科学的目的，应该与麦都思并无差别。

因为洋人的中文写作存在着局限，墨海书馆周围聚集着一批华人学者。这批学者有王韬、李善兰、蒋敦复、管小异、张文虎等，他们主要负责为翻译的中文润色。这种合作工作的方式，创造出了一个近代中西文化碰撞的场合。这批江南知识分子，既具有浓厚的国学功夫，又是较早接受西学的眼界开放者。整体来说，他们对西学科学著作抱着浓厚的兴趣，而对基督教的态度没那么积极。

管小异宁愿放弃科举，帮助合信翻译西学尤其是西医方面的书籍，但却坚决不译《圣经》。蒋敦复帮助后来成为英国驻华使节的威妥玛编造中国诗歌，对于传教却不以为然，他在《拟与英国使臣威妥玛书》中有云：“今之教士，其来者有如利、南辈其人者乎？无有也。所论教事荒谬浅陋，又不晓中国文义，不欲通人为之润色。开堂讲论，喋喋不休，如梦中呓，稍有知识者闻之无不捧腹而笑。”在下面的文字中，蒋敦复更从政治高度上提出，中西交往应该本着平等互利的原则，如果西方国家一逞私欲，强加于中国，则没有什么好结果，“自今以往，与我中国相待以诚，相守以信，毋为妄举，毋生侈心。天理人情斟酌尽善，他时换约，去所不便，择其便者，务令彼我之间均获利益，诚如是，则中外相安，永保无强之休。若逞其私智，乘机渐进，欲要吾以必不能从之事，从此外国生事，中国多事，一治一乱，谁强谁弱，天下事未可知也。”①

不过，华人之间的情形也不尽一致。王韬一直协助麦都思翻译《圣经》，后来还加入了基督教。不过，他对基督教态度犹疑，连麦都思都说他心口不一。论者多认为，王韬的行为有“为稻粱

① 周振鹤：《〈六合丛谈〉的编纂及词汇》，沈国威：《六合丛谈·附解题·索引》，上海：上海辞书出版社，2006年，第139～178页。

谋”的客观原因。李善兰似乎认同于传教士所宣传的自然神学，他在与韦廉臣、艾约瑟合译的《植物学》“序言”中谈道：“韦艾二君，皆泰西耶稣教士，事上帝甚勤。而顾以余暇译此书者，盖动植诸物，皆上帝所造。验器用之精，则知工匠之巧；见田野之治，则知农夫之勤；察植物之精美微妙，则可见上帝之聪明睿智。”不过，作为一个中国人，李善兰所理解的“上帝之意”却出自于中国传统文化，“学者读此书，恍然悟上帝之必有，因之寅畏恐惧。而内以治其身心，外以修其教悌忠信，惴惴焉惟恐逆上帝之意，则此书之译，其益人岂浅鲜哉？”从管小宁、蒋敦复，到王韬、李善兰，从坚决抵抗到心口不一，到中国化的改造，我们由此可以看到国人文化认同的演变过程。

三

鸦片战争以后，特别是第二次鸦片战争以后，中国受到了严重的挫伤，从而开始真正觉得有“师夷长技”的必要，这便有了洋务运动兴起。外国传教士翻译的科学书籍，被中国人拿过来，成为官办洋务运动的重要内容之一。京师同文馆（1862）和江南制造局的翻译馆（1868），就是在这种背景下成立的。不过，由于中国缺乏外语人才，在这些官方翻译活动中，外国传教士仍然占据重要地位。京师同文馆初期担任教习的，是英国传教士包尔腾。1865 年起，丁韪良（W. A. P. Martin）担任英文教习。1869—1894 年丁韪良担任总教习达 25 年之久。江南制造局的翻译也以外国传教士为主。这里的外国传教士翻译人员有傅兰雅、伟烈亚力、玛高温、林乐知等。

这一时期，外国传教士已经不满足于仅仅翻译科学著作，而是开始把兴趣转向政法、社会科学方面的翻译。“再疆域化”中的“疆域”，不仅仅是指地理和物理的疆域，更指政治和法律方面的疆域。

这一时期影响最大的政法类著作，是丁韪良翻译的《万国公法》。《万国公法》的底本是美国人惠顿的《国际法原理》(Henry Wheaton, *Elements of International Law*)，这是当时西方国际法的权威著作。丁韪良在几名中国人的协助下将书译成，于1864年在总理衙门资助下印行。全书分为四卷：第一卷题为“释公法之义，明其本源，题其大旨”；第二卷题为“论诸国自然之权”；第三卷题为“论诸国平时往来之权”；第四卷题为“论交战条规”。书中首次向中国人介绍了西方国际法的一些主要原则，如国家主权原则、国与国之间的平等原则，遵守国际公允和双边条约原则等，随同这些基本原则而来的，还有法治、宪政等现代观念。这是中国近代以来第一本国际法译本，对中国法学及政治都产生了重要影响，中国现代法学中的很多词汇都是最早从这里产生的。

中国一向以“天朝上国”自居，周边都是蛮夷，因此只有朝贡体系，并无国际法的概念。当然也有一种看法，认为中国在春秋战国时期已经有初步的国际法，即使如此，后来随着大一统中国的建立，这种法律也遗失了。正如丁韪良所说：“从某种意义上说，和其他的科学知识一样，中国在法律这方面是落后的。它应当完全感谢从西方引入这些知识。但奇怪的是，这个帝国竟然两千年之久没有任何邻国，只有诸侯国。难道没有一种法律概念来制约这些平等国家之间的交往吗？事实是这样的，当中国广袤的疆域被一系列实际上彼此独立的小国所覆盖的时候，那里确实有一种法律雏形，但这些小国消失之后，法律也就过时了。”①对于丁韪良翻译的《万国公法》，国人表现出矛盾的态度。一方面，出于实用的目的，朝廷很欢迎这一著作。清朝对外事务总管奕䜣在给同治帝的奏折中称：“窃查中国语言文字，外国人无不

① 丁韪良：《花甲记忆》，桂林：广西师范大学出版社，2004年，第160页。

留心学习……往往辩论事件，援引中国典制律例相难。臣等每欲借彼国事例以破其说，无如外国条例俱系洋字，苦不能识……外国有通行例律，近日经文士丁韪良译出汉文，可以观览……检阅其书，大约俱论会盟战法诸事……衡以中国制度，原不尽合，但其中间亦有可操之处……臣等公同商酌给银五百两，言明印成后，呈送三百部到臣衙门，将来通商口岸，各给一部，其中颇有制伏领事官之法，未始不无裨益。"在另外一处奏折中，奕䜣还谈道，在与他国交涉的过程中，《万国公法》果真起到了作用，"即如本年布国在天津海口扣留丹国船只一事，臣等暗采该律例中之言，与之辩论。布国公使，即行认错，俯首无词，似亦一例"。[①] 这里指的是1864年发生的一起外交事件，"布国"指普鲁士，"丹国"指丹麦。普鲁士新任驻华公使李福斯（Guido von Rehfues）在大沽口捕获了三艘丹麦商船，清朝总理衙门援引《万国公法》有关领海主权等条款，与普鲁士交涉，认为外国在中国洋面扣留别国之船，系侵犯中国主权。普鲁士公使果然认错，并且释放了三艘丹麦商船。

不过，要让中国人接受以《万国公法》为代表的西方法律，也并非易事。除了清帝国自我中心的心态之外——丁韪良开始向奕䜣推荐《万国公法》时，奕䜣即回答："中国自有体制，未便参阅外国之书。"《万国公法》难以让人信服的另外一个原因，是西方强加于中国这样一个历史背景。西方对中国发动的鸦片战争等侵略行为，本身就是违反国际法的，然而在战争以后，却引进国际法逼迫中国遵守不平等条约。说起来，中国最早引进的国际法并非这部《万国公法》，而是瓦特尔（E. De. Vattel）的《万国法》。1839年林则徐赴广州查禁鸦片，为了解西方相关法律，他邀请美国传教士伯驾（Peter Parker）和中国人袁德辉翻译出

① 《筹办夷务始末》（同治期），第27卷，第25～26页。

了瓦特尔《万国法》的一部分，以便进行外交斗争。其结果是，林则徐的国际法惨败于英国的枪炮之下，这是非常讽刺的。尤其让中国受到伤害的，是领事裁判权。自 1843 年《中英五口通商章程》后，英国等二十多个国家在中国获得领事裁判权。所谓领事裁判权，即治外法权，这是公然违反《国际法》有关国家独立主权之规定的，这种行为后在二次大战之后遭到废除。王韬曾一针见血地指出："彼所谓万国公法者，先兵强国富，势盛力敌，而后可入乎此；否则束缚驰骤，亦惟其所欲为而已。"① 唐才常在《交涉甄微》中更指出："《万国公法》虽西人性理之书，然弱肉强食，今古所同。如英之墟印度，俄之灭波兰，日本之夺琉球、乱朝鲜，但以权势，不以事理，然而公法果可恃乎？"②

在《万国公法》正文的卷首，画有东半球和西半球两幅地图，这两幅地图为惠顿原书所无，是译者丁韪良加上去的。地图旁边有说明，认为东半球包括"中华、日本……"等国家，西半球包括"美利坚、墨西哥……"等国。丁韪良很了解中国，必须首先打破中国为世界主宰的幻想，中国才会接受与世界打交道的规则。不过，世界仍有主宰，那就是西方的基督教的神，正如《万国公法》记载："五洲之外，汪洋大海，岛屿甚多。然而天下邦国，虽以万计，而人民实本于一派，惟一大主宰，造其端，佑其生，理其事焉。"事实上，在丁韪良眼里，世界公法最终来自于上帝，因此在中国翻译传播《万国公法》可以让中国人接受上帝及基督教。在 1863 年给一位宁波的传教士的一封信中，丁韪良说："我从事这项工作，并没有得到任何人的暗示，但是我毫无怀疑它可以让这个无神论的政府承认上帝及其永恒正义，也许

① （清）王韬：《弢园文录外编》（卷五），北京：中华书局，1959 年，第 36 页。

② （清）唐才常：《唐才常集》，北京：中华书局，1980 年，第 44～45 页。

还可以向他们传授一些带有基督教精神的东西。"①

在官方翻译机构之外，外国传教士西书翻译机构仍然十分活跃。十九世纪后期影响最大的翻译机构和报刊，是广学会及其《万国公报》。广学会的前身是 1887 年成立于上海的同文书会，1894 年易名为广学会。广学会前期核心人物是韦廉臣（Alexander Williamson），1890 年韦廉臣去世，由李提摩太（Richard Timothy）接任，李提摩太在任 25 年，是广学会最重要的人物。

广学会与墨海书馆类似，属于基督教团体。不过，在墨海书馆所出版的书籍中，基督教类书占据大半，而在广学会所出的书籍中，非宗教类书已经占据大半。据统计，1888—1901 年间，广学会出版各类著作 134 种，其中宗教著作 34 种，只占总数的 25.4%。在非宗教书籍中，墨海书馆的贡献主要是自然科学书籍，广学会则已经不同，它所出版的自然科学书籍著作仅 10 种，占 7.5 %，而出版的社会科学书籍却有 78 种，占 58.2%。1888 年至 19 世纪末，广学会出版的较为知名的社会科学著作有：花之安《自西徂东》(1888)，李提摩太《七国新学备要》(1889)，韦廉臣《治国要务》、李提摩太《救世教益》(1890)，李提摩太《中西四大政考》《养民有法》(1892)，花之安《性海渊源》、艾约瑟《福国养民策》(1893)，林乐知《中西互论》、李提摩太《百年一觉》《列国变通兴盛记》(1894)，李提摩太《泰西新史揽要》《西铎》(1895)，林乐知《中东战纪本末》《文学兴国策》(1896)，林乐知《中东战争梗概》《新政策》(1897)，林乐知《新学汇编》、李提摩太《地球一百名人传》(1898)，李提摩太《大同学》、林乐知《保华全书》(1899)。其间多数是编译，也有一些是个人撰写的，不过那个时代的编译和个人拟定其实并无多

① 刘禾：《帝国的话语政治》，北京：三联书店，2009 年，第 158 页。

大区别。很多著作都是先在《万国公报》上登载，然后辑集出版的。

在广学会翻译出版的著作中，影响最大的是李提摩太的《泰西新史揽要》。《泰西新史揽要》原名“十九世纪史”（*History of the Nineteenth Century*），作者是英国人马恳西（Robert Mackenzie），1889 年伦敦首版。《泰西新史揽要》叙述欧洲历史的目的，在于总结强盛之道。书中认为，欧洲各国原来困于旧制，而在“立新政”以后方得大兴，这“新政”的内容便是建立民主政体，“按民心治国”。经过改革，欧洲之民脱离专制，成为自主之民，“从前欧民一百八十兆皆如奴仆听主人之约束，而不敢违背者，今则悉由自主。”如果担心“自主而无识”，那么方法便是普及教育，便得“人人识字，人人明理”。

《泰西新史揽要》在西方学界被认为只是一部三流的历史著作，它之所以在中国取得如此强烈的反响，完全因为李提摩太“取之有道，用之有方”。这部书对十九世纪西方的历史的研究未必深刻，不过它将近代西方的强大归结为政治改革的结果，鼓吹变法，并详细展示了西方社会变革的过程和方法，这正符合甲午战争以后的中国社会心理。《泰西新史揽要》一书的出版可谓生逢其时。甲午战争意味着晚清洋务运动的失败，晚清社会正处在不知何从何去的彷徨之中，这本书所提出的政治改革的主张，正契合了历史的要求，因而能够引起社会的强烈兴趣。无怪乎梁启超赞扬这本书“述百年以来，欧美各国变法自强之迹，西史中最佳之书也。”①

不过，细究起来，李提摩太给中国提供的改革方案与欧洲的经验并不完全相同。欧洲各国的历史改革，无非取消专制，建立

① 梁启超著，夏晓虹辑：《饮冰室合集·集外文》（下册），北京：北京大学出版社，2005 年，第 1164 页。

民主政体，人民自主。中国的改革，按照李提摩太的建议，却首先是向西方开放，甚至把中国交给西方。李提摩太最为痛恨的，便是中国对西方的封闭和抵抗。《泰西新史揽要》的"译本序"的开头，李提摩太便批判中国的"闭关自守"，为西方列强对于中国的侵略辩护：

何图近代以来良法美意忽焉中改，创为闭关自守之说，绝不愿与他国往来，他国不乏修心乐道之人，更动辄加以疑忌，可惜孰甚焉。至西人之通商于中华者，固为利而来也，然以有易无，以羡补不足，中华亦何尝不利，乃中国偏欲恃其势，遇理遏抑而压制之。泰西各国素以爱民为治国之本，不得不藉兵力以定商情，且曰中国不愿与他国交，于上天一视同仁之意未有合也，遂屡有弃好寻仇之祸，他国固不得谓悉合也。然闭关开衅之端则在中国，故每有边警，偿银割地，天实为之，谓之何哉?①

这段话何其强词夺理！西方国家因为爱民，因此不得不以武力侵犯中国，这种侵犯不能说是西人的过错，因为中国人不愿意与他国交往，违反了上天一视同仁的原则。李提摩太的帝国主义面目，在此显露无遗。在回忆录《亲历晚清四十五年》中，他在解说这一点的时候说："他们不仅在反对外国人，更是在反对上帝确立的宇宙规则。他们一再遭受的屈辱是上天对他们的惩罚。"② 反对西方，就是反对上帝确立的宇宙规则。这里的上帝，自然是西方的上帝，而宇宙的规则，也是由西方人指定的。

接着李提摩太给中国的变革提了三个建议：第一，"知万国今成一大局，遇事必合而公议，直如各省之服从皇帝……"第

① ［英］麦肯齐著，李提摩太，蔡尔康译.：《泰西新史揽要·译本序》，上海：上海书店出版社，2002年。

② ［英］李提摩太：《亲历晚清四十五年——李提摩太在华回忆录》，收录于《国家清史编纂委员会·编译丛刊》，天津：天津人民出版社，2005年，第210页。

二，“知今日治国之道，泰西各国救世教一也，中国儒教二也，土耳基回教三也。而宰治之最广者实推救世教……”第三，“知今日兴国之道，有断不可省者四大端：道德一也，学校二也，安民三也，养民四也。”前两个建议，一个让中国归于世界，一个推广基督教，都是西方对中国清帝国的“规训”。第三才是模仿西方，进行中国的内政变革。在李提摩太看来，中国当然与欧洲不一样。中国一直封闭自大，现在需要重新认识自己的疆域。世界的中心不再是中国，而是欧洲。在这新的世界秩序中，中国只能是西方的附属。

从19世纪初到19世纪末，清帝国逐步衰落，被西方列强一步步地“去疆域化”，而在随之而来的“再疆域化”的过程中，从《圣经》到科学，到法政，传教士的翻译起了举足轻重的作用。

[原载《西南民族大学学报》(人文社会科学版)，2012年第4期]

如何重构中国现当代文学思潮史

张光芒　徐先智　陈进武

梁启超在《清代学术概论》开篇说道："凡'思'非皆能成'潮'，能成'潮'者，则其'思'必有相当之价值，而又适合于其时代之要求者也。凡'时代'非皆有'思潮'；有思潮之时代，必文化昂进之时代也。"[①] 在中国过去的数千年历史中，自然不乏"文化昂进之时代"，当然可著各种"思潮史"。然而，具体到近百年的中国现当代文学思潮史，却大体因"思潮"二字而迷失了"文学"思潮和思潮"史"二者的题中应有之义，往往放纵于"社会思潮"而迷失自我，依附于历史却未能开拓出一套自己的"史"的话语系统。近几年来，关于现有中国现当代文学思潮史著的局限性及如何建构中国现当代文学思潮史等问题，受到了现当代文学研究界的较多关注，尽管尚未由此引起激烈地论争或交锋，但研究者们对这些问题的看法却颇有差异。根据自己对思潮史的理解，研究者们在研究范式和叙述模式上往往"各自为政"，这样，文学思潮史书写形成的仍然只是"满眼树木，难见森林"的局面。因此，我们明确地提出要重构中国现当代文学思潮史，可能会引起不少研究者的质疑或误解：这种重构会不会呈现出的也只是一棵棵孤立的"树木"呢？当然，需要说明的是，我们并无意于简单地否定已有的中国现当代文学思潮史著作，而是期望通过对现有的思潮史成果的考察和反思，尝试突破文学思潮史研

① 梁启超：《清代学术概论》，上海：上海古籍出版社，1998年，第1页。

究的旧有格局，重新确立新的文学思潮史研究范式，开拓某种新的思潮史叙述模式，并具体探讨这种以新的范式和模式来重构中国现当代文学思潮史的可能性、必要性及其学术史意义。

一、现有中国现当代文学思潮史的叙述模式及其存在的问题

要重构中国现当代文学思潮史，先得考察现有的文学思潮史是怎样的，我们首先来看现有中国现当代文学思潮史的叙述模式。实际上，现有中国现当代文学思潮史的叙述模式是中国现当代文学史叙述模式的变体，是基于现有的文学史观之上的文学思潮史模式。这种模式只是在文学史叙述模式的范畴内进行微调或者上升，而并不存在超越或者本质的区别。这自然限制了文学思潮史的拓展、改变和创新。当然，我们需要进一步探讨到底是如何限制的。现有文学史叙述模式基本是按这样的体例进行的，即由三大版块加起来构成的“文学史”。一是“文学背景+文化与文学运动+理论主张”等构成的历史。不论是以阐释文学作品为主导的文学史，还是以介绍文学史知识为主导的文学史，基本是以文学创作思潮和文化与文学运动为主要线索来串联具体文学作品的，由此就形成了这样层层推进的体例，即在一定的文学背景之下产生了相应的文化与文学运动，从而出现了某种理论主张。例如叙述现代文学第一个十年（1917—1927）的文学史，大多数是先介绍“五四”文学革命兴起与发展的情况，再谈外国文艺思潮的涌入和新文学社团流派的蜂起，最后介绍胡适、周作人和新文学初期的理论建设等。二是文学体裁史。现有的现当代文学史，多考虑文学体裁的布局，并以文学体裁来划分章节。为了区分不同文学体裁的创作状况及各自的创作特征，往往是先介绍相关社会/历史背景之后，再按照小说、诗歌、散文、戏剧等体裁进行排列阐释。三是重要作家作品论（包括某些重要创作流派）。这种呈现常常是将在特定的社会/时代环境中影响较大的作家作

品（或创作流派）当作这一时期的主导精神/文化现象加以考察，像"鲁巴茅、郭老曹、艾丁赵"、沈从文、张爱玲等所谓经典作家及其创作几乎是每部文学史著作讨论的重中之重，而如京/海派、新感觉派、九叶诗派、伤痕/反思/改革/寻根文学等创作流派或现象也是重点论述的内容。无疑，这已经成了固定的文学史思维模式。

我们具体来看这种固定的思维模式是什么呢？从两个方面而言，一是已有的文学史叙述是按照"从外到内""从大到小"来叙述的。所谓"从外到内"是指先叙述远离文学创作的外在社会背景、历史事件，再叙述文学创作。而"从大到小"是指文学史叙述总是先叙述一个时代的文学，再叙述这个时代的文学流派，再叙述作家。先看"从外到内"，正是在这种认为"人及一切思想观是社会环境底产物"① 的思维模式影响下，现有的中国当代文学史的开篇必然绕不开先交代第一次文代会与所谓的新文学体制建立的问题，以相当的篇幅叙述这一重大的"历史事件"及社会背景的变化，然后再从这个由"现代"到"当代"所谓跨越的"框架"之中来叙述具体的文学创作状况。即使是以解读文本为切入的某些尝试重构新文学史的著作（如陈思和的《中国当代文学史教程》），"突出的是对具体作品的把握和理解，文学史知识被压缩到最低限度，时代背景和文学背景都只有在与具体创作发生直接关系的时候才作简单介绍"②，但是这种文学史叙述在追寻文本研究和历史语境（包括历史事件和社会背景等）关系的时候，不仅没有完全跳出由"外"到"内"的传统路数，而且还自觉或不自觉地走向了所谓的"内外互动"的叙述道路上去了。

---

① ［俄］普列汉诺夫著，冰夷译：《论一元历史观之发展》，北京：人民出版社，1957年，第297页。

② 陈思和：《中国当代文学史教程》，上海：复旦大学出版社，2009年，第6～7页。

再看“从大到小”，这种思维模式先是宏观或整体把握时代背景，然后细化并“筛选”出与之相关的流派，最后是阐释具体的作家作品。为了呈现这一问题，我们以艾青的《向太阳》《我爱这土地》等诗歌为例，大多文学史著在叙述这些诗歌时，往往先以相当多的篇幅叙述在“战争制约下不同政治地域的文学分割并存”的整体面貌，接着分别叙述解放区文学、国统区文学、沦陷区文学和上海“孤岛”文学的各自创作情况。再转到在解放区文学的大背景之中，“从同声歌唱到七月派诗人群的出现”，然后重点叙述艾青和田间等“七月派”诗人的诗歌创作状况，最后指向的才是艾青的《向太阳》等诗歌的创作情况。尽管不同的文学史著作在文字叙述或标题设置上稍有不同，但是遵循的仍然是这样一种“从大到小”的思维模式，并不存在本质意义上的区别。无疑，这种思维模式混淆了文学史与社会史/历史的关系，研究者习惯性地把文学史当作了社会史/历史的某种变体。但实际上，“文学史并不是恰当的历史，因为它是关于现存的、无所不在的和永恒的事物的知识。”①

二是“先理论后创作，先思想后形式”的思维模式。所谓“先理论后创作”是指文学史家叙述文学思潮史时先认定一个时代文学创作必然是由一种文学理论或者文学主张引发的。所谓“先思想后形式”指的是文学史叙述者在叙述、介绍、阐释、研究创作现象、作家作品时，先在地持有一种观念，即认为文学创作是由思想主题和文体形式两个层面构成的，而文体形式是为思想主题服务的。也正因如此，我们可以发现现在众多文学史叙述中总是先分析一个作品的主题思想、人物形象，然后再分析它的艺术成就，包括语言、结构、文体色彩等等。如叙述鲁迅的《阿

---

① ［美］勒内·韦勒克、奥斯汀·沃伦著，刘象愚等译：《文学理论》，南京：江苏教育出版社，2006年，第305页。

Q正传》，基本是先分析以"精神胜利法"为基本特征的阿Q形象——成为整个中华民族精神病态、缺陷、弱点乃至劣根性的画像，并指出这部小说"国民性批判"的基本思想主题，接着叙述小说的艺术成就，如讽刺、议论、古典和文言句式介入的语言，"开出反省的道路"的叙述方式等。当然，这样的例子不胜枚举，我们也无意一一列出，但不可不指出这样一个问题，即自20世纪80年代现代文学界掀起"重写文学史"热潮至当下，我们仍见不到足够令人满意的文学史著作，一个重要原因就在于"先理后创、先思后形"的思维模式至今并没有根本地改变。事实上，"文学和艺术的全部特点在于它们的特殊性。文艺作品都是一些鲜活的经历，而并非抽象的教条。这些作品赏心悦目、精致优美，是独一无二的个体"，因而，这些"抽象概念难道不就是把这些都消灭于无形吗?"① 在某种意义上说，伊格尔顿的这种"质问"倒是指出了"先理论后创作，先思想后形式"思维模式的不合理之处。由此，我们也可洞见这种思维模式必然表现出文学史家在叙述文学史时先在地具有一系列基本的文学理论观念：第一，社会背景决定文学理论，文学理论决定文学创作，由此也说明了文学理论、文学主张是与文学创作同步的和同构的；第二，文学创作的思想与形式之间，认为思想决定形式，同时也说明任何文体的思想、形式具有可分性。

当然，现有文学思潮史与文学史叙述相比有一些变化，这种变化主要表现在：一是比文学史更多地加大了文学背景、文化与文学运动在叙述中的比重；二是更加突出了文学流派、文学社团在文学思潮史中的地位；三是减少了作家论的比重。拿近几年新出版或修订的文学思潮史著来说，像杨春时的《中国现代文学思

---

① ［英］特里·伊格尔顿著，商正译：《理论之后》，北京：商务印书馆，2009年，第72页。

潮史》、李运抟的《现代中国文学思潮新论》、刘中树和许祖华的《中国现代文学思潮史》、刘增杰和关爱和的《中国近现代文学思潮史》、李扬的《中国当代文学思潮史》等不同程度呈现出了这些变化，而且这些文学思潮史著在写作方式或思想观念上也有所创新，但是其叙述仍然没有超出传统意义上划分的现代主义文学思潮、现实主义文学思潮、浪漫主义文学思潮、自由主义文学思潮、后现代主义文学思潮、启蒙主义文学思潮等范畴。更为重要的是，尽管这些文学思潮史的叙述已经与文学史叙述有所变化，但是这些变化不足以与文学史叙述模式区分开来，不能够从文学史叙述模式的定式中逃出来，更不能摆脱理论先在的固定思维模式，也就是说，文学史叙述模式及思维定式再加上理论所存在的问题与缺陷在文学思潮史叙述模式中同样存在。

二、对现有文学思潮史存在问题的理论反思和批判

上述中国现当代文学史及文学思潮史叙述模式存在的问题主要是描述性的，以下从理论层面进行进一步的反思，以便为我们重构中国现当代文学思潮史廓清理论上的障碍。具体来说，我们主要从两个方面来进行反思和批判。

第一，社会背景决定文学理论、文学理论决定文学创作是不完全符合客观事实的，也是不完全符合逻辑的。因为一方面文学理论的嬗变、文学主张的更新有时候是文学自身发展规律引起的，并非完全因政治、社会、时代背景的改变、压迫、逼迫而彻底改变，这也是艺术理论相对独立之所在。也就是说，就文学的理论形态而言，“一旦形成一个或多个自足性的文学理论体系，它可以不受文学运动的牵扯和制约而独立存在，也可以不需文学创作的印证而自成系统，也就是说文学理论形态能够摆脱文学史

纠缠并有相对的独立性，有别于文学史的自身价值”[①]。实际上，恩格斯在1890年10月27日《致康拉德·施米特》的信中曾就这样指出：“凡是存在着社会规模的分工的地方，单独的劳动过程就会成为相互独立的。”[②] 毋庸置疑，文学（理论）也是“社会规模”中分工的“单独的劳动过程”，因此，文学（理论）与其他“单独的劳动”，如法律、哲学和道德等一样都具有各自的发展规律，也就是具有相对独立性。当然，这种“相对独立性”在文学创作中正明显体现出来了。譬如，关于文学表现人性的问题——文学要不要表现人性（或人道主义），而人性到底是人类普遍存在，还是要区分人的动物性与社会性，尤以阶级性为要？尽管这一文学主张因具有高度“敏感性”，在新中国成立以来前三十年的理论界和文学界屡屡“遭禁”，但这并不表明“人学”理论就已经不存在了。事实上，这一理论在这一时期的文学创作中自始至终有不同形式和不同程度的呈现，像《小巷深处》《红豆》《百合花》《达吉和她的父亲》《波动》等小说和《白雪的赞歌》《野兽》《故园九咏》等诗歌，都在不同程度上延续或发展了“人学”理论。

另一方面，文学创作在很大程度上是与文学理论、文学主张不一致的，由形象思维和理论思维的本质区别所决定，文学创作本身所蕴含的文化、审美意蕴总是远远大于理论的框定。甚至有些时候，文学创作的形象和叙事伦理的指向与来自同一作家或者同一流派的文学理论追求相矛盾，不仅不一致，而且是彼此否定的。法国作家维克多·雨果在《〈克伦威尔〉序言》中这样宣扬：“没有别的规则，只有翱翔于整个艺术之上的普遍的自然法则，

① 朱德发：《“三大板块”：现代中国文学史的重构》，载《淄博学院学报》（社会科学版）2002年第1期。

② ［德］恩格斯：《致康拉德·施米特》，收录于《马克思恩格斯全集》（第37卷），北京：人民出版社，1971年，第485页。

只有从每部作品特定的主题中产生的特殊法则。"[①]无疑，这个宣言不免是偏激的，但是也在某种意义上肯定了文学创作的独立价值和意义。当然，文学创作的这种理论意义上的"独立"价值并不是孤立的，在具体的文学创作实践或文学现象中也有着明显的体现，像钱钟书的《围城》本身就有着多层意蕴，我们不仅难以用哪一种具体的理论/主张来"框定"，而且这部小说所表现出的现代文明的危机、现代人生的困境等意蕴也不是某种理论/主张可以相对应的。再看文学史著中所谓的"为人生而艺术"的文学研究会和"为艺术而艺术"的创造社，两者的文学创作实践则呈现出与其所宣扬的文学理论主张相矛盾之处，即前者在"写实"追求之中又有着浪漫或唯美色彩，后者在坚持所谓的纯粹"艺术"之中却往往有着相当比重的写实内容。这种"矛盾"的现象同样出现在某些作家的创作中，如丁玲的文学创作一度代表的是解放区文学的成绩，但是她在20世纪40年代创作的《我在霞村的时候》和《在医院中》(甚至是《太阳照在桑干河上》)等小说所显现的自我表现等因素，不仅仅与当时解放区文学创作的文学理论规范不一致，而且在某种意义上更是对当时主流理论要求的某种"否定"。

第二，根据现代语言哲学的观点，文学创作的思想主题与其艺术形式之间不应该由文学思想决定文学形式，不应该先有文学思想，然后再由形式把思想表达出来，更不应该把思想与形式分裂开来进行二分。因为是形式创造思想，而思想本来就寓于形式之中。在论述历史时，恩格斯在1890年9月有这样的论断："历史是这样创造的：最终的结果总是从许多单个的意志的相互冲突中产生出来的，而其中每一个意志，又是由于许多特殊的生活条

① [法]维克多·雨果：《〈克伦威尔〉序言》，收录于柳鸣九译：《雨果论文学》，上海：上海译文出版社，1980年，第126页。

件，才成为它所成为的那样。这样就有无数互相交错的力量，有无数个力的平行四边形，而由此就产生出一个总的结果，即历史事变，这个结果又可以看作一个作为整体的、不自觉地和不自主地起着作用的力量的产物。"[①] 在这里，恩格斯论述的是历史的"创造"，他把"历史事实"的生成解释为多种力量共同起作用的"产物"。尽管我们不能将"文学创作"完全置换成"历史事实"，但是这一论述对我们不无启发意义，对于文学创作来说又何尝不是有着这种相似性？我们可以认定的是，文学也同样并非某个人或者某一社会/政治集团意志的产物，而是由许多"意志"和无数"互相交错的力量"相融合或者相冲突，最后形成的"一个总的合力"。可以说，文学思想和文学形式是形成"一个总的平均数"的主要方面之一，"形式与意义有什么关系呢？这种关系很容易确定：意义全部存在于形式之中"[②]。俄国文学评论家别林斯基则说得更为明确，他认为思想（或思想主题）并不成为抽象的思想，同时，并没有僵死的形式，有的只是活生生的创造，一部文学作品的形式的生动的美正是文学作品（不仅仅是诗歌）具有庄严思想的证明。[③] 在别林斯基看来，文学作品的思想与形式本来就是融合的，两者是一个完整、统一而有机的整体，并不存在所谓的思想与形式的"分野"。

然而，文学史家习惯于把文学作品当作是某种思想的"实践产品"，甚至有时当成是思想的"附属产物"，这种阐释作品的方式显然是传统的"文以载道"观念在当代的"遗产"。但问题在于，这样的思路就会不可避免地让文学思想成了文学（不仅仅是

---

① ［德］恩格斯：《致康拉德·施米特》，版本同前，第485页。

② ［法］米歇尔·杜夫海纳著，孙非译：《美学与哲学》，北京：中国社会科学出版社，1985年，第124页。

③ ［俄］别林斯基：《亚历山大·普希金的作品》（第五篇）（1844年），收录于梁真译：《别林斯基论文学》，上海：新文艺出版社，1958年，第52～53页。

文学形式）的决定性力量，由此带来的后果就是将文学创作当作是概念化或图解化的结果。当然，这样的思路在文学创作中并不鲜见，像茅盾在上世纪 30 年代创作的长篇小说《子夜》便呈现出了这方面的倾向。这部小说是对当时思想界正在展开的关于中国社会性质讨论的某种“回应”，也算茅盾以文学创作形式开辟的“论战”。当然，这种将思想观念“转移”到文学创作的做法导致了小说在艺术形式上的缺失，即人物形象塑造呈现出概念化倾向，情节也显得过于戏剧化等。更为重要的是小说所表现的“艺术”却是落后于当时的现实“时代”的，这也与“艺术的职责，是揭示在一个生气洋溢的时刻，人与周围世界之间的关系。由于人类总是在种种旧关系的罗网里挣扎，所以艺术总是跑在‘时代’前头，而‘时代’本身总是远远落后在这生气洋溢的时刻后面”① 的艺术本真追求相背离了。可以说，这种创作实践上的“偏离”倒与现有文学史著的写作思路趋于一致，但是这种做法误解了文学思想进入文学的方式，更是颠倒了文学形式对于文学思想的创造价值与意义。

三、重构中国现当代文学思潮史的方法和途径

毋庸置疑，在谈论中国现当代文学思潮史的时候，大多数情况下，人们其实是在谈论社会思潮史、文学史、文学运动或者社团史等等，并在自觉、不自觉中将其作为一种进一步谈论的知识前结构。在此情况下，对中国现当代文学思潮史的研究，很难避免不进入“非文学思潮”的误区，而且进入了这一误区却并不自知。那么，我们应该如何彻底走出这种误区？又应该如何在林林总总的中国现当代文学“思潮史”的建构之中，来重构一种中国现

① ［英］戴·赫·劳伦斯：《乡土精神》，收录于袁可嘉编：《二十世纪文学评论》，上海：上海译文出版社，1987 年，第 233 页。

当代“文学思潮史”呢？我们以为应从这样四个方面来加以考虑。

重构中国现当代文学思潮史，首先，重心应该落到创作思潮上，我们需要建构起中国现当代文学创作思潮史，以具体的文本为依据（单位），而不能以作家或者流派为依据。在过去相当长的一个时期内，研究者在研究文学思潮时都自觉或不自觉地以能够生产作品的作家作为研究的基点，以此出发而延伸到作品文本、写作风格的研究。虽然也有一些敏锐的研究者指出要以文本为基础，但是由于对此并无自觉认识，导致了在研究时并没有摆脱“作家”的束缚，实际上还是以“从作家出发”的文本为基础。对此，我们还是需要再一次反思与清理，破除文学研究中作家对文本的奴役。事实上，文本一旦呈现，我们就该将其当成一个相对自主的研究对象，而不再是依附于作家的附属品，作家的阐释对文本意义的呈现有补充作用，但是文本却不是作家后续意义的某种延伸。罗兰·巴特认为文本只在作者大脑里未呈现之前才具有“一义性”，当文本一旦呈现便具有了独立阐释性，此时作者的创作意图已无关紧要了，即“作者已死”[①]。对于作者的边界在哪里，作者是否真的有权主宰自己的作品，福柯曾有这样的论述：“作者不是一种灌注一部作品意旨的无限源泉，作者不能优于作品……作者是人们用以阻滞虚构作品的自由支配、自由传递、自由处理、自由构筑、自我解构和重构的呼应。”[②] 因此，我们应当重新审视作者与文本之间的关系，必须解除作者与文本之间的奴役关系，将文学文本从作家那里解放出来。文学思潮研究的起点和主体，应该是“文学创作”这一活动的结果即文学文本，应该在一个相对严谨的意义上将“作家”“社会思想”等放

---

① ［法］罗兰·巴特著，郑法清、谢大光译：《罗兰·巴特随笔选》，天津：百花文艺出版社，2009年。

② ［法］米歇尔·福柯：《什么是作者?》，收录于王岳川编：《后现代主义文化研究》，北京：北京大学出版社，1992年，第292页。

在“文学之外”。

另一方面，得到解放之后的文本，是相对独立的而并不是孤立的，即不依附于作者但是也不割裂于作者，应该是一种互相独立、互相拥有自主性而又互相关联的有机关系。自主地呈现意义倾向而不是外部的过度阐释，思潮史的重构正是要着眼于这种文本自主呈现的意义。另外，需要注意的是，文本意义的释放应该以语言为基点，在语言的多义性之中形成一个宽松、开放的体系，也只有这样，整个文学研究的视野才能够真正地打开。

第二，在宏观的建构上，应先对文学思潮进行大致分类，此为“大类”，然后再对每一类进行历时性的论述。每一种思潮事实上都是一种历史性的流变，都存在着自己的历史逻辑。传统上的文学思潮史研究和著述，无论是以什么标准，在架构上都是总体遵循时间的线索。这样的安排自然有其好处，即“思潮”横向看，条理清晰，而纵向看脉络也清楚。但事实上，这种安排有重大缺憾，因为循时间先后而动，所以很容易被社会史所规训。在这样的架构中，思潮史研究很难摆脱被社会历史事件所切割的命运，因为人们对时间的概念往往被重大的历史事件所规范。最终的结果是文学文本不可避免地被吸入社会变迁甚至被社会事件所规训，这样，所谓的“文学思潮史”其实是某种社会思潮史。

为了避免文学思潮成为社会思潮的奴隶，我们在研究中就必须要打破这种总体上的时间架构，先对文学思潮进行分类而不是分期。总体架构上的分类，显然能够让文学思潮的研究回到文学思潮本身，因为去时间化的分类是文学思潮本身的分类，而分期则是在社会历史的变迁中寻找文学思潮变动的理由。因此，整体结构的专题化有利于将属于某个专题的文学思潮，按照自身逻辑走向论述清晰，最大限度地避免社会思想的大量入侵，从而尽量避免文学思潮被社会化。当然，遵循这一思路，我们主要从这样三个大类（专题）来建构中国现当代文学思潮史，即“社会/革命文学思潮""人性/启蒙文学思潮""审美/感性文学思潮"。简而言之，这三类"文学思潮"分别对应的是文学文本在内容上的宏观化，展现较为阔大的图景和追求某种广度的表达；文学文本对人性的发掘及人性弱点的揭露与启蒙的内在需要的体现；文学文本对审美价值和文本丰富感性的追求等。

第三，在叙述上，中国现当代文学思潮史的重构必须同时兼顾各种思潮（主要是上述的三大类的文学思潮），从而形成一种相互呼应的叙述张力、一种互相补充的发展态势。关于这一点需要说明的是，以往的叙述并非完全没有注意到这一点，因为注重依靠"作家"这一要素，所以作家的本身的思想倾向往往决定思潮的属性，这样一来，在不自觉中使得一些思想复杂的作家也会被分割在不同属性和不同分期的思潮里。不过，这种情况毕竟不多，自觉的意识也不明显，并不能形成一种总体上的论述特色和有意识的研究模式。

适应思潮史总体架构的去时间化，在叙述方面可采用这种"互见性"的总体叙述模式。"互见性"的叙述方式在我国早有传统[①]，同时也完全可以引入中国现当代文学思潮史的叙述中，为思潮史的重构提供一种新的整体化模式。事物都是纷繁复杂的，在专题化之后，文学思潮固然回归到了"文学"思潮本身，但这又带来一个很难避免的困境，专题化的思潮往往容易走向单一化，但如果我们充分考虑到以语言的多义性为基础的文本应成为思潮史研究的基点，那么我们的研究就不得不是完全开放的态势。一个文本，既可能呈现出一种思潮倾向，也可能同时呈现出两种或三种思潮倾向；有可能两种思潮在文本中并行不悖、同等

---

① "互见法"的源头可追溯到《吕氏春秋·有始览》，而司马迁的独特贡献在于将"互见法"与"纪传体"两者结合起来，并为其后纪传体史书的撰写提供了有益经验。关于这一点，可参见章沧授的《论〈吕氏春秋〉的文学价值》，载《文学遗产》1987 年第 4 期；褚斌杰、谭家健主编《先秦文学史》，人民文学出版社 1998 年版等。

重要，也有可能以其中某一种为侧重点，而另一种或两种则并不突出。因为总体上的分类架构安排，在叙述时不可能同时表述一个文本中的各种思潮，只能先表一支，而在另一种思潮的叙述中再“互见”其另一个思潮侧面。显然，这种“互见性”的叙述模式可以让关于思潮史的叙述更加富有张力。

然而，我们都处于历史的流动之中，任何人、任何事都不可能脱离历史而成为一种绝对性存在，所以，去时间化的架构只是总体上的，而在具体的每一种文学思潮叙述中，依然是要突出时间意识的。总体上专题化的目的在于，首先要让文学思潮研究回到文学研究本身，但我们并不是要做思潮的横截面研究，不能也不可能一直是共时性的姿态，在具体的思潮叙述中，还是要遵循历史的流动。只不过，我们这里讲到的“历史”，依然不是社会史，而是文本自身按照线性时间自主呈现出的思潮流变，这才是我们所需要重构的中国现当代文学思潮“史”。

第四，重构中国现当代文学思潮史，应该拒绝现有文学研究中习惯使用的各种文学史概念，同时也拒绝使用不同历史时期偶然出现，然而又被文学史接受和强化的概念。一般而言，如果要进入某种特定的语境，无论这种语境专业与否，首先接触的便是能够打开这个语境的概念，在文学领域同样如此。进入文学思潮史的语境，即是从接受文学思潮史的概念开始的，思潮史概念是文学思潮史的表征。因此，无论是在读者对文学思潮史的接受上还是在研究者对文学思潮史的解读上，概念都在对接受或者解读起着规范作用，如果从既定的概念出发，那么我们很难突破对文学思潮史的既定观念。当这种思潮史观念已经固化，且不能体现文学思潮本身的流变甚至与文学思潮渐行渐远，那么我们就应该从更新概念开始。文学概念和文学观念显然关系紧密、相互影响，文学思潮史观念的固化和非文学化，与概念的表达失效密切相关。

事实上，当下文学思潮史叙述中构成思潮史学术架构的概念，存在很多问题。首先是将创作方法或创作原则当成创作思潮，比如“现实主义文学思潮”“浪漫主义文学思潮”“现代主义文学思潮”等等，文学思潮史应该以文学创作思潮为主体，即文学文本所体现的创作上的内在思想流变而形成的一种“思潮”，而不是创作原则方法等“理论思潮”。其次，现行文学思潮史概念本身就是社会思潮的概念，如“左翼文学思潮”“左倾文学思潮”“民族化和大众化的文学思潮”等等，通过这样的概念首先进入的便是大社会思潮语境，而很难进入“文学”思潮的。最后，现行的中国现当代文学思潮史概念中存在着一些偶然出现，却又被文学史接受并强化的概念，如“伤痕文学”“朦胧诗”“新写实小说”等。不过，所谓的“伤痕文学”并不“伤痕”，而称之为“朦胧诗”的诗歌并不见得就“朦胧”，这些偶然出现的概念没有经过文学史的长期沉淀与选择，不仅具有很强的投机性，而且也不能有效地对文学思潮进行准确的表述。

因此，要重构中国现当代文学思潮史，就必须打破现有的概念体系，重新启用一套概念体系。只有这样，才能改变我们进入文学思潮史的入口，不一样的入口自然可能产生不一样的文学思潮图景；也只有这样，才能置换我们审视文学思潮史的途径，不一样的途径才可能寻找到不一样的思潮史意义与价值。

四、重构思潮史在学理上的必要性及其学术史意义

自中国现当代文学研究从政治伦理的规训下获得相对的自主权之后，就一直在试图寻找某种途径回归“文学研究”，还原文学研究的本体意义。应该说这个意图在现当代文学史研究上，有了某种程度的突破，而在现当代社团史和文学运动史尤其是现当代思潮史的研究上，人们依然没有太多的进展。这种状态不应持续下去，走出文学思潮史构建的误区，以文本为基点，以内在流

变为线索重构中国现当代文学思潮史，在现当代文学学术史上具有重大的意义。

其一，如此构建，既可以避免理论思维的干扰和先在的框定，又可以避免放大社会、文化背景对文学创作的内在价值的支配性作用。就文学创作而言，在理论家这里，就"是对'存在'价值的激情的灵感式的言说（书写）"[①]。在作家看来，文学"创作是一种燃烧"[②]。这也从一定意义上说明了文学创作（及其内在价值）本身就与理论思维、社会/文化背景存有某种"距离"。因此，我们尝试从文学文本出发，以创作思潮为主体的中国现当代文学思潮史的重构，试图突出的是文学文本自身所反映出的思潮轨迹，注重这种轨迹的流动性，不陷于文学思潮之所以兴起的社会原因和历史背景，而是探究在这种原因和背景下，文本思潮的自在走向。如此，可以避免先在的文学理论对文学思潮史轨迹的探求，还思潮史的文学本性；另外，也可以阻止外在于文学的各种社会史、政治史等对文学思潮史的入侵，中国现当代文学思潮史的重构应该是以文本为基础，"从内到外"的自主阐释而非"从外到内"强制解读。然而，这种构建基于文本却又超越文本，分析文本但并不过多地对作品进行评价，而是在对文本的分析研究的基础上发掘其创作倾向和内在思想指向，并试图展现这种倾向与指向的走向和内在逻辑脉络。

其二，如此构建，方可抓住文学思潮的本质，突显文学思潮的能动性、个体性、自律性和创造性，因为文学创作思潮史既不能是被外在社会历史理论或社会思潮完全框定的，同时又有着不可取代的创造思想、重构伦理的创造力量和多元性的本质。文学终究是一种感性的、审美的体验，这种体验"不是由被动的知觉

① 董学文：《文学理论学导论》，北京：北京大学出版社，2004年，第103页。

② 王蒙：《王蒙文集》，北京：华艺出版社，1993年，第214页。

构成，而是一种知觉化的方式和过程……美感就是对各种形式的动态生命力的敏感性，而这种生命力只有靠我们自身中的一种相应的动态过程才可能把握”①。当然，从这一意义上来说，这种动态的“构造性”的文学并不是某种社会改造的现实工具，因此，任何想给文学创作和文学阐释负载过度重量的做法都是与其本质相背离的。过去在构建中国现当代文学思潮史的时候，工具理性往往主导构建者的思维，习惯性地着眼于文学的现实改造性，而忘却了文学虚构与想象的本质，从而使得文学思潮史失去了自己的文学本然个性，远离了作为一种生命体验的文学诉求。无疑，构建文学的创作力量本应该是思潮史研究的重要目的，但是事实上我们从未真正有过这种意识，自然也从未做到过，构建思潮史的目的仅仅是对过去文学思潮的历史做出符合某种特定思维模式的确认，并予以传播，大多与文学本身无涉。重构中国现当代文学思潮史，其重要意义便在于激活文学的创作力量，重构文学创作的开放性体系，还原文学的多元性本质。

其三，这一建构，由于唯创作思潮马首是瞻，还可避免放大文学流派对作家的限定，文学社团对作家的规约，即这种重构可消解创作思潮以外的力量对作家的束缚。一直以来，现当代文学思潮史构建的问题在于，是作家而不是作家的创作本身在构建中一直以来都处于支配地位。外在于作家具体创作的各种属性，譬如文学流派、文学社团等，都被组合进了思潮史并受到重视，这种普遍性的现象也又一次导致了文学思潮史的非文学化。然而，“重要的不仅是应着重指出文学流派中的个别和一般的统一，而且应该指出艺术家的创作个性在审美的共同体形成中的作用。文学流派的形成不是由于属于这个流派的作家具有少许独特性的结

① ［德］恩特斯·卡西尔著，甘阳译：《人论》，上海：上海译文出版社，1985年，第192页。

果，恰恰是由于其中每一个不断发展和丰富一定艺术原则的作家具有创作的独特性……（文学流派的，论者注）主导倾向不是以失去个人特点的形式出现的，而有其个人的表达方式。”[①] 但是，实际上，我们多见到的是文学流派、文学社团对作家的限定，在特定文学流派的先在视野里和文学社团的某种规训下，我们看不到有个性的、感情丰富的作家，而是在流派理念束缚和社团主张规约下的某个符号，最终作家思想的复杂性、作家创作的多元性指向都被遮蔽。当然，对文学流派和文学社团的强调，有助于初学者快速掌握文学知识，也能让人们快速进入文学语境。然而，这些始终是一种僵硬的文学“知识”，而不是文学创作者想传递的生命体验，这种文学语境也是一种破碎的理性场地，而不是真正的文学世界。确立文学创作在中国现当代文学思潮史构建中的核心地位，还原创作思潮在思潮史构建中的主要力量，可以消解非文学创作思潮力量对作家的束缚，回归创作，回归文本，这样才能真正进入“文学”思潮史。

其四，这样一种以创作思潮为主体的文学思潮史构建，有利于打通小说、诗歌、散文、戏剧等不同文体之间的界限，避免过去文学思潮史过多受到文体史影响的弊病。乔纳森·卡勒认为：“体裁就是一套约定俗成的程式和期待：知道我们读的是一本侦探小说还是一部浪漫爱情故事，是一首抒情诗还是一部悲剧，我们就会有不同的期待，并且会对能够说明意义的东西做出判断。”[②] 也就是说，文学文体的区分为我们提供了一套行之有效的文学认识框架，根据表达的需要，采用不同的文体，而除创作上的方便以外，文学研究也可以根据文体的划分来了解文学不同

---

① ［苏］赫拉普钦科著，刘捷、刘逢祺译：《赫拉普钦科文学论文集》，北京：人民文学出版社，1997年，第188～189页。

② ［美］乔纳森·卡勒著，李平译：《文学理论》，沈阳：辽宁教育出版社，1998年，第76页。

的表达方式和表达内容等等。然而，对事物的任何分类都是有危险的，对全面准确地认识这个事物都是一种障碍。过度强调文体的框架功能，或者说，正是研究者习惯于这种"约定俗成的程式和期待"的时候，更容易给文学研究带来很大的弊端。实际上，无论是文学思潮史还是文学史，都长时间地受到文体分类所带来的困扰，人们习惯于从文体去看文学的发展和演变，而不是从文学的创作意图上。这样无疑肢解了文学发展的整体性，不管是文学史还是文学思潮史，其实都是以文学文体史为前提的，甚至直接就是文学文体史，这显然是一个已经被忽视了许多年其实却不可忽视的问题。

当然，我们认为中国现当代文学思潮史的重构，就是要以文学创作思潮为主体，无论是哪一种文体，只要在共时性上创作思潮一致，就应该归于一种思潮范畴，在论述上也一并进行；在历时性上属于一种思潮的发展，我们也应该敢于打破文体的限制，将其视为一种思潮流变，并加以结构。唯有如此，才能在最大限度上摆脱文体的束缚，回归文学思潮史本位。

最后，这一建构最终的目标，是要呈现出文学思潮"史"的流动线索，主要是理清思潮史内在流动的线索，从本质上与理论史、社团史、流派史以及形形色色的文学史区别开来，并从逻辑上加以超越。无论是在研究上以文本为基础，还是将思潮在总体架构上专题化；无论是在论述上采用不同文本相同思潮的"互见法"，还是拒绝所有的现有文学研究所使用的概念，都是为了确立创作思潮的核心地位并形成一种自身内在的流变，即都是为了这一目的：要构建一个文学本身的思潮"史"。规避社团流派对文学创作所形成的理论、制度的限定，回归文本，从作家创作的文本探讨思潮倾向，又避免过度的作家作品的介绍品评，而着重于文本本身的内在逻辑变化，即文本在历时性向度上体现出来的、具有逻辑性的文学思想"流"。正如赫拉克利特所说的，"一切皆流”[1]，而重构中国现当代文学思潮史，即是要呈现出这样一条清晰的文学文本自身的内在流变。

［原载《西南民族大学学报》（人文社会科学版），2013 年第 1 期］

① ［古希腊］赫拉克利特著，楚荷译：《赫拉克利特著作残篇》，桂林：广西师范大学出版社，2007 年。

视阈的转换：从"追求现代化"到"反思现代性"

旷新年

"文化大革命"结束以后，"现代化"成了国家和知识分子的共识，成了"新时期"的时代主题。"新时期"被认为是重新延续被"救亡"（革命）中断了的启蒙传统和"文革"偏离了的现代化目标。李泽厚"救亡压倒启蒙"的命题成了20世纪80年代"新启蒙"的一个经典表述。在新启蒙思潮的推动下，中国现代文学学科建构了五四启蒙神话。在"传统与现代的对抗"和"文明与愚昧的冲突"的坐标中，强烈地表达了启蒙主义的目的和现代化的意识形态。伴随新启蒙运动，中国现代文学研究领域发生了声势浩大的"重写文学史"运动，以"现代化"的观点重构了文学史视野："所谓'二十世纪中国文学'，就是由19世纪末20世纪初开始的、至今仍在继续的一个文学进程，一个由古代中国文学向现代中国文学转变、过渡并最终完成的进程，一个中国文学走向并汇入'世界文学'总体格局的进程，一个在东西方文化的大撞击、大交流中从文学方面（与政治、道德等诸多方面一道）形成现代民族意识（包括审美意识）的进程，一个通过语文的艺术折射并表现老的中华民族及其灵魂在新旧嬗替的大时代中获得新生并崛起的进程。"① "20世纪中国文学""中国新文学整

① 黄子平、陈平原、钱理群：《二十世纪中国文学三人谈》，北京：人民文学出版社，1988年，第11页。

体观”“重写文学史”、“把文学史还给文学”构成了“文学现代化”的概念家族，获得了学界普遍认同。王瑶说：“现代文学史的起点应该从‘现代’一词的含义来理解，即无论思想内容或语言形式，包括文学观念和思维方式，都带有现代化的特点。它当然可以包括反帝反封建的民主主义的性质和内容，但‘现代化’的含义要比这广阔得多。”[①]“重写文学史”用现代化理论代替了毛泽东的“新民主主义”理论，确立了20世纪80年代中国现代文学研究的新典范。现代化理论消解了毛泽东的新民主主义理论，新文学（现代文学）消解了当代文学。当时走红的中国当代文学批评家季红真挪用“文明与愚昧的冲突”这样一个现代文学的命题来描写、解释和评价中国当代文学，在当代文学批评领域建立了批评的权威和声望。

20世纪80年代的现代化思潮，受到美国现代化理论的影响。美国的现代化理论兴起于20世纪50年代，现代化被看作是一个在西方率先发生的从传统向现代过渡的世俗化和工业化的过程，全世界都将普遍经历西方的现代道路。现代化的理论先驱、社会学家马克斯·韦伯总结了现代社会合理化、科层化和祛魅的趋势。但在他看来，现代化包含了明显的矛盾和内在的紧张，他在1919年最后一次公开谈话中说：“正在等待我们的并不是夏季盛开的鲜花，而是极地的黑夜，寒冷、阴暗和狂暴。”[②]在冷战背景下，美国的现代化理论具有鲜明的意识形态特征，极大地简化了韦伯的思想。

20世纪80年代，我们把现代化作为追求的目标，作为不言自明和全面肯定的价值理想。20世纪80年代“伪现代派”这样

---

① 王瑶：《中国现代文学史的起讫时间问题》，载《中国社会科学》1986年第5期。

② ［法］米歇尔·洛威：《马克思与韦伯：资本主义批判》，载《国外理论动态》2008年第8期。

的说法就反映了当时那种把现代派等于现代化和把现代化当作一种价值目标的态度。20世纪90年代，中国深深卷入了资本主义全球化，知识和思想界开始发生了一个重要的转向：从追求现代化到反思现代性。20世纪90年代，随着"现代性"这个概念的出现，对"现代化"开始产生了质疑与批判，从而使知识发生了一次重要的转换。陶东风在《从呼唤现代化到反思现代性》一文中指出："90年代中国学术——思想界出现了一些新的走向与趋势，其中之一即是所谓'现代性'反思，它的核心或许可以概括为对于现代化理论的批判性审视。这一点形成了90年代中国思想状况与80年代的最鲜明对比，同时也对深受现代化意识形态支配的中国人文——社会科学研究提出了严峻挑战。"[①] 现代性反思是一种深层的知识立场的变化，是知识地基的移动。

台湾学者龚鹏程批评文学现代化论者没有走出现代化的迷思，他们将20世纪的历史简单地解释为各民族追求现代化的历史，而没有思考"现代化"这一概念的复杂内涵以及全球现代化历史的复杂性。[②] "二十世纪中国文学"的提出者之一——钱理群——对20世纪80年代现代化思潮的反思尤其令人注目：什么是现代性？什么是中国的现代化道路？"如何从中国文学、学术自身的发展，特别是晚清、民国以来文学、学术的发展，来揭示'五四'文学变革、现代文学的诞生的内在理路与线索；如何将现代文学置于与现代国家、政党政治、现代出版（现代文学市场）、现代教育、现代学术……的广泛联系中，来理解文学的现代性问题；如何从更广阔的视野来考察中国现代文学与世界文学的关系……在中外文学关系的研究中如何认识与处理接受外来文

① 陶东风：《从呼唤现代化到反思现代性》，载《二十一世纪》1999年第6期。

② 龚鹏程：《"二十世纪中国文学"概念之解析》，收录于陈国球编：《中国文学史的省思》，香港：三联书店，1993年，第89～92页。

化的影响，实现中国文学（文化）的现代化的过程，同时又是反抗殖民主义的侵略与控制，争取民族独立与统一的过程这两者间的关系；如何认识与处理本世纪文学发展的总格局中的不同组成部分，新、旧文学，雅、俗文学及其关系，新文学内部的不同组成部分，自由主义文学、革命文学及其关系；如何认识与处理中国现代化进程中城市与乡村、沿海与内地之间发展的不平衡，及其在文学上的反映，由此形成的海派文学与京派文学的对峙与互渗；如何评价反思现代化后果的文学作品及作家等等。所有这些反思都为现代文学的研究打开了思路，开拓了领域，但同时也带来了新的困惑。”①

西方对现代性的反思与20世纪60年代的政治运动——学生运动和反越战运动以及妇女运动、生态运动尤其后结构主义理论密切相关。后现代主义、女性主义、后殖民主义等构成了西方新的理论发展。现代化是以民族国家的历史建构和资本主义的发展为主线，而对现代性的反思则是新的政治、文化力量的出现和新的社会、政治、文化空间和认同的建构。现代化是一个宏大叙事，被认为是一个普遍化和同质化的过程，而在对现代性的反思中兴起的则是“多元文化”的议题和对“微观政治”的思考。

索雷尔在《论暴力》中警告我们：“如果他拥有狂热的性情，而且又不幸地让他手握大权，允许他实现梦寐以求的理想，乐观主义者就有可能为他的祖国带来无穷无尽的灾难……他会竭力消灭那些看起来拥有危害众人幸福的错误思想的人。在大恐怖时期，流血最多的人恰恰是那些最强烈希望实现自己梦寐以求的黄金时代的人，是那些对人类痛苦有着最深切同情的人：他们都是乐观、理想主义并且敏感的人物，他们越是毫不妥协，他们追求

① 钱理群：《矛盾与困惑中写作》，载《文学评论》1999年第1期。

普遍幸福的愿望也就越强烈。”[①]“大跃进”和“文革”给中华民族造成了巨大的创伤。可是，如果简单地将“文革”看作是“封建主义复辟”，将它排除在启蒙的故事之外，就无法构成一部完整的中国现代启蒙史，我们也就无法真正深入地理解启蒙。我们只有将对“文革”和社会主义实践的反思扩展为对现代性的反思，才能真正深刻地理解启蒙和现代性。五四时期，学衡派将反现代和反启蒙认作自己的使命。在中国现代文学还没有出生之前，当胡适的文学革命还在娘胎里的时候，梅光迪就已经开始反对它了。梅光迪觉得现代和启蒙那个“美丽的新世界”并不那么美妙。他在《中国人觉醒了吗?》中充满了悲观的预言，认为世界不是被理性的光辉照亮，而是长夜将至。高远东在《契约、理性与权威主义——反思“五四”启蒙主义的几个视角》一文反思了“启蒙语法”。他指出，五四启蒙的主要方式是权威主义，梁启超的“制造中国魂”、鲁迅的“改造国民性”、20 世纪 50 年代的知识分子“思想改造”以及“文化大革命”的“灵魂深处爆发革命”，都隐含了一种企图操纵和控制人的精神的倾向。有些人或者曾经是“文革”的吹鼓手，时移势易，他们与时俱进，又成了“改革”的吹鼓手。他们“真诚地”忏悔之后，又迅速地对准“时代的对立面”和“真理的敌人”勇猛开火。

文学现代化本身是一个不无疑问的概念。白话文运动可以说是一个现代化的运动，是语言的现代化，它服务于现代民族国家建构的目标，但新文学运动很难简单地归纳为文学现代化。确实，新文学运动的领导人胡适在《论短篇小说》中，从“经济”的观点出发，推崇短篇小说，推演现代文学的命运，体现了鲜明的“现代化”思维。他反对陈独秀“美文”和“应用文”的区

① ［法］乔治·索雷尔：《论暴力》，上海：上海人民出版社，2005 年，第 7 页。

分，也体现了这种“现代化”思维。然而，“美文”与“应用文”的分离却正是文学现代性的根本特点。现代性内部包含着深刻的紧张，这种紧张的一个重要方面是资产阶级世俗现代性与审美现代性的对立。20 世纪 80 年代，一种重要的观点是将文学现代化和文学现代派等同起来。建立在审美主义基础上的现代主义文学运动和文学现代性，以及对“纯文学”和“纯艺术”的追求，恰恰与我们通常所谓的“现代化”背道而驰。现代派文学是对现代化的反应，是对现代化后果的沉思，与现代化理论的乐观主义倾向相反，现代派文学反映了一种悲观主义态度。在韦伯看来，合理化（理性化）是现代化最根本的特点。而现代派文学的哲学基础则是非理性主义。现代派文学恰恰可以说是“反现代化”的。20 世纪 80 年代，官方一方面提倡“现代化”，另一方面却视西方现代派为“精神污染”，对以非理性主义为特点的现代派文学恐惧、敌视和诋毁，个中道理值得深味。浪漫主义是现代文学的重要起源，它是对工业化和法国大革命的反应。高尔基曾经将浪漫主义区分为“消极浪漫主义”和“积极浪漫主义”。实际上，现代派文学对于工业化和现代化也发生了两种不同的反应，德国和美国的表现主义对工业化和现代化表现为一种悲观和否定的态度，而俄国和意大利的未来主义，则对机械和工业化表现出热情的礼赞和狂热的崇拜。但是，表现主义和未来主义这两种对现代化持相反态度的文学现象都被归入到了现代主义的概念之下。

在 20 世纪 80 年代的“重写文学史”运动中，海外学者夏志清的《中国现代小说史》具有示范的意义。同样，由海外学者唐小兵编辑、1993 年香港牛津大学出版社出版的《再解读——大众文艺与意识形态》，成了 20 世纪 90 年代中国当代文学研究的一个重要转向，它对中国当代文学构成了巨大冲击，有类似于夏志清的《中国现代小说史》在 20 世纪 80 年代中国现代文学研究中的示范作用。“文革”后主流意识形态是去政治化，告别革命，贬低和否定左翼文学的价值，"文学回到自身"，回到五四。《再解读》的"大众文艺"和"意识形态"这两个概念将文学重新引进了新的场域之中，对左翼文学和中国当代文学作出了新的解释，提出了"反现代性的现代性"。尽管立于"解构"的立场，"再解读"将所谓"红色经典"从文学史的"空白"中释放了出来。它的重要意义不在于提供了新的研究对象，而在于提供了新的"问题与方法"，尤其是在中国现代文学研究处于停滞和沉闷的时候，中国当代文学史研究对中国现代文学研究产生了激活的作用。在对现代性的反思中，对20世纪80年代的"纯文学"概念重新进行了检讨，将文学现代性和审美主义放到历史中加以考察。《再解读》引入了新的文化研究的方法，文化研究在20世纪90年代成为了一种重要的研究方法和视野，对以往的文学研究构成了重要的冲击和拓展。如果说20世纪80年代文学是"向内转"和"回到自身"的话，那么20世纪90年代，就是把文本重新打开，将文学和社会、政治、历史实践以及其他话语重新联系起来。"重写文学史"运动是一个将五四和启蒙神话化和经典建构的过程，而"再解读"则是对经典的解构，对"批评的批评"，一种反思性作业。文学现代化话语和"重写文学史"是用"现代化理论"否定毛泽东《新民主主义论》的理论架构，"再解读"则是从"反思现代性"的视野出发对20世纪80年代的"文学现代化"的"否定之否定"。洪子诚的《问题与方法》、程光炜的《文学史的兴起》以及他在人民大学主持的"重返80年代"的讨论课程、李杨的《文学史写作与现代性问题》等从现代性的视野出发，对当代文学史的写作提出了新的思考，使得中国当代文学史的讨论成为当前知识生产的一个重要生长点。正如李杨所指出的那样，"重返80年代"不是"重写文学史"，而是对"新时期"

文学史和文学批评的一些前提和理论预设进行反思。①

［原载《西南民族大学学报》（人文社会科学版），2012年第1期］

① 李杨：《重返80年代：为何重返以及如何重返》，收录于程光炜编：《重返80年代》，北京：北京大学出版社，2009年，第14页。

新文学的发生

秦　弓

一、新文学的命名

1917年1月，胡适的《文学改良刍议》（《新青年》第2卷第5号）发难在先，2月，陈独秀在同一刊物上发表的《文学革命论》旗帜更为鲜明，一场旨在打破既定秩序、开创全新格局的文学革命揭竿而起，给中国文学带来了翻天覆地的震动。尽管最初面世的胡适白话诗还带有一点小脚刚刚甩掉裹脚布时的笨拙、蹒跚，但白话文毕竟堂而皇之地步入了书面文学的大雅之堂。等到1918年5月，鲁迅那锋芒犀利、形式特别的《狂人日记》在《新青年》第4卷第5号上横空出世，紧接着《孔乙己》《药》等一发而不可收；继胡适之后，沈尹默、刘半农等人，尤其是郭沫若"立在地球边上放号"般气势磅礴、形式自由的新诗陆续登场；在此前后，以《新青年》"随感录"为代表的杂文，周作人、许地山、冰心、朱自清等所代表的"美文"与陈大悲、田汉、洪深、欧阳予倩等所代表的话剧崭露头角。为成功的喜悦所陶醉的文学革命阵营自不必说，即使是愤愤不平的保守派，抑或对激进态度有所保留的调和派，也不能不承认：一种从语体文体到精神意蕴、从作家的文学观念到读者的审美效应，都焕然一新的文学形态已经确立，于是"新文学"的命名就成为历史的必然。

问题在于"新文学"的命名始于何时，这一命名有着怎样的内涵与历史意义以及局限性。《文学改良刍议》并未提出"新文学”这个概念，在这篇文学革命的檄文中，相类意义用“今日之文学”来表征。态度比胡适更为激烈与明朗的陈独秀，在其《文学革命论》擎起的大旗上，用来指称期待目标的是同“雕琢的阿谀的贵族文学”相对的“平易的抒情的国民文学”，同“陈腐的铺张的古典文学”相对的“新鲜的立诚的写实文学”，同“迂晦的艰涩的山林文学”相对的“明了的通俗的社会文学”。这场文学革命中最先使用新文学概念的是钱玄同，他在1917年2月25日致陈独秀信中认为，苏曼殊“思想高洁，所为小说，描写人生真处，足为新文学之始基乎”。而“梁任公实为创造新文学之一人。虽其政论诸作，因时变迁，不能得国人全体之赞同，即其文章，亦未能尽脱帖括蹊径，然输入日本新体文学，以新名词及俗语入文，视戏曲小说与论记之文平等，（梁君之作《新民说》，《新罗马传奇》，《新中国未来记》，皆用全力为之，未尝分轻重于其间也。）此皆其识力过人处。鄙意论现代文学之革新，必数梁君。”[①] 钱玄同在此触及了新文学的内涵，如“思想高洁”，实写人生，输入日本新体文学，以新名词及俗语入文，提高戏曲小说地位的文体观念等。但以苏曼殊与梁启超为“新文学”的代表，其“新”只是近代过渡意义上的“新”，而非现代意义上的根本变革之“新”。饶有意味的是，信中同时提出了“现代文学”概念，这里的“现代”含义，在于时段而非性质。也就是说，钱玄同在这里尚未给出新文学的正式命名。

1917年5月1日，刘半农在《新青年》第3卷第3号上发表《我之文学改良观》。文章阐释文学的性质、功能、文体、语体及技巧（“本领”）时，在同“旧文学”“老文学”对立的意义上提出了“新文学”的概念，并且强调“吾辈意想中之白话新文学，恐尚非施曹所能梦见”，因为其宗旨是“作自己的诗文，不

① 《新青年》第3卷第1号，1917-03-01。

作古人的诗文”。这样，就使得“新文学”成为表示文学革命建设目标的新兴文学的正式名称。此后，无论是先驱者努力创造，还是支持者积极拥护，抑或对立面竭力反对，新文学都成为一个公认的共名。1918 年 4 月 15 日，胡适在《建设的文学革命论》（《新青年》第 4 卷第 4 号）里，把自己的“建设新文学论”的宗旨归结为“国语的文学，文学的国语”。在相当长时期内，胡适的论断被指责为重形式而轻内容的形式主义。实际上，“国语的文学”所指涉的不止于语体本身，同时包含着文学的平民性与鲜活性，而这正是文学生命的题中应有之义；“文学的国语”则指涉文学的社会文化功能，国语水平的提高必然促进整个社会精神文明、制度文明与物质文明的全面发展。文中援引意大利、英国等国家国语之于民族国家的统一与社会进步的重要作用，即意在说明国语的意义不仅仅是一种语言形式而已。作为杜威的及门弟子，胡适深受杜威实验主义哲学的影响，十分看重工具的作用，一再强调活的语言才能表达活的思想，把白话视为激活国民思想、表达现代精神、推动社会进步的重要工具。如果说胡适对新文学的阐释侧重于语言方面的话，那么，留日归来的周作人则更多地受到日本“人的文学”尤其是白桦派所代表的人道主义文学的影响，更侧重于新文学的内涵及其意义的阐释。1918 年 12 月 15 日出刊的《新青年》第 5 卷第 6 号上，周作人发表《人的文学》，把新文学的性质阐明为“人的文学”，即人道主义文学。他把人道主义解释为“个人主义的人间本位主义”，具体说来，包含个人的权利、人性的权利、儿童与女性的权利与人类的博爱。1919 年 1 月 19 日，周作人在《每周评论》上又发表的《平民文学》，将“人的文学”观念与前述陈独秀、胡适的文学观念作了进一步的生发。1919 年 12 月 8 日，李大钊在《星期日》“社会问题号”上发表的《什么是新文学》里，在认同“社会写实”“博爱心”的同时，亦提出了文学的自足性要求——“是为文学而创作的文学，不是为文学本身以外的什么东西而创作的文学”。在他看来，“刚是用白话作的文章，算不得新文学；刚是介绍点新学说、新事实，叙述点新人物，罗列点新名词，也算不得新文学”；我们所要求的新文学，不仅要以白话文表现新精神，而且本身须是“优美的文艺”，即“真爱真美”的文学。1921 年周作人倡导艺术性的“美文”，“给新文学开辟出一块新的土地来”①；1923 年成仿吾把“对于文学本身的使命”与“对于时代的使命”“对于国语的使命”一道列为新文学的三种使命，希望新文学能够给人以“美的快感与慰安”，以“美的文学来培养我们的优美的感情”②。至此，五四时期关于新文学的命名及其内涵、意义的阐释基本完成。新诗集《尝试集》（胡适）、《女神》（郭沫若），小说集《沉沦》（郁达夫）、《呐喊》（鲁迅），书信集《三叶集》（田寿昌、宗白华、郭沫若），散文集《饿乡纪程》（瞿秋白）、《自己的园地》（周作人），话剧《幽兰女士》（陈大悲）、《咖啡店之一夜》（田汉）、《赵阎王》（洪深），易卜生剧作翻译《娜拉》（罗家伦、胡适译）、《国民之敌》（陶履恭译）、《小爱友夫》（吴弱男译），泰戈尔诗、小说与剧本翻译（郑振铎、许地山、瞿世英等）等创作与翻译的问世，昭示出新文学的勃勃生机与远大前景。

新文学的命名与确立，是 20 世纪初叶最重要的文学现象。在通常视为现代文学史研究发轫之作的胡适《五十年来中国之文学》③ 里，新文学运动得到了应有的席位。二三十年代，由于新文学的历史尚短，在文学史叙述中所占的篇幅不算大，但已经成为文学史不可或缺的部分。不少著述在书名上就标识出新文学概

① 《美文》，载《晨报副刊》1921－06－08。

② 《新文学之使命》，载《创造周报》第 2 号，1923－05－20。

③ 《胡适文存》（第 2 集卷 2），上海：上海亚东图书馆，1924 年。

念，如周作人的《中国新文学的源流》（人文书店 1932 年 9 月），王哲甫的《中国新文学运动史》（杰成印书局，1933 年 9 月），伍启元的《中国新文化运动概观》（现代书局 1934 年 3 月），王丰园的《中国新文学运动述评》（新新学社 1935 年 9 月），吴文祺的《新文学概要》（亚细亚书局 1936 年 4 月）等。1935 年，上海良友图书公司出版第一套规模巨大、影响深远的文学史资料就叫《中国新文学大系》（1917—1927），更是推动了新文学经典化的进程。

随着新文学的茁壮成长，其作品逐渐进入课堂。如中华书局 1923 年出版沈星一编、黎锦熙与沈颐校的中学教科书《初级国语读本》三册，收入冰心、王统照、叶绍钧、刘复（半农）、沈尹默、胡适、蔡元培、徐志摩、周作人、鲁迅、俞平伯等人的作品。朱自清从 1929 年起在清华大学开设“中国新文学研究”，并曾在北京师范大学和燕京大学讲过此课。30 年代初，杨振声、苏雪林也分别在燕京大学、武汉大学开设过“现代文学”或“新文学”课。①。1949 年 10 月中华人民共和国成立之后，新文学史作为一门新兴学科进入高等教育时的正式命名即为“中国新文学史”，李何林等著《中国新文学史研究》（新建设杂志社 1951 年 7 月 1 日版），收入老舍、蔡仪、王瑶、李何林受命草拟的《〈中国新文学史〉教学大纲（初稿）》，李何林的《五四时代新文学所受无产阶级思想的影响》《左联成立前后十年的新文学》《由“七·七”到延安文艺座谈会讲话的新文学》等。六篇正文中题目里包含“新文学”概念的就有四篇，但对新文学性质的认定却同文学革命以来的主流认识有了重要区别。《〈中国新文学史〉教学大纲（初稿）》绪论第二章“新文学的特性”明确提出，“新文

① 黄修己：《中国新文学史编纂史》，北京：北京大学出版社，1995 年，第 30～39 页。

学”不是“白话文学”“国语文学”“人的文学”“平民的文学”，而是“新民主主义文学”。这种认识，源于毛泽东在《新民主主义论》中关于五四以后中国的新文化“是新民主主义性质的文化”的论断。更具文学史规模与形态的王瑶著教材亦叫《中国新文学史稿》（上卷，开明书店1951年9月，下卷1953年8月新文艺出版社），同样以新民主主义性质的认识来统辖文学史的叙述。这种性质的认定一直延续到20世纪80年代。进入80年代中期以后，关于新文学史的性质又有“现代性”“民族国家文学”等多种说法。无论是政治性的投射，还是文化性的观照，抑或“民族国家”观念的移植，视角的差异并不能改变文学历史的真实，无法颠覆新文学这个已为历史所验证了的基本命名。

除了“新文学史”之外，叙述五四以来文学的文学史著作，还有“现代文学史”的叫法。1933年9月世界书局版钱基博《现代中国文学史》里，“现代”是个时间概念，从1911年讲到1930年，由于著者持有贬低新文学的学术眼光，新文学的叙述分量大约只占二十五分之一，且多有贬词。到了1944年5月，河南前锋报社出版的任访秋著《中国现代文学史》（上卷），“现代”同样是时段的表征，但新文学已经成为主体内容，而且著者是站在新文学的立场上，对新文学的历程做出清晰的梳理与肯定性的评价。从50年代中期开始，以中国现代文学史为书名的文学史著述逐渐多了起来，但截至80年代中期，实际上仍是新文学史。因为新文学是在同旧文学的对峙中诞生、在冲突中成长的，所以，在二元对立思维模式占主导地位的时期，凡是坚持新文学立场的文学史叙述，无论是以新文学命名，还是以现代文学命名，都把五四文学革命以来的文学史叙述成新文学史，而传统文学观念与带有传统文体形式的文学作品，诸如旧体诗词、传统戏曲剧本、新旧交织的通俗小说、文言小说以及碑文、楹联等，则要么当作批判的对象来叙述，要么干脆视而不见。

随着始于20世纪七八十年代之交的思想解放运动的展开，二元对立思维模式逐渐为多元思维所取代，清一色的新文学史叙述局面被打破。杨义《中国现代小说史》[1] 第三卷为张恨水的通俗小说设立专章。1985年，黄子平、陈平原、钱理群提出的“20世纪中国文学”[2] 概念影响颇大，尤其到20世纪末，世纪文学的探讨成为文学研究中的一道流行色，以“20世纪中国文学史”命名的文学史著作就有好几种。旧体诗词与通俗小说等在世纪文学的时间框架内，得到重新认识。1999、2000年，江苏教育出版社出版范伯群主编的《中国近现代通俗文学史》上下卷。2006年3月，高等教育出版社推出范伯群、汤哲声、孔庆东著《20世纪中国通俗文学史》（教育部人文社科重点研究基地重大项目“中国文学古今演变研究”的子项目之一）。黄修己主编的《20世纪中国文学史》（中山大学出版社2004年11月第2版），除了将20世纪通俗文学列为专章之外，还以附录形式加上了《“五四”后中华诗词发展概述》与《20世纪中国戏曲发展概述》。

无论文学史观念怎样开放，对新文学的性质如何认定，也无论对20世纪上半叶乃至整个世纪的文学如何叙述，五四文学革命诞生的新文学之命名的准确性是毋庸置疑的，新文学作为20世纪上半叶主流文学的巨大成绩是无可争议的。但是，新文学发端于何时，却是众说纷纭，莫衷一是。

二、新文学的发端

通常的看法是把《新青年》大力倡导文学革命的1917年视

① 杨义：《中国现代小说史》，北京：人民文学出版社，1986年。

② 黄子平、陈平原、钱理群：《论“二十世纪中国文学”》，载《文学评论》1985年第5期。

为新文学的开端。的确，1917 年，前驱者不仅论证了文学革命的必要性与迫切性，而且探讨了可否用典、怎样用典、诗与小说的精神革新及新诗、短篇小说、戏剧等文体问题，为新文学的出场造足了声势，开辟了道路。从 1918 年起，在理论探索继续进行的同时，创作上开始有了建设性的成果。

一是自由体新诗。虽然从 1917 年 2 月 1 日《新青年》第 2 卷第 6 号起，胡适即公开发表白话诗词，其中不乏清新喜人的新诗，如《他》：

你心里爱他，
莫说不爱他。
要看你爱他，
且等人害他。
倘有人害他，
你如何对他？
倘有人爱他，
更如何待他？

但这一年发表的白话诗或是取五言七言，或是照旧调填词。经钱玄同的批评，胡适努力从旧格式中挣脱出来，放手作长短无定的自由体诗，同时，也带动一些友人加入到新诗的阵营。从 1918 年 1 月 15 日第 4 卷第 1 号起，《新青年》连续多期刊登新诗，作者除了胡适之外，还有沈尹默、刘半农、陈独秀、唐俟（鲁迅）、俞平伯、常惠、陈衡哲、沈兼士、李大钊、李剑农、周作人等。1919 年，鲁迅散文诗《自言自语》发表于《国民公报》。

二是小说。1917 年 6 月，陈衡哲白话小说《一日》发表于《留美学生季报》新 4 卷夏季 2 号上，一则此篇像是留学生一日生活的流水账，艺术韵味与思想深度均未能产生令人震撼的效果；二则刊物系在海外发行，因而在国内影响甚微。1918 年 5 月，鲁迅《狂人日记》发表于《新青年》第 4 卷第 5 号，方显示出文学革命在小说方面的实绩。

三是散文。《新青年》第 4 卷第 1 号发表胡适白话散文《归国杂感》。该刊第 4 卷第 4 号开辟“随感录”专栏，刊出短小精悍的杂感。这一年，胡适的《贞操问题》、陈独秀的《偶像破坏论》、唐俟（鲁迅）的《我之节烈观》等较长的杂文与袁振英的《易卜生传》等，也在《新青年》上先后发表。

四是话剧。1918 年翻译话剧先行面世，1919 年 3 月，第一部创作话剧——胡适独幕剧《终身大事》发表于《新青年》第 6 卷第 3 号。

五是翻译文学。1917 年 2 月由中华书局出版的周瘦鹃译《欧美名家短篇小说丛刊》，白话译文约占三分之一。1918 年 1 月，《新青年》开始发表周作人的白话翻译，先是评论《陀思妥夫斯奇之小说》，继而有《古诗今译（古希腊诗“Thcokritos 牧歌第十”）》（第 4 卷第 2 号）、《童子 Lin 之奇迹》（第 4 卷第 3 号）等。1918 年 6 月出刊的《新青年》第 4 卷第 4 号为“易卜生号”，刊出易卜生剧作翻译《娜拉》《国民之敌》《小爱友夫》。

六是发表白话文学的阵地逐渐多了起来。《新青年》第 4 卷第 1 号开始全部改用白话与新式标点之后，刊登新文学作品的《每周评论》《新潮》等相继问世。据估计，1919 年，至少出了 400 种白话报刊，影响颇大的《星期评论》《建设》《解放与改造》《少年中国》即在其中。不久，向来持重的大型刊物《东方杂志》《小说月报》等开始白话化，从前往往记载戏子妓女的报纸附张，也多改登白话的论文、译著、小说、新诗了。《晨报副刊》，《民国日报》副刊《觉悟》，《时事新报》副刊《学灯》影响尤大。[①]

据此看来，1917 年新文学发端说是有历史根据的。所以，自 20 世纪 20 年代胡适《五十年来中国之文学》到 21 世纪初的文学史著述，多数持这种看法。但是，断定一种新生事物具体的发端时间并非易事，因为新生事物不是像陨石一样突然从天而降，而是有其复杂的原因，也有其明显的征候。既然文学革命是由《新青年》发起的，而《新青年》的前身《青年杂志》创刊于 1915 年，这一刊物发起的新文化启蒙运动的确酝酿了文学革命爆发的氛围。所以，陈子展在《最近三十年中国文学史》中认为文学革命运动发端于 1915 年，而全盛于 1919 年五四运动以后。王瑶《中国新文学史稿》虽然在分期时把起始时间定为五四运动发生的 1919 年，但在实际论述中，还是从《青年杂志》创刊谈起。

香港司马长风《中国新文学史》[②] 叙述文学革命也是从 1915 年讲起。不过，他在肯定《新青年》作用的同时，对胡适留学美国期间"文学革命的孕育和酝酿"给予充分的关注。他征引胡适《逼上梁山——文学革命的开始》里的追述，来论证 1915 年文学革命起锚的确切性。最初，胡适对清华学生监督处书记钟文鳌印发宣传品中"废除汉字，取用字母"之类的口号十分不满，回信批评言犹未尽，又作长篇论文探索汉文究竟能否作为传授教育的利器，结果发现文言乃是半死之文字，而且缺少标点符号，不利于传授教育。1915 年 6 月，胡适撰写《论句读及文字符号》，继续语言文字改革的探讨。这年夏天，任鸿隽（叔永）、梅光迪（觐庄）等与胡适一起度假，常常讨论中国文字与中国文学问题。梅光迪的强烈反驳，愈发激起胡适从事文学革命的决心，要以白

① 胡适：《五十年来中国之文学》。

② 司马长风：《中国新文学史》，香港：昭明出版社，1975 年。

话取代文言作为文学载体。9 月 17 日，他在写给梅光迪的长诗中首次提出了文学革命的口号：“梅生梅生毋自鄙！神州文学久枯馁，百年未有健者起。新潮之来不可止；文学革命其时矣！吾辈势不容坐视。且复号召二三子，革命军前杖马箠，鞭笞驱除一车鬼，再拜迎入新世纪！……”友人以为这不过是狂言、戏言，而胡适则立志躬身实践，从“作诗如作文”的“诗国革命”开始，理论在争论中走向明晰、成熟。1916 年 4 月 13 日，胡适作《沁园春·誓诗》表达自己的信念与激情：

更不伤春，更不悲秋，以此誓诗。任花开也好，花飞也好，月圆固好，日落何悲？我闻之曰，“从天而颂，孰与制天而用之”？更安用，为苍天歌哭，作彼奴为！文学革命何疑！且准备搴旗作健儿。要前空千古，下开百世，收他臭腐，还我神奇。为大中华，造新文学，此业吾曹欲让谁？诗材料，有簇新世界，供我驱驰。

词作好后，胡适为口气之“狂”而有点不安，遂反复修改，到了第三次修改，删掉“为大中华，造新文学，此业吾曹欲让谁”，下半阕改为：“文章要有神思，到琢句雕词意已卑。定不师秦七，不师黄九，但求似我，何效人为！语必由衷，言须有物，此意寻常当告谁！从今后，傥傍人门户，不是男儿！”锋芒掩饰了，但文学革命的方向已定，理论与创作在探索中前行。文学革命的思想主张在与友人的相互砥砺中孕育成熟，待《新青年》一声呼唤，《文学改良刍议》便呱呱坠地。胡适最初的白话诗词，正是此时为了验证白话可以进入门禁森严的诗国殿堂而作。如 1917 年 2 月《新青年》刊出的第一批白话诗中的《朋友》，即是胡适单枪匹马从事文学革命时感到寂寞的表露。1916 年 8 月 23 日触景生情写成：

两个黄蝴蝶，
双双飞上天。
不知为什么，
一个忽飞还。
剩下那一个，
孤单怪可怜，
也无心上天，
天上太孤单。

从上述文学革命在海外酝酿的过程来看，把新文学的历史从1915年算起确有过人之处。台湾周锦主编的三辑十本“中国现代文学研究丛刊”（台湾成文出版有限公司1980年5、6、7月出版）的“编印缘起”称：“中国新文学运动，是随着中华民国的诞生而来。”但在这套丛刊之一的陈敬之著《中国新文学的诞生》的论述中，却是从五四新文化运动说起，新文化运动则同样述及胡适在留学期间的“文学革命”酝酿。

1915年之所以值得注意，除了上述原因之外，还应该看到这一年《甲寅》杂志刊出的黄远生写给编者章士钊的信中，即明确提出应当倡导新文学：

愚见以为居今论政，实不知从何处说起。洪范九畴，亦只能明夷待访。果尔，则其选事立词，当与寻常批评家，专就见象为言者有别。至根本救济，远意当从提倡新文学入手。综之，当使吾辈思潮如何能与现代思潮相接触，而促其猛省。而其要义，须与一般之人，生出交涉。法须以浅近文艺，普遍四周。史家以文艺复兴，为中世改革之根本。足下当能语其消息盈虚之理也。①

① 《致甲寅杂志记者·其一》，收录于《黄远生遗著》，台北：华文书局，1968年，第360页。

信中所说"新文学"，宗旨是与"现代思潮"接轨，与"一般之人，生出交涉"，形式为"浅近文艺"，以求"普遍四周"之效；且把西方文艺复兴引为参照系。这种新文学的构想已经超越近代"小说界革命""诗界革命"与"文界革命"的目标，与五四新文学旨趣相同，有所差别的只是尚未明确指出白话语体。

黄远生有此远见卓识，并非突发奇想，而是源自他不止一日的深思熟虑和活跃而踏实的启蒙实践。黄远生，原名为基，字远庸，又字远生，以字行。1904年中甲辰科进士，被授知县，辞官不就，后东渡日本留学，1909年毕业于日本中央大学法科，回国后先在邮传部任员外郎，后为参议厅行走兼编译局纂修官。辛亥革命后脱离官场，先后任《申报》《时报》《东方日报》《少年中国》《庸言》《东方杂志》《论衡》《国民公报》等报刊特派记者、主编、撰述，成为名气很大的记者、政论家。与刘少少、丁佛言并称"新闻界三杰"，其政论可与梁启超、章太炎、章士钊媲美，而又比梁启超凝练，比章太炎明快，比章士钊质朴。

黄远生虽然以记者与政论家闻名于世，但实际上是新文学的早期倡导者与实践先行者。正如林志钧在《黄远生遗著·序》里所说，早在1914、1915年间，黄远生"就很主张文艺改革之必要。他以为欧洲新文化，全从文艺复兴时代发生。文艺是一切文化之母"。黄远生在《朱芷青君身后徵赙序》中说，当友人来信告诉他，朱芷青在报上见到黄远生"在某报所论新文学文，甚欲得全稿观之，且谓芷青研求此道甚精，何时可共一谈"。当时，黄远生还自谦说"不知所谓新文学，特抄译而傅以意会以求食而已"。但实际上，他对新文学的必要性与迫切性了然于心，对新文学多有探索。譬如《新剧杂论·说脚本（二）》就说"新戏乃文学革新之一种，国命民魂所系"[①]，并援引海外资源展开具体

① 《致甲寅杂志记者·其一》，收录于《黄远生遗著》，版本同前，第7页。

论述。在《朱芷青君身后徵赙序》中，充分表现出黄远生深谙文艺之三昧。“名人之作，或刺触一世之思潮，或刺触一社会之思潮，或刺触一人之思潮，乃至刺触一动物一刹那之思潮。人世之深远复杂，惟文艺能写之。写之之道有二：一视其情之能感，一视其术之能达。故观其所感，而作者之人格见焉；观其所达，而作者之技巧见焉。故文艺家之能独立者，以其有人生观。……文艺家第一义在大胆，第二义在诚实不欺。技之工拙，存乎其人，天才亦半焉。”他批评“吾国人之道学家，好称文以载道。其道既不可方物，而文人之为文，则专计工拙，而其中无有。故即有人读尽中国之古书，而其于人生之道之无所得如故。以于人生之道无所得，故举世混浊随流，而渺然无与于精神之事。有一精神之人出，则其人若崖岸之立乎横流，必受举世之戮辱，或自戮辱之。故凡中国文人之稍能传者，必其文于思潮有所接触，而其人必穷。于是有傅会之者曰：穷而后工。又有为之悼叹者曰：苍天不弔。皆不知人生与社会之故者也”。

他希望能有一种贴近人生与社会的新文学救治传统的弊端。1915 年所作《晚周汉魏文钞序》中就清楚地表露出这一意向：“今欲发挥情感、沟通社会潮流，则必提倡新文学。今欲浚发智虑，输入科学，综事布意，明白可观，则必提倡一种近世文体，使之合于文法及名学。吾国既公认为文学之国，自古著作若千万卷，殆无一不有文学之趣味，其足供吾人之咀嚼而涉猎者，或毕生莫能尽。必将条分缕析，发挥光大。此亦文艺复兴之说也。近世以来，学者病国群文质之俱敝，旧者重文词而谬于理解，新者重学说而拙于词章，故改革文体，菲薄古人之风，颇复潜滋暗长。”他认同晚清包慎伯（1775—1855）的看法，批评奉韩愈为宗师的古文派：“其所谓道，大抵言忠孝节义，所谓是非不谬于圣人者也，以故义浅文薄，徒托于道统以自雄，气味神理以自晦。质而言之，专制之遗蜕，一孔之谬见而已。”对编辑《晚周汉魏文钞》的梁漱溟称赏有加：“窃观西史，文艺改革，为彼土涤瑕荡秽，日月光华之首基，即文学之事，亦将重有赖于梁君也。”① 黄远生对传统文学缺乏写实精神与平民精神、充满官场气息与鬼怪氛围、大团圆、模式化等弊端之入木三分的批评，对文学应该反映真实的生活与真切的感情之切中肯綮的论述，对不拘格套、实事求是、探索真理之希腊精神的由衷推崇，对新思潮新文艺的热切召唤，对新文学的人道精神、社会功用与小说、戏剧等文体问题的深入探究，可以说代表了新文化启蒙者、新文学前驱者的先锋姿态。

黄远生不仅倡导新文学，批评旧文学，而且在创作与翻译实践中展现出新文学的新姿。《游民政治》里关于辛亥革命后官名改变而官场习气依旧的揭露，与后来鲁迅在《阿Q正传》等作品中所描写的情形有异曲同工之妙。其政论与通讯不仅眼光独到、犀利、深邃，胆识过人，而且感情酣畅淋漓，常有别致而贴切的比喻，富于幽默感，新文学杂文应该说继承了其遗绪。其通讯有人物素描，有时事追踪，有社会现象剖析，生动、形象，富于文学色彩，给当时的报界带来了一股清新之风，深受读者好评，开了现代报告文学之先河。他虽然在通讯与政论的写作上一直用简洁、生动的文言，但在翻译外国文学时却能够运用相当成熟的白话文。据林志钧说他的白话译文有好几种，《黄远生遗著》所收法国梅利曼（现通译为梅里美）小说《鞑蛮哥小传》，其神韵的传达、白话的纯熟，几乎可以与1919年周作人翻译的《卖火柴的女儿》相媲美。正当黄远生要在新文化启蒙新文学倡导上大显身手之时，袁世凯逼迫他撰文为帝制张目，几番推拒不得，胡乱搪塞亦不成，无可奈何只好远渡重洋赴美，暂避锋芒。不幸

① 《致甲寅杂志记者·其一》，收录于《黄远生遗著》，版本同前，第356～358页。

的是，1915年12月27日，黄远生竟被暗杀于旧金山。[①] 不然的话，以他的敏锐感觉与深厚造诣，一定会在新文学事业中书写更为辉煌的篇章。

对新思潮的共同向往使得黄远生与一批同道相互靠拢。他认为朱芷青堪称与近世思潮有接触者，所以“每见芷青，则一见一心醉，见即与谈所谓新文艺者。芷青亦冷然善焉，空谷闻足音跫然而喜者，以其声类尔。”[②] 不仅黄朱二人由新文学而结缘，而且他们还同梁仲异、黄哲维等与近世思潮有所接触者一道交谈“精神之事”，可见当时探讨新文学与精神启蒙者的是一批仁人志士。黄远生的犀利见解、出色文笔，对于同道乃至文化界，不会没有影响。何况章士钊1914年5月10日在日本创办的《甲寅》月刊，更是把陈独秀、李大钊、黄远生等人汇聚在一起，如第4号就同时刊出李大钊的《国情》、陈独秀的《爱国心与自觉心》、胡适的翻译小说《柏林之围》，前引黄远生倡导新文学的通信则刊登在《甲寅》的最后一期（1915年11月，第10号）上。他们同声相应、同气相求，可以说事实上成为一个新文学的尖兵班。陈独秀离开《甲寅》回到上海，才有《青年杂志》的问世。《青年杂志》创刊伊始，即刊载屠格涅夫小说的翻译，第1卷第3、4号连载陈独秀《现代欧洲文艺史谭》，介绍欧洲近代文艺思潮从古典主义到理想主义（浪漫主义）再到写实主义进而又到自然主义的演进趋势，与左拉、龚古尔、福楼拜、都德、屠格涅夫、易卜生、托尔斯泰等代表作家。1915年12月出刊的第1卷第4号上，陈独秀在答张永言信中，明确表示了文学改革的愿

① 当时舆论以为暗杀系袁世凯指使。另外，据说，20世纪80年代，真凶刘北海在台湾去世前说，因黄远生对孙中山等革命党人的活动也冷嘲热讽，故中华革命党美洲支部策划并实施了暗杀。此系一桩历史疑案。

② 《致甲寅杂志记者·其一》，收录于《黄远生遗著》，版本同前，第352～353页。

望：“吾国文艺，犹在古典主义、理想主义时代，今后当趋向写实主义。文章以纪事为重，绘画以写生为重，庶足挽今日浮华颓败之恶风。”1916 年 10 月 1 日第 2 卷第 2 号刊出胡适致陈独秀信，透露出文学革命的信息。随之而来便有胡适、陈独秀发动文学革命的两篇檄文。1916 年 8 月 15 日出刊的《晨钟报》创刊号上，李大钊在《“晨钟”之使命》中也说：“由来新文明之诞生，必有新文艺为之先声，而新文艺之勃兴，尤必赖有一二哲人，犯当世之不韪，发挥其理想，振其自我之权威，为自我觉醒之绝叫，而后当时有众之沉梦，赖以惊破。”[11] 这些见解，与黄远生是英雄所见略同，还是受到黄远生的影响，或许兼而有之。1920 年 9 月，罗家伦在《近代中国文学思想的变迁》一文中，谈到国语文学的精神、批评旧文学的形式主义时，援引黄远生在《国民之公毒》里对“顾字一承，而字一转”的“乌龟八股”的斥责，缅怀“远生于民国三四年之际，颇有新文艺思想发现；惜其未能充分发表，即已早死”。林志钧在《黄远生遗著·序》里说五四新文艺潮流并不受黄远生思想的影响，恐怕难以如此断言。

三、新文学的源头之一：白话文学

现代意义上的新文学，其最初倡导是在 1915 年，但若追根溯源，可谓源远流长。源头之一，就是古已有之，尤其是近代渐成气候的白话文学。

胡适在美国酝酿文学革命期间，就曾经从“宋朝的大诗人的绝大贡献，只在打破了六朝以来的声律的束缚，努力造成一种近于说话的诗体”受到鼓舞，主张“诗国革命何自始？要须作诗如作文”。他重新审视中国文学史，“认清了中国俗话文学（从宋儒的白话语录到元朝明朝的白话戏曲和白话小说）是中国的正统文学，是代表中国文学革命自然发展的趋势的。”[①] 他用这一新的体认努力去说服对其文学主张持有异议的友人。

文学革命在国内揭竿而起之后不久，他在《历史的文学观念论》[②] 中指出：“愚纵观古今文学变迁之趋势，以为白话之文学种子已伏于唐人之小诗短词。及宋而语录体大盛，诗词亦多有用白话者。放翁之七律七绝，多白话体。宋词用白话者更不可胜计。南宋学者往往用白话通信，又不但以作语录也。元代之小说戏曲，则不待论矣。此白话文学之趋势，虽为明代所截断，而实不曾截断。……故白话之文学，自宋以来，虽见屏于古文家，而终一线相承，至今不绝。”《建设的文学革命论》[③] 则追溯得更远：“自从《三百篇》到于今，中国的文学凡是有一些儿生命的，都是白话的，或是近于白话的。”《白话文学史·引子》里又说“白话文学史就是中国文学史的中心部分”[④]。寻绎白话文学的悠长脉络，并确认其生命力与历史地位自然是合理的，但把它说成“中国文学史的中心部分”，并且绝对否定文学史上文言文学的生命力，其偏颇显而易见，要证伪简直易如反掌，譬如屈原的《离骚》，谁敢说没有艺术生命力？不过，想到胡适是要通过强调白话的生命力来论证取代文言文的合理性，也就只能给予“同情的理解”了。

胡适在追溯白话文学渊源时，关于时段的长短，只是一个概数，时而说一千多年，时而又说一二千年。《白话文学史·引子》说：“一千多年的白话文学种下了近年文学革命的种子；近年的文学革命不过是给一段长历史作一个小结束；从此以后，中国文

① 胡适：《逼上梁山》。

② 胡适：《历史的文学观念论》，载《新青年》第 3 卷第 3 号，1917－05－01。

③ 胡适：《建设的文学革命论》，载《新青年》第 4 卷第 4 号，1918－04－15。

④ 《胡适文集》（第 8 册），北京：北京大学出版社，1998 年，第 150 页。

学永远脱离了盲目的自然进化的老路，走上了有意地创作的新路了。”①《中国新文学大系·建设理论集导言》里又说：“若不靠这一千多年的白话文学作品把白话写定了，白话文学的提倡必定和提倡拼音文字一样的困难，决不能几年之内风行全国。”而1921年给教育部第三届国语讲习班讲授《国语文学史》，则是从汉、魏、六朝讲到南宋。《五十年来中国之文学》里也是把白话文学上溯到汉魏时期，认为中国的白话文学可以分为五个时期：第一时期由汉魏六朝乐府所代表。第二时期由中晚唐的元稹、白居易等诗人、禅宗大师讲学说法的白话散文所代表。第三时期以五代白话词，北宋柳永、欧阳修、黄庭坚，南宋辛弃疾的白话词，南宋陆游、杨万里、范成大的白话诗所代表。第四时期以金元时代的白话小曲、杂剧所代表。第五时期以明清白话小说为代表。沈兼士、凌独见等对从汉魏讲起曾表示异议，认为应该再向前上溯。胡适接受了这种意见，1924年在一次讲演中就说：“白话的文学，完全是平民情感自然流露的描写，绝没有去模仿什么古人。记这种平民文学的古书，第一部当然是《诗经》。”② 在黎锦熙《国语文学史·代序》里指出：“不得已而求其比较的接近活语言，又足以表达出一般平民的悲欢哀怨的，来补充这个长时代的国语文学史，《风诗》，自然是很可宝贵，应该首当其选的了，这是北部和中部的民间文学；南部的就是《楚辞》，如《九歌》之类，也可入选。至于先秦诸子的学术文，和《左传》《战国策》等记事文，虽不是纯文艺，但多富于文学的趣味；文体虽不能与当时语言密合，但确是当时流行的一种普通文体，绝非秦、汉以后勉强保持强迫摹仿的死文学可比，而且所用的词头也大都是从当时语言中直接采取的；把它们算作近白语的散文，实

① 《胡适文集》（第8册），版本同前，第2页。

② 胡适：《国语文学史·大要》，载《国语月刊》2卷2号，1924-09-20。

无不可。再往上推，《尚书》中的《盘庚》《大诰》之类，也可说为上古的语体散文。”① 可是，因为古今口语变化甚大，上古的语体散文在今人看起来竟变得佶屈聱牙了。

由于教育部讲习班没有继续办下去，加上其他缘故，胡适的《国语文学史》南宋以后的国语文学只是以概论形式写了一章。据此修改、扩充的《白话文学史》也只有上卷，写到唐代。但在《国语运动的历史》《国语运动与文学》等著述里，胡适多次回顾白话文学历史，一直延及清末民初。胡适追溯白话文学的历史，以便确认文学革命的历史合理性，可他又认为，以前的白话文学只是自在发展的，而他所倡导的文学革命则是第一次自觉的主张与实践，“白话文的局面，若没有‘胡适之陈独秀一班人’，至少也得迟出现二三十年。这是我们可以自信的”。然而，这一自信未免有点言过其实。

五四新文学的白话语体源头除了历史悠久的白话文学之外，还有与此密切相关的国语——白话。夏、商、周尚属原始国家的形态，天子大一统的象征意义大于实际意义，到了秦国吞并其他六国，嬴政建立秦朝，称始皇帝，中国才进入了君主帝国的国家形态，天子的大一统具有了实际意义。秦始皇政治上实行郡县制，为了便于大一统的统治，不仅车同轨、书同文，而且统一的国语也就有了现实的政治需要。直到今天，粤语里仍然保留了中国中部地区早已失传的部分古音，就是国语统一的一个例证。在此后两千余年的历史中，统一多于分治，尤其是汉、唐、元、清四朝，疆域广阔，中央集权力量强大（个别时期例外），无疑有利于国语的推广。由于国语的基础雄厚，即使在南宋与金等对峙分治期间，国语也仍然作为多数地区的官方共同语。胡适在《中国新文学大系·建设理论集导言》中注意到这一点：“我们的老

---

① 《胡适文集》(第8册)，版本同前，第7页。

祖宗在两千年之中，渐渐的把一种大同小异的'官话'推行到了全国的绝大部分：从满洲里直到云南，从河套直到桂林，从丹阳直到川边，全是官话区域。若没有这一大块地盘的人民全说官话，我们的'国语'问题就无从下手了。"鸦片战争以来，民族危机日益加重，救亡图存成为朝廷与广大仁人志士的共识。经历了物质文明方面的洋务运动、制度文明方面的变法维新之后，精神文明方面的启蒙正式提到了历史的议事日程。而要启蒙，就要充分利用国人所宜于接受的形式，于是出现了白话运动的呼声。

裘廷梁在1898年7月所作《白话丛书代序——论白话为维新之本》一文中说："使古之为君者崇白话而废文言，则吾黄人聪明才力无他途以夺之，必且另为有用之学，何至暗没如斯矣。吾不知夫古人之创造文字，将以便天下之人乎？抑将以困天下之人乎？人之求通文字，将驱遣之为我用乎？抑将穷老尽气，受役于文字，以为文字之奴隶乎？……切夫文言之美，非真美也。汉以前书，曰群经、曰诸子、曰传记，其为言也，必先有所以为言者存，今虽以白话代之，质干俱存，不损其美。汉后说理记事之书，去其肤浅，删其繁复，可存者百不一二。此外汗牛充栋，效颦以为工，学步以为巧，调朱傅粉以为妍，使以白话译之，外美既去，陋质悉呈，好古之士，将骇然而走耳。……故曰辞达而已矣。后人不明斯义，必取古人言语与今不相肖者而摹仿之，于是文与言判然为二。一人之身，而手口异国，实为二千年来文字一大厄。"鉴于文言弊端之重、白话益处之多（省日力、除憍气、免枉读、保圣教、便幼学、炼心力、少弃才、便贫民），裘廷梁提出"崇白话废文言"。1899年，陈子褒发表《论报章宜改用浅说》，明确主张报纸改用白话。严复、夏曾佑亦在《国闻报馆附印说部缘起》里提倡用日常口语著书撰文。由于启蒙的强烈需求，掀起了白话报的热潮。据台湾学者李孝悌考察，20世纪初第一个十年，"白话文已经有非常蓬勃的发展，并且在本质上和

1910年代的白话文运动是连续一贯的。”① 1897年，就出现了两份白话报，进入20世纪后，白话报数量猛增，截至1911年，白话报至少有131种以上。有些大报常年附刊设白话专栏，如天津大公报1902年创刊以后，就经常性地附有白话论说一栏，1904年4月将部分白话论说结集出版，名为《敝帚千金》，1905年8月21日开始定期出版白话附张，沿用《敝帚千金》之名，免费随报附送，另外也单张出售。不久之后，这些白话附张又以同样的名字结集出版，到1908年初已出到30册。② 1902年6月23日，北京最早的白话画报《启蒙画报》问世，以开通蒙学、启迪蒙稚为宗旨，设有伦理、掌故、地舆、格致、算术、动植物等栏目，讲述科学知识、历史故事、风土人情等。1904年出版《京话日报》，行销北方各省，东到奉天、黑龙江，西到陕西、甘肃，销量达一万份。南方有《安徽俗话报》《竞业旬报》《杭州白话报》《中国白话报》《苏州白话报》《宁波白话报》《绍兴白话报》等。

雨后春笋般的白话报在民众启蒙中承担了不可或缺的角色，也锻炼与培养了一批白话文学作家。后来五四文学革命的弄潮儿，颇有几人早年曾经在白话报上历练过身手。陈独秀在他主编的《安徽俗话报》上，发表过多篇文章，精神主旨与白话语体都同五四时期息息相通。如1904年5月15日第3期的《恶俗篇·第一篇婚姻上》抨击安徽“一种最可恨可杀可怜可哭的坏风俗”——“等儿媳”：

这等儿媳的规矩，是因为没有儿子，就娶下一位媳妇，等着儿子。若是等到二十多岁儿子还不来，那媳妇才可以择配他人，

---

① 李孝悌：《清末的下层社会启蒙运动》，载《中央研究院近代史研究所专刊》第67辑，台湾“中央研究院”近代史研究所，2003年。

② 李孝悌：《清末的下层社会启蒙运动》，出处同前。

算是开笼放雀了。最可惨的是那媳妇一直等到十八九岁，那儿子到来了，只是‘十八岁大姐周岁郎’，那媳妇也少不得守十几年青春活寡，才能够成亲婚配。你道这是天地间何等不合情理的惨事哩！现在世界万国结婚的规矩，要算西洋各国顶文明。他们是男女自己择配，相貌才能性情德性，两边都是旗鼓相当的，所以西洋人夫妻的爱情，中国人做梦也想不到。

五四时期抨击封建婚姻也不过如此，只是这时的文章多少有一点说书人的口吻罢了。1906 年，胡适在上海中国公学读书期间，曾在《竞业旬报》第一期上发表他的第一篇白话文章《地理学》，其中说到地球是圆的：

譬如一个人立在海边，远远的望这来往的船只。那来的船呢，一定是先看见它的桅杆顶，以后方能看见它的风帆，它的船身一定在最后方可看见。那去的船呢，却恰恰与来的相反，它的船身一定先看不见，然后看不见它的风帆，直到后来方才看不见它的桅杆顶。这是什么缘故呢？因为那地是圆的，所以来的船在那地的低处慢慢行上来，我们看去自然先看见那桅杆顶了。……

从第三期开始，胡适连载长篇章回体白话小说《真如岛》。1908 年开始，《竞业旬报》第 24～38 期，胡适既编又写，发表了许多文字，有抨击迷信的，也有反对过继儿子的。他后来在《四十自述》中回顾说，“这几十期的《竞业旬报》，不但给我了一个发表思想和整理思想的机会，还给了我一年多做白话文的训练。……这一年多的训练给了我自己绝大的好处。白话文从此形成了我的一种工具。七八年之后，这件工具使我能够在中国文学革命的运动里做一个开路的工人。”的确，胡适后来倡导文学革命的行动与“无后主义”等反传统主张，都与早期白话启蒙实践密切相关。

白话启蒙运动的成果被政府所看重，“各级政府出示、印行的白话文告、传单，私人写的宣传、告诫性文字，也大量出笼。”[①] 1903 年，四川总督岑春煊为了响应 1902 年 2 月 1 日（光绪二十七年十二月二十三日）劝诫缠足的谕旨，发布了一份白话告示，其中论及缠足的害处：

第一样关系国家众人的弊病，没得别的，皆因女子缠足，一国男子的身体都会慢慢软弱起来，国家也就会慢慢积弱起来。这个缘故，又没别的，皆因人生体子强弱，全看父母体子如何。中国当父亲的，接亲太早，体气先就不足；当母亲的，又因少时缠足之故。方缠足时业已受过许多痛苦，你们晓得的。那个女孩把足缠好，不弄得面黄皮瘦？既缠之后，因为行步艰难，所以中国女人害痨病的最多。就不害病，身子强壮的也少。所以养的儿子，在胎里已先受单弱之气，生下地自然个个单弱。祖传父，父传子，子传孙，传一层单弱一层。传到今日，虽然中国丁口有四万万之多，无论士庶工商，举目一看，十之八九，都是弱薄可怜不堪的样子。推求这个缘故，……都由缠足。因为我的百姓个个单弱，所以人家敢来欺负。……所以如今要想把中国强起，必先把百姓强起来；要想把将来的百姓强起来，必先把养将来百姓的母亲，现在的女儿强起来。

皆因女子缠足，天下男子的聪明，慢慢就会闭塞起来，德行慢慢就会丧坏起来，国家慢慢也就闭塞丧坏起来。这又没得别的缘故，凡人的聪明德行，全靠小的时候慢慢的教导指点。……十岁以前，当父亲的多半有事在外，全靠母亲在家，遇事教导指点。所以人的第二期教育，是学堂里先生的责任，第一期教育，全是当母亲的责任。如今的女子，七八岁以前，还有读书的；十岁以后，因为缠了足，行动不便，就不好上书房了。从此天天关

① 李孝悌：《清末的下层社会启蒙运动》，出处同前。

在屋里，世界上的事，一点也不明白，聪明就会一天一天闭塞起来。……等到嫁与人家，养了儿子，母亲先是没聪明没德性的，拿什么来教导儿子？指点儿子？小的时候听的没见识的话，看的没道理的事，既已弄惯脾气，大来如何会有聪明？如何会有德性？

一层传一层，传到如今，举眼一看，十之八九，论身体既是薄弱可怜了，论知识也都是糊涂，论德行也都是荒唐。我们既已糊涂荒唐，外人自然看我们不起，要欺负我们。还有一样，不是别的，因为一人缠足，就少一人用处；少一人用处，就少一人力量，天下就会弱起来。……如今人人羡慕中国有四万万人，却不晓得里头有一半是女子。这二万万女人中，乡下穷苦大脚的，尚可以做下等劳动的事；至于仕宦城市的，个个小脚，个个一站就要人扶，一走就要人牵，吃饭张口，穿衣伸手。……可见得女人是无用了。

由于这份白话告示流传甚广，所以四川人停止缠足的要比其他省份多。在其影响下，浙江、山东等地亦有相类告示。此外，禁烟、劝学、防疫、劝募、宪政、安定民心、移风易俗（如劝诫烧纸陋俗、打击迷信、讲究卫生、公园游憩）等，也用白话告示。北京外城巡警局的告示从1906年起一律改成白话。御史杜彤还曾经奏请学部，把中国历史及各种时务演成白话，颁发各省蒙小学堂作为教科书。也有大臣建议学部编纂立宪白话讲义，令各地宣讲。学部为了推广通俗教育，在1908年颁布的宣讲用书章程中，也鼓励用白话和小说体裁编写讲本。[①] 这些白话文本属于应用文性质，但其中不乏文学色彩，就文学的广义而言，有些宣传单、告示可以纳入文学范畴。

---

① 李孝悌：《清末的下层社会启蒙运动》，出处同前。

周作人在《中国新文学的源流》里对清末的白话文评价不高，认为其主要弱点有两种：第一，不是“话怎么说便怎么写”，而是“作者用古文想出之后，又翻作白话写出来的”，因而仍然保留着古文里的格调。第二，作文的态度不是一元的——凡文字都用白话写，而是二元的，只是为一般没有学识的平民和工人才写白话。“古文是为‘老爷’用的，白话是为‘听差’用的。”这些批评有一定道理，不要说清末与民初，即使是文学革命揭起“活的文学”旗帜之后一段时间里，有些新文学作品也仍然留有文言文学或传统平话的语调，这是新旧交替时期很难避免的事情。但是，周作人把清末白话文学运动的起因完全归结为“出自政治方面的需求，只是戊戌政变的余波之一”，又断定其“和后来的白话文可说是没有大关系的”①，则大可质疑。白话文运动并非只是政治变革的需求，而是反映了物质文化、政治文化与精神文化由传统向现代全面过渡的历史要求；至于说和后来的白话文“没有大关系”，则显然不符合历史事实。白话文不仅传播了新理念、新知识、新风俗，而且为日后新文学的迅速崛起培养了作者与读者。如果陈独秀、胡适等人未曾在白话文运动中经受历练，怎么会骤然间发起文学革命？如果民众没有经过清末民初的白话文熏陶，怎么会那么快就接受新文学？

清末民初，白话文的成绩绝非仅有报刊上的白话文章与告示宣传品而已，也在文学园地绽放出绚丽的花朵。黄遵宪在1890年广州富文斋刊《日本国志》卅二《学术志》中说：

> 周秦以下，文体渐变，逮夫近世，章疏移檄，告谕批判，明白晓畅，务期达意，其文体绝为古人所无。若小说家言，更有直用方言以笔之于书者，则语言文字几几乎复合矣。余又乌知夫他

① 周作人：《中国新文学的源流儿童文学小论中国新文学的源流》，石家庄：河北教育出版社，2002年，第50～52页。

日者不更变一文体为适用于今，通行于俗者乎！嗟乎，欲令天下之农工商贾，妇女幼稚皆能通文字之用，其不得不于此求一简易之法哉！

短短几年，"语言文字几几乎复合"的白话文学追求得到回应。梁启超《劫灰梦传奇》的《楔子》里，主人公杜如晦说道：

（自语介）我想歌也无益，哭也无益，骂也无益。你看从前法国路易第十四的时候，那人心风俗，不是和中国一样吗？幸亏有一个文人，叫做福禄特尔，做了许多小说剧本，竟把一个国的人，从睡梦中唤起来了。想俺一介书生，无权无勇，又无学问可以著书传世；不如把俺眼中所看着那几桩事件，心中所想着那几片道理，编成一部小小传奇，等那大人先生，儿童走卒，茶前饭后，作一个消遣。总比读那《西厢记》《牡丹亭》强得些。这就算尽我自己面分的国民责任罢了！

《西厢记》《牡丹亭》的人性与个性内涵其实正是启蒙的指归，不过此时启蒙者关注的是社会意识国家意识，而人性与个性启蒙尚未提到日程上来。不过，这番话的确表达了启蒙者欲借白话文学启发民智的意向。当时，白话文学成绩主要表现在小说方面。除了报纸连载小说之外，还出现了专门的小说刊物，如《新小说》《绣像小说》《月月小说》《小说林》《新新小说》。谴责小说（时称社会小说）、言情小说、科学小说、侦探小说等此起彼伏，其中代表性的作品有李伯元的《官场现形记》《文明小史》，吴趼人的《二十年目睹之怪现状》《痛史》，刘鹗的《老残游记》，曾朴的《孽海花》(1905 年出版前二十回，1907 年《小说林》发表二十一至二十五回，1927 年后完成后十回）等。作品运用白话文的能力，景物描写、人物刻画等艺术技巧，已相当成熟，如刘鹗《老残游记》第二回写白妞说大鼓书的一段：

王小玉……唱了几句书儿，声音初不甚响；……唱了十数句之后，渐渐的越唱越高；忽然拔了一个尖儿，像一线钢丝抛入天际，听的人不禁暗暗叫绝。那知她于那极高的地方，尚能回环转折；几啭之后，又高一层；接连有三四叠，节节高起。恍如由傲来峰西面攀登泰山的景象；初就傲来峰削壁千仞，以为上与天齐；及至翻到傲来峰，才见扇子崖更在傲来峰上；及至翻到扇子崖，又见南天门更在扇子崖上。愈翻愈险，愈险愈奇。那王小玉唱到极高的三四叠后，陡然一落，又极力骋其千回百折的精神，如一条飞蛇在黄山三十六峰半中腰里盘旋穿插，顷刻之间，周匝数遍。……

这样的文字，即使放在新文学中，也难以区分，未必逊色。话剧以对白、独白取代传统戏曲的歌舞，这一本质特征即要求台词的白话化。清末民初话剧剧本的创作虽然数量不多，但毕竟已经开始了新的历程。

近代的白话文学，植根于几千年的白话文学传统，其中，就有敦煌千佛洞唐五代俗文学的发现带来的积极影响。1898 年左右在敦煌发现的唐五代小说写本，最初未见重视。1907 年、1908 年，英国斯坦因、法国伯希和相继带走共 8000 多卷，遂引起学部的重视与学术界、创作界的关注。小说用文言与白话杂糅的语体或全用白话写成，把人们常识中的白话小说历史提前了几百年，这不能不给小说家以鼓舞，唐五代尚且能用白话写小说，何况今人？①

此时白话文学创作的发展，先是受白话翻译文学的影响，跟进后紧相呼应，互动共进。最早的白话翻译，出自西方传教士的《圣经》翻译。大约在 1750 年到 1800 年，耶稣会传教士鲁士波柔在清廷里当了多年的翻译官，工作之余用白话翻译了《新约》

① 陈炳堃：《最近三十年中国文学史》。

的全部与《旧约》的大部分。这可能是中国最早的《圣经》白话译本。[①] 到鸦片战争以后，随着传教士人数的增加与西方文化传播领域的扩大，《圣经》的白话译本逐渐多了起来。翻译水平也在不断提高。如19世纪70年代翻译的《圣经》里一段赞美诗：

两只小眼，要常望天；两个小耳，爱听主言；两个小足，快奔天路；两个小手，行善不住。耶稣我主，耶稣我主；耶稣我，耶稣我，善美荣耀之耶稣。

有位朋友，别人难比，爱何等大，胜似兄弟，疼爱兄弟，爱何等大；世上朋友，有时离你，今日爱你，明日恨你，只有这位，总不误你，爱何等大！[②]

再如《小孩月报》1880年第5期载文璧《赞美圣诗》：

我眼睛已经看见主的荣耀降在世
是大卫子孙来到败了撒旦魔王势
应古时间圣先知预言将要来的事
圣徒高兴进步
诸异邦在黑暗如同帕子蒙着脸
远远地领略到了一个伯利恒客店
忽见有吉祥兆头东方耀耀的显
圣徒高兴进步
……

这些翻译或是仍旧带有一点文言味，或是有点弹词似的句式，但基本上是白话，而且不求平仄，不讲格律，后者的节奏以双音节为主，这些均与新诗的追求相同，或者可以说预示了后来

① 袁进：《中国文学的近代变革》，桂林：广西师范大学出版社，2006年，第90页。

② 袁进：《中国文学的近代变革》，版本同前，第30页。

新诗的发展方向。圣经中散文体文字的翻译，不像传统平话那样俗白，也超越了日常话语的俚俗，属于带有欧化句法的提纯了的书面体白话。

周作人曾经注意到《圣经》翻译对新文学的影响，他说："我记得从前有人反对新文学，说这些文章并不能算新，因为都是从《马太福音》出来的；当时觉得他的话很是可笑，现在想起来反要佩服他的先觉：《马太福音》的确是中国最早的欧化的文学的国语，我又预计他与中国新文学的前途有极大极深的关系。"[①] 可惜，持有这种认识的新文学作家少而又少，连与基督教关系密切的许地山、林语堂、老舍与冰心也似乎没有谈过他们成长过程中怎样受到传教士白话翻译的影响。为何如此？大概是因为新文学作家思想是反叛型的，与其承认自己的宗教（含思想、文学）影响源，毋宁强调自己的革命性与开创性，更何况经历了庚子事变之后，基督教在中国的公信度大受影响。

传教士的白话翻译与创作提供了欧化风格的白话，同中国本土作家口语风格与平话风格兼而有之的白话文学共同汇成了新文学创造的白话源头，也影响到大批基督教信徒与接触到传教士白话翻译文本的广大读者，为后来新文学的接受奠定了一定的基础。对于这一点，基督教传播研究者自始至终都有清醒的体认。20世纪30年代，就曾有人指出："那些圣书的翻译者，特别是那些翻译国语《圣经》的人，助长了中国近代文艺的振兴。这些人具有先见之明，相信在外国所经历过文学的改革，在中国也必会有相同的情形，就是人民所日用的语言可为通用的文字，并且这也是最能清楚表达一个人的思想与意见。那早日将《圣经》翻译国语的人遭受许多的嘲笑与揶揄，但是他们却做了一个伟大运

① 周作人：《圣书与中国文学》，载《小说月报》第12卷第1号，1921－01。

动的先驱，而这运动在我们今日已结了美好的果实。”[①] 今日的宗教史学者自然也注意到这一点，说虽然“官话土白”为当时外界所诟病，“却不料这种官话土白，竟成了中国文学革命的先锋”[②]。问题在于现代文学史界，相当长时间里总是有意无意地回避这一动因，要么视而不见，要么一笔带过，仿佛一旦承认传教士的影响，就会玷污新文学的源头一样。倒是近代文学研究者能够勇于正视历史，如实地复原历史。2006 年，袁进在《中国文学的近代变革》中指出：“西方传教士在文学观念、文学内容、文学功能、文学形式、文学语言、文学与现实的关系以及传播文本、传播方式、读者对象、教育培训等诸方面都曾对中国文学的近代变革产生影响，它的力量远远超出了现代学术界对它的估计。在某种意义上，我们甚至可以说：中国文学的近代变革，首先是由西方传教士推动的，他们的活动是五四新文学的源头之一。”[③] 应该说，这些论断是符合历史真实的。

除了《圣经》之外，传教士也翻译一些寓言、小说等作品。如西班牙耶稣会士庞迪我《七克》（1614 年）[④] 中为了阐述自己的观点，引用自己翻译的伊索寓言《大鸦和狐狸》（今译《乌鸦和狐狸》），1857 年，耶稣会士将《七克》转为白话本，其中的这段寓言为：

---

① 贾立言、冯雪冰：《汉文圣经译本小史》，上海：广学会，1934 年，第 96 页。

② 王治心：《中国基督教史纲》，上海：上海古籍出版社，2004 年，第 254 页。

③ 袁进：《中国文学的近代变革》，桂林：广西师范大学出版社，2006 年，第 90 页。

④ 《七克》共七卷，为讲修身养德的传教之书，“七克”指：“一谓谦让以克骄傲，二谓舍财以克悭吝，三谓绝欲以克色迷，四谓含忍以克愤怒，五谓单薄以克饮食迷，六谓仁爱人以克嫉妒，七谓忻勤于天主之事以克懈惰于善。”（《七克》目录），转引自郭延礼《中国近代翻译文学概论》，湖北教育出版社 1998 年 3 月第 1 版，第 199 页。

古贤为爱受赞美者立一比方，曰：有一乌鸦，口衔一块肉，歇在树上吃。树下有一狐狸，思吃乌鸦口中的肉，不得到手，无奈只得奉承他说："别人都说乌鸦很黑很丑，但我看乌鸦是最白最美，可算得是百鸟之王，但我从来未听见他的好声音。"乌鸦很喜欢狐狸的话，就开口大声叫给狐狸听，一张口，肉就落在树下。狐狸得了肉，看着乌鸦大笑，笑他黑，笑他丑，又笑他蠢。又对他说："我不奉承你，哪里有肉吃？"

当面奉承你的人，亦是如此。若他知道你是明智人，必定也知道你不受奉承，他就不敢奉承你；他若知道你是一个愚蠢可欺之人，他开出口，就奉承你，后来又讥笑你。再者，奉承你的人，大概多是想你的东西，不然，谁肯奉承你呢？等东西到了他的手，他又笑你是愚人。①

小说方面，如宾威廉1865年所译的班扬《天路历程》开篇第一段：

世间好比旷野，我在那里行走，遇着一个地方有个坑，我在坑里睡着，做了一个梦，梦见一个人，身上的衣服，十分褴褛，站在一处，脸儿背着他的屋子，手里拿着一本书，脊梁上背着重任。又瞧见他打开书来，看了这书，身上发抖，眼中流泪，自己拦挡不住，就大放悲声喊道，"我该当怎么样才好？"他的光景，这么愁苦，回到家中，勉强挣扎着，不教老婆孩子瞧破。但是他的愁苦，渐渐儿地加添，忍不住了，就对他家里的人，叹了一口气说，"我的妻，我的子呵，你们和我顶亲爱的，现因重任压在我身上，我将死了。而且我的确知道我们所住的本城，将来必被天火焚毁，碰着这个灾殃，我和你们都免不了灭亡。若非预先找

① 郭延礼：《中国近代翻译文学概论》，武汉：湖北教育出版社，1998年，第199～200页。

一条活路，就不能躲避，但不晓得有这活路没有。"他的老婆孩子听了这话，诧异得很，害怕得很，不是把他的话当做真的，是怕他要疯。那时天将晚了，指望他一睡，或者可以心定，就急忙催他去睡。无奈他夜里如同白日一样，心里不安，总睡不着。整天长吁短叹，又不住的流泪。到了天亮，他们来问他，见好没有？他说越久越觉得苦，又把昨儿那些话，说了一番。他们忽略不肯听，心里想好好的待他不行，不如恶恶的待他，他的病或者可以好。所以要讥笑就讥笑，要怒骂就怒骂，有时全不理他。他遇见这个，走到自己屋里，一半悲痛自己的苦处，一半可怜家里的人痴迷不悟，替他们祈祷。又常独自走到田中，忽然看书，忽然祈祷。过了几天，都是这样。有个时候，我瞧见他在田中行走，仍旧看书，心里忧愁得了不得，看书的时候，照旧发大声喊道："我应该做甚么，才可以得救。"①

这些白话同中国的传统平话与近代章回小说的白话相比，已经呈现出新的特色。传教士在翻译的同时，还用白话写作游记、议论文，并创办白话报刊，在汉语句式的复杂性、表意上的精细化、明确化等方面有所贡献，对中国白话文的发展提供了本土资源所没有的新鲜养分，为白话文的发展提供了助动力。与此同时，传教士的白话翻译与白话创作也就在中国文学史上获得了一种独特身份，换言之，成为中国文学的特殊成员。

中国人的白话文学翻译，也在悄然萌生与成长。从 1903 年周桂笙译《毒蛇圈》到 1905 年觉我（徐念慈）译《黑行星》，再到 1907 年伍光建（君朔）译《续侠隐记》，白话翻译水平逐渐提高。到 1914 年前后，黄远生翻译的《鞑蛮哥小传》，语汇和语调的翻译都相当传神，说书腔大为减弱，如下面一段：

---

① ［英］约翰·班扬著，宾威廉译：《天路历程》，清同治四年（1865）刻本。

喂喂。全都出来！跳舞跳舞！船长拿著鞭子，像雷响的一样的呐喊一声。惨痛的黑奴，马上就跳的跳，舞的舞。鞑蛮哥因为伤痛，好久闭在舱里，这会却出来到甲板上。在这一群胆小儿的当中，他仍是昂昂的抬著头，带著又悲苦而又沉静的眼光，眺望那卷拥著船体无边的还水。一会儿就横躺下了。那里是横的躺下，直是随意将他的身子放在甲板的板上便了。他就是想转弄他的手铐，动一动也是不能够的。（原文只有句读，标点为引者所加）

历史悠久的古代白话文学，根基深厚的国语基础，方兴未艾的白话文浪潮，气象日新的近代白话文学，欧化风格的近代白话翻译等，为新文学的白话语体奠定了坚实的基础。

四、新文学的源头之二——近代文学革命

五四文学革命的成功之迅捷，不要说反对派感到不可思议，就连文学革命的先驱者都有几分意外之感。于是，擎旗者不禁有几分自得，夸耀自己登高一呼的功绩。其实，正如要追溯辛亥革命的成功之因，不能不看到此前一系列起义造成的革命声势一样，五四文学革命的势如破竹，在一定程度上也得力于此前文学革命的铺垫。

周作人在《中国新文学的源流》里把新文学运动一直追溯到明末清初："要说明这次的新文学运动，必须先看看以前的文学是什么样。现在我想从明末的新文学运动说起，看看那时候是什么情形，中间怎样经过了清代的反动，又怎样对这反动起了反动而产生了最近这次的文学革命运动。"① "那一次的文学运动，和民国以来的这次文学运动，很有些相像的地方。两次的主张和趋

① 周作人：《中国新文学的源流儿童文学小论中国新文学的源流》，石家庄：河北教育出版社，2002年，第19页。

势，几乎都很相同。更奇怪的是，有许多作品也都很相似。胡适之、冰心和徐志摩的作品，很像公安派的，清新透明而味道不甚深厚。好像一个水晶球样，虽是晶莹好看，但仔细地看多时就觉得没有多少意思了。和竟陵派相似的是俞平伯和废名两人，他们的作品有时很难懂，而这难懂却正是他们的好处。同样用白话写文章，他们所写出来的，却另是一样，不像透明的水晶球，要看懂必须费些功夫才行。然而更奇怪的是俞平伯和废名并不读竟陵派的书籍，他们的相似完全是无意中的巧合。从此，也更可见出明末和现今两次文学运动的趋向是相同的了。”在漫长的历史上，每一次文学革新虽然各有其特点，但总是有相通、相承的地方，譬如魏晋文学的独立，唐代的新乐府运动、古文运动，北宋的诗文革新，元代的文学解放，明末的性灵小品等。就广义而言，历史上的文学革新对于五四文学革命都有或多或少的影响，即以周作人强调的“明末的新文学运动”来看，作为其思想基础的李贽“童心说”，作为其创作代表的公安派“独抒性灵，不拘格套”的小品文，都为五四新文学的崛起提供了文学传统资源。但是，对于五四文学革命来说，更为直接的传统资源，除了前面述及的白话文学之外，当属近代文学革命。

中国文学史上的革新，每每从诗界开始，而且引人注目。这大概是因为：一则诗歌在发展中形成一定的格律，久而久之，就会对思想与感情的表达产生较大的束缚，新的表达需求与趋新的艺术本能势必要冲破束缚；二则诗歌是感情最易借以喷发的火山口，诗人的情愫急于寻找新的表达方式，个体的尝试衍成群体的追求，便酿成了文学革命的气象。早在 1868 年，黄遵宪就曾在《杂感》其二中吟道：“……俗儒好尊古，日日故纸研；六经字所无，不敢入诗篇。古人弃糟粕，见之口流涎，沿习甘剽盗，妄造丛罪愆。黄土同抟人，今古何愚贤？即今忽已古，断自何代前？明窗敞流离，高炉爇香烟；左陈端溪砚，右列薛涛笺；我手写我口，古岂能拘牵？即今流俗语，我若登简编，五千年后人，惊为古斑斓。”在创作实践中，他以“善变”① 的笔法纳入大量新鲜的海外景物与血泪斑斑的中国近代时事，表现出新的天下观与历史观，为诗坛增添了一种“以旧风格含新意境”的“新派诗”。他还用“流俗语”创作颇得民间竹枝词真传的《山歌》，如：“一家女儿做新娘，十家女儿看镜光。街头铜鼓声声打，打着心中只说‘郎’。”黄遵宪的诗歌主张与实践可谓诗界革命的先声。

甲午战争败于日本之后，中国兴起变法维新的浪潮，新学随之流行开来。大约1896年前后，夏曾佑、谭嗣同、梁启超为时潮所激，作所谓“新学诗”。后来，梁启超在《饮冰室诗话》里说：“盖当时所谓‘新诗’，颇喜挦扯新名词以自表异。”[26]如夏曾佑《无题》中有：“冰期世界太清凉，洪水茫茫下土方。巴别塔前分种教，人天从此感参商。”新语汇、新诗料，新则新矣，但生涩难懂，诗味清淡，行之不远。

戊戌政变后流亡到日本的梁启超，从日本所用“思想革命”“宗教革命”受到启发，于1899年12月25日在《夏威夷游记》中正式揭起了“诗界革命”的旗帜：“故今日不作诗则已，若作诗，必为诗界之哥伦布、玛赛郎（现通译麦哲伦）然后可。……要之，支那非有诗界革命，则诗运殆将绝。虽然，诗运无绝之时也。今日者，革命之机渐熟，而哥伦布、玛赛郎之出世，必不远矣。”梁启超为新诗设定了三条标准：“第一要新意境，第二要新语句，而又须以古人之风格入之，然后成其为诗。”从梁启超主持的《清议报》“诗文辞随录”专栏和《新民丛报》“诗界潮音集”专栏所刊发的新诗来看，“新意境”当指西方的新学说、新

---

① 黄遵宪《酬曾重伯编修》中有：“风雅不亡由善变，光丰以后益矜奇。”转引自张永芳《诗界革命与文学转型》，中国社会科学出版社2004年12月第1版，第24页。

思想、新事物与诗人的新体验、新感悟。"新语句"不同于"新学诗"的"新名词"，所谓新名词多为佛、孔、耶经典中的词语，且多用音译、象征，晦涩难解，而"诗界革命"的"新语句"则是社会生活中已较流行的词语。如浪公的"冷月凄凉平等阁，阴风惨淡自由旗"，"通义千秋《民约》在，中原何日主权伸"（《挽洴澼子六律用星洲寓公原韵》），自由斋主人的"野蛮例应文明换，进化原从冒险来"（《伤时事》），郑西乡的"太息神州不陆浮，浪从星海狎盟鸥。共和风月推君主，代表琴樽唱自由。物我平权皆偶国，天人团体一孤舟。此身归纳知何处，出世无机与化游。""以古人之风格入之"，有继承传统的形式、格调之意。新诗虽然没有完全放弃五七言古诗、律诗、绝句，但多用杂言体，其中有的带有散文化色彩；有的则属句式或长或短的"新体诗"，亦称"杂歌谣"，即语体的通俗歌词，如黄遵宪的《军歌》二十四章、《幼稚园上学歌》十章、《小学生相和歌》十九章。诗人有意向民歌学习，趋于格式多样化、语言通俗化[①]，为五四新诗开了先河。

梁启超在《夏威夷游记》中提出"诗界革命"的同时，亦提出了"文界革命"，主张以"流畅锐达之笔"表现"欧西文思"，启发民智。在此之前，他在担任1896年创刊的《时务报》总撰述时，就以思路敏捷、语言畅达、激情澎湃的政论散文闻名于世。当时反对维新的胡思敬后来追述时也说："当《时务报》盛行，启超名重一时，士大夫爱其语言笔札之妙，争礼下之。自通都大邑，下至僻壤穷陬，无不知有新会梁氏者。"[②] 变法失败后，梁启超痛感民众的愚昧落后，先后创刊《清议报》《新民丛报》与《新小说》，提倡"新文体"，并身体力行，发表了大量以增民

① 郭延礼：《中国前现代文学的转型》，济南：山东大学出版社，2005年，第242页。

② 胡思敬：《戊戌履霜录·党人列传》，1913年刊。

德、启民智、鼓民气为主旨的新体散文。如《少年中国说》《新民议》《新民说》《论中国国民之品格》《说希望》等，视野开阔，意深辞浅，擅长比喻，文采飞扬，感情饱满，酣畅淋漓，其精神气势泽被一代，陈独秀、胡适、鲁迅等五四新文学先驱者无不受其深刻影响。梁启超在《清代学术概论》中把自己所作“新文体”的特点概括为：“务为平易畅达，时杂以俚语，韵语，及外国语法；纵笔所至不检束。学者竞效之，号新文体。老辈则痛恨，诋为野狐。然其文条理明晰，笔锋常带感情，对于读者，别有一种魔力焉。”郑振铎称之为五四以来“文体改革的先导”，“像那样不守家法，非桐城亦非六朝，信笔取之而又舒卷自如，雄辩惊人的崭新的文笔，在当时文坛上，耳目实为之一新”[①]。

随着时事的变迁，梁启超的文章风格由浓烈渐趋清淡。章士钊别具一格的政论文与黄远生的政论、通讯次第登场。胡适肯定了章士钊在此时的贡献，称其文章的长处在于“文法谨严，论理完足”，“有章炳麟的谨严与修饰，而没有他的古僻；条理可比梁启超，而没有他的堆砌。他的文章与严复最接近；但他自己能译西洋政论家法理学家的书，故不须模仿严复。严复还是用古文译书，章士钊就有点倾向‘欧化’的古文了；但他的欧化，只在把古文变精密了；变繁复了；使古文能勉强直接译西洋书而不消用原意重做古文；使古文能曲折达繁复的思想而不必用生吞活剥的外国文法”[②]。黄远生、张东荪、李大钊、李剑农、陈独秀、高一涵等，同气相求，异轨同奔，成就了一种文法复杂、逻辑严密而不失文采的文体。胡适在肯定其长处的同时，又说 1916 年以后这种“政论文学”“忽然消灭”[③]，而实际上，这一文体不仅在

① 郑振铎：《梁任公先生》，收录于郑振铎编：《中国文学论集》，上海：开明书店，1934 年，第 122、123 页。

② 胡适：《五十年来中国之文学》。

③ 胡适：《五十年来中国之文学》。

后来的文学批评、文学研究以及篇幅较长的杂文中有所继承，而且对于陈独秀、李大钊、毛泽东等人的政论文章的影响更为明显。1949年以后，毛泽东对章士钊给予很高的礼遇，除了政治上的考虑及湖南乡谊等因素之外，抑或还有他对于章士钊政论文学的师承感恩之心。

早在1897年，梁启超在《变法通议·论幼学》里就注意到小说对于社会改革和移风易俗的作用。1902年，他在《论小说与群治之关系》中正式提出"小说界革命"的口号，在理论上把小说从不登大雅之堂的"小道""末技"抬高到"文学之最上乘"，强调小说的社会功用："欲新一国之民，不可不先新一国之小说。故欲新道德，必新小说；欲新宗教，必新小说；欲新政治，必新小说；欲新风俗，必新小说；欲新学艺，乃至欲新人心，欲新人格，必新小说。"他在小说创作与翻译方面双管齐下，虽然艺术上均可挑剔，但是对于小说地位的提升颇有率先垂范之功。他创办的《新小说》，成为重要的小说园地，并带动起《绣像小说》《新新小说》《月月小说》《小说林》《新小说丛》《小说时报》《小说月报》《中华小说界》等纷纷问世，小说创作衍成风气，尤其是前面提及的白话小说取得了相当可观的成绩。

梁启超在《中国唯一之文学报〈新小说〉》中曾表示："欲继索士比亚、福禄特尔（今通译莎士比亚、伏尔泰）之风，为中国剧坛起革命军"，并在《新民丛报》上相继发表《劫灰梦传奇》《新罗马传奇》《侠情记传奇》等。诚然，在梁启超等人的倡导与带动下，戏剧界在戏剧改良方面做出了不少努力，但对于中国戏剧发展来说，更具革命意义的还要属话剧的引进。一般的文学史著述将中国话剧的历史只是追溯到1907年春柳社在日本开始的演剧活动，实际上，在此之前，中国大陆已有话剧演出活动，不过当时叫新剧，后来又称文明戏。鸦片战争后，进入中国口岸的西方侨民逐渐增多，在上海组织起业余演剧团体——浪子剧社和好汉剧社，1866 年，两个剧社合并扩充，组成上海西人业余剧团，并建起了正规的剧场——兰心戏院，每年公演数次。日本新派剧团也常到中国旅行演出，在上海还专门建了一个有二百余座席的小剧场，称为“东京席”。教会学校设置“形象艺术教学”，由学生用英语或法语演出根据圣经故事编成的剧本或世界名剧。这些演出活动，使得国人领略到话剧这种迥异于中国戏曲的新鲜事物，培养起郑正秋、徐半梅、汪优游（仲贤）等先驱者的话剧兴趣，也带动起非教会学校师生的话剧编演活动。1900 年，上海已有了用汉语演出的中国时事剧。汪优游联合几个学校的同好组成的新剧业余演出剧团——文友会，被认为“实开今日各剧社之先声”[①]。到 1906 年前后，上海等地涌现出一批剧社，如上海沪学会演剧部、上海群学会演剧部、上海学生会演剧部、上海青年会演剧部、开明演剧会及其南京分会等。李叔同在上海主持沪学会演剧部期间，演剧部上演过他所编写的新剧《文野婚姻》。1906 年冬，正在东京美术学校留学的李叔同与同班同学曾孝谷共同发起成立了文艺社团春柳社，欧阳予倩、陆镜若等先后加入。此时，正值日本新剧兴盛之际，春柳社有了就近观摩学习的机会，1907 年 2 月公演两幕《茶花女》，同年 6 月公演《黑奴吁天录》，此后又上演《天生相怜》《画家与其妹》《鸣不平》《热泪》等。除了春柳社之外，留学生中还有尹昌衡组织的阳春社等戏剧团体。演出剧目的人道主义与反抗专制反抗民族压迫的主题，唤起留学生与其他旅日华人的强烈共鸣，加上演剧活动的聚众性质，引起清廷留日学生监督的恐慌。清廷驻日公使馆颁布公告以取消官费资格相要挟，禁止留学生演剧。1910 年前后，春柳社成员大多陆续归国。1910 年夏，陆镜若与王钟声、徐半梅合作，以“文艺新剧场”的名义，在上海演出陆镜若编译的《奴

① 朱双云：《新剧本·本纪》，新剧小说社，1914 年。

隶》《猛回头》等。1912年初，陆镜若又先后组织“新剧同志会”“文社”，在上海、苏州、常州、无锡、杭州、长沙等地演出。在春柳社享誉东京的同时，1907年6月，中国话剧的发祥地上海成立了一所旨在培养新剧演员的通鉴学校，王钟声受聘主持，9月，通鉴学校以“春阳社”的名义公演《黑奴吁天录》。而后，春阳社还上演了《迦茵小传》《宦海潮》《官场现形记》《孽海花》《爱国血》《秋瑾》《徐锡麟》等。1910年，任天知在上海发起组织了职业性新剧团——进化社，剧团中有此前即已开始了话剧事业的汪优游，也有后来成为五四时期话剧重要代表的陈大悲等。进化社到南京、芜湖、上海、宁波、镇江、扬州、武汉、开封、长沙等地，演出《血蓑衣》《东亚风云》《恨海》《爱之花》等剧目。此外，辛亥革命前后，上海、广州、香港、天津、北京、绍兴、福州、贵阳、东三省等地，还有亦社、仁社、天义社、慈善会、文艺新剧场、改进社、社会教育团、醒世新剧团、女子参政会、开明社、自由演剧团、流天影新剧团、醒社、新剧促进会、振天声白话剧社等演剧团体与南开、清华等学校的业余剧团活跃在新剧舞台上。[①] 剧本有的来自翻译，有的来自改编移植，有的属于新创，内容有歌颂爱国志士的，有反抗政治专制与家庭专制的，有宣扬婚姻自由与人道同情的。尽管新剧在剧本构成、演出形式等方面，还存在着幼稚粗疏之处，但无疑已经跨出了走向现代话剧的新路，无论是精神内涵，还是演出形式，抑或话剧人才与观众群体的培养，以及在大中城市所产生的影响，都堪称五四时期话剧的序幕。

与近代文学革命密切相关的是翻译文学的兴盛。近代翻译文学最初出自在华外国人的手笔，如《意拾喻言》（即《伊索寓

① 葛一虹主编：《中国话剧通史》，北京：文化艺术出版社，1997年，第2～33页。

言》，1840年）、《天路历程》（1853年）与圣经赞美诗（1870年）等。1871年始有国人独立完成的翻译文学问世，如1871年王韬与张芝轩合译的《普法战纪》中的法国国歌《马赛曲》与德国的《祖国歌》，1872年4月《申报》登过《谈瀛小录》与《一睡七十年》（前者为斯威夫特《格列佛游记》中的小人国部分，后者为美国华盛顿·欧文的短篇小说《瑞普·凡·温克尔》，二者均为节译），1873年文艺杂志《瀛寰琐记》第3卷至28卷刊出蠡勺居士翻译的英国长篇小说《昕夕闲谈》。甲午战争之后，翻译文学渐呈上升之势，20世纪初叶出现高潮。据不完全统计，截至1916年底，结集出版的文学翻译著作在600种以上。英国的莎士比亚、蒲伯、丁尼生、拜伦、雪莱、彭斯、华兹华斯、胡德、笛福、斯威夫特、柯南·道尔、哈葛德、狄更斯、司各特、斯蒂文生、王尔德，法国的莫里哀、大仲马、小仲马、雨果、莫泊桑、都德、龚古尔兄弟、儒勒·凡尔纳、萨尔杜，德国的歌德、席勒、海涅、豪夫、苏德蒙、苏虎克、乌郎，美国的斯托夫人、毕拉宓、亨利·朗费罗、马克·吐温、爱伦·坡，俄国的普希金、莱蒙托夫、托尔斯泰、契诃夫、迦尔洵、安特莱夫、高尔基，波兰的显克微支、廖抗夫，日本的柴四郎、矢野文雄、末广铁肠、广陵佐佐木龙、大桥乙羽、押川春浪、黑岩泪香、德富芦花、尾崎红叶、佐藤红绿，匈牙利的裴多菲，丹麦的安徒生，意大利的爱米契斯，阿拉伯诗人蒲绥里等人的作品，都有或多或少的翻译，文体涉及小说、戏剧、诗歌、游记、随笔、寓言、童话等。有的作品出现多种译本，如拜伦《哀希腊》，就至少有梁启超、马君武、苏曼殊、胡适等人的四种译本。[①]

翻译文学为国人打开了一个观察世界的窗口，异域风土、陌生思潮扑面而来；与此同时，别样的文学观念、广阔的文学空

① 郭延礼：《中国近代翻译文学概论》，版本同前，第22～24页。

间、新鲜的结构方式、丰富的描写手法，言文一致的语体等，为近代文学革命提供了动力与范本。小说地位的提升，小说中景物描写的铺展，短篇小说的横断面结构，心理刻画与叙述方式的多样化，话剧模式的初建，梁启超、章士钊政论文学的成就，黄远生时事通讯的产生等，都受益于翻译文学。外国小说、话剧的言文一体，除了直接引出白话翻译之外，也促使文言翻译发生松动，出现了包天笑、周瘦鹃等人的浅近文言译本，即使是以文言翻译了170余部小说的林纾，他的翻译语言与其所偏爱的桐城派古雅语言相比，也见得出一些变异。钱钟书注意到这一点：

林纾译书所用文体是他心目中认为较通俗、较随便、富于弹性的文言。它虽然保留若干“古文”成分，但比“古文”自由得多；在词汇和句法上，规矩不严密，收容量很宽大。因此，“古文”里绝不容许的文言“隽语”“佻巧语”像“梁上君子”“五朵云”“土馒头”“夜度娘”等形形色色地出现了。口语像“小宝贝”“爸爸”“天杀之伯林伯”等也经常掺进去了。流行的外来新名词——林纾自己所谓“一见之字里行间便觉不韵”的“东人新名词”——像“普通”“程度”“热度”“幸福”“社会”“个人”“团体”“脑筋”“脑球”“脑气”“反动之力”“梦境甜蜜”“活泼之精神”等应有尽有了。还沾染当时的译音习气，“马丹”“密斯脱”“安琪儿”“苦力”“俱乐部”之类不用说，甚至毫不必要地来一个“列底（尊闺门之称也)”，或者“此所谓‘德武忙’耳(犹华言为朋友尽力也)”。意想不到的是，译文里包含很大的“欧化”成分。①

近代文学翻译也为五四新文学培养了人才，胡适、鲁迅、周

① 钱钟书：《林纾的翻译》，收录于《旧文四篇》，上海：上海古籍出版社，1979年，第83～84页。

作人、刘半农等五四文学革命的弄潮儿都曾在近代文学翻译中历练过身手。

这样看来，近代文学革命与近代文学翻译为五四新文学的登场做了相当充分的准备。五四时期，新文学阵营对此有所体认。1917年2月25日，钱玄同在寄陈独秀的信中积极响应文学革命的召唤时，就称描写人生真实的苏曼殊小说为“新文学之始基”，“梁任公实为创造新文学之一人”，“论现代文学之革新，必数梁君”。[①] 1920年9月出刊的《新潮》第2卷第5号上，罗家伦在《近代中国文学思想的变迁》中说“中国的文学革命，自然是受了西洋文学的感应”，可以理解为包含了对近代翻译文学的首肯。胡适在《五十年来中国之文学》里虽然指出用古文翻译外国文学的种种局限，但也肯定了林纾翻译给中国文学带来的清新之气：“平心而论，林纾用古文做翻译小说的试验，总算是很有成绩的了。古文不曾做过长篇的小说，林纾居然用古文译了一百多种长篇小说，还使许多学他的人也用古文译了许多长篇小说，古文里很少滑稽的风味，林纾居然用古文译了欧文与迭更司的作品。古文不长于写情，林纾居然用古文译了《茶花女》与《迦茵小传》等书。古文的应用，自司马迁以来，从没有这种大的成绩。”[②]清末民初乃至现代文学史上长篇小说的兴盛，幽默讽刺的流行，感情世界的拓展，不能说没有林纾所代表的近代翻译文学的借鉴之功。胡适对“文界革命”“诗界革命”给文学带来的震动也有正面的评述，但他强调的与其说是对新文学的开启，毋宁说是对旧文学的终结。陈炳堃在《最近三十年中国文学史》里的评价则要高一些，譬如说梁启超的“新文体”，“不避俗言俚语，使古文白话化，使文言白话的距离比较接近，这正是白话文学运动的第

① 《寄陈独秀》，载《新青年》第3卷第1号，1917－03－01。

② 《胡适全集》(第2卷)，合肥：安徽教育出版社，2003年，第79～280页。

一步，也即是文学革命的第一步。"[1] 他认为由古文而至新文体，有几点值得注意：一是求实用去空谈，二是文体的解放，三是文字渐渐通俗化，四是文法的讲究。这"几种趋势，固然还只算得如胡适所说的'古文范围以内的革新'，但有这种革新运动，给后来的白话文学运动作为先驱，我以为这一步工夫也是不可少的"[2]。

但是，到了20世纪50年代，当新文学作为一门学科确立时，学术界对近代文学革命的认识反倒退步了。《〈中国新文学史〉教学大纲》从1917年讲起，王瑶《中国新文学史稿》和50至70年代的现代文学史著作大多与此同调。刘绶松《中国新文学史初稿》能在下卷末尾设一"附编：旧民主主义革命时期文学简述（1898—1917）"已属难能可贵。尽管书中说新文学"是以中国文学中的古典现实主义为其主要来源的"，主要是改良主义的近代文学运动如同政治上的改良运动一样遭到了"失败的命运"，这些观点同样带有明显的时代痕迹，大可质疑，但是，著者反对那种"把外国文学的影响当成中国新文学唯一来源"的观点，认为改良失败的经验教训促使人们寻求革命的途径，"在这一点上说，这时期的文学，对于五四时期的新文学运动，是起了摸索道路的先驱作用的"。[3] 最后的结论反映了历史的真实。

20世纪80年代开始，对于近代文学革命的认识逐渐回到实事求是的正轨上来。1986年11月由山东文艺出版社推出的朱德发著《中国五四文学史》，具有代表性意义。著者以历史主义眼光审视近代文学革命与五四新文学的关系，全书主体分五章，每一章都溯源到近代，如第一章五四文学运动第一节为"晚清文学

① 陈炳堃：《最近三十年中国文学史》。

② 陈炳堃：《最近三十年中国文学史》。

③ 刘绶松：《中国新文学史稿》，北京：作家出版社，1956年，第319～320页。

改良与五四文学运动”，第二章五四新诗第一节为“从‘诗界革命’到新诗运动”，第三章五四小说第一节为“从‘小说界革命’到新小说”诞生，第四章五四戏剧第一节为“从戏剧改良到戏剧革命”，第五章五四散文第一节为“从‘新文体’到现代散文”。“20世纪中国文学”[①] 观念的提出及其发生影响，也与思想解放带来的学术界对于近代文学革命的正确体认不无关联。90年代，海外学者王德威以“没有晚清，何来五四”[②] 的设问方式强调了晚清“现代性”的萌生。他认为，“在世纪末重审现代中国文学的来龙去脉，我们应重识晚清时期的重要，及其先于甚或超过五四的开创性”。近代文学的开创性是否“超过”“五四”，姑且毋论，但王德威所指出的种种新气象的确有助于说明晚清文学的重要性：一是创作、出版及阅读蓬勃发展，前所未见，晚清最后十年里，至少曾有170余家出版机构此起彼落，读者约在200万到400万之间，出现了吴趼人、李伯元等近代中国第一批“下海”的职业文人。二是“小说一跃而为文类的大宗，更见证传统文学体制的剧变”。三是“推陈出新、千奇百怪的实验冲动，较诸五四，毫不逊色”。狭邪小说、公案侠义小说、谴责小说、科幻小说等四个文类，“其实已预告了20世纪中国‘正宗’现代文学的四个方向：对欲望、正义、价值、知识范畴的批判性思考，以及对如何叙述欲望、正义、价值、知识的形式性琢磨”。四是翻译文学大盛。西方文学的影响较之六朝以降西域佛学母体及其叙写形式的传播，唐代中亚音乐模式的引进对古典中国诗词叙述的深远影响有所不同。由此而言，没有道理轻视甚或无视晚清文学。其实何止晚清，文学革命的趋势并未因辛亥革命而终止，民国的

---

① 黄子平、陈平原、钱理群：《“20世纪中国文学”三人谈》，来源同前。

② 《压抑的现代性——没有晚清，何来“五四”?》，收录于《想象中国的方法：历史·小说·叙事》，北京：生活·读书·新知三联书店，1998年。

建立为文学的发展提供了更大的平台。准确的表述应该是：没有近代，何来现代？

五、新文学的社会文化动因

白话文学自古有之，近代又有上述种种努力，为何等到五四时期才最终成功地在文学殿堂升帐挂帅？这里有文学本身渐变累积的因素，更有社会文化方面的动因。

还是在五四文学革命高涨时的1920年9月，罗家伦在《近代中国文学思想的变迁》一文中，在注意到旧文学"非人"性的物极必反与"人的文学"的积极倡导之同时，就"国语文学"产生的背景分析道："第一是由于经济生活的改变。"西方的工业与资本输入过来，对中国的生产方式与生活方式产生了巨大的冲击，"中国几千年来死守不弃的家族制度，至此遂一律动摇。家族制度动摇，大家的生活状况也跟着动摇，于是不能不去想种种改造的方法。所以也是各种思潮同时并起，和战国时代一样。""第二是由于世界大战的影响。……军国主义打破，旧式的政治组织破产，于是感觉最钝的中国人，至此也觉得仅仅学西洋的富国强兵，政治法律是没有用的，是对于人类幸福没有关系的；将来真正文明的枢纽，还在乎社会制度的改造。于是乎谈政议法的声浪稍衰，而社会改造的声浪大盛。这种转变，颇能促起人类对于人生问题的觉悟，而打破机械生涯的束缚。偶像的推倒，实在是思想上一层重要的解放呵！" "第三是由于国内政治的失望。……到了山穷水尽的时候，大家于是觉得以政治去改造政治，是没有用的；于是想到以社会的力量，去改革政治。……热心社会事业的人一方面感受自己的思想不够用，一方面觉得社会上普通的思想不改革，社会是不会改革的；于是从改造社会的问题，进而为思想革命的问题。文学革命的发动虽然略早，但是动机也是由此而生；'五四运动'以后文学革命之所以骤然推广，也是这个道理。”“改革社会必须从改革思想着手；但是改革思想必须有表现正确思想的工具，况且我们现在觉悟到人生的价值了，尤不能不有一种表现‘人生正确思想的工具’，所以我们大致都是主张‘文学为人生的表现和批评，从最好的思想里写下来的。’而表现批评人生最自然的莫过于国语，记载思想最正确的也莫过于国语，于是‘国语文学’应着时代的要求生出来。”“第四是由于学术的接触渐近。这不消说，一方面是因为交通日密，一方面就由于留学生的加多了。”“社会的人道的观念，以法国带回的成分居多，而实际的科学的态度，以美国带回来的成分居多。二者相合，而新文艺的思想遂以发辉灿烂。所以首倡文学革命的不在研钻故纸的老先生，而在乎兼通西籍的新学者，也就可以知道这真正的理由。”① 罗家伦的分析颇为细致，简而言之，就是：西方物质文明的输入对经济生活的改变；第一次世界大战后，关注人生的精神文明得到重视；思想革命的兴起对文学提出了迫切的要求；西方精神文明的输入带来了新的精神源泉。应该肯定这一分析是相当准确的。

比较起来，1923 年，时任中共中央总书记的陈独秀的见解就显得过于简单。他在就《〈科学与人生观〉序》涉及的问题致胡适的信里说：“常有人说：白话文的局面是胡适之、陈独秀一班人闹出来的。其实这是我们的不虞之誉。中国近来产业发达人口集中，白话文完全是应这个需要而发生而存在的。适之等若在三十年前提倡白话文，只需章行严一篇文章便驳得烟消灰灭。此时章行严的崇论宏议有谁肯听？”② 胡适不同意这种唯物史观的一元论解释，认为文学史上的变迁，“各有多元的，个别的，个

① 罗家伦：《近代中国文学思想的变迁》，载《新潮》第 2 卷第 5 期，1920 年。

② 陈独秀：《答适之》，收录于《科学与人生观》，上海：亚东图书馆，1923 年。

人传记的原因，都不能用一个‘最后之因’去解释说明。”在他看来，新文学的发生及成功除了白话文学历史的积淀与两千余年大同小异的“官话”的推行等语言文学自身的原因之外，至少还有如下文化与政治方面的动因：第一“是我们的海禁开了，和世界文化接触了，有了参考比较的资料，尤其是欧洲近代国家的国语文学次第产生的历史，使我们明了我们自己的国语文学的历史，使我们放胆主张建立我们自己的文学革命。”第二“是科举制度的废除（1905）。八股废了，试帖诗废了，策论又跟着八股试帖废了，那笼罩全国文人心理的科举制度现在不能再替古文学做无敌的保障了。”第三是“满清帝室的颠覆，专制制度的根本推翻，中华民国的成立”。“这个政治大革命虽然不算大成功，然而它是后来种种革新事业的总出发点，因为那个顽固腐败势力的大本营若不颠覆，一切新人物与新思想都不容易出头。……幸而帝制推倒以后，顽固的势力已不能集中作威福了，白话文运动虽然时时受点障害，究竟还不到‘烟消灰灭’的地步。这是我们不能不归功到政治革命的先烈的。”第四是胡适自身在海外的留学体验与“文学革命”的自觉提倡。① 胡适的见解不仅弥补了陈独秀经济决定一元论的单薄，而且与他的学生罗家伦相比也有所发展，在西方精神文明输入中强调了西方近代国家国语文学历史的启迪与留学生海外体验的作用，更为重要的是提出了文化制度与政治制度两个重要维度。

陈炳堃（子展）在《中国近代文学之变迁》② 里把新文学的起因归结为四种：一、文学发展上自然的趋势；二、外来文学的刺激；三、国语教育的需要；四、思想革命的影响。前两项为文

---

① 胡适：《中国新文学大系·建设理论集导言》，上海：良友图书公司，1935年。

② 陈炳堃：《中国近代文学之变迁》，北京：中华书局，1929年。

学方面的原因，后两项则属于文化方面的动因。1930 年 11 月，改题为《最近三十年中国文学史》的修订本在分析近三十年中国文学剧变的原因时，进而注意到政治经济方面。《绪论》中指出，中国社会向来处于闭关自足的农业经济之下，而“现在这种生活的秩序快要给西洋的工业资本主义经济的侵略而破坏了”，社会经济发生如此之大的变化，建筑于经济基础之上的一切社会的精神现象，当然要因其经济基础的转变而转变。“文艺既为建筑于经济基础上之一种上部构造的形态，故因其经济基础之转变，亦自有其相当的转变。所以我们可以说三十年来的中国社会既已处在一个剧变的时期，反映社会生活的文学，随着时代的，社会的生活之剧变而生剧变，将至转而成为显示将来的新时代新社会的一种标识，这并非偶然的事。”“中国已经要由封建社会跳到资本主义的社会了，人民的生活不复像从前一样的余裕，悠闲，生活上的竞争日益激烈，影响到文字上的简单化，敏捷化，通俗化，自然成了不可逃避的事实。”① 陈炳堃还从阶级观点出发，指出：“到了‘辛亥’以后，国际帝国主义与国内封建势力对于民众的压迫愈加紧逼。新兴的资产阶级要求自由发展，同时有觉悟的无产阶级或无产者要求彻底解放，所以在‘五四’‘五卅’的前后，乃有陈独秀胡适一班人提倡的白话文字，——突破旧文学的束缚而得解放的自由文体，就代报章文字应运而兴。”② 陈子展早年曾与共产党人结有深交，1927 年 5 月 21 日“马日事变”后，因左翼倾向而遭到通缉。1927 年秋，在一片白色恐怖之下，他毅然加入共产党。后来虽与组织失去联系，但其近现代文学史观深受马克思主义的影响，前引所论即可见一斑。

较之罗家伦、陈独秀与胡适，陈子展的分析归纳至少有两点

---

① 陈炳堃：《最近三十年中国文学史》。

② 陈炳堃：《最近三十年中国文学史》。

新异之处：一是阶级视角的引入，二是"国语教育"需求的强调。新兴阶级要登上历史舞台，势必要求与其身份和主张相适应的表达形式，这一分析即使在阶级论已经失去意识形态的核心性地位的今天看起来，也是站得住脚的。关于同白话文相应的"国语教育"，陈子展追溯到1895年，实际上要更早一些。卢戆章在《切音新字序》中说："若以南京话为通行之正字，为各省之正音，即十九省语言文字既从一律，文语皆扫通，中国虽大，犹如一家，非如向者之各守疆界，各操土音之对面而无言也。"1891年，宋恕提出了汉语拼音的主张。① 甲午战败后，国人"如大梦初醒，才知道人家所以富强的原因，是由于教育普及，而不单是船坚炮利胜人；教育之所以普及，却又是用拼音文字的便利。我国因文字这种工具太笨拙太繁重，以致教育只作畸形的发展，一般民智太低，而影响于国家的前途无振作之望。因之谭嗣同梁启超等都曾倡过汉字改革之说。谭嗣同曾在他的《仁学》里，有废汉字的主张，这算是对着不适于现代的汉字放了第一炮"。② 戊戌政变后，在《时务报》《万国公报》等报纸上，对于文字改革多有讨论，并且曾草创拼音字母印行。1904年，王照的《官话字母》出版，以北京话为标准来同意读音。1907年，劳乃宣的《简字谱》在南京刊行。官方也加入宣传，朝廷重臣端方、袁世凯分别在南京、直隶设立简字学堂。民国成立后，国语教育的步履更为加快。1913年，教育部召集读音统一会，议定注音字母39个。1916年，教育部设立注音字母传习所，同年8月，成立中华民国国语研究会，作为促进国语运动的总机构。1918年11月，教育部正式公布注音字母，同时设立国语统一筹备会。1919

① 李杏保、顾黄初：《中国现代语文教育史》，成都：四川教育出版社，2000年，第45页。

② 陈炳堃：《最近三十年中国文学史》。

年，重新颁定注音字母次序，出版《国音字典》。1920 年 1 月，教育部训令全国各国民学校先将一二年级国文改为语体文，又以教育部令修正《国民学校令》及《国民学校令施行细则》，“实际上确定了初等小学四年间纯用语体文，并正其科目名称为‘国语’了。”[①] 其后不久，国语文学也进入了新编中学教材。如顾颉刚、叶绍均等合编的新学制初中《国语教科书》六册（商务印书馆 1922 年），课文总共 260 篇，白话文 95 篇，占 36.5%。沈星一编、黎锦熙与沈颐校的新中学教科书《初级国语读本》三册（中华书局 1923 年）、穆济波编的新中学教科书《高级国语读本》三册（中华书局 1925 年），均分设“国语读本”“古文读本”。[②] 近代以来国语运动的拼音化目标虽然未能实现，但其改革文字与推广官话以适应社会进步的宗旨，同标举“活的文学”（国语文学）、“人的文学”旗帜的文学革命可谓同气相求、殊途同归。国语教育运动为五四文学革命提供了助动力，文学革命的宗旨之一——“国语的文学，文学的国语”——的实现促进了国语的提高与普及。

1949 年以后，中国现代文学学科正式确立，关于新文学发生的社会文化动因的考察，大致未出上述范畴，只是对其中某些方面予以强调或细化。五六十年代，强调政治与经济方面的因素。如老舍、蔡仪、王瑶、李何林受命草拟的《〈中国新文学史〉教学大纲（初稿）》，十分看重十月革命的影响。王瑶《中国新文学史稿》在认同这一观点的同时，也注意到第一次世界大战期间，各帝国主义国家都忙于军火生产和战争投资，暂时放松了对中国的经济侵略，中国的民族工业获得了相当发展的机会。民族

① 李杏保、顾黄初：《中国现代语文教育史》，成都：四川教育出版社，2000 年，第 67 页。

② 李杏保、顾黄初：《中国现代语文教育史》，成都：四川教育出版社，2000 年，第 79 页。

资本主义的发展，使中国社会的阶级关系和阶级要求日益明显并发生变化。反对旧道德提倡新道德、反对旧文学提倡新文学，即是新政治与新经济（社会变动与阶级要求）在文学上的反映。[①] 20世纪70年代末至80年代，强调思想革命、新文化启蒙的时代需求。90年代以来，日益扩展的文化研究使现代文学界较多地关注新闻出版、学校教育、留学生、知识分子与文学受众群体等的作用，文化视野显得更为广阔，而政治色彩有所淡化。[②]

经过80余年的探索，中间虽然经历了不少曲折，但毕竟回到了实事求是的学术正轨，到20世纪与21世纪之交，不止一部文学史著作[③]对于新文学发生的社会文化动因的梳理与判断，已经颇为全面与准确了。总而言之，白话文学传统、近代文学革命与近代翻译文学，孕育了内在的文学生命脉息；封建帝制的结束，科举的废止，国内新式教育的发展，留学生的增加，中外学术交流的扩大，知识分子群体的形成，第一次世界大战期间中国民族工业的迅猛发展，社会生活的急骤变化，新兴社会力量的快速增长，新闻出版业的迅速壮大，大一统思想统治局面的土崩瓦解，十月革命的强烈刺激，思想革命的急切呼唤，国语运动的携手相援，一并提供了温暖的产房，于是，新文学宁馨儿的诞生就成了历史的必然。

［原载《西南民族大学学报》（人文社科版），2008年第1期］

---

① 王瑶：《中国新文学史稿》（上卷），北京：新文艺出版社，1953年，第1页。

② 如周晓明《多源与多元：从中国留学族到新月派》，华中师范大学出版社2001年12月版；李怡《日本体验与新文学的发生》，台湾秀威资讯科技股份有限公司2005年版。

③ 如钱理群、温儒敏、吴福辉《中国现代文学三十年》（修订本），北京大学出版社1998年版；黄修己主编《20世纪中国文学史》（上、下），中山大学出版社2004年11月第2版，等。

金庸小说声音伤人叙述及其渊源

王　立

声音伤人，是一种奇特的伤人方式，似乎有些不可思议。然而，这却成为金庸小说中的一大奇观，而且有着隐约的中外文学渊源。在此，略加描述并进行初步的溯源追踪。

一、金庸小说声音伤人描写的种类

声音伤人，显然属于夸张，然而按照不同的方法，在金庸小说中可以分为不同的类型。大体上说，按照声音的来源，可分为人发出的、兽发出的和奇特乐器或器物发出的。按照音波冲击的对象，有对付坏人、恶兽的良性的，和考验式的中性。而若按照音量的大小及其效果，可分为重度伤人型和轻度伤人型或不伤人型。

首先，《倚天屠龙记》中谢逊以“狮子吼功”——长啸震群雄，小说写谢逊先让张翠山和殷素素快撕下衣襟，紧紧塞在耳中，“再用双手牢牢按住耳朵。如要性命，不可自误”。这时：

突见谢逊张开大口，似乎纵声长啸，两人虽然听不见声音，但不约而同地身子一震，只见天鹰教、巨鲸帮、海沙派、神拳门各人一个个张口结舌，脸现错愕之色；跟着脸色变成痛苦难当，宛似全身在遭受苦刑；又过片刻，一个个的先后倒地，不住扭曲滚动。昆仑派高蒋二人大惊之下，当即盘膝闭目而坐，运内力和啸声相抗。二人额头上黄豆般的汗珠滚滚而下，脸上肌肉不住抽动，两人几次三番想伸手去按住耳朵，但伸到离耳数寸之处，终于又放了下来。突然间只见高蒋二人同时急跃而起，飞高丈许，直挺挺地摔将下来，便再也不动了。谢逊闭口停啸，打个手势，令张殷二人取出耳中的布片，说道："这些人经我一啸，尽数晕去，性命是可以保住的，但醒过来后神经错乱，成了疯子，再也想不起、说不出已往之事。……"①

何以一啸之中，竟有如此可骇可畏的神威？这显然属于重度伤人型的，而且作为发声者本人的谢逊，事实上非常了解如此狂啸所给闻音者带来的巨大伤害，他还会采取极为有效的防御办法。而似乎只有"金毛狮王"才适合、才能够发出这等令人神经错乱或失忆的可怕狂啸。

相比之下，《神雕侠侣》中杨过受到史氏兄弟及豢养的猛兽围攻时，也使用了狂啸功，但他却注意到掌握分寸，可以说只让敌方暂时失去战斗力，而不至于受内伤，是较为人性化的：

啸声悠悠不绝，只听得人人变色，群兽纷纷摔倒，接着西山十鬼、史氏兄弟先后跌倒，只有十余头大象、史叔刚和郭襄两人勉强直立。那神雕昂首环顾，甚有傲色。杨过心想这病夫内力不浅，我若再催啸声，硬生生将他摔倒，只怕他要受剧烈内伤，当下长袖一挥，住口停啸。过了片刻，众人和群兽才慢慢站起。豺狼等小兽竟有被他啸声震晕不醒的，雪地中遍地都是群兽吓出来的屎尿。群兽不等史氏兄弟呼喝，纷纷夹着尾巴逃入了树林深处，连回头瞧一眼也都不敢。②

其中看出在强大音波冲击下，这些很傲气的壮汉，竟都是那么缺少承受力。群兽亦不同，神雕远比猛兽们内力深厚，大象居

① 金庸：《倚天屠龙记》（修订本）第六回，香港：香港明河出版社，1976 年，第 208～209 页。

② 金庸：《神雕侠侣》，北京：文化艺术出版社，1998 年，第 1580 页。

中；而不同人的功夫内力，也在此闻音反应中得以检验出来。陈墨先生评点《神雕侠侣》第三十四回时指出："读者不知十六年之后，杨过的武功进境如何，首先安排了他展示武功、内力的机会，以释读者的关心和悬念。那一声龙吟般的长啸，使人兽齐倒，近乎神话，但不由得你不信，……"[①] 我想，读者之所以能相信，是因为金庸小说中有一个表现声音、以声音表现的审美系统，同时，这一系统是民族传统文学和民间信奉早已潜在铸就的，对于声音的恐惧其实也是人类久远的集体无意识使然。

其次，是轻度伤人的声音，让人心慌意乱。《神雕侠侣》写杨过以长啸逼瑛姑心神不定，从黑龙潭那幽隐之处出来，与先前的丈夫一灯在多年分别后相见，即是属于这一种。说是杨过先将手帕撕成四片，将两片塞在慈恩耳中，另两片递给郭襄让她塞在耳内，而后气凝丹田，左手抚腰，仰首纵声长啸：

这啸声初时清亮明澈，渐渐的越啸越响，有如雷声隐隐，突然间忽喇喇、轰隆隆一声急响，正如半空中猛起个焦雷霹雳。郭襄耳中虽已塞了布片，仍然给响声震得心神不定，花容失色。那忽喇喇、轰隆隆霹雳般的声音一阵响似一阵，郭襄好似人在旷野，一个个焦雷在她身畔追打，心头说不出的惶恐惊惧，只盼杨过的啸声赶快止歇，但焦雷阵阵，尽响个不停，突然间雷声中又夹着狂风之声。……杨过纵声长啸，过了一顿饭时分，非但没丝毫衰竭之象，反而气功愈来愈壮。一灯听得也不禁暗自佩服，虽觉他啸声过于霸道，使的不是纯阳正气，但自己当日盛年之时，却也无这等充沛的内力，此时年老力衰，自更不如；心想这位杨贤侄内力之刚猛强韧，实非当世任何高手所能及，不知他如何练来。杨过随着神雕在海潮狂涛之中练功，一灯并不知情。再过半

① 金庸：《神雕侠侣》，北京：文化艺术出版社，1998 年，第 1635 页。

柱香时分，迎面一个黑影从黑龙潭中冉冉而来。杨过衣袖一拂，啸声登止。郭襄吁了一口长气，兀自感到一阵阵头昏脑胀。只听得那人影尖声说道：“段皇爷，你这么强凶霸道，定要逼我出来相见，到底为了何事?”一灯道：“是这位杨贤侄作啸相邀。”①

这段描写也是小说前后情节发展之所必需，同时有力地表现了神雕侠杨过的深厚内功。而且，这其中还强调了长啸中的“度”——分寸把握的问题，显然难度更大，对于发声者内力要求更高。

其三，是以猛兽群吼的巨大声响，来烘染一种必要的氛围。《神雕侠侣》写耶律齐与何师我比武后，何获胜：

何师我站在台口，抱拳向众人行礼，说道：“哪一位英雄再赐教，便请上台。”他那“台”字刚出口，猛听得史伯威“啊”的一声大叫，围在大校场四周的五百头猛兽忽地站起，齐声吼叫。单是一头雄狮或猛虎纵声而吼，已有难当之威，何况五百头猛兽合声长啸？这声音当真如山崩地裂一般，但见大校场上沙尘翻腾，黄雾冲天，群雄身前的酒杯菜碗被这巨声震得互相碰撞，叮叮不绝。②

仅有人声，而无兽吼，这不符合金庸小说对于动物关怀的整体思路。况且，对于声音的其他描写，也是与其他相关的声音效果描写出一种呈现互补相生之势。这不能不进行乐音的相关描写。

其四，以奇特的乐音助战，或让对方失去战斗力乃至发狂。如《射雕英雄传》写青衣怪人莫名其妙的箫声，使得欧阳克乘机侮辱穆念慈、以群蛇围攻梅超风的打算宣告破产，大有举重若轻

① 金庸：《神雕侠侣》，北京：文化艺术出版社，1998年，1607～1608页。

② 金庸：《神雕侠侣》，北京：文化艺术出版社，1998年，第1719～1720页。

之义，与清高的黄药师的期待，以及经常要取得的收效，可以说是不谋而合、恰到好处：

突然之间，半空中如鸣琴，如击玉，发了几声，接着悠悠扬扬，飘下一阵清亮柔和的洞箫声来。众人都吃了一惊。欧阳克抬起头来，只见那青衣怪人坐在一株高松之巅，手按玉箫，正在吹奏。……这时箫声连绵不断，欧阳克心头一荡，脸上不自禁地露出微笑，只感全身热血沸腾，就只想手舞足蹈的乱动一番，方才舒服。他刚伸手踢足，立时惊觉，竭力镇摄心神，只见群蛇争先恐后地涌到松树之下，昂起了头，随着箫声摇头摆脑的舞动。驱蛇的三个男子和六名姬人也都奔到树下，围着乱转狂舞，舞到后来各人自撕衣服，抓搔头脸，条条血痕的脸上却露出呆笑，个个如痴如狂，哪里还知疼痛。欧阳克大惊，知道今晚遇上了强敌……心知只要伸手一舞，除非对方停了箫声，否则便要舞到至死方休，心头尚有一念清明，硬生生把伸出去挥扇舞蹈的手缩了回来，心念电转："快撕下衣襟，塞住耳朵，别听他洞箫。"但箫声实在美妙之极，虽然撕下了衣襟，竟然舍不得塞入耳中。他又惊又怕，登时全身冷汗，只见梅超风盘膝坐在地下，低头行功，想是正在奋力抵御箫声的引诱。这时他姬人中有三个功力较差的已跌倒在地，将自身衣服撕成碎片，身子却仍在地上乱滚乱转。穆念慈因被点中了穴道，动弹不得，虽然听到箫声后心神荡漾，情欲激动，好在手足不能自主，反而安安静静的卧在地下，只是心烦意乱之极。欧阳克双颊飞红，心头滚热，喉干舌燥，内心深处知道再不见机立断，今晚性命难保，一狠心，伸舌在齿间猛力一咬，乘着剧痛之际心神略分，箫声的诱惑力稍减，立时发足狂奔，足不停步的逃出数里之外，再也听不到丝毫箫声，这才稍稍宽心，但这时已是筋疲力尽，全身虚弱，恍若生了一场大病。心头只是想：“这怪人是谁？这怪人是谁？”①

含有巨大威力的箫声，不仅使得在场者无可逃避，各有十分尴尬的反应，更是但闻其声而不见其人，构设了一种阅读悬念，即吹奏它的人究竟是谁。小说第十五回才点明是黄药师以箫声相救：“原来那日她（穆念慈）替杨康去向梅超风传讯，在骷髅头骨旁被欧阳克擒住，点了穴道。其后黄药师吹奏玉箫为梅超风解围，欧阳克的众姬妾和三名蛇奴在箫声下晕倒，欧阳克狼狈逃走。”而《天龙八部》第三十回则写远远传来的铮铮两声琴响：“一传入耳鼓，众人登时一颗心剧烈地跳了两下。玄难一愕之际，只听得那琴声又铮铮地响了两下。这时琴声更近，各人心跳更是厉害。风波恶只觉心中一阵烦恶，右手一松，当的一声，单刀掉在地下。”

《射雕英雄传》第十八回则写洪七公与黄药师、欧阳锋在桃花岛比武，洪七公用的是声音，黄药师用玉箫，欧阳锋则用声音凄厉的西域铁筝来对抗，连郭靖听了都不禁心跳加剧，只感胸口怦怦而动，极不舒畅。而黄药师以《碧海潮生曲》试探郭靖和欧阳锋的功力：

又吹得半晌，箫声愈来愈细，几乎难以听闻。郭靖停竹凝听。哪知这正是黄药师的厉害之处，箫声愈轻，诱力愈大。郭靖凝神倾听，心中的韵律节拍渐渐与箫声相合。若是换作旁人，此时已陷绝境，再也无法脱身，但郭靖练过双手互搏之术，心有二用，惊悉凶险，当下硬生生分开心神，左手除下左脚上的鞋子，在空竹上“秃、秃、秃”的敲将起来。黄药师吃了一惊，心想：“这小子身怀异术，倒是不可小觑了。”脚下踏着八卦方位，边行

① 金庸：《射雕英雄传》（修订本），香港：明河出版社，1976年，第544～545页。

边吹。郭靖双手分打节拍，记记都是与箫声的韵律格格不入，他这一双手分打，就如两人合力与黄药师相拒一般，空空空，秃秃秃，力道登时强了一倍。洪七公和欧阳锋暗暗凝神守一，以他二人内力，专守不攻，对这箫声自是应付裕如，却也不敢有丝毫怠忽，倘若显出了行功相抗之态，可不免让对方及黄药师小觑了。那箫声忽高忽低，愈变愈奇。郭靖再支持了一阵，忽听得箫声中飞出阵阵寒意，霎时间便似玄冰裹身，不禁簌簌发抖。洞箫本以柔和婉转见长，这时的音调却极具峻峭肃杀之致。郭靖渐感冷气侵骨，知道不妙，忙分心思念那炎日临空、盛暑锻铁、手执巨炭、身入洪炉种种苦热的情状，果然寒气大减。黄药师见他左半边身子凛有寒意，右半边身子却腾腾冒汗，不禁暗暗称奇，曲调便转，恰如严冬方逝，盛夏立至。郭靖刚待分心抵挡，手中节拍却已跟上了箫声。黄药师心想："此人若要勉强抵挡，还可支撑得少时，只是忽冷忽热，日后必当害一场大病。"一音袅袅，散入林间，忽地曲终音歇。郭靖呼了一口长气，站起身来几个踉跄，险些又再坐倒，凝气调息后，知道黄药师有意容让，上前称谢，说道："多谢黄岛主眷顾，弟子深感大德。"①

这里，实际上是把乐音描写同声音伤人母题结合，带有较多的审美效应的刻画。而又终究与古代那些音乐描写不同，显示出武侠小说特有的文类特征。

此外，还有的描写是并非以音量之大伤敌，而是将某种奇特声音与高超的武功结合，如《天龙八部》的星宿老怪丁春秋：

那老翁手中摇着一柄鹅毛扇，阳光照在脸上，但他脸色红润，满头白了，颏下三银髯，童颜鹤发，当真便如图画中的神仙

① 金庸：《射雕英雄传》（修订本），香港：明河出版社，1976年，第38～39页。

人物一般。那老翁走到群丐约莫三丈之处便站定不动，忽地撮唇力吹，发出几下尖锐之极的声音，羽扇一拨，将口哨之声送了出去，坐在地下的群丐登时便有四人仰天摔倒。游坦之大吃一惊："这星宿老仙果然法力厉害。"那老翁脸露微笑，"滋"的一声叫，羽扇挥动便有一外乞丐应声而倒。那老翁的口哨似是一种无形有质的厉害暗器，片刻之间，丐帮中又倒了六七人。①

武功发出必带声音，如同视觉画面的配音，应该说，金庸武侠小说的文类特色，成功地吸收了影视艺术手法，这在声音伤人母题中也体现出来，而也正因为该母题的存在，使得金庸小说带有了影视艺术的审美效果。

二、声音表现在小说塑造人物和营构情节方面的作用

声音表现，在中国传统文学中，除了诗歌中对于乐音描写与听觉意象的表现，虽有唐代诗人如李贺、白居易、韩愈等人的创获，但多属于瞩目乐音对于人们怀乡念旧等深在情感的唤起激发方面，关注的基本上是诗学功能②，如吴融《赠李长吏并序》写听芦管："初疑一百尺瀑布，八九月落香炉巅。又似鲛人为客罢，迸泪成珠玉盘泻。碧珊瑚碎震泽中，金琅铛撼龟山下。铿訇揭调初惊人，幽咽细声还感神。紫凤将雏叫山月，玄兔丧子啼江春。……"这是吹奏乐的乐音效果描绘；而牛殳《琵琶行》则有弦乐的乐音效果展示：

一弹决破真珠囊，迸落金盘声断续。飘飘飖飖寒丁丁，虫豸出蛰神鬼惊。秋鸿叫侣代云黑，猩猩夜啼蛮月明。潏潏汩汩声不定，胡雏学汉语未正。若似长安月蚀时，满城敲鼓声嶙嶙。青山

① 金庸：《天龙八部》（修订本），香港：明河出版社，1978年，第1220页。

② 王立：《文人审美心态与中国文学十大主题》第八章第二节，沈阳：辽海出版社，2003年，第377～392页。

飞起不压物，夜水流来欲湿人。伤心忆得陈后主，春殿半酣细腰舞。黄莺百舌正相呼，玉树后庭花带雨。二妃哭处山重重，二妃没后云溶溶。夜深霜露镇空庙，零落一丛斑竹风。金谷园中草初绿，石崇一弄思乡曲。当时二十四友人，手把金杯听不足。又似贾客蜀道间，千铎万磬鸣空山。未若此调呦呦兮啁啁，嘈嘈兮啾啾。引之于山，兽不能走；吹之于水，鱼不能游。……

乐音引起的联想和移情，不论在空间是上是多么深远辽阔，在情感的力度上是多么强大深切，终归只是心理上的、情感疆域之内的，毕竟受众能够承受，而非生理上造成某种实质性的影响。因此，与其说是描绘乐音本身的精妙，莫若说是借助于听者主观上既有的“先结构”之于特定乐音的接受联想，来渲染乐音的精妙，基本上还属于一种审美表现和审美效应的范围。

而在金庸小说中，既张扬了“声音伤人”母题，成为复杂类型英雄人物的独特描绘，也是情节上一个很值得注意的曲折构设、增光添彩之处。应该说，古怪英雄的特殊技艺，以声音来表现，这是金庸小说关注武侠人物内在功力描写的必然，也是强调某一特定人物内力充分、武功高强的一个别致的表现角度。同时，就文本事实的接受上，还提醒我们，叙事文学中的声音描写也应予以适当关注。

对此，研究者早已注意到了，在引述谢逊几场打斗和惊人长啸的描写后，陈墨先生指出：“原来这金毛狮王谢逊自出现在王盘山岛起，就先声夺人，使人疑为神怪，一场打斗接着一场，最后居然真正以声啸而伤众人。他的性格倒慢慢地凸现出来了。这一人物有着人间最悲惨不堪的伤心之事，半狂半疯正因为他至性至情。这时的谢逊虽处于‘魔性’之中，但作者写来却是具有分寸，几场拼试技击，各尽其妙，既没有将他写成是怪，也没有将他写成是鬼。”①

大致归纳起来，金庸小说所描写的以声音伤人的人物，基本上都属于性情古怪或心理不够健康的那种，他们或多或少都存在某种性格不够完善之处，抑或精神状态处于不够正常的情形。谢逊，是因全家无端被害而受到严重刺激；欧阳锋，是著名的“西毒”，亦属受到严重刺激，曾发疯且长期处于精神失常状态；黄药师，号称“东邪”，更是缘其早年的变故和持久独守桃花岛而性情愈加怪异。《神雕侠侣》第十五回曾予总结：“殊不知黄药师一生纵横天下，对当时礼教世俗之见最是憎恨，行事说话，无不离经叛道，因此上得了个‘邪’字的名号。他落落寡合，生平实无知己……”而杨过，此时虽有了“神雕侠”的名头，处于人近中年，已从少年乖戾性情逐渐走向成熟，但他依旧属于那种偏好走极端，喜爱开过分玩笑、不拘常规法度的另类人物。无疑，他们使用这一“声音伤人”之术，都与先前曾有或依旧持续的偏执性情有关，借此应付眼前的敌手，又何尝不是一种内心郁积的勃发宣泄！总之或多或少都与非正常的心理、性情和经历密切相关。而且有理由说，也正是这种怪异的“武功”，在特定情境中的适时表演，一定程度上烘托塑造了这类人物非正常的性情和心理、行为方式。从而，这些“与一般人不一样”的人物，不仅有了更为合理的存在方式，而且显得富有吸引读者的较多传奇色彩。

在古代中国的传统武德观看来，似乎真正的大侠，其手段和行侠仗义的正义目标应该是统一的。他们不应该也不屑于使用一些古里古怪的、来路不正的武功，以经不起推敲的“非主流”武艺来赢得胜利，以免落下“胜之不武”的恶名。这一观念受到古代兵法的很大影响，如《孙子兵法·谋攻》称：“上兵伐谋，其

① 陈墨：《金庸小说之武学》，南昌：百花洲文艺出版社，1996年，第58页。

次伐交，其次伐兵，其下攻城。”对于战胜的方式非常讲究。《淮南子·兵略训》也将战争的指导思想分为上中下三个不同的品位：“兵有三柢（要事）：治国家。理境内，行仁义，布德惠，立正法，塞邪隧，群臣亲附，百姓和辑，上下一心，君臣同力，诸侯服其威，而四方怀其德，修政庙堂之上，而折冲千里之外，拱揖指扔而天下响应，此用兵之上也。地广民众，主贤将忠，国富民强，约束信，号令明，两军相当，鼓錞相望，未至交兵接刃而敌人奔亡，此用兵之次也。知土地之宜，习险隘之利，明奇正之变，察行陈解赎之数，维枹绾而鼓之，白刃合，流矢接，涉血属肠，舆死扶伤，流血千里，暴骸盈场，乃以决胜，此用兵之下也。今夫天下皆知事治其末，而莫知务修其本、释其根而树其枝也。”① 侠重武勇，兵家的行事原则和价值评定，也不免影响到武侠文化的深层取向。如《水浒传》中的人物品位，其立身行事的原则就与此相关，像李逵那样抡开板斧排头砍去的终究不是作者要歌咏的上乘人物。而如此使用怪异武功的人物，似乎也没有必要偏废和忽视，因为毕竟可以丰富人物的类型和便于多元化地表现人物。

不过，金庸小说显然继承并发挥了这一传统的武德观。试想，如果让一些更为理想化、完美化的人物来行使声音伤人的绝技，奇则奇矣，却不雍容儒雅。然而，能够把这类怪异的武功，同特定人物的性情和曲折奇特的情节恰到好处地结合，却并非易事。而对于金庸笔下声音伤人描写之于人物形象的关系，也不能如上述简单化一概而论，像黄药师的箫声不但能令人震撼，还有微细轻柔沁人心脾的一面，恰恰突出了他心底久被压抑的儒雅和深沉。像杨过，也不轻易使用这一古怪的武功，他们使用往往有

① 何宁：《兵略训》，《淮南子集释》（卷十五），北京：中华书局，1998年，第1055～1056页。

不得已为之的理由。

声音伤人母题，在金庸小说的文本系统中不是孤立存在的，也有一些巨大声音描写相辅助补充。《天龙八部》第十章写枯荣长老面壁数十年，突然以此断喝"慑敌警友"，为自己的主张起到引人重视之效：

猛听得"呜哗——"一声大喝，各人耳中均震得嗡嗡作响。保定帝知道这是佛门中一门极上乘的功夫，叫作"狮子吼"，一声断喝中蕴蓄深厚内力，大有慑敌警友之效。只听那面壁而坐的僧人说道："强敌日内便至，天龙寺百年威名，摇摇欲坠，这黄口乳子中毒也罢，著邪也罢，这当口值得为他白损功力吗？"这几句话中充满着威严。①

总之，金庸小说运用声音描写的传统母题，具有难度而富有挑战性，他不仅有继承，而又创新和发扬之。这与金庸小说总体审美取向不为无关。"无人不冤，有情皆孽"的巨大情感和命运悲剧，使金庸小说的人物出现了不少精神受到严重刺激、情感失常的类型，非常需要运用一些非常规的武功描写，来借此强调并且使之与他们诡异化的性情合拍。如此审美表现上的需要，也使得作者有可能向声音效应描写的怪异夸张化努力开掘。

三、明清小说及旧派武侠小说的相关描写

从传统叙事文学的互文性网络上追寻，可知明清小说对于能够声音伤人的宝物，奇特的以声音伤人的人物，即有着丰富而颇有意趣的表现。

罗懋登《三宝太监西洋记通俗演义》第五十三回载西番撒发国的总兵官圆眼帖木儿，拥有两件宝贝，一个是"三寸围圆的一

---

① 金庸：《天龙八部》（修订本），香港：明河出版社，1978年，第400页。

个钟儿”，一个是“一尺围圆的一个磬儿”。钟儿是“吸魂钟”，磬儿是“追魂磬”。只要对人轻轻地敲三下，就可以收走人的魂魄。如此声音，居然能够摄取人的魂魄，关键在于这是某一特定的宝物所发出。这虽然侧重在宣扬西域宝物的威力，到底强化了宝物所发声音的威力，很可能启发了金庸笔下诸乐器伤人迷魂和谢逊狂吼震疯敌方的描写。而在这罗懋登和金庸之间，还珠楼主《蜀山剑侠传》第二一四至二一五回也写出了金禅、石生分别将钟、磬来敲击金钟和玉磬，钟声洪亮，磬声清越，取其“金省玉振”之意，也是敲击三下，岂非无独有偶？然而却紧接着便火山地震一起爆发，其间宝物的威力变得突出，而一个新的仙山奇境随之诞生。

佚名《说唐三传》第三十八回也写西番女将刁月娥以胸前的金铃摇动，使先锋罗章落马，窦一虎被捉，秦汉回忆起当年师父曾告诫过：“金刀圣母有个金铃，名曰‘摄魂铃’，对人几摇，灵魂摄去，要一时三刻方还魂。”这铃声无疑也是一种声音，其中寓含了对某种神秘器物所发声音可以摄取灵魂的信奉。虽然这声音未必是多么音量巨大，但至少是奇特而能穿透人体的、致命的，仿佛人听不见的“次声波”那样。

然而直接以奇特的巨吼伤人的描写，在明清小说中也不是没有，偏偏还是个女将，这符合女将上阵必定要多加小心的告诫。《南游记》第十七回写孙悟空率兵攻打华光：“却说齐天有一女儿，名叫月孛星，生得如何？但见目大腰宽，口阔手粗，脚长头歪，喊声一似天崩开，遇着不死七八。”也是以善发巨大声音来致敌死命。下面写她跟随孙悟空去讨战：“华光丢起火丹来，火炎连天，齐天一身都是毛，见火便着，不敢抵敌，大败走去东洋大海里浸身。那女儿月孛星在旁见父败走，将那骷髅头拷动，叫声‘华光’，华光即时头痛眼昏，走回山洞。那月孛星的骷髅骨十分厉害，人被他叫名拷了，二日自死。”而此前，《杨家府演义·穆桂英擒六郎》也早就写钟道士介绍黄琼女亦曰：“彼按为月孛星，手执骷髅，遇交战之际，哭声一动，则敌将昏迷坠马，今破此阵，必先擒此妇也。”

明清小说之于声音伤人母题的中介之功，至少有二，一者，是集注到以宝物发音来致敌失去战斗力；二是以女将的性别弱势，抵销运用这一非常规的、有争议的手段的道德排拒力。似乎这也是伦理型文化对于外来异术的一个“误读”加工。以至于中国后世的民间信仰中，妖魅也惧怕响亮声音，俞樾《茶香室丛钞》三钞卷二十“焱夜魅”条称：“国朝刘献廷《广阳杂记》云，汪武曹言，无锡有妖如火，夜飞入人家，慑物，乃至数百石米，亦能挟之去。惟怕铜锣钢叉。……”[①] 人类对于工具的掌握，通过金属敲击声音传出，令妖怪畏惧逃走，这也符合民间倡导惩恶扬善的总体趋向。

还珠楼主《蜀山剑侠传》第一〇三回写笑和尚面对深谷，发声试探：“先发出的是一种尖音，声如笙簧，非常悦耳。发声不过刹那，便听侧面树林之中，扑腾扑腾，起了一阵骚动。天边晚鸦，闻得长吟，俱都飞翔过来，就在二人头上展翅飞翔，盘旋不去。”而后这和尚又引吭长啸：

轰轰连声，如同晴天霹雳当头压下，山岳崩颓，风云变色。只吓得空中飞鸟登时一阵大乱，乱飞乱窜，扰作一团。有的吓得将头埋入翅间，不能自持，纷纷落地。有那闯出重围的拨转了头，束紧双翼，如穿梭般纷纷失群，四下飞散。尉迟火也觉禁受不住，直喊：“笑师弟，快些住口，这不是玩的，再笑，我耳朵

① 《笔记小说大观》(第三十四册)，扬州：江苏广陵古籍刻印社，1984年，第362页。

都要聋了！”……[1]

而山脚下跑来一个矮短汉，说他病中的哥哥竟然被这大叫吓得昏死过去了。《蜀山剑侠传》也不是没有注意到乐音杀伤力的表现，该书第二〇九回写崔芜留下两件法宝，其中一名洞灵筝：“长才数寸，乃汉仙人樵公伏魔之宝，专制山精海怪。如法弹奏，多厉害的怪物，闻声立如痴醉，周身绵软，任凭诛戮。更能裂石开山，通行绝海。”尽管相对说使用范围有限，但这对于金庸笔下丁春秋的口哨、黄药师的洞箫声和欧阳锋那西域铁筝声的描写，当不会没有触发。

四、声音伤人描写的外来佛经渊源

中国古人对声音很敏感，而且极为重视声音蕴含，前辈学者认为上古时代就有一种“听声之学”[2]。闻音，继而以之为依据预见和其相关的事象，是关于神秘化听觉崇拜的一个验证。早自《左传》等就有了闻初生儿声音知其后来事的叙事段落，后世也渐渐明确化，并延伸到对于该人未来命运的推知。《国语·郑语》载夏虞之世的幕，“能听协风，以成乐物生（性）”。《国语·鲁语》称：“幕，能帅颛顼者也，有虞氏报焉。”宋人罗泌《路史》称，曾经见过汉刘耽所著《书吕梁碑》载：“舜祖幕，生穷蝉。”说明幕为舜之祖。《左传·昭公八年》史赵称：“自募至于瞽瞍，无违命，舜重之以明德，置德于遂。……虞之世数，未也，继守将在齐。”《礼记·乐论》也称“亡国之音哀以思”。《淮南子·汜论训》也称：“禹之时，以五音听治，悬钟、鼓、磬、铎、置鞀，

① 还珠楼主：《蜀山剑侠传》（第一〇三回），《还珠楼主小说全集》（总第二卷），太原：山西人民出版社、北岳文艺出版社，1998年，第1063页。

② 饶宗颐：《古代听声之学与“协风成乐”说溯源》，收录于《饶宗颐史学论著选》，上海：上海古籍出版社，1993年，第84～87页。

以待四方之士。为号曰：‘教寡人以道者击鼓，谕寡人以义者击钟，告寡人以事者振铎，语寡人以忧者击磬，有狱讼者摇鞀。’”而《淮南子·主术训》也有：“乐生于音，音生于律，律生于风，此生之宗也。”《淮南子·本经训》还有：“风雨之变，可以音律知也。”于是，对于声音的审美期盼和神秘联想，成为早期民族文化心理中声音感知的主流[①]。而且无疑带有声音崇拜的原始巫术思维。汉魏六朝以来，伴随着佛教渐入中土，声音巨大威力的渲染夸张，成为佛教自神其教宣传的一个常见思路，这也是中国叙事文学的一个不可忽视的环节。

首先，是佛像受毁损时发出的巨大声音，使肇事者自身受到严厉的惩罚。六朝志怪《宣验记》称：“相州邺州城中，有丈六铜立像一躯。贼丁零者，志性凶悖，无有信心。乃弯弓射像面，血下交流。虽加莹饰，血痕犹在。又选五百力士，令挽仆地，消铸为铜，拟充器用。乃口伐大声，响烈雷震。力士亡魂丧胆，人皆仆地，迷闷宛转，怖不能起。由是贼侣惭惶，归信者众。丁零后时著疾，被诛乃死。”五百力士同时丧魂仆地，与其说是身体受伤损，毋宁说是精神受到强烈刺激所致，在冷兵器时代，似乎只有这伤人的巨大声音才做得到，而故事想要达到的就是这一效果。

其次，是巨大吼声与猛兽的神秘描写结合，具有真幻相生的互补效应，使宗教故事成为近乎真实的世俗传闻。早期观世音崇拜的《系观世音感应记》中，即载有猛兽巨吼威慑力的宣示，说释开达在东晋隆安二年（397 年）到陇上掘甘草，赶上当地饥荒，羌人捕食俘虏吃掉，被掳者只有他和一小儿尚未被吃，他就夜里诵经，“临急愈至，犹望一感”。此时忽然见有一只大虎从草

① 王立：《古代小说中的闻音预见母题》，《佛经文学与古代小说母题比较研究》（第十八章），北京：昆仑出版社，2006 年，第 371～383 页。

从中跳出，大声吼叫，诸羌人一时被吓走。而那虎还在栅上作一小洞，足够通过人，开达这才带着小儿逃出①。无疑，这里的“虎吼”是华化了的叙事，而佛经原典则多是“狮子吼”的崇拜。

《佛说太子瑞应本起经》称：“佛初生时，有五百狮子从雪山来，侍列门侧。”而佛陀也自此坐狮子座说法，演法作狮子吼，是为“人中狮子”，其庄严的法音有“狮子吼”的形容，因为古代西域地区是狮子崇拜的流行区域，“狮子吼”的效果也常被渲染夸张，有些佛经即以此名之。有名的狮子国来历故事中，南印度有新娘被狮子王劫掠，生子长大后携母妹逃回到本国，访狮子王愤怒地残害村庄，国王派猛士欲围射而狮子王：“发声瞋吼，人马倾坠。无敢赴者。如是多日，竟无其功。”② 猛兽具有人的爱怒情感，而猛兽的威慑力也是以怒吼的震撼力来表现的。而此传说还进入到中土佛传故事里，对于中原人的影响也是不言而喻的。

这一“狮子吼”的信仰，影响到华夏之邦对于外域的理解和“异国情调”的传达。明代马欢《瀛涯胜览》带有实录性地叙写，追随郑和下西洋所经阿丹国所闻：“其狮子形似虎，黑黄无斑，头大口阔，尾尖毛多，黑长如缨，声吼如雷，诸兽见之，伏不敢起，乃兽中之王也。”刘郁《西使记》也写道：“狮子雄者鬃，尾如缨，拂伤人，吼则声从腹中出。”狮子吼具有如是威效，这当是金庸小说写武侠人物“狮子吼功”发自内力，形容“金毛狮王”内力深厚的一个根据吧。

其三，是中土故事对于声音伤人母题的改写加工。如唐代出现了水中猛兽以声音杀人的传闻。《太平广记》四百六十六引

---

① 董志翘：《〈观世音应验记三种〉译注》，南京：江苏古籍出版社，2002年，第152～153页。

② 慧立、彦悰：《大慈恩寺三藏法师传》（卷四），北京：中华书局，1983年，第88～89页。

《纪闻》称，唐王旻之在牢山：

> 使人告琅琊太守许诚言曰：“贵部临沂县其沙村，有逆鳞鱼，要之调药物，愿与太守会于此。”诚言许之，则令其沙村设储峙，以待太和先生。先生既见诚言，诚言命渔者捕所求。其沙村西有水焉，南北数百步，东西十丈，色黑至深，岸有神祠。乡老言于诚言曰：“十年前，村中少年于水钓得一物，状甚大。引之不出，于是下钓数十道，方引其首出。状如猛兽，闭目，其大如车轮。村人谓其死也，以绳束缚，绕之树，十人同引之。猛兽忽张目大震，声若霹雳。近之震死者十余人，因怖丧去精魂为患者二十人，猛兽还归于水。乃建祠庙祈祷之，水旱必有应。若逆鳞鱼，未之有也。”诚言乃止。

这里的母题叙事，实际上已成为近乎真实新闻事件的现场记录，然而也传达出了平常人在没有思想准备的情况下，骤闻巨吼，被当场吓死或吓掉魂的悲剧性效应。猛兽近妖，然而伴随着妖怪观念的演进，人们把稀奇古怪的猛兽也理解成妖异，这怪怪的巨吼，不是有力地将故事的恐怖性质传达得很成功么?

可见巨大声音描写的深层宗教叙事意蕴。而对于听觉感受的关注，莫过于中国汉译佛经的传译过程中，对于僧徒诵经的高度重视，以及对于诵经之美的极力宣扬。慧皎《高僧传》卷一三《经师论》称：“……逮宋、齐之间，有昙迁、僧辩、太傅、文宣等，并殷勤嗟叹，曲意音律，撰集异同，斟酌科例，存仿旧法，正可三百余声。”①

极言佛门弟子诵经声音的妙绝效果，在审美效应的文学形容上，达到一种无以复加的共同美的感人境界，以至于鸟兽欣悦，

① 孙昌武：《“西邸学士”与“经呗新声”》，收录于《文坛佛影》，北京：中华书局，2001年，第168页。

人神共感，也是中古时期宣佛话语所始料不及的一个创获："……其颂声也，拟象天乐，若云籥自发，仪形群品，触物有寄。若乃一吟一咏，状鸟步兽行也；一弄一引，类乎物情也。情与类迁，则声随九变而成歌；气与数合，则音协律吕而俱作。拊之金石，则百兽率舞；奏之管絃，则人神同感。斯乃穷音声之妙会，极自然之众趣，不可胜言者矣。"①

声音伤人，与乐音本身具有魔力的信奉和强调分不开，对此还可以追溯到古代印度的民间故事。印度民族是一个重视捕猎技巧的民族。在印度民间故事中，也有利用各种技巧捕猎的传闻，如《故事海》写犊子国国王优填即然，酷爱打猎的他："日夜弹奏从前婆苏吉送给他的那把音色优美的琵琶。他经常利用琴弦产生的迷人心窍的魔力，驯服林中疯狂的野象。"他没有分清如同真象一样的"机关象"，于是"独自一人弹着琵琶，唱着音调甜蜜的歌，慢慢走向前去"，被里面冲出的士兵包围、俘获，来到仙赐身边，两人渐生情愫，经过一番曲折终于成婚②。能够让狩猎者的眼睛分辨不出真假，这机关象的制作水平，也反映了当时相关工艺水平的精湛。然而不可忽视的是，故事还充分张扬了乐音对于狩猎对象的魅力，也称得上是对于声音奇特功效的一个有力证明。

印度古代诗学理论，无疑较早而且极为关注恐怖声音的表现及其效果。最早的戏剧学著作《舞论》就指出："恐怖味以常情惧为特征。它通过怪异的声音、见到鬼怪、听到豺和猫头鹰的叫声而惊恐、进入空宅或森林、死亡、耳闻目睹或谈论亲人的被杀或被囚等等情由产生。他应该用手脚颤抖、眼睛转动、汗毛竖

---

① （晋）释慧远：《阿毗昙心序》，收录于［南朝］僧祐著，苏晋仁、萧鍊子点校：《出三藏记集》（卷十），北京：中华书局，1995年，第378页。

② 黄宝生、郭良鋆、蒋忠新译：《故事海选》，北京：人民文学出版社，2001年，第63～68页。

起、面孔变色、说话变声等等情态表演。它的不定情是瘫软、出汗、口吃、汗毛竖起、颤抖、变声、变色、疑惑、慌乱、沮丧、激动、暴躁。惧怕、癫狂和死亡等等。”[①] 如此之多的闻音动作表现的总结，说明古代印度十分讲究对于声音的描写，认为这一描写是多样化的而且会使闻听者心理受到强烈刺激，产生表情行为的巨大变化。

由于受到佛陀“狮子吼”宗教信奉的价值导向驱动，声音伤人母题，在中国文学中总体价值流向，考验式是惩恶扬善的正面用途，很需要这一较为易于与现实感受贴近的武勇效果，虽然正派人士在中土侠义价值观的作用下也不太喜好这一不大正派的武功，然而在实际描写和具体情节中，母题往往依旧表现出对于邪恶势力具有难得的震慑之功，因此，在金庸小说中的声音伤人母题，也顽强地带有上述这一传统母题的内在趋向，虽然并非是那么正统的御敌之术，声音伤人，依旧可以是那些个性很强、武功奇绝的大侠，在紧要关头克敌制胜的传奇性法宝，从而增强了金庸小说的仙话化叙述特征和某些巫术思维表现。熟悉金庸小说人物的读者，都会同意本文的粗浅体会吧。

〔原载《西南民族大学学报》（人文社科版），2009 年第 11 期〕

---

① 黄宝生译：《梵语诗学论著汇编》，北京：昆仑出版社，2008 年，第 50～51 页。

茅盾的市民研究与《子夜》的思想资源

曹万生

茅盾的资本家系列创作是一个谜，它的语境与整个中国现代文学的语境相逆。此前，整个中国现代文学都在个性主义、人道主义的起点上进行思想启蒙，并从思想启蒙的基点上转向政治革命叙述。这是鲁迅、创造社、文学研究会、诸社团、革命文学等共同认定的基点及其发展。但《子夜》出来后，中国现代文学的语境发生了极大的变化。在《子夜》看来，现代中国的重心不在精神启蒙或政治革命，而在物质生产与消费，在都市社会的建构。换言之，不是用一种精神的力量去进行国民性批判或者革命文学提倡，而是用一种物质的力量去进行农业性摧毁或者工商王国建构；不是用批判的武器进行批判，而是用武器的批判进行批判，从而改变中国现代社会的实质。茅盾以后，20 世纪 30 年代都市文学，与他的思路是一体的，是《子夜》主旋律的分谱，比如新感觉派小说的都市化叙事。对茅盾这一思路及其变化，我们的研究还不深入。

考查茅盾的思想，有助于解谜。茅盾的思想在于对市民—资产阶级社会力量的高度重视，他的学术研究的一个重心也在这里。这是茅盾与其他中国现代作家不同的地方，比如其与沈从文的根本对立的地方也在这里。这个独特的价值体系，决定了他的都市文学创作和资本家系列创作。

一、茅盾的市民研究

20世纪20年代到40年代，"市民"是茅盾学术研究关键词之一。茅盾的市民研究有几个重要阶段。其中，最集中的是1940年代初期在延安鲁迅艺术学院的《中国市民文学概论》讲稿及其类似演讲。次之，有20世纪20年代到20世纪30年代的小资产阶级文学研究与小市民文学研究，以及20世纪三四十年代对资本家文学之创作与研究。

据茅盾回忆，1940年7、8月间，他应鲁迅艺术学院文学系的邀请，在该院讲了五六次课，总题目就叫《中国市民文学概论》，当时还写了详细的提纲，由于后来战乱辗转及延安撤退，讲稿已经散失①。经过对茅盾文献的鉴读，本文认为，茅盾发表于延安《中国文化》1卷5期上的《论如何学习文学的民族形式——在延安各文艺小组会上的演说》一文②，酷似茅盾回忆录中的《中国市民文学概论》。这篇文章以文学民族形式为题，讲的却是市民文学的问题。据该文后记，这篇演讲原系在延安各文艺小组演讲时两位工作人员的速记，共有2万多字，后茅盾作了删改③。由于两篇演讲时间相近，同在1940年7月，内容相近，后者只是加了一个民族形式的帽子④，因此，本文判断，这很可

---

① 茅盾：《我走过的道路》（下），北京：人民文学出版社，1984年。

② 茅盾：《论如何学习文学的民族形式》，载《中国文化》1卷5期，1940－07－25。

③ 茅盾：《论如何学习文学的民族形式》，来源同前。

④ 时毛泽东在《中国文化》创刊号上发表了《新民主主义的政治与新民主主义的文化》，洛甫发表了《抗战以来中华民族的新文化运动与今后任务》，这是当时延安的热点话题；与此同时，解放区、国统区正在讨论文学的民族形式，故取了民族形式角度之题，但全篇讲的内容实为市民文学。

能是学界寻觅很久而不得的茅盾的《中国市民文学概论》[1] 内容的另一版本。

（一）茅盾《中国市民文学概论》的市民及其文学研究

首先，关于市民概念。茅盾说："所谓市民，指城市商业手工业的小有产者。"这里的市民，也就是与农耕文化相对立的都市工商文化的市民。"城市商业手工业的小有产者"，有三重含义，一是城市、二是工商、三是有产。即在城市从事工商业的有产者，也就是现代社会所谓资产阶级或小资产阶级；资产阶级或小资产阶级是现代概念，茅盾这里使用的"市民"，与他们的内涵是近似的；也就是说，茅盾这里所谓市民，就是小资产阶级或资产阶级，即依靠资本（有产）进行发展的工商业者。此外，市民这个概念还有很大的包容性，即包含了城市的有闲居民等。茅盾认为，这在中国长期存在，只是不占主流地位。茅盾与传统的历史社会学的分期不同，认为中国社会从春秋战国起，就已经有了市民和都市的概念，如战国的临淄即"有五六十万的人口了"，正因为有这种力量，大商贾才颇有势力，吕不韦亦才得为秦相。[2]

其次，市民意识的内涵。市民意识是茅盾所关注的概念，市民意识在他的论文中，体现为《水浒》中的"人人平等"的观念。茅盾解释了《水浒》的农民意识与市民意识共谋的问题："《水浒》当其尚为流行于民间片段故事的时候，是农民意识的东西，其后经过市民文学的说评话者转辗润色而发挥，便加进了市民阶级的思想内容"，"因当时市民阶级之政治的、经济的要求，与农民的尚一致"，"所以统一而谐和"。《西游记》表现的是对抗

① 关于这一点，《茅盾全集》编者之一吴福辉和茅盾之子、茅盾文献的保存研究者韦韬，在2006年5月与笔者的电话中都谈到该书几不可觅的情况。

② 茅盾这里实际上所持的是20世纪30年代中国社会性质论战中的"新生命"派陶希圣的观点。

儒学一尊的市民意识。《红楼梦》表现的是“家庭与个人的矛盾，礼教与恋爱的矛盾”，“提出了最严重的思想问题，要求一个解答”，是“名教的叛徒”。这里谈的市民意识，已经成了西学的人道主义问题，人的解放的问题了。综合起来看，就是平等、自由、个性、独立的现代意识。这是茅盾对中国传统文学中市民意识的定位。

再次，茅盾关于两种民族文学的概念。茅盾把中国民族文学分成两部分，一部分是上述的市民文学，只占“百分之一”；另一部分是与上述市民文学相对立的文学，占“百分之九十九”：“百分之九十九是奉诏应制的歌功颂德，或者是‘代圣立言’的麻醉剂，或者是‘身在山林，心萦魏阙’的自欺欺人之谈，或者是攒眉拧眼的无病呻吟。这百分之九十九的宝贝，作者当时心目中只有帝王，只有特权的封建阶级，至多有他一个‘曳尾泥中’的小我”，“是极少数人所作，为了极少数人的利益，并为绝少数人所享乐的，和人民大众的利益，思想情感，全不相干”。这百分之九十九，在茅盾看来，就是历史上各类封建文学（含附属）。这与列宁的两种民族文化的理论似有类似之处，列宁在《关于民族问题的批评意见》[①] 一文中说：“每种民族文化中，都有两种文化，有普利什凯维奇、古契柯夫和司徒卢威之流的大俄罗斯文化。但是也有以车尔尼雪夫斯基和普列诺夫为代表的大俄罗斯文化。乌克兰也有这样两种文化，正如德国、法国、英国和犹太人有这样两种文化一样。”列宁认为，每个民族都有剥削阶级的文化和被剥削阶级的文化，就现代资本主义社会而言，就是“资产阶级文化”和民主主义和社会主义的文化，就封建社会而言，就

① 列宁：《关于民族问题的批评意见》，收录于《列宁全集》（第20卷），北京：人民出版社，1958年。

是毛泽东所说的“民主性的精华”和“封建性的糟粕”[①]。茅盾这里理解为封建文学与市民文学的对立，着眼的仍然是经济形态的问题，与列宁和毛泽东的意识形态画线有所不同。

两种文化的概论，是茅盾关于市民文学概念的理论前提。换言之，百分之九十九与百分之一的问题，就是封建文化与市民文化的问题，并且这个对立、这个问题自汉代以来都存在。这是茅盾独立的看法，也是他市民文学之反封建的意义所在。也就是说，汉代以来的小工商业者，都是与封建的农耕文化相对立的新生力量，反封建力量，茅盾把这种力量叫做“市民”，把他们的文学叫做“市民文学”。

第四，市民文学。茅盾对市民文学作了一个定义：“真正的市民文学——为市民阶级的无名作者所创作，代表了市民的思想意识并且为市民阶级享用欣赏，其文字是‘语体’的，其形式是全新的、创造的，其传播方式则为口述（所谓‘讲评’是也）——这样的东西，是到了宋代方始发生和发展的。所谓‘宋人评话’，就是这个东西。”市民“以主人公身份出现了”，表现的是市民的“人情世态”。这里的市民文学，就是内涵为城市、工商、市井生活与市民意识中的叙事文学。它与田园时代的农耕文学对立，与传统的诗词歌赋对立，与传统的封建文学对立。结合中国文学史的传统，他认定的是市井说书类叙事性文学，与近代西方文艺复兴时代以后的资产阶级文学相呼应。这是茅盾对于市民文学的正面描述，在这里，既有马克思主义的历史唯物主义的内涵，也有恩格斯谈论的巴尔扎克的历史内涵，也有中国传统文学中的非正统的说部的内涵，也有站在20世纪角度进行文学

① 毛泽东：《新民主主义论》，收录于《毛泽东选集》（第2卷），北京：人民出版社，1991年。

史描述的历史内涵。这就是茅盾所醉心的现代中国严肃文学中[1]的都市长篇小说、严肃文学中都市资本家题材的长篇小说。这是茅盾的夫子自道，说穿了，这个“市民文学”与他后来从事的资本家题材长篇小说是一个脉流的上游。在这里，他不太注重抒情层面的文学，而注重叙事层面的文学。这个意识，与他从事都市小说创作的动机是有关系的，即指现代的资产阶级的叙事文学。

第五，市民文学在中国的历史发展及其价值判断。汉代以前的市民文学，由于秦的焚书特别是汉代独尊儒术后，被消灭掉了。“自汉末以至隋”，市民阶层不太发展，茅盾谈到其缘盖由井田制兴废所决定，这当然也是经济学的眼光。“唐宋两代”，市民阶层发达，所以话本发达。宋人评话就是市民思想意识的产物，元是“曲”，市民文学主要以口头的话本方式存在的作品，就是《水浒》《西游记》《红楼梦》的产生及其发展。这些文学作品与传统的封建文化之不同，就在市民意识的介入与发展。在这里，茅盾的概念是独特的，即中国始终有一个与封建文学相对应的市民文学，这是由中国的非农耕文化的另一种文化即小生产小工商文化决定的，是与农耕经济相对立的意识形态产物。小生产小工商随着时代的发展，特别是经过明清、经过1840年代以后的开放，到20世纪30年代已经成为都市的工业生产与金融市场，这导致了现代上海都市的发展。这一条线索，成为后来茅盾文学史观的重要组成部分，包括他写的《西洋文学概论》[2]，都极为重视西方现代资本主义发展对文学的影响，这个观念作为文学的价值形态，成为茅盾后来的文学评论与创作的价值尺度。

茅盾认为，“剩下来的百分之一，才是我们民族的货真价实的文学遗产，才是我们值得去向它们学习的材料；也就是说，这

① 参见下文的有关论述，下同。

② 茅盾：《西洋文学概论》，上海：世界书局，1930年。

百分之一中间，才有我们的文学形式，或文学的民族形式”。换言之，只有市民文学才是中国最有民族形式特点的文学。这个结论当然是武断的，也是不科学的，这是一个价值判断的问题，不是一个学术史的问题。但正因为这是一个价值判断的问题，就体现了茅盾对中国市民文学、资产阶级文学的高度重视，在他看来，只有这“百分之一”才是中国“民族形式”的，其他“百分之九十九”都不是中国“民族形式”的，为什么说成是“民族形式”？听起来很别扭，盖延安当时正在主张“民族形式”、毛泽东正在主张“民族形式”[①]，又时值“民族形式”讨论正在进行。茅盾是把其主张的价值问题，置于主流的政治命题中加以合法化阐释，体现的是他对该价值的高度重视。当然，这种以价值判断代替学术描述的现象，在当时国统区、解放区的民族形式讨论中也十分普遍[②]。不厌其烦地叙述这段历史，是要说明茅盾心里的潜台词，即他主张的所谓市民文学的价值标准问题。在这里读出来的意思是，茅盾只肯定市民文学即小工商、小有产者的文学，并且全盘否定封建文学。这是很有茅盾学术个性的，也是与他的创作有直接关系的学术思想。在后来，这个市民文学就演变成了与传统的封建文学相对立的现代社会的资产阶级文学。

（二）茅盾的市民及其文学的概念，是一个持续20多年的不断发展的命题

首先，20世纪20年代茅盾进行过市民文学的个案研究，这

① 1938年10月，毛泽东在中共党的六届六中全会上作了《中国共产党在民族战争中的地位》的报告，强调民族形式，提出了“把国际主义的内容和民族形式”“紧密地结合”。1940年1月，毛泽东在《新民主主义论》中提出“民族的科学的大众的文化”的概念。

② 如向林冰的民间形式是民族形式的中心源泉论与葛一虹的民族旧形式否定论等。

就是《王鲁彦论》[1]。茅盾在研究中得出了较当时社会学家、历史学家、文学评论家更为深刻的看法。

一则，“温情脉脉的面纱”的撕破与“赤裸裸的金钱关系”的问题。茅盾从现代工业文明对乡村侵入的角度，来观察王鲁彦的创作特色，他认为王鲁彦小说里“最可爱的人物”，“是一些乡村的小资产阶级，例如《黄金》里的主人公，和《许是不至于罢》里的王阿虞财主”。这些人物的特色在于，“成了危疑扰乱的被物质欲支配着的人物（虽然也只是浅淡的痕迹），似乎正是工业文明打碎了乡村经济时应有的人们的心理状况”。也就是资本主义入侵中国后，中国人伦道德的变化，传统田园经济上的人与人“温情脉脉的面纱”被撕破了，代之以“赤裸裸的金钱关系”。正如马克思所说，“资产阶级凡是它已达到统治的地方使人与人之间除了赤裸裸的利害关系之外，除了冷酷无情的‘现金交易’之外，再也找不出什么别的联系了。资产阶级撕破了家庭关系上面所笼罩的温情脉脉的幕纱，并把这种关系化成了单纯金钱的关系”[2]。

二则，物质革命重于精神革命、现代资本题材重于近代乡村题材的意见。他“偏见于”王鲁彦比鲁迅更新、更工业化、更现代化。他认为，鲁迅描写的是旧中国的老儿女，王鲁彦描写的是新中国的新未来。王鲁彦有的，是现代中国社会中活生生的现代生活。他高度评论这一特色：“他们和鲁迅作品里的人物有些差别：后者是本色的老中国的儿女，而前者却是多少已经感受着外来工业文明的波动。或者这正是我的偏见，但是我总觉得两者的色味有点不同；有一些本色中国人的天经地义的人生观念，曾是

① 茅盾：《王鲁彦论》，载《小说月报》19卷1期。

② 马克思：《共产党宣言》，收录于《马克思恩格斯选集》（第1卷），北京：人民出版社，1972年。

强烈地表现在鲁迅的乡村生活描写里的，我们在王鲁彦的作品里就看见已经褪落了。原始的悲哀和谦逊（humble）生活着而仍又是极泰然自得的鲁迅的人物为我们所热忱地同情而又忍痛地憎恨着的。在王鲁彦的作品里是没有的。”这在无论在当时，还是在现在，都是很独到的看法。茅盾在这里以他那种真正的现代性眼光，看到了中国真正的现代性变化。这个现代性变化，不是精神层面的个性解放、国民性批判的启蒙问题，而是着眼于社会经济基础变化的上层建筑、意识形态的变化的问题。这是一个真问题，一个被历史唯物主义、历史发展所证明了的真正的历史变化的真相。这就是现代工业、现代资本主义工商业对中国传统田园经济的摧毁与重建，包括人生观的重建、“天经地义”教义失去了合法性、老中国的蜕变、伦理道德的重建等等。因此，在这里，茅盾关于市民文学的研究，已经与现代资本主义生产关系联系起来，是一个开放的概念。这个概念的开放，是为现实的创作与评论企图建立的一个理论基石。当然，这个路子，由于后来对资产阶级的批判，由于对精神革命的重视[①]，中国现当代先后两极的发展，被遮蔽了。显然，这与钱杏邨所谓“死去了的阿Q时代”、郭沫若“二重性的反革命”之“革命文学”的说法是不一样的。在茅盾这里，衡量的标准是现实物质生活发生的变化，而不是意识形态或者是政治革命的命题。这正说明了茅盾的偏好，对都市、对资本、对现代、对工业文明的向往。所以，正如他所回忆的，当他1927年蛰居上海斗室时，“圣陶却又来约我写评论文章了。他说，《小说月报》缺这方面的稿件，而我正是‘此中老手’。他建议我写鲁迅论。我同意了，但第一篇写出来的

---

① 当代中国，主要由于“文化大革命”神道主义肆虐、封建主义复活，导致精神革命成为先行的武器而获得新时期人文学术界的高度重视，但中国社会本质的变化，是基础的变化，是农村家庭联产责任制、城市多种所有制、股份制改革所改变的。

却是《王鲁彦论》”[①]。

其次，关于小资产阶级文学研究的问题。在《王鲁彦论》中，茅盾也谈到了他对“叶绍钧对于城市小资产阶级的描写”的最爱。他认为王鲁彦及叶绍钧的小说，正是“我所最喜欢的几篇”，城市小资产阶级成为茅盾此时另一个关键词。

与叶绍钧那种关注单纯的小资产阶级灰色知识分子不同的是，茅盾对革命进程中的中国小资产阶级知识分子充满了关注与热情，这就是《从牯岭到东京》和《蚀》三部曲对小资产阶级知识分子命运的思考、对中国革命的思考、对中国命运走向的思考。这个时期，茅盾代表的，实际上就是中国小资产阶级的立场与情感。随着时间的逝去，现在应该是可以学理地、实事求是地来讨论茅盾此时的小资产阶级命题了。

《从牯岭到东京》[②] 的思路是：第一，自述经历生活后再来创作，介绍创作《蚀》的由来；打算写幻灭、动摇、追求三个时期；《幻灭》《动摇》的客观描写，“我有点幻灭，我悲观，我消沉”；很爱追求，“极浓的悲观色彩，并且使我的作品有缠绵幽怨和激昂奋发的调子同时并在”。第二，跳出《蚀》谈对当时文坛的意见：赞成革命文艺，但反对“标语口号”化；革命文艺的读者对象不可能是劳动人民，读者对象只能是小资产阶级；因此“我们也该有些作品是为了我们现在事实上的读者对象而作的”；“中国革命的前途还不能全然抛开小资产阶级”；为小资产阶级鸣冤：小资产阶级“也有痛苦”，“也受压迫”，占“全国十分之六”；现在的革命文艺，“第一要务在使它要从青年学生中间走出来走入到小资产阶级群众，在这小资产阶级群众中植立了脚跟。而要达到此点，应该先把题材转移到小商人、中小农等”技术问

① 茅盾：《我走过的道路》（上），北京：人民文学出版社，1980年。

② 茅盾：《从牯岭到东京》，载《小说月报》19卷10期。

题。第三，结论："我们不得不从青年学生推广到小资产阶级的市民，我们要申诉他们的痛苦，我们要激动他们的情热。"这是中国现代文学史上第一个公开站出来号召写"小资产阶级文学"的，所以遭到了钱杏邨的批判，认为"当然是消极地投降大资产阶级的人物的倾向"[①]。茅盾这段言论有几点值得注意，一是市场决定生产，小资产阶级读者决定文学的题材；二是小资产阶级在中国的地位，加上中上农等小有产者，占到全国的60%，因此，这里的小资产阶级就是小有产者的市民；三是要把革命文学转到"小资产阶级的市民"。在茅盾看来，这是中国的新兴的主流的力量。这也是他市民文学理论在20世纪20年代的集中体现。

再次，对小市民文学的反感与反对。茅盾区分了市民文学与小市民文学的界线。他在主张市民文学的同时，旗帜鲜明地反对小市民文学。这是很独特的现象。20世纪20年代初期，茅盾从事文学批评开始，集中进行了礼拜六派批评[②]。20世纪20年代中期，进行了古代文学中的性欲文学批判[③]，集中批判了中国古代文学中性欲文学的采补、变态、色情狂观念。20世纪30年代初期对"封建的小市民文艺"即畅销书中的武侠小说的批判[④]。在茅盾看来，消闲性的不严肃的市民文学，不论是否反封建，他都是反对的。在这里，他倾向于市民文学的严肃性。这是茅盾对市民文学研究的二重性标准的体现。在他看来，市民文学只能是严肃的、都市的、有产的、大众的、叙事的，也就是严肃的市民文学。市民文学中的低俗作品，他谓之为小市民文学予以反对。

---

① 钱杏邨：《从东京回到武汉——读了茅盾的〈从牯岭到东京〉》，收录于《文艺批评集》，上海：神州国光社，1930年。

② 茅盾：《自然主义与中国现代小说》，载《小说月报》13卷7期。

③ 茅盾：《中国文学内的性欲描写》，载《小说月报》17卷号外。

④ 茅盾：《封建的小市民文艺》，载《东方杂志》30卷3期。

这是茅盾一生坚持的立场。

最后，作为市民文化，除了反封建以外，还有“动”的、科学的、全感官的形式内涵。这是茅盾对现代文学艺术的要求，也是市民文学的现代形式问题。这也是茅盾都市文学的一贯主张。他的市民文化的标准，就是都市化的资本主义的标准，从内容的都市、商业、产业、金融、资本到形式上的“动”、科学、全感官。这是他的《子夜》创作的思想资源基础[①]。

二、《子夜》创作的思想资源

20世纪20年代市民文学、小资产阶级文学概念，到20世纪30年代演变成资本家文学概念；20世纪20年代长篇小说《蚀》的创作，到20世纪30年代演变成长篇小说《子夜》的创作；这是茅盾市民文学概念在理论上、创作上的历史与逻辑的进程。从20世纪20年代后期的小资产阶级概念到20世纪30年代初期的资本家概念，是茅盾异于整个中国现代文学史的独立概念和独立创作。茅盾在20世纪三四十年代的创作，以资本家、小有产者为主要对象，探讨他们的前途与命运，关注他们的发展与悲剧，体现了他的市民文学意识的变化。《子夜》《林家铺子》《清明前后》若干论述可以充分说明这一点。

（一）关于《子夜》的思想资源

1932年1月，茅盾《子夜》第一章以《夕阳》为题交《小说月报》1932年新年号，但因商务印书馆被“一·二八”战火所毁，遂未面世。其存稿在《夕阳》题旁横书有：“A Romance of Modern China in Transition，in Twilight a Novel of

① 参见拙著《茅盾艺术美学论稿》相关章节，中国社会科学出版社，2004年10月版。

Industrialized China。"[1] 这充分表达了茅盾对资本、工商、都市的倾向性。他把这部小说称为"现代中国变革的罗曼司"，称为"中国工业化的故事"，称吴荪甫为中国的工业"骑士"，这是茅盾真实想法的流露。这个想法体现了茅盾对当时中国的看法。也就是说，中国现代真正的变革是什么？变革的主要力量是什么？根据这个英文题词看来，他认为的真正变革就是工业化，变革的主要力量就是吴荪甫为代表的"工业骑士"。这是现代文学从来没有过的思想资源，这个思想资源与他一贯的市民意识是分不开的，在文学界大谈个性解放精神革命的时候，他对这个革命本身是怀疑的，他的短篇小说《创造》《诗与散文》对个性解放、精神解放万能之嘲弄就是例证。在他看来，这是一个经济基础翻天覆地变化的时候，看到这个基础本身的变化，才是真正的变革的眼光。

1927—1936 年前后，中国经济已经发展到"起飞"的阶段，被称为中国经济的"黄金十年"，这是《子夜》创作的中国社会的经济基础。学者最新研究证明："1927 年南京国民政府建立以后，由于国际形势的变化，使中国又获得了一次短暂的发展机遇。1927—1936 年，中国的工业增长率达 8%以上，社会经济呈现快速上升趋势。到 1936 年，中国工农业产值达到了近代以来的最高水平，其他各项现代化制度也都初具雏形。据统计，这一时期中国电力工业年平均增长 9.4%；煤炭工业为 7%；水泥工业为 9.6%；钢为 40%，被一些学者称为'黄金十年'。他们认为，当时的中国正逐步走向现代化，如果没有 1937 年日本发动的侵略战争，中国的工业化步伐必将大大加快，并在上世纪 40 年代初期就进入'起飞'阶段。"[2] 在这个经济高度发展的情况

① 茅盾：《〈子夜〉手迹本》，北京：中国青年出版社，1996 年。

② 杨红林：《近代中国错失 4 次现代化良机》，载《环球时报》2006－06－08。

下，中国社会科学界展开了大规模的"中国社会性质"的论战。这个论战的革命史结论是在抗战开始后得出的，当时的经济受到日本侵略而进入低谷。这个事实说明，外部政治对中国经济的破坏与中国经济自身的发展，是两个不同的问题，《子夜》的创作，客观描述的是20世纪30年代的中国现实，政治学、革命史研究、外部政治破坏，与《子夜》本身描述的中国20世纪30年代"黄金十年"的经济现实，是两个问题。《子夜》研究，过去只讨论思想论战，不研究当时的中国经济，所以只是一种政治学研究、革命史研究，而不是一种经济学研究，更不是一种完整的社会学研究。这就造成了茅盾1939年后对《子夜》加述内容对其思想资源的间离与陌生。

《子夜》的创作也能说明这一问题。茅盾在吴荪甫的形象塑造中，有一个由胜利的结局到失败的结局的修改的过程。这件事对于理解茅盾《子夜》创作思想是非常关键的，因为吴荪甫的失败结局，是被许多论者引为论证《子夜》主题的一个重要例证。茅盾在晚年的回忆录中，谈到《子夜》创作时，回忆过《子夜》提纲里吴荪甫与赵伯韬握手言和的两胜结局，以及后来瞿秋白建议"一胜一败"的修改。先看茅盾《子夜》大纲中的结局安排——

六、最后一章，在亢奋中仍有没落的心情，故资产阶级之两派于握手言和后，终觉心情无聊赖，乃互交易其情人而纵淫（吴与赵在庐山相会）。①

再看瞿秋白建议的修改及茅盾的从命——

1931年4月下旬秋白在我家住了一两个星期。那时天天谈

① 茅盾：《我走过的道路》（中），北京：人民文学出版社，1984年，第107页。

《子夜》。秋白建议我改变吴荪甫、赵伯韬两大集团最后握手言和的结尾，改为一胜一败。这样更能强烈地突出工业资本家斗不过金融买办本家，中国民族资产阶级是没有出路的。秋白看原稿极细心。我的原稿上写吴苏甫坐的轿车是福特牌，因为那时上海通行福特。秋白认为像吴苏甫那样的大资本家应当坐更高级的轿车，他建议改为雪铁龙。又说大资本家愤怒绝顶而又绝望就要破坏什么乃至兽性发作。以上各点，我都照改了。[①]

可见，在《子夜》创作时，茅盾并没有如后来所说——“1930年夏秋之交”养病时看了中国社会性质论战后为了回答托派而作，他于“1930年夏秋之交”写了民族资产阶级与买办资产阶级握手言和的结局。1931年4月下旬后由于瞿秋白之建议修改。1933年4月版《后记》里，没有“回答托派”这一说法。“回答托派”这一说法是1939年在《新疆日报》作演讲时始有的。

（二）关于茅盾对《子夜》的两篇后记与创作谈

围绕《子夜》创作，茅盾写过两次后记、一次创作谈。由于时间的推移，因此强调的思想倾向不同。大体上是，在刚创作时则客观叙述了他的“企图大规模描写中国社会现象”，但最终偏于城市和资本家写作的思想；1939年开始倾向毛泽东的说法，加入1930年论战的说法特别是加入了“为了回答托派”的说法；1977年最左，甚至加上了吴荪甫“终于买办化”的说法。但无论怎样，都掩盖不了一个基本事实：20世纪30年代中国资产阶级是上海经济变革与工业变革的生力军，他们不能一枝独秀，在中国现代大都市的上海，买办化、民族化的资本主义生产力及其生产关系，是最重要的经济基础。

---

① 茅盾：《我走过的道路》（中），北京：人民文学出版社，1984年，第110页。

第一，《子夜》出版时，在开明书店的1933年4月的版本中，加印了茅盾写于1932年12月的《后记》[1]，这个后记是第一篇谈论《子夜》创作思想的。后记说，“构思时间却比较长些。一九三零年夏秋之交，我因为神经衰弱、胃病、目疾同时并作，足有半年多不能读书作文，于是每天访亲问友，在一些忙人中间鬼混，消磨时光。就在那时候，我有了大规模地描写中国社会现象的企图。后来我的病好些，就时常想实现我这‘野心’。到一九三一年十月，乃整理所得的材料，开始写作。所以此书在构思上，我算是用过一番心的。”这里没有一句谈到当时的中国社会性质论战，更没有谈到为了回答托派而作这个非常重要的事实。这个《后记》是小说第一版后三个月所写并发表的，是创作的最初自述，该《后记》写作之时，已经遵从瞿秋白之建议，把当初吴赵两胜言和的结局修改为赵胜吴败的结局。本文认为这篇《后记》是《子夜》创作思想资源最真实的描述。

茅盾1939年5月下旬在新疆应《新疆日报》之邀请，作了《〈子夜〉是怎样写成的》[2] 讲演。在演讲里，茅盾对1932年12月的《后记》作了大大地补充与修正。茅盾在这篇影响很大的《〈子夜〉是怎样写成的》里说，“看了当时一些中国社会性质的论文，把我观察得来的材料和他们的理论一对照，更增加了我写小说的兴趣”，“这样一部小说，当然提出了许多问题，但我所要回答的，只是一个问题，即是回答了托派的：中国并没有走向资本主义发展的道路，中国在帝国主义的压迫下，是更加殖民地化了。中国民族资产阶级中虽有些法兰西资产阶级性格的人……中国资产阶级的前途是非常暗淡的……中国民族资产阶级的动摇性。当时，他们的出路是两条：（一）投降帝国主义，走向买办

---

① 茅盾：《子夜·后记》，上海：开明书店，1933年。

② 茅盾：《〈子夜〉是怎样写成的》，载《新疆日报·绿州》1939-06-01。

化；（二）与封建势力妥协。他们终于走了这两条路”。这里增加的所有问题，都是由中国社会性质论战而派生出来，中心点在于“回答了托派”那句话——这句话非常重要，因为它成为新中成立以来茅盾《子夜》主题的概括词，写进了所有的文学史，也成为《子夜》“主题先行”的论据。那么，这里有两个问题，《子夜》的创作是否因为看了论战的文章、要“回答托派”的问题而写？这在第一个《后记》、小说的大纲以及修改过程中看，是不存在的。也就是说，是在小说出版 6 年后作者自己加述的。那么，作者为什么会作这个加述呢？

这里有一个理论背景是不能回避的。这里也涉及到的是“半殖民地半封建”概念来源的问题。根据目前的史料看来，有如下问题是必须澄清的。

一是 20 世纪 30 年代开始，且延续了几年的中国社会性质的论战。论争有“新思潮派”“动力派”“新生命派”三派。“新思潮”派以王学文、潘东周、刘梦云（张闻天）、李一氓、吴黎平（吴亮平）、杜鲁人（何干之）等为代表，因主要在《新思潮》杂志发表文章，故名“新思潮派”。该派认为中国是半封建半殖民地社会。另一方由两部分人组成，一部分以严灵峰、任曙等为代表，因文章多登于《动力》杂志，故名“动力派”。“动力派”否定中国的半殖民地半封建社会性质，认为帝国主义入侵破坏了封建经济，推动了资本主义经济发展，中国已是资本主义社会。第二部分以陶希圣、周佛海等为代表，因文章多发表于《新生命》月刊，故名“新生命派”。“新生命派”同样否定中国的半殖民地半封建社会性，但认为应建立欧美式的资本主义。这个论战在 1937 年有了逐步明确的结论：“近代以来中国社会的‘半殖民地半封建’性质，经过几番‘论战’，到 1937 年已有了一个基本的结论，这体现在前述的何干之的总结性评述之中。1937 年，何干之的《中国社会性质问题论战》《中国社会史问题论战》两书的相继出版向人们表明，经过‘论战’，中国社会的‘半殖民地半封建’性质已被当时进步的社会学家、经济学家、史学家所接收，可以说他们在思想学术上已形成了一个关于中国社会性质的共识”；“作为中共在民主革命时期的理论体系，新民主主义理论的成熟，当以毛泽东等中共领袖人物关于该理论基本观点的系统阐述和正式完整发表为标志”①。

二是毛泽东开始公开正式使用这一概念的时间。1938 年 3 月，毛泽东在对抗日军政大学三期部分学员讲话时即强调说：“中国是半殖民地半封建社会，这是最本质的规律。我们要用这个规律去观察一切事务。”② 该年 5 月，他在名著《论持久战》中论中国政治形势时说：“我们是一个半殖民地半封建的国家。”③

上述情况说明，第一，20 世纪 30 年代的论争，作为共识的有明确的“半殖民地半封建”社会结论，是在 1937 年。第二，毛泽东从 1938 年 3 月起，在公开场合开始正面使用这个概念。这就是茅盾 1939 年 5 月下旬作出《〈子夜〉是怎样写成的》讲演的理论前提和事实背景。中国社会性质论争的结论和影响，是在茅盾《子夜》出版起码 4 年以后。因此，本文认为，20 世纪 30 年代的中国社会性质的论争及其回答了托派的说法，不是《子夜》创作时作家的思想资源，这些说法是后来加述的说法。事实上，就是《〈子夜〉是怎样写成的》这篇创作谈，仍然谈到了《子夜》里中国资产阶级的仍然存在，中国的资本主义仍然存在。就作品《子夜》的艺术描写看，吴荪甫的姻亲杜竹斋这个民族资

---

① 郭若平：《新民主主义理论的学理探源——对“中国社会性质论战”有益成果的吸收》，载《中共党史研究》2003 年第 4 期。

② 逄先知等主编：《毛泽东年谱（1893—1949）》（中卷），北京：中央文献出版社，1993 年。

③ 《毛泽东选集》（第 4 卷），北京：人民出版社，1967 年。

本家就没有失败，由于在公债市场上转多为空，最终成了赢家。他转向做多，也不能说明他就买办化了，这是资本市场的经济规律使然。

1977 年，《再来补充两句》[①] 在 1939 年 5 月下旬讲演的基础上说得更厉害。因为那正是刚刚剧烈地批判过资产阶级的“文化大革命”一年以后，所以说得最左：“这部小说的写作意图同当时颇为热闹的中国社会性质论战有关。当时参加论战者，大致提出了这样三个论点：（一）中国社会依然是半封建半殖民地的性质；打倒国民党法西斯政权（它是代表了帝国主义、大地主、官僚买办资产阶级的利益的），是当前革命的任务；工人、农民是革命的主力；革命领导权必须掌握在共产党手中，这是革命派。（二）认为中国已经走上资本主义道路，反帝、反封建的任务应由中国资产阶级来担任，这是托派。（三）认为中国的民族资产阶级可以在既反对共产党所领导的民族、民主革命运动，也反对官僚买办资产阶级的夹缝中取得生存与发展，从而建立欧美式的资产阶级政权。这是当时一些自称为进步的资产阶级学者的论点。《子夜》通过吴荪甫一伙终于买办化，强烈地驳斥了后二派的谬论。在这一点上，《子夜》的写作意图和实践，算是比较接近的。”这里，茅盾把三派观点作了梳理，谈到吴荪甫一伙“终于买办化”，以印证“驳斥了后二派的谬论”。但茅盾也许疏忽了，吴荪甫正是放弃了“买办化”的动摇后，才与赵伯韬来了个鱼死网破的公债斗法，以致最终惨败的。这又是不能自圆其说的例证之一。

本文的研究证明，市民-资产阶级是茅盾一贯醉心的学术概念，也是茅盾都市文学、资本、金融、产业文学创作的价值取向。这与鲁迅的创作的精神启蒙倾向形成中国现代文学的两极思

---

① 茅盾：《子夜·再来补充几句》，北京：人民文学出版社，1977 年。

想资源。《子夜》创作时的思想资源不是茅盾后来加述的“回答托派”的问题，而是茅盾心灵中挥之不去的市民-资本家的现代工商业意识。这不仅是一个理论的问题，更是一个事实的问题。因此，真实研究《子夜》的思想资源及其社会经济基础，而不是从茅盾1939年以后的创作谈、后记中寻找答案，可以是今后茅盾研究的一个新路数。

[原载《西南民族学院学报》(哲学社会科学版)，2000年第9期]

丁玲与左翼文学

刘思谦

一、引言

丁玲是以女性身份加盟左翼文学的第一人也是最后一人。这里所说的左翼文学，是指由20世纪20年代末革命文学的论争、无产阶级革命文学的倡导以及1930至1936年“左联”六年以来的左翼文化运动影响下的文学。左翼文学在20世纪30年代是文学主潮，在40年代解放区文学中，尤其是在1942年延安文艺座谈会以后以“工农兵文学”的新命名被规定为解放区文学的发展方向，在1949年以后又被新政权规定为新中国文学的发展方向和唯一正确的文学[①]，纳入了政治/文艺一体化的政权体制之中，成为大一统的一元化的唯一具有生存权利的文学。直到1979年中国历史进入了一个新的历史时期，左翼文学在经历了30年代主流文学、40年代解放区工农兵文学、“十七年文学”（1949—1966）和“文革文学”（1966—1976）这几个实践阶段之后走向终结。这是一个漫长的由最初的社会的与历史的部分合理性而一

---

① 毛泽东文艺思想的权威阐释者周扬，在建国前夕召开的第一次全国文学艺术工作者代表大会上说：“毛主席的《在延安文艺座谈会上的讲话》，规定了新中国的文艺方向。解放区的文艺工作者自觉地坚决地实践了这个方向，并以自己的全部经验证明了这个方向的完全正确，深信除此之外没有第二个方向了，如果有，那就是错误的方向。”周扬：《新的人民的文艺》，《全国文学艺术工作者代表大会文集》，第70页，中华全国文学艺术工作者代表大会宣传处编，新华书店发行，1950年3月。

步步推向极端最终失去了合理性而导致消亡的文学思潮发展演历过程。回顾半个世纪左翼文学的历史，可以肯定的是作为20世纪中国文坛的一种文学思潮，左翼文学不仅持续的时间最长，而且在文坛的地位也随着政治的演变而节节上升，由主潮文学而主导方向的文学再到由政治权力作后盾的定于一尊的唯一的文学，最终无可挽回地走向衰落。这衰落的开端，也是一个标志性事件，即1966年2月《林彪同志委托江青同志召开的部队文艺工作座谈会纪要》的出笼。这是经陈伯达、张春桥多次修改，毛泽东亲自修订审批后，以中央文件批发全党、全国。"《纪要》是新中国成立以来文艺界历次政治运动中"左倾"错误的集大成和水到渠成的发展。"①《纪要》把新中国成立以来的文艺即"十七年文艺"，说成是一条修正主义的、资产阶级的文艺黑线，并列出了"写真实论""现实主义广阔道路论""现实主义深化论""反题材决定论""中间人物论""反火药味论""时代精神汇合论""离经叛道论"，统称"黑八论"，予以声讨、批判，揭开了"十年文革"对作家、文艺工作者残酷斗争、无情打击的序幕。《纪要》的实质是以无产阶级专政的名义全盘否定五四及30年代以来左翼文学运动和左翼文学的成就，以极"左"的面貌用"修正主义文艺黑线"这根棍子将新文学的"左和右"放在一起一棍子打死，造成了"文革"十年中文艺的百花凋零万马齐喑。这种发展到极端的被称作极左思潮的主要是一种极权专制的政治思潮，与早期的左翼文学已经没有什么关系了。但是由于其极端的政治功利化对文学的强制性劫持而走向了文学的非文学，连带着使左翼文学的合理性受到全面质疑与否定，直接促成了左翼文学的一蹶不振、盛况难再。这样，当70年代末80年代初一次政治大变

① 王福湘：《悲壮的历程——中国革命现实主义文学思潮史》，广州：广东人民出版社，2002年，第396页。

革出现时，另一种被长期压抑的属于“五四”启蒙话语的“人的文学”便得到了生机勃勃地发展。

丁玲一生的创作便和这种左翼文学的演变衰落过程发生了宿命般的、半是主动半是无奈的纠缠，她创作中的种种矛盾冲突和困惑，她的成就和局限，乃至她政治上的悲剧命运，都不可能离开左翼文学以及它背后的政治权力而得到合理的阐释。现代小说史家杨义在他的三卷本《中国现代小说史》中，将丁玲定位为“左翼文学的女性开拓者”[①]，只是丁玲的开拓之路上后继者寥寥，屈指可数的左翼女作家如30至40年代的冯铿、白薇、关露、葛琴、白朗、草明以及50至60年代的杨沫、茹志鹃、刘真等由于种种原因在写出一些数量不多的作品之后便从文坛上淡出了，唯有丁玲一人经历了左翼文学的各个阶段，而且除了1955—1979年间由于政治上的厄运被剥夺了创作权利之外，她几乎在每一个阶段都有代表性作品出现。丁玲是女作家中唯一一个将自己与左翼文学的关系维持到最后的人。在与左翼文学的关系中，汇聚了她创作里程上的甜酸苦辣，她人生道路上的恩怨沧桑，她对左翼文学的情感也是一言难尽、欲说还休。这个现象本身已经超出了女性文学和左翼文学、超出了中国现当代文学史意义而具有20世纪知识分子思想史的意义。本文拟由丁玲文学文本的解读入手，以性别/权力为视角解读丁玲与左翼文学的关系，并期待透过这样的解读得出一些关于女性文学与左翼文学、关于政治与文学、启蒙话语与革命话语的启示。

二、两组作品与两种写作身份

丁玲60年的文学创作生涯留下了大量作品，如果把这些作品按照时间顺序读下来，就会发现一种明显的阶段性和循环性，

---

① 杨义：《中国现代小说史》（第2卷），北京：人民文学出版社，1998年。

即某一时期的作品明显不同于下一个时期，而过了一段时间又会出现与上一个时期不同而与上上一个时期相似的作品。[①] 如此跨越时间段的跳跃的阶段性，就大而化之的分期分组来看，至少有六个时期的两组作品，在20年代末到80年代上半期这个纵向的时间轴上跳来跳去。我在这里暂且把这两组作品分别命名为A组与B组，便可看出这样一个独特的丁玲创作的演变轨迹：

(1) 北京上海早期（1927年—1930年）：A组。

(2) 北京上海后期（1930年—1936年）：B组。

(3) 解放区早期（1936年—1940年）：B组。

(4) 解放区中期（1940年—1942年5月）：A组。

(5) 解放区后期（1942年5月—1949年）：B组。

这里有两点说明：一、北京、上海后期与解放区早期这两个时间段的作品，虽然出现在不同的时间、空间，却有大体上的相似性，没有出现跳回到上上一个时间段A组的作品，但是考虑到这两种B组作品之间也有一些区别，所以没有把它们合并到一个时期的作品内。二、新中国成立后“十七年时期”与“文革时期”，由于丁玲1955年以前忙于繁重的文艺领导工作和频繁的出国访问、讲学等活动，也由于1955年起丁玲被强加的两个反党集团——丁玲、陈企霞反党集团与丁玲、冯雪峰反党集团，一个右派分子帽子以及开除党籍、撤销一切职务、取消原级别，并在多次批斗后于1960年下放北大荒汤原农场，1966年转宝泉岭农场批斗并关进“牛棚”抓进监狱等遭遇，在长达24年的岁月里，丁玲除了在1955年以前有一些散文、报告文学、讲话稿、通讯、批判文章外，仅有两篇小说《在严寒的日子里》（选载）及《粮秣主任》发表，基本上是一段漫长的创作空白期，故在此排除不计。

---

① 这种大体上的阶段性跳跃性，并不排除某一个时期的偶然的个别的现象，如某一时期会偶然出现一篇属于另一个时期的另类作品。

（6）复出文坛后至逝世（1979—1986年）：B、A组。即丁玲75岁（1979年）复出文坛80岁（1984年）得到彻底平反、恢复名誉82岁（1986年）逝世这最后的七年间，丁玲笔下出现了两副笔墨两组作品，呈现出A、B两组左右开弓的架势。如B组的《杜晚香》与A组的《"牛棚"小品三章》在1978—1979年间同时撰写又在1979年差不多同时发表。但这并不是A、B合流，《杜晚香》是《杜晚香》，《"牛棚"小品》是《"牛棚"小品》，隐去署名，你不会看出是同一个丁玲同时期的作品。[①]

这究竟是为什么？我想按A、B分类法分别选取一些代表性文本进行解读，以期能够梳理出这两组作品的区别以及在这种区别的背后丁玲叙述视点和写作身份的转换。

A组：核心词或潜在核心词——灵与肉隐忍女性自我

丁玲的处女作《梦珂》与成名作《莎菲女士的日记》，写作时间相距仅两个月，其女主人公梦珂和莎菲，是丁玲同期小说乃至整个A组小说人物的核心形象，同期小说形象如《暑假中》那些从师范女校毕业留校任教的女教师承淑、嘉英、德珍等，《阿毛姑娘》中的乡下姑娘阿毛，《小火轮上》的节大姐，《自杀日记》中以写作为生的女文人伊萨等，都是对这两个人物从不同侧面的丰富和补充；不同时期小说如解放区文学中期A组人物形象《我在霞村的时候》的贞贞，《在医院中》的陆萍，以及两篇散文《"三八节"有感》《风雨中忆萧红》中那个直抒胸臆"把眼光扫遍了中国我所认识的或知道的女性朋友"的"我"，都是梦珂与莎菲形象在不同时间不同空间的延伸，正如有论者所说是"莎菲在延安"。这种同一类型的人物形象在不同作品不同时期的

---

① 此丁玲创作轨迹演变参阅了秦林芳：《丁玲的最后37年·丁玲生平年表》，及袁良骏编：《丁玲研究资料·丁玲著作年表》，中国文艺出版社2005年7月版，天津人民出版社1982年3月版。特此致谢。

再现或曰"复活"，在很大程度上是出于丁玲独立女性写作身份在大致相同的语境中的顽强复苏，是打不倒、压不垮的女性独立意识的成功突围。《梦珂》一开始，当那个女模特儿被"红鼻子"教师猥亵的目光和一群闯入者好奇、贪婪的目光所包围，只能无声的揩眼泪时，出现了"默默地愣着""冷冷地注视着所有的人"的目光，以后所有的人和事，以及以后所有的A组作品中的人和事，便都在这双女性的眼光注视下展开。她有时是第一人称，有时是第三人称；有时是警觉的、冷傲的，有时又是清醒的、冷静的和温馨的或无奈的，都能够让读者感觉到她的顽强存在，这便是丁玲作为一种独立的女性写作身份与女性叙述视点的统一。她把这种独立女性的写作身份和女性视点的统一给予她的情有独钟的女性主题，从青春时代第一篇处女作一直坚持到古稀之年的最后一篇《"牛棚"小品三章》，尽管就A组与B组的比较而言，相互之间是分裂的，但是就A组作品本身而言却又是一种艰难的和难能可贵的统一和坚守。由于这种统一和坚守，丁玲把20世纪独立的渴望自由的女性的文学言说推到了一个有可能达到的极限，连同她那漫长的大起大落的人生遭遇，全都可以看作是20世纪女性文学言说的传奇性的心路纪程。

作为第二代"五四"精神之女，丁玲将她的第一本小说集命名为《在黑暗中》(收入《梦珂》《莎菲女士的日记》《暑假中》《阿毛姑娘》四篇丁玲早期最重要的作品）。这个标题是她对从封建父权家庭出走，从乡土社会来到都市商品社会的第二代女性生存与精神困境的直观把握。1927年大革命的失败和都市的加速商品化、殖民化，使一个时代的精神文化天空一片阴霾，再也没有自由、平等、独立、人权的呐喊，当年从这激昂的呐喊中站出来的反叛的女儿们陷入了一片令人窒息的"无物之阵"，面对都市的色情市场与人欲横流的欲望之海，女人的人格连同她们的血肉之躯，正在一天天沦为商品，沦为男人色欲的对象。这里有两个细节是值得注意的，一个是梦珂的父亲来信催她回家同姨母的儿子完婚，这就意味着她还有一条回到乡土社会父权包办的无爱的婚姻这样一条退路。梦珂拒绝了这条路。还有一个是梦珂和莎菲的身边，都有一个已婚妇女凄凉的身影和苍白的面孔，暗指她对走出旧式家庭的新式婚姻中的女人的前景也充满了疑虑。她们陷入了进退两难的看不到前程的黑暗之中。这一组作品便是她"在黑暗中"发出的苦闷的绝叫，也是对自己苦闷、寂寞的灵魂的一种自我拯救。鲁迅当年所提出的"娜拉"走后怎样的提问，在这里变得异常严峻和紧迫。重读《梦珂》《莎菲》，感到最可贵的也是与她的前辈冰心、庐隐等的区别，是不再回避自己肉体的欲望也不再回避与男人的关系，她们一方面充分肯定自己欲望的天然合理性，一方面又坚守女人作为人的人格的尊严执着地追求灵与肉相统一的爱情婚姻。正是在与各种各样的男人的交往中，在对男人的清醒的认识中，一代女性独立的性别意识成熟了。丁玲找到了一个"在黑暗中"寻找光明坚守理想的叙述焦点，那便是欲望之海、色情市场背景下的爱情婚姻，并在这个焦点上展开女主人公灵与肉的内心挣扎。在一个清醒的女性讲述人视点的观照下，无论是梦珂还是莎菲都一分为二：一个是欲望着行动着的梦珂、莎菲，一个是审视着、思考着这个欲望着、行动着的梦珂、莎菲，从而将欲望和对欲望的自我意识自我反思统一在"五四"女儿精神之魂——女性主体性这一精神底线上。正是在两个梦珂、莎菲的内心交战中，二表哥晓松、图画教员澹明、剧社经理以及懦弱的苇弟、"好风仪"的凌吉士等等暴露了他们对女性的猥亵的、纯肉感的欲望和萎缩的、卑劣的灵魂。她们拒绝了这样的爱情，拒绝了色的诱惑和堕落与沉沦。梦珂在拒绝之后选择了"隐忍"，莎菲在拒绝之后选择了"孤独"，阿毛和伊萨则选择了自杀。阿毛与伊萨之死，表现了丁玲的绝望。她这一时期的最后一篇作品《日》(写于 1929 年 4 月)，是写一个居住在上海平民区的独身女子伊赛日复一日地过着沉闷无聊的日子，这令人窒息的生活“证实了一切的无望”。这预示着丁玲即将开始的创作的转向，转向了30年代文坛的主潮左翼文学。作为这种转向的标志性作品，便是1930年的三篇作品《韦护》《一九三〇年春上海》之一、之二。从此，莎菲型的独立女性的目光从我们的阅读视野内消失，而在沉寂了整整十年之后却又出人意料地在解放区文学中奇迹般的也是短暂的复苏了，这便是集中在解放区中期1940年到1942年5月延安文艺座谈会之前被论者称为“延安之春”的一两年内集中出现的一组作品。

首先要肯定的是独立女性写作身份的复现。对女性命运的关注与思考，是丁玲创作中一根最敏锐的神经。1936年，从上海亭子间走向解放区，经历了那么多年的磨炼和左翼文学的影响，她的女性自我意识并没有泯灭，而是被暂时压抑下去了，一旦遇到适宜的气候和相关的人和事，潜抑于内心深处的女性自我便会重新兴奋起来形成创作冲动，由此出现了以性别眼光、性别意识进行艺术构思的一个作品群，包括《我在霞村的时候》《在医院中》《夜》和1942年春天的几篇散文《我们需要杂文》《“三八节”有感》和《风雨中忆萧红》等。能够说明这一作品群出现的契机的，不仅在于它们在写作时间上的高度集中（集中在解放区文化思想界相对自由和宽松的短暂的时间段），也在于丁玲艺术上的敏感和对女性叙述身份叙述视点的艺术把握。据现有资料显示，这一作品群中最重要的两篇小说《我在霞村的时候》和《在医院中》的女主人公贞贞和陆萍都是有生活原型的，陆萍的生活原型是边区拐峁医院助产士余武一同志[①]，贞贞的生活原型是丁玲在川口县暖水沟深入生活时从当地妇联同志那里听来的，丁玲并没有看到她本人。可是无论是见过还是没见过，由于现实生活

① 《丁玲同志答问录》，载《新文学史料》1991年第3期。

中这些真实的人和事和她早年所接受的“五四”启蒙精神的洗礼，她又恢复了早期以第一或第三人称出现的女性叙述人身份，使作品中的人和事，统摄于或现身或隐身的女性叙述人视野之内，在她的观察与思考中展现了革命新秩序内隐秘的也是她的前人和同时代人都不曾写过的女性生存之真，使被压抑的而且是以革命的名义被压抑的女性自我意识得到了一次集中的和突然的喷发，成为女性文学乃至20世纪中国文学夜空中一个明亮的瞬间。

这时的丁玲开始意识到根据地的明朗的天空还飘着几朵乡土中国封建意识的乌云，感觉到“一块肮脏的云成天盖在头上”，“那轻柔的柳絮和蒲公英都飘舞不起而粘在泥土上了”（《风雨中忆萧红》）。这是一种对自己生存的精神空间的真实的艺术感觉，正是这种真实的艺术感觉，帮助她敏锐而准确地捕捉到生活中的人和事原型，复活的性别意识和女性身份，又帮助她发现并开掘出深藏在这些生活现象中的在人和人的等级秩序中潜在的陈腐的性别秩序与性别观念。小说《我在霞村的时候》和散文《“三八节”有感》的思想锋芒所指，都是革命体制内包括性别在内的等级秩序与性别观念对女性的压制和对女性人格尊严的剥夺。《“三八节”有感》里“一个科长就嫁了吗”的议论，革命体制内“骑马的首长”与“穿草鞋的艺术家和总务科长”，被“细羊毛线和花绒布包着，抱在保姆怀里的孩子”和“被没有洗净的布片包着，扔在床头啼哭的孩子”的对比，《在医院中》陆萍所遇到的死气沉沉的和乱糟糟的生存氛围对陆萍革命热情的压抑，不能说没有一种内在的联系。贞贞的身上，集中了民族的、阶级的与性别的三重苦难与屈辱，而其中性别的苦难与屈辱，又是最为隐秘的和无以言说的。为逃避包办婚姻，她不幸被掳并沦为日军的军妓，历尽屈辱跑回根据地以后，又被村政府利用她这特殊的身份派到日军去“弄情报”，直到弄了一身病不能继续工作才回到家乡。可是家乡邻里迎接她的，是鄙夷、嫌弃的目光，是人身污辱性的辱骂，她的家庭也认为她已经是“破铜烂铁”了，好歹嫁出去了事，逼她嫁给昔日的情人夏大宝。结尾贞贞拒绝了夏大宝的怜悯，离开了家乡到延安去“再重新做一个人”的光明的尾巴，我愿意看做是丁玲作为同为女人的一种善良的美好的祝愿。比起与贞贞有着相似经历的她在左联时期的女友、女作家关露屈辱苦难的一生结束时她所说的“社会主义应该是充满阳光的，可阳光照不到她身上”，我更相信后者的真实性和真理性①。

《“牛棚”小品三章》，是丁玲晚年大量回忆性纪实性散文中的佼佼者。“莎菲”青春时代所向往与追寻的灵肉和谐的爱情，真正“懂得我”“体贴我”的男性伴侣，到了历尽人世沧桑的迟暮之年才真的实现了，然而却是在满目荒芜人情炎凉的荒原上的大小“牛棚”里，在看管人员的辱骂、呵斥和监视的目光下。一对患难与共相濡以沫的老年夫妻，在被分成等级的大小“牛棚”里相互隔离，丁玲被单独关押在小“牛棚”里，连和大“牛棚”里的丈夫陈明一同出去扫地的权利也没有，更不要说探视的权利、说话的权利。她只能“战战兢兢地守候在玻璃窗后”，用“一件从窗棂上悬挂着的旧制服”遮挡着她的面孔，利用陈明随着“大牛棚”里的地位比她高一等的“牛鬼蛇神”们出来扫地的时机，从远处移动着的人群中寻找着丈夫的身影。她把这样的隔着玻璃窗咫尺天涯天涯咫尺的悄悄地会面，看做是“幸福的秘密”“几秒钟的、一闪就过的快乐”。这是令人心酸的“幸福”和“快乐”。“三章”的最后一章《别离》，在写到她将调往另一个劳改队去劳动、去接受“革命群众专政”，将又一次与陈明分别，连“窗后”那几秒钟的会面也被剥夺时，丁玲的笔下，出现了久违了的孤傲和狷介，自信的、洒脱的丁玲又回来了：“我明白这

---

① 《左翼女作家、翻译家关露的生平与创作》，请参阅魏玉传编《中国现当代女作家传》，中国妇女出版社 1990 年 3 月版。

是××队派来接我的‘解差’。管他是董超，还是薛霸，反正是开步走，到草料场劳动去。”[①]《“牛棚”小品三章》写于1979年3月中旬丁玲在北京友谊医院等待平反的日子里，时年75岁。

B组：核心词或潜在核心词——革命恋爱阶级斗争大众政治消溶

《在医院中》结尾，或许是出于对自己的女性主体意识被“消溶”的潜意识，或许是出于对自己即将又一次被“消溶”的预感和警觉，丁玲的笔下，出现了一个对她的创作生命极其重要的关键词“消溶”：“新的生活虽要开始，然而还有新的荆棘。人是要经过千锤百炼而不消溶才真正有用。人是在艰苦中成长”。延安的知识分子把这几句话贴在墙头上或用红纸写出来贴在俱乐部里。[②] 可是无论是丁玲本人或是那些延安知识分子，都不一定意识到“消溶”这个词对他们的创作乃至整个命运的全部意义。人是怎样被“消溶”的，人要怎样才能不被“消溶”？这个对所有知识分子和所有作家来说都是至关重要的问题，在当时乃至在以后几十年的历史中，都处于混沌的朦朦胧胧的无意识状态。仅就丁玲的创作而言，她已经被“消溶”过而且即将又一次被“消溶”，这就是自1930年开始间隔性出现的在数量上占据绝对优势的B组作品。正是在这一组作品中，女性主题和那个莎菲式的独立女性叙述人一步一步地消失了踪影，“革命”“大众”“阶级”等等这些左翼文学的统治性的绝对理念主宰了她的创作。

丁玲正式加盟左翼文学的标志性作品，是写于1930年的《韦护》《一九三〇年春上海》之一、之二和1931年的《水》。左翼文艺理论家冯雪峰（何丹仁）将《水》赞誉为“新小说的诞

---

① 《丁玲散文选集》，天津：百花文艺出版社，1991年，第156页。

② 严家炎：《现代文学史上的一桩旧案——重评丁玲〈在医院中〉》，收录于《丁玲研究资料》，天津：天津人民出版社，1982年，第511页。

生”，说明丁玲以这样的合乎左翼文学要求的“新小说”表明了自己“向左转”的写作身份。这样，《水》之前的《韦护》等三篇就是她向左转的过渡性作品。事实上，这个转变也的确是一个相当迅捷的过程。《韦护》以丁玲少女时代的挚友王剑虹与瞿秋白的爱情生活为原型，韦护便是瞿秋白的一个别名屈维它的同义词。丁玲后来谈到它时表示不满意，认为“是一个很庸俗的故事，陷入恋爱与革命冲突的光赤式的陷阱里去了”。瞿秋白本人也不满意，至于王剑虹是否满意，因为丁玲写《韦护》时，王剑虹已经去世而永远沉默了。《韦护》的构思焦点是革命与恋爱的矛盾以及这矛盾的解决方式。作者在展开这个矛盾之前，预设了两个先验性前提，一是革命与恋爱的不能两全的非此即彼的二元对立，二是在革命与恋爱之间进行取舍的是男（韦护）而不是女（丽嘉）。这两个先验性的前提决定了“革命”高于“恋爱”也决定了男（韦护）代表至高无上的无产阶级的“革命”，而女（丽嘉）代表了小资产阶级知识女性的“恋爱”。这样丽嘉也就注定成为无所事事的恋爱至上主义者而充当了韦护“革命”的绊脚石，他必须从丽嘉的“爱情魔力”中抽身而去才能保持他革命者的身份。最后是韦护给丽嘉留了个纸条到广东“革命”去了。韦护成了个出走的男“娜拉”，而且韦护在纸条上指引丽嘉抛弃恋爱走“革命”路，努力去“做点事情”。这样，丽嘉便成了类似那种传统女人中的魔女式的引诱者，韦护战胜了她的引诱并引导她也走上了“革命”道路。男（韦护）和女（丽嘉）最终都成就了“革命”正果。

《一九三〇年春上海》之一、之二基本上也是按照这种革命+恋爱的模式推演出来的，只是《韦护》里还保留了一点男女之间的热恋描写，而这时的丽嘉，也还有一点莎菲时的独立见解，明确表示她不喜欢韦护身边那些“懂了一点新的学问，能说几个异常的名词，他们也就变成只有名词了”，这其实是说出了这样的革命+恋爱只不过是纸上的和嘴上的，其实是既没有“革命”

也没有“恋爱”。然而这些隐约其词的独立见解在《上海》之一、之二的女主人公身上，却消失殆尽，成为演绎这种模式的“空洞能指”了。这两篇写于同一年的《上海》之一、之二连同《韦护》，其文化背景是30年代“五四”启蒙话语的退潮和革命话语的升温所带来的知识界思想的分化，原来的朋友有的“转向”了有的没有“转向”，精神上隔了一层“谈不拢了”。这是当时文坛的实情，可是丁玲却从这个真实的文化背景出发，浮躁而急切地以纸上的或口头上的“革命”与“不革命”作为取得革命者身份的条件，而男/女性别身份，同样作为一条先验性的前提左右着革命与否的排列组合。“之一”是女（美琳）由于男（子彬）不以另一个男（若泉）的一套普洛文学为然，而她却觉得这另一个男（若泉）的话“很有理由”，便由崇拜子彬（男）而转向崇拜若泉（男），在若泉（男）的引导下参加了××文学研究会，给子彬（男）留了个纸条“到大马路做××运动去”。重要的是她同革命的矛盾的解决，即取得××运动一员的身份的前提，是更换一个男性引导者。“之二”与“之一”正相反，是男（望微）革命了而女（玛丽）不“革命”，拖了男的后腿，两人分道扬镳，女的走了，也给男的留了个条子。在这两人的分离中，两次闪出一个女（售票员）和女（玛丽）的对比，这是阶级身份符号的对比，一个“不带一点脂粉气”，“一种从劳动和兴奋中滋养出来的健康颜色”，另一个则是“艳丽”“纤手”“妩媚”等。这个活跃在游行队伍里的女（售票员），因为其阶级的与革命的双重优势，对玛丽式的小资产阶级女性不战而胜，吸引了已经革命的男（望微）的目光，暗示着玛丽式的女性，要取得革命身份，则必须更换阶级身份（“实行从一个阶级到另一个阶级的转变”），这已经是后来知识分子思想改造、向工农兵学习的先声了。有意味的是，这之后的未定稿《莎菲女士日记第二部》，女主人公果然彻底否定了自己的过去，要弃旧从新了。那个在黑暗中孤独、苦闷的女性反叛者悄然死去，而“革命+恋爱”其实是“革命”与“恋爱”的名词演绎。左翼文学庸俗社会学庸俗革命学里的男/女革命者到此已难以为继。

《水》（1931年夏）在丁玲的B组作品中，是一部里程碑式的作品。《水》及这之前不久的《某夜》《田家冲》《一天》等与前述《韦护》等的区别是题材上的和人物形象上的转换，即由前述知识者的革命与恋爱，转到了劳苦大众群体的反抗与觉悟，活跃在这里的知识者已经由口头上的或写纸条式的“革命”到深入大众宣传鼓动革命了，如《一天》里的陆祥，《某夜》里的某诗人和《田家冲》里的女革命者三小姐等。而《水》则是这类作品中艺术上较成熟的一篇，表现了丁玲以速写的方式描写人物和场面的功力。全篇笔力粗犷，大开大阖而又层次井然，在“水”这一汇合了天灾人祸、饥饿与死亡的庞然大物的步步紧逼中勾画出一个由忍耐到反抗的“大的群”，表现了丁玲在左翼文学影响下在艺术视野上的拓展，受到了左翼评论家冯雪峰、茅盾的称赞。然而，正如有的评论者所指出的，它的成就的另一面也就是它的局限，这同时也是丁玲全部B组作品乃至整个左翼文学的局限：“作品以一副大胆泼辣的手法，将一个团结的农民无产者群体甩落出来，在文学史上，还是第一次。”“《水》标志着丁玲转变后的第一个高峰，这一现实意义的高峰在某种意义上正是性别叙述、个性叙述都已消除的结果。”这里的大众“由于每个人都是大众，因而便不再有个体”[①]。也许，在某种意义上说，正是这种成就和她为此而付出的代价，为她后来进入解放区工农兵文学并且在意识形态上基本上适应了这种文学对她的要求做好了准备。她的写作身份，已经和正在由A组的独立女性身份大幅度地向

① 孟悦、戴锦华：《浮出历史地表》，北京：中国人民大学出版社，2004年，第125、127页。

着“革命者”身份和政治功利身份跨越。

写于 1946 年到 1948 年的长篇小说《太阳照在桑干河上》，是丁玲实践延安文艺座谈会以后的文艺方针的最重要的实践成果，也是左翼文学实践工农兵方向，表现阶级斗争和乡村贫苦农民大众翻身解放的代表作，也是丁玲站在党的立场上改变世界观与贫苦农民在思想感情上“打成一片”的重要收获。无论是题材、人物、情节发展及结局乃至叙述语言，都与政治化了的左翼文学的要求相符，没有一点逾矩行为，可以说做到了无懈可击。在政治对文学的重重戒律下，能够做到一丝不苟地严丝合缝地迎合政治对文学的要求，已经很不容易了。黑妮由地主钱文贵的女儿改为“侄女”的过程，可以看出丁玲写作时那种战战兢兢的心态，看出她如何小心翼翼地调整着与政权化的意识形态的弥合度。然而这部花费了她大量心血的作品一开始却并没有顺利地获得政治的认可。根据丁玲 1948 年 6 月 26 日日记所述，周扬看了初稿后认为“有原则问题”而不同意出版，此后不久，某政要在某次会议上就公开指责丁同情地主富农，总把地富家庭描写很干净，把地主家里的女孩写得很漂亮[①]，直到得到“最高”领袖的首肯，后来又得到斯大林文学奖，才渐渐获得了生存的权利。《太阳照在桑干河上》是沿着《水》的写作方向下来的，《水》里那个为生存而反抗的“大的群”，在这里是为实现“耕者有其田”的愿望而逐渐翻身觉悟的。丁玲充分肯定了乡村无产者对物质生产资料的合理性要求，而又基本上没有对他们的觉悟进行拔高，张裕民、程仁等农民积极分子的形象大体上真实可信。然而，一些评论者评价很高的黑妮形象，却基本上是一个一闪而过的飘忽的影子，一些本应浓墨重彩描绘的地方，却闪烁其词一笔带过，

① 张永泉：《个性主义的悲剧——解读丁玲》，北京：中国社会科学出版社，2005 年，第 220～221 页。

如黑妮与贫农干部程仁的爱情。这个在丁玲深入生活时闯入她的眼帘的女孩子，丁玲从她投过来地表现出很复杂的感情的眼光的一闪，捕捉住自己的艺术感觉："我想这个女孩子在地主家里，不知受了多少折磨，她受的折磨别人是无法知道的，马上我的情感就赋予了这个人物，觉得这个人物是应当有别于地主的。但是在写的时候，我又想这样的人物是不容易处理的。于是把为她想好的好些场面去掉了。"[①] 这就是黑妮这个人物因作者小心翼翼地心态和闪烁其词的语言而夭折的原因。一个本来可以期望的内心丰富复杂的和有着惊心动魄的爱情婚姻经历的农村女性形象，被悬在作家头顶上的所谓"阶级立场""阶级分析""一个阶级一个典型"等等贫乏的而又强有力的庸俗社会学、庸俗政治学给扼杀了。丁玲保住了她政治写作身份的"正确性"，而这种以牺牲作家真实的艺术感觉乃至艺术良知的"政治正确性"，只能让人感到悲凉与无奈。

20世纪80年代以来在各种丁玲作品选集入选的写于1937年的短篇小说《一颗未出膛的枪弹》，其实是一篇鲁迅所说地脱离了生活真实的"以意为之"的模仿之作。不言而喻，无论是个性叙述性别叙述还是"群体叙述"都要以真实为前提。革命的或政治的身份本身并不一定与假有必然的联系，但是革命的或政治的过于强烈的功利性却常常以失去真实性为代价。《纪要》把"写真实论"列为黑八论之首，便是从理论上斩断了真实与文学的血肉联系，将政治功利性建立在"高大全""假大空"的空中楼阁之上，结果是政治与文学两败俱伤。

一个掉队的只有十三岁的小红军不幸落入军官之手，面对敌人的枪口，他不仅毫无惧色，而且说出了也许连成年人也未必想

① 张永泉：《个性主义的悲剧——解读丁玲》，北京：中国社会科学出版社，2005年，第209页。

得到和说得出的豪言壮语："还是留着一颗枪弹吧，留着去打日本！你可以用刀杀我！"从而感动得那个国民党军官放下了枪，所以叫作"一颗未出膛的枪弹"。这个构思很像当时一个著名的街头活报剧《放下你的鞭子》。可《放下你的鞭子》中卖唱的父女及"中国人不打中国人"的正义呐喊，建立在人物、情景、细节的真实上，才能与当时建立抗日统一战线实现国共合作的政治要求产生共鸣，激发出观众的政治热情。《放下你的鞭子》是真实的，而把"放下你的鞭子"置换为一个才十三岁的未成年的小红军，而且是在自己生命的生死关头说出"留着一颗枪弹打日本""用刀杀我"这样残酷的也是蒙昧的豪言壮语，却是一种政治功利性的虚假而拙劣的演绎。像这样以政治功利牺牲人物真实生活真实的作品，在丁玲B组作品中不是很多，然而却特别刺眼，成为无法揉进读者视阈的"沙粒"。她自己特别看重的《杜晚香》便是其中的一篇。《杜晚香》以东北垦区一位原为"家属"后为工会女干事的女标兵为原型，初稿写于1966年春，不久"文革"开始，稿子在多次抄家时丢失。1978年丁玲回到北京等待彻底平反时重写，发于1979年第7期《人民文学》。从她此后不久《关于杜晚香》一文得知，杜是北大荒农垦场一位拖拉机手的妻子，丁玲在垦区场部当夜校扫盲班教员时的学员，没有文化，丁玲与她相处也仅两年多一点。但是作者却把她写成了一个"高大全"同时也是"假大空"的英雄模范，整个形象单薄而又空洞，就靠类似"好人好事"和叙述人长篇累牍的也是空洞无物的政治口号抒情来支撑。透过有限几句作品叙事来看，这是一个政治化的也是蒙昧的农村妇女，一个没有个人的家庭生活也没有夫妻生活，甚至没有性别，不知道何谓自我，何谓幸福的、没有长大的女人。在说到杜与丈夫李桂那种形同陌路的夫妻关系时，丁玲无意间流露出她性别意识的倒退，不仅从"莎菲"倒退，也从《我在霞村的时候》从《夜》倒退。《夜》里说到农村干部何华明把妻子看做是“生育机器”“做饭机器”，但这是从否定的角度写的，而到了《杜晚香》，却说她对此“并没有反感”，“有时还不觉得产生出对他的尊敬和爱慕”，“她只是对自己的无能，悄悄地怀着一种清怨。”难道这也是杜晚香的模范事迹之一？文章写到杜晚香1965年又一次在文化宫讲学习毛着心得，写她丢开讲稿，“说自己心里话”时，出现了第三人称“她”的长达千字以上的“代言”，实际上是隐含作者丁玲作为叙述人代替女主人公在那里喊政治口号和政治抒情诗。把《杜晚香》与她的任何一篇A组作品放在一起，你不会相信这是出自那个独立的、傲岸的女性叙述人之手。把它和她以前的B组作品放在一起，你会发现它是迫于种种原因自觉地将政治功利性写作发展到极端之作。极端也就是终结，是句号，B组作品发展到此，已经走到了头。为什么会是这样？丁玲在写于1979年8月11日的《新编短篇小说选》后记里给出了答案：原来她是为了用这篇作品来“亮相”，以说明自己不是什么“反党反社会主义的右派分子”，而是忠于党忠于社会主义的共产党员。《杜晚香》便是她表明心迹刻意为之的一种政治姿态，一副“超我”的政治面具。果然，在《杜晚香》发表之后，一位读者给她来信，说以前不知道右派的文章是什么样子，读了《杜晚香》，“我以中国青年公民的身份来彻底给你平反，从心眼里摘掉了你的右派分子帽子”。[①] 这自然是丁玲所期望达到的目的。联系到《杜晚香》写作时她的处境，我们理解了她的苦衷和无奈。那时“两个凡是”的禁锢还没有破除，人们还心有余悸，而对丁玲长达24年的政治厄运负有直接的和主要责任的“职业革命家”周扬即将抢得一面思想解放的旗帜而东山再起。她意识到自己不能授人以柄，而怎样才能不授人以柄，当时的政治形势又有点扑朔迷离让人测不准方向。据陈明

① 丁玲：《丁玲近作》，成都：四川人民出版社，1980年，第197页。

讲，当时他们把《“牛棚”小品》与《杜晚香》掂量来掂量去，决定还是用《杜晚香》来“亮相”。不料两个作品差不多同时发表，于是丁玲似乎是“左右逢源”了。

写作与发表于同一时期的《“牛棚”小品》和《杜晚香》，如同两个比肩而立的惊叹号，为丁玲两组分裂的作品作了总结，也标志着丁玲作为一位有才华的现代女作家两种分裂的写作身份和人格、心灵的两重性。如果把它们放到20世纪中国文学的发展长河中看，《“牛棚”小品》恰恰承续了被压抑数十年终于即将复苏的“五四”新文学即包括女性文学在内的“人的文学”的潮流，而《杜晚香》则恰恰是30年代起居于主潮和主导地位而又在“文革”十年被发展到极端的公式化概念化的左翼文学的余绪。丁玲的全部创作，就在这两种文学潮流的转换中跳跃。就其各自的开端而言，《梦珂》《莎菲女士的日记》等承续了20年代末已进入低潮的“五四”个性主义启蒙思潮的余韵，而《韦护》《水》等则赶上了当时方兴未艾的左翼文学革命集体主义思潮的发轫期，《水》等还被左翼文艺理论家认为是开风气之先的作品。这是分属于两种精神血脉的文学。前者的精神血脉是独立、自由、民主，是人的主体性与人与人的主体间性；后者的精神血脉是革命、阶级、政治、大众、集体。并不是说这两种精神血脉的文学天然地互相排斥而不能相通相融，而是由于后者的强烈的政治化、党派化把左翼文学一步步推向了与政权一体化的独霸文坛的文学。左翼文学的政治化早在左联时期就开始了。有研究者认为，“无论从哪个角度来分析，左联都算不上是一个纯粹的文学社团组织，从它成立的第一天起，它就公开声明自己是无产阶级意识形态在文学领域中的政治代表”①，“《讲话》对作家的这种

① 宋剑华：《百年文学与主流意识形态》，长沙：湖南教育出版社，2002年，第118页。

规定，事实上是对现代意义上的知识分子（包括作家——笔者附注）角色和功能所进行的改写""从延安整风效果来看，确实造成了来自五湖四海的知识分子/作家从此都放弃或忘记了自己曾经占有过的语言，以及与它相联系的话语秩序"，这是"革命体制中知识分子/作家角色新/旧主体的断裂"。①

文学与政治有着不同的逻辑运行规律。文学要求直面人生，直面自我内心真实的声音，用自己的眼光自己的头脑去观察去思考去表达，而政治则围绕着权力运转，这就不能不迫使作家对生活睁一只眼闭一只眼，根据政治功利的需要任意裁剪生活，对生活删减增添，或拔高提纯，或如鲁迅所说的瞒和骗。丁玲被迫把黑妮形象由地主的女儿改为侄女，并不得已删去了许多已设计好的情节场面，就是文学对政治的强制性的驯从与就范。作为女作家，丁玲与政治权力化的左翼文学，还有种深层的混沌不明的关系，即政治与性别的关系，其实也就是政治权力与女人作为人的独立的生命价值与人格尊严的关系。政治利用性别把贞贞这样纯洁的天真的女孩子作为工具使用，一旦失去了使用价值便翻脸不认人厌之弃之。《我在霞村的时候》《"三八节"有感》这一组侥幸写出的女性文学作品中，丁玲其实是对这种工具性的性别命运作出了反叛。她否定了那种"首先要取得我们的政权这样的大话"，而强调要强己，要自己爱护自己，要"改正不作思索，随波逐流的毛病"，这其实是超前地提出了与政治意识形态不同的妇女解放观。

漫长的国家政治对文学的全面监管，使"五四"人的文学、女性文学启蒙话语的历史延续性被迫中断，而左翼文学的政治化、体制化，又强制性地把文学捆绑在政治的战车上，从根本上

① 贺桂梅：《知识分子、女性与革命——从丁玲个案看延安另类实践中的身份政治》，载《当代作家评论》2004年第3期。

扼杀了文学多元化多样化的可能，不仅压制了“五四”人的文学启蒙话语的生命力，最终也一步步断送了新兴的左翼文学的前程。在20世纪中国文学思潮这一悲剧性的历史沧桑中，丁玲也许是那些被纳入革命政权体制内的左翼知识分子/作家中最积极最活跃同时又是充满了矛盾的最不安分守己的一个。一方面，她自觉地积极认同这种被强制性规定的革命身份，政治身份，明确表示“要在整个革命机器里做一颗螺丝钉，在雄壮的革命队伍中当一名小小的号兵”[①]。要“改造自己，洗刷一切过去属于自己的情绪”[②]。她也确实以这样的身份写出了不少属于革命政治语话的左翼文学。另一方面，作为她文学生命原初的精神血脉的“五四”个性主义的启蒙话语也深植于她的血肉里，并不是一副可以任意脱去的外衣，一旦遇到哪怕是短暂的可以生长的气候、土壤，便会从压抑中突围而出。于是才有了丁玲创作中的两组作品也就是启蒙话语与革命话语、人性的性别的话语与政治的功利的话语此消彼长此长彼消的转换，出现了女性主体身份批判立场的生长—消溶—再生长—再消溶的20世纪人的文学也是女性文学创作的奇观。作为丁玲此类作品的终端性作品《“牛棚”小品》，便是丁玲此生此世人的文学也是女性文学在20世纪70年代末又一次思想解放前夕的绝唱。这证实了根植于作家生命体验和日常生活的人的文学以及女性文学启蒙话语顽强的生命力。

丁玲老了。她已没有力量和智慧“跨到新的时代来”（丁玲语）。在同时发表了《杜晚香》和《“牛棚”小品》这两种不同血脉的文学文本之后的第五年即1984年8月1日，中共中央组织部经中央书记处批准，颁发了第9号文件《为丁玲同志恢复名

---

① 丁玲：《解答三个问题》，收录于《丁玲近作》，成都：四川人民出版社，1980年，第170页。

② 丁玲：《从群众中来，到群众中去》，收录于《全国文艺工作者代表大会文集》，第175页。

誉的通知》，丁玲终于得到了她梦魂萦绕的彻底平反。她可以瞑目了。这一年她整整80岁。两年后，丁玲逝世于北京协和医院。

三、结语：语境与选择

丁玲这种创作与思想的两重性已被文学研究界说成是一种需要深入探讨的"丁玲现象"。丁玲现象的解读需要联系她所处的特定的语境，也就是丁玲文本背后的"巨型文本"，即决定了丁玲小文本之所以是这样而不是那样的重要原因。语境是西方叙述学阐释文本意义的一个概念，认为一个时期的语境和一个时期的文学有直接的关系，一个历史时期各种相关的政治、经济、文化、伦理等以语言形态出现时都会构成一个时期的语境，语境包围着我们使我们难以回避和逃离，它在相当大的程度上决定了我们说什么怎么说和以什么样的身份来说，它的背后常常有强大的权力机制在操纵，褒扬提倡一种语言又压抑禁止另一种语言，故又称为"警察行为"或"社会过滤器"。20世纪文学思潮中"启蒙话语"（或称个性主义话语）与"革命话语"（或称集体主义话语）的起伏兴衰，在很大程度上是风云变幻的语境在起作用。解读丁玲与人的文学（包括女性文学）和左翼文学（包括解放区文学与新中国成立后直到新时期之初的文学）的错综复杂的关系，不能忽略语境这一巨型文本的作用。概括地说，丁玲创作生涯所处的语境，是20世纪30年代开始的世界性的革命思潮（又称红色思潮）全方位介入中国，并在中国共产党所领导的革命实践中逐步取得胜利前后由主潮而成为主导性和统治性的思潮。苏联十月革命的胜利，1927年国民党四·一二大屠杀，抗日战争与全世界反法西斯战争的胜利，以及人们对一个没有剥削没有压迫的新世界的向往，是决定这一语境在一个前现代农业社会的中国最终居于统治地位的主要原因。左翼文学的起伏兴衰，自然也不能离开这个大语境。语境的变化决定文学的变化，可文学的变化又必须通过变化中的人（作家）来实现，这也是为什么毛泽东在延安文艺座谈会上反复强调作家要“把立足点移过来”的原因。这个“转变立足点”的宏观设想的实施，便是由40年代的延安整风、“抢救运动”到1949年以后深入推广到全中国的连绵不断的知识分子思想改造运动、政治运动。丁玲的两组作品以及这两组作品后面的写作身份的转换，无不受制于这样的大语境，或者说是在语境的夹缝中出现的。如果说30年代早期丁玲加入“左联”创作上也转向左翼文学时，还有她本人思想中的由“浪漫蒂克”到“革命浪漫蒂克”的思想契机，以及她和一些男性左翼朋友如瞿秋白、冯雪峰、成仿吾等及丈夫胡也频思想影响的因素，那么到40年代的解放区时期和新中国成立后，则主要是这些一连串的政治运动对她的威慑与驯化的结果。认识丁玲的这一变化，不可忽略她在历次政治运动中或这一次运动和另一次运动之间留下的批判文章与批判会上的表现。作为另一种“文本”，它们已经成为一种人性的与心理的切片，代写英语论文显示出强大的不可抗拒的政治权力对脆弱的人性、人格的威慑力与杀伤力。

一般的规律是：在她所批判的作家中，常常是刚刚与她一起遭到批判的人（如对王实味、萧军的批判）；或者她所批判的这个人的某篇作品，按照她所批判的无限上纲的逻辑，同样可以在她的作品中找到类似的问题甚至是有过之而无不及的问题（如对肖也牧《我们夫妇之间》的批判）；或者她声色俱厉地批判了别人，到头来又把她和这些她批判过的人放在一起来一次更严厉的“再批判”，如1958年与王实味、萧军等一起被批判。这种种批判与被批判身份的纷纭变幻背后的指挥棒，便是我们称之为语境的“巨形文本”，主要是变幻莫测的政治权力的威力。有的研究者将这种批判来批判去的现象，称为“文化批判的悖反现象”：“它最充分地体现了中国知识分子一定程度上的矛盾、混乱的人格。正是这种矛盾、混乱的人格使他们在有意识、无意识中循环不断地演出一幕幕具有讽刺意味的人生悲剧。”[1]

在有关丁玲参与其间的批判或被批判的资料中，有几个镜头令我难忘，涌现出一种难言的复杂感受。

一是在 1942 年 10 月 19 日鲁迅逝世六周年纪念会上批判萧军。这是由在这之前另一次批判王实味的大会引发出来的。据王德芬《萧军在延安》回忆，萧军对这次会有些意见，路上说了几句不满的话，被旁边一个女同志听到后汇报了。萧军拒绝了中央研究院要他承认错误的要求，并写了一份《备忘录》上呈中共中央、毛主席，并且在这次有两千多人参加的鲁迅逝世纪念会上宣读了，引起了持续六个小时的激烈辩论。丁玲、周扬、柯仲平、李伯钊、刘白羽、陈学昭、艾青等党内外作家群起批判萧军，萧军不服气，舌战群儒，越辩越激烈，主持会议的吴玉章说“萧军同志是我们共产党的好朋友，我们一定有什么方式方法不对头的地方，使得萧军同志发这么大的火！大家应当以团结为重，我们有什么不对的地方应当检讨检讨”。这时萧军的火气消了不少，说道：“吴老的话使我心平气和，这样吧，我先检讨检讨，百分之九十九都是我的错，行不行？那百分之一呢？你们也想一想是否都对呢？”这时丁玲斩钉截铁地说：“这百分之一很重要！我们一点也没有错，百分之百全是你的错，共产党的朋友遍天下，你这个朋友等于‘九牛一毛’，有没有都没有关系！”萧军拂袖而去[2]。

二是 1957 年夏季风云突变，毛泽东写了《一九五七年夏季的形势》，这样原准备向丁玲、陈企霞道歉的调门大变，在文联礼堂召开了一次批判丁玲、陈企霞的大会。一些人高呼“打倒反

---

① 张景超：《文化批判的背反与人格》，哈尔滨：黑龙江人民出版社，2001 年，第 3 页。

② 据王德芬的回忆，并参考了陈明、张毓茂的回忆，见《新文学史料》1987 年 4 期、1989 年 2 期、1994 年 4 期等。所记内容大同小异，可丁玲的发言都一样，可见给与会者留下了深刻印象。

党分子丁玲”的口号。气氛紧张，声势凶猛。丁玲站在讲堂前，面对人们的提问、追究、指责，无以答对。她低着头，欲哭无泪，欲讲难言，后来索性将头伏在讲桌上，呜咽起来。①

三是1957年8月14日作协党组会议集中目标揭发批判冯雪峰在30年代左联时期的问题。夏衍在会上作了“爆炸性”发言。夏衍为冯雪峰罗列了洋洋六大条罪名，如介绍批准胡风入党纵容他进行分裂左翼文化运动的罪恶活动（大概因为此时胡风反革命集团冤案已沉冤两年多了——笔者注），在鲁迅先生周围进行了长期的对党的领导和党员作家的挑拨、造谣和污蔑，有意挑起两个口号的论争，今天又参加了丁、陈反党集团分裂作家协会的阴谋……这时，许广平站起来，痛斥冯雪峰欺骗了鲁迅，是个大骗子。周扬也站起来，说冯雪峰等于公开向敌人告密。夏衍发言时，有人喊“冯雪峰站起来！”紧跟着有人喊“丁玲站起来！”“站起来”喊声震撼整个会场，冯雪峰低头站立，泣而无泪；丁玲屹立哽咽，泪如泉涌……爆炸性发言和爆炸性插言，如炮弹一发接一发，周扬也插言，他站起来质问冯雪峰，是对他们进行“政治陷害”，许多位作家也插言、提问、表示气愤，楼适夷在会场上号啕大哭。②

把这三个镜头连接起来，可以用《文艺报》编辑、后因“丁、陈反党集团”事件被清理出文坛的唐达成的话作为注解：“政治像川剧中的‘变脸’，说变就变，你刚看到它的一副面孔，你刚刚说出来，就是一眨眼的工夫，它变脸了，你又得重新认识，重新说它是什么样。还得承认你刚才看错了。”③

① 陈为人：《唐达成文坛风雨五十年》，博卡拉顿：溪流出版社，2005年，第51页。

② 徐庆全：《周扬与冯雪峰》，武汉：湖北人民出版社，2005年，第152～158页。

③ 陈为人：《唐达成文坛风雨五十年》，博卡拉顿：溪流出版社，2005年，第54页。

然而这并不能得出政治决定论或政治语境决定论，仅就这三个镜头的“定格”来看，摄入镜头中的人和人是不一样的。萧军和丁玲不一样，丁玲和夏衍、周扬更不一样，就是当时同为党的领导人身份的吴玉章、周扬也很不一样。每个人在这个“巨型文本”中的言行神态，自有他们各自的心理、性格逻辑在起作用。就丁玲来说，她在萧军面前是那样咄咄逼人得势不让人并有点仗势欺人的气势。她当时一定以为自己背后是一座巍然屹立的大山，她的人称由“我”变成了“我们”。她觉得自己是“我们”的一员，和萧军不一样，比萧军这样的“九牛一毛”的人高一等，她觉得自己变得强大了。这是一种她自己也意识不到的虚荣和恐惧心态。这使她有了值得骄傲的归属感和安全感。这种心态，一直贯穿到全国解放初期，直到她 1955 年祸从天降为止。在建国前夕那次全国文代会上，解放区文艺被规定为新中国文艺的唯一正确的方向，国统区作家艺术家巴金等心情忐忑不安，巴金说：“我是来学习的。”可丁玲以“我们”解放区文艺的代表身份向大会介绍经验，意得志满之情溢于言表。这里还有一种属于丁玲个人的心理逻辑，那便是对毛泽东的感恩心理，或者叫做由感恩而崇拜的心理。本来王实味的《野百合花》，萧军、罗烽、艾青等的文章和丁玲自己的《“三八节”有感》等都在整风前夕发表在丁玲任主编的《解放日报》文艺副刊上，可毛泽东对她和王实味“区别对待”，说“丁玲和王实味不一样，丁玲是同志，王实味是托派”。一言九鼎，丁玲得以幸免于王实味那样的灭顶之灾。她由此以为自己被权力所接纳，跟萧军等是完全“不一样”的人了，盛气凌人的言词中，隐藏着强悍中的虚弱。她没有想到几年后风云变幻物换星移，这个强大的也是不可捉摸的。

“我们”把她毫不留情地抛弃了。她更没有想到，1958 年 1 月，《文艺报》第 2 期刊发了“再批判”专栏，由毛泽东亲自改写按语，将当年批判过的王实味、丁玲、萧军、罗烽、艾青等在延安写的作品当作“大毒草”重新送上祭坛，丁玲再也得不到“区别对待”的恩宠，而且“奇就奇在以革命者的姿态写反革命的文章”这句宣判了她政治上的死刑的话，就出自毛泽东的大手笔。[①] 之二之三的两个镜头中丁玲的“欲哭无泪，要讲难言”“屹立哽咽，泪如泉涌”几个字，让人心中涌出无限同情、怜悯，同时又有些后怕，并完全理解了她复出后那种刻意为之的“左倾”政治姿态。[②] 丁玲毕竟不是周扬那样的工于权谋的“职业革命家”，她其实只是一个作家，同时又是女人，她复出后那些为了自我保护而自以为“学乖”了的一点“心计”，与周扬那样的善于把握全局并在全局中做“大文章”的手段比较起来，足以见出丁玲作为一个女人的单纯和政治上的幼稚。然而丁玲却为此付出了沉重的代价，那便是至死也没能再重新抬起她那高傲的头，便是性格与心灵的扭曲。

最后我想把问题归结到知识分子/作家在大致相同的语境中的选择问题。

以上几个镜头可以说明在大致相同的语境中不同的“个人”是不一样的。这就把个人的选择问题提了出来。选择是人文主义的自由主义哲学的核心概念。它建立在人是有思维能力、判断能力的主体因而也是有选择权利的这个基本信念之上。“权利是令拥有权利的人称心如意的、使他放心的、对他有利的，在道义上或物质上有价值的。”[③] 在自由主义哲学看来，自由并非不计利

---

① 秦林芳：《丁玲最后的37年》，北京：中国文史出版社，2005年，第121～122页。

② 丁玲在一封给友人的信中说：“假如《苦恋》是我写的，你可以想见那些左的右的都会汇成一股洪流来围剿的，难道二十多年还不能得点经验教训，不学一点乖吗?”见于秦林芳：《丁玲的最后37年》，第223页。

③ ［匈牙利］安东尼·德·雅赛：《重申自由主义》，北京：中国社会科学出版社，1997年，第149页。

害的随意性的我行我素，而是在面临各种可能时选择其一的能力。在一定意义上说，自由就是选择。“一切都取决于行动者从他所面临的各种抉择中选择其一的能力。”① 选择从来就是个人的而非群体的，因为“只有个人才能选择”“个人之所以被认为能够思考选取某一选择方案而不选取另一方案的理由，就因为有一个普遍接受的假定，那就是只有个人才有思维能力，群体、团体、国家，都不能思考，或只能在比喻的意义上思考。”② 这里的道理很简单，那就是个人是“人”“人类”等这些类概念的唯一的实体，人、人类以及一切由各种个人所组成的社会、群体、党团、阶级等等类概念都只是各种“个人”的不同抽象，它们的可见的现实的实体都是个人。每个个人在面临一种以上的选择可能时其实都在选择，

20年代末30年代初兴起的左翼文学也是每一个加盟左翼文学的作家个人选择的结果。需要强调的是，在30年代文坛上，左翼文学是主潮但并不是“唯一的文学”，丁玲由《梦珂》《莎菲》起步而转向左翼文学时，个性主义的启蒙话语虽然进入低潮但并不是失去了创作的活力，巴金、老舍、曹禺等在国统区的创作，三四十年代的京派、海派文学，还有女作家萧红、凌叔华、林徽因、杨绛等在国统区的创作以及张爱玲、苏青等在沦陷区的创作，都是与左翼文学同时存在的不同的文学，自然也是这些一个一个作家各自出于种种主客观原因自主选择的结果。丁玲之所以选择左翼文学的原因已如上述。这里我想到了与丁玲差不多同时“向左转”的鲁迅。鲁迅30年代初加盟“左联”并被推举为“盟主”，自然也是出于鲁迅的一种理性的选择。但与丁玲不同的是鲁迅始终在思想上与一些左翼革命文人保持着应有的距离并坚

① ［匈牙利］安东尼·德·雅赛：《重申自由主义》，版本同前，第133页。
② ［匈牙利］安东尼·德·雅赛：《重申自由主义》，版本同前，第176页。

守了自己独立判断和批评的权利。鲁迅对“奴隶总管”的警觉，对将来的“黄金世界”的质疑，对那种“叫人死”而不是“叫人活”的革命的批评，至今读来也是至理名言。这里并没有以鲁迅否定丁玲的意思，而是在这样的参照中，说明要真正做到丁玲自己所说的“不消溶”“不随波逐流”是多么艰难。这里与丁玲的选择最具有可比性的是萧红的选择。萧红30年代初从东北左翼抗日文化人的活动圈“牵牛房”步入文坛，有的文学史也把她列入左翼作家。但萧红在创作思想上却没有盲目接受当时一些流行的左翼文学概念和创作模式，而是经过自己的深思熟虑走自己的路，在30年代纷纭的文坛潮流中保持了自己独立不羁的创作态度，尤其在她创作生涯的最后三四年间，她的创作思想达到了理性的自觉和文体话语的自觉。这中间还有一次对萧红的创作至关重要的选择，那就是30年代末日军炮火追逼下个人生活的选择。据一些资料显示，萧红与萧军一同南下武汉，并于1938年春在西安与萧军“永远分开了”。这里感情破裂的因素固然也是一个重要原因，但还有一个重要因素是在动荡的时局中两萧对待文学的态度的分歧。萧红视文学为生命，急需在动乱中赢得时间写作，而萧军则热心于政治活动，执意要去“打游击”。萧红劝说无效，才下了与端木蕻良南下武汉并由武汉南下香港的决心。在作出这个选择决定之前，萧红与丁玲在临汾、西安有过数月的交往，据丁玲写于1942年4月25日萧红逝世的消息传到延安后的《风雨中忆萧红》，说到她们在临汾、西安相聚时，她曾经劝她去延安，而萧红却去了香港。丁玲说“至今我还很后悔那时我对于她生活方式所参与的意见太少了”。这恐怕不是丁玲所参与得了影响得了的。个人的生活方式和到那里去定居是每个人自己的选择。萧红懂得在事关自己的人生道路生活方式方面该做出什么样的选择。她说过“在紧要的地方，我懂”。与萧军分手，和端木蕻良转赴武汉、重庆，1940年1月同去香港专心从事创作，是萧红在人生道路的紧要关口作为女人与作为作家的决断。孟悦、戴锦华在她们的《浮出历史地表》中说，这是"大智勇者的探寻"，"假如她到了延安解放区，或许就不至于死得如此寂寞，但她那女性解放的思想和追求在乡土世界和当时当地的作家阵营中同样不会有更好的出路，除非她首先屈服——牺牲这份追求"。[①] 这是可以由丁玲的《"三八节"有感》等的遭遇为证的。这也就是说，萧红以承受孤独的选择承担了独立女性的自由创作，在三年多的时间和极端困难的条件下写出了《黄河》《旷野的呼唤》《朦胧的期待》《回忆鲁迅先生》《呼兰河传》《小城三月》《马伯乐》等近百万字的作品，"以生命为代价穷尽了历史给女性留下的最后一份可能性"[②]，超越了死亡，也超越了时代，成为一只"与蓝天碧水永处"的"大鹏全翅鸟"。

丁玲本质上是个性主义者。她的精神血脉是"五四"人的解放与个性解放。然而，漫长的极左政治（在有的论著里又称"左倾政治激进主义"）却压抑和扭曲了她的才华，出现了创作与思想的二重性。她在 1946 年写了一篇另类散文，题目是《我怎样飞向了自由的天地》，回忆了她少女时代，怎样和女友王剑虹、杨代诚一道离家出走，在《新青年》等五四思潮影响下鼓起勇气和一切封建旧礼教搏斗，曲折地表达了她对自由的渴望。丁玲在临终时断断续续地告诉她的亲人说："替我高兴吧，我成佛了。"我想这一定包括对自己苦难一生和艰难的文学生涯的澄明和顿悟。

［原载《西南民族大学学报》（人文社科版），2006 年第 11 期］

① 孟悦、戴锦华：《浮出历史地表》，北京：中国人民大学出版社，2004 年，第 176 页。

② 孟悦、戴锦华：《浮出历史地表》，北京：中国人民大学出版社，2004 年，第 175 页。

延安文学研究：为什么研究和研究什么

李洁非　杨　劼

我们认为，在20世纪，通过文学而表现出的历史，是现代中国的精神困境的一部分；作为民族精神活动的浓缩物和最活跃形式，现代文学研究的独特价值以及它最值得深究细论之处，在于这种文学如何展现了20世纪中国精神困境，做出了怎样的应对，其中又留下了什么启示。

20世纪中国的问题表现在“现实危机”和“精神困境”两个方面。就现实危机而言，国体政体变革、内战、外族入侵、主权恢复和国家统一、经济发展和国力提升等等，一目了然，而文学与这些现实危机并无关系，文学运动和文学改造显然丝毫无助于这些危机的克服与解决。但众所周知，文学对20世纪中国仍然有举足轻重的意义，很多时候甚至牵动着整个社会的神经，无论五四时代、延安时代、反右运动、“文革”时代直到20世纪80年代思想解放运动都是如此。这个现象“或者还不如说这个事实”清楚地提示，走入“现代”以来的中国所面临的难题，远远不仅限于各种现实危机，相反，在看得见摸得着的现实危机之外，还有无形然而深刻的精神困境。

与对各种现实危机的重视相比，对精神困境的研究和认识至今不足。虽然精神困境不像现实危机那样直接威胁着中国，给社会带来迫在眉睫、需要立刻排解的麻烦和障碍，甚至关系到民族的生死存亡；但长远来看，古代史结束以后的中国，精神困境是一个更大更难解决的问题。至今，一般国民对此认识仍显得极其模糊、极其肤浅。这一点，可能是过去一百年中国最令人悲哀的地方。

就在人们片面重视现实危机的同时，历史本身却不断显示它最深的症结与动力，即是对精神困境的求解，这是一个漫长的贯穿了不同历史时期的主题。现实危机——不论是政治的经济的或战争的——都可以寻找正确恰当的对策加以阶段性的了结，而走出精神困境却更为艰难。整个 20 世纪，中国精神困境与其说是被阶段性地克服了，不如说它跨越了时间而不断深化着、发展着。可以说，从最初的改良主义一直到今天，由于传统崩溃和被卷入现代性，中国迈出每一步，都于尝试克服精神困境的同时，加深了精神困境，并不断增添新的变数。

黑格尔阐述过事物的一种状况：冲突要有一种破坏作为它的基础，这种破坏不能始终是破坏，而是要被否定掉。它是对本来谐和的情况的一种改变，而这改变本身也要被改变掉。[①] 这可以借来描述 20 世纪中国精神困境的基调。如果中国自身的古典精神文明是一种谐和，那并非指它没有变化，而是指它始终能够经由内部诉求以保持住自我的方式发生演化。很明显，20 世纪中国现代性转型没有等候和容许内部诉求形成，就直接地突然地被外力强行楔入。这种撕裂式、破坏性的变故，令中国精神文明从此丧失了谐和性。然而，谐和作为一切事物自由或不自由的标志，是不容丧失而必然恢复的，20 世纪中国精神文明因此就一直处在激烈冲突与不断寻求恢复平衡的两难之间。但是看起来，由古典精神文明"突然死亡"和西方文明强行介入所造成的精神困境，仍在能量释放过程中，所谓谐和的恢复，到现在为止也还未见端倪。

---

① ［德］黑格尔著，朱光潜译：《美学》，北京：商务印书馆，1981 年，第 260 页。

以上思考，被我们视为延安文学研究的基本支点，也是这项研究最重大的价值所在。如果不置于现代中国精神困境这样一个文化性的宽广语旨下，延安文学研究不仅将是黯淡无光的，而且也根本遮蔽了它固有的超乎寻常重大而丰富的价值——显而易见，延安文学的问题往往既是文学问题，也是文化问题，这种复合性特征的唯一解释，就是它们都不单纯地源于和停止在文学层面。事实上，指出这一点并不意味着什么研究视野的拓展，相反，我们宁可认为是研究对象本身内容与价值的复原：对延安时代的意义的发掘，将比对它的评价更重要——即我们的研究主要想显示并带来的一种认识。

基于此，我们制订了解读“延安：文学、知识分子与文化”的研究课题。这项课题先是在2003年被中国社会科学院文学所立为所重点科研项目，进而又于次年申请了国家社科基金的资助。

根据我们的兴趣和对相关问题的梳理，我们希望自己的研究能够在以下两个方面取得成果。第一个方面，是与延安文学有关的历史发展的基本情况；第二个方面，是由延安文学形成和提出的几个最基本的、最重要的和关键性的问题。把这两个方面加以细化，它们将分别涵盖如下具体内容。

关于第一个方面，主要搞清楚这么几点：

（一）延安文学的由来。为什么会有延安文学？中国现代文学是怎么走到这一步的？为什么延安这么个从地理、历史和文化上讲几乎没有任何优势的地方，会在20世纪40年代取代上海、北京等更发达更现代的大城市，成为事实上的中国文学中心？历史向这个方向发展，有没有必然性？如果有这种必然性，除去政治、时事上的原因，从文学自身来看，它的道理何在？

（二）延安文学的建立。延安建立了一种什么样的文学？如何建立的？也就是它是什么性质，依靠什么，在什么基础上建立起来的？

（三）延安文学的过程。从1937年到解放战争中共中央离开延安，延安文学大致经历了十年过程。它开始的时候是什么情况？后来又是什么情况？有没有变化？变化有多大？是如何变化的？

（四）延安文学的影响。中国现代文学史有两个主要的源流，一个是五四新文学，一个是延安文学。一百年的文学，几乎都是由它们引导的。从实际影响力来看，延安文学的重要性，超过了五四。那么，延安文学究竟是从哪些方面对未来施加影响的？哪些东西是中国自身文学传统根本没有、根本不具备的？直到今天，延安文学的影响是不是仍然存在？从历史观点看，摆脱延安文学的影响可能吗？

在第二个方面，通过对延安文学这段历史的研究，我们着重提出对几个关键性问题的思考。

（一）知识分子问题。贯穿延安整个历史时期的是两个大问题，一个是革命战争问题（对党来说，抗战既是反侵略也是一场革命战争，最后的结果将不仅仅是把日寇赶出中国，而且应该借这场战争走向革命胜利），一个是知识分子问题。这两者又是紧密相关的。先前的革命队伍，不存在知识分子问题，抗战把大批知识分子送到了延安，照许多老革命的话说，知识分子还没有大量涌入之前，延安很单纯很宁静，知识分子一来，各种矛盾各种麻烦接踵而至。而来延安的知识分子中，相当一部分，或者说主体，是文艺知识分子，当时俗称文化人，自然科学和技术知识分子很少。所以很大程度上，知识分子问题就是文艺问题，文艺问题也就是知识分子问题。那么，知识分子问题的实质是什么？党是怎样解读这一点的？对知识分子的态度有怎样的变化？不同的领导人、党的领袖与一般干部对这个问题的认识有何差异？矛盾是如何解决的？党在解决与知识分子的矛盾中积累的经验怎样影响了后来的知识分子政策？

（二）整风事件。延安整风既是一个政治事件，同时也是现代文学史上少数几个最重要的事件之一，其重要性较之五四、反右、“文革”丝毫不逊色，如果从所造成影响的深度和持久性来看，且尤有过之。整风的隐秘目的，是打击以王明为代表的素来以马列主义正统理论家自居的秀才治党的那股势力。这一点，毛泽东自己后来是毫不隐瞒地承认了：“他养病的时候，我们整了风，讨论了党的历史上的路线问题，‘项庄舞剑，意在沛公’，这是确实的。”[①] 另一方面，1941、1942 年，知识分子来延达到高潮，由此而生的矛盾、冲突也达到高潮。1942 年春天出了一系列事，讽刺画展、轻骑队、《三八节有感》、王实味等等，心里已有整风计划的毛泽东，正好借这些文艺家闹出的乱子拉开运动帷幕。从史料看，虽然整风是全党整风，但动静几乎全出在延安文艺界和知识界，如鲁艺、文协、中央研究院和其他院校，军队和地方被卷进去的很少听说。所以延安整风实际上主要是文艺整风、知识分子整风。这也是党的历史上发动的第一次大型文化运动，它不单扭转了延安文艺方向，完成了“有机知识分子”的培养和改造，而且在方式、模式以及许多具体细节上，形成一整套解决思想问题、文艺问题的办法和套路，对后来至少三十多年内中国文艺的管理与形态有着示范和模型的意义。

（三）“超级文学问题”。用传统的文学理论，已经很难解释延安文学；文学在延安被开发成一种具有前所未有的功能的庞然大物，应该说，是文学，又不仅仅是文学。我们试图给它以描述，提出了“超级文学”的问题。到底“超级文学”是什么样的形态？如何运作？“超级文学”跟普通文学的区别是什么？“超级

① 毛泽东：《对关于若干历史问题的决议草案的说明》，收录于《毛泽东文集》（第 3 卷），北京：人民出版社，1996 年。

文学"正反两方面经验教训又怎样？我们就这些问题提出了自己的看法。

（四）毛泽东问题。虽然毛泽东的历史角色主要是党的领袖、革命政治家，但就对20世纪中国文学的影响而言，没有一个人能够超过他，就连鲁迅也远远不如。这种影响，就是从整风、《讲话》开始的，就是从延安开始的。关于这种影响，真正学术性的研究，过去很不够。主流意识形态的态度，本来不是从学术层面来展开的，可以不必说它；主要是搞文学的学者们，没能意识到毛泽东作为一个文学学术对象的价值。不少人存在偏见，以为毛泽东是政治家，他带给文学的都只是政治的影响，毛泽东文艺思想也是政治强加到文艺身上的。这都是不对的，不符合事实，把问题简单化了。毛泽东的影响与政治有关，但现代文学与政治的紧密联系却不是毛泽东带给文学的，而是历史地形成的。并且，毛泽东文艺思想的深层影响不在政治上，是在文化上。它集中反映了走上现代化之路以来中国的文化转向、由此面临的文化困境，和克服这种困境的思路。

（五）延安文学成就或其意义的评价问题。总的来看，一般对延安文学成就的评价不高。但这对不对？如果对，对在哪？如果不对，又因为什么？说它对，恐怕只是当所持尺度是纯粹文学的，或者说专注于文学角度看问题的时候。例如，作品的重读率高不高？流传范围有多广？为文学史留下了多少公认的丰满深刻的人物性格和形象？它的技巧可借鉴性即借鉴价值大不大？文学风格是否为后世作家自觉主动地喜爱和模仿？等等。从这些方面看，延安文学的成就确实不如五四新文学，也不如新时期文学。今天，除了研究者，几乎没有人会去读延安时期的文学作品，也没有作家还用它的语言、风格写作，延安的作品（包括受它影响的共和国前三十年的作品）也很少传播译介到中国以外的地方。问题是，这种纯粹文学的标准用到延安文学的成就评价上是不是合适？作为很大程度上对一般概念文学有超越性的特殊文学现象——我们叫它“超级文学”——延安文学的成就实际上体现在一种不同的层面上。比如：借形式变革培育民族主义的文学意识；“面向工农兵”推动并且加速了文化重心下移趋势；从“现代白话到革命白话”对中国文学语言乃至一般社会语言的趣味、质地的易换；消解知识分子话语优势，颠覆文学的文人化传统，为反精英的通俗化文化奠定基础……当我们跳出与文学的单一关系，进而在历史、文化的关系中观察延安文学时，往往有令人吃惊的发现，例如它与遥远的20世纪90年代兴起的后现代文化之间的某种渊源。在这样的层面上，我们就会看到延安文学的成就，亦即经它造就出的东西，是巨大而深刻的。

当然，研究中涉及的远远不止这些，尤其当涉及文本的细读时，常常会随机性地带来许多生动、富于活力甚至令人意想不到的发现。

所以概括起来，我们对延安文学研究这个课题的处理，坚持三个原则：首先，必须运用文化研究的整合视角，而不宜把它理解一种封闭的文学对象；其次，无论对于史料还是延安文学的具体作品文本，尽可能细读，唯细读才能从看似寻常的背后挖掘出丰富而新鲜的意味；第三，解读的工具不仅仅是理论，也包括叙事，后者可能更重要，因为叙事对于事物具有复原、重构和发现其各种联系的非常活跃的功能，这是纯粹的理论分析所无法起到的作用。

［原载《西南民族大学学报》（人文社科版），2006年第1期］

鲁迅：现代中国文化之“结”

李 怡

鲁迅是谁？他跟我们有什么样的关系？这在今天的中国不会再是一个什么问题了。

今天的问题可能在于，我们也许在问：为什么就是这样一个人物始终“追随”着我们的成长，始终能够进入到现代中国社会文化的进程当中，成为一个“绕不开去”的历史存在？最后，又是如此紧密地进入了我们的知识体系？

平心而论，其实并不是鲁迅本人在“追随”我们的人生，不是鲁迅一定“要”进入我们的知识系统，因为，他早在1927年9月就说过：“在广州的一个‘学者’说，‘鲁迅的话已经说完，《语丝》不必看了。’这是真的，我的话已经说完，去年说的，今年还适用，恐怕明年也还适用。但我诚恳地希望他不至于适用到十年二十年之后。倘这样，中国可就要完了，虽然我倒可以自慢。”① 以鲁迅对于中国社会文化发展的设想，还有他那深刻的“历史中间物”意识，他显然无意“占领”历史，甚至根本就不看好这样的“占领”的意义。然而，事与愿违，恰恰是作为历史后人的我们常常在主动地“拉拽”着他，“牵扯”着他，“鲁迅之后”的历史似乎很难离开鲁迅的身影而独自存在——无论在这一段历史中的人们是怎样具体地估价鲁迅的意义：将他送上历史英

---

① 鲁迅：《而已集·“公理”之所在》，载《鲁迅全集》（第3卷），北京：人民文学出版社，1981年。

雄的峰巅，还是打入晦暗不明的深谷。

这一现象本身就是中国历史与文化的奇观，值得我们认真思考。

一、现代中国的“两极牵挂”

鲁迅在“鲁迅之后”的历史中的命运似乎可以称之为一种独特的“两极牵挂”。所谓“两极”，就是历史评判的两个端点。鲁迅的奇特之处就在于他几乎从一开始（当然也是直到今天）就被置于了两种截然不同的判断体系之中，同时每一种判断体系又都不断在针对鲁迅“说话”。

其一，处于历史巅峰状态的鲁迅。在这方面，鲁迅的价值首先是由激进的政治革命家来发现和肯定的。值得我们注意的在于，无论是长期“在野”、艰苦奋斗的共产党革命人士还是尚在“革命”进程中的国民党人士，都相当“看好”鲁迅这一文化资源，甚至就是在国民党执政之后，也并没有立即放弃对于鲁迅加以“利用”的种种企图。

众所周知，在 20 世纪 30 年代之前，国民党一直都在试图加强与鲁迅的联系，从 1925 年底邀请鲁迅编辑北京《国民新报》、创刊《副刊》乙刊到朱家骅力聘鲁迅到中山大学任教育，从应《国民新闻》之约，写作发表庆祝北伐军攻克上海、南京的《庆祝沪宁克复的那一边》，到作为国民党元老的蔡元培聘请鲁迅为南京国民政府大学院“特约著述员”，我们不难看出其中的渊源关系。国民党对鲁迅的警戒与对立是随着它执掌中国政权，专制主义本色日益显露而产生的，这一民主与专制两种理念必然分道扬镳的结果；与之形成鲜明对比的是，几位早期的中国共产党人如瞿秋白、冯雪峰、胡风有机会以民间知识分子的身份进入了鲁迅的生活，他们依靠自己的真诚赢得了鲁迅的充分的信任。这是鲁迅与中国共产党一段“善缘”的开始。

以后，围绕鲁迅病逝的一系列纪念活动，中共中央、苏维埃政府从一个在野力量的民主追求出发，最及时最充分地高扬起了鲁迅遗产的巨大价值，这高扬的顶峰便是1937年毛泽东在陕北公学纪念鲁迅逝世一周年纪念大会上的著名演讲以及1940年《新民主主义论》：“鲁迅在中国的价值，据我看要算是中国的第一等圣人，孔子是封建社会的圣人，鲁迅是新中国的圣人。”“鲁迅是中国文化革命的主将，他不但是伟大的文学家，而且是伟大的思想家和伟大的革命家。”“鲁迅是在文化战线上，代表全民族的大多数，向着敌人冲锋陷阵的最正确、最勇敢、最坚决、最忠实、最热忱的空前的民族英雄。鲁迅的方向，就是中华民族新文化的方向。”

在另外一方面，鲁迅同样也曾经被另外一些人打入历史评价的低谷，这里所谓的历史评价还不包括国民党专制政府蓄意的政治迫害。

鲁迅首先是在一些革命青年那里找到了知音，但同样也是从不断“革命”、不断追求最新最进步思潮的创造社、太阳社青年那里成了落后的标志。在“革命文学”的论争中，创造社、太阳社青年都将鲁迅当作自己宣扬革命文学的绊脚石。出现了“死去了的阿Q时代”甚至“二重反革命人物”“不得志的Fascist（法西斯谛）”之类的宣判。

当然，攻击鲁迅的还有作为现实体制维护者的其他文人，如陈源、苏雪林等。在他们眼里，偏激的鲁迅显然有煽动社会动荡的危险。苏雪林归纳其中的“危害”是：“一曰鲁迅病态心理，将于青年心灵发生不良之影响也。”“二曰鲁迅矛盾之人格，不足为国人法也。”“三曰左派利用鲁迅为偶像，恣意宣传，将为党国之大患也。”这的确是站在“党国”立场上之“忧国忧民”。[1] 包括曾经是鲁迅朋友的人也会表明自己与鲁迅的差异，例如林语堂。他在《鲁迅之死》中如此超脱地表态说：“吾始终敬鲁迅；鲁迅顾我，我喜其相知，鲁迅弃我，我亦无悔。”“鲁迅诚老而愈辣，而吾则向慕儒家之明性达理，鲁迅党见愈深，我愈不知党见为何物，宜其刺刺不相入也。”“鲁迅乃独坐灯下兴叹。此一叹也，无以名之。无名火发，无名叹兴。”“火发不已，叹兴不已，于是鲁迅肠伤，胃伤，肝伤，肺伤，血管伤，而鲁迅不起。呜呼，鲁迅以是不起。”[2] 是的，语堂先生是懂得“生活的艺术”的，懂得用“幽默”的小品作为人生的调节，他当然不会如鲁迅般“认真”，以至认真到“直面惨淡的人生”了。

新时期，在鲁迅研究进入一个崭新阶段的同时，对鲁迅的各种怀疑也开始出现。1985 年《杂文报》上曾经刊登了一位在校大学生对鲁迅杂文价值的质疑，在鲁迅绝对神圣的时代，这还是相当少见的。[3] 同年，《青海湖》杂志上也刊登出了一篇挑战鲁迅创作价值的文章《论鲁迅的创作生涯》。[4] 直到今天的世纪之交，在许多“世纪末”的质疑当中，对鲁迅的质疑依然是最引人注目的一部分，1998 年的韩东、朱文等青年作家有过“鲁迅是一块老石头”“其反动性不证自明”等议论（《断裂：一份问卷和五十六份答案》），1999 年的葛红兵有过著名的“悼词”[5]，2000 年的王朔也有过他讥讽与挖苦：“阿 Q 讲过：尼姑的光头，和尚摸得，我就摸不得么？对鲁迅，我也这么想。各界人士对他的颂

---

① 苏雪林：《与蔡孑民先生论鲁迅书》，收录于《鲁迅研究学术论著资料汇编》（第 2 卷），北京：中国文联出版公司，1986 年，第 727 页。

② 程新：《港台国外谈中国现代文学作家》，成都：四川文艺出版社，1986 年。

③ 《何必言必称鲁迅》，载《杂文报》1985—08—06。

④ 《论鲁迅的创作生涯》，载《青海湖》1985 年第 8 期。

⑤ 葛红兵：《为二十世纪中国文学写一份悼词》，载《芙蓉》1999 年第 6 期。

扬，有时到了妨碍我们自由呼吸的地步。”①

对于鲁迅的各种激赏赞誉之辞，我们并不陌生；对于其他种种的挑战与质疑，我们也没有必要大惊小怪，甚至遮遮掩掩，因为，他们都已经成了现代中国一个重要的事实，鲁迅本来就是在这样的毁誉交加中存在着，生前如此，死后依然如此，这样的现象本来就没有为特立独行的他增加什么或者减少什么，鲁迅还是鲁迅。在这里，有意思的倒是种种的社会群体都已经习惯于借鲁迅“说事”，现代中国历史与中国社会显然已脱离不开鲁迅这样一个环节，无论是历史的哪一“极”，都在牵挂着鲁迅的言论，都不能绕开鲁迅而昂然前行，似乎，鲁迅的存在就是他们前进道路上的一个“结”。

二、“结”：鲁迅的自我体认

我们注意到，对于自身在现代中国社会与文化中的命运，鲁迅显然早有一种惊人的自觉，也就是说，能够成为现代中国文化之“结”，这又成了鲁迅本人的自觉追求。鲁迅有很多深刻的论断似乎一直在预言他在中国历史中的命运。

鲁迅在《华盖集续编·无花的蔷薇》中说：“待到伟大的人物成为化石，人们都称他伟大时，他已经变成傀儡了。”②《且介亭杂文·忆韦素园》也说过：“文人的遭殃，不在生前的被攻击和被冷落，一瞑之后，言行两忘，可是无聊之徒，谬托知己，是非蜂起，既以自炫，又以卖钱，连死尸也成了他们沽名获利的工具，这倒是值得悲哀的。”这种身不由己的预言足以概括鲁迅在其身后的诸多遭遇。

然而，鲁迅是决心挺立在这个他并不习惯的世界上，在某种

① 王朔：《我看鲁迅》，载《收获》2000年第2期。

② 《鲁迅全集》(第3卷)，北京：人民文学出版社，1981年，第25页。

意义上说，他就是要刻意成为人们绕不开去的“结”。《坟·题记》中说得好：“说话说到有人厌恶，比起毫无动静来，还是一种幸福。天下不舒服的人们多着，而有些人们却一心一意在造专给自己舒服的世界。这是不能如此便宜的，也给他们放一点可恶的东西在眼前，使他有时小不舒服，知道原来自己的世界也不容易十分美满。苍蝇的飞鸣，是不知道人们在憎恶它的；我却明知道，然而只要能飞鸣就偏要飞鸣。我的可恶有时自己也觉得，即如我的戒酒，吃鱼肝油，以望延长我的生命，倒不尽是为了我的爱人，大大半乃是为了我的敌人——给他们说得体面一点，就是敌人罢——要在他的好世界上多留一些缺陷。”①《写在〈坟〉后面》也申明：“偏要使所谓正人君子也者之流多不舒服几天，所以自己便特地留几片铁甲在身上，站着，给他们的世界上多有一点缺陷，到我自己厌倦了，要脱掉了的时候为止。”②

在给许广平的信中，鲁迅提出了一个“与黑暗捣乱”的思想，这就是《两地书·二四》所说：“你的反抗，是为了希望光明的到来罢？我想，一定是如此的。但我的反抗，却不过是与黑暗捣乱。”③

就这样，鲁迅成了中国社会文化汪洋大海中无法被轻易吞没的礁石与岛屿，成了一个无法为其他“溶剂”所消化的生命之“结”。

什么是“结”，什么又是历史文化发展历程中的难以“消化”的存在？如果说历史的发展真可以用中国古人常用的“河流”来加以比喻，那么应当承认，绝大多数的芸芸众生都只能为历史所裹挟，并因被裹挟而变化，而随波逐流，他们是努力使自己融入

---

① 《鲁迅全集》（第1卷），北京：人民文学出版社，1981年，第3、4页。

② 《鲁迅全集》（第1卷），北京：人民文学出版社，1981年，第284页。

③ 《鲁迅全集》（第11卷），北京：人民文学出版社，1981年，第284页。

历史发展的潮流，成为历史文化的一个"水乳交融"的自然环节。在鸦片战争以后，除了那些极少数冥顽不化的守旧人士，大多数的中国人都不得不在西方文明的强大压力中寻找"求新逐异"的道路，在这个意义上说，能够追随时代变化的浪潮"与时俱进"倒真是我们实实在在甚至相当理想的生存方式。我们恰恰惧怕的是"为时代所抛弃"。然而，鲁迅的特殊就在于他往往超越了这众多的"一般"，他总是这样的傲岸，这样的特立独行。他的思想与行为当然属于20世纪的中国，但他常常都不是以简单认同历史发展的"主流"而出现的。鲁迅一方面推进着中国文化的现代性趋势，但另一方面却又常常最大程度在这一趋势中保持着自己的独立性，甚至抗拒和改变着其中的诸多细节。"与时俱进"这个词语最不能描绘鲁迅的选择，为什么鲁迅一定要"与"别的什么一同前行，他本身就在"独自前进"，或者说，他是以"独自前进"的方式反过来引领"时代"。

鲁迅，在自己"独自前进"的道路上最不"听话"，不听中国古人的至理名言，也不轻易相信外国的"先进理论"，不听知识精英的鸿篇大论，也不接受民间大众的窃窃私语，他拒绝了官方的指令，也拒绝了在野革命势力的干预。他是按照自己的理解在推动中国文化的现代发展，但又常常"跳出"了这一发展过程中的"常规"与"逻辑"，进入到一个属于自我的新的境界当中。

在文学创作上，鲁迅也一再表明了自己的独立性。《华盖集续编·〈阿Q正传〉的成因》有云：

我常常说，我的文章不是涌出来的，是挤出来的。听的人往往误解为谦逊，其实是真情。我没有什么话要说，也没有什么文章要做，但有一种自害的脾气，是有时不免呐喊几声，想给人们去添点热闹。譬如一匹疲牛罢，明知不堪大用的了，但废物何妨利用呢，所以张家要我耕一弓地，可以的；李家要我挨一转磨，也可以的；赵家要我在他店前站一刻，在我背上帖出广告道：敝店备有肥牛，出售上等消毒滋养牛乳。我虽然深知道自己是怎么瘦，又是公的，并没有乳，然而想到他们为张罗生意起见，情有可原，只要出售的不是毒药，也就不说什么了。但倘若用得我太苦，是不行的，我还要自己觅草吃，要喘气的工夫；要专指我为某家的牛，将我关在他的牛牢内，也不行的，我有时也许还要给别家挨几转磨。如果连肉都要出卖，那自然更不行，理由自明，无须细说。倘遇到上述的三不行，我就跑，或者索性躺在荒山里。即使因此忽而从深刻变为浅薄，从战士化为畜生，吓我以康有为，比我以梁启超，也都满不在乎，还是我跑我的，我躺我的，决不出来再上当，因为我于‘世故’实在是太深了。①

这里的“世故”其实就是鲁迅对于中国文化与文学实际态度的深刻感受，他深深地懂得这个世界，所以也深深地不愿陷入既往的命运，他要在没有人走过的地方开辟出道路来。

我们似乎可以这样来概括鲁迅作为“结”的意义：鲁迅的文化与文学选择深深地“刺入”了中国现代文化发展的各个关键部位，从而牢牢地“嵌进”了中国现代文化的各个思潮、思想系统，他是以自己的方式“嵌进”而非其固有的自然肌体的一个部分，所以总是“赫然挺立”，与其他种种思想发生着复杂的纠缠——要清理现代中国诸多思潮都必定要返回鲁迅，但仅仅清理这些思潮却又不能理解鲁迅。这就是鲁迅存在的复杂性，也是他如此“扎眼”如此难以“消化”的本质。

三、鲁迅：现代中国文化之“结”

鲁迅作为现代中国文化之“结”的意义表现在一系列的领域。

---

① 《鲁迅全集》(第3卷)，北京：人民文学出版社，1981年，第376～377页。

（一）中国思想的世纪性变迁

众所周知，个人的社会价值与哲学价值的确立是中国思想世纪性变迁的重大课题，也是近代以来中国启蒙思想产生与演化的主流。在这方面，我们很容易从鲁迅思想中发现启蒙的丰富内涵，发现他对于个人主体地位的呼唤与建构。例如鲁迅留日期间的“立人”思想，“任个人而排众数”著名主张的倡导等等，在五四时期，鲁迅又阐发过“个人无治主义”与“人道主义”，鲁迅一生都致力于公民立场与反奴隶立场。但是，鲁迅又不仅仅是在启蒙哲学中思考问题。他更深刻地体悟到了近代以来的启蒙理想如何在生存着的现实所遭遇的尴尬。正如他在《呐喊·自序》中所说：“我感到未尝经验的无聊，是自此以后的事。我当初是不知其所以然的；后来想，凡有一人的主张，得了赞和，是促其前进的，得了反对，是促其奋斗的，独有叫喊于生人中，而生人并无反应，既非赞同，也无反对，如置身毫无边际的荒原，无可措手的了，这是怎样的悲哀呵，我于是以我所感到者为寂寞。”“这经验使我反省，看见自己了：就是我决不是一个振臂一呼应者云集的英雄。”[①] 显然，鲁迅理性主义的启蒙立场当中汇入了个体生命的立场。有学者言：“鲁迅在这些新文化运动的先驱者们中间，是唯一一个明确地认识到中国启蒙主义知识分子的存在本身就注定是悲剧性的人。”[②]

今天，人们似乎更多地发现了鲁迅与一般启蒙主义的差异，并且开始从存在主义、现代生命哲学的角度解读鲁迅。黑暗、虚无是鲁迅思想的“关键词”的意义已经获得了相当的阐述。像这样的一些语言被反复征用着：“我的思想太黑暗，但究竟是否真

---

① 《鲁迅全集》(第1卷)，版本同前，第418页。

② 王富仁、赵卓：《突破盲点》，北京：中国文联出版社，2001年，第46页。

确，又不得而知。”① “我常觉得惟‘黑暗与虚无’，乃是‘实有’。”② “我只很明确地知道一个终点，就是：坟。”③ 人们发现了鲁迅“反抗绝望”与加缪笔下的“荒诞英雄”的相似之处。但是，即使是这样，鲁迅依然属于他自己。在鲁迅那里，有荒诞体验却没有“局外人”的体验，正如有学者指出的那样：“鲁迅对于自己的空间不是一个‘局外人’，而是一个‘被排斥在外的人’。”④ 鲁迅具有强烈的死亡意识，同样在反抗绝望中“确立自身”，但他并没有产生“不负责任”的快感。相反，他的反抗是他力所能及地承担改造生存这一责任的方式。“中国的历史注定要用中国启蒙主义知识分子的悲剧筑起一道现代化的堤坝，把传统的愚昧和专制挡在‘过去’的历史上。”⑤。“如果说西方的存在主义者高举着生命哲学的旗帜离开了18世纪的启蒙主义思想，鲁迅则高举着生命哲学的旗帜更坚定地站在中国启蒙主义的立场上。”⑥

（二）中国现代政治革命的理想与选择

鲁迅留日时期就参与了“排满革命”的活动，在现代历史的关键时刻也都是积极支持被压迫者的革命活动。他参加了“左联”，成为这一革命作家联盟的领袖。然而，对于革命，他始终有自己的理解。鲁迅同情被压迫者，拥护革命的理想，但又常常对革命的前途不抱太多的幻想。“革命，革革命，革革革命，革

---

① 鲁迅：《两地书·二四》，收录了《鲁迅全集》（第11卷），版本同前，第79页。

② 鲁迅：《两地书·四》，收录于《鲁迅全集》（第11卷），版本同前，第20页。

③ 鲁迅：《坟·写在〈坟〉后面》，收录于《鲁迅全集》（第1卷），版本同前，第284页。

④ 王富仁、赵卓：《突破盲点》，北京：中国文联出版社，2001年，第78页。

⑤ 王富仁、赵卓：《突破盲点》，版本同前，第47页。

⑥ 王富仁、赵卓：《突破盲点》，版本同前，第45页。

革……”竟然成了他描述中国历史的一种话语方式，[①] 他还言及辛亥革命以后的体验：“革命以前，我是做奴隶；革命以后不多久，就受了奴隶的骗，变成他们的奴隶了。”对于革命者常常提及的未来“黄金世界”，他时有讥讽，甚至，还对冯雪峰说：“你们来到时，我要逃亡，因为首先要杀的恐怕是我。”[②] 在给朋友的通讯中，又预言革命成功以后自己在将会穿上红马甲扫大街，“倘当崩溃之际，竟尚幸存，当乞红背心扫上海马路耳。”[③] 对于中国革命的艰难性与中国社会改造的艰难性，鲁迅有自己独立的判断。

（三）中国现代文学观念的发展

一方面，同五四新文学作家一样，鲁迅高举的是“人的文学”的旗帜，致力于文学的启蒙价值的发掘，改造国民性成为他文学的基本主题。这一文学意念也早在他留日时期就已经确立。“我以我血荐轩辕”“揭出病苦，引起疗救的注意”、幻灯片事件等等都是我们熟悉的例证。鲁迅显然努力赋予文学以现实承担使命，以至今天也有人攻击鲁迅的所谓“功利主义”的文学观念。然而，我们同样有必要看到鲁迅与一般意义的功利主义文学观的区别。这就是说，他对“文学的限度”有自己的独立认识。在《呐喊》自序中，鲁迅所阐述的疑问是：“假如一间铁屋子，是绝无窗户而万难破毁的，里面有许多熟睡的人们，不久都要闷死了，然而是从昏睡入死灭，并不感到就死的悲哀。现在你大嚷起来，惊起了较为清醒的几个人，使这不幸的少数者来受无可挽救

---

① 鲁迅：《忽然想到·三》，收录于《鲁迅全集》（第3卷），版本同前，第16页。

② 李霁野：《忆鲁迅先生》，收录于《鲁迅研究学术论著资料汇编》（第2册），北京：中国文联出版公司，1986年，第115页。

③ 鲁迅：《书信·至曹聚仁340430》，收录于《鲁迅全集》（第12卷），版本同前，第397页。

的临终的苦楚，你倒以为对得起他们么?”[1] 这就提醒我们，文学是否真的能够承担起那样的使命？它会不会恰恰产生相反的后果？显然，这同样是一个严肃的问题！在鲁迅的一生中，他多次谈到文学的作用及自己的创造体会，常常使用着“无聊”这样的字眼。《革命时代的文学》里有一个著名的说法：“一首诗吓不走孙传芳，一炮就把孙传芳轰走了。”而《而已集·答有恒先生》一文中，却阐述了一个关于“醉虾”的发人深省的比喻：

我发现了我自己是一个……是什么呢？我一时定不出名目来。我曾经说过：中国历来是排着吃人的筵宴，有吃的，有被吃的。被吃的也曾吃人，正吃的也会被吃。但我现在发现了，我自己也帮助着排筵宴。先生，你是看我作品的，我现在发一个问题：看了之后，使你麻木，还是使你清楚；使你昏沉，还是使你活泼？倘所觉的是后者，那我的自己裁判，便证实大半了。中国的筵席上有一种“醉虾”，虾越鲜活，吃的人便越高兴、越畅快。我就是做这醉虾的帮手，弄清了老实而不幸的青年的脑子和弄敏了他的感觉，使他万一遭灾时来尝加倍的苦痛，同时给憎恶他的人们赏玩这较灵的苦痛，得到格外的享乐。[2]

钱理群先生在他关于鲁迅的论述中重新提醒人们注意冯雪峰的一个回忆：据说鲁迅著名的“遗嘱”《死》共七条，第五条云：“孩子长大，倘无才能，可寻点小事情过活，千万不可去做空头文学家或美术家。”冯雪峰在回忆中告诉我们，原意没有“空头”二字。[3]

当然，鲁迅对文学现实作用的怀疑又并不意味着他对文学的放弃，更不是在为自己的“逃避”与“无力”寻找理由，这就像

---

① 《鲁迅全集》(第1卷)，版本同前，第419页。

② 《鲁迅全集》(第1卷)，版本同前，第454页。

③ 冯雪峰：《回忆鲁迅》，收录于《雪峰文集》(第4卷)，北京：人民文学出版社，1985年，第263、264页。

现在西方的许多知识分子总是在谈论死亡，谈论人生命的局限性，其实这是一种“以死观生”的思维，在这个时候，人们恰恰是无比深刻地理解着生命的可贵，也格外珍惜着生命的意义。对于“文学限度”的谈论，同样可以更加明确一个知识分子的实际效能，从而坚定自己可以把握的方向。在这一方面，王得后先生针对钱理群先生的补充意见是值得我们重视的：解读鲁迅，不可以仅仅关注那些个别的字词，而应该尽可能地“返回”到鲁迅自身的丰富与复杂之中，从鲁迅全部的思想取向来认定某一具体判断的实际意义。①

（四）中国现代伦理观念

从20世纪20—30年代英美留学的知识分子到今天某些海外汉学家以及大陆“新锐”学者，他们对鲁迅人格的指责多集中在所谓的“偏激”“偏狭”与“不宽容”等等。但问题是当人们如此轻率地从“态度”出发就窥破了一个人的“人格”，这里所包含的不确定性与不可靠性也是显而易见的。因为，透过“行为方式”对一个人内在“人格”的把握其实是很难的，这比单纯由“文字”所组成的“精神”特质更加缥缈，至少，我们自己居高临下地用以判断别人的基础——我们的伦理观念与我们自己的“人格”其实就需要一种新的认定。在指责鲁迅的生活“态度”与人生“行为”之时，我们很难证明自己的选择已经超越了鲁迅（至少在视野上）。特别是在充满功利主义需要的今天，种种对他人的指责常常就可能与自我的表现联系在一起，例如“打倒”了鲁迅的“人格”就可以获得某种现实利益上的“便宜”，但这样一来，对“人格”的探讨也就失去了意义，所谓的新的伦理道德根本无从谈起。这个时候如果平心而论，我们还是会觉得鲁迅的

① 王得后：《对于鲁迅的发现和解读——和钱理群学兄讨论》，载《鲁迅研究月刊》2003年第9期。

伦理选择比许多的中国人都更加的稳定和更加的表里如一，当然不是说鲁迅没有伤害过别人，但显然，即便是在现代伦理的层面上，我们也很难将“个人主义”与“人道主义”完全统一起来，“为我”与“为他”始终就是所有人类道德都无法克服的矛盾，而且当放弃“为我”也无法真正的“为他”的时候，鲁迅的选择就不能说没有他伦理的价值。他以自己最小伤害他人为代价赢得了更多朋友特别是无辜的弱小者的真诚的尊重。是的，鲁迅“骂人”，但成为他痛骂对象的往往是强权，是得势者，在这里，鲁迅的“骂人”也成了一种挑战“权威”和“权力”的反抗，所谓的“偏激”就是为了对抗由所谓的“客观”“公正”所掩饰着的畸形的社会体制。这里问题的关键在于一个独裁专制的政权（及其“帮闲”）已经拥有了几乎所有的“话语权”，所谓的“客观”“公正”最终不过是他们用以巩固制度合法性的一种手段。鲁迅“偏激”，鲁迅“骂人”，但激发他如此“偏激”，如此“骂人”的恰恰是现存制度的根本的畸形，鲁迅实在不过是用自己的方式反拨着现实的荒谬，扩大着现实社会的“公正”。在现代中国，当主张“宽容”已经在事实上堕落为维护现实制度与既得利益的冠冕堂皇的借口，这样的“宽容”所包含的也就是人生残酷的本质，而鲁迅不过是较早洞悉了这一本质的清醒者。在《华盖集·忽然想到》中，鲁迅描述了中国社会这样的一种生存景象：

但是，在黄金世界还未到来之前，人们恐怕总不免同时含有这两种性质，只看发现时候的情形怎样，就显出勇敢和卑怯的大区别来。可惜中国人但对于羊显凶兽相，而对于凶兽则显羊相，所以即使显着凶兽相，也还是卑怯的国民。这样下去，一定要完结的。

我想，要中国得救，也不必添什么东西进去，只要青年们将这两种性质的古传用法，反过来一用就够了：对手如凶兽时就如凶兽，对手如羊时就如羊！[①]

为了不让中国就这么“完结”，“对手如凶兽时就如凶兽，对手如羊时就如羊”，以“不宽容”还击制度的“不宽容”，这不就是一种新的伦理的建构？

鲁迅与中国现代文坛的这种复杂的纠缠关系鲁迅与现代中国文坛有着最丰富的联系，这在很大程度上不是因为他作为左翼文坛的领袖地位而是他一以贯之的人生态度与思维方式。“直面人生”“正视鲜血”生存姿态决定了鲁迅与许多自得其乐的学院派知识分子的重大区别：他从来不会回避对于现实中国问题的关注和议论，从来不会割断自身精神发展与中国文艺种种繁复现象之间的联系。在这个意义上，鲁迅可以说是对中国现代文艺事业最殷切关注的人，他广阔的文学视野与持续不断的现实拷问都使得他比许多的中国作家更密切地关联着中国现代文坛的风云变幻：

与左翼文坛——直接介入，扶持青年作家（柔石、东北作家），与一部分领导保持良好关系（冯雪峰、胡风）；与另一部分领导则处于紧张的关系中（如周扬、徐懋庸等）。

与右翼文坛——批判态度。

与自由派文人——既有过密切合作（五四时期），也有过公开的分歧（分歧其实正是鲁迅发觉和自我总结思想独立性的过程，也是标示其他文学追求特质的机会）。

就这样，鲁迅对中国现代文坛的复杂介入——正面的推进与逆向的反驳——直接穿透和连接了中国现代文学的各个部位，成为组合现代中国文学的一个“关键”。即便是在一个扭曲的时代（如“文革”），虽然人们也利用鲁迅的言论“打击”政治异己，但一旦“文革”结束，当中国人恢复到正常的思维状态，一旦我们又重新需要中国现代文学的“繁荣昌盛”之时，后来的人们依

---

① 《鲁迅全集》（第3卷），版本同前，第61页。

然可以循着鲁迅思想复杂穿插所构成的逻辑之网，最大限度地恢复文学的完整格局。

相反，其他许多的现代大家，特别是自由派文学家，都不时以“自言自语”的生存姿态自我标榜，他们回避了更多的思想交锋，因此就无法成为一个历史“绕不开”的“结”，他们的文学活动不足以连接起历史更丰富的场景，无法构成对“他者”的强有力的连续的思想冲击，也就无力掀开历史更本质的内核。到了新时期，几乎所有的思想家、文学批评家都是从鲁迅研究中诞生、起步的。李泽厚、刘再复、钱理群、汪晖……因为，他们在清理鲁迅的文学态度的同时，也自觉不自觉地清理出了整个中国现代文学的宏大格局，研究鲁迅，进而复原了中国文学的更壮观的景象，“我们可以毫不夸大地说，鲁迅第二次拯救了中国文化。”①

［原载《西南民族大学学报》（人文社科版），2006 年第 8 期］

---

① 王富仁：《中国鲁迅研究的历史与现状》，杭州：浙江人民出版社，1999 年，第 174 页。

萧红：生命边界的孤独者

刘　艳

茅盾先生在为《呼兰河传》作序时，即已体察到萧红"心境是寂寞的"，但他仅仅将之归因于"感情富于理智的女诗人，被自己的狭小的私生活的圈子所束缚"而"和广阔的进行着生死搏斗的大天地完全隔绝了"。这种判断当然是有其时代背景作为渊源的。20世纪30年代的中国社会现实，是"救亡"成为压倒一切的历史文化主题，萧红所属的"东北作家群"就以血泪相混来描写民族的灾难，以剑火的交融来歌颂人民的反抗和斗争。萧红写出"北方人民的对于生的坚强，对于死的挣扎，却往往已经力透纸背"[①]的作品当然是倍受肯定的，但在她作品中尤其是后期作品里日渐显现的孤独与寂寞的情怀，就不免招来是"个人寂寞的情怀"、是"消沉"、是"退却"的评议。

无可否认，萧红是孤独寂寞的，这深层的孤独与寂寞一直袭扰着她，形成了她那独特的人生感受和生命体验。但是，她的孤独与寂寞并不是单纯的一己悲欢，而是一种焦灼于"无主名"生命悲寂的独特感受，或许可以称得上是一种"写给未来人的'伟大孤寂'"。由于"无主名"生命悲寂体验的负载，让萧红既可以从女性立场感同身受地唱出挣扎在生存与死灭之间的女性悲歌；又可以从原始蒙昧的乡土生活和古老混沌的民俗文化中传达出枯

① 鲁迅：《〈生死场〉序言》，收录于《萧红全集（上）》，哈尔滨：哈尔滨出版社，1991年，第54页。

索荒凉与孤独寂寞的生命体验，透露出一个真正现代人对于生命存在的深度思考。

萧红是孤独的，却能在对乡民蒙昧麻木的文化心理缺陷造成诸多“无事的悲剧”的反思中，与鲁迅所开创的改造国民性和重构民族文化心理等主题遥相呼应；萧红常常也是感伤的，相较于郁达夫的感伤，却似乎更多明丽和清新，“萧红的忧郁感伤可以与郁达夫的小说联系起来看，但她没有那样病态、驳杂，更有女性的纯净美。”① 这位羸弱女儿寂寥的内心深处，充溢着孤独与寂寞的生命之感，但这苦难与悲寂的生命感受，并没有将她引向彻底的虚无与绝望，她在道出生命的永恒悲凉之余，仍然满怀一份生的执着、存有一份真挚的希望，对“温暖”和“爱”，怀着永久的憧憬和追求。

一、“无主名”的生命悲寂体验

萧红的成名作《生死场》，最初以“抗日小说”的名义进入文坛，成为一个解读时代民族精神的经典文本。但如果一味追索它作为抗日文学的现实意义，就难免陷入误读的境地，所以，“那些目光短浅的文学评论家竟把《生死场》前一百多页看成了准备日寇出场的序幕。读者细读《生死场》之后将会发现，这种论调是难以立足的”，“贯穿《生死场》全书的唯一最有力的主题就是‘生’与‘死’的相走相亲，相生相克的哲学。”②

在《生死场》那热烈骚动的生死挣扎背后，是比沉寂的死水更让人灵魂畏怯战栗的枯索和单调、孤独与无聊。萧红不断以“死”的庸常随意来逼视乡人“生”的麻木无觉，甚至通过将人

① 钱理群、温儒敏、吴福辉：《中国现代文学三十年》（修订本），北京：北京大学出版社，1998 年，第 310 页。

② 葛浩文：《萧红评传》，哈尔滨：北方文艺出版社，1985 年，第 55、58 页。

推到非人的境地来对人的生命存在做出深刻的思考。而对于生命价值的沦落和孤寂无聊的生命存在状态的揭示，往往借助互为背景的人与动物的生命活动来展示。除了在"刑罚的日子"里将人的生育和动物的生育并举，萧红还对人进行许多颇具动物形态的描写。麻面婆的长相是"眼睛大得那样可怕，比起牛的眼睛来更大，而且脸上也有不定的花纹"；她的丈夫二里半途遇王婆时，他"长形的脸孔配起摆动的身子来，有点像一个驯顺的猿猴"；王婆则是脸纹绿、眼睛青的"猫头鹰"；金枝的母亲在生气的时候，"上唇特别长，而且唇的中央那一小部分尖尖的，完全像鸟的嘴"……"在乡村，人和动物一起忙着生，忙着死……"萧红这句话应该最切近《生死场》的真正题旨，它使作品跨越了时空界限，推及人的整个生命存在。在这骚动而又沉寂的生死场上，东北乡村大地上的人们，像动物一样盲目地"生"和麻木地"死"，他们"蚊子似地生活着，糊糊涂涂地生殖，乱七八糟地死亡""勤勤苦苦地蠕动在自然的暴君和两只脚的暴君底威力下面"①，是一群从出生即走向死亡的生命群体，他们的目光从未打量过"生"，也从不思考和追问生命的价值和意义。因此，"《生死场》首先在人与动物生命活动互为背景审美思考中揭示了普通中国人的麻木精神状态极其空寂无聊，几乎被一种本能的自虐行为和心理促动而形成的毫无价值的人生过程，从而闪露出传统的民俗社会中群体意识的'深层结构'"②。

如果说，废名、沈从文等作家展示给我们的是荡漾着牧歌情调和原始人性美的江南水乡的乡情民俗，那么，萧红则把笔锋指向了这块积淀了深重历史和现实苦难的北中国的黑土地。在这

① 钱理群、温儒敏、吴福辉：《中国现代文学三十年》（修订本），版本同前，第310页。

② 胡风：《〈生死场〉读后记》，收录于《萧红全集》（上），哈尔滨：哈尔滨出版社，1991年，第145页。

里，地理上的偏远闭塞和民风的剽悍粗野相互交织，东北乡民在粗犷豪放的生命意识之上，还承受着原始封闭落后的地域性经济文化在其心理上投下的阴影，从而呈现出异常复杂的生命样式。在闭塞朴野和沉寂落后的社会风气和习俗当中，是乡民那人性与奴性对峙、野蛮与文明冲突、绝望与希望交织着的生命存在形态。其中有一点明确无疑，他们的生命力是深受压抑的，这压抑来自赤裸裸的贫穷和贫穷的伴生物——愚昧。悲寂愚昧又孤苦无告的生活，使他们展现出虽生犹死的生命形态和历史的惰性生存，生命已不为其所重视，菜棵、茅草也要超过人的价值，生命的价值遭遇到空前的漠视和轻贱。与人的生命价值的沦落相反，他们倒是表现出对土地、牲畜和其他物质的极度依恋和热爱，这其中当然涌动着在他们心中积淀已久的伦理道德观和价值尺度。

在这种好似万古未变的乡土社会生活当中，男人对女人、母亲对孩子、人与人之间，都“约定俗成”般极端寡淡地对待彼此的生与死，却无一例外地表现出对土地、牲口等生存条件和生存手段的极端热爱，几至顶礼膜拜，他们几乎是本能地极度关注物质生存而忽略生命的价值所在。《生死场》以二里半的羊一时走失的风波开场，他不停喝骂责怪妻子，将羊视作命根子。在人们的抗日热潮中，他千辛万苦地寻到一只公鸡来替换那只要被用来宣誓的老山羊。小说结尾，他走投无路要走向抗日队伍，依然表现出对老羊的迷恋不舍。而妻子生育时的惨痛、妻儿被日军残杀的惨状，何尝激起过他如此恳切真挚的情感反应呢？而孩子摔死后靠望一望麦田就可以心情平复的王婆，却对要送进屠场的老马表现出淋漓尽致的温情和爱意，她甚至用“慈和的音调”呼唤着老马。残酷苦难的人生，铸就了王婆铁石般的心肠，她却对老马倾注了深厚的感情，做了太多对人甚至对自己的孩子都不具备的情感投入，这既是王婆的悲哀，也是生死场上所有人共同的悲哀。

在《生死场》中，触目即是女性孤独而无望的生命存在状态，在阶级压迫、民族外侮的共同生活背景之下，女人还额外承受了更多的压迫和灾难，这苦难来自于男权社会，来自于“无主名”的传统积习。女性生命的价值或是尊严，在这里更加受到漠视和轻贱，沦落得更加彻底。总之，通过《生死场》，萧红开始展现她具有现代文化视点的审美抉择：麻木愚昧的生死后面，是作家对于生命的焦灼；单调沦落的生命价值后面，寄寓了作家对于生命的悲寂感受。而这种焦灼于生命悲寂的孤独体验，到了《呼兰河传》那里，获得了更为深层的发展。如果说，《生死场》上的民众，还会由于物质生存条件的匮乏和物质生存环境的恶劣而身陷混沌生死的生存困境，那么，在《呼兰河传》的乡民这里，物质已不对人的基本生存构成威胁。如果说，生死场上的民众，还让人对其生命觉醒抱有一定希望的话，而呼兰河的乡民，更加呈现一种“精神”的生存困境，他们身陷“无主名”传统积习的泥淖而不求解脱，传达出作家那如“百年孤独”般的生命的悲寂感受。

鲁迅先生曾言，“社会上多数古人模模糊糊传下来的道理，实在无理可讲；能用历史和数目的力量，挤死不合意的人。这一类无主名无意识的杀人团里，古来不晓得死了多少人物”。[①]“无主名”的传统积习，在《生死场》里，更多呈现与物质相关联的伦理道德观和价值尺度的外观，充当着男人向女人施展其男性权威的帮凶；到了《呼兰河传》，则弥漫扩散成一种广泛的背景存在，作为一种“背景性格”，一种社会生活和心理的现实，演绎着无生命的群体悲剧。“无主名无意识的杀人团”，曾经扼杀了翠姨美丽娴静的生命（《小城三月》），也杀死了小团圆媳妇和王大

① 鲁迅：《我之节烈观》，收录于《鲁迅全集》（第1册），北京：人民文学出版社，1981年，第124页。

姑娘，甚至还觊觎着冯歪嘴子的生命活力（《后花园》）。

呼兰河的人们，“照着几千年传下来的习惯而思索，而生活”[1]，而造成小团圆媳妇和王大姑娘生命悲剧的原因，正是来自封建宗法社会内部的“无主名”的传统积习。小团圆媳妇的婆婆，为规矩出一个“像个团圆媳妇”的媳妇，立志要给她一个“下马威”，“只打了她一个多月”，眼见把孩子打出病来，由于担心自己在小团圆媳妇身上的花费打了水漂，她便忙着为其请大神、找偏方、抽贴儿算命，这种种不会对医治病痛有任何效果的愚昧行为，最后竟发展到用烧滚的开水给小团圆媳妇洗澡，而且要连洗三次。小团圆媳妇全然没有意识到自己生命将在开水缸中结束，当屋里屋外越张罗越热闹的时候，她竟然跟“我”说：“等一会儿你看吧，就要洗澡了。”她的生命悲剧引人同情发人深思，但扼杀她生命的婆婆同样也是一个悲剧，“我们只觉得这婆婆也可怜，她同样是‘照着几千年传下来的习惯而思索而生活’的一个牺牲者”[2]。

作为施虐背景的“无主名无意识的杀人团”，在扼杀小团圆媳妇生命的过程中，起了推波助澜的作用。不合“规矩”的小团圆媳妇终于被折磨死了，就是原本合规矩的人，如果做出让众人不合意的事情，也一样难逃悲惨凄哀的厄运。王大姑娘，在众人眼里，能干有力气是“兴家立业的好手”。可当她自主嫁给磨倌冯歪嘴子、同居生子后，先前被众人称赞的有力气、眼睛大、个子高大，全成了众人议论和咒骂的把柄。王大姑娘表面上是死于生第二个孩子时的难产，实际上是那“无主名无意识的杀人团”的又一个牺牲品。众人对她的先扬后抑以致扼杀摧残，不过是因为“好好的一个姑娘，看上了一个磨坊的磨倌”，她看上地位低

① 茅盾：《〈呼兰河传〉序》，收录于《萧红全集》（下），版本同前。
② 茅盾：《〈呼兰河传〉序》，收录于《萧红全集》（下），版本同前。

贱的磨倌，是违背众人思想常规的，而她自主选择婚姻并且私自同居生子，更是违背了传统，为封建传统文化所不容。所以，王大姑娘便成了一个不为众人所容的异类，她的生命自然就是人人可以践踏攫取的了。

王大姑娘丈夫冯歪嘴子的生命活力，也为“无主名无意识的杀人团”所觊觎和挤压。仅仅因为磨坊里住着妻儿，他就招致了房东太太一场痛骂。大家在给王大姑娘作传时，并没有忘记对冯歪嘴子生命的“关注”。有人看见他炕上有一段绳头，就传说着他要上吊。当他不过从街上买来一把家常用的切菜的刀，竟“于是就大放冯歪嘴子要自刎的空气”。妻子撇下初生的孩子死后，东家西舍“那些好看热闹的人，都在准备着看冯歪嘴子的热闹”。与冯歪嘴子的遭际相一致，《后花园》里冯二成子的生命也充满着悲寂的意味。他的生命本来枯索孤寂、单调乏味，有一天却被邻家赵姑娘咯咯的笑声给唤醒了，他作为一个人的感觉和心理都在慢慢复苏，他爱上了她，却只是偷着对她寄托一种心思，而“邻家女儿根本不晓得有这么一回事”。他之所以将爱深埋心底，就是“怕自己的身份太低，怕毁了她”。如果不是这样，等待他的，恐怕也将是《呼兰河传》里磨倌的命运结局。尽管冯二成子后来也结婚生子，但妻儿不久都相继死去，他又变成了一个孤独寂寞的人。他初步被唤醒的生命意识和情感，统统被摄入古老的磨盘碾得粉碎，生命平平静静，回复岁岁年年的轮转，却已没有时间，没有知觉，没有记忆，也没有感情，虽然活着，却已形同死去。

由上已经可以约略看出，在呼兰河这里，不仅女人，就连男人，也一样生活在“无主名”的传统积习的威压之下，生命力是普遍萎缩和弱化的。虽然生活不存在物质匮乏的问题，可呼兰河的人们就像生死场上的农民一样，漠然地对待生与死，有时甚至以一种近乎欣赏的态度来对待死亡。对于他们，“生、老、病、死，都没有什么表示。生了就任其自然的长去；长大就长大，长不大也就算了”。卖豆芽菜的王寡妇，她的独子到河边去洗澡，掉到河里淹死了，“这事情似乎轰动了一时，家喻户晓，可是不久也就平静下去了”，王寡妇也到底还卖着她的豆芽菜，平平静静地活着。染缸房里，为了争街头上的一个妇人，一个年青学徒把另一个按进染缸淹死了，活着地下了监狱，死了的也就死了，染缸房仍在旧址，甚或连那淹死人的大缸也仍在使用着，而染缸房里的布匹也仍在卖着，世界没有因为这个人的死而发生一丝一毫的改动。那造纸的纸房里边，一个私生子活活饿死了，因为他只是一个初生的孩子“算不了什么”，几乎都不值得提及。而东二道街那个五六尺深的大泥坑，几乎成了呼兰河人生命混沌沉滞的象征。它陷溺车马行人，是障碍也是陷阱，但说拆两边院子的墙让路的有，说种树好在下雨时攀着树过去的有，“若说用土把泥坑来填平的，一个人也没有”。有了这泥坑子，便会常常抬车抬马、淹鸡淹鸭，给人“说长道短，得以消遣”的机会，又可以使“瘟猪”变成“淹猪”，使大家心安理得地吃到便宜的瘟猪肉。这大泥坑，既象征着小城沉滞闭塞的文化，也喻示着小城人生命形式的荒芜和悲凉。

与这种生命力弱化和萎缩相适应的，是这个东北小城固有的沉滞闭塞的文化规范，人们“照着几千年传下来的习惯而思索而生活”，他们善意地或是不怀恶意地、悄无声息地窒息，扼杀着一切的差别与异端、不驯与生机，他们的生命同样枯索孤寂，让人悲悯。就像鲁迅和早期的乡土作家到后来的废名、沈从文等人，都程度不同地表现出对故乡传统民俗社会的眷恋与回顾、批判与反省，萧红也对小城为沉滞闭塞的文化规范所规约的种种民俗事象做出了深彻的思考。扎彩人、跳大神、放河灯、四月十八娘娘庙大会等诸多民俗事象，是对小城人近乎麻木的生命的演绎。这好似安慰苦涩悲凉人生的精神享受，却更加凸显出小城人生命的悲寂意味。扎彩铺里，为死人扎制了阴宅，聚宝盆、鸡鸭鹅犬、丫鬟使女等等，一切齐全、一切都好，竟然让活着的人觉得活着还没有死了好。跳大神时唱着的词调，混合着鼓声，"使人听了起着一种悲凉的情绪。"如果说，这些还只是小城人懵懵懂懂的生命感受的话，在讲述跳大神时穿插进的两句单独成段的话——"满天星光，满屋月亮，人生何如，为什么这么悲凉?""人生为了什么，才有这样凄凉的夜。"——就几乎是作者感怀的直接抒发，传达出萧红对小城人枯索荒凉生命的无限悲叹和感慨。放河灯，是为了让冤魂怨鬼得以"脱生"，当河灯越流越少的时候，"就显出荒凉孤寂的样子来了"，看河灯的人们，也"内心里无由来了空虚"，不禁发出"那河灯，到底是要漂到哪里去呢"的疑问，既表征了小城人枯索荒凉的生命形式，也分明流露出作者对于生命所蕴蓄的荒凉孤寂的困惑。

从《生死场》到《呼兰河传》，萧红向我们展现的是一片混沌了"生"与"死"界线的沉寂的生命世界。在这种生死界线的模糊当中，萧红发现了生命世界的寂寞轮回。"生"如"死"一般、甚至连"死"都不如，"生"不过为了"死"而降临，宛若魔影一般笼罩着关东大地，"生死场"上的人"生"得浑浑噩噩、糊里糊涂，整个生死场就是这样"生死轮回着"："十年前村中的山，山下的小河，而今依旧似十年前。河水静静地在流，山坡随着季节而更换衣裳；大片的村庄生死轮回着和十年前一样。"[①] 如《生死场》般，《呼兰河传》也有着寂寞轮回的木然的生命世界："春夏秋冬，一年四季来回循环地走，那是自古也就这样的了。风霜雨地，受得住的就过去了，受不住的，就寻求着自然的结果。那自然的结果不大好，把一个人默默地一声不响地就拉着

① 萧红：《生死场》，收录于《萧红全集》(上)，哈尔滨：哈尔滨出版社，1991年，第113页。

离开了这人间的世界了。”[①] 生命的轮回，带给生命的是如影随形般无法摆脱的孤独与寂寞、毫无声息的死寂与荒凉。

萧红的一生，是她始终也无法摆脱的孤独与寂寞，“虽然不敢确定她到底追求的是什么，但她碰着的竟可用两个字来形容：‘寂寞’！”[②] 正是由于孤独与寂寞的生命体验，萧红具有一种特殊的艺术敏感，能从极其平凡的日常生活、近乎无事的生命悲剧当中，发现潜藏在生命背后的、包括“轮回”在内的种种深厚意蕴。但是，萧红并没有停步于“无主名”的生命悲寂体验，她于生命价值的沦落当中，依稀发现了原初的对于生命的珍视和生命的韧性生存。尽管孤独与寂寞在她的人生历程当中不断深化衍生，她却将其深隐心底并作升华，展开了与生命的对话，也意图化解纠结于心中的“生死场”上的孤独体验。而且，她始终也没有忘记，对于“温暖”和“爱”的方面，怀着永久的憧憬和追求。

二、永远的憧憬和追求

“可是从祖父那里，知道了人生除掉了冰冷和憎恶之外，还有温暖和爱”，“所以我就向这‘温暖’和‘爱’的方面，怀着永久的憧憬和追求”，萧红这段话，蕴蓄了她一生的命运多劫、极为不幸，童年时代已经从父亲母亲那里感受到孤独，成年后遭逼婚逃婚、受骗怀孕险些被卖的绝境，此后又遭受感情的一再受挫、生活漂泊、战争威胁、病痛折磨，她经受了太多的苦痛辛酸，常常深陷孤独寂寞与痛苦迷惘当中，难怪她会呼喊：“我的心就像被浸在毒汁里那么黑暗，浸得久了，或者我的心会被淹死的”，“痛苦的人生啊！服毒的人生啊！”“什么能救了我呀！上

---

① 萧红：《呼兰河传》，收录于《萧红全集》（下），版本同前，第734页。

② 葛浩文：《萧红评传》，哈尔滨：北方文艺出版社，1985年，第81页。

帝！什么能救了我呀！"① 也正是由于这种特殊的命运遭际，才使她有如许深刻的生命体验。萧红，就像在冰冷的暗夜飞逝而过的流星，痛楚地燃烧着自己的生命，烛照逼问着不健全的生命存在和沦落的生命价值。尽管心中始终有着许多无法诠释的对于生命的困惑，她依然向往着理想的生命形态。在她描绘的悲寂的生命画面背后，是其"永久的憧憬和追求"，蕴藏着她极为峻切焦灼的生命呼唤。

"生死场"上，人们蚁子似地生生死死，生命的价值和意义何在？王婆就显得有些与众不同，当她丈夫赵三和几个男人秘密筹划以镰刀抵抗地主加租时，女人们"立刻忧郁起来"，而王婆告诉丈夫"能下手便下手"，"我还能弄支枪来"。后来因误伤小偷、被地主帮忙从监狱里提放出来，赵三就对地主感恩戴德忘记了"镰刀会"的事情，而王婆始终也没有放弃顽强抗争的生命意识。小说将至结尾，饱受日寇蹂躏的混沌生命终于从"蚁子似地"生存当中挺身而出，盟誓"生是中国人，死是中国鬼"，"就是把我们的脑袋挂满了整个村子所有的树梢也情愿。"在这些开始走向健全的生命之路的人身上，萧红表达了她对生命深挚的热爱。她在悲悯人们生命沉寂蒙昧的同时，也期冀着他们生命意识的觉醒。冯二成子的故事，虽然喻示了乡民那死寂混沌的生命之门锈迹斑驳，尘封已久，即使偶然撞开却难免锈痕依旧，甚至又有可能再次锈死。但是，那偶然的笑声，毕竟在冯二成子岁岁年年的生命轮转中激起过重重波浪，那短暂的片段的生命的苏醒，虽然没有上升到全然理性和自觉的层面，毕竟让他与周围自然蒙昧的生命有过区别和不同。

萧红的一生，命运多舛、病痛缠身，所以，她在反省混沌沉

① 萧红：《致萧军·第三十九信》，收录于《萧红全集》（下），版本同前，1991年，第1292、1293页。

寂的生命的同时，也寻觅感佩着人物身上闪现出的顽强的生命力。林姑娘（《山下》），因为奶奶的贪心，失去了在下江人家帮工的活计，使生活立刻变得衣食无着，但是，林姑娘也不过是大病了一场，然后“变成小大人了，邻居们和她的奶妈都说她”，人生就是仍得坚韧地生活下去。有二伯（《家族以外的人》《呼兰河传》），几乎是一个游离于社会团体之外的边缘人，连老厨子也戏弄瞧不起他，快六十岁了还遭受三十多岁的主人“我”父亲的殴打，他那虚张声势的“上吊”“跳井”的“自杀”行为，流露出一种原初的珍视生命的意识，虽然日后被大家当成了笑话，却是他对遭到凌辱所做的无言抗争，并且想引得大家对他的同情与尊重。而他经常性的喋喋不休地对社会不公平的数说，也让他差别于周围习惯无声无息活着的生命。即便他的孤苦无告是无人理会更无人理解，只能与大白狗和鸟雀去倾诉，他仍然不畏苦难地韧性生存着。而最为萧红感佩的顽强生命力，集中体现在了冯歪嘴子身上。冯歪嘴子虽然卑微贫穷，却心中有爱，爱护妻子，疼爱孩子，在他身上看不到“无主名”的传统积习造就的男权的影子。妻子死后，他不但没有被绝望洞穿，反而充满希望地抚育着两个孩子。可以说，冯歪嘴子的小儿子，也是在他呵护下的一株生命力极为顽强的小草。虽然这种对于生命的珍视，还谈不上全然自觉，但这种顽强的生命力，正是麻木生死的生命世界所缺少的，也是为萧红所憧憬和追求的。

萧红的一生，都对理想完美的爱情和温馨幸福的家庭，怀着永久的憧憬和追求。但是，现实中的屡屡受挫，使她的身心情感都无以依托。再加上她那不与俗众一起欢呼战叫的文学理想的寂寞，也带给她更深层悲凉意味的孤独体验。在这种“我将孤寂忧悒以终生”的悲切孤独体味当中，“回去”、忆家便成了她难以遏抑的精神想往。[①] 她一生写下了大量忆家题材的作品，像《祖父死了的时候》《感情的碎片》《商市街》《家族以外的人》《永远的憧憬和追求》等等，而“蛰居”香港的两年，她还不顾病痛完成了《呼兰河传》《后花园》《北中国》《小城三月》等作品。这些“忆家”题材的作品，成为萧红创作实绩里面的艺术奇葩，散发出别样的艺术魅力，也让她得以在记忆的复活当中，安置自己那颗孤独的灵魂。

迫于急切地想从孤独寂寞的情绪中解脱出来的渴望，萧红完成了从当下的现实领域逐渐回到记忆中的历史空间的撤退。但是，这绝非“沉默”或是“退却”之举，她记忆中的历史空间，无不交织着她所看到的现实的命运和人生困境，为她思索生命的价值和生存的意义提供了绝佳的视角。尽管早年的家庭生活，留给萧红许许多多冰冷与憎恶的情感记忆，是作为一个逃离家庭的流浪者对于往昔的不堪回首。但是，在穿越漫漫时空之后，对童年生活的回忆，却总笼罩着一层诗意的光辉，成为驻留在她记忆当中的一块可以慰藉身心的永远的绿洲；小小的呼兰河，也有着那么多令人难忘的趣事，在对人事风物沉郁细腻的叙写当中，隐隐透出一颗离乡的寂寥女儿心思恋家乡的脉脉温情。于是，祖父的爱，便散发着令人永难忘怀的温馨的辉晕；满是花鸟昆虫的后花园、堆了积年的几至发霉的杂物的储藏室，成了可以尽情玩乐、陶醉身心的圣地；所有的自然景物，也全被赋予了生命的色彩和活力。

在萧红那里，祖父的关爱，是对她那颗缺乏父爱母爱的孤寂灵魂的莫大慰藉和有力补偿。时隔多年，她依然满怀对祖父的深情。祖父的爱，对于萧红，几乎成了一种精神象征，安慰了她孤

① 白朗：《遥祭——纪念知友萧红》，季红真编选：《萧萧落红》，北京：人民文学出版社，2001年，第114、117页。

独的童年生活，又似乎是一种衡量的尺度和标准，使她在离家后苦苦寻觅理想之爱，希望有人为她撑起一片爱的天空，让她可以寄托身心、如在祖父的庇护下一样自由翱翔。但现实中爱的理想的屡屡失落，也只能使她在创作的追忆当中，体验祖父之爱的浓郁醇厚。在《呼兰河传》那一段段舒徐和缓美丽的文字当中，萧红仔细描绘了自己童年与祖父相依相伴的一幕幕场景：后花园里的嬉戏玩耍，早晚的学诗念诗，灶坑里的烧猪烧鸭……对备受祖父呵护的童年生活的追忆，其情也真其意也切。情之所至的叙写当中，她不断强化着自己对祖父的一片深情，难怪有研究者这样评价："'呼兰河这小城里住着我的祖父'，这一句几乎可以看作是全篇的主题词。"[①] 但是，对浓厚的祖父之爱的追怀和缅想，也流露出作者一种难以言说的悲哀：童年已逝，祖父也已离自己而去，无论多么美好的回忆，终究只是一份回忆，自己终将面对的，还是无以回避的峻切的现实。

童年生活当中，祖父，是最值得萧红回忆的人，而后花园和储藏室，则是最值得她回忆的地方。尤其是后花园，她的大部分童年生活时光，都是在那里度过的。在这里，她可以避开家里的冰冷的氛围，将身心放松，自由自在地徜徉于大自然的和谐当中。于是，自然景物在她笔下都被赋予了灵动的生命色彩，后花园里所有的树木菜蔬、花鸟昆虫、天空白云，都似乎变成了有生命的、与人有着血缘亲情的东西。这可以消解孤独情怀，让疲惫的身心、孤寂的心灵得以休憩的大自然，对于萧红，却只能从往昔的回忆当中去追怀。在这里，萧红也只能把自己孤寂悲切的心情小心收匿起来，让后花园里的风物景致，尽可能地传达出自己曾经拥有过的快乐与惬意。

---

① 张宇凌：《论萧红〈呼兰河传〉中的儿童视角》，载《中国现代文学研究丛刊》1997 年第 1 期，第 309 页。

在《呼兰河传》《后花园》《小城三月》《家族以外的人》等忆家题材的作品当中，萧红成功地借用了儿童的视角。借助儿童的眼光，在缅想快乐无忧的童年生活的同时，作者孤寂的心情也可以暂时得到舒缓与释放。但是，儿童视角的意义还远非止于此，作者创作的目的，也绝不是仅仅停留在回忆童年幸福时光的层面上。通过儿童的眼光，可以在儿童充满生机与活力的比照下，突出成人精神世界的麻木与可悲，从而透视出充斥于成人世界的林林总总的荒谬与不合理处。通过本真的、近乎天真的儿童眼光，可以在“童谣”般的乡情吟唱当中，完成对成人世界的拷问，对延续几千年一成不变的“无主名”的传统积习，做出深刻的谴责与反省。正如有的论者所说：“儿童的视角是一个遭遇型视角，因为儿童的生活就是遭遇的，无规划的。”① 唯其遭遇性、无规划、直接性、随意性和无目的性，才更可以洞见成人世界的真实，凸显出被看对象的鲜活、本真的面貌。《呼兰河传》中，在“我”看来，“怪好”的小团圆媳妇，在大人们眼里，却“不像个团圆媳妇”。在她被管教成“病”之后，众人献计献策要“拯救”她，最后发展到要给她洗开水澡，但在“我”看来，她却是没有病的，她还跟我一起玩玻璃球，“我”和她都根本不知厄运即将降临到她头上。在她被大家当作是掉了辫子的“妖怪”时，“我”要说出辫子“是用剪刀剪的”的真相，却被老厨子堵住了嘴。正因为儿童“我”的存在，才可以将已经为“无主名”的传统积习所麻木了的成人所不知的所有细节悉数纳入视野，揭示出乡民的可憎可怜可悲悯之处。这样，萧红既成功地实现了对沉寂的生命世界的拷问，又没有陷入过于冷峻峭拔、严峻惨烈的直接批判；既服膺了她执着的社会责任感的立场追求，又最为恰

① 张宇凌：《论萧红〈呼兰河传〉中的儿童视角》，载《中国现代文学研究丛刊》1997年第1期，第309页。

当地贴合了她当时的创作心境——她没有陷入孤独寂寞的泥淖而无法自拔。

萧红的一生，是孤独的一生。她孤独寂寞，却又敢于“直面惨淡的人生”，能够勇敢地面对残酷的现实。生活不断给她重重打击，她却在打击中寻觅希望，心中满怀永久的憧憬和追求。她感受到生命的永恒悲凉，却并不曾把人引向彻底的悲观与绝望。她在矛盾与迷惘当中挣扎，在孤独与寂寞当中奋斗。她是一个踯躅于生命边界的孤独者，以一颗纯真率直的寂寥女儿心，诉说着她那焦灼于生命悲寂的真切感受。

［原载《西南民族大学学报》（人文社科版），2007 年第 5 期］

湖湘文化的解读者

——黎锦明小说地域指认性论略

贾剑秋

湖湘文化按现在学术界的观点专指湖南地区，即主要以长沙及周边为中心而构成的地区性的历史文化形态。湖湘文化源于两晋后中国文化重心南移时带来的中原儒家文化和古代荆楚本土文化。这两种文化的交汇合流，形成了湖湘地区独特的地域性文化。这一地域文化具有明显的二元结构形式。一方面在思想意识层上承接了儒家思想传统，其人格修养和道德历练都以正统的"经世致用""修齐治平"为目标，具有鲜明的儒学正统特色。因此，在价值追求和人格精神上体现出浓重的儒家文化思想的特质。比如，政治参与精神和社会干预意识，以天下为己任的理想等等是湖湘知识分子的普遍追求。周敦颐、魏源、曾国藩、左宗棠、黄兴、蔡和森、毛泽东、刘少奇等人的思想行为就具有代表性。湖湘现代小说家的创作意识也反映出这种特点。另一方面，在社会生活层上湖湘文化保持着古代荆楚蛮夷文化血脉。其民风、民俗、民性以及心理和情感诸方面表现出浓厚的古代荆楚文化的遗风。湖湘文化的这种二元结构性鲜明地体现在黎锦明的创作意识和艺术个性上。他的小说无疑是解读湖湘文化的一个窗口。本文拟从黎锦明小说反映的湖湘文化意蕴中，探讨其小说的地域指认性特征。

一

所谓小说的地域指认性是指作家的艺术个性、审美品格、文化心理在作品中反映出来的地域性特征。地域指认性体现了一个文化生态系统内的群体特有的文化精神和文学传统。由于文化生态系统不同而生成了不同类型的地域文化，积淀了不同色度的文化岩层，这一切对生活于其间的人类群体的思维意识、行为习惯具有深刻的影响。也会在潜移默化中影响到一个作家的审美趣味、价值取向、心理构成。其作品总会或深或浅、或隐或现地反映出特定的地域指认性。

在人类群体中，最富人文精神的是那些创造或传达文化精神的文学家、艺术家。他们往往以超出常人的对生活的观察力和灵敏度，继承文化传统，理解文化精神。他们的作品也能最大限度地观照文化的存在形式，并投影出文化的精髓，同时，使他们的作品带上鲜明的地域指认性。老舍、沈从文、萧红、李人等莫不如此。一个人的心理性格、精神气质，乃至人生观、审美观形成的关键阶段是在他的青少年时期。幼时的生活经验、审美体验、思维形式形成的经历等等终将影响人的一生。所以，黎锦明在走上文学道路之前，虽然只在家乡生活了十多年，早年的家乡生活却给他烙下了深刻的湖湘地域文化的印记。这种印记投影到黎锦明的小说创作里，使之显示出明晰的地域指认性。

黎锦明出生于湖南湘潭农村一个书香门第而为名宦的家庭。其祖父是前清举人，曾为四川学政使和安徽盐运使，并著有《古文雅正》等著作；其父系晚清秀才，一生致力于子女的教育。黎氏兄弟八人都受到良好的教育，各有所成。黎锦明六岁时就读于私塾性质的学堂——长圹杉溪学校，开始接受以读经为主，兼有博物、地理、算学、音乐、美术的学校教育。从小所受的以正统儒学思想为主的教育、家庭浓郁的传统文化气氛、山清水秀的乡村自然生活环境以及荆楚地域生机盎然、朴野刚勇的民风民性对黎锦明的思维意识、个性心理、审美趣味都有不可磨灭的影响。这使他的创作思想和创作风格与同为湘中地域作家的彭家煌、蒋牧良等相比既有共同性，又显得更为复杂；与来自湘西边地，主要受荆楚少数民族文化和道家文化影响的沈从文相比差异更大。在小说艺术追求方面，他时而逐周敦颐“重道轻文”之径，在抒写自己政治参与意识和社会关怀理想时，有的作品追求政治观念的表达或思想意旨的体现，因而较为看重观念意义的表白，而忽略人物形象的典型化，甚至表现出尚质轻文的倾向，如《妖孽》《战士的武器》《赤峰之战》等。被称为“黎锦明小说成就高峰”[①] 的《尘影》也有此嫌；时而又沿着楚辞的浪漫路子前行，在神秘幽怪的传奇或凄美婉转的爱情中倾吐着楚民的激情。如《高霸王》《复仇》这类传奇性作品就充溢着楚文化的浪漫精神。他在人生道路上的起伏波折，他的小说内容的驳杂变化，他的小说艺术的主观抒情与客观写实的交错替换等等，无不反映出他的创作思想的复杂性和所受的湖湘文化成分的影响。可以说，黎锦明的创作是在无意识的状态下解读着生养他的湖湘文化。

总体来看，黎锦明小说的地域指认性也带有湖湘文化二元结构式的表现特征，主要体现在这两个方面。其一，他的小说涵容了中原“温柔敦厚”的诗经文学传统，以现实主义的写实手法反映民间疾苦，抨击时弊，有着经世致用，干预社会的显著功利性。从二十年代中期走上文学道路始，黎锦明一直关切地注视着社会的兴衰变化，其创作从最初的反帝反封建题材到二十年代后期《尘影》的政治批判，再到三十年代《战烟》的社会剖析，这些都与现代中国社会的发展轨迹相联系，反映出儒家心怀社稷，忧以天下的大丈夫情怀。其二，他又同时继承了楚辞开创的浪漫

① 杨义：《中国现代小说史》（第2卷），北京：人民文学出版社，1998年。

主义文学传统，以神秘诡奇慷慨激越的笔调书写着楚人的激情和强悍的楚风，热衷于以传奇写现实，以主观抒情写严肃人生。正因为他的创作表现出了湖湘文化的二元性特征——中原儒家文化传统与古荆楚浪漫主义文化传统的交织，使他小说的创作思想和艺术个性显得复杂而特别。

二

儒家社会关怀理想构建的创作意识和尚文轻质的艺术取向，是黎锦明小说地域指认性的一个特点。黎锦明在有浓郁儒风气息的湖湘文化熏陶下成长，又深得家庭私学教益，接受儒家文化思想，形成经世致用、以天下为己任的胸怀抱负是很自然的。黎锦明与二十年代许多文学青年不同，在他走上文学之路以前，他没有像大多数文学创作者那样，要么留学国外，受到国外现代先进思想的洗礼；要么参加各种文学社团，在浓烈的新文化气氛里受到影响；要么有较长时期在北大、清华这些新文化堡垒听课学习的经历，接受了五四先驱们的启蒙教诲。但他十九岁走进北京后，却很快对社会变化作出反应，立即融入社会革命大潮。他的政治热情和社会关注意识，使他迅速写出了反映社会民生问题的二十余篇小说。仅仅以他在十二岁时就去北京读书来解释他较早接触了新思想是不能服人的。因为那时他还仅是一个孩子，且在两年多时间里补习文化或学习美术图案，后因病退学返湘。因此这段生活不可能对他的思想产生太大的影响。那又怎么解释他后来的政治敏感和对社会的积极反应呢？笔者以为这与他思想深处沉潜的湖湘文化基因有很大关系。湖湘知识分子往往都有极为强烈的政治意识，干预社会、关注社稷、承担天下道义，是湖湘知识分子优秀的人文历史传统。近现代文化先驱多出于浙江和湖湘，是因为这两个地区都有“经世致用”的历史人文传统。自两宋以来湖南就成为著名的“理学之邦”。理学思潮推动了儒学的复兴和普及，儒学走向地域化，而“必然使这种以儒家为核心、综合释道的文化形态在湖湘繁衍、发展”①。湖湘知识分子在亲近儒学的传统中修养心性，在道德准则上向儒家的大丈夫品格靠拢。明清之际，湘人王夫之（浙人顾炎武、黄宗羲）就以“经世致用”之说将治学与国家命运联系在一起。晚清的湘人魏源力图以经世之学谋求国富民强，终以五十卷《海国图志》将中国引向“师夷长技以制夷”的路子。尤其在近现代文化变迁时期，湖湘知识分子更是喊出了“若道中华国果亡，除非湖南人尽死”的口号，显示出极为突出的以天下为己任的社会使命感。从古到今湖湘地区出了那么多思想家、政治家、军事家、社会活动家，与这种经世致用、以天下为己任的人文历史传统的影响有直接关系。所以，儒家文化传统中的爱国主义精神、以天下为己任的理想抱负也深深地植根于黎锦明的思想意识中，成为他价值取向、道德原则和审美趣味的选择标准。社会干预的意识和参与政治的热情不仅是黎锦明小说创作的自觉，也是其小说创作的推动力。尽管黎锦明引述读者的评语，说自己“不知道是谁家生的儿子。左不左，右不右，也不见得是超然派”②，甚至认为不要明显地表现作家的政治思想，只是做一个“生活与人性的描绘家”③。但是综观黎锦明的小说创作历程，从他走上文学创作之路后，就几乎一直没有放弃以自己的笔来实现其社会关怀的理想，表现出高度的社会干预意识和政治参与热情。他的创作在很大程度上体现了“经世致用”的功利特点（一般论者认为这种功利性文学就是革命文学）。这一点，与因思想激进而入狱的彭家煌、左翼作家蒋牧良、丁玲是一样的。

---

① 朱汉民：《湖湘文化三谈》，收录于庾建设主编：《湖湘文化论坛》，长沙：湖南大学出版社，2002年。

② 黎锦明：《艺术的畛域》（献身者·序），北平：星云堂书店，1933年。

③ 黎锦明：《艺术的畛域》（献身者·序），版本同前。

二十年代中期反帝反封建思潮此起彼伏。刚到北京不久的黎锦明就抱着“进化社会”的理想，融入现代社会文化更新的大潮。仅仅一年多的时间就为中国新文学献上了富有“五四”精神的二十余篇小说。这些作品贯穿着进化社会、新化社会、强化社会必不可少的反帝爱国精神和反封建意识。尽管他并不属于任何文学社团流派，而事实上，儒家的社会关怀情结促使他不得不去实践文学研究会“为苦难的人生而写，写人生的苦难”的文学主张。所以，反映社会的不幸，民众的苦难，国家的积弊等等，在他的小说中一直占有很大的比例。二十年代中期的《一个死者》《船夫丁福》《小黄的末日》《柿皮》《一幅图画》《晦》《人间》《冯九先生的谷》等小说可以为代表。这类小说有的尖锐揭露封建卫道者的虚伪、腐朽和旧制度的非理、残酷；有的愤怒抨击殖民侵略者的肆行暴虐、滥杀无辜和民众的麻木不仁，还有的描绘了中国农村兵匪燹祸、贫困凋敝的景象。这些作品无不反映出作者强烈的社会关怀精神，饱含着忧国忧民之情。1927 年大革命失败后，黎锦明的政治热情和社会关怀意识毫无退减。当文坛笼罩着悲观失望、徘徊退缩、消极颓唐时，不属于任何党团派别的黎锦明却发扬踔厉，无所顾忌地以激进的思想和激烈的言辞批判政治，揭露现实。他不仅参加了海陆丰地区农民运动的文化宣传、教育工作，而且在白色恐怖最甚时写出了具有现实主义开拓意义的中篇小说《尘影》。1932 年，“一·二八”战争爆发，黎锦明以高度的爱国主义精神深入前线，广泛采访抗击日本侵略者的官兵、民众，创作了歌颂上海军民抗击日军，保卫国土的中篇小说《战烟》。抗战时期黎锦明仍坚持参加文化界的各种抗日宣传、教育工作，写出了《赤峰之战》《战士与武器》等讴歌“为守土而负责”“将死亡博得胜利”的抗日勇士的作品。表现出高度的关心国家社稷，重视民族安危的爱国情怀。

如果说湖湘文化中强烈的政治意识和社会干预意识促使黎锦

明像他的众多前辈和同乡那样，从一个乡村青年成为一个以小说反映社会理想和政治抱负的小说家。那么，湖湘文化包孕的儒家文质观也在潜移默化中影响着黎锦明的创作意识和审美趣味。这两者——创作意旨的观念化与艺术取向的尚质轻文，在他的某些作品中表现得比较突出。比如，他的中篇小说《尘影》就具有代表性。小说以广东海丰农民运动为题材，描绘了明清县波澜壮阔的农民运动。从中国南方一隅农村政治生活中挖掘大革命失败的原因，探询中国农村社会发展的走向和中国农民的命运。小说以儒家观念化的艺术取向刻画了农民运动领袖熊履堂的形象。在这个人物身上，与其说他是一个有社会主义思想的左翼政治家，倒不如说他是一个品行端方，秉公无私，仁爱亲民的社会革命家、为大同理想献身的殉道者。在他身上，没有一般农民英雄叱咤风云的气势，也没有政治领袖激进踔厉的风范与高瞻远瞩的谋略。他为人执法凭的是良心、正直的人格。他到任后要从事的事业只是“打倒腐化分子，澄清革命空气”，所以他的行事合于儒家的道德准则而不合于现代政治家的素质。他可以态度坚决地拒绝土豪劣绅刘万发的贿赂求情，可以坚定果断地回击内部腐败势力的徇私枉法，他也可以为自己的理想、承担的道义视死如归。但是，当政治形势变化，政治势力发生冲突时，他就不知所措。军队庇护土豪劣绅，从刑场劫走刘百岁后，工人农民们狂呼着“包围团部去！……把团长拖出来打！……大家一同拼命去”！而这位农民领袖只得顿足道“这事怎么处置”，还希望团长了解民意后会改变做法。他没有从政治上考虑这件事的性质和后果，而仅仅考虑到合民意、顺民心的问题。军队向麇集山门口的人群开枪时，他只有“跳起来狂嘶道”，“不要放不要放！朋友！……”这个人物身上表现出来的更像一个热心社会改革，秉公办事、体恤民情的传统型“父母官”。这是一个道德理想的集合体，一个观念形态的聚合体，而不是一个血肉丰满的活生生的艺术典型。也许是作者“尚质轻文”的创作意识导致对人物性格疏于典型化的结果，而没有刻画出一个政治家应有的魄力、智慧、胆识和个性。同时，儒家重人格道德修养的意识对他塑造人物（尤其担负着社会道义的“吏”这类形象）肯定是有影响的。所以，在熊履堂这个人物身上，黎锦明下笔最多的是他的正直、无私、同情心、讲公理，为理想和道义献身的精神等合于儒家思想风范的精神品格，注重的是突出这个人物身上具有的人格道德力量。所以，是黎锦明的政治热情、社会关怀意识与审美观中“重质轻文”的艺术取向打造出了这个另类的农民运动领袖。在这个人物身上集中了作者更多的观念化、情绪化的东西，而丧失了构成一个艺术典型必须具备的某些更细腻、更生动合理的元素。

三

湖湘文化的另一重要源头是古代荆楚本土文化。它对湖湘民众心理性格、民风民俗乃至审美趣味的影响极大。黎锦明最有特色、最有文学价值和最富阅读情趣的小说是那些洋溢着楚人的激情，贯穿着楚文化的浪漫精神的传奇性的小说。在这类小说中，他以自己对楚文化精神的独特诠释和表现去解读湖湘文化精神，在挥洒激情与想象中，凸显了具有古代荆楚文化风貌的地域指认性。这种地域指认性的特点具体反映在三个方面：

第一，浪漫主义的楚文化精神特质。

黎锦明在创作上接受了文学研究会“为人生”的文学主张，以及“自然主义”或“写实主义”的创作原则，视“文学以真挚的情感为它的生命，为它的灵魂”[①]。尽管如此，但他小说的写实风格却与“为人生”派作家们有很大不同，尤其是他以农村生活为背景的小说，与执着于现实主义写实精神的“为人生”派作

---

① 郑振铎：《新文学观的建设》，载《时事新报》1922-05-11。

家更有巨大差别。其小说似乎并未完全遵循现实主义思想文化批判的足印，而是在传统文化的轨迹中，昭示着楚文化浪漫精神的基因。如果说那时候同为湖湘作家的彭家煌的农村题材小说在描写乡村的悲剧、闹剧中，以文化批判的立场，反观了湖湘子民的种种文化心态、湖湘文化的存在状态，反省着湖湘地区农民精神上的不幸，稳稳实实地踏着现实主义的道路前行。那么黎锦明的小说则在另一种激越诡异的传奇里，写着现实人生的种种故事，尤其是乡土生活的景观。在这些故事或景观里，黎锦明再现了流淌在他性灵中的楚文化精神基质以及古代荆楚文化主观意识的深厚传统。

黎锦明纯粹写农村生活题材的小说并不算多。但是，就这为数不多的作品，却展示了作者张扬楚文化个性的鲜明倾向，凸显出楚文化的个性特征。诚如鲁迅所言：“他大约是自小就离开了故乡。在作品里，很少乡土气息，但蓬勃着楚人的敏感和热情。”[①] 黎锦明的农村题材的小说不像那些萌生于现实主义土壤，散发着浓郁乡土气息的小说。它的浪漫主义气息倾注着作者更多的主观性的文化体认。黎锦明在创作农村题材的小说时更注重解读古老的本土楚文化精神，他往往能从人物的行事和故事的构造上写出具有楚民民性的性格行为、情感心理，或者使作品涂上浓郁的楚文化色彩。所以在它欠缺写实性的乡土特色的另一面，是多了传奇性的浪漫风采，离楚辞开创的飘荡着浪漫主义精魂的文学传统更近。

古老的楚文化融合了南方蛮夷文化和华夏文化的元素，其地域文化中包含着强烈的尚武精神、倔强任勇的性格、富于幻想和浪漫的文学审美传统。这些楚文化的重要特征与传统品质成为黎

---

① 鲁迅：《中国新文学大系·小说二集导言》，收录于《鲁迅全集》（第 6 卷），北京：人民文学出版社，1981 年。

锦明农村题材和爱情题材小说内质的构成基础。他是以“主观抒情的浪漫主义小说进入文坛”，以“传奇性浪漫主义小说显示独特风格”[1]。所以，他的作品往往在慷慨激越的情感和离奇幽怪的情节中描写农村生活，展现强悍浪漫的民风，刻画湖湘子弟倔强、刚直、任勇、强悍的民性，倾吐着湖湘地域楚民的古老情怀。这类作品一般都涂抹着浪漫主义的传奇色彩——主人公多勇武、强悍，桀骜不驯；故事构造充满尚武精神、复仇精神、抗争精神。《高霸王》写一位豪侠的农家少年，为报收税官兵的伤害之仇，入山习武二十年。当其重返家乡后，啸聚山民数千人，“替天行道”，揭竿起义，攻城略地，印证了“楚虽三户，亡秦必楚”的古老复仇精神。虽然最终全军覆灭，但高霸王勇烈不屈的人格意识，尚武、强悍的性格，缩写了楚文化的精髓要义。高霸王的行为是作家主观意识的投影，它彰显着作家生命里潜隐的那种楚文化传统意识。无论是当年喊出“楚虽三户，亡秦必楚”的楚南公，还是后来付诸实现的楚霸王项羽，乃至小说人物高霸王，楚文化的古老精神都在他们的生命里一以贯之。收入黎锦明早年的小说集《破垒集》中的《复仇》《邹箫》等作品也都是描写向丑恶、暴虐复仇的传奇故事。《复仇》里的主人公——方板桥的遗腹子，带着先辈的期望，带着艺技高超的马戏团重回故里。他要报三十年前因同黄七王爷的一场官司而招致的灭族之仇。他精湛的刀术和马术表演出神入化，勇武超拔；他用凄切、惨厉的慷慨悲歌，倾诉了自己复仇的心志。在充满杀气的漆黑深夜，方氏遗族一伙人，将黄家化作劫灰后，浪迹江湖，追随着梁山好汉的遗风仗义济贫。《耍猴戏的》则写湘南农村一群耍猴戏的流浪人的哀乐生活与不屈性格。他们终年过着如吉卜赛人一样的生活，以玩蛇、斗狗、耍猴戏为生。“唱着变腔的、野蛮意味

① 杨义：《中国现代小说史》（第2卷），北京：人民文学出版社，1998年。

的赞歌"，吃着在柴火上连泥带毛裹着煨熟的偷来的鸡，他们身份低贱又广受欢迎。表面上他们温顺帖服，内里却跳动着一颗桀骜不驯的心。他们与不平的命运抗争，与恶劣的环境抗争，还与邪恶势力抗争。当官兵连长欲侮辱女艺人时，作者以奇诡的笔法写到，不知黑暗中从那里飞来的枪响，一个仿佛鬼魅的黑影从密丛里窜走，连长躺在血泊中已没有了声息。官兵连长为自己的邪恶付出了生命的代价，耍猴戏的艺人以诡奇的抗争捍卫了人格尊严。耍猴戏人的传奇生活，奇幻神秘的故事结局制造出了多少令人迷惑又想象无穷的悬念。上述故事都极其简单，其中却蕴涵着非常丰富的文化意蕴。黎锦明通过笔下人物的行动准确地注解着古楚文化的内涵。故事的构造也没有脱离波谲诡异的幻想色彩。在传奇似的故事氛围里，高霸王、方氏遗腹子、玩猴女艺人的行事扑朔迷离，故事的情节离奇幽怪、环境和人物亦真亦幻，亦古亦今。这些故事的背景并不都在湖湘地域，黎锦明却将楚文化精神毫不显形地植入其作品，以人物的行事勾画出了楚人古老的灵魂，因而这类作品散发着蛮荒幻奇、孔武强悍的楚风气息。

第二，崇情尚性的人格追求和凄婉幻美的情感色彩。

楚地自古就有独成一格的文化系统。"它的文化学术思想，与南方好强的民风，都是富有青春新生的气息"①，与温柔敦厚，恪守王礼的中原文化相比，它更有富于情感和崇情尚性的文化品质。如同充满朝气，富有幻想的青年人，追求自由人格，崇尚真情真性是楚人普遍的文化心态。正因如此，才产生了以自由任性为标格的老庄哲学。这种楚人传统文化心态也体现在黎锦明的小说里。黎锦明对于这种基于道家思想的文化心态，一方面写了如《空惘》《孤零者的梦》《佞佛者》等一系列以清静无为为主的短篇，表达了对自由任性、清静无为之境的欣赏；另一方面，还写

---

① 南怀瑾：《禅宗与道家》，上海：复旦大学出版社，1994年。

了较多的以婚姻爱情为题材的作品。这类作品中的主人公都是爱情婚姻的悲剧性角色，他们为了实现爱的理想，为了争取真情真爱，经受了世俗社会的磨难，甚至为此付出生命。黎锦明在他们的身上挖掘出了楚人崇情尚性，追求人格自由和美好理想的天性。他们虽然承受着生活的不幸，忍受着社会的不公，甚至咀嚼着爱情的苦涩，但不能改变他们追求人格自由，追求美好理想的心志。荷香的男人是一个借债也要吸鸦片的痨病鬼。荷香为了捍卫自己的人格尊严，躲避当窑姐抵债的厄运外出帮佣，并爱上了一同帮佣的长工。在乡绅少爷的纠缠下，荷香为了心中那份真挚的情感而与情人同服有毒的水莽草，双双殉情。在现实的逼压下荷香选择了用生命捍卫理想。而痴心追逐爱情的乡绅少爷也在神志昏乱中堕崖而死（《水莽草》）。唐寡妇是勤勉、善良、胆小的农妇，她把流浪汉汉生接到家里居住。为了爱情她受尽乡人的白眼。当她得知情人背弃了她后，以投水自尽、撒赖放泼的手段大胆地表达自己愤怒的情感，她寻死觅活被救上岸后还要跑进城吵闹。以一种湖湘蛮民特具的倔强、强悍和气盛的个性去保卫爱情（《唐寡妇》）。这些人物为了理想和爱情而生而死，他们所追求的不仅仅是情感的归宿，更重要的是一种自由任性的人生境界，他们的行为性格体现了楚民崇情尚性的个性特点。

楚文学特有的浪漫色彩，不仅是复仇、抗争类故事营造的美学调色剂，也是爱情类故事情感构成的发酵剂。因此，黎锦明小说中的爱情故事，宛如楚辞的爱情哀歌，凄厉缠绵、执着感人。玛珊因恋爱失身被有封建意识的画家丈夫忍痛抛弃。玛珊悲泣申述终不能挽回爱情，画家失去爱情后也日益衰颓。四年后颓废派画家已成大名，在一次艺术团体的宴饮中画家偶遇已成梨花大鼓艺人、改名为筱落梅的玛珊。伴着鼓音筱落梅唱起令人心颤的哀曲，倾诉了如梦一般逝去的爱情和不幸的人生。画家对这个“深情的女子”复燃旧情，想请她团聚。却遭筱落梅回绝（《一个画家的妻》)。在这个悲欢离合的传奇故事中，缠绕着凄凉哀婉的情愫。最后的结尾不是以大团圆的结局昭示儒家的伦理训诫，而是以玛珊的回绝给人们留下九曲肠断而又想象无穷的凄美感受。这一点有如沈从文的《月下小景》《媚金，豹子与那羊》带给人的审美感动。阎瘤大为了两小无猜的童年伴友梅喜而苦苦守候。梅喜出嫁后，阎瘤大怀着对梅喜的无限依恋打发着若沉若浮的人生。当梅喜死了男人又再嫁他乡后，阎瘤大再没有勇气生活，为枯守了多年的爱情，阎瘤大心血尽竭，直到疯癫死去（《株守》)。阎瘤大对爱情的执着坚定，苦苦守望，最后为爱情付出一生乃至生命的行为，不仅是对不合理的婚姻制度的抗争，更体现出楚人执着于理想的天性，以及追求美好爱情的浪漫心理。其中依然回荡着楚辞那样为爱、为理想而柔肠寸断的凄美哀婉的情感。

第三，湖湘地域具有古楚风韵和乡土气息的民风民俗。

民风民俗通常表现在地域性社会群体的常态生存形式中，是最富民间特征的文化存在形式。湖湘地域的民风民俗大多延续着荆楚本土传统风习。虽然黎锦明自小生活在乡村环境里，在湖湘地域富有乡土气息的民风民俗中成长。但他十二岁就离家在北京、长沙等地读书，对社会下层民间生活的体验并不像在民间长大的沈从文那样深刻和丰富。所以他的乡土题材的作品量少，乡土民间特色也较欠缺。可他毕竟曾沐浴过楚风湘雨，不可能不对湖湘地域的民风民俗留下深刻印象。在他少量农村题材作品中仍可见到湖湘地域特有的民风民俗的鲜活痕迹。如《株守》《冯九先生的谷》等。而黎锦明最有乡土特色的作品是《出阁》。它用风趣、清新的笔调为我们描绘了一幅湖湘山村鲜明活泼的婚俗画，可以称得上是他解读湖湘民间文化的样本。小说如作者自论“是无主题”的，因为作者要表现的只是一截湖湘地域生活里民风民俗的小片段，反映一种湖湘乡间民俗酿造的生活情趣和生存样式。所以，黎锦明只在短小的篇幅中，描绘了四姑娘出嫁时，与她情义相投的同村玩伴充当她的轿夫，一路上与她嬉笑的情景。其间穿插着湖湘农村送嫁、哭嫁的婚俗、乡村生活风情以及湖湘地域优美秀丽的乡村自然景致，极富生活情趣和湖湘地域乡土特色。而在美学风格上也以它轻灵婉转、浪漫活泼的艺术情调尽现楚辞遗风。

综上所论，黎锦明是湖湘文化的解读者，他以自己的小说解说湖湘文化的精髓。他以自己小说的独特地域指认性凸显了湖湘文化的二元结构特征，反映了楚辞开创的浪漫抒情传统。如果说他的小说尚有人物刻画粗糙、结构松散、情节芜杂等弊[1]，那么他对湖湘文化解读的精到、准确是可以遮掩这些瑕疵的。

［原载《西南民族大学学报》（人文社科版），2003 年第 8 期］

① 唐咏秋：《黎锦明小说选·后记》，北京：人民文学出版社，1983 年。

论新诗形式的两个来源

陈本益

一

自《诗经》以后，中国古代诗新形式的产生有两个来源：一个是纵向的历史继承，即继承和革新前代诗的形式；一个是横向的现实吸收，即吸收和改造现实的民歌形式。这两方面的结合便是古代诗新形式的诞生。与这种情况有些类似，中国新诗形式的产生也有两个来源：一个是古代诗形式，特别是词和曲的形式，这是历史的纵向的来源，作为它继承与革新的对象；另一个来源却不同了，主要不是民歌形式，而是外国诗尤其是英美诗形式，这是横向的来源，作为它吸收和改造的对象。

新诗形式来源于古代诗形式，这不难理解，因为新诗形式不是无中生有地产生出来的，也不是从与古代诗形式无关的东西中产生出来的，而是通过对古代诗形式的反叛即所谓“诗体大解放”而产生的。其实质，只能是对古代诗形式的一种继承与革新，而不可能是与它完全决裂。这个道理，在新诗初创者那里已经说得明白。胡适在《谈新诗》一文中说，新诗体的出现“是中国诗自然趋势所必至的”[①]。依他的看法，整个中国诗的进化过程中出现过四次诗体大解放：第一次是从《诗经》到《楚辞》，

① 胡适：《谈新诗》，收录于杨匡汉、刘福春编：《中国现代诗论》（上编），广州：花城出版社，1985年，第6页。

第二次是从《楚辞》到五七言诗，第三次是从五七言诗到词曲，从词曲到新诗是第四次诗体大解放。这第四次诗体大解放所不同的是，它不是逐渐实现、自然进化的，而是加上了一种有意地鼓吹，使它于短时期内猝然实现，故表面上有诗界革命的神气[①]。可见在胡适看来，新诗形式的产生虽然表现为一场革命，其实质仍然如古代其他诗体的产生一样，是从原先的诗体中发展变化出来的。

这从新诗初期的理论和实践也可以得到证明。当时新诗形式的核心理论，是胡适倡导的“自然音节”论。仔细考察这个理论的来源便知道，它主要是由古代词曲的长短句形式比较接近于语言的自然语调这一事实启发出来的。胡适最初试验的是白话旧体诗，后来他认识到：“这些诗的大缺点就是仍旧用五七言的句法。句法太整齐了，就不合语言的自然，不能不有截长补短的毛病，不能不时时牺牲白话的字和白话的文法，来迁就五七言的句法。音节一层，也受到很大影响：第一，整齐划一的音节没有变化，实在无味；第二，没有自然的音节，不能跟着诗料随时变化”。[②]那么，怎样才算是自然音节呢？

胡适在给钱玄同的一封信中说：“五七言之诗，不合语言之自然，故变而为词。词，旧名‘长短句’。其长处正在长短互用，稍近语言之自然耳。”[③] 又说：“然词亦有二短：（1）字句终嫌太拘束；（2）只可用以达一层或二层意思，至多不过能达三层意思。曲之作，所以救此两弊也。有衬字，则字句不嫌太拘；可成套数，则可以做长篇。故词之变为曲，犹诗之变为词，皆所以求

① 胡适：《谈新诗》，收录于杨匡汉、刘福春编：《中国现代诗论》（上编），广州：花城出版社，1985 年，第 6 页。

② 胡适：《〈尝试集〉自序》，收录于胡适《尝试集》，北京：人民文学出版社，1984 年，第 148～149 页。

③ 钱玄同：《〈尝试集〉序》，收录于胡适《尝试集》，版本同前，第 133 页。

近于语言之自然也。""最自然者，终莫如长短无定之韵文。元人之小词，即是此类。"① 从创作实践看，胡适在《谈新诗》一文中曾指出许多证据。他说当时的新诗人"大都是从旧式诗、词、曲里脱胎出来的"。他举《人力车夫》一诗来说明"沈尹默君初作新诗是从古乐府化出来的"；又举《鸽子》等诗来说明他自己的新诗"词调很多"；还指出"此外新潮社的几个新诗人——傅斯年、俞平伯、康白情，也都是从词曲里变化出来的，故他们初做的新诗都带有词或曲的意味和音节。此外各报所载的新诗，也很多带着词调的"。② 这些事实的确能说明，新诗形式是从古代乐府和词曲形式变化出来的。若问为什么这样，原因就要在建设新诗形式的理论主张中去找，那理论主张就是废弃旧诗词的格律而求"自然音节"。平仄、旧韵和五七言整齐一律的句式都不是自然音节，而词曲长短参差的句式却比较接近自然的口语。那时的新诗人写诗，既然无现成的模式可以依傍，便可能有意识地模仿古代词曲的长短句形式来写白话新诗；或者本意要写出自然的长短句白话诗，却不知不觉地带上了古代词曲的格调。后一种情况更普遍。于是古代词曲形式成了新诗形式的一个主要来源。

二

外国诗歌形式，尤其是英美诗歌形式，对中国新诗形式的产生无疑也发生过重要作用。胡适萌生写白话诗的念头，就是当他在美国留学的时候，他最初的实地试验也是在那里进行的，其结果就是后来《尝试集》中的第一编白话诗。胡适在谈到他主张文学革命的经历和《尝试集》产生的历史时说："在绮色佳五年，

① 钱玄同：《〈尝试集〉序》，收录于胡适《尝试集》，版本同前，第133页。

② 胡适：《谈新诗》，收录于杨匡汉、刘福春编：《中国现代诗论》（上编），版本同前，第8页。

我虽不专治文学，但也颇读了一些西方文学书籍，无形之中，总受了不少的影响，所以我那几年的诗，胆子已大得多。”① 这种影响最初表现在他作文言诗词上，如“用分段作法”，“为说理之作”，以及“字句形式亦不为古人成法所拘”，已“带有试验的意味”。② 这些无疑也多少会影响他后来创作白话旧体诗及白话新体诗。

外国诗形式对胡适的更重要的影响，大约还在于促成他用白话写诗。当时，主张运用日常话语、形式自由活泼的意象诗，在美国正蓬勃发展，它多少会影响胡适用白话写诗的理论和实践。不过，从胡适自述创作白话诗的经历看，他在美国试验白话新诗时，似乎并没有明显受到当时在西方已蔚然成风的意象诗等自由诗形式的影响，因为他在叙述《尝试集》的产生历史时没有提到过这种影响③，他那时试验的白话诗还是白话旧体诗，大都是五七言诗体的齐言形式，完全不是自由诗的形式。胡适提出“自然音节”论并有意识地实践形式长短不一的新体诗形式，是 1917 年回国以后的事情。并且，从他自己的话看，这种理论和实践也主要起于对古代词曲长短句形式较近于语言的自然音节这一特点的继承与革新，而不是主要起于对外国自由诗形式的借鉴。胡适自认他的白话诗由旧变新的过程很慢，其原因，除了他自己已经意识到的“旧文学的习惯太深，故不容易打破旧诗的圈套”外，就是没有直接模仿和借鉴外国自由诗形式。

稍后的郭沫若、冰心等诗人就不同，他们直接模仿和借鉴外

---

① 胡适：《谈新诗》，收录于杨匡汉、刘福春主编：《中国现代诗论》（上编），版本同前，第 137 页。

② 胡适：《谈新诗》，收录于杨匡汉、刘福春主编：《中国现代诗论》（上编），版本同前，第 137 页。

③ 胡适在《〈尝试集〉自序》中就说：“我主张的文学革命，只是就今日中国的现状立论，和欧美的文学新潮流并没有关系。”

国自由诗形式，于是他们的新诗形式便现出真正的“新”，从而把新诗形式的发展推向第一个高潮。后来自由诗的高潮跌落下来，新月派诗人又借鉴英美格律诗形式，将新诗形式整饬一番，发展出一种明确的格律体新诗。可见，外国诗形式对中国新诗形式的作用，主要还不在新诗的初创期，而在稍后的发展期。由于这种作用，新诗的自由体形式变得成熟，格律体形式也开始定型。

译诗对新诗形式的产生也有明显的影响和直接的作用。胡适《尝试集》中有《老洛伯》《关不住了》和《希望》三首译诗。他承认《尝试集》中只有十四首诗是白话新诗，这三首译诗都在其中，并且是这十四首白话新诗中较早的三首；他甚至宣称“《关不住了》一首是我的‐新诗.成立的纪元”[①]，可见这三首译诗在形式上的重要性。我们很有理由相信，胡适之所以能跳出旧诗词的窠臼，终于写出“真正的白话新诗”，翻译英美诗是帮了大忙的。这是因为英语诗的节奏和格律形式与汉语诗的不同，翻译时无论是只忠实于原诗的内容，还是兼顾内容与形式，都可能促使译者突破五七言的固定格式或者词曲的调子。如《老洛伯》原诗四行一节，诗行较长，多在十个音节以上，译诗也四行一节，诗行相应也较长，大多在十个音节以上，不少诗行中间有一个乃至几个标点。原诗用日常口语，节奏较灵活、自由，译诗依着那种口吻和情调，也显出灵活自由的格调。这就完全突破了古代五七言诗的固定格式。《希望》一诗也很能说明问题。它本来是波斯诗人莪默·伽亚谟的一首四行诗，先被译成英语诗，胡适再转译成汉语诗。现将英译诗的形式与胡适的汉译诗的形式对照如下：

---

① 胡适：《〈尝试集〉再版自序》，收录于胡适：《尝试集》版本同前，第186页。

Ah! Love, /could you/ and I / with fate conspire
To grasp /this sorry scheme of things /entire
Would not /we shatter it to bits—and then
Remould / it nearer to /the heart's desire?
要是/天公/换了/卿和我，
该把/这糊涂世界/一齐/都打破，
要再磨/再炼/再调和，
好依着/你我的/安排，/把世界/重新/造过！

（以上对《希望》一诗的英译形式和胡适的汉译形式的格律分析，为笔者所做。“/”表示节奏单位音步或者音顿的划分。）英译诗四行，每行都是五个抑扬格（轻重格）音步，十个音节，格律很严整。胡适的汉译诗也是四行，但长短差别很大，最短的八字，最长的达十五字，已无格律可言，完全是自由诗了。为什么会如此？从节奏形式看，是因为英语诗的节奏单位“音步”并不等同汉语诗的节奏单位“音顿”，前者是一定的轻重音形式，它与诗行的意义节奏单位（词或词组）常常不统一；后者是一定的音顿形式，一般与诗行的意义节奏单位是统一的（音顿是其后有顿歇的音组，一般也就是词或词组，因为词和词组的后面才容许有顿歇）。因此，将英语格律诗译成汉语诗时，如依着英语诗行的意义翻译过来，往往就不能构成音顿数也相应一致的汉语格律诗形式，却成了自由诗形式。如果诗人要把它译成相应的汉语格律诗，便往往要下一番选词、炼句及组织安排的工夫，实际上要为原诗的诗意创造出一种不同的格律形式——汉语诗的音顿节奏形式。胡适汉译《希望》一诗，自然不会有意把它译成古代五七言诗形式，也不会有意创造一种新的格律形式——他那时正唯恐不能打破格律形式哩！于是把它译成白话自由诗了。

胡适译诗，目的在于借以打破旧诗格律形式，把白话新诗写得更新，他似乎并不在意新诗（胡适把它的译诗也当成新诗）的形式是自由体还是格律体。其实，《关不住了》等三首英语诗基本上都是格律体诗，胡适的译诗则有的是格律体，如《关不住了》，有的是自由诗，如《老洛伯》和《希望》。初创期之后对外国诗的翻译具有更自觉的文体意识，因而促进了新诗不同文体的发展：用自由诗形式翻译惠特曼等人的自由诗，用散文诗形式翻译泰戈尔等人的散文诗，这促进了新诗中的自由诗和散文诗形式的发展；稍后，用格律诗形式翻译英美格律诗，则促进了新诗中的格律诗形式的发展。

[原载《西南民族学院学报》（哲学社会科学版），2001 年第 10 期]

关于《郭沫若创作得失论》的对话

刘元树

问：在一些人对郭沫若这位曾经显赫一时的人物不以为然的时候，你为什么还以郭沫若为研究对象，继《沫若诗词选读》《郭沫若散文的艺术美》之后，又出版了这本《郭沫若创作得失论》(四川文艺出版社 1993 年出版)？

答：郭沫若是一位对中国革命事业有过重大贡献的文化巨人，是一位中国现代文学史上的大诗人、大作家。不管他有十条缺点，百条缺点，总是成就与贡献中的缺点，是开拓与创造中的缺点。尽管有好些人对他采取不屑一顾的态度，或者投以轻蔑的一瞥，但无法抹去他的存在，他的光辉。就我个人的审美趣味来说，我喜欢含蓄更喜欢明快，喜欢优美更喜欢崇高，喜欢儿女情更喜欢英雄气，喜欢活生生地描绘现实的作品，更喜欢富有浪漫情调的抒情篇章。在郭沫若的创作中，这两方面兼而有之，后一方面显然是其主旋律。它自然特别适合我的胃口。因此，在“文化大革命”的十年动乱中，我被赶下大学讲台下放农村时，将几千册书当废纸卖掉，独独留下 17 卷《沫若文集》以及《鲁迅全集》等少数经典著作。在农村，虽然心绪茫然，但一翻开《沫若文集》，便如见故人，倍觉亲热。而认真地用我的心灵去触摸这 17 卷雄文，却是在重返讲台之后了。这给我带来了喜悦——读着那些撼人灵魂的篇章或神来之笔的时候；也给我带来了遗憾——碰到那些败笔，劣作，不堪卒读的时候。不管哪方面，一有所得，即笔录于纸；有较为完整的想法，则提笔为文；积累到一定的时候，乃围绕一个中心，加以整理、删改、增补而成专书。《郭沫若创作得失论》，便是我多年来触摸郭沫若文学世界的体会的一个总结。

问：任何作家的创作都有得有失，作家作品论著也大都谈得又谈失，但很少人把"得失论"作为题名书名，你为什么要鲜明地标出"得"与"失"？

答：是的，任何作家的创作都有得有失，许多研究论著也大都谈得又谈失。不过，基本上是在竭尽全力摆好夸优之后，来一个"当然""但是"的转折，轻描淡写地点缀几句不足之处。这与我们长期以来文学研究喜欢走"正向"的思维方式不无关系。这里所谓"正向"，即以优秀作品为典范，总结出成功经验，作为人们学习的榜样。我们不习惯"逆向"思维，从败笔与劣作着眼，总结出失败的教训，为后来者在前进的路边竖立起一个黄牌："危险地段"，或"此路不通"。在学术研究中，提倡逆向思维是很有必要的。它能给研究者打开新思路，发现新问题，提出新观点，把研究引向深入。

问：郭沫若曾说过他"诗多好的少"。你从正反两方面归纳经验教训，探索规律性的东西，材料很典型，会具有更强的说服力。请你谈谈对郭沫若创作的总体认识，如何？

答："诗多好的少"，是文学史上普遍的现象。但像郭沫若这样的大文豪，在写出优秀的杰出的作品的同时，又有那么多平庸的和失败的作品，却是罕见的。他的创作之所以受到当代人的普遍冷淡，甚至揶揄，除了文学观念的偏见、艺术趣味的差异、时代环境的隔膜这些客观原因外，其中确有不少的弱点、败笔和劣作，是一个很重要的原因。就整体而言，我以为刘纳同志的概括十分精辟："杰出的'未成品'"（《关于郭沫若研究的一些思考》，《郭沫若研究》第8辑）。开一代诗风的《女神》，自然堪称"杰出"，但正因为"开"一代诗风，"未成品"的痕迹就相当显著。

(《呐喊》，作为中国现代小说的起点，一起步就达到成熟的境界，在中外文学史上实在是一个惊人的例外。)《女神》以后的诗作，每况愈下，越滑越远，以至不成其为诗. 在其他体裁的作品中，值得称颂的当然有，但有不少总是显得草率与粗疏。这种“未成品”的状况，既表现在艺术形式上，也表现在思想内容上。这样，它们就缺乏完美性与深刻性，因而也就缺乏长远流传的生命力，缺乏影响未来的思想力量与艺术力量。我常常想：郭沫若的创作，好像名山大川，远看巍峨雄伟，气势恢宏；近看局部，却有不少瑕疵，令人流连忘返的地方不多。的确，从正反两方面同时入手，研究郭沫若创作的成败得失，总结经验，以益后人，是很有意义的。遗憾的是，本书时写时辍其间竟绵延了10年，开始写作的几年间，由于出自内心地对作家的崇敬之情与爱护之心，对其作品便偏重单向地接受与讴歌，缺乏双向的对话与探讨，因而基本上是从“得”的方面着眼；定稿时虽然作了修改补充，但木已成舟，更动不易，总观全书，“失”的论述仍不充分，这是要向读者表示歉意的。

问：“得”与“失”，由于批评标准不同，对同一作品的评价就不一样，有时竟大相径庭。前些年，随着文学观念的变化和研究方法的拓展，各式各样的批评标准相应而生。你用的是什么标准呢？

答：这个问题极为重要。长期以来，我们使用的是“政治标准第一，艺术标准第二”的批评标准（其实称为“批评原则”更确切些）。在革命战争的年代里，虽因其合理性和实用性而发挥过积极作用，但毕竟因缺乏严密的科学性而暴露出弊端。到了社会主义建设时期，弊端越来越大，越来越显著。在郭沫若创作的研究中，有的同志贬低《星空》，抬高《恢复》，吹捧“百花齐放”，便是使用这一批评标准的结果。新时期的开放政策，带来了西方文论的大量引进，随之而来的便是所谓“美学热”“三论热""方法年""观念年"，文艺批评标准也因而花样翻新。但我秉性迟钝，汲取力差，未能紧跟；而且，老是有这样一个顽固的想法——评价作为语言艺术的文学，不应该不要美学标准；评价作为意识形态的文学，不应该不要历史标准。特别是评价和时代结合得那么紧密的郭沫若创作，离开了历史标准怕只能越研究越糊涂。因此，我始终坚持别林斯基提出的恩格斯加以肯定并发展的美学的历史的批评标准。不过，我主观上总是努力采取开放的姿态，不断汲取新的思维成果，尽可能地寻求新的审美视角，力求评出新意。

问：在写作过程中，除批评标准外，总体把握上你还注意什么？

答：我一贯认为，文学论文是文学与评论的交叉，但首先是评论。评论属于学术研究，要求具有逻辑性、严密性、准确性。它可以突出，可以强调，但不能渲染夸张，失去科学性。文学论文却是别具一格的学术研究，允许研究者从特殊的视角进行构架，并可以尽情地抒发自己的主观认识；语言不仅要求形象生动，更要清新明丽，读之琅琅上口，流畅而有韵味。美国耶鲁大学教授杰弗里·哈特曼说得好："文章，特别是文学论文，具有其独特的形式，一种使它离开实在知识领域而得到堪与艺术的地位媲美的样子或外观，却又不混淆学术研究和艺术的分界线。"（《交叉：作为文学的文学评论》，《比较文学》第 28 卷第 3 期，第 264 页。张泉译文）。这是我在本书写作过程中力图总体把握的又一原则。

问：全书 27 万言，通读尚需时日，能不能将结论告诉我？

答：拙著的结论，即我对郭沫若创作的经验教训的总体认识，表现在最后一章的最后一段文字上："又要具有胸怀革命大目标的政治意识，又要充分发挥自己的创作个性，又要掌握不同体裁的艺术特点和规律，矛盾吗？郭沫若的创作实践证明：如果处理得好，不但不矛盾，还相互促进，从而产生杰出的作品。《女神》和《屈原》就是谁也推不翻的铁证。如果处理不好，就会因为矛盾而出现程度不同的失误，使作品瑕瑜互见，甚至失败。郭沫若的其他好些作品可以说明这点。三者之中，掌握艺术规律是前提，发挥创作个性是根本，政治意识要化为血肉融汇进去，方能起到良好的作用。而至为重要的，却是来源于生活的感情的积累。没有它，政治意识必然是抽象的外在物，艺术规律变成了空洞的套子，浪漫主义的创作个性就被假、大、空所填塞。何况，天才可以突破（旧）规律，创造（新）规律；创作个性不是僵死的东西，它既稳定，又发展。这当中，如何对待政治意识是一大难题。好像洪水可以载舟也可以覆舟一样，政治意识可以促进创作，也可能导致创作的失误。关键在于不能使政治意识压倒创作个性和艺术规律，而要使这三者水乳交融，分拆不开。我以为，这就是郭沫若创作的最主要的经验和教训。”我不敢妄称这一概括很准确，很深刻，但却是我10余年来在郭沫若文学世界漫游中的思索所得，愿意奉献给朋友们参考。我恳切希望，连同全书一起，读者能不吝指教。

[原载《西南民族学院学报》(哲学社会科学版)，1995年第5期]

全球化、民族主义及超民族主义

王　宁

毫无疑问，探讨全球化的理论以及文化研究，已经成为当今中国的人文科学领域内的一个热门话题。人们也许会问，为什么当今的中国人文学者对这个话题如此关注呢？因为关于全球化与文化这个问题，确实可以使我们想到许多与此相关的问题。因此全球化已经成为我们的文化知识生活中无法回避的一个客观存在，甚至可以这样说，我们现在已经处于这样一个全球化的时代。

在中国的语境下讨论全球化问题，我们认识到，它给我们的人文社会科学带来的一个直接的影响，就在于它使得西方的——主要是美国的——文化和价值观念逐步渗透到非西方国家，在文化上出现了一种所谓的趋同现象。南北差距与国内贫富差距加剧分化；一些反全球化的示威者在脸上涂满了像地球仪颜色一样的油漆，以示抗议；还有一些反对全球化的示威者以各种形式的集会和游行来支持世界上的贫困和欠发达国家。因此，在文化上抵制全球化实际上就是在抵制美国的文化帝国主义的入侵和渗透，这一点是完全可以理解的。但是另一方面，对全球化的抵制却滋生了另一种情绪——民族主义。具体地表现在过分地强调民族的本土特征，并以此与全球化相对抗。因此本文认为，我们应当辩证地认识文化领域内的全球化的二重性，以便使我们有效地抓住全球化这一契机来发展我们自身的文化研究和比较文学研究。

一、全球化的理论建构：中国的视角

关于全球化与文化问题的研究，国际学术界已经取得了突出的进展，但国内学者对此却知之甚少。实际上，全球化话语作为现代性的一个对立物，与现代性以及其自然延伸和悖逆——后现代性，有着密切的关系。如果我们把全球化当作一种历史文化批评的话语来考察的话，它对于有着鲜明欧洲中心主义色彩的现代性，起着强有力的消解作用和批判作用。因此全球化在我们中的不少人看来，是一种西方化，而在不少欧洲人看来，它又是一种美国化。因而它在欧洲遭到的抵制并不亚于在中国所受到的反对。

对全球化这一过程的开始，我们可以追溯到马克思和恩格斯在公元1848年的《共产党宣言》中所指出的——公元1492年，也即哥伦布发现美洲新大陆后所开始的资本的运作和向海外的大规模扩张。而在文化方面，各民族的交流则开始得更早。当年，马克思和恩格斯在描述了资本的大规模海外扩张后，特别意味深长地提及了文化知识生产方面的全球化现象："物质的生产是如此，精神的生产也是如此。各民族的精神产品成了公共的财产。民族的片面性和局限性，日益成为不可能，于是由许多种民族的和地方的文学形成了一种世界的文学。"[①] 马恩在此提出的关于世界文学的构想，主要是受到歌德1827年和艾克曼的谈话中提出的关于世界文学之构想的启迪。歌德在读了一些包括中国文学在内的外国文学作品后，深有感触地说，"我愈来愈深信，诗是人类共有的精神财富……民族文学在现在算不了什么，世界文学的时代已经来临了。现在每个人都应该发挥自己的作用，促使它

① 马克思、恩格斯：《共产党宣言》，北京：人民出版社，1966年。

早日来临。”[①] 因此，世界文学的概念作为一种文化建构，是一个不时地促使我们的比较文学研究者去想象、去进行新的建构的乌托邦。

提到世界文学，也许有人会将其与目前出现的文化上的趋同性，亦即“全球一体化”的文化相提并论，其实这二者是很不一样的。我们所说的世界文学实际上代表了当前各民族文学的最新发展方向，同时又保留了各民族各自特色的一种世界性的、全球性的文学。因此，文化全球化不能完全等同于文化趋同性。相反，在全球化的过程中，文化的多样性特征更为明显。

虽然在《共产党宣言》中，马克思主义创始人并未明确指出，而且在那时也不可能指明经济全球化可能带来的文化上的趋同现象。但是，他们却隐隐约约地向我们提出，全球化绝不是一个孤立的只存在于经济和金融领域里的现象，它在其他领域中也有所反映，比如说在文化上也有所反映。各民族文化之间的相互交流和渗透，使得原有的封闭和单一的国别——民族文学研究越来越不可能，于是比较文学就应运而生了。应该指出的是，比较文学的早期阶段就是这样一种“世界文学”，而在经历了一百多年的风风雨雨和历史沧桑之后，比较文学的最后归宿仍应当是世界文学，但这种世界文学的内涵和外延已经大大地扩展了。

全球化在文化上的进程中往往呈现出两个方向，一个方向就是随着资本由中心地带向边缘地带的扩展，原来殖民的文化价值观念和风尚也渗透到这些经济不发达的地区。但随之也出现了第二个方向，亦即全球化的渗透，从中心向边缘运动，同时也导致了边缘向中心的运动，因此这种运动并不是单向的，而是一种互动的双向运动。这第二个方向就体现在，原先被殖民的边缘文

---

① ［德］艾克曼辑录，洪天富译：《歌德谈话录》，南京：译林出版社，2002年，第220～221页。

化，与主流文化的抗争和互动，也即反殖民性或非殖民化。用霍米·巴巴的话来说是一种“少数人化”（minoritization）的策略，亦即与全球化逆向相悖的另一个过程，或者说另一种形式的全球化。

尽管全球化在西方学界已得到了多视角的研究，出现了一些不同的理论建构，但我这里仍想以中国的文化知识实践为出发点，从下面七个方面较为全面地重新审视全球化现象并提出我本人的理论建构。

首先，作为一种经济一体化运作方式的全球化。经济上的全球化的一个重要标志就是各国的经济运作依照某个国际组织，如国际货币基金、世界贸易组织等的统一法则而进行。资本的向外扩张无疑导致了国际劳动分工制度的形成，为了避免生产上的不必要重复，在优胜劣汰的法则下，具有较高质量和知名度的产品之品牌可以远远超过国家和民族的疆界在世界各地行销。它一方面可以刺激落后民族的民族工业进行技术更新，另一方面则无情地导致原有的民族工业体制的解体。因此全球化在部分欧洲国家和广大发展中国家遭遇到的反对声之高涨就不足为奇了。

其次，作为一种历史过程的全球化。根据马克思主义创始人的见解，全球化作为一个历史过程始于哥伦布发现美洲新大陆以及由此而开启的资本的向海外扩张。这一历史进程发展到 20 世纪 80 年代逐步达到其高涨时期，资本主义也因此而进入其晚期阶段。但是资本主义进入晚期并不意味着它即将寿终正寝，而是依然有着两个发展方向：一是按照其必然的逻辑而真正走向最终的寿终正寝；另一种可能性则体现在它通过某种自身内部机制的调节后再度焕发出新的生机。目前出现的资本主义世界的暂时繁荣就是这第二种可能性带来的必然后果。但是从历史发展的内在逻辑来看，资本主义的生产方式必然逐步地为一种新的生产方式所取代，资本主义最终将走向自然的消亡。但是我们也应该清醒地认识到，这一过渡时期并不是短暂的，而是漫长的，循序渐进的。

其三，作为一种金融市场化进程和政治民主化进程的全球化。由于全球化的出现，资金的流动有了多种自由的渠道，过去那种国家干预金融交易的情况在很大程度上被自由贸易方式所取代。与其相伴的则是市场制约大大高于过去的政府干预，于是全球化便成了一个打破民族—国家疆界而无所不及的"隐形帝国"。这一经济帝国和文化帝国所采取的策略不同于以往的帝国主义侵略实践，它对民族—国家的介入性"侵略"往往是一种"渗透式"的，而政治的民主化进程和全球治理则终将伴随着经济发展的必然逻辑而逐步实现。尤其是在中国这样一个有着几十个民族和几千年封建统治传统的大国，民主的实现只能是逐步的和渐变的，任何突变将必然导致新的混乱和民族冲突。

其四，作为一种批评概念的全球化。目前在国际人文社会科学领域内所热烈讨论的全球化实际上是将其视作一种批评概念，以此来抨击日益陈腐的现代性/后现代性概念。也就是说，全球化消解了人为的现代性和后现代性之二元对立，并与这二者有着某种交叠，从而打破了传统的欧洲中心主义思维模式，为人们建构另一种或另几种形式的现代性奠定了基础。但是全球化所形成的新的帝国的中心已经转到了美国，所以今后对欧洲中心主义的批判，毫无疑问应转向对美国中心主义的批判。而在西方语境之外建构另一种形式的现代性则客观上起到了消解西方中心主义的作用。

第五，作为一种叙述范畴的全球化。正如霍米·巴巴所指出的，民族在某种程度上就是一种叙述，作为一种叙述范畴的全球化也是如此。全球化既体现了人们对美好未来的大同世界的憧憬，更体现了某种美国文化价值观念的向全世界扩张。全球化是一种宏大叙述，根据这种叙述，传统的民族和国家的人为疆界被打破了，经济一体化和市场化正在取代政府的权力，文化上也出现了强势文化向弱势文化的渗透和弱势文化对之的反渗透。民族文化身份变得日益不确定，单一的身份为一种多元的身份认同观所取代，因此在全球化时代出现的身份认同危机和流散写作现象就不足为奇了。

第六，作为一种文化建构的全球化。全球化体现在文化上的特征实际上也说明，它也和现代主义及后现代主义一样，是一种文化建构。来自不同领域的人们讨论全球化都离不开自己对这一现象的文化建构，所以建构一种“全球化的文化”（a culture of globalization）已成为所有研究者的一个目标。对于文化研究和文学理论研究者来说，把自己的研究对象置于一个广阔的全球化语境下，并且在同一个平台上与自己的学术同行进行对话和讨论，无疑可以开阔我们的视野，使我们的理论争鸣更具有活力，并最终导致绝对意义上的创新。

最后，作为一种理论话语的全球化。鉴于越来越多的人文学者介入关于全球化问题的讨论，使得全球化已经逐渐发展演变成理论家们经常使用的一种论辩性学术话语。在这方面，我同意罗兰·罗伯逊的看法，即在对文化现象进行理论描述时可用全球性来取代全球化，而且这种全球性的出现大大早于全球化的历史进程，因为前者更适合用来描述文化和文学的发展走向。

既然全球化已经对我们的生活和工作产生了巨大的影响，那么它引起我们的研究兴趣也就是必然的了。此外，既然文化上的全球化过程作为经济全球化的一个必然后果，我们就有充分的理由来研究作为一种文化建构的全球化。在这方面从文化研究的视角来考察文化民族主义问题有着极大的现实意义。

二、文化研究语境下的民族主义反思

尽管文化研究进入中国已经有了十多年的历史，而且它在大陆和港台地区所引发的讨论也已经引起了国际学术界的瞩目。但是国内仍有不少学者常常将其与传统沿袭下来的精英文化的研究相混淆。因而导致的一个直接的后果就是相当一部分文学研究者甚至错误地认为，文化研究与文学研究天然就是对立的，更有甚者，认为文化研究的崛起标志着文学研究的末日。在此我认为有必要作一限定和澄清。

本文所提到的"文化研究"是一个从英文学界引进来的概念，是对长期以来在学术界占统治地位的以精英文学为对象的"英文研究"（English Studies）的一种反拨。其原初的表达就是"Cultural Studies"，也即这两个英文词的开头用的都是大写字母，意味着它已经不是泛指传统意义上的精英文化研究，而是专指目前正在西方学术领域中风行的一种跨越学科界限、跨越审美表现领域和学术研究方法的一种话语模式，或者新的一个反体制、反理论、反精英文化的"准学科"。它崛起于英国的文学研究界，崛起的标志是成立于1964年的伯明翰大学当代文化研究中心（CCCS），或者说它实际上是一种伯明翰学派意义上的"文化研究"。后来，文化进入英语世界其他国家后产生了不少变体，其发展方向越来越趋向多元。既然文化研究是在英语世界崛起的，那么它在其他语种中并没有固定的表达，所以，我们只好按其字面意义将其翻译成中文的"文化研究"。

本文所讨论的文化研究，并不是那些写在书页里高雅的精致的文化产品——文学，而是当今仍发生着的活生生的文化现象。它包括社区文化、消费文化、流行文化、时尚和影视文化、传媒文化，甚至互联网文化和网络写作等等，这些都是每天发生在我们生活周围的，对我们的生活产生了无法回避的影响的文化现象。同时，它也研究种族和民族问题、性别政治、身份认同、流散现象及其写作等等。总之，在过去的精英文化领域内所有受到排斥的"亚文化"现象都成为文化研究学者所关注和研究的对象。因此文化研究的边界是宽泛的和模糊的，它经常“侵入”其他学科，有时甚至对其他学科构成有力的挑战和威胁。这样看来，认为文化研究与比较文学研究相对立也不无一定的道理。但问题是：究竟这种对立是人为造成的还是天然形成的？

在以往的文学研究者看来，我们所研究的文化应该是高雅文化的结晶——文学作品，但是他们却忘记了另一个无法否认的事实，即我们今天所说的“文化研究”，如果在英语世界追溯其本源的话，应该是从早期的文学研究演变而来的，特别是始自英国的新批评派学者 F. R. 利维斯的研究。利维斯作为精英文化的代表人物，其精英思想是根深蒂固的，他始终认为，要想提高整个劳动人民的文化修养，必须开出一个文学名著的书目，让大家去阅读这些名著，通过对这些文学名著的阅读和欣赏而达到向广大劳动大众进行启蒙的作用，最终使人民大众逐步提高自己的文化修养。

而我们今天的指向大众文化的文化研究则正是从早期的精英文化研究那里发展演变而来的。伯明翰学派的两位代表人物理查德·霍加特和斯图亚特·霍尔早先也是专事文学研究的学者，尽管他们的主要注意力后来都转向了文化研究，但学界却无法否认他们早先在文学研究领域内的卓越建树。而雷蒙德·威廉斯本人则更是一位优秀的作家和文学理论家，他同时在文学研究和文化研究领域内所取得的成就是令人瞩目的。由此可见，认为文化研究天然就与文学研究相对立显然是站不住脚的。

鉴于文化研究的主要特征是“反体制性”（anti-institution）和“批判性”（critical）。在这方面，西方马克思主义对文化研究在当代的发展所起到的作用是不可替代的。尤其是英国的威廉斯和伊格尔顿，以及美国的詹姆逊等马克思主义理论家，都对英语世界的文化研究和文化批评的发展和兴盛起到了很大的导向性作用。正是他们从文化的视角出发来讨论文学，从而大大拓展了文学研究的领地，同时也通过对文学文本的分析建构了一种文学的文化（literary culture）。

由于文化研究的"反精英"和"指向大众"等特征，所以它也包括来自不同学科的研究者，其中来自社会学和人类学的学者近年来在当代文化研究中扮演了越来越重要的角色。文化研究关注民族问题，特别关注那些长期受到压抑的少数民族下层人民的生活状况，但文化研究学者对那种狭隘的民族主义情绪也持一种批判的态度。文化研究学者认为，在当今这个全球化的时代，民族—国家的疆界变得越来越模糊，民族，正如霍米·巴巴所中肯地指出的，"就像叙述一样，在时间的神话中失去了其源头，只是在心灵的目光中才意识到自己的视野。这样一种民族的形象，或者说叙述，也许不可能那样充满浪漫情调并极富隐喻特征，但正是从那些政治思想和文学语言中民族才在西方作为一个强有力的历史概念而显露了出来。"[①] 因此这个意义上说来，作为一种独特的承担了民族叙述的文学确实曾经为民族这个概念的形成作出了历史性的贡献。民族文学历来是许多国别文学研究者毕生的研究课题，即使在比较文学诞生之后，民族/国别文学研究仍有着极大的声势。但在全球化的时代，由于民族——国家疆界的模糊，民族/国别文学的研究也不可能像过去那样壁垒森严，它常常也"越过边界"，进入到比较文学的疆域，或在理论上上升到总体文学的视野，或从民族/国别文学的案例出发讨论具有普遍意义的世界文学问题。因此全球化使我们在思维方式和想象力方面也有了较大的突破，这一点恰恰是狭隘的民族主义所不能及的。正如后殖民理论家斯皮瓦克所中肯地指出的，"民族主义是通过重新记忆建构起来的集体想象的产物。去除这种占有性的符

① Homi K. Bhabha：*Nation and Narration* ，London and New York：Routledge，1990，"Introduction：Narrating the Nation".

咒是比较文学研究者的任务。但是，想象就如同身体一样，需要接受训练以便从这种艰苦的过程中感受到乐趣。”[①] 可以说，比较文学的兴起也使得我们文学研究者的学术想象力得到了解放：民族文学已经没什么意义，世界文学的时代已经来临。因此它也需要我们去建构一种超越狭隘的民族主义的概念。

当然，民族主义在历史上所起到的作用也是不可忽视的，尤其是在过去的战争年代，民族主义的情绪可以把一个民族的精神凝聚起来，进而转化成打击敌人、消灭敌人的巨大动力。而文学艺术作品正是这种艺术想象力最为集中和形象的体现，因此，在战争的年代，文学作品有时甚至被等同于一种武器。这一点尤其可以在苏联的一些描写卫国战争题材的作品以及中国的描写抗日战争题材的作品中见到鲜活的例子。对于文学中的民族主义情绪和民族主义主题，我们的精英文学研究者往往在注重其文学技巧的同时却将其忽视了。而文化研究者则恰恰反其道而行之，他们最为关注的正是文学作品中隐匿着的种族、民族、阶级和性别等具有政治和意识形态性的成分。通过对这些成分的关注和分析提出我们的批判性见解。因此，考察并研究文学中的民族主义应该是文化研究者的一个重要的课题。

既然比较文学所关注的是两种或两种以上的、超越语言、民族/国家乃至学科疆界的文学的研究，那么与文化研究融为一体的当代比较文学在突破了民族主义的局限后应当作出何种理论建构呢？当前在西方理论界讨论得很热烈的所谓“超民族主义”（transnationalism）也许会给我们一些启示。但即使讨论这种超民族主义也应当立足中国的文学和文化实践。

---

① ［印度］佳亚特里·斯皮瓦克著，生安锋译：《民族主义与想象》，载《文艺研究》2007年第2期，第32页。

三、走向一种超民族主义的建构

从上面的讨论我们大概可以得出一个暂时的结论，即文化研究与文学研究不应当全然对立。民族/国别文学也不应当与比较文学和世界文学相对立，对于这一点西方的不少有识之士早已有所认识。在当前的西方文学理论界，就有相当一批著述甚丰的精英文学研究者，已经开始自觉地把文学研究领域扩大，并引进文化研究的一些有意义的课题。他们认为，研究文学不可忽视文化的因素，如果过分强调文学的形式因素，也即过分强调它的艺术形式，就会忽视对文化现象的展示。所以他们提出一种新的文化研究方向，也就是把文学（literature）的文本（text）放在广阔的语境（context）之下，最后达到某种文学的超越，这就是文学的文化研究，或一种文学文化（literary culture）的建构。我认为这一方向也许是使我们走出文学研究和文化研究之二元对立这个死胡同的必然之路，对于我们中国的文学研究和文化研究都有着一定的启发意义。

辩证地说，全球化在文化上的表现同时带给我们两方面的影响。它的积极方面体现在它使得我们的文化生产和学术研究更为直接地受到市场经济规律的制约，而不是像过去那样由政府发指令性的号令来规定。但是另一方面，全球化的后果也有消极的方面，主要体现在它使得精英文化生产，尤其是文学艺术的创作，变得日益困难，如果处理不当，最终有可能导致新的大众文化与精英文化的等级对立。

所以我提出的一个策略就是，面对全球化的强有力影响，我们中国的知识分子首先要顺应这一潮流，即承认全球化已经来到了我们这个时代，我们对这一大的趋势是无法抗拒的。但是另一方面，我们又不能只是跟着它跑，因此正确的态度便是，在不损害中国文化精神本质的前提之下，我们完全可以利用全球化的契机来大力发展中国文化，使得中国文化在全世界的广为传播成为可能。这样看来，在一个全球化的时代仍抱残守缺，死守民族主义的阵地，将会妨碍我们想象力的发挥，使我们在一个竞争的机制下失去更多发展的机会。这一教训我们完全可以从历史的经验中得出。

在过去的一百年里，中国文学深深地受到了西方文学的影响，以至于不少恪守传统观念的中国学者认为，一部中国现代文学史，就是一个西方文化殖民中国文化的历史，他们特别反对五四运动，因为正是五四运动开启了中国新文学的先河，开启了中国文化现代性的先河。而且正是五四运动在大力批判民族主义的同时，把中国的大门向西方大大地敞开了，最终导致了大量西方文化和文学思潮的蜂拥进入中国，使得中国的民族文化机制大大地被破坏了，甚至中国的语言体系也被大大地“欧化”或“西化”了。

“五四”时期有一个特别重要的现象，就是大量的外国文学作品，尤其是西方文学作品和文化学术思潮、理论大量被翻译成中文。这对于刺激中国作家的艺术想象力无疑起到了积极的作用。鲁迅当年在谈到自己的小说创作时，就曾直言不讳地说，他的小说创作只是在读了百来本外国小说和一点医学上的知识之基础上开始的，此外什么准备都没有。当然对于鲁迅这样国学和西学功底都十分深厚的大作家和大思想家，提倡全盘“西化”只是一种策略，并不意味着就会破坏他们作品中的中国人固有的民族精神和民族主义情绪。实际上，在《阿Q正传》等小说中，鲁迅的这种“怒其不争”“恨其不奋”的民族主义情绪正是体现在他对阿Q身上表现出的中华民族的劣根性的深刻批判。还有另一些五四运动的干将，包括胡适，郭沫若，他们通过大量的翻译和介绍西方文学作品，对传统的中国文学进行了有力的解构，从而形成了一个中国现代文学经典，所以在现代文学的历史上，翻译占有很重要的地位。正是这些通过翻译而转化为新的创作动力的产物——文学对于一种新的超民族主义的建构起到了推波助澜的作用。

当然，从今天的观点来重新审视五四运动的功过得失，我们可以得出这样的结论，当年“五四”旗手们在大力引进西方理论和文化思潮的同时，忽视了向国外推介中国的文化理论和文学作品。因此他们在批判民族主义的同时，又使我们进入了“殖民主义”的误区。而在今天的全球化时代，中国可以说是全球化的最大受益者之一，不仅全球经济一体化大大地加快了中国经济的发展，而且文化上的全球化也使我们得以利用这一契机大力地将中国文化推向世界。在这方面，弘扬一种新的类似“世界主义”视野的超民族主义，应该是我们的比较文学和文化研究者努力的目标。

［原载《西南民族大学学报》（人文社科版），2007 年第 7 期］

文学的文化学和图志学问题

杨　义

一、文学的文化学的问题

文学文化学问题的内涵极其丰富，文学作为审美的精神文化方式，它与文化之间存在着深刻的千丝万缕的互相制衡和互相渗透的关系。一方面，文学存在于文化的巨大网络之中——我在你中；另一方面，文化的因子以文学为精微的载体——我中有你。二者在历史中的交互作用，展示了文本内部的深度阐释，以及文本外部的运行轨迹和历史动力的宏观考察的综合功能。因而前面讲的民族学或者地理学，有些问题也可以放到文化学里面去讲。这里想着重讲文学与文化之间的表层与深层、内部与外部、共构和推移中的三个问题，以探讨文学外制于文化和文化内渗于文学的一些原理。首先是文化层面的问题，也就是雅俗之间的问题。一种文体的发展，往往是起于俗而成于雅、雅因俗而大、俗因雅而精，在雅俗互动中，产生一种大雅大俗的经典。比如说明代的四大奇书，起码有三种——《三国演义》《水浒传》《西游记》——是在雅俗互动中，不断地吸取了民间的智慧和文人的知识修养而形成我们雅俗共赏的经典。不要低估民间的智慧，它会在不知不觉中，以有血有肉的生活阅历推动文学描写进入一种新的、特殊的文化和审美深度。我想讲两个例子，一个例子是《水浒传》。《水浒传》写得最好的是哪一部分呢？是写武松的那十回，叫“武十回”。那么“武十回”是怎么样写武松呢？它实际上除了写武松景阳冈打虎，显出他的神威、神力之外，还写了他跟五个女人的关系。绿林好汉不是好酒不好色吗？它偏偏采取了一种逆向的思维，你哪壶不开我就提哪壶，就用女色缠着你。这五个女人，第一个是潘金莲，一个漂亮的、淫荡的、不断对你进行性骚扰的嫂子，这个问题怎么处理？家族伦理方面纠缠不清，一方面是哥哥的情分，一方面是江湖的道义。这兄弟、叔嫂在家庭里面抬头不见低头见，很多事情说不清楚。武大这做哥哥的有时候糊涂，听了潘金莲一告枕头状之后，就总以为这个弟弟有点什么不端了。这种事情怎么处理？家族伦理中，这个女人来考验武松。第二个女人，武松杀嫂之后被押解到了十字坡，母夜叉孙二娘——一个开黑店的卖人肉馒头的女老板、江湖上的女人，你怎么对待？武松是懂得江湖这一套，母夜叉要用蒙汗药蒙倒他们，两个押解差人就给蒙倒了，武松呢，把蒙汗药泼掉，但是自己也装着醉倒了。这时候伙计把两个差人抬到后面的屠宰场里面去，再来抬武松。大概武松有点硬功吧，抬不动，孙二娘只好自己脱光膀子亲自动手，一动手去抱武松的时候，武松是“当胸抱住，压在身下”，压得孙二娘哇哇叫。金圣叹对这一笔大声叫好。最后菜园子张青出来圆场，说：是哪路英雄好汉啊？不打不成交。这第二个是江湖上的人，怎么对待？第三个女人是市场上的女人，快活林蒋门神的妾。武松进去之后就挑逗人家，对这个女人，跟对嫂子的态度不一样，跟对孙二娘的态度也不一样，他是挑逗她，让人家当三陪小姐，引得她发怒之后，他才开打。这是第三个，市场上的女人。第四个是官场上的女人，“美人计”，鸳鸯楼的玉兰，会唱明月曲的这么一个歌女，张都监说要把她配给武松。作为绿林好汉的男子毕竟也有软肋、也有柔弱的一面，他怜香惜玉，上当了，让人家把赃物放在床底下，把他当作强盗来处置，几乎丧生于押解的路上。这个是官场里的美人计中的女人。第五个女人是在野地上的女人，武松血溅鸳鸯楼之后逃跑到了蜈蚣岭，在深山老林里面看到一个老道和一个女子嘻嘻哈哈，他就把这个老道杀死了。那个女子就是张太公的女儿，无家可归，张太公也不在了，死缠着要跟武都头，前不着村后不着店的深山老林里一个青年女子要跟着你，怎么对待？这是野地里的女人。这五个女人，有美有丑、有爱有憎、有真有假、有贞有淫，中国古典小说不是不怎么爱直接写人物的心理吗？那么《水浒传》就让这五个女人从五种社会层面和人物类型上，不断地来撩拨你，使你在做出反应的时候，把你的人生态度、行为准则、伦理观念通通都抖出来了。我们还应该往深一层想：说书人或者施耐庵们为什么要这样写？实际上在他们的心目中，山中的老虎可怕，心中的老虎更可怕。他们把女色当成心中的老虎来看待，武松只有在降服山中的老虎又降服了心中的老虎这么一种情况下，才能够成为被民间社会和江湖社会广泛认同和崇拜的一个堂堂正正的英雄好汉。中国文化比较重伦理价值和心性的修养，它通过这种形式折射在民间文化和江湖文化里面。单靠文人雅士闭门造车，无论如何是写不出这种血气蒸腾、力透纸背的野性文章的。只有大量汲取民间智慧，在雅俗之间形成综合的接力效应，才能爆发出如此可观的审美力量和文化深度。

另一个例子，就是我们读《三国演义》《水浒传》《西游记》这三部长篇的时候，都感觉有一个共同的问题：它们的主要人物结构采用了“主弱从强”模式。作为一个团体最高领导者的第一把手比较懦弱，而跟从他的人则比较强悍。刘备跟诸葛、关、张、赵云是这么一个模式，宋江跟吴用、林冲、李逵他们也是这么一个模式，唐僧跟孙悟空、猪八戒他们还是这么一个模式。这个模式当然是符合文学的戏剧性的要求，因为比如说唐僧不是这么一种懦弱的状态，而且他的法术就像孙悟空那样，一个跟斗就到西天了，还写什么《西游记》呀？就是因为他懦弱，长了一副娃娃脸，还长了一身吃了长生不老的嫩肉，才引起了男女妖精垂涎三尺，一路上招灾惹祸。而且他还有点权力，他会念紧箍咒；他又分不清人和妖精，分不明好坏，紧箍咒这权力就使他的灾祸越闹越大，所以必须要孙悟空这帮徒弟来给他破灾解难。孙悟空是一个野性未驯的野神，猪八戒却是一个七情六欲都非常发达的俗神，这哥俩在一起就好戏连台了，要不八十一难得怎么写啊？孙悟空跟猪八戒说，你去巡山去吧，这山上可能有妖精，我们在这里休息一下。猪八戒很不情愿，走了半天，没有发现妖精，就躺在一块石头上睡觉了。孙悟空变成了一只啄木鸟去啄他的鼻子，猪八戒说：这个瘟鸟，它把我这鼻子当成朽木头，总以为里面有虫子呢，那我就把鼻子拱在袍子里面睡觉吧。他们就这样互相捉弄。还有一个沙和尚，沙和尚的作用就是他没用，他要是像孙悟空、猪八戒那样武艺高强，那哥三个就摆不平了。他就是没用，没用但是说话很在理，很谦卑。他是黏合剂，是润滑油，要不然当师父给抓走之后，老猪和老孙一折腾起来，没有这么一个人，可能孙悟空就又回花果山去当猴王了，猪八戒回高老庄去当回炉女婿了。就是有这么一个没用的人，他就给你这么糊弄糊弄，八十一难走到底了。因此小说中形成的这么一种主从、强弱的互动的结构，不能不说是一种高明的智慧。那么它还有没有潜在的意义？如果一部小说这样写我们还可以忽略，三部最重要的明代的长篇小说都这样写，就不能不使我们去思考背后的奥秘是什么，它潜在的文化价值、意义在什么地方。实际上，它反映了中国文化的一个很独特的问题：仁与智和勇之间的关系。仁赋予智勇以价值，如果没有刘备那种仁政思想，诸葛亮只不过是个策士，关、张、赵云他们也只是一勇之夫；没有唐僧那种虔诚的信仰，孙悟空他们只不过是个妖精。刘备和唐僧赋予手下这些人物的智勇以价值，而智勇赋予仁以动力。这就形成了中国文化中以柔克刚、以柔驾驭刚的叙事模式。当作品深入到民间，从民间里走进去又走出来的时候，它对文化的内在的结构就不是那种道貌岸然的东西，而是透视了它的深层的很多智慧性的因素。所以雅因俗而大，在雅俗的互动中形成自己的经典。

文学文化学的第二个重要问题，是考察文学与其他文化形式、艺术形式的关系。包括它与政治、经济、社会、宗教、哲学、习俗，以及与绘画、音乐、歌舞、影视、雕塑、建筑、园林等等的关系，择要设置，透视文学发展过程的一些带关键性的中介，实行学科间的交叉论证。文学向人世间的广阔领域展示着和证明着自己的生命，既关注它的历史文化语境，又梳理它与其他艺术形式的文化精神和审美形式的相通互借。比如中国诗词与音乐的因缘极深，且不论原始艺术在宗教仪式和娱乐场合往往是诗、乐、舞混然莫分，即便经过整理的《诗三百篇》，也有孔子“皆弦歌之”的记载；以及“诵诗三百，弦诗三百，歌诗三百，舞诗三百”（《墨子·公孟篇》）的说法。楚辞《九歌》，闻一多辨为祭祀东皇太一（玉皇大帝）的宗教歌舞剧。汉魏六朝乐府的研究者，又称“乐府者本一制音度曲之机关，其性质与唐之教坊，宋之大晟府，初无大异。惟其职责在于采取文人诗赋及民间歌谣，被之管弦而施之郊庙朝宴，故后世遂并此种入乐之诗歌，亦名曰乐府焉”。[①] 这里说到的唐朝教坊和宋朝的大晟府，都与唐五代宋词的产生和定型存在着密切的关系。

唐朝教坊是管理宫廷俗乐的机构，至玄宗朝于禁城设内教坊之外，又于长安、洛阳另设四座外教坊。教坊音乐多民间乐曲和龟兹乐、西凉乐等胡夷乐曲，用于公私宴席就是燕乐。教坊乐曲衍变为唐五代词调的有七十九曲，占当时词调总数一百八十余调的将近一半，包括《菩萨蛮》《浪淘沙》《浣溪沙》《西江月》《虞美人》《何满子》等著名词调。与内教坊并列在皇城北面东、西

① 萧涤非：《汉魏六朝乐府文学史》，北京：人民文学出版社，1984年，第5期。

两侧是梨园，其技艺档次高于教坊，常在皇帝御筵上表演，“玄宗既知音律，又酷爱《法曲》，选坐部伎子弟三百，教于梨园。声有误者，帝必觉而正之，号皇帝梨园弟子。宫女数百，居宜春北院”。[①] 梨园弟子专门练习表演“音清而近雅”的法曲，载歌载舞，配有精湛的器乐，而《霓裳羽衣曲》就是他们表演的法曲的一种。安史之乱之后梨园子弟和宫廷俗乐流散民间，刺激了公私宴集和娱乐场所的词人依调写为长短句。随着宋代市场繁荣，“万家竞奏新声”，柳永从教坊新腔和市井新声中取调填词，使词体趋于俚俗，苏轼把士大夫情调注入词体，却未能免音律不协的缺陷。宋徽宗崇宁四年（公元 1105 年）设置大晟府经营宫廷雅乐，制定乐律乐谱，交由教坊练习，并颁行天下。词人周邦彦曾任大晟府提举官，推动词体去俗复雅的潮流，与同事合作成词谱数十曲。大晟乐推进了词调的精致、严密和典雅，却也在精致、严密、典雅中使词画地为牢，逐渐割断与民间智慧的联系，其进一步拓展的潜力远逊于不那么精致、严密和典雅，却更加深刻地联系着民间智慧的小说戏曲等文体了。进行大时段的历史考察可以发现，诗词与音乐的缔缘共谋发展，但二者依然因循着自己的本性，由于一方的本性过于突出而相互脱离，诗自为诗，词自为词，音乐自为音乐。直至它们在新的审美可能性上互相逗引，重开另一种缔缘共谋的历程。在不同的艺术形式的悲欢离合中，文学边界的不可强为预设性和新文体另起炉灶的旁出性，都是发人深思的文学生命力的展现。

文学文化学的第三个问题，是本土文化与外来文化的关系，也就是文化的开放性的问题。本土文化赋予文学发展以生命的根基，外来文化则赋予文学生命更高程度的发展以刺激、挑战和机

---

① 《新唐书·礼乐志》（校点本第二册），北京：中华书局，1977 年，第 476 页。

遇。在19世纪20世纪之交发现了敦煌的藏经洞，它提供了跟《四库全书》那个传统主流的价值系统完全不同的另外一个“异样图书馆”，这个“异样图书馆”给我们提供的问题是带有宗教性和民间性的。它保留的文献展开了四库全书所没有展开的边远地区的民间文化的非常鲜活的，有时是那么粗糙、却又蕴藏无限的潜力的原生态景观。20世纪的中国学术之所以从敦煌文献中获得巨大的刺激、挑战和机遇，完全在于敦煌文化蕴含着曾在一千年前对中国文化和文学有过巨大的刺激、挑战和机遇的，却在千百年间被历史尘封了的大量文化信息。对敦煌文献的研究，在不少方面实际上是对中古时期中国文化和文学生命历程的一种尽其可能的复原。敦煌文献主要的库容可能有这几样：五万卷的写本、印本文献资料，占第一位是宗教性的。主要是佛经，还有其他宗教的抄本，还有近五万平方米的壁画和二千余尊塑像。第二是艺术史的图像和文献，北朝、隋唐、西夏的石窟壁画，有说法图近千铺，佛像万余身，以及佛教故事画、经变画、神话题材画、供奉人画像，人物画之外山水画和图案画也数量甚巨，在中古艺术史上填补了很多空白。第三就是边疆史地的材料，发现了一批用吐蕃和西域少数民族文字所写的卷子。比如敦煌古藏文写卷中存有赞普王朝的纪年、世系、赞普传略、王臣唱和故事，以及韵文体的卜辞、格言、谚语。其中一则演义《尚书》所载商纣王和妃子砍开早上涉河人的胫骨，剖开贤人比干的心的藏文故事，可考见汉蕃文化交流，以及《封神演义》故事的雏形。一些记载敦煌地区的地方政权“归义军”的文献，可补订正史记载的缺漏、讹误和不成系统之处。第四是民间文学和一些艺术形式的起源的资料，比如词的起源和敦煌的曲子词之间的关系、小说的转型和敦煌变文及佛教俗讲的关系。郑振铎认为：“在敦煌所发现的许多重要的中国文书里，最重要的要算是‘变文’了。在‘变文’没有发现以前，我们简直不知道：‘平话’怎么会突然在宋代产生出来？‘诸宫调’的来历是怎样的？盛行于明、清二代的宝卷、弹词及鼓词，到底是近代的产物呢，还是‘古已有之’的？许多文学史上的重要问题，都成为疑案而难于有确定的回答。但自从……发现了变文的一种文体之后，一切的疑问，我们才渐渐的可以得到解决了。我们才在古代文学和近代文学之间得到了一个连锁。”[①] 外来的影响确实给中国文学带来新的审美可能性，从而使之做新做大了。从这个系统放出来的大量能量，和说书人结合起来、相互推动，使中国出现了一个庞大的白话小说的系统，几乎改写了一部中国小说史。外来文化与本土文化，西域文化与中原文化的关系的重审，成为敦煌学中的中国文学史研究的不朽命题。

实际上，外来文化与本土文化的交互作用，已深刻地渗透到我们的认知方式和思维方式之中。现在的很多习以为常的词语跟佛教文化、跟外来文化多有关系，形成了一种“自外而不见外”的文化情境。不用说“佛”“菩萨”“六根清净”“四大皆空”这些有宗教痕迹的词语是从佛教里来的；就是早已融入我们的日常字眼如“平等”“世界”“因果”“实际”“正宗”“普遍”“差别”，也是从佛教来的。还有像“对牛弹琴”“井中捞月”“盲人摸象”“拈花微笑”“醍醐灌顶”这类成语典故，也来自佛教典籍。它们已融入中国思想，形成儒、道、佛摩荡推移、多层渗透的体系，对文学想象能力也起了极大的开发作用。历史行进到了19世纪20世纪之交的近代，日本汉字也给我们带来了很多新的术语，推动了中国思想和知识的现代化。它创造新词的方式，一是重组，二是变性，三是扩容。重组的词比如“哲学”，是我们中国古代所没有的，它就把一个“哲”字和一个“学”字拼在一起，

---

① 郑振铎：《中国俗文学史》，收录于《郑振铎全集》，石家庄：花山文艺出版社，1998年，第159页。

变成了日本汉字来去翻译“philosophy”。变性的词本是中国古代的术语，比如说“封建”，本来周初的“封建”是指分封诸侯来拱卫国家的长治久安，却变性成了介于奴隶社会和资本主义社会中间的一种社会形态了。扩容的词语是在原本意义的方向上加以引申，比如“革命”，本来是“汤武革命”——商汤王和周武王起来反抗暴政——却扩展成了指政治的、经济的、文化的，甚至科学技术的某一个领域的一种本质性的变化。日本汉字的借用词内容非常广泛，涉及思想的如科学、传统、现象、本质、权威、人权、人格，涉及学科的如哲学、历史、经济、教育等等，都被一帮留日学生写入自己的文章。这些新话语并非孤立的存在，而是带着新的世界视境、价值取向和思想逻辑进来的。它们与严复的翻译、梁启超的报章文体和林纾的译述一道，组成中国文学转型的文化语境，推动中国文学的现代化进程。话语的变动，是一种潜在的历史变动。

二、文学的图志学的问题

最后讲一个问题，就是文学的图志学的问题。中国文学的历史遗存，不仅在于文字，而且在于图画，图画与文字共同构成原始材料。叶德辉《书林清话》强调二者的依存性：“吾谓古人以图书并称，凡有书必有图。”[①] 宋人郑樵《通志》卷七十二《图谱略》，强调二者的互文性：“见书不见图，闻其声不见其形；见图不见书，见其人不闻其语。”[②] 图志学的提出，实际上是提供的文学的文献学之外的另外一个文学存在空间和解释空间，在文字空间与图画空间之间开拓一个相互对照阐释的互文性（intertextuality）系统，并且经由互文性沟通了文学史、艺术史

① 叶德辉：《书林清话》（卷八），长沙：岳麓书社，1999 年，第 181 页。

② 郑樵：《通志·图谱略》（卷七十二），四库全书本。.

和文明史，扩张了文学地图重绘可能的模样和范式。由于互文性在不同文学存在空间、解释空间上互相置换和转移，也就不可避免带来了图像对文字的印证、显示、阐发，由此也带来了因由于图像直观性所产生的联想、暗示、生发以及误读的种种可能，从而展示了图志学学理的一系列问题①。

图志学学理的第一个问题与图志学的构成对象相关，即必须认定，图画也是一种语言，是以构图、线条、色彩、情调所构成的一种没有文字的语言，它本身包含着很大的信息量。比如说，一九一六年《新青年》上“反孔”——这种反孔、非孔的思潮在五四新文学运动中是相当强盛的。但是到了一九二六年郑振铎主编《小说月报》的“中国文学号”的时候，它的卷首第一幅画，采用的据传是吴道子所画的《孔子行道像》。刊物的卷首是一种具有文化意义的标志，它不用说话就已经暗示了许多话，令你直观地感觉到这份刊物对传统文化的态度有所调整。这就是一幅卷首画对五四思潮的互文性解释。我有一本书叫《京派海派综论》，用了两幅梅兰芳的画，一幅取自北京的一个画报，是《宇宙锋》里面的剧照，梅兰芳穿着戏装，非常端庄靓丽，凤冠、彩袍，光彩照人。而上海一个漫画杂志，它把梅兰芳的脑袋嫁接在一个摩登女郎身上，穿着比基尼泳装，还在那里载歌载舞。京派和海派的地域文化以不同的情调立场，对同一位戏剧大师的互文性解释的结果，把它们放在一起相比较，却可以返照出京派和海派自身的面影。

按照互文性的理论，图画并非郑樵所谓只有“形”而没有“声”，它也要“说话”，只不过说话的方式与文字不同。说话者的观点和腔调，来自它的“身份”。图志学所搜集的与文学相关

① 关于“互文性”可参看［法］朱丽娅·克里斯蒂娃著，玛格丽特·华勒译：《诗歌语言的革命》，纽约：哥伦比亚大学出版社，1984年，第59～60页。

的图画，形式很多，身份复杂，有的是来自古籍中的木刻插图，有的是各大博物馆里面的书法和绘画，有的是地方的作家的遗迹，有的是出土文物，有的是民间的一些图画比如年画，有的是流散到海外的图画或者是中国作品被翻译成国外的文字所作的插图。图画类型之异，有古有今、有雅有俗、有中有外，这就产生了一种回音壁的效应、共鸣的效应。它们以不同的身份视点，在言说着文学。比如说在陕西发现了一幅木刻的民间画，叫《庇（弼）马温》，画着的是一个猴子拿着一个大红桃子，它的肩膀上蹲着一个小猴子，用手指怯生生地指着那个桃子，后面是一棵松树。这《庇马温》的画，实际上用在过年的时候贴在马圈、牛圈、猪圈上面，要借孙悟空的威灵来避邪、来镇压瘟神——民间对孙悟空是这么一种理解，实际上是把一个文学形象转换成一种原始信仰的六畜保护神。苏州桃花坞有一幅《水浒传忠义堂》年画，二十二个人物，中间是宋江，没有卢俊义。背后是两个一红一黑的大汉，即赤发鬼刘唐和黑旋风李逵；前面两个人在那里互相争吵，这是大刀关胜和急先锋索超。两边是两对夫妇：右边一对夫妇是菜园子张青和母夜叉孙二娘，左边一对夫妇是一丈青扈三娘和矮脚虎王英这两口子。王矮虎的高度只到一丈青腰部那么高，它本身就有点幽默感。更逗趣的是，从屋顶上吊下两根横杆，上面有五个人物，一个是母大虫顾大嫂，还有一个不知道哪里来的乐三娘子，都在那里表演杂技呢；有两个跳梁小丑用脚勾在梁上，一个是白日鼠白胜，一个是鼓上蚤时迁；还有一个人像跳马一样跳跃，这是拼命三郎石秀跳楼。这么一个水浒忠义堂，令人感到几分无法无天，几分可爱可亲，还有几分滑稽开心。这是民间的水浒观，是民间对《水浒传》的一种并不计较它是否忠义、是否替天行道、是否护国保民的轻松而稚气的体验。天津杨柳青有很多《红楼梦》的年画，大概在民国初年有一位画《红楼梦》年画的高手在天津杨柳青。有些图画流散到俄罗斯了，有些还在国内。杨柳青年画中的《红楼梦》，绝对不是文人所理解的那个悲剧《红楼梦》，不画《葬花》《焚稿》这类要死要活的、悲惨的场面，更多的是俊男靓女、慈祥的老太太，金玉满堂、富贵荣华这种祥和景象，这才能够贴在炕头上过年嘛，你贴一个痨病鬼，贴一个整天抹鼻子、掉眼泪的苦命人儿在那里，岂不招惹晦气？这是民间的《红楼梦》的观点，它以过年讨个好彩头的民俗心理和《红楼梦》故事发生的互文性的解释和选择。古典名著为民间喜闻乐见，但所闻所见却是一个各有所好的动态过程。

图志学学理的第二个问题，与图画的直观表达中呈现很多复杂的异样的文化信息相关。图画必须展示场面，人物的面容举止之外，还有服饰装束，历史环境，典章文物，都带有许多不可回避性。当事人或时代相近人作画，当然可以增加临场感，但是异代或异国人作画，由于知识的隔膜和理解的走样，在与文学本文发生互文性关系时，有时就难免出现差池。这种“有意味的差池”，蕴含着不少值得辨析的有趣味的文化信息。唐人张文成（张鷟）所写的骈文体的小说《游仙窟》，用第一人称叙事，它在我们国内早已经失传了，所幸是它随遣唐使流到日本得以保存。这件事本身，就反映了一种艳情小说在中国正统文化和日本岛国文化的不同的接受态度。直到晚清的时候才有旅日人士发现此书而予以著录。到一九二九年北京大学的川岛先生（章廷谦）以日本的版本为底本再用韩国的版本加以校对，把它在北新书局出版了，鲁迅还为此书作了一个序。但是文回来了，有没有日本的插图呢？2001 年我在日本发现了一个大概相当于清朝康熙年间的一个版本，图文对照，各居其半。我把它复印回来，在我的修订本《中国古典小说史论》中用了两幅图。这图很特别，通过它可以看到中国小说在日本接受时候的日本化过程。它画的第一人称男主人公“我”有两个特点，一是胡子是在脸蛋上面，再一个他戴的帽子是个硬幞头，后面两个带子是翘起来的。张文成是武则天时代的人，而这个幞头是不符合武则天时代的制度的。从陕西的懿德太子墓等唐墓的壁画可以得知，唐朝前期的幞头是软幞头，是往下垂的，画插图的日本人不懂幞头形制的变化过程。什么时候幞头硬起来的呢？是五代到宋的事情。还有，在他前面跳舞的美人是冬瓜脸，就像《浮世绘》里面女人那种粉脸的样子。另一幅图还画了打仗的场面，把日本的武士道都画进来了。所以历史文化有时间的流程，各国文化有空间的参差，需对文化风尚进行时空定格，才能看出这里的日本化的过程。我到内蒙古参观昭君青冢的展览，看到一幅日本人画的《昭君出塞图》，那昭君胖墩墩的，穿着一身和服，大概是日本哪位姑娘代替我们的昭君出塞了。

图志学互文性所强调的“异样信息”或“有意味的差池”，可以深化对历史文化潜流的透视。图、文不同系统的相互参照，甚至涉及胡化、汉化这类大题目。有一幅《东丹王出行图》，是很有名的五代时期的画。东丹王是谁呢？是辽太祖耶律阿保机的长子耶律倍。耶律阿保机消灭了渤海国——渤海国在现在的吉林这一带——之后把渤海国改名叫东丹国，封他的长子耶律倍做东丹王。耶律阿保机曾听从长子耶律倍的建议“孔子大圣，万世所尊，祭祀宜先”，诏建孔子庙而祭奠。但是耶律阿保机征服了渤海国的当年就去世了，政权掌握在述律皇后的手中，由她称制而掌摄军国事。述律皇后是回鹘人，是耶律倍的生母萧皇后亡故后被册封为皇后的。她信的是摩尼教，跟信奉儒学的耶律倍有矛盾。述律皇后就把政权传给老二耶律德光，是为辽太宗。老大想学吴太伯让国，终不能消弭兄弟不和，老大就在海上留了一块木牌，刻有“小山压大山，大山全无力。羞见故乡人，从此投他国”的诗，逃到了中原。后唐明帝改耶律倍的姓为国姓，叫做李赞华[1]。这李赞华就画了这幅《东丹王出行图》，回忆他当年在东丹国的情景。你看这个图，一下子你就看出来，东丹王和他的两个文职大臣带有明显的汉化印迹。他穿的衣服虽然还是那种窄袖、左衽的衣服，甚至还戴着契丹人特有的耳环，但是衣服上面的花纹已经带有汉化迹象了，尤其是他的发型和冠——采取汉族总发打髻然后在上面戴上冠的发型。契丹人的发型应该是髡发，髡发是什么呢？髡发就是把脑袋中间的头发剃光，留着四面的头发，或者是披散下来，或者是编成辫子。这个图中可以看李赞华发型变了——发型变化是很大的变化，说明他开始汉化了。而他前后骑马扈从的两三个武士还是髡发戴毡帽或实里薛衮冠，兽皮围腰悬着怪样的箭囊，完全是一派胡人的派头。根据《辽史》记载，辽太宗兼并长城内外之后，实行"两面官制"，"以国（契丹）制治契丹，以汉制待汉人"。到他统治的第二个十年，才实行"太后、北面臣僚国服（契丹服），皇帝、南面臣僚汉服"。而这时李赞华已在南方被害。再过三四十年，大臣才在朝廷大礼上都穿汉服[2]。可见耶律倍是汉化的先行者。进一步分析可以看到，汉化的过程是由上而下的。这就是说少数民族的贵族经济水平、文化程度比较高，他就有可能获得中原的书籍和学问，把中原的制度作为他追求的目标。胡化的过程则相反，胡人的风俗浸染汉人的过程是由下而上的，比如说他们表演的杂技、幻术、歌舞，是先到民间、到市井上的，那些达官贵人端着架子，你让他穿胡人的服装，或者欣赏胡人的舞蹈，那是不能轻易屈尊的。在图与文相互参照的缝隙中，人们找到了一针就使文明史经络系统发颤发麻的穴位。

---

① 《辽史》（校点本），北京：中华书局，1977年，第1199～1211页。

② 《辽史·百官志》及《仪卫志》，中华书局校点本，第三册，第685页、第908页。

图志学学理的第三个问题，与考古文物相关。由于考古发现的金石简帛、图籍壁画有着可靠的时间空间定位，从中摄取的图画与今存文字文献相参照，可以给文学研究提供多重的证据。比如有一本《唐三藏取经诗话》，后面刻有出版者“中瓦子张家”的字样。“中瓦子张家”是南宋时候临安的一个印书和卖书的书铺，到元代还存在着。对于这本书的版本到底是属于哪个朝代，鲁迅的《中国小说史略》为了慎重起见认为是宋元时代，更倾向于元代。但是，在甘肃的敦煌附近有个榆林石窟，里面有三幅《唐僧取经图》，都有一个特点：有唐僧、有孙行者、有白马，但是没有猪八戒、没有沙和尚。这种人物结构跟《取经诗话》是一样的。我们再看临安的一个达官贵人刘克庄，部长级的干部，他留下来的诗有四千多首，是宋人里面现存诗歌第二多的，仅次于陆游。他的诗里面两处提到孙行者，其中有句“取经烦猴行者”（《释老六言十首》）。这样就发生了一个问题：在南宋的首都和西夏的佛教洞窟、在达官贵人和边疆的僧俗之间传递着同一个文化信息，远隔几千里，社会层面不一样、地理位置不一样，甚至是当时的国别都不一样，古代不是像现在有网络（internet）这类东西，那么在古代交通条件下要形成这么广的同一种信息的传递和覆盖，非有一种木刻本的《取经诗话》在流行不可。由此可以推断，“中瓦子张家”的《取经诗话》应该是南宋的版本。

文字遗存和文物遗存的历史条件不尽一致。经过士人选刻的典籍，一般讲究在高雅文化中寻找名人效应，而墓葬明器和刻图，更期待死者享受俗世的富足生活。二者间存在雅俗文化层面的参差，使我们可以在其互文性中看到历史情境的另一面。王国维的《宋元戏曲考》根据现有的书籍文献材料，作出判断：宋杂剧是叙事体的，而到了元杂剧才是代言体。可是他的证据实际上是经过文人编选出版了的典雅的大曲，而不是市场上表演的那种以滑稽为情调的通俗的杂剧。他由此作出宋代和元代的杂剧在表演体制上有叙事体和代言体的区别的结论，由于所据材料的非直接性，就显得并不十分可靠。20世纪80年代在河南的温县出土了一批北宋时期的杂剧砖雕，砖雕上类似于后来的生旦净丑这类人物角色非常完备，印证了《都城纪胜》中所说的"末泥色主张，引戏色分付，副净色发乔，副末色打诨，又或添一人装孤"的宋杂剧五角色的记载，而且跟元杂剧的角色一脉相承。有了角色就必须有一定的服装行头，必须有一定的人物类型，必须有一定的唱腔，就必须是为自己扮演的人物代言，不可能像简单的说故事人那样表演。角色的固定化是一人铺叙故事的解体，是代言体戏剧的标志。再参证以宋人洪迈的《夷坚志》里面记载的一些宋杂剧的片断或者缩写，其中一则记载王安石因其女婿蔡卞之兄蔡京的缘故，封舒王而配享孔庙，优人扮演孔、孟，推让王安石居上位，激怒了子路痛责孔子女婿公冶长不能为老丈人争气，这已经可以看作代言体的杂剧小品了。经由以出土文物与古书记载相互对质，对于王国维所谓宋杂剧是叙事体不是代言体的判断，就有必要和有可能重新检讨了。图画性文物，以年代、地域都比较确定的身份，为古代文学人事对质或作证，所以它赋予文学的版本源流的考证以别样风光。

图志学学理的第四个问题，与文学的接受史有关。图志学的过程应该理解为一种对话的过程，不仅是图画作者与文学文本的对话，而且是今日的研究者与图画，以及通过图画与文学文本的对话，从而形成了对话的多重性和交叉性。即便在第一重对话上，它也不是被动地接受，而是主动的选择。图画的绘制并不是作家写了什么，写了多少，画家也就依样画葫芦地画上什么，画上多少；更重要的是画家在作家那里看到什么、选择什么、欣赏什么。它有一个接受美学、接受心理的问题，从而牵涉到画家所处时代的士人风习。比如说苏东坡，他可能是古代文人的行事和作品在元明清时期被作为绘画、书法题材最多的一个人。我搜集的清朝以前的关于苏轼的图画和书法起码在五百种以上。但是这些书画作品不是平均用力的，不是苏东坡有一首诗后人就配一幅画；而是分布很不均匀，集中在三个关注点上。第一个关注点是前后《赤壁赋》，写文人漫游。第二个是《西园雅集》，苏东坡流放到黄州，后来在元祐年间重回翰林院，跟他的弟弟苏辙，还有黄庭坚、秦少游，画家李公麟、书法家米芾这么一大帮人，诗书画三绝，在驸马王诜的后花园举行了一个宴会。这一题材的画，明清很多著名的画家都画过，因为这在诗歌史上是文人梦魂萦绕的一时盛事。当然开头的时候可能是元祐党人案被打下去的苏东坡一帮人，到南宋孝宗时候翻案了，文人为了怀念这些受冤枉的人画了这么一些画。但是元明清后人主要是把它作为一个文化之梦来画的，因为我们的诗歌最盛的时代是“三元”：盛唐的开元、中唐的元和，还有一个是隆宋的元祐[①]。《西园雅集图》实际上是诗坛千载难逢的盛事与文人的雅集情结相融合的结晶。苏东坡再一个被画得比较多的就是《东坡笠屐图》。苏东坡被流放到海南岛的儋州，他有一次去拜访当地的黎族父老，回来的时候碰到下雨，一个村妇就给他一只斗笠、一双木屐，他就戴着斗笠、穿着木屐走回家。旁边的狗在叫、孩子在笑。应该看到，东坡流放到海南当然是很痛苦的，是一个灾难的时期。但是他用名士的态度、旷达的胸怀，超越了、化解了他的精神上的痛苦。历代受到不平待遇和人生挫折的文人，都面临怎么样去调整他们的心理的难题，他们寻找到东坡，戴笠著屐从容穿越风雨的名士态度，有他的高明之处。所以《东坡笠屐图》作为一种精神象征，被比较多、比较有特点地绘写复制了。现在到海南岛去参观东坡书院，矗立在院子里的铜像是《东坡笠屐图》，书院大门旁边刻的明清

① 清末民初人陈衍《石遗室诗话》卷一：“余谓诗莫甚于三元，上元开元，中元元和，下元元祐也。”

时代的画像碑也是《东坡笠屐图》。人生乐事的雅集，亲近自然的漫游，以及穿行风雨中的笠屐，明清文人画家对苏轼的发现，不仅发现了苏轼已是一种文化，而且也通过已成了一种文化的苏轼，发现了自己的人生情趣。

发现是一个历史过程，不同的历史时期引导人们进入不同的发现层面。它既在被发现的对象找到依据，又必然受到历史过程所提供的精神关注点的限制。时代的精神关注点，是画家进入特定的发现层面的“先行结构”。这在杜甫和杜甫诗的绘画上，体现得非常充分。杜甫的《三吏》《三别》是我们新中国成立以后才画得多起来的，这是以阶级斗争的观念去看杜甫。实际上在明清以前，几乎没有人画《三吏》《三别》。画得多的，一种是《饮中八仙》，就是李白、贺知章、张旭这一群酒鬼，淋漓尽致地表演着的那个“醉态盛唐”。第二种是画田园风味的杜甫，或者说表现杜甫在成都浣花溪畔草堂所体验到的农村田园风味的生活。即所谓“老妻画纸为棋局，稚子敲针作钓钩”（《江村》），所谓“肯与邻翁相对饮。隔篱呼取尽余杯”（《客至》）。第三种画得比较多的，是《公孙大娘舞剑器图》，画一个舞剑器第一的奇女子的女弟子在安史之乱中流落边远的山城。杜甫写她，寄托着对盛唐崩裂、梨园弟子烟散的无限感慨；后人画她，更看中也许是剑器舞女的传奇性了。

古代图画所体验到的文学文本的价值，往往与现代人的体验存在着很大的实质性差异。有差异才有历史，有差异才有文化的进步。但这也要求我们，读图须用思想的眼睛去读。清代以前以白居易为题材的书法绘画，现在可能还能够找到二、三百种吧。画他最多是什么呢，一是《琵琶行》——《长恨歌》在改编成《长生殿》以前不如《琵琶行》画得多——《琵琶行》那种天涯沦落、红颜知己母题和情调，应合着文人在人生失落之时寻找寄托的精神需求。第二种比较多的是“红袖添香”。“红袖添香”被视为文人的一种艳福。白居易有两个妾，一个叫樊素，长着樱桃口，会唱歌，所以叫“樱桃樊素口”；一个叫小蛮，会跳舞，“杨柳小蛮腰”，腰肢很柔软。白居易第三种被画得多的是《香山九老图》①。白居易在唐武宗会昌年间，以刑部尚书退休到洛阳的香山寺——就是现在龙门石窟的对面，在那里度他的晚年，跟六个离退休老干部交游、饮酒赋诗，七人五百七十岁。后来又来了两个人来找他，一位僧人九十五岁，一位洛中遗老一百三十六岁，绘其形貌合为《香山九老图》。宦海风波之后，文人善终、晚年纳福，也是后世文人所怀念、追慕的好运气。显然这些图画不只是画了作家的作品，揣摩了其中的神韵和情调，更重要也折射了画画的这些文人接受作品时的精神世界，他对人生的思慕和选择。这些图画非常看重艳福、长寿，以及失意时的温情慰藉，但对于白居易诗的另一重要方面，即关心民间疾苦，宣称“但伤民病痛，不识时忌讳”（《伤唐衢二首》）的“新乐府”或讽喻诗，以及一些清新流畅的写景抒情之作，却不甚介意。这种接受过程的思想流失，恰是需要以“思想的眼睛”进行解读的。

总之，文学的图谱系统是一个与文字文献系统相对应的非常庞大的浩如烟海的待开发资源。文学图志学以自身的学理和方法，对这两个系统进行现象的、考据的、阐释的和接受的二维统观和深度开发，可以形成图文互动互释的综合效应。这样重绘的文学地图，在意义、范式、资源、学理诸多层面都会有新的气象，就不只是一个图文并茂、雅俗共赏的问题——当然图文并茂、雅俗共赏也很重要。我曾经说过，一种文化的生命力第一是它的原创性，第二是它的共享性。原创是灵魂，共享是目的。没有原创的共享，是吃人家的残羹剩饭；而没有共享的原创，是用

① （唐）白居易：《九老图诗并序》，收录于汪立名编：《白香山诗集》（卷四十），四库全书本。

冷猪头肉去供神。二者的牵手共进，才是我们要提倡的现代性。如果你创造出来的宝贝只有那么两三个人知道，那种文化就很容易折断。所以能够把文学地图绘制得生气流动、雅俗共赏，也是一种很大的创新。但是我们不止于图志学，而是把它与文学的民族学、地理学、文化学并列，成为绘制文学地图的四大支柱、四大系统，从而在广阔的知识背景上沟通了文学史、艺术史和文明史。唯有这样，才能在新世纪的大文学观的观照下，返回中国文学和文化的总体精神、总体形态、总体过程的完整性，充实中国文化的元气，吸纳人类的智慧，超越某些枝枝节节的外来观念对之施以鲁莽灭裂的肢解和扭曲，而在世界文化的平等对话中，构建我们现代大国的精神共同体意识。

［原载《西南民族大学学报》（人文社科版），2007 年第 1 期］

重写文学概论

——重建中国文论话语的基本路径

曹顺庆

十年前，在指出中国文论面临大规模西方文化引入过程中导致的“失语”困境时，我曾经倡导建立中国文论自己的话语体系，并提出了一些初步的设想，如进行传统话语的发掘整理，使中国传统话语的言说方式和文化精神得以彰明，然后使之在当代对话运用中实现其现代转型，最后在广取博收中实现中国文论话语的重建①。“失语症”的提出犹如一石激起千层浪，十年间，学界围绕中国文论的“失语”、中国文论的现状和未来展开了激烈的辩论，学术争论的广泛和深入一方面让我们更加理性地去反思中国文学理论的历史问题，另一方面也让我们开始真正进入中国文学理论的积极创建中。然而，我们也应该看到，关于重建的话题尽管已持续多年，也有祁志祥等学者曾尝试用中国古代文论范畴来撰写中国文学理论；张伯伟等学者对中国文学批评方法的总结也多有贡献，但真正能够从中国文论话语的本根出发书写中国文学概论的优秀作品并没有能够真正形成。因此，今天我正式提出重写中国文学概论，就是要为中国文学理论的发展廓清迷雾，给中国文学理论的书写提供一个切实可行的基本方案。

之所以要提出重写中国文学概论，是因为在当前的文学概论

① 曹顺庆：《重建中国文论话语的基本路径及其方法》，载《文艺研究》1996年第2期。

书写和教学中仍然存在着相当严重的“西化”倾向。从基础教育到大学课堂，西方文论占据主导位置，学生们对现代主义后现代主义津津乐道，而对中国的“文气”“风骨”“春秋笔法”等特有的艺术精神却一知半解。学生们面对着层出不穷、琳琅满目的文学概论教材读得不少，然而却没能形成对中国文学，尤其是对中国古代文学的良好的认知习惯。在解读文学作品时，有两种现象是极为普遍的，一种就是缺乏创新性，学生们总是按部就班地套用已有文论教材中的西式话语去解读中国作品，如用浪漫主义为李白定性，用现实主义为杜甫正名。另一种情况就是满足于用西方的时髦理论来标注中国文学经典，如用弗洛伊德的理论来分析《孔雀东南飞》中的焦母，用结构主义分析中国古代的诗歌。当前的文学概论已变成了西方理论的传声筒，长期不能正确指导大学的文学史与文学理论教育和学生的文学批评实践。如此这般教育之下的“莘莘学子”又怎能产生学贯中西的文学大师？而导致这种教育现状的深层原因，不能不从文学概论教材历史沿革中所暴露的基本问题着手。

新中国成立后，中国文学概论的教材编写经历了两次广泛的话语引入，在中国文论界形成了两种强势话语体系，并至今主宰着中国当代的文论建构。它们分别是俄苏文论模式和西方文论模式。这两种非本土化的文论话语模式，分别产生于特定的历史时期，长期主导着中国文论建设的两个方向。1949 年新中国成立后，意识形态领域以苏联为指导，在文学理论领域同样也以苏联文论为导师。其实，早在 20 至 30 年代，中国就引进了苏联文艺理论，鲁迅、冯雪峰等人翻译了普列汉诺夫、卢那察尔斯基等人的文艺论著，但苏联文艺理论引入的高潮还是在新中国成立的早期，1952 年维诺格拉多夫的《新文学教程》、1953 年季摩菲耶夫的《文学原理》分别在国内出版发行，尤其值得一提的是由官方直接推动的毕达可夫斯基主讲的全国文学理论骨干培训班以及毕氏《文艺学引论》的出版，在相当长的一段时间里深刻影响了中国文学理论教材的编写，出现了苏联文论“一边倒”的局面，这一时期的中国的文学理论教材以蔡仪的《文学概论》、以群的《文学的基本原理》、十四院校的《文学理论基础》为代表，在俄苏模式的影响下片面强调文学的意识形态性、突出文学本质的反映论和阶级论、文学创作原则的典型化、文学评价的社会性和人民性。这种文论模式虽有其积极的一面，应当肯定，但却基本上是全盘照搬苏联模式，彻底割裂了中国文论与传统文论话语体系的联系，使文学理论彻底脱离了中国文学的实际，尤其是脱离了中国古代文学传统。

对苏联模式的照搬直到80年代改革开放以后才有了根本的转变，然而在这一重大历史转变中，我们虽然反省和批判了苏联文论模式，将其从文化的圣坛上拉了下来，却又把西方文论话语模式送了上去，中国文论界还来不及从前一种“拿来主义”的景况中苏醒便又跌入了另一种外来文论的迷雾中。这一时期，对外开放的政策使封闭了许久的中国文论界对西方名目繁多的文学理论可谓是来者不拒，从西方的文论教材到西方的文论流派的译介都呈现出一派喧哗和热闹的景象，应该说这一时期在对西方文论译介的数量和种类上都超过了上一时期。然而，正是因为这种盲目的单向的引介使得西方文论话语迅速占据了中国文论的主导位置，使得中国文学概论的编写和教学出现了严重的价值偏移。尤其是80年代中国译介了美国学者艾布拉姆斯的专著《镜与灯——浪漫主义文论及批评传统》，这本文学理论的专著深刻影响了当今中国文学概论的写作。在这本书中艾布拉姆斯提出了著名的“艺术四要素”理论，他把艺术活动看成是由作品、艺术家、世界和欣赏者组成的一个流动的过程①。根据这种文学活动的结构关系延伸出了文学理论的基本任务，即文学本质论、文学创作论、作品构成论、文学接受论。而今，我们翻开中国文学概论的一系列教材就会发现它们几乎都是在这一理论框架中去书写所谓的中国文学概论，而这种文学概论显然不是中国的话语体系，而是西方的文论话语体系。举例来说，在分析文学本质论时，历来文学概论的教材都围绕着模仿说、实用说、表现说和客观说这四种文学本质理论。90年代又翻译了美国学者韦勒克、沃伦的《文学理论》一书，该书亦有较大影响，学界普遍追随该书的“内部研究”与“外部研究”的区分，甚至产生了“向内转”与“向外转”的大论战。这种西方文论的本质观直接源自西方二元对立的文化思维，而中国文学物我合一、情景交融的创作体验却很难被纳入这种西式的话语框架中，这种完全背离中国文学实际的西方模式很容易造成对中国传统文论话语的遮蔽和打压。中国传统文论中一些独特的话语体系基本被遗忘，如中国文学讲究“气”“韵”“神”，而这些概念在当今的教材中已很难找到踪迹，而替代它们的是所谓的“理念”“逻各斯”等西方话语；“风骨”“冲淡”“空灵”等这些中国艺术的特质因为很难在西方文论体系中找到对应的观念，所以被一股脑扔进了“故纸堆”里。

也正是这种西式话语的一方独霸，造成了中国文学概论编写时的尴尬处境：一方面中国文学概论的书写标榜为中国文学发展的实际总结规律和指导原则，另一方面在具体书写时又彻底放弃中国文学特有的话语样态和特征，用西方的理论来生硬切割中国文学，很显然这样的书写模式只能将中国文论推向西方附庸的位

① ［美］M. H. 艾布拉姆斯著，郦稚牛等译：《镜与灯——浪漫主义文论及传统》，北京：北京大学出版社，1989年，第5～6页。

置，而丧失文学研究的主导性。当前的文学概论的书写已经失去了我们自己特有的思维和言说方式，失去了我们自己的基本理论范畴和基本运思方式，难怪有学者直言不讳地指出“20 世纪的文艺理论其实就只是西方文论罢了”[①]。当然，我们也应该看到一些有识之士如童庆炳、钱中文等有感于当下中国文论写作中的文化失衡状况，试图在重建文学概论时融入中国文论特有的话语体系，取得了可喜的成绩，但由于文学概论的总体框架未变，西式话语仍主导着中国高校的文论教材编写和教学。我们不妨具体来看看 2004 年由童庆炳主编高等教育出版社出版的“面向 21 世纪课程教材”《文学理论教程》一书，从编排的体例上本书仍延续了文学本质、文学创作、文学构成、文学接受的四要素，但童教授有意识地将中国传统的艺术精神引入其中，如在讨论文学形象的理想形态时，摆脱了以往只提典型性的单一西方话语范式，而专门提到了极富中国特色的“文学意象”。然而在具体论述的过程中虽以中国“意象”观念的由来为切入口，紧接下来对文学意象基本特征的阐发中，却很快就转入了西方的那套话语模式，如意象的哲理性、象征性、荒诞性、求解性和多义性[②]，这些术语的导入直接回避了中国文学意象的独特情境，抛弃了中国文学意象数千年发展历史背后所形成的“象外之象，景外之景”的审美意蕴。可见，在建构文学概论体系时，他们仍然是站在西方话语的立场上，中国意象理论仅仅是做了历史背景和资料，从根本上未采用中国文论话语。也正是这种对中国文论话语的历史割裂，使得当下的大学生一提到“意象”会条件反射似地联想到庞德，殊不知“意象批评”在中国已经有了深厚的历史蕴藉，而西

---

① 孙津：《中西文论的哲学背景》，收录于《超学科比较文学研究》，北京：中国社会科学出版社，1989 年，第 290 页。

② 童庆炳主编：《文学理论教程》，北京：高等教育出版社，2004 年，第 230～237 页。

方的"意象派"不过是对中国"意象"的模仿、学习和变异的产物。可悲的是当今中国高校教育却让这种失语之误一再误导着学生的思维习惯。

我们回溯中国文学概论教材编写所走过的道路，不难发现这几十年来我们并没有实实在在地将中国文论富有生命力的话语方式真正书写进当今的文学概论，与之相反，无论是俄苏模式还是西方模式，我们几乎是从最初的"拿来"和借鉴吸收一步一步走向了全盘照搬的窘境，这种崇人抑己的局面直接导致了我们当前的文学概论编写和教学的恶性循环，丧失掉自己的主体性，遗忘了自己的文化本根。由于当今学者和学生都是这套具有明显文化偏差的话语模式培养出来的，因而"失语症"痼疾难除，积重难返。要改变"失语"现状，必须改弦易辙。

正因此，当前我们提出重写中国文学概论，应该以中国文论话语为主，来建构中国当代文学概论的基本框架，当然，这个难度非常大，但只要我们目标明确，坚持去做，反复探索，总有成功的希望。以中国文论话语为基础来建构当代文学概论，并不是简单地回到中国古代传统文论体系中去，也不是在西方现有文学理论的基础上做所谓中国式的拼合或修补，而是要立足于中国当代的现实文学样态，以中国数千年蕴藉深厚的艺术精神和文化规则为地基，在吸纳中外人类文明的基础上，运用中国的文论话语规则，建立适合当代中国文学艺术实际并能有效指导中国文学创作和批评的文学规律及方法论体系。运用中国文论话语来建构中国文学概论的体系是一个关键所在，所谓中国文论话语是指在一定文化传统和社会历史中形成的中国文学思维、言说的基本规则和基本方法，是一种文化对自身的意义建构方式的基本设定。但目前很多人对我所说的话语规则存在很大误解，总以为中国文论话语无非是"风骨""神韵""比兴""妙悟""意境"等等范畴，古代文论范畴并不是笔者所说的"话语"或"文化规则"。每一种文化、文论都有自己的规则，范畴只是话语表层的东西，而文化规则是支配范畴的深层的、潜在的东西；范畴是有时代局限性的，而文化规则往往代表着一个民族文化的积淀，是超越时空的一种艺术精神。此即笔者常常说的“死范畴”“活规则”，即范畴可能死亡，而规则仍然存在，规则不会随着范畴的过时而死亡。举例来说：先秦时期没有“风骨”范畴，魏晋时期没有“妙悟”范畴，唐代也无“神韵”概念。这些具体的、个别的范畴都有时代局限性，会随着时代产生，也会随着时代而消亡。但是支配这些范畴的深层文化规则，一旦形成，是不会轻易消失的，并始终支配性地统治着中国文论范畴。这个规则是什么呢？在老子的“道可道、非常道”一语中，已经蕴含了中国的文化规则，《周易·系辞》的“立象尽意”，《庄子》的“得鱼忘筌”“得兔忘蹄”“得意忘言”，则进一步确立了一套中国的文化规则与话语生成方式，并逐渐形成了强调言外之意、象外之象、韵外之旨的话语方式。这个话语方式，表现在禅宗的“不立文字”“以心传心”之中，表现在中国哲学的言意之辨中，表现在强调“不著一字，尽得风流”的中国文学中，更表现在中国文论的“妙悟”“兴趣”“比兴”“神韵”“意境”等范畴之中。强调意义的不可言说性，始终是中国文化的一个潜在的、深层的文化规则。所以，严沧浪讲“妙悟”，讲“兴趣”，强调的是“莹彻玲珑，不可凑泊，如空中之音，相中之色，水中之月，镜中之像，言有尽而意无穷”（《沧浪诗话》）。司空图的“味在酸咸之外”被“神韵”说的倡导者王士祯大力推崇（见《渔洋文》卷四）。至于“意境”“比兴”“寄托”等等诸多范畴，基本上都受这个文化规则的制约，形成了一套独特的中国文论话语体系，这套体系又具体体现在“虚实相生”“以少总多”“言意之辨”等等话题上①。而中国文化的这

① 曹顺庆：《中国古代文论话语》，成都：巴蜀书社，2001年。

个规则，中国文论的这套学术话语，在笔者看来，并不会随着"风骨""文气""妙悟""神韵"等范畴在现当代的消失而消失，它仍然有着生命与活力，是完全可以进行现代转换，并进而发扬光大的。在当代文学艺术中，这套话语仍然可用，例如用"虚实相生"来指导当代文学创作，指导绘画艺术、影视艺术甚至广告设计；用"意境"理论来指导诗歌创作、环境艺术设计，为什么不可以呢？[①]

正是因为文化规则具有超越时空的生命力，所以，今天我们说中国文论话语仍然具有活力，而且具有当代价值和普世意义。一方面中国文论话语完全可以用来解读当下的中外文学作品，来指导当下的文学创作。比如中国文学历来追求物我合一、情境交融的审美境界，这不仅表现在古代诗词中，甚至在追崇老庄哲学的当代美国诗人史耐德的诗中也有深刻的表现，史耐德创作了大量的回归自然的诗歌，在其中表明他对人与自然关系的思考，他认为"谈论自然就是谈论一种完整性，人类都是来自这种完整性"。[②] 应该说随着后工业时代的来临人们越来越意识到，人与自然和谐共处的必要性，对以往二元对立思维习惯的反思使我们更能发现中国传统文论话语的现实意义。另一方面，我们也应看到，那些具有顽强生命力的中国文论话语并不是一堆故纸，它们有的深刻影响着西方现代文论的产生，而有的在当代语境下获得了与当代西方文论话语异曲同工之妙。我们总是盲目追崇当代西方最新的文论，岂不知在20世纪出现的一些重要的思想家，他们的理论有不少直接来源于中国的文论话语。海德格尔的存在之思融入了老庄对"道"的体悟，庞德的意象理论直接化用了中国

① 曹顺庆：《再说"失语症"》，载《浙江大学学报》2006年第1期。

② Gary Snyder：*The Practice of the Wild*，San Francisco：North Point Press，1990：11.

诗歌的意象手法，而布莱希特的戏剧理论也广泛和深刻地吸收了中国戏曲的表演理论和方法，就连当下的生态批评在很大程度上也得益于中国文化中人与自然和谐共处的理念。不仅如此，那些即使是没有影响关系的文论形态在中西对话的语境下也能找到理论的契合点，比如胡塞尔现象学本质直观与中国传统文论的“目击道存”“目既往还，心亦吐纳”的直观体悟不无相通之处。可见，中国的文论话语不仅能够在当代语境下直接应对当下的文学创作，而且在中西对话的语境下它也不断获得了新的意义并得到了更好的发展。

今天我们提出重写文学概论就是要在中国传统文论话语系统中选择一些涵盖面宽、生命力强而又影响深远的原命题，通过历史的纵向叙述与横向的理论总结，恢复其话语的阐释能力，然后运用以这些原命题为核心的中国话语，去解释古今中外文学理论的重要理论问题。不仅如此，在编写中国文学理论时要把握好两个原则，一是以中国本土的文学基本话语形态为主导，结合中国当下的文学实际展开纵贯历史的理论总结和归纳，二是要有海纳百川的世界眼光，在中外文论的对话中突出并发展中国文论话语的基本精神。具体来讲，我们可以从以下十个范畴来展开中国文论话语的建构，即文、文思、文质、文气、文道、通变、言意论、诗法与文法、知音论、诗文评。在论述中国古代文论话语的同时，随时与西方相似的范畴及方法进行比较与汇通，以期做到以我为主，又能融汇中西文论，发现中西文论相通的文学规律。初步考虑如下：第一章首先要对中国文论话语中的“文”有一个清晰的认知。很长时间以来中国文学概论的书写总是以西方所谓审美的语言艺术来定义文学，而这种定义方式完全割裂了中国自古以来“文”的广延性，更忽略了中国文论中关于“情文”“声文”和“形文”的审美特质。第二章中国文论话语中的文思是一种独特的文学思维方式，它由“神思”“妙悟”和“虚静”这样三个紧密联系却又互相补充的入思方法组成。第三章文质由“文质论”“情采论”“形神论”以及“结构与肌理”这样几个部分组成，力图澄清中国文论并非内容与形式的二分构成，而是对二者有着更加有机的融合。第四章文气是对中国历来文论话语中“气”的概念总结和概括，它不再只是流于一般所谓风格论的考察，而是更多着力于对文学的统一认知，它涉及“体性论”“文体论”以及“阳刚之气与阴柔之气”的文学品格的构造。第五章文道篇是从文学的起源和功用来把握中国文论话语的特质，它包括“文源于道”的文学起源论，“感物言志”的文学发生论，“经邦治国”的文学功用论等。第六章通变篇着力围绕中国文论话语中的“时序”观和“通变”观展开论述。第七章言意论，这是中国文论话语中常说常新的话题，从老子的“道可道，非常道”，庄子的言不尽意观到“诗无达诂，易无达占，春秋无达辞”的中国解释学都是对当前文学有着深刻影响的文学规律的总结。第八章诗法与文法，这是具体探讨中国文学的手法与技巧的一个文论范畴，中国的诗法和文法自古讲究在有法和无法之间的游刃有余的掌控，在诗歌中形成了诗歌中诸如比兴、夸饰、丽辞的表现手法，声律、押韵、炼字、章句的修辞法，在散文有“义法”，在小说戏剧中有“叙法”等一系列艺术技巧理论。第九章知音论力图展现中国文论话语独特的鉴赏方式，比如“滋味论”“出入说”“知音论”以及“自得说”这些都是西方文论话语中所没有的鉴赏方法。第十章诗文评，围绕着中国传统的文学评论方法展开，它们分别是“知人论世与以意逆志”“考证与注疏”“选本与摘句”“品第与流别”“指瑕与才略”“语录与诗话”以及“评点”。

从上述文学概论体例的纲要我们可以看出这样的编写方式既不同于传统的古代文论教材的编写，更不同于当下一些在西方话语主导下的文学理论的编写。因为一方面它打破了以往古代文论书写片面强调时间分期的历史追述模式，而代之以文论话语的问题意识为主轴，将历史的发展融进文论话语中，从而归纳提炼出能够沟通古今的文学规律和方法。另一方面，它不是褊狭地翻旧账整古籍，而是真正站在世界文论发展的宏观视野下进行比照和互通，将中国文论话语中适合当前文学发展实际的理论范畴在比较视野下进一步完善和推广，从而更好地推动中国文学和文论的良性发展。当然文学概论的编写始终都是一个渐进的过程，今天我提出重写文学概论的具体方案是为了抛砖引玉，希望能有更多的有识之士共同参与到中国文论话语的重建中来，只有这样我们才能告别当下文论“失语症”的痼疾，真正为中国文学筹划更加美好的未来。

[原载《西南民族大学学报》(人文社科版)，2007年第3期]

怀旧与英雄：浪漫主义的两副面孔

肖伟胜

受孕于欧洲18世纪启蒙运动而衍生的浪漫主义，随着历史逐渐演化成为世界性的文化思潮，追溯辨析其源流形态，大抵可分为怀旧浪漫主义和英雄浪漫主义两种。由于浪漫主义是工业文明孕育出来的对立物，随着现代性不断向深层次拓展，在其各个阶段必然表现出不同的质素品性，其内涵自然也随之发生嬗变。自现代性发轫始，它自身的结构就充满了矛盾和对抗性，社会存在与其文化的冲突非常尖锐，正如英国社会学家鲍曼所说："现代性的历史是社会存在与其文化间充满张力的历史。现代存在迫使其文化成为自己的对立面。"① 作为文化现代性的浪漫主义就一直扮演着某种"反叛角色"，要探究浪漫主义在现代性的不同时期如何扮演"反叛角色"，其"反叛"的动力与效用怎样，就必然首先考察现代性充满矛盾与悖论的内涵及其演变历程。

一

如果我们把现代性大致分为二个时期：第一个时期，从启蒙运动始至19世纪中叶，这是现代性发轫的初期。伴随着始源于古希伯来的先知预言的"世界去魅"和生活态度的合理化建构，致使宗教性的世界图景在欧洲崩塌，一个世俗的文化和社会日趋

① Zygmunt Bauman：*Modernity and Ambivalence*，Cambridge：Polity，1991：18.

成型。正是在这一时期，“系统的与集中的努力所构成的启蒙意识形态引领的强大文化与政治运动取得了深刻和进步的社会转变。这也是美国和法国大革命的世纪，自由主义、世俗主义思潮开始流行，同时也是理性的神化以及科学、技术和工业凯旋高歌的世纪。这是一个进步与乐观的时代。”启蒙运动作为第一个全新的现代意识形态，玛丽·毕尤格（Mario Bunge）将其内涵压缩为以下10条：

1. 信任理性——在法国大革命期间对如同上帝般理性的狂热崇拜达到极致。

2. 拒绝神话、迷信，以及那些一般没有根基的信念或教条。

3. 自由的探索与世俗主义，推崇自然神论（与一神论相对），不可知论，或者甚至无神论。

4. 自然主义（与超自然主义相对），尤其是唯物主义。

5. 科学主义：运用科学的方法研究社会如同研究自然一样。

6. 功利主义（既反对宗教道德又拒斥世俗道义论）。

7. 尊重实践—技艺与工业—也崇敬机器。

8. 现代主义和进步主义：蔑视过去的东西（经典的古代的遗物除外），批判当今的短处和缺陷，相信未来。

9. 伴随自由主义，平等主义以及政治民主的个体主义，尽管妇女和儿童并不同样享有。

10. 普遍主义或世界主义——例如，所有“自由人”享有人权和受教育的权力。①

从上述启蒙意识形态的内涵中，我们不难得出这样的论断，即在启蒙的现代性规划进程中，担负着历史作用的是一种遵循

---

① Mario Bunge ：*The Sociology - Philosophy Connection*，*Transaction Publishers* ，1999：131.

"同一性逻辑"的"总体化"理性，它使得世界在其宰制、操控之下，并使之具体化、系统化、整齐划一。正如德国浪漫派先驱施莱格尔所指出："左右启蒙运动者的乃是经济的原则，……所以在他们看来，人类的存在和世界也应单纯得像算术例题一样明白晓畅。在这个过程中，他们把处处挡住他们去路的本真的非理性，当作启蒙状态大加鞭挞，因为他们并不知道，也未曾预感到，任何一个现象都是一个只有凭借不间断地接近方可找到、决不可能纯粹用数字表达的根的二次方或三次方。在这种歪哲学泛滥之时，他们的所作所为中存在着一种可怖的傲慢自负。"① 出于对启蒙理性可怖宰制的反动，作为文化现代性的浪漫主义一开初就倾向于激进的反资产阶级态度，在这里，德国的浪漫派人物或许可视为其中的代表，"狂飙突进运动"时期的歌德与席勒，他们受卢梭感伤主义情调的熏染，夸耀情感胜过理智。以康德为开路先锋，由费希特、谢林、早期黑格尔、赫尔德以及叔本华为代表的唯心主义哲学，常常把本体等同于逻辑，这种混同能让他们自由地玄想现实：经常弄错事实与虚构之物。他们相信所有事物均为有机的混沌的整体，不能拆解开来进行剖析，因而他们反对概念和实证的分析。以施莱格尔兄弟为核心成员的"耶拿派"以及禀有神圣情怀的荷尔德林，既有对中世纪怪异、荒疏、粗犷充满传奇的向往，又有对大自然的感怀，还浸润着爱的神秘宗教气息；在法国，以夏多布里昂、乔治·桑、雨果等为代表的浪漫派虽直接与古典主义相对立，但其骨子里洋溢着雍容的古典情愫；至于英国的湖畔派诗人，他们则醉心于大自然的湖光美景之中。

自文艺复兴以来，工业化带来时空的抽离，新教的世俗化以

---

① 孙凤城编选：《德国浪漫主义作品选》，北京：人民文学出版社，1997 年，第 376 页。

及法国大革命血腥的梦魇，使原本一切坚实可靠的东西发生了动摇，一种对现代动力的意识日渐显现。如果我们把广义上的现代性与一种新的时间意识相对应，即区分是否具有现代性不仅仅是哲学或意识形态方面的观点，而首先是感知时间，尤其是感知现时的不同方式，[①] 那么处于从传统农业文明向现代都市生活剧烈变革中的人们，显然陷入一方面很难脱离传统的生活方式而另一方面却又难以接受当代的社会价值的矛盾困惑中，这种介于过去和未来之间的生不逢时的现时所表现出的不安是一个即将诞生的“时代”到来之前正在徘徊的表征。那时的人们普遍地感到失去了一个渐渐远去的、摇摇欲坠的过去，因此，某些人便想通过艺术使过去复活的愿望，由此我们就可明了历史小说和历史叙事在19世纪盛行的缘由。与此同时，当时的整个时代都为一种未来的世界面貌所吸引，人们只能预感到这个未来的世界，但却永远不能接近它。正如尧斯所指出的那样，“所有的浪漫主义者——无论是保守派还是进步派——的共同点就是他们都有一种失落感，他们自己的时代所表现出的不完整性使他们产生了这种感觉。”[②] 这个主题贯穿了夏多布里昂的《墓外回忆录》、缪塞的《一个世纪儿的忏悔》以及雨果的诗篇，甚至后来马拉美、魏尔伦的象征主义诗歌中。空洞的现时这种典型的浪漫主义时期的体验常常唤起一种浓郁的怀旧（nostalgia）情绪。怀旧之所以成为这一时期浪漫主义的中心主题，就在于缪塞所感受到的：“当今的时代，它将过去与未来分离，它既不是前者也不是后者，但同时又与两者相似。”[③] 空洞的现时过渡性体验，他们对自己的时代所表现出的不完整性的失落感，以及“一个永远被毁掉的过

① ［法］伊夫·瓦岱著，田庆生译：《文学与现代性》，北京：北京大学出版社，2001年，第50页。

② ［法］伊夫·瓦岱著，田庆生译：《文学与现代性》，版本同前，第54页。

③ ［法］伊夫·瓦岱著，田庆生译：《文学与现代性》，版本同前，第54页。

去，它带着专制主义时代的化石仍在自己的废墟上挣扎着”（缪塞语）的现代性意识，这三个特征非常契合马尔科姆·蔡斯和克里斯托弗·萧在《怀旧的多种维度》一文中所认为的构成怀旧的存在所具备的三个先决条件，即：第一，“怀旧只有在有线性的时间概念（即历史的概念）的文化环境中才能发生。现在被看作是某一过去的产物，是一个将要获得的未来。”第二，怀旧要求“某种现在是有缺憾的感觉”。第三，“怀旧要求有过去遗留下来的人工制品的物质存在。如果把这三个先决条件并到一起，我们就能很清楚地看到怀旧发生在社会被看作是一个从正在定义的某处向将要被定义的某处移动的社会环境这样一种社会环境中，换句话说，怀旧是现代性的一个特征。”[①] 此外，现代性不单单只涉及现时与过去相分离的时间纬度，由于都市化也是现代性的重要表征，因此怀旧背后自然牵涉城市与乡村相区别的空间纬度。对于抛弃大地家园初进都市的人来说，面对陌生的节奏、迅捷的都市洪流，农业文明长期积淀的凝固经验受到剧烈撞击，开始内心充满矛盾；同时劳动的分工带来生活的刻板化，事物存在的荒诞性也慢慢地有所体察；都市不断涌现的新事物冲撞着他们，却不能深深打动他们。在可靠的东西业已不复存在的都市中，他们睁着茫然的眼睛四处探寻，然而根本没有他们立足之地，同时又无法全身心地投入其中，自我被工业文明的飓风所裹挟而日渐被吞噬。正如基思·泰斯特所说：“怀旧感隐含了对某种不在场事物的双重渴望。第一，怀旧感意味着某种乡愁。乡愁预先假定渴望的主体在一定程度上要么无家可归，要么在国外。也就是说，没有移动和改变，怀旧是不存在或不可能的。第二，怀旧隐含了对某种在远处或从前的事物的渴望。现在与过去存在着质的差

① 包亚明等：《上海酒吧》，南京：江苏人民出版社，2001年，第137页。

别。”[①] 于是他们很自然地怀想壮丽奇伟、充满传奇色彩的中世纪，或者寻求田园牧歌的自然风光。雷蒙·威廉斯在《乡村与城市》一书中就认为怀旧是对都市体验的一种神秘反应。卢梭之所以被誉为具有现代性品性的第一人，就在于他的行为与情感表征了从农村初到都市所感受的茫然与震惊；怀旧的情绪几乎渗透到他的所有作品，成为他所表达的首要的主题。

由上我们看到，怀旧浪漫主义的眼光由于过多倾向于外求，不能正视直面现代都市生活，加之长期积淀的农业文明体验模式使他们缺乏在现实中抗争的勇气、智谋与信念，也就无从谈起摄取生活的养分，让自己的灵魂向整个世界敞开。这导致他们的思想抹上浓郁理想的色调，漂浮于云端而缺少洞识、颠覆现实的力量。正如波德莱尔在雨果作品中所发现的，哲学由于过分鲜明而显得肤浅，一些未经深思熟虑而相互矛盾的思想使他变得嘈杂、轻率、简单和模糊不清。那种急切地用韵律语言表述自己的思想和激情的企图，构成整个一代浪漫派诗人（包括英国的拜伦、雪莱）、浪漫派运动的弱点。瓦雷里用几乎同样的口吻批判这一代浪漫主义者：“历史、科学、教训等，用灵魂的语言去陈述并不更好。教训诗、历史诗和伦理诗，虽则因那些最伟大的诗人而名垂久远，却把推理的或经验的知识之论据，和内心的创造以及情绪的力量混合在一起。”[②]

二

从 19 世纪中叶到第二次世界大战结束，这是现代性发展的第二个时期。工业文明获得了突破性进展，铁路、报纸、电报、

① 包亚明等：《上海酒吧》，南京：江苏人民出版社，2001 年，第 138 页。

② 徐葆耕：《西方文学：心灵的历史》，北京：清华大学出版社，1988 年，第 284 页。

电话等新的通信技术不断诞生，就像吉登斯所分析的那样，伴随新的传媒的广泛运用，人们的交往已在更大范围内进行。随着资本主义理性化的推进，资本主义经营的抽象化又使社会生活“原子化”“非个体化”，营造了一种物质主义的精神气氛；计算式的商品拜物教呆板的自我限制，受合理化制约的生活日益汲干了个体的血肉具体性。这种坚持了现代观念史上较早杰出传统、呈现为以数学为代表的启蒙现代性，随着科学技术对自然和社会的全面征服，走向了启蒙运动所倡导的“自由、平等、博爱”原则的反面，导致“意义的迷失”和“自由丧失”。这就是霍克海默和阿多诺所谓的“启蒙辩证法”。工具理性的普遍化破坏并压抑着人的本质，使人陷入物质利益的追求而不能自拔；而行政管理和法律的工具化和技术化则日益使人丧失自我意识和精神自由。在日常生活领域，日益扩张的官僚权力机构将人置于严密的控制与监督之下。家庭生活、人与人的关系甚至个人生活愈来愈深地受到来自政治、法律、教育和其他社会职能机构的干预。无孔不入的工具化管理方式和法律化倾向强制性地操控了人的规范。都市生活的整一化以及机械复制侵占和控制了人的感觉、记忆乃至下意识。于是没有差别的“平均人”（奥尔特加语）充斥社会的各个角落。在此情境下，日常生活变得单调、刻板，散发着庸俗主义的气息。黑格尔不禁感叹田园牧歌式的抒情时代一去不复返了，而偏重理智的散文时代已突兀来临。

伴随 18 世纪有关人类幸福增长的梦想的破灭，工具、机器、组织等为了增加幸福而采取的手段，已经将人的活动和灵魂深深卷入其中（及其机制之中），这些手段所要达到的目的早已被人遗忘。现代性分化进一步加剧，韦伯后来认为，所谓的资产阶级的“铁笼”逐渐形成，残酷的物质现实对“理性王国”精神梦想的摧残及其创痛，使整个社会处于剧烈的动荡中。如同马克思在《共产党宣言》中所说的：“一切坚固之物都烟消云散了。”整个世界似乎变成了一个急流的大漩涡。为了克服“生活世界的内在殖民化”（哈贝马斯语），从这种束缚生命自由的“铁笼”中挣扎跃出，自十九世纪中叶始，以波德莱尔以及唯美主义等为代表的艺术家们，打着“反传统”的旗号，痛斥平庸、刻板、单调的生活，在不断求新、不断自我否定中生存发展。他们或以激进的变革姿态，颠倒艺术与生活的关系，赋予艺术强烈的政治颠覆性；或怀想古典浪漫之幽情，谴责当代生活的没落与沦丧。作为转折性人物的波德莱尔，开了现代英雄浪漫主义先声。他以决然不同于前辈的口吻对现代性做了一个天才的描述：“现代性就是短暂、瞬间即逝、偶然”，是“从短暂中抽取永恒”①。在他看来，现代诗人就应该如同都市中的“闲逛者”，在那些短暂的、瞬间即逝的事物中撷取诗意，也就是所谓“从短暂中抽取永恒”。波德莱尔在《1845年的沙龙》一文中将怀旧浪漫主义空洞的现时变为了英雄的现时：“真正的画家，他能使我们通过色彩和构图发现并且明白我们打着领带、穿着漆皮靴子时的样子是多么伟大，多么富有诗意。”波德莱尔拒绝怀旧浪漫派那种空洞现时的失落感，在他看来，尽管当时的时代是一个失宠的时代，但从美学角度来说，它不会亚于它之前的其他时代。只不过它的特点有所不同罢了：“每一种美好事物的特征都来自激情，因此，既然我们有我们独特的激情，我们就有我们自己的美。”波德莱尔所称的“现代生活的英雄主义”，源于现代人面对的生存状况所表现出的艰苦性本身。这种从瞬间即逝的事物中撷取诗意的救赎视现时为一个常常处于危机状的时代，这个时代要求人们进行斗争，这种斗争无疑比不上昔日显赫一时的战士所进行的战斗那么享有盛名，但它并不比后者缺乏英雄气概。对他来说，成为现代人并不在于

① ［法］波德莱尔著，郭宏安译：《波德莱尔美学论文选》，北京：人民文学出版社，1987年，第485页。

认识和接受这个永久的时刻；相反，它在于选择一个与这个时刻相关的态度；[①] 这个精心结构的、艰难的态度存在于重新夺回某种永恒的东西的努力之中，这种永恒之物既不在现在的瞬间之外，也不在它之后，而是在它之中。现代性作为一种态度，使得掌握现在的时刻的"英雄的"方面成为可能。现代性不是一个对于飞逝的现在的敏感性的现象，它是把现在"英雄化"的意志。以波德莱尔为代表的英雄浪漫主义者不再像拜伦、雪莱、雨果等怀旧浪漫派那样追求一个摈弃世俗的理想乌托邦世界，而是把彼岸的理想拉回到现实中，在迅捷旋转的都市生活中去寻求乌托邦，从而实现灵魂的赎救。定义不够严谨的"为艺术而艺术"，或是后来的"颓废主义"和"象征主义"，虽然是为了对抗资产阶级日益扩张的现代性及其实用的观点、功利主义思想、庸俗的千篇一律和低级趣味，但他们心中依然燃烧着理想的烈焰，在唯美主义那里，由艺术所建造的"象牙之塔"才是通往美好天堂之路；不是艺术模仿生活而是生活模仿艺术，只有这样才能给平庸的生活以浪漫的诗意，从而获取存在的理由。

到了英雄浪漫主义这里，农业文明式的古典诗意已被机器的轰鸣声浪所吞噬，古典浪漫主义外诉的热情也在苍白的理想与干瘪的训诫中消耗殆尽。于是以波德莱尔、尼采、洛特雷阿蒙、柏格森等浪漫派人为代表，他们一改古典浪漫派的"乡愁"情愫，让自己的灵魂向整个世界敞开，去工厂、闹市、妓院、咖啡馆等现代都市的每个角落，像炼金术士那样发掘工业文明的诗意和美。或者他们深入到自己的内心隐秘世界，借助构造自足的审美形式，颠覆着日常知觉和知性方式，控诉着既存的社会现实，展现着自由解放的图景。瑞典诗人特朗斯特罗姆就是这样一位熔铸

---

① 肖伟胜：《现代性困境中得极端体验》，北京：中央编译出版社，2004 年，第 158 页。

内外两面世界的杰出代表，他继承了波德莱尔《恶之花》所开辟的从瞬间提取永恒的现代诗歌传统，表现在其最独特的才能是对意象——诗的最大奥秘的处理。正如他所说的："诗从一个意象中渐渐诞生……我用清晰的方式描述我感受到的神秘的现实世界。"特朗斯特罗姆的诗喜欢从日常生活着手：如乘坐地铁，在咖啡馆喝咖啡，夜间行车等等。他从现代日常都市生活中采撷素材，总是用精确的描写，塑造一个诗的境界。飞逝的生活瞬息在那里获得旺盛的生命力，并散发"意义"，展露出一个全新的世界：远变成近，历史变成现在，表面变成深处。正如他自己所说："我的诗是聚点。它试图在被常规语言分隔的现实的不同领域之间建立一种突然的联系：风景中的大小细节汇聚，不同的人文相遇，自然和工业交错等等，就像对立物揭示彼此的联系一样。"特朗斯特罗姆的诗是想在日常生活中寻求到诗意，因此他认为："更真实的世界是在瞬息消失后的那种持续性和整体性，对立物的结合。……诗是来自内心的东西，和梦是手足。很难把内心不可分的东西分成哪些是智性哪些不是。它们是诗歌试图表达的一个整体，而不是非此即彼。……诗是对事物的感受，不再是认识，而是幻想。一首诗是我让它醒着的梦。诗最重要的任务是塑造精神生活，揭示神秘。"① 用本雅明的话来说，一切世俗美都是幻象，是短暂的、易逝的、速朽的，而本质的美，正如柏拉图在《会饮篇》里所说，只存在于理念王国之中。

不管是波德来尔的《恶之花》，卡夫卡的寓言小说，还是T. S. 艾略特的《荒原》等现代派作品，它们破碎的诗句和意象、拼合式的场景和呓语无不体现了本雅明所谓的"再生的基础，在

① ［瑞典］特朗斯特罗姆著，李笠译：《特朗斯特罗姆诗全集》，海口：南海出版社，2001年，第5页。

其中瞬间即逝的美被彻底剥去，作品形如一堆废墟”[①] 本雅明对事物的易逝性的欣赏，对把它们赎救到永恒的关注，以及将世俗生活的碎片化转化为拯救的徽帜，无不深深烙印着犹太神秘哲学的痕迹：尸骨的形象将在顿悟的瞬间消退，而复活的理念从废墟中飘扬而起。英雄浪漫主义者心中涌荡的不再是田园牧歌的素朴情怀，而是于碎片化、星云状的都市经验中畅享生命恶毒的激情，尼采说当代艺术家应当是医生、拯救者，因为现代性的肌体已残缺、病朽，不再充满生命的活力，艺术家义不容辞地担当起诊断病情、进而疗救希望的使命。在英雄浪漫主义这里，我们不难从其深层辨认出现代艺术作为先前担当救赎功用的宗教的替代品，它通过提供各种乌托邦想象，从而承负起了赎救自我的神圣使命。明了欧洲文化这内在的历史运演与命脉传承，我们就不会惊异于奥古斯丁、帕斯卡、荷尔德林、基尔凯廓尔在20世纪会受到如此的关注，同样也就会体察尼采、里尔克、艾略特、叶芝等一大批现代英雄浪漫派诗人为何开出重返古希腊神话的药方来救治“没落的西方”之良苦。事实上，英雄浪漫主义者是一个非常混杂的群体，它包括以波德莱尔以及唯美主义等为代表的艺术家到后来的前、后期象征派诗人，以及由胡塞尔的现象学、海德格尔的存在主义和柏格森的生命哲学所掀起的理智浪漫主义(Intellectual Romanticism)。他们其中一些是机构主义者(intuitionist)，有一部分是唯心主义者，另外还有一些是激进怀疑者以及实用主义者。但他们大都具有以下五个典型的浪漫特征：

1. 不信任理性，尤其是逻辑与科学。

2. 主观主义，或持有世界是我们的表征的信条。

---

① 杨小滨：《否定的美学》，上海：三联书店，第72页。

3. 相对主义，或否认普遍真理的存在。

4. 热衷符号、神话、隐喻和修辞。

5. 悲观主义，或对进步可能性的弃绝，尤其在科学知识方面。①

三

综上所述，不管是早期的怀旧浪漫主义还是英雄浪漫主义者，均反对启蒙运动的“理性主义”，但只要当它们不是从美学上而是从理论和政治上摇旗呐喊时，在特定程度上又依赖于启蒙现代性的理性主义神话。正如维尔默（Albrect Wellmer）所指出的：“从早期的黑格尔直到阿多诺，调和的观念一直是作为一种对现代社会中物化、碎片化和异化的乌托邦式的对立画面而出现，它基于同一性理性，它既试图通过单纯的否定，又寄希望于意义的实现。在成熟期的黑格尔和马克思那里，总体化理性奏响了新的凯歌：对资产阶级社会及其理解的合理性的批判浓缩为一种历史辩证法，马克思同时还抬起了浪漫派的乌托邦旗帜并使之‘合理化’。”② 以唯美主义和象征主义等为代表的现代浪漫主义，到了20世纪后，由于它们不断被体制化，便逐渐失去了对现代性自身的批判和反思功能。因此在20世纪二三十年代发展起来的先锋派即超现实主义和达达主义，它们试图炸毁艺术的自给自足的领域，并用强制手段调和艺术和生活，以此来对抗工具理性所宰制的“铁笼”生活。对于这种试图将艺术与生活、虚构与现实、表象与实在压缩在同一个平面；试图取消人工制品与使用对象之间、有意表演与即兴冲动之间的差别；试图宣布凡事皆为艺术，凡人皆为艺术家；试图取消所有的标准，将审美判断等同于

---

① 杨小滨：《否定的美学》，上海：三联书店，1999年，第135页。

② Albrect Wellmer：*The Persistence of Modernity*，MIT Press，1991：87.

主观经验的表现等激进的行为，哈贝马斯认为不但不能摧毁工具理性所铸造的“铁笼”，相反会破坏他们的反叛。他认为这有以下两个方面的原因：首先，当一个自律地发展文化领地的容器被打破时，内容就散失殆尽。非升华的意义或摧毁了的形式使得一切都荡然无存，一种解放的效果也就不能随之出现；其次，人们几乎不可能将一种合理化的日常生活从文化的枯竭之井中拯救出来，无论是通过打破艺术这种单一的文化领地，还是提供一条通达复杂的特殊知识的路径。这样，超现实主义者的反叛就会仅仅为一种抽象所取代。①

然而从另一角度来看，超现实主义和达达主义实际上拒斥了浪漫派的二元世界，承传尼采《悲剧的诞生》中提出“审美化生存”的衣钵，张扬“只有作为一种审美现象，人生和世界才显得是有充足理由”的思想，② 强调人应该是“生活的诗人”。这些口号当时显然是出于对资产阶级庸俗趣味的厌弃而呼吁寻求诗意地生存，这种“美学的转向”可以说上承康德、席勒的人本主义传统。当代哲学家之所以关注美学，从海德格尔大地上诗意的栖居，福柯标举生存的美学，到萨特的关注人存在困境的戏剧，或梅洛—庞蒂着迷于绘画等等，不只是因为美学提供了一种思考路径，更是因为美学提供了一种现实生存，一种对抗工具理性所编织的“铁笼”的自由空间。但在“非辩证的肯定和否定的相互作用中，欧洲的启蒙运动似乎被折磨得消耗殆尽，与此同时工业现代化的进程却一往直前。”③ 随着时代的变迁和文化内涵的嬗变，

---

① Jürgen Habermas：Modernity versus Postmodernity. Victor E. Taylor,（ed.）*Postmodernism*. London：Rouledge，1998：154.

② ［德］尼采著，周国平译：《悲剧的诞生》，北京：三联书店，1986年，第105页。

③ Albrect Wellmer：*The Persistence of Modernity*，MIT Press，1991：87～88.

英雄浪漫主义日益与消费社会的意识形态和商品美学联姻，使得那种与启蒙理性主义不妥协的批判传统日渐式微，那种批判工具主义、科学主义和极权主义的冲动日益耗竭。[①] 这样以批判启蒙现代性为旨归的浪漫主义最终失去了自身的独立性和颠覆性，逐渐蜕变成对现代资本主义世俗化生活的“肯定性”文化，落得这样的结局或许是浪漫派开创者们始料未及的。

[原载《西南民族大学学报》（人文社会科学版），2013 年第 2 期]

① 肖伟胜：《现代性困境中得极端体验》，北京：中央编译出版社，2004 年，第 148 页。

羌族民间文学中的宗教权力话语分析

——以《羌戈大战》为例

苏 宁 徐国彪

对于羌族的民间文学，可以从多个维度进行分析。从现有资料来看，人类学的维度、文化研究的视角、美学的分析、民俗学的论证、主题的研究等等，不一而足。但就总体而言，目前的研究是较有限的，资料也比较匮乏。我们认为，对于羌族民间文学的研究，还有待于进一步从不同的角度、多个方面向纵深推进。比如将羌族民间文学中的宗教权力话语与文学权力话语进行对比分析，似乎可以窥见其中为其他理论视角所难以发现的隐秘内容。

一、《羌戈大战》宗教权力与文学权力的特殊对应关系

羌族的宗教话语与民间文学话语之间呈现出一种不平衡现象，这就是宗教的多神信仰和民间文学的寡神现象。羌族的宗教信仰是多神的。除天神、地神、山神、山神娘娘和树神等主神外，尚有财神、门神、羊神——六畜神、寨神、家神、祖神等几十种，而且都各司其职，各有敬奉规仪，十分繁复。然而，如果考察羌族的民间文学，则会发现，有关羌族宗教信仰的神仙体系中诸神的神话、传说或史诗则少之又少。是否是由于保存不当所造成的？梳理羌族民间信仰的脉络时，我们会看到生长在羌族文化这个文明母体内的民间宗教，其诸神的名号、身世、化身、境遇、爱情、婚姻、象征、权能乃至各种英雄事迹，并未像希腊神

话那样传承有序。由于文献史料损毁和缺失，我们在大多羌族民间文学作品中很难看到对神灵、神迹和神系的较完整描写，似乎更多的是零散记载。这些民间文学和释比经典对神的描写特别是关于神的起源的叙述是缺失的，似乎无意于对诸神的起源与构建进行探索。这样，问题就令人费解，这个缺失是有意为之吗？如果是，那么诸神的世界在缺少民间文学的状态下如何对神的名号、事迹、神灵、祭献、崇拜仪式等给予叙述？

这种多神的宗教信仰与寡神的民间文学的不平衡现象应当给以重视。如果此前的宗教权利话语表现出了不容置疑的“真理性”，这种奇特的不平衡现象或许能够成为我们驱散其“真理性”迷雾的光源。

一个特殊的个案便是《羌戈大战》。它与其他羌族民间文学作品不同，呈现出较为完整的宗教话语与民间文学话语之间的平衡现象。《羌戈大战》不仅是在民间广为流传的重要民间文学作品、民族史诗，同时还作为释比经典得以保存并被广泛用于释比的超度法事。在这里，我们将以这部出现了较多天神描述的羌族史诗《羌戈大战》为例，对羌族民间文学中的宗教权力话语机制的文学性建构给予分析。

福柯认为：“权力制造知识（而且，不仅仅是因为知识为权力服务，权力才鼓励知识，也不仅仅是因为知识有用，权力才使用知识）；权力和知识是直接相互连带的；不相应地建构一种知识领域就不可能有权力关系，不同时预设和建构权力关系就不会有任何知识。”[①]《羌戈大战》中，宗教权力话语是建立在种族冲突和民族内部的双重权力斗争基础之上的。在种族冲突方面，《羌戈大战》分别在羌人与魔兵、羌人与戈基人的冲突中展开情

① 转引自刘北成编著：《福柯思想肖像》，北京：北京师范大学出版社，1995年，第220页。

节，并以此为基础建立宗教权力话语。而在羌民族内部，权力斗争则显得相对温和而隐秘，主要体现为内部领导权的巩固和维护。比如作为羌民族领导人的阿巴白构，"本是神人来凡间"，不仅自身便是来自天上的神仙，还能得到神灵的帮助，"牟尼委西授经书，牟尼委西给神箭"，这样，阿巴白构便自然而然地成为部族的合法领导人。因此，宗教话语的最初建立，便不是纯粹的宗教行为，而是在世俗权力的主导下生成。

这种在世俗权力的主导下生成的话语结构首先演变为政治话语功能。宗教话语功能在形成文学权力功能后则与政治话语功能处于或显或隐的博弈状态，这更易形成向文学话语功能的演变。

世俗权力的主导下生成的话语结构使文学话语功能得以彰显。文学话语功能的彰显与演变主要体现在其史诗价值、宗教美学内涵和实用主义功能等三个方面。从史诗价值来看，主要体现在其史学价值和诗性价值两个方面。作为记录羌民族先祖创业艰辛的叙事长诗，《羌戈大战》不仅具有一定史学价值，同时也体现了较为高超的艺术价值。

从宗教美学内涵来看，《羌戈大战》表现出了神人同形同性的宗教信条，神与人拥有相同的外形，神甚至也与人一样拥有私心并容易动怒[①]。但与人不同的是，神拥有无边的能量和不死的身躯，因此，在神面前，人显得渺小，对于神的命令，人唯有遵从，人对神的敬畏表现出一种"力学的崇高"，具有美学的内涵。

从实用主义功能来看，《羌戈大战》不仅在早期社会可能起到战争文艺的鼓舞斗志、激励人心的作用；同时，在和平年代，《羌戈大战》还可成为寓教于乐、教化人心的典范教材。

但是，我们更应该看到，以种族冲突和民族内部的双重权力斗争为基础的宗教权力话语在《羌戈大战》中之所以表现得有声

① 张光直：《中国青铜时代》（二集），北京：三联书店，1990 年，第 176 页。

有色、《羌戈大战》之所以流传甚广，至今为人津津乐道，是因为在《羌戈大战》中宗教权力与文学权力形成了特殊的对应关系。二者之间的对应关系是一定历史语境中文学权力的集中显现，如果说，文学权力是一种话语权力或符号权力并影响着宗教权力话语场，那么文学权力本身就可以说是宗教权力的某种投影。作为一种话语权力，文学权力与宗教权力唇齿相依。

二、从《羌戈大战》看羌族民间文学中的权力话语机制

我们认为，从《羌戈大战》来看，羌族民间文学中的宗教权力话语的建立是以与文学权力话语合谋为基础的。我们从宗教权力与文学权力话语的共建、宗教权力话语的拓展、宗教权力话语的维系以及宗教权力话语的强制力四个方面予以分析。

（一）宗教权力与文学权力话语的共建

文学在相当长的历史语境中——从民间口传时代到古典文字时代被建构成一种文学权力。文学权力对宗教权力的作用主要表现在通过文学作品的内容、形式等方面对宗教生活的渗透上，是一定历史语境中固有的表征领域。它与宗教话语权力表现为一种内在意义结构的同源性。传奇与史诗挽救了集体记忆，在羌族早期社会，文学作为重要的叙事手段不仅仅意味着一种话语实践，而且是一种被合法承认的现实权力，成为传递战事、爱情、经验和信仰等人类生活信息的主要方式。正是通过口头的民间文学，原始社会的现实才能被构建。神话与史诗作者往往也是祭师，常常在一些诸如庆典、集会、祭神仪式等公共场合上吟唱和演奏，熟悉部族的习俗与历史。他们“能知山川之号、高祖之主、宗庙之事、昭穆之世、齐敬之勤、礼节之宜、威仪之则、容貌之崇、忠信之质、禋洁之服而敬恭明神者，以为之祝。使名姓之后，能知四时之生、牺牲之物、玉帛之类、采服之仪、彝器之量、次主之度、屏摄之位、坛场肿、上下之神、氏姓之出，而心率旧典者

为之宗。于是乎有天地神民类物之官，是谓五官，各司其序，不相乱也。民是以能有忠信，神是以能有明德，民神异业，敬而不渎，故神降之嘉生，民以物享，祸灾不至，求用不匮”（《国语·楚语下》）。

诗人成为神的代言人，成为天（神）和人之间的中介。诗人利用神赋的超人能力与统治者结成了一种同谋关系：两者甚至是合二而一的。张光直先生说：“从商人占卜的频繁和内容我们可以知道……掌握有这种智慧的人便有政治的权力。因此在商代巫政是密切结合的。”[①] 这样，诗人可以直接实现自身的权力意志。在福柯看来，“这些知识分支的发展都不可能与权力运作分开……人文学科的诞生是与新的权力机制的确立携手并进的……真理无疑也是权力的一种形式”[②]。文学、真理世界的生成首先是基于宗教权力话语体系的建立，其关系是互相指涉的。

《羌戈大战》应该属于神话史诗向英雄史诗过渡的作品。突出的是羌民族英雄的群体，而较少英雄首领的叙述，属于英雄史诗的萌芽时期之作。故事以羌人和戈基人的斗争展开情节。比武、斗智、创业的漫长艰苦岁月中，宗教权力话语体系得以逐步建立。宗教权力话语的这种确立，首先直接地呈现为宗教话语和世俗话语关系的确立。这则故事最主要的内容可以视为交代天神信仰的来源。核心部分述说的是天神如何在羌人生死存亡的危急关头出现并对羌人施以帮助，帮助羌人打败了戈基人，从此羌人对天神笃信不疑。这个故事可以看成宗教话语建立的起点。（需要说明的是，由于《羌戈大战》在流传中有多个版本，某些版本的羌人在故事的起始便与神灵之间存在着人身依附关系，但是那

① 张光直：《中国青铜时代》（二集），北京：三联书店，1990年，第176页。

② 转引自刘北成编著：《福柯思想肖像》，北京：北京师范大学出版社，1995年，第101～106页。

种主动、虔诚的宗教信仰也是在宗教话语建立之后才形成的。)[①]

《羌戈大战》借部落大战的惨烈厮杀确立起宗教权力与文学权力话语同构的关系，人神共建地表达了浓厚的崇神思想。在这种宗教话语当中，神仙世界是和人间世界分立的，而且神仙世界在等级上明显高于人间世界并掌控人世间的一切。在《羌戈大战》的一个广为流传的版本当中，羌人是“在山上放牧神牛”的牧牛人，天神发动了羌戈大战是为了惩戒戈基人偷吃神牛[②]。在《木姐珠与斗安珠》中，“阿巴木比塔严格规定，不准人神互相往还。”[③] 故事当中，人在神的面前地位都是相当低微的，生来便是奴仆或接近于奴仆，甚至可以轻易被处死。这是早期宗教话语模式，也是早期文学叙事模式。中外神话中都有人触犯了神灵而受到神惩罚的大量描写。

（二）宗教权力话语的拓展

《羌戈大战》中，羌民歌颂自己的祖先神，在事件的叙述中含有褒贬，在褒贬中运用了宗教判断，使宗教权力话语的运用不断拓展。甚至在对人和神的命名当中，也运用了宗教话语的权力。羌人和戈基人的斗争包括了比武过程（白石斗雪团、木棍对麻秆）和斗智过程（上天、跳水等等），神灵的庇护起到了关键的作用，这些都是宗教权力话语不断拓展的例证。武雅士（Arthur Wolf）认为：“神身穿的是命官的官袍；他们住在庙宇

---

① 关于《羌戈大战》的几个版本，日本学者松冈正子曾将其划分为四种类型。参见森和《关于“羌戈大战”的考证》，文章收入卢丁、工藤元男主编《羌族历史文化研究》，四川人民出版社，2000年版，第243～250页。本文写作的主要依据是罗世泽整理的《羌戈大战》，故事收入《木姐珠和斗安珠》，四川民族出版社，1983年版；同时也参考了所见其他版本。

② 《嘎日睹的故事》，收录于杨明、马廷森编：《羌族思想史资料汇集》，西南民族学院民族研究所、科研处内部资料，1985年。

③ 参见罗世泽、时逢春搜集整理：《木姐珠和斗安珠》，收录于《木姐珠和斗安珠》，成都：四川民族出版社，1983年，第4页。

之中，受神将的保卫；他们处罚犯了罪的人，很容易被激怒、并喜欢受贿赂；他们向上级写报告、保守人事秘密，并且与帝国的行政区划相联系。显然神是帝国官僚的化身。”[①] 这样看来，对神仙和人间命名的应该便是当时人间的“智慧者”。这样，神仙世界的产生不过是少数人间的“智慧者”对于广大的“鲁钝者”的一次话语强权或者恶意欺骗，而后来神仙世界的消失则是由于广大“鲁钝者”的觉醒。不过，宗教话语从来都不会缺少危机意识，宗教话语从开始生成便没有停止过将自身不断发展壮大的努力。而且，神仙世界的美好总是让我们心向往之，所以后来还是有神话将人神分居解释为天神对于人间的不满（《人神分居的起源》），这似乎便可以看成是宗教权力话语不断进行自我拓展的例证。

（三）宗教权力话语的维系

《羌戈大战》是释比唱诵的经典。在羌族的宗教权力话语体系中，释比对整个话语体系的维系起着非常重要的作用。在羌族的日常生活中，释比作为祭师掌握着固有的宗教经典，起着沟通人、鬼、神之间关系的作用。释比既是宗教的主持者、典籍的阐释者，又是掌握法术的巫师，还是治病救人的医师，更是传统文化的传承者。这样一来，对整个宗教话语的解释、使用、推行以及禁忌的设定都由释比来把握，而普通族人所能做的只能是接受并维护这种话语的强制力。有传说认为，释比的祖师爷“阿爷木拉”是天神家专管占卜吉凶、驱邪、治病、送鬼的神。因经书被白羊偷吃，只能食其羊肉、以羊皮做鼓并敲击皮鼓，才能回忆起经文，是为羊皮舞的来源。[②] 无独有偶，在《羌戈大战》中，也

① 武雅士主编：《中国社会的宗教仪式》，斯坦福大学，1974年，第10页。

② 卢丁、［日］工藤元男主编：《羌族历史文化研究》，成都：四川人民出版社，2000年，第159页。

有羊皮舞的来源的讲述贯穿其间，而且主角“阿巴白构”也是来自天上的神仙：“阿巴白构好首领，本是神人来凡间。”[①] 与“阿爷木拉”不同的是，“阿巴白构”同时还是人间羌人的政治和军事首领。“阿爷木拉”和“阿巴白构”同样由天神降临人间，经历丢经书、食羊肉、制皮鼓，遂有羊皮舞的产生。如果两个传说可能同一的话，我们或许可以推测，释比的祖师爷其实便是羌族的首领“阿巴白构”，而宗教话语的建立和维系也可视为羌人首领“阿巴白构”同其后人的努力。

（四）文学与宗教权力话语的强制力

宗教权力话语的强制力首先体现在“天神”的创造生成上。在此，权力话语完成了一次从无到有或者说从甲物到乙物的生成过程，并最终在话语中形成了一种“不在之在”。

羌民族的宗教信仰与民族属性是紧密结合的。这种宗教的权力话语因此也借助于民族之间的对抗增强了其天生的强制力。应该指出，这里是宗教权力与文学权力合谋。它首先强烈地体现在宗教话语对敌我双方的命名方面。比如他们把羌人称为“会敬神的热”，用文学的形象指代规定事物性质，是神话的特殊功能。[②] 还有把戈基人描述为：“日补坝上有妖魔，‘戈基人’生性很凶悍；多次抢劫我牛羊，现在又来把寨占。戈人吃人又吃兽，戈人性野又凶残；戈人皮厚刀难戳，勇猛凶狠善作战”，[③] 这里的戈人显然已经是被话语所妖魔化了的。在野蛮时期向文明时期过渡的阶段，人们的观念之中神仍然占有着相当高的位置，《羌戈大

① 参见罗世泽整理：《羌戈大战》，收录于《木姐珠和斗安珠》，版本同前，第84页。

② 《羌族民间长诗选》，转引自李明、林忠亮、王康编著：《羌族文学史》，成都：四川民族出版社，1994年，第84页。

③ 参见罗世泽整理：《羌戈大战》，收录于《木姐珠和斗安珠》，版本同前，第100页。

战》有明显的宗教观念给人们的精神禁制，整个战争的过程既有求得民族生存的世俗场面，又有祖先惊人的智慧和勇敢的神话故事，更有关键时刻神灵的庇护，变现出对于神灵的赞颂与屈服。这让我们联系到《诗经》中的"颂"。

巧妙的是，在对敌人命名的同时，羌民族也使用了那种宗教话语与民族共同话语合一的文学叙事策略，以增加本民族内部的身份认同。加之"天神"的相助，这种话语的强制力便已相当明了了。

综上所述，《羌戈大战》等羌族民间文学作品中的宗教权力话语得以建立，"君权神授"的观念得以合情化、合理化而且合法化，一个重要原因是宗教权力话语体系与文学权力话语体系得以同构。从民间文学角度来看，羌族文学宗教神权的生成是文学权力主体话语实践强制力的结果。

[原载《西南民族大学学报》(人文社会科学版)，2010 年第 10 期]

《红楼梦》的读者

——《儿女英雄传》影响与焦虑

刘大先

《〈红楼梦〉的读者文康》这个题目是受莱昂·布伦士维格1994年的著作《蒙田的读者笛卡尔和帕斯卡尔》启发，该书意在强调笛卡尔和帕斯卡尔的思想建基于蒙田的作品之上，是根据他的情况来确定自己大部分作品和思想观念的。文康的《儿女英雄传》之对于《红楼梦》的反拨和修正正是体现了类似的影响，我们甚至可以说没有《红楼梦》就没有《儿女英雄传》。

《儿女英雄传》[1] 从题材看，像侠义小说；从写作方式看，评断为一部评话小说也未尝不可；从内容看，也可以说是部公案小说[2]。而依据全书的主旨来论断，《儿女英雄传》是一部有关旗人的社会小说，盖因一它是旗人所写，《儿女英雄传》的作者

① 本文所论《儿女英雄传》，根据的版本是1981年2月上海书店根据亚东图书馆1932年版复印的40回本，下文的引文不再一一注明。

② 将《儿女英雄传》归为侠义小说或侠义公案小说类是鲁迅的观点，吴小如的《晚清的侠义小说和谴责小说》(《文艺学习》1955年第8期）也认为《儿女英雄传》属于侠义小说；丁锡根的《中国历代小说序跋集》将《儿女英雄传》等也归属为侠义小说类；陈平原的《千古文人侠客梦》也认为《儿女英雄传》等属于清代的侠义小说。另一些学者则归之为英雄儿女小说，如孙楷第先生的《中国通俗小说书目》在明清小说部乙“烟粉”类下又分了五个子目，“英雄儿女”就是其中一类，将《儿女英雄传》纳入英雄儿女小说部。齐裕焜《中国古代小说演变史》(敦煌文艺出版社1999年第二版）认为《儿女英雄传》是儿女英雄小说的代表作；张俊《清代小说史》(浙江古籍出版社1997年）也持此论。

文康，系镶红旗满洲；二它的写作对象是旗人，全书通篇主要人物是旗人，它是一部真正的旗人写旗人的小说，属于满族文学系谱的一员。在题材选择方面，主要描写作家所熟悉的旗人；在人物形象塑造上表现旗人的尚武、纯厚、恬淡的性格；在语言和风俗习惯上描写旗人的生活，是继《红楼梦》后满族文学中最具盛名的一部长篇小说，它极富有满族风俗、风情及风格。

当然，关于《红楼梦》是否为满族文学一分子向来笔讼纷纭，董文成主编的《清代满族文学史论》中就专立章节引李广柏《曹雪芹是满族作家吗?》一文中论断，指出曹雪芹不是满族作家，而《红楼梦》自然就不属于满族文学系谱中的一员[①]，而王钟翰、关纪新等学者则认为曹雪芹作为包衣旗人无疑属于满族。事实上，撇开作者族籍不谈，至少有一点是谁也无法否认的，那就是《红楼梦》是满汉文化交融的产物，考诸曹雪芹生平，他的教育背景、生活环境、交游过往也无不浸润着浓郁的满族文化色彩。所以，本文不打算在曹雪芹的族别归属上纠缠过多——那实际上舍本逐末——而直接将《红楼梦》认定为满族文学系谱中重要一环，考察《儿女英雄传》和其的继承与反拨。

《儿女英雄传》成书于咸丰、同治年间，此时已是清朝中晚期，封建盛世的末景，鸦片战争的前夜。日近西山、大厦将倾的威胁此时已经笼罩在帝国子民中一些具有远见卓识的精英们的心头。鲁迅于《中国小说史略》中评论此书时说：“荣华已落，怆然有怀，命笔留辞，其情况与曹雪芹颇类。”[②] 马从善在序中说：“先生少袭家世余荫，门第之盛无与伦比。晚年诸子不肖，家道中落，先时遗物斥卖略尽。先生块处一室，笔墨外无长物，故著

---

① 董文成主编：《清代满族文学史论》，北京：中国文联出版社，2000 年，第 21~26 页。

② 鲁迅：《中国小说史略》，北京：东方出版社，2003 年，第 197 页。

此书以自遣。”作者文康的身世确与曹雪芹有类似的地方，他出生于一个以军功出身的世家，代有相国，位极人臣，又与皇帝结过姻亲，其显赫程度比曹雪芹有过之而无不及[①]。而最终家道败落，心中必然感慨万千，这个时候《红楼梦》早已风行于世，并广为满汉等各民族读者所喜爱，《红楼梦》表现出的浓重的忧患意识，悲壮伤感的情绪，无疑激发了《儿女英雄传》作者最初的创作动机。

作为一个旗人子弟，文康对清王朝抱有幻想，期望借小说以扶持纲常、劝善惩恶、淳化民风，比及曹雪芹的痛定思痛的反思又有一番不同，带有强烈的民族认同的民族复兴的愿望。赵苕狂在《〈儿女英雄传〉考》中说：“他所以写是书，还有一个绝大的目的，那就是欲为一般旗人吐气。这因为《红楼梦》其时正在风行，一般人都以为这书是在指斥旗人，一时颇引为话柄，这在一般旗人很觉得不堪的，所以，他在本书中竭力的为旗人抬高身份，显然和《红楼梦》取着对垒的形势。”小说34回有一大段凭空而来的议论，可以说是作者夫子自道：

就拿这《儿女英雄传》里的安龙媒讲，比起那《红楼梦》里的贾宝玉，虽说一样的两个翩翩公子，论阀阅勋华，安龙媒是个七品琴堂的弱息，贾宝玉是个累代国公的文孙，天之所赋，自然该于贾宝玉独厚才是。何以贾宝玉那番乡试那等难堪，后来直弄到死别生离？安龙媒这番乡试这等有兴，从此就弄得功成名就？天心称物平施，岂此中有他谬巧乎？不过安公子的父亲和贾公子的父亲看去虽同是一样的道学，一边是实实在在有些穷理尽性的功夫，不肯丢开正经；一边是丢开正经，只知和那班善于骗人的单聘仁，乘势而行的程日兴，每日里在那梦坡斋作些春梦婆的春

① 弥松颐：《关于〈儿女英雄传〉作者文康的家世、生平及其他》，载《文史》，1985年第24辑。

梦，自己先弄成个“文而不文正而不正”的贾政，还叫他把甚的去教训儿子？安公子的母亲合贾公子的母亲看去虽同是一样的慈祥，一边是认定孩提之童一片天良，不肯去作罔人；一边是一味的向家庭植党营私，去作那罔人勾当，只知把娘家的甥女儿拢来作媳妇，绝不计夫家甥女儿的性命难堪；只知把娘家的侄女儿拢来当家，绝不问夫兄家的父子姑娘因之离间，自己先弄成个“罔之生也幸而免”的王夫人，又叫他把甚的去抚养儿子？……何况安公子比起那个贾公子来，本就独得性情之正，再结了这等一家天亲人眷，到头来，安得不作成个儿女英雄？只是世人略常而务怪，厌故而喜新，未免觉得与其看燕北闲人这部腐烂喷饭的《儿女英雄传》小说，何如看曹雪芹那部香艳谈情的《红楼梦》大文？那可就为曹雪芹所欺了！曹雪芹作那部书，不知合假托的那贾府有甚的牢不可解的怨毒，所以才把他家不曾留得一个完人，道着一句好话。燕北闲人作这部书，心里是空洞无物，却教他从那里讲出那些忍心害理的话来？

因此，胡适说：“《儿女英雄传》与《红楼梦》恰是相反的。曹雪芹与文铁仙同是身经富贵的，同是到了晚年穷愁的时候才发愤著书。但曹雪芹直写他和他的家庭的罪恶，而文铁仙却不但不肯写他家所以败落的原因，还要用全力描写一个理想的圆满的家庭。曹雪芹写的是他的家庭的影子；文铁仙写的是他的家庭的反面。”[1] 也就是说，在创作伊始，文康就带着曹雪芹《红楼梦》影响的焦虑，而站定在文以载道的大纛下，以英雄本色、儿女家风的故事来敷演“忠、孝、节、义”的义理，力图构建一个“没落时期满洲贵族的理想模式”，并在其中“追慕丧失了的满语旗

① 胡适：《〈儿女英雄传〉序》，收录于《胡适全集》（第三卷），合肥：安徽教育出版社，2003年，第532～533页。

俗”，所以避免不了带有“编织幻梦的悲剧性”①。

刘慎元运用后殖民主义理论，通过详细的考证和索隐，分析《儿女英雄传》中安家是同治时期清帝国的缩影，安骥的原型是同治四年的探花汉军正黄旗人杨霁，而其第二重原型，就是当时的青年皇帝。刘认为“小说创作自然不是一对一点硬配，多半是此搭彼截，一人一事或分成几处来写，许多人事也可能合并表达。双凤兴家、两宫同治，原因都是男主角尚未自立；描写安骥的沉潜苦读，背后是忠心满臣文康希望主子能进德修业，早日重振家声的期待。书末安排安骥担任观风整俗使，致君尧舜上，再使风俗淳，就是希望同治帝能恢复清初的盛世。”② 当然，刘文不免深文周纳、主观臆断的毛病，另外满族入主中国之后，其根据地已由关外移入中原，满、汉、蒙、回等不同民族自同一个空间作息，与西方所谓的“殖民”是不同的。不过他将《儿女英雄传》看作一部“国族寓言”是很敏锐的观察，如果说曹雪芹是从爱情故事入手，反思王朝统治和人生终极追求的，文康的现世关怀则要明确地多，就是要建构一个理想化的满洲政治文化的典范示例。

如果从小说技法结构、思想价值等角度苛求《儿女英雄传》，我们可以说它辞气浮露，笔无藏锋，是个二流小说家缺乏想象力的作品。因为，在小说里我们大抵只是看到跳不出传统风化说部窠臼的陈腐教条和平板人物，甚至情节也缺乏令人耳目一新的地方。作者借着单薄的故事线索的推演，炫耀其广博的社会和学术知识，倡言其单调的仁义道德说词，堆砌铺排、连篇累赘处直让

---

① 张菊玲：《清代满族作家文学概论》，北京：中央民族学院出版社，1990年，第246～272页。

② 刘慎元：《鸳鸯绣出“重”教看——〈儿女英雄传〉的新观察》，收录于黎活仁、龚鹏程等人主编：《方法论与中国小说研究》，香港大学亚洲研究中心，2000年，第253页。

人厌烦。比如胡适就很不屑文康的思想见识，但是，这样的批评以己度人，缺乏从文化的持有者内部理解他们的"同情的理解"。在封建社会末期在满汉文化的土壤里浸润出来的文康自然不可能有胡适等新文化人物那样的现代意识，而以其本身所处的社会整体环境和个人修养来说，《儿女英雄传》仍不失为一部佳作，古往今来为无数人喜爱。

与明朝世情小说类似的地方是，《儿女英雄传》中充满了迂腐的道德说教。安学海是作者塑造的理想化的人物，也是充当晓谕其意旨的代言人。他在劝十三妹的时候张口闭口便是引经据典的《列女传》，在日常饮食起居中也处处不忘掉书袋、风教化："人生在世，第一桩事便是伦常。伦常之间没两件事，只问性情。这其间，君臣、父子、兄弟、朋友都好处，惟有夫妇一伦最不好处。若止就'君礼臣忠，父慈子孝，兄爱弟敬，夫义妇顺'，以至'朋友先施'的大道理讲起来，凡有血气者，都该晓得的。"作者有时候还有说书人的第三人称发些议论：讲到"受授"两个字，原是世人一座"贪廉关"，然而此中正是难辨。伯夷饿死首阳，孟子道他"圣之清者也"；陈文子有马十乘，我夫子也道他"可谓清矣。"上古茹毛饮血，可算得个清了，如终不能不茹毛不饮血，还算不曾清到极处。……"不近人情者，鲜不为大奸大慝。"便是老生常谈，也道是："不要钱原非异事，过沽名也是私心。"又道是："圣贤以礼为书，豪杰惟情自适。"（27 回）

如此种种，在小说中比比皆是。这样陈词滥调适足以让人感到枯燥和厌烦。但是，小说却依然吸引了历代无数的读者，原因在于在作这篇道德文章的时候，作者用的是游戏的笔墨。胡适认为这个小说短在"思想的浅陋"，长处在于"语言的漂亮"，特别指出小说的"特别长处在于言语的生动，漂亮，俏皮，诙谐有风趣"，并且把《儿女英雄传》在语言方面取得的成就与《红楼梦》

的语言并举，认为两部书“都是绝好的京语教科书”。[①] 在游戏式的写法与严肃的道德说教之间所形成的叙述张力中我们可以看到对于《红楼梦》对抗式的拟仿。

我们看到，文康笔下的安家比不得曹雪芹笔下的贾家。虽然安家也是个“世族旧家”，但充其量只不过是个一般的小官僚家庭。清代旗人中、上层家庭普遍沿袭着农奴制度残余，使用奴仆。安家内外奴仆也有十数名。文康写了安家使用家奴的情况。如老家人张进宝说：“一笔写不出俩主儿来，主子的亲戚也是主子，一岁主，百岁奴。”老家人华忠也说：“咱们这个当奴才的，主子就是一层天，除了主子家的事，全得靠后。”主人对女家奴的称呼与《红楼梦》中完全一致，如“晋升家的”“梁材家的”“戴勤家的”等，在奴仆中也有“家生子儿”等。不过，和《红楼梦》里流露出的对于现实制度的不满和惴惴不安不同，文康自始至终是维护现实制度的，并对现存伦理体系完全接受且试图说服读者接受。

作者采用了一种说书人的口吻，这种口吻同口传史诗的口述吟诵之间在表面上存在着相关性，二者都指陈了一个表演的情境，在这个情境中说故事的人和听众之间心照不宣含有默契，构成了一个和谐的场域。当然，与西方的叙事传统可以追溯到荷马吟诵的传统不同，中国古典小说的叙事却发生于史传的传统。但是，显然，如同王德威所说的：“无论就美学或文化层次而言，说话情境在中国古典小说的叙事模式中，均可视为驱动似真感（verisimilitude）的主力。它并非作品中可有可无的点缀，相反的，它的‘存在’（presence）保证了任何一部作品的意义感。”[②]

---

① 胡适：《〈儿女英雄传〉序》，收录于《胡适全集》（第三卷），合肥：安徽教育出版社，2003 年，第 542 页。

② 王德威：《想象中国的方法：历史·小说·叙事》，北京：三联书店，2003 年，第 84 页。

说书人代表的其实是种集体的社会意识，他与假象的听众之间保持了亲和的适中距离，既不高高在上也不卑微低下，而是极力营造并保持一种平等的主客交流的模式。说书人的叙述有时候以主客问难解答的方式辩证向前推进：他首先提出的一个不太令人信服的论点或者让人疑窦丛生的场景，然后借着将历史经验普及合理化（generalization）弥补隙陋，或做道德上的判断，使听者祛除疑惑，最后终于接受他的论证为一个足可信赖的陈述。这一切都是为了说教的效果来服务的。文康此举可以视为对于《红楼梦》“真事隐去，假语村言”的反动，曹雪芹明白地表示故事的虚构性质，而文康则在在要营构一种真实的情境，力图赢得读者的信任。

因此，在《红楼梦》里处于隐藏状态的民族意识在《儿女英雄传》里得到了鲜明地凸显。《儿女英雄传》以北京旗人为写作对象，通过安骥和二凤的弓砚缘，不仅表现了京旗官宦家庭的生活，揭示了封建社会的黑暗与腐朽，展示了旗人的思想和意识，使作品具有一定的积极意义；而且它以纯正娴熟流畅的北京话，鲜明地描绘旗人生活，书中所涉及的旗人的习俗、礼节、服饰、婚丧、祭祀、语言等方面的描写很多。譬如，安公子和十三妹的成婚翌日，被带到家庙，拜祖宗的习俗，即满洲话叫作“阿察布密”的古礼。还有诸如满族的各种见面礼、婚、丧礼仪，都不是汉族所能见到的事物，它可以说是清后期满族生活的万花筒，大到皇帝点甲，小到饮食、装扮等琐屑微末之事，为正史所未及。无论是满语骑射、风土人情、家规习俗的描写，还是对经济生活、人生命运的思考，都深刻蕴含着文康对满族文化的深刻理解和民族的审美意识。作者和他创作的人物，由于受到特定的民族文化环境的熏染，自然会形成一种特殊意识，它是满文化的一种无意识沉淀，反映出满族特有的思想及心理。《儿女英雄传》散发出浓厚的族群意识，小说运用了大量的议论、对白和描写，表达了旗人对族属的看法。我们通过对小说的创作背景、创作目的以及塑造的人物形象分析，并从中触摸到满洲八旗、蒙古八旗和汉军八旗三部分，在八旗文化长期交融中，到文康时代旗内已不分满洲、蒙古、汉军畛域，八旗内部已形成一体，旗人具有整体的族群意识。作品描写了不同旗份的旗人，通过对他们生活细节与心理感受的逼真描写，表现了旗人内心深处强烈的民族意识，显示了旗族的自尊、自爱、自强精神。

太田辰夫对《儿女英雄传》的研究，集中反映在他的著作《满洲族文学考》中。他在序言中指出：满族文学之所以叫满洲族文学，是因为反映了满族人的社会、风俗、生活、心理状态等方面。他说："像《儿女英雄传》这样被曲解的小说是不多见的。此部小说应当说是满族文学的代表作，它充满族民族精神。"①对于文康有一种忠于朝廷的使命感，并想把它写进小说中，他说："《红楼梦》所描写的是贵族阶层的腐败及其没落的命运。那么，挽救八旗的方法就没有了吗?"他认为文康创作《儿女英雄传》的意图，在于文康试图探索八旗衰弱的原因，找出解决办法以恢复八旗精神。太田辰夫把八旗精神概括为"八旗精神的中心，是对清朝廷的忠诚"。文康典型地表现出八旗精神的特质，这在满族文学是个顽强的传统。我们在后来的满族作家石玉昆、赵焕亭、王度庐等人的侠义小说中，也会发现汉族文学传统中的"侠以武犯禁"在满族文学中并不存在，取而代之的反而是对现存家国秩序的拥护和弥补。

对比另一部受《红楼梦》影响的作品——顾太清续写的《红楼梦影》——尤可以感到这一点。两部书可以说是满族文学史上的佳话，都是在隆福寺路南聚珍堂书坊刊刻《红楼梦影》刊于光

① ［日］太田辰夫著：《〈儿女英雄传〉里出现的旗人》，收录于《满洲族文学考》，中国满族文学史编委会，1980年油印本。

绪三年（1877年），次年《儿女英雄传》也出版了①。《红楼梦影》同样表现了一个满族作家对于民族兴旺的渴望，顾太清从贾政治毗邻驿见宝玉，从一僧一道那里将宝玉救回开始，随即贾赦赦罪，贾珍复职，贾家否极泰来。事实上，清朝此时已经处于风雨飘摇境地，这样大团圆的结局只是作者一厢情愿的幻想，也是对于曹雪芹思想幽愤深广的误读和浅薄化。文康也是如此，在创作《儿女英雄传》的时候世界的格局已经大变，清朝虽然自诩天朝上国，但实际上被资本主义的殖民行动强行拉进了世界史的叙事流程中。而此时清朝的一些先进人士如魏源、林则徐等开始清醒地认识到时代的主潮，文康却依然抱残守缺，以自欺欺人的幻想来对抗自曹雪芹已经开始觉察出满族统治必然倾颓的命运。这个民族由非常落后的渔猎生产方式入关为王，进而为了维护统治守成，努力接受在当时看来是先进的儒家文化，传统的“国语骑射”和雄强进取精神避免不了地失落委顿。一旦遭遇外来强势文化的侵袭，本来已经过熟而烂且被盲目尊崇的儒家文化自然措手忙乱。从这个意义上来说，曹雪芹、纳兰性德能够发出盛世里的哀音，实在是对于文化有着敏锐的洞察力和判断力。

文康则要迟钝地多，面临着《红楼梦》影响的焦虑，他作《儿女英雄传》固然不像顾太清那样给它安排一个光明的尾巴，却变本加厉，走得更远，要以自己臆想的文化标本来规范社会文化走势。在《影响的焦虑》中，布鲁姆认为，传统不是从前辈到年轻人的交接继承，而是后来的诗人努力把自己的后来性（belatedness）转变成先来性（earl－iness），从而颠倒了按时间顺序构成的传统观念。杰出的诗人与他们的前辈进行殊死搏斗，拙劣的诗人把前辈理想化，而具有想象力的诗人为自己而利用前

---

① 据张菊玲先生从顾太清后裔金启孮的文章得出的结论，参见张菊玲：《旷代才女顾太清》，北京：北京出版社，2002年，第167页。

辈。布鲁姆指出，影响已经被理想化为一种秩序，它包容一切而不是排斥一切，其吸纳和包容的能力没有限制；而传统在一种有限的而且总是排他的空间里运作，因此任何自由都必须通过创造非连续性的斗争从过去获取。非连续性就是自由。拙劣的诗人把他们继承的东西理想化，但他们很快会被人忘却。杰出的诗人反抗传统，《影响的焦虑》和布鲁姆随后的著作都是以反抗传统为基础的。布鲁姆突出的是权力、暴力和占用。在他看来，意义在一个文本和另一个文本之间游弋不定，必须辨识影响和传统之间的特性。

布鲁姆详尽地阐释了其“误读”理论的六种修正式策略，即“修正比”：克里纳门（Clinamen）、苔瑟拉（tessera）、克诺西斯（Kenosis）、魔鬼化（Daemonization）、阿斯克西斯（Askesis）和阿波弗里达斯（A·Pophrades）。所谓“修正比”，就是一种心理自卫机制。在布鲁姆看来，它对诗人之间的关系所起的作用相当于自卫机制对我们心理所起的作用。布鲁姆指出，诗人分析自我，实现自我本身是一幕永不完整的戏，因为当后来的强者诗人通过误读摆脱了对前辈诗人的焦虑，他自己也变成了压抑性的父亲形象，变成了“遮护天使”（Covering Cherub），即一种阻碍实现的力量。因此，诗的影响，一种忧郁症或焦虑原则就变成了诗人的生命循环。通过对上述六种修正比的分析，布鲁姆得出对偶式批评的结论：“每一首诗都是对亲本诗的误释。一首诗不是对焦虑的克服，而是那焦虑本身。”①

文康的焦虑不仅在情节结构的安排上，更在诙谐幽默的症候中。前辈学人对于《红楼梦》和《儿女英雄传》开篇的神话结构之间的相似已经有所论述，而《儿女英雄传》幽默诙谐的格调则别开生面，另立满族文学精英文学世俗化的传统——用戏谑的笔

① ［美］哈罗德·布鲁姆著，徐文博译：《影响的焦虑》，北京：三联书店，1989年，第84页。

法进行说教。比如“牛山、癞象岭、野猪林、雄鸡渡的土匪强盗被何玉凤的忠孝节义感动得/回心向善买犊卖刀”。又如28回安骥处理同何玉凤之间的纠纷时的描写：

原来他因被这位新娘磨得没法儿了，心想，这要不作一篇偏锋文章，大约断入不了这位大宗师的眼。便站在当地向姑娘说道：“你只把身子赖在这两扇门上，大约今日是不放心这两扇门。果然如此，我倒给你出个主意，你索兴开开门出去。”不想这句话才把新姑娘的话逼出来。他把头一抬，眉一挑，眼一睁，说：“啊？你叫我出了这门到那里去？”

公子道：“你出这屋门，便出房门，出了房门，便出院门，出了院门，便出大门。”姑娘益发着恼，说道：“你嗯待轰我出大门去”我是公婆娶来的，我妹子请来的，只怕你轰我不动！”公子道：“非轰也。你出了大门，便向正东青龙方，奔东南巽地，那里有我家一个大大的场院，场院里有高高的一座土台儿，土台儿上有深深的一眼井……”姑娘不觉大怒，说道：“哇！安龙媒，我平日何等待你，亏了你那些儿？今日才得进门，坏了你家那桩事？你叫我去跳井？”公子道：“少安毋躁，往下再听。那口井边也埋着一个碌碡，那碌碡上也有个关眼儿。你还用你那两个小指头儿扣住那关眼儿，把他提了来，顶上这两扇门，管保你就可以放心睡觉了。”姑娘听了这话，追想前情，回思旧景，眉头儿一逗，腮颊儿一红，不觉变嗔为喜，嫣焉一笑。

其他诸如“至于安公子，空吧嗒了几个月的嘴，今日之下，把只煮熟的鸭子飞了”，“我不管他是生癣生疮，我只合他们生‘癞’；我不管他是讲鸡讲鸭子，我只合他们讲‘鹅’！”这些生动活泼、大俗大雅的语言断断是《红楼梦》语言的发展。通俗文艺表现出陈腐的道德观念可以视为理学发展的后果，如同赵衡毅所论是原教旨主义式的礼教下延，把规范全民化，而“俗文学的兴起，加速了礼教规范下延的速度”[①]。而在文康这里，毋宁可以看作满族文学自身传统发展的突破。《红楼梦》中许多段落实际上也体现出大俗大雅的色彩（比如刘姥姥进大观园），但总体上来说还是偏于雅的。这和整个有清一代满族书面文学的发展状况也有关系，成就较大的作家往往是满族上层贵族，以皇帝、宗室、官吏、将领为主，下层作家较少。主流的强势文体是诗歌，尤其是绝句和律诗，几乎个个满族作家均有沾染，词则次之，也有纳兰性德、承龄、耆龄等人，而小说则比较薄弱，只有学习蒲松龄《聊斋志异》的《夜谭随录》《萤窗异草》等较有影响，直到中后期才出现文康自出己意的《儿女英雄传》和顾太清的《红楼梦影》。对比于书面文学的口头文学一直较为繁荣兴盛，民间故事、子弟书等一直活跃在较为底层的旗人那里。在《红楼梦》之后，满族文学的雅俗出现合流的趋向，《儿女英雄传》庶几是个转折点，从此形成了满族文学的大俗大雅的风格，而满族文学雅和俗两条传统既并行不悖又出现交融合汇的趋势。流波所及，到后来的松友梅、王冷佛、穆儒丐、老舍、王度庐、叶广芩那里大俗大雅的风格体现得更为明显。所以，《儿女英雄传》在满族文学系谱中具有转折的意义，而这与《红楼梦》影响的焦虑是不无关系的，理清了这条脉络对于我们理解今天满族文学主体风格的形成不无裨益。

[原载《西南民族大学学报》（人文社科版），2006 年第 1 期]

① 赵毅衡：《礼教下延之后——中国文化批判诸问题》，上海：上海文艺出版社，2001 年，第 18 页。

论彝族当代文学创作的传统继承、借鉴与发展

沙马拉毅

彝族是我国西南地区人口最多的少数民族，约有 670 万，分布在云南、四川、贵州、广西四省、区。其中云南有 300 多万，是我国彝族人口最多的省份。四川省凉山彝族自治州有 170 多万人口，是我国最大的彝族聚居区。云南省楚雄彝族自治州和红河哈尼族彝族自治州也是彝族分布比较集中的地区。其他地方的彝族分布状况，一般是大杂居小聚居。

彝族居住地区山川壮丽，资源丰富。大凉山、乌蒙山、哀牢山等著名山脉高耸入云，绵延千里。金沙江、元江、南盘江及其大小支流安宁河、大渡河、雅碧江等川流不息。崇山峻岭有茂密的森林，大小江河拥有丰富的水力资源，广袤的土地下蕴藏着丰富的矿藏，主要矿种有煤、铁、铜、镍、铅、锌等。农作物有玉米、水稻、小麦、洋芋、荞麦等。畜牧业也占重要地位。大小凉山地区是四川省重要的半农半牧区之一。

彝族是一个历史悠久的民族。据史籍记载和彝族民间传说，至迟在 2000 多年前，彝族的祖先就居住在滇池地区、哀牢山地区、安宁河流域和金沙江两岸，其后逐步扩展到滇东北、滇南、黔南、黔北等地，同汉族和其他各族人民一起共同开发了祖国美丽富饶的西南边疆。

彝族的社会发展经历过原始社会、奴隶社会和封建社会的发展阶段。据古彝文记载和民间传说，在远古时代，彝族经历过

“打伙做活，打伙吃”，“人人一个样”等漫长的原始社会时代。大约在2000多年前的西汉时期，彝族祖先居住的滇池地区和安宁河地区已进入奴隶社会。1954年在云南晋宁石寨山出土的“滇王”墓葬群中的古铜器上，铸造有2000多年前滇池地区奴隶社会的生产、生活情境和头扎“英雄结”，身披“察尔瓦”的人物形象。西汉文学家司马相如描述了当时掳掠奴隶的悲惨情景。晋常璩记述了东汉末年安宁河流域地区奴隶买卖盛行的史实。公元8世纪至10世纪，云南彝族统治阶级建立了“南诏”奴隶制政权，其最高统治者被唐朝封为“云南王”。“南诏”不仅统一了云南，而且还统治了四川、贵州和广西的广大地区。公元10世纪在云南建立了“大理国”封建政权（统治者是彝族）。除大小凉山外，广大彝族地区的奴隶制日趋瓦解，封建领主经济随之确立。元朝灭掉割据云南200多年的“大理国”，云南成为一个行省。在今四川凉山地区设置“罗罗斯宣慰使司”，封彝族统治者为宣慰使。明代普遍设置“卫所”，实行“军屯”，移民殖边，大批汉族人来到西南边疆，促进了彝汉两族人民的经济、文化交流。明代中叶以后到清朝初年，实行“改土归流”，封建土司被革除，大部分彝族地区的封建领主经济解体，封建地主经济随之确立。在四川凉山彝族地区，土司势力逐渐衰微，黑彝贵族势力兴起，把土司统治的凉山大部分地区逐步变成为黑彝贵族统治的地区。但凉山彝族的土司统治和黑彝贵族统治都是奴隶主阶级的统治。

鸦片战争以后，彝族地区同全国其他地区一样不同程度地陷入了半封建、半殖民地的深渊。在国民党反动统治时期，更是苛政猛于虎，彝族人民生活在水深火热之中。

勤劳勇敢的彝族人民是我国西南滇、川、黔、桂广大地域的最早的开拓者之一。他们的祖先自古就辛勤劳动、繁衍生息在云贵高原之上。彝族地区向来便是祖国疆域不可分割的一部分。

彝族文化，是辉煌灿烂的中华民族文化的重要组成部分。无论是古老的彝文，浩如烟海的典籍和民间文学，还是独具特色的音乐、舞蹈和美术，都在我国乃至世界文化宝库中占有自己的位置，彝族文学古老而独具特色。在史书上称之为“爨文”或“韪书”，近年有的学者研究认为，西安半坡出土文物上刻画的古老文字，就是彝文。彝文是一种超方言的音节文字，历史上曾流行于川、滇、黔、桂四省（区）的广大彝区。书写方法一般是从左至右直书，也可自右至左横书。党的十一届三中全会以后，经过规范化的彝族文字在四川等彝区推广，效果极好，迸发出了它的青春活力。最著名的彝文巨著《爨文丛刻》和《西南彝志》，囊括了彝族明代以来许多彝文古籍，是研究彝族文化历史的重要材料；其他典籍如《尔比尔吉》《玛木特衣》《勒俄特衣》和《阿莫尼惹》等，都是彝族古老文明的见证，彝族的民间文学丰富多彩。各彝族地区都有自己的民间诗人，有许多优美动人的史诗、长篇叙事诗、民歌和传说故事。云南的《阿细的先基》和《梅葛》，凉山的《勒俄特衣》等，均是以记叙古老的神话为主要内容的诗集，是史诗一类的作品。彝族文学中更多的作品是以阶级社会为背景，揭露奴隶社会和封建社会的罪恶与黑暗，生动描写被压迫被剥削的劳动人民的痛苦生活和反抗，以及对美好生活的憧憬，如凉山地区流行的《阿什木呷之歌》《孤儿约呷》《一个奴隶的故事》《妈妈的女儿》以及云南彝区流行的《妇女出嫁诉苦歌》《不愿在夫家的姑娘》等。彝族撒尼人的叙事长诗《阿诗玛》，塑造了一个美丽、善良、勤劳、智慧、热爱生活、向往爱情、不畏强暴、勇于反抗的阿诗玛的艺术形象。整理出版后受到全国人民的喜爱，已被译成 10 多种外国文字，得到国际文学界的重视。彝族文学具有鲜明的民族风格，内容曲折复杂，语言上非常善于运用比喻和夸张的手法。其中诗歌一般是 5 个音节一句，每句押韵，非常易于流传，脍炙人口。

彝族是能歌善舞的民族。汉代司马相如在其名著《子虚赋》中曾经提到“颠歌”，后人注解，“颠歌”就是居住在滇池周围包括彝族先民在内的少数民族歌曲。晋宁石寨山出土的滇人文物中，有不少是以表现当时歌舞为内容的，有女俑作翩翩起舞之状，有8人乐队合奏的场面。南诏时期，“骠国（今缅甸）乐”就先在南诏流行，然后再传人长安的。同时，南诏统治者也向中原朝廷献上自己的音乐（“夷中歌曲”），经过剑南西川节度使韦皋的提炼和加工，编成“南诏奉圣乐”，曾在长安宫廷上演。彝族传统的乐器也富有特色，如葫芦笙、马布、巴乌、口弦、月琴、笛、三弦、编钟、铜鼓、大扁鼓和克些觉尔等，都丰富着祖国的民族器乐艺术宝库。

新中国成立后，彝族人民在传统音乐舞蹈的基础上创作了一大批具有民族特色和时代气息的优秀节目，受到国内外人士的赞誉。其代表作有阿细人的《跳月》、凉山彝族舞蹈《快乐的诺苏》《喜背新娘》《阿惹妞》、贵州彝族歌舞《盘歌》、广西彝族舞蹈《女民兵》、圭山彝族的抒情歌曲《远方的客人，请你留下来!》、葫芦笙独奏《彝家喜庆歌》等，都获得国家级和省级奖励。1985年彝族歌舞参加了在土耳其举行的第二十二届国际舞蹈艺术演出，深受国际友人好评，被誉为来自遥远东方的“最美丽动人的艺术”。1989年创作的轻喜歌舞剧《穿红裙装的幺表妹》参加1990年四川省歌剧调演，夺得了全省5项一等奖中的3项。1990年在四川省首届少数民族艺术节以及1992年在昆明举行的全国第三届艺术节上，彝族歌舞也都十分引人注目，获得多项奖励。

一、彝族文学的范畴及其界定

关于彝族文学的范畴及其界定标准，是在少数民族文学史的编写研究实践中提出来的一个新的课题。我们的观点是：彝族文学是彝族人民所创造的文学。划分彝族文学归属的重要标志，是看作者的民族身份。换言之，凡属于彝族作家创作的作品，无论他使用的是什么文字，反映的是哪个国家、哪个民族的生活，都应归于彝族文学范畴。彝族文学的范畴及其划分标准的确定，应该符合于彝族文学创作的实际，在实践应用上行得通，符合党的民族政策和文艺政策，有利于民族团结和民族文学发展。符合马克思主义文艺理论的基本原理，在理论上讲得通。

现在讨论民族文学的归属，一般都从语言文字、生活题材和作者民族出身三方面来阐述。关于语言文字。从理论上说，语言是文学的第一要素。民族语言文字是少数民族文学民族特性的一个重要表征。我国各少数民族都有用本民族文字进行创作的权利和自由。在我国，党和政府为有民族文字的民族使用本民族文字提供了充分的条件。但是，仅仅是语言文字，还不能决定文学成为民族的，即是说还不能把一个民族的文学基本特性表现出来，因此也就不能成为划分民族文学的主要标志。让我们考察一下我国各民族的语言文字的文学创作情况。由于历史的原因，我国55个少数民族中，有的有本民族语言的文字，如蒙、藏、维吾尔、哈、朝、傣、彝；有的民族历史上有过文字，但现在不用了，如纳西、满等族，有的只有语言，没有文字；有的则连民族语言也没有。这样在文学创作上就形成了各民族之间的差异和某一民族内部的差异：有的民族用民族文字写作，有的民族用汉文写作；在一个民族内部，一部分作家用民族文字写作，一部分则主要用汉文写作，如蒙古族、维吾尔族、哈萨克族、藏族，都有这种情况。我国当代少数民族作家中的相当大的一部分，其中最有成就和最有影响的作家和他们的作品，大多是使用汉文写作的。如李乔、陆地、杨苏、晓雪、包玉堂、查干、益希单增、乌热尔图等。近年来，在全国各种文学评奖中得奖的少数民族文学作品，也多是用汉文写作的。以语言文字作为划分民族文学的标准必然会得出大部分少数民族没有本民族文学的错误结论。同时，把一大批作家排除在民族文学之外，这在政策上是失误，也不利于民族团结和民族文学的发展。我们提倡用民族语言文字写作，但不能一刀切。再说题材。以作品的题材为标准划分民族文学的归属是不科学的，题材多样化是发展社会主义文学的一个重要原则。我们党的文艺政策从来就认为：在为人民服务、为社会主义服务的方向下，题材选择上作家有充分的自由和广阔的天地。提倡写民族生活与题材多样化是不应该矛盾的。汉族作家可以写彝族人民的生活，彝族作家也可以写汉族和其他少数民族的生活，甚至写外国人的生活。我国多民族杂居的特点，决定着我国少数民族作家及其作品题材的广泛性特点。比如，无产阶级革命家形象的塑造曾经是，现在仍然是当代文学创作中的一个重要的课题，少数民族文学也不能例外。回族作家沙叶新的话剧《陈毅市长》写了陈毅，满族作家寒风的长篇小说《淮海大战》写了邓小平、刘伯承等一大批我军高级将领。文学作品的题材是异常广泛的，完全不能决定文学的归属。在我国文学中，有一种叫作国际题材的作品。如在1979年全国短篇小说评奖中，得奖短篇小说《阿扎与哈利》，小说的主人公一个是马来人，一个是希腊人，女主角是日本人，60年代轰动我国剧坛的话剧《赤道战鼓》，写的是非洲人民的斗争生活，主人公之一是卢蒙巴。如果有人据此而把它们说成是外国文学，那将是一种笑话。世界文学史上也不乏这样的例子：莎士比亚的戏剧《威尼斯商人》《哈姆雷特》，写的是意大利和丹麦的生活和人物，但它们不是意大利和丹麦文学，而是英国文学。高尔基的《意大利童话》，虽然反映的是意大利工人和人民群众的劳动和斗争，当然也只能是苏联文学，而不是意大利文学。在当代少数民族文学中也不乏这样的例子。事实上，随着经济的发展，交通越来越发达，各民族之间的交往也日益频繁，少数民族作家的足迹遍及全国，甚至遍及世界，他们所接触的生活也便会自然地进入他们的创作领域。苗族作家李必雨曾长期居于缅甸，他的大部分作品，如《野玫瑰与黑郡主》《红衣女》等，都是描写异国风情和异国人物，我们当然也不能把它们说成是缅甸文学，而应该是苗族文学。所以，应以作者的民族身份作为划分民族文学归属的主要标志。当然，我们认为凡属彝族作家创作的作品，都应归于彝族文学的范畴，但并不否认它们的中间的差异性。这种差异性表现在：有的作者长期在彝族地区生活，熟悉彝族人民的生活和感情，并在自己的作品中真实地反映了这种生活和感情，具有鲜明的民族特色，这是彝族文学研究的主要对象。有的作家在彝族地区生活或与彝族人民的生活有着多方面的联系，在自己的作品中一定程度地反映了彝族人民的生活，表达了他们的感情，具有一定的民族特色。有的作者长期脱离彝族地区，与本民族联系较少，他们的作品主要以汉族生活为题材，缺乏民族特色，当然，这是极个别的现象。随着时代的前进，社会的发展，彝族文学要面向全国，走向世界，要在题材、主题、艺术形式上表现出新的特色。植根于彝族生活和历史文化的丰沃土壤，同时还善于吸收和借鉴国内外文学的创作经验，就能够创作出既有强烈的时代感，又有浓郁民族特点的优秀作品。

二、当代彝族文学的成就和经验

新中国建立以后，彝族文学的发展和整个中国的社会主义文艺一样，经历了一条曲折前进的道路。大体上可以划分为三个时期：从建国初期到“文化大革命”前的十年，是彝族文学迅速发展的时期。尽管有 1957 年反右派斗争扩大化和历次反地方民族主义等左的干扰，彝族文学仍然取得了很大的成绩。党和政府为了促进民族文学的发展，采取了一系列的正确方针和措施。这一时期，彝族作家、作者队伍开始形成并不断壮大。老作家李乔、李纳的一些有影响的作品，就是在这一时期产生的。一些有才华的作家在这一时期也脱颖而出。作家苏晓星、普飞、龙志毅、熊正国、吴琪拉达、替仆支不（韦革新）、阿鲁斯基等，都是在这一时期步入文坛的。这批作家，至今仍然活跃文坛上，是彝族当代文学的骨干力量和奠基人。他们在这一时期的代表作，构成了彝族当代文学史上的光辉篇章。这一时期彝族作家文学的发展，结束了新中国成立前彝族文学基本上是民间口头文学的历史，开创了作家文学与民间口头文学同步前进的新局面。“文化大革命”时期，刚刚露头，极为稚嫩的彝族作家文学，遭到了灾难性的摧残，出现了一片空白。新中国成立后培养起来的彝族作家、诗人、民间歌手，被加上种种莫须有的罪名，残酷斗争，无情打击，彝族文学濒临绝境。粉碎“四人帮”后，彝族文学开始了复苏、发展的新时期。党的十一届三中全会制定了实事求是、拨乱反正、建设有中国特色的社会主义的路线。党采取了对外开放，对内搞活的方针政策，在抓经济建设的同时抓精神文明的建设，广大彝区焕发了生机，出现一派欣欣向荣的景象。这一时期，党和政府为了促进民族文学的发展，落实了各项民族政策和文艺政策。在第四次全国文代会上成立了中国作家协会民族文学委员会。在云南、贵州、四川、广西的作协民族文学委员会领导成员中都有彝族作家。1980 年 7 月，在北京召开了新中国成立后第一次全国少数民族文学创作会议，总结了新中国成立三十年来少数民族文学创作的主要成就和基本经验，提出了发展少数民族文学的迫切任务。为了发展和繁荣多民族的社会主义文艺，创办了全国第一个专门刊载少数民族作家作品的杂志《民族文学》，并有了少数民族文学奖项。这些措施对彝族作家文学的发展，起了很大推动作用。一大批彝族青年作者、作家在这一时期迅速成长。彝族作家、作者，在国家级和省级的民族文学评奖中，成绩显著。这时期彝族作家、作者各种题材的作品大量增加。艺术上，在继承和发扬民族传统的基础上，大胆进行借鉴和探索，艺术风格日趋多样化。1984 年 6 月，第一次全国彝族文学创作、编辑会议在四川省凉山彝族自治州昭觉县召开，决定编辑一套彝族文学丛书，并成立了以李乔为主编，苏晓星、吴其拉达、替仆支不为副主编的编委会。同年 10 月，在贵州隆林彝族回族苗族自治县召开了第二次全国彝族文学创作、编辑会议，这是一次规模比较大的会议。老作家李乔作了“开创彝族文学新局面”的重要讲话。关于这次会议的主题，李乔说：“在大好形势下，全国六百多万彝族人民的文学应当怎么办？这是此次会议要讨论的问题。其次，讨论如何提高彝族文学作品的质量问题，如何培养一支文学工作者的问题以及编辑新中国成立以来彝族文学丛书和彝族文学史的问题。”这两次会议是彝族作家、作者大团结，开创彝族文学新局面的盛会，在彝族文学发展史上有着重要的意义。中国彝族文学的发展，虽然道路是曲折的，但是，仍然取得了巨大的历史性的成就。这些成就主要表现在以下几个方面：

第一，建立了人数众多的彝族作家、作者队伍，彝族文学成为我国多民族社会主义文学的重要组成部分。彝族文学的范畴，包括新中国成立以来彝族作家、作者的所有作品；包括用彝族文字创作的和用汉文创作的；包括描写少数民族生活和其他民族生活，甚至国际题材的；包括文学的各种题材，如诗、小说、散文、评论、戏剧文学等。在上述的各个领域里，都有彝族作家、作者在辛勤地耕耘着，改变了彝族文学长期存在的民间口头文学与书面文学、书面文学中各种体裁发展极不平衡的状态。李乔、李纳作为第一代彝族作家，出生于旧中国。他们一方面继承自己民族的血统和文化，另一方面也接受了汉族文化。这种现象，实际上是彝族文学进步的表现。他们在 20 世纪 30 年代起步，在新中国又有了长足的发展。首先缔造当代彝族文学的是李乔、李纳，他们以大量的文学著作和独具特色的民族风格，确立了彝族文学在中国当代文学中的地位。

李乔、李纳笔耕半个多世纪，以大量的丰硕的成果开创了当代彝族文学的新纪元。他们以丰富的社会阅历及广博的知识和不屈的民族精神屹立在中国当代文坛上，他们不愧为当代彝族文学的旗手，是600多万彝族人民的骄傲。李乔在解放以前就发表了不少有影响的文学作品，最有影响、最有力度的是长篇小说《欢笑的金沙江》《破晓的山野》《未完成的梦》和《彝家将张冲传奇》。李纳在抗战时期开始发表作品，其小说有《煤》《出路》《父亲》等；新中国成立后，有小说集《明净的水》《姑母》《撒尼大爹》等；后期有电影文学剧本《江南一叶》、长篇小说《刺绣者的花》等。李乔、李纳的文学作品显示了彝族作家的艺术境界。

第二代彝族作家，生在旧中国，长在新社会，他们经历了两种社会制度，是在新中国成长起来的作家。以张昆华、苏晓星、龙志毅、普飞、吴琪拉达、陈志鹏为代表的第二代彝族作家，深深地扎根在故乡的土壤里，以饱满的热情描绘出时代的新生活和美好的未来。他们是彝族人民忠实的代言人，其文学作品都有各自的地方色彩和时代痕迹，产生了一定的影响。苏晓星的中篇小说《良心的中伤》《奴隶主的女儿》具有浓郁的彝族特色；龙志毅的小说《第三号包间》《厂长的私生活》《省城轶事》等都耐人寻味、生活气息很浓。张昆华已出版的《蓝色象鼻湖》《东巴故园情》《秘密使命》等24部书，在全国和国外都有了较大的影响，成为国家一级作家，是第二代彝族作家的佼佼者。普飞以大量的小说、散文、儿童文学赢得了国内外的好评，其作品以反映地方特色和乡土气息独占鳌头。吴琪拉达的《奴隶解放之歌》《月琴的歌》在当代彝族的诗歌界首先成了先锋。还有左玉堂、熊正国、安文新、熊家斌、韦革新、安尚育等，都创作出了很多现代文学作品。这一代彝族作家的思想更加活跃，视野更加开阔，富有极强的探索欲望和创造精神。他们既继承了彝族传统文化，又积极借鉴了现代文学，把强烈的时代精神和民族传统融为一体，展现了一代文学新人的风采。

在第一、二代作家的带动下，第三代彝族作家如雨后春笋般茁壮成长，形成了一个大群体。这一代作家是生在新中国、长在新时期，是在党的十一届三中全会以后成长起来的。他们有较高的汉文水平，具有强烈的改革精神。

吉狄马加是第三代彝族作家的典型代表。他所著的诗集《初恋》《一个彝人的梦想》《罗马的太阳》《吉狄马加诗选》震动了彝族现代诗歌界。倮伍拉且的诗集《大自然与我们》《诗歌图腾》《大凉山抒情》，马德清的诗集《彝人的世界》《飞跨世纪的彝人》《我的爱恋》《红色百褶裙》《三色鹰魂》，杨阿蕾的短篇小说集《嫂子》，贾瓦盘加的小说集《滚动的情韵》，禄琴的诗集《面向阳光》，柏叶的诗集《彝山恋歌》《飞翔的冬天》，阿库乌雾的诗集《冬天的河流》《走出巫界》，俄尼·牧莎斯加的诗集《灵魂有约》，阿苏越尔的诗集《我不再是雨季》，李毕的诗集《鹰的传人》，丁长河的诗集《远远的绿》，伍晋刚的诗集《在通往子子甫乌的路上》，黄玲的《李乔评传》，阿凉子者的短篇小说《妞妞和她的月琴》，巴久乌嘎的中篇小说《阳坡花》等，这一系列的现代彝族文学作品，说明了当代彝族文学后继有人。除此之外，还有北京的巴莫曲布摸，云南的李云华、邵春生、翟文化、毕然、阿里、米切若张、杨永寿、王维凡、邓承礼、赵振王、纳张元，贵州的陈韵、陇山、陈光明，四川凉山州的季万泽、克惹丹夫、克惹晓夫、诺尔伍萨、雾虹、程庆玉、石万聪、吉狄兆林、马惹拉哈、孙志强等一大批年轻的现代文学新人已初露头角，显示出了一代文学新人的努力和希望。

为了繁荣彝族文学创作，培养彝族青年作者，1975 年，四川凉山州文化局创办了《凉山文艺》，各地也相继创办了《彝海文艺》《火把》《德昌文艺》《百灵山》《会理文艺》《西昌文艺》等不定期刊物。云南省楚雄彝族自治州创办了《金沙江文艺》，几年来《金沙江文艺》培养和团结了一大批各民族文学新人。一批彝族青年作者活跃在文坛上。其中比较有成绩的是：基默热阔、毕继爱、普显红、杨翠芳、张彦英、李友华、张学志等。《凉山文艺》彝文版创刊以来，发表了各种用彝文创作的文学作品，培养了一大批用本民族文字创作的作者，主要有：阿蕾、贾瓦盘加、阿巴乌嘎、吉赫丁古、沙马加加、丁长河、沙马拉毅、马黑汉呷惹、沈成军、时长日黑、乌雾、毛勇、李正文等。同时，还涌现出一批文学作品的翻译家，主要有：冯元蔚、岑光电、沈伍基、谢志礼、陈英、王子尧、王继超、王世举、姚昌道、勒索子哈、赵洪泽、朱建新、沙马拉毅等等。随着彝族文学的日趋繁荣发展，出现了彝族文学评论家，云南省社科院左玉堂长期从事彝族文学的研究与评价，编著的《楚雄彝族文学简史》（与杨继中、莆增瑞合作）是彝族区域性的第一部文学史。贵州民族学院的安尚育，致力于彝族文学的研究与评论，写出一批质量较高的论文，如发表在《民族文学研究》上的《李纳论》《彝族诗歌创作新发展》等。

第二，创作和出版了大量的文学作品。这些作品受到我国各族人民的欢迎，有的作品得到了国外读者的赞誉。李乔的长篇小说《欢笑的金沙江》，是一幅反映彝族人民的历史命运的长篇画卷。他以广阔而独特的少数民族生活的描写和所塑造的兄弟民族的人物形象，丰富了我国社会主义文学的体裁，在中国当代文学史上占有一定的地位。李纳的长篇小说《刺绣者的花》，以北伐战争和解放战争为背景，塑造了五彩的艺术形象，写她如何从一个普通的刺绣工人成长为坚强的革命者，以其精致委婉的笔触，富有生活情趣的彝族风情的描写，震撼着读者的心灵。这部小说获首届人民文学长篇小说创作奖。苏晓星的《良心的中伤》，是当代彝族文学史上第一部中篇小说，他还出版过 6 部中篇小说，其中《奴隶主的女儿》，通过起伏跌宕、惊心动魄的情节写出了人物的复杂性，通过人物形象的塑造，反映出生活中错综复杂的各种矛盾冲突。龙志毅发表了几部改革题材的中篇小说，如《厂长的私生活》《第 3 号包房》《散乱的脚印》，这些作品具有耐人思考的魅力，有历史感与现实感。短篇小说，由于篇幅短小，能够迅速地反映现实，所以一经与彝族民间故事的文学传统和新的现实生活相结合，便很快成为新中国成立后彝族文学最早发展起来的，并取得较大成绩的文学样式。作者多，作品也多。出版过短篇小说集的作家就有：李乔、李纳、苏晓星、普飞、熊正国、阿蕾、贾瓦盘加、李光平、基默热阔等。

彝族是能歌善舞的民族，有着悠久而富有魅力的民间诗歌传统。新时代翻天覆地的生活变化的现实一经与诗歌传统相结合，产生了彝族新民歌。歌手和诗人们，以抑制不住的激情，歌唱翻身解放，歌颂中国共产党，歌唱彝家的新生活。“文化大革命”前的 17 年，新民歌是彝族文学各种体裁中，数量最多，内容也最为丰富的品种。新民歌在其发展的过程中，有的由于受到极“左”思潮的干扰，如歌颂“三面红旗”，即“大跃进”“人民公社”“大炼钢铁”的一些作品，背离了现实主义原则，缺乏生活实感，给人一种“假、大、空”的感觉，因而必然丧失生命力。在人数众多的歌手中有较大影响的阿鲁斯基，创作了大量的新民歌，他写的长诗《阿萨》，描写了新中国成立前彝族人民的苦难生活和追求自由解放的美好愿望。施学生、杨森、李永才、李惠珍等都是彝族著名的民歌手。

彝族从 20 世纪 50 年代起有了自己的新诗人。诗歌在彝族文学领域里是成绩显著的。一方面它有着历史悠久的传统和丰沃的土壤；另一方面，它的短小精悍的形式，更能迅速地反映变化着的现实，抒情达意。因此，彝族新诗作者比其他文学样式的作者要多得多。彝族新诗创作，有两个明显的发展阶段。新中国的建立，为各族人民开拓了新的生活，雄伟壮丽的社会主义图景，激励着诗人的激情，为新诗创作提供了崭新的主题。这一阶段的诗歌，主要是颂歌，用乐观、明快的调子，高亢的歌声，赞颂社会主义新生活，表达彝族人民的幸福感和在斗争中的高尚情操。在形式上，广泛运用传统的民歌体裁。社会主义的内容，民族的形式，是“文革”前十七年彝族诗歌创作的特点。“文革”十年中，诗几乎是标语口号式的。粉碎“四人帮”后，彝族新诗有了很大的发展，历史的曲折，造成了人民的成熟及诗歌和诗人的成熟。彝族诗人加深了对社会矛盾、民族矛盾的问题的思考，力图在诗作中表达对历史的思索，深化了主题。诗人再也不是只用一只眼睛看社会。他们写欢乐也写痛苦、写劳动也写爱情、写生活也写哲理，有颂歌也有揭露。他们不再那么天真了，睁开双眼观察社会、人生。吴琪拉达、替仆支不是有代表性的诗人。他们在继承民歌传统的基础上发展了诗歌创作。他们的诗，反映了彝族人民的翻身解放，喊出了时代的心声。他们在彝族诗歌的发展史上是有贡献的。他们一些有影响的诗作，分别收集在《奴隶解放之歌》和《缅尾集》诗集里。他们是“文革”前的十七年彝族诗歌创作的代表。新时期诞生了新一代诗人，他们不仅人数众多，而且在创作上有了新的突进，达到了新的高度。新一代诗人以吉狄马加、马德清、伍耀辉为代表。这一代彝族新诗人，继承民歌和老一辈诗人的优良传统，把民族精神与时代精神熔铸在一起，向诗歌内涵的深处发掘，把诗歌创作提高到一定的审美高度，大胆而果敢地吸收中外诗歌创作的新手法，不断开拓、更新，给彝族新诗创作带来了蓬勃生机，使之走出传统、走向世界。

第三，彝族古傩戏的发掘与新剧种彝剧的诞生。贵州威宁彝区发掘出来的原始粗犷的摊戏“撮泰吉”（变人戏），是最古老的原始戏剧形态，它作为戏剧发展的“活化石”，具有多学科的研究价值，已经引起中外学术界、文艺界的重视和研究。这个戏一般是在正月初三到十五的"扫火星"的民俗活动中演出，演出一般为4个阶段：祭祀、正戏、喜庆、扫寨。祭祀和扫寨为傩仪。正戏只有一个剧目——"变人戏"，主要是反映彝族先民创业、生产、繁衍、迁徙的历史，反映"人类刚刚变成的时代"，演出由示意性动作和原始舞蹈组成，中间穿插着彝语的对白和诵词。诵词主要是描述去邪、讲史、祝福，喜庆是表演欢庆丰收的狮子舞。彝剧是新中国成立后在云南省楚雄彝族自治州的彝族人民中，新兴和发展起来的一个年轻的民族剧种。彝族是一个能歌善舞的民族，因而剧中舞蹈动作十分优美矫健。彝剧深深地扎根于彝族人民的生活和传统的文学艺术土壤之中。新中国成立后，彝族人民经历了翻天覆地的变化，随着政治、经济的发展，文化生活的要求也日趋迫切。为了表现新生活、新思想，原来那种唱时不跳，跳时不唱的传统方式，发展成了边唱边跳的歌舞。1956年，大姚县昙化山上成立了俱乐部，群众有机会看到电影和花灯，他们受到启发，对戏曲形式发生了浓厚兴趣。他们在本民族传统艺术基础上，利用歌、舞、对白相结合的形式，经过反复实践，彝剧终于诞生了。

第四，彝族民间文学的收集、整理、出版工作取得很大成绩。彝族曾经创造过辉煌的古代文化，这些成果，一部分保存在古彝文典籍里，更多的则是流传在民间的口头文学，这些文化遗产，有很高的学术价值和文学价值。新中国成立前，由于长期的民族压迫歧视，人们对它知之甚少，新中国成立以后，民族歧视、民族隔阂被打破了，各民族间的文化交流增加了，彝族民间文学遗产受到人们的重视，从中央到地方的有关部门、大专院校都组织了各种调查队、采风队到彝区进行民间文艺的收集、翻译、整理工作，编辑出版了大量的民间文艺作品。以楚雄州为例，20世纪50年代和20世纪80年代就开展了两次较大规模的采风活动。1958 年中国作家协会昆明分会组织民间文学调查组到楚雄州各地收集民间文学资料。这次活动最大的收获是收集了流传于大姚等地的彝文手抄本《查姆》。经过整理，于 1960 年出版了《梅葛》，1981 年出版了《查姆》。党的十一届三中全会以后，在楚雄州委领导下，又组织了民间文学调查组，开展了较大规模的采风活动，也取得了很大的成绩。通过民间文学的收集、整理，涌现出了像冯元蔚、沈伍基、陈英、阿鲁斯基等彝族民间文艺家。《梅葛》《查姆》以及贵州毕节地区收集整理、出版的《西南彝志》、由凉山州编译的《勒俄特依》，都是百科全书式的著作，对于研究彝族文化有重要的价值。近年来由贵州编译出版的《彝族诗文论》，是一部 1000 余行（用古彝文撰写）的彝族古代文艺理论著作。它对彝族古代的两种文学形式——故事和诗歌的思想内容、艺术形式，作了较为详细的论述；对彝族古代工艺美术的起源发展，发表了独到的见解。此外凉山彝族自治州还编译出版了一批民间文学作品，如《大凉山彝族长诗选》《大凉山彝族民歌》《凉山彝族故事》等。《阿诗玛》是彝族杰出的叙事长诗，曾在国内多家报刊及出版社刊载和出版，先后译成英、日、德和罗马尼亚等外国文字，介绍到世界各地，赢得了国内外很高的声誉。

彝族文学的发展有经验，也有教训。其基本经验是：

第一，必须全面贯彻党的民族政策。

党的民族政策是彝族文学事业发展的最重要的保证。民族团结、民族平等、民族区域自治、培养少数民族干部、尊重少数民族习惯等，是发展和繁荣彝族文学事业的重要原因。历史的经验告诉我们，当民族政策得到全面贯彻落实的时候，民族地区就经济发展、安定团结，民族文学事业就发展、繁荣，作品就多，创作队伍就扩大。“文革”前 17 年，彝族文学的发展和十一届三中全会后彝族文学的复苏与繁荣，就是最好的说明。民族大团结，是我们事业一定胜利的基本保证，保护各民族作家、作者的成长，是在文化领域贯彻民族政策的一个重要的方面。

第二，必须坚持党的文艺方向，贯彻执行党的文艺方针。

彝族文学是党所领导的社会主义文艺事业的组成部分，坚持文艺为人民服务、为社会主义服务，坚持四项基本原则，是彝族作家、作者必须自觉遵循的准则，这是彝族文学始终朝着正确的方向前进的有力保障，在彝区物质文明和精神文明建设中发挥着重要作用。

第三，必须解决好民族特色与时代精神相结合的问题。

彝族文学，是我国社会主义文学的组成部分，它的成就与不足，不可能脱离当代文学的整体水平。就彝族文学创作的整体而言，与我国文学的整体水平，存在着明显的差距，处理好民族特色与时代精神相结合这一辩证的关系，对于缩小这种差距是十分迫切的。彝族文学应富有浓郁而丰富的民族特色，丢失了个性也就丧失了它存在的价值。我国多民族活动的历史与现实，决定了民族特色又不可能脱离时代背景，民族个性必然要与相应的时代精神水乳交融。因此，彝族文学必须努力探索和解决民族特色与时代精神同步发展、同步变化和变革的课题。用时代的眼光观察生活，才能看清生活的流向和本质。所谓时代的眼光，是马克思主义的哲学眼光、政治经济学眼光、历史学眼光。视野开阔了，才能触到时代的脉搏，捕捉到时代的色彩声音，获得新的题材，新的立意，新的手法，这样的作品，才能经得起时代的考验，具有无限的生命力。

第四，必须全面提高彝族作家队伍的基本素质。

彝族文学要出作品，出人才，关键在于作家、作者队伍的建设。作家、作者队伍的素质决定着文学事业的发展和繁荣，也决定着彝族文学在文坛上的竞争能力。作家、作者的素质，包括其生活积累、思想修养、艺术造诣等方面。

当前，彝族作家、作者队伍结构、素质、心理、水平、文学构架等方面都还存在着一些不可忽视的问题。我们应保持清醒的头脑，正确分析彝族作家、作者队伍的现状，并着力去完善、提高。全国彝族作者已发表作品的有近 500 人，作家还不到 100 人，进入中国作家协会会员这个层次的作家也只有 20 多人，进入省作家协会这个层次的，云南 40 多人，四川 20 多人，贵州 10 多人，广西 2 人，已出了书的也不过 50 多人。从人口的比例来看，每 25 万人中才有一个作家。从作家的分布情况来看，第一、二代作家云南居多，其次是贵州、四川、广西。第三代作家，云南和四川的发展态势比较好。相比之下，贵州和广西的后劲不足。从彝族作家的文学构架来看，第一代作家的小说占优势并在全国形成了影响，第二代作家的散文占优势，而第三代作家的诗歌占优势。从地域特点来看，云南的长篇小说、贵州的中短篇小说、四川的诗歌各具特色，各有长处。从现状来看，长篇小说太少，在全国有影响的更少，中篇小说不多，短篇小说情况比较好，报告文学太弱，散文一般，评论脆弱，诗歌占优势。这种文学构架是不合理的。因此，我们应该重在抓长篇小说的创作和评论队伍的建设。值得我们注意的还有一个问题，就是在第三代彝族作家中普遍存在着民族文化意识淡化的问题。因为他们年轻，社会阅历短浅，生活经验不丰富，对自己民族的历史、文化、心理等知之不多，缺乏民族意识。彝族是个古老的民族，在历史上，彝族人民在中国这块土地上创造自己的文化。独具特色的彝族文化，是彝族的精神支柱。古老的彝族文化是彝民族物质财富和精神财富的总和，它包容和涵盖着彝民族的发明创造、智慧才能、心理特征、思维意识。从这个意义上来讲，只有热爱、了解、熟悉自己民族的文化，才能写出具有民族特色的文学作品。换句话说，第三代彝族作家，需要去认真地老老实实地读一点彝族历史，深入到彝族群众和生活之中了解、体验彝族人民的心理、文化。现在有很多同志都是在机关里长大的，从小很少接触彝族群众，缺乏生活，他们的作品几乎离开了自己的民族。著名作家蒋子龙曾在云南文山笔会上说过这样一句话：“人最悲哀的是离开自己。”是啊，一个真正的优秀的作家，都应属于自己的民族。一个作家，首先要热爱自己的民族、自己的故土、自己的人民，一个连自己的民族都不爱的人，不可能去爱国。那么，离开自己民族的作家是可悲的，也是孤独的。作为一个有彝族血缘的作家，应自觉地树立一种民族自尊，树立民族文学意识。但愿我们的第三代彝族作家，认识到这一点。当然，我们不排斥超越民族的作家和作品，也希望培养出更多的大作家，我们的目标还得放远一些，走出本民族，走向全国，走向世界。

三、当代彝族文学的继承、借鉴和创新

文学的发展是一条历史的长河，在它的发展的下一阶层上，总是承传着上一阶层的源流，同时又接受着各种文学潮流的影响。鲁迅先生在谈到文学的继承和借鉴时曾说：“采用外国的良规，加以发挥，使我们的作品更加丰满是一条路；择取中国的遗产，融合新机，使将来的作品别开生面，也是一条路。”彝族当代文学是在继承彝族文学和汉族文学的历史传统，借鉴外国优秀文学遗产的基础上发展起来的。当代彝族文学受彝族民间文学的影响，是相当明显的。彝族民间文学不仅给了彝族作者最初的文学启蒙，而且提供给他们以丰富的源源不断的创作素材。有一位彝族作家在谈到彝族民间文学对他创作的影响时说：“民间文学是自己创作的‘乳母’。”“丰富多彩的彝族民歌、民谣和民间传说，成为哺育我在文学创作上健康成长的可贵养料。”

建国以前的彝族文学史，基本上是一部民间文学史。既有《阿细的先基》《梅葛》《查姆》《勒俄特依》等宏大的创世史诗，也产生过《阿诗玛》《我的幺表妹》《妈妈的女儿》这样一些叙事

抒情相结合的优秀叙事长诗，以文学的形式保存下了一个民族的成员在历史岁月中改造自然的历程和心灵情感的轨迹。彝族民间文学中，韵文作品占了很大的篇幅，而史诗又是其中一个重要的内容。史诗是民间叙事体长诗中一种规模比较宏大的古老作品，它伴随着民族的历史一起生长，记叙了有关天地形成、人类起源的传说，以及关于民族迁徙、民族战争和民族英雄的光辉业绩等重大事件。所以，民族的史诗往往也就是某一特定时期的民族历史的形象化展示。在没有文字的岁月里，史诗就是走进民族形象化历史的最好途径。一个不了解本民族历史的作家，在某种意义上就等于失去了创造的本源，他的写作将会缺少精神的依附。彝族的史诗中，创世史诗有着重要的地位。它是彝族先民们集体创作的产物，其中蕴藏了先民们对宇宙万物、人类社会的种种解释和看法。艺术特色方面，它具有丰富的想象，引人入胜的故事，以及古朴生动的诗歌语言，充分显示了彝族先民在艺术创造上的智慧和才能。流传于楚雄、红河、玉溪等地区的《查姆》，就被当地人民当作本民族的历史来看待。逢年过节、婚丧祭祀等等一些重要的日子，都要请毕摩来演唱数日，还要配上民族乐器大四弦，边弹边唱，具有浓郁古朴的气氛。对本民族成员而言，这是不可多得的接受民族文化熏陶的好机会。它形象生动地为后人讲述了关于开天辟地、人类繁衍和民族的起源等一系列古老的故事。《梅葛》《勒俄特依》《阿细的先基》都是流传于不同彝族地区的创世史诗，从不同角度为我们“再现”了古老的历史，所以在结构上以宏大的建构取胜，叙述格调和演唱风格是以庄严为主，在一定意义上能体现出民族精神的传承。这对当代作家表现社会历史发展的重大题材，将会有有益的借鉴和启示。彝族当代文学中的第一部长篇小说《欢笑的金沙江》，因为反映的是彝族由奴隶社会直接进入社会主义这样一场改天换地的伟大变革，题材重大，场面广阔，所以采用了长篇三部曲的形式来结构小说，以宏大的建构、庄严的叙事风格和民族精神的展现使作品获得了成功，奠定了其在中国当代文学史和当代彝族文学史上的重要地位。从某种意义上说，《欢笑的金沙江》不啻为20世纪仅有的一部展示彝族当代历史巨幅画卷的史诗性巨著。从中不难看出优秀的彝族民间文化传统对作家创作的潜在影响。彝族的民间叙事诗，则更多地能在艺术表现形式上为作家的写作提供学习借鉴的可能。这些诗多取材于爱情婚姻悲剧，反映的是父权制社会人们的生存状况。如恩格斯所说，结婚从一开始就是一种政治的行为，是一种借新的联姻来扩大自己势力的机会；起决定作用的是家世的利益，而绝不是个人的意愿。在这样的背景下，悲剧的产生就在所难免。《阿诗玛》《妈妈的女儿》《我的幺表妹》等作品表现的都是这样的内容。从艺术形式上看，它们都有着秀丽多姿，委婉含蓄，质朴纯真的特色。特别是语言的表现力和表情达意的方式，更有其独到之处。在《我的幺表妹》一诗中，对表妹美丽外形的生动细致的描绘，和对一对有情人生离死别的细腻表现就在简洁、自然、朴素之间充分地展现了民间语言的特殊魅力。不论当代的文学潮流如何发展、变化，民间语言永远会带给我们来自于自然的、新鲜的生命活力。被誉为俄罗斯语言大师的普希金，就曾经多次说过：文学唯有和民间文艺密切联系，才能够掌握语言的艺术。高尔基也说过："接近民间语言吧，寻求朴素、简洁、健康的力量，这力量用两三个字就造成一个形象。"对于当代文学的作者们而言，彝族民间叙事诗是一笔不可估量的宝贵财富。它使我们的写作有了一个可以依凭的文化背景，使我们在创造的过程中能有"根"可寻。它也是一个民族的成员们的共同心理素质得以延续的重要因素。

所以，在当代彝族文学的创作中，民族文化传统和现实写作之间呈现的是继承和延续的关系。没有哪一个人能完全脱离开那一片丰富的文化背景，而直接进入民族文学的写作。民族传统文化的魅力就在于它总是无所不在地以潜移默化的方式影响着我们的灵魂。在当代彝族作家的创作中，我们随时可以寻找到这种影响所留下的痕迹。有的时候它是以内化的方式，有的时候，它干脆以直接的题材和内容走进作家的笔下，展现出一幅幅被主体“重构”以后的民族历史风情的特殊画卷。前者如李乔的小说创作，它宏大的建构总是令人情不自禁地想起史诗，而主要人物身上那些刚直勇敢的品质，又总是能在民间画廊的英雄们身上寻找到相同的血缘关系；后者如年轻一代的彝族诗人的写作，他们对久远的民族文化历史有着一种异乎寻常的热情，喜欢以神话、史诗的辽远空间驰骋想象，笔走龙蛇，尽情传达出自己对民族历史的独特审美。在用双语写作的四川青年诗人阿库乌雾的作品中，就不难看出许多这样的例子。在他的诗中，恩体古兹（彝语，指天帝，主宰者）、支格阿龙（传说中的神人、英雄）、兹祖普巫（传说中彝族先民最早的居住地）等颇富民族历史幽深感的词语，无形中把读者带进了一个广阔辽远的、诗意的天地，感受着诗人对民族历史的重构和呼唤。马德清的诗中，鹰的意象会令人联想到民族的灵魂。倮伍拉且的诗则是把大自然的景物人格化、人性化，使主体和客体融为一体，传达了一种回归的愿望，使历史的空间得到了人文的拓展。

在当代作家的写作中，我们首先要面对的是时代的发展变化和现实生活的五彩缤纷。文学除了对社会现象的关注之外，还应该关注的是人的心灵、人的灵魂以及民族的精神和道德面貌。因此，对民族文化传统的继承和发扬，在今天同样有着重要的意义。对20世纪末的彝族作家们来说，以民间方式形成的文化传统，包贪了一个民族的人民几千年、无数代人的智慧和努力，是一种人类精神的传承。也是当代彝族文学继续在21世纪进步、发展的重要前提。同时，社会在发展，时代在前进，许多民间文学的内容和思想不适合于发展的社会，如何用民间文学的本质性养料来灌溉创作的灵魂，是值得作家们认真思考的课题。我们在继承优秀文化传统的同时也不能故步自封，应广泛地吸收和借鉴国内外各艺术流派的先进方法，如在小说的散文化、情节的打破时空次序的跳跃性、诗歌的哲理性、新的意境的刻意探求等等。鲁迅先生在谈到借鉴时说："即使并非中国所固有的吧，只要是优点，我们也应该学习……'会模仿'绝不是劣点，我们正应该学习这'会模仿'的。'会模仿'又加以有创造，不是更好吗？"文学的继承、借鉴和创新，是文学本身发展的客观规律。当前的彝族文学创作，闭塞是发展的主要障碍，要勇于探索，揭示现实生活中的重大矛盾冲突以及追求新的艺术手法和表现形式。我们正处在一个新的、伟大的时代，要有信心在遵循艺术规律、尊重民族欣赏习惯的前提下，以马克思主义的识别武器，有选择、有批判地借鉴、吸收国内外的艺术成果，创造出富有中国社会主义特色的彝族新文学。

[原载《西南民族学院学报》(哲学社会科学版)，2002 年第 3 期]

和而不同

——新时期四川少数民族文学与汉文化

罗布江村　徐其超

学习、继承、借鉴汉文化是中国少数民族文学发展的重要因素。为探明新时期四川少数民族文学繁荣发展的动因，总结其繁荣发展的经验，揭示其繁荣发展的规律，以迎接 21 世纪的更大辉煌，不可不着重考查一下它如何积极、热情、主动而又不丧失自我地接受汉文化作为主流文化的强力影响。

一、汉语创作与民族语言特色体现

中国少数民族作家文学，一般来说，是少数民族作家使用本民族语言文字（我们称其为第一母语）进行创作的，但由于生活在同一祖国母亲的怀抱，也有越来越多的少数民族作家用汉语言文字（我们称其为第二母语）进行创作。当代四川少数民族文学领域也涌现了一批完全使用或兼用本民族语文创作的作家作品，而数量更多，成就和影响也更大的作家作品还是运用汉语文创作的。素有“双语创作”传统的彝族文学如此，新中国成立后，尤其是新时期才形成藏文创作和汉文创作双管齐下格局的藏族文学也如此，均是第一母语和第二母语创作双丰收、齐跃进，而以汉语创作业绩更辉煌，流播更广远。“文学是语言的艺术”，少数民族文学运用汉语创作，可能有某种局限，但重要的是拓开了少数民族文学创作的新天地。如凉山彝族诗人马德清致函笔者所说：“彝族作家用汉文写文学作品，是对文学领域的扩充，是对彝族文学的强化”，“彝族汉语文学的发展，是一种历史的必然，也是一种新的支撑点”。汉文化对四川少数民族文学的影响首先在语言文字运用上表现出来。

（一）“第二母语渴望”情结

重庆市直辖中央以前的四川少数民族，有些既有自己的民族语言，又有自己的民族文字，如彝、藏等族；有些只有民族语言，没有成熟的民族文字，如土家、苗、羌等族；有的既没有自己的民族文字，也没有自己的民族语言，而以他民族的语言文字为本民族的语言文字。无论在本民族语言文字的使用方面有着怎样的不同，四川各少数民族绝大多数均通用汉语文，以汉语文作为沟通外部世界的桥梁。特别是他们的作家，普遍地有着掌握和驾驭汉语言的强烈愿望，形成“第二母语渴望”情结，而且通过努力学习，确能熟练地运用汉语言进行创作，不断推出精品，为本民族文学乃至整个中国新时期文学做出了贡献。

试以阿来、意西泽仁、巴久乌嘎等的汉语小说创作为例。阿坝藏族羌族自治州州府所在地马尔康，藏语的意思为火苗旺盛的地方，藏族作家阿来诞生在这汉藏文化交汇地带，掌握和驾驭汉语文的渴望就像火苗一样在他幼小的心灵里跳动。悟性加刻苦磨炼，早在 80 年代，20 岁刚出头的阿来就已成为一位用流利的汉语写作的诗人，到 90 年代后期，长篇小说《尘埃落定》问世，其运用汉语的娴熟功夫更达到了令人惊叹的地步。评论家张凤珠在《小说选刊》评奖会上说：“一个藏族作家用汉语写作，把语言运用得这样清新、明净、有光彩，实在难得。”[①] 小说家徐坤认为：“阿来应算作是一位纯正的汉语作家，他的那种纯熟的汉语思维和表达，即使是在代代相沿的汉民族语言文学作家群中，

① 《1997 年〈小说选刊〉奖评选会评委发言摘登》，载《小说选刊》1998 年第 7 期。

无疑也是非常优秀的"；"阿来的写作继承了先锋派的叙述手法，同时又避免把自己对语言的纯熟敏锐把握当成杂耍技巧炫耀，采取更为平实贴近的态度，把所有的机锋、所有的才情，都在看似朴拙实则精到的叙事中加以掩藏"；"他运用他从前写诗的经验，将小说中的对话和描述处理成诗一般的有韵律的形式，但是比诗更自由"。①

从康定走上文坛的藏族作家意西泽仁的汉语运用同样很娴熟，研读过《意西泽仁小说精选》的人可能相信，其语言接近"炉火纯青"。意西泽仁在艺术上追求淡淡的中间色，舒缓的音乐，有小鸟的树林，不挂广告牌的建筑，不浓妆艳抹的人，不动声的幽默，不胳肢的笑，他的语言创造正适应了他的艺术追求。高度口语化、生活化，但不乏加工提炼，平实朴素但不乏诗画美，自然、流畅但不乏音乐美。朱光潜先生指出："语言的节奏是自然的，没有规律的，直率的，常倾向变；音乐的节奏呈形式化，有规律的，回旋的，常倾向整齐。"② 意西泽仁的小说无不随着情感的起伏、跌宕、往返、回旋而在语势上、气韵上相应地起伏、跌宕、往返、回旋，"天籁"般地造成一种内在节奏；但不止于此，他还着意追求整齐有序、循环往复的音乐节奏。《雪花》《极地》等小说中，相似语词、片断、情景的重复，更形同乐曲中的"主导旋律"，既标示情节、线索的转换，主人公思想意识流程的转向，又传达作者的心灵震荡和情绪变化。

（二）第一母语内在底蕴

语言不是单纯的思想交流的工具、信息传达的工具，它本身就是文化载体、文化构成因素。据此，似乎可以断定：只有用本

① 徐坤：《小说：作为一门叙事的艺术——读阿来的新作〈尘埃落定〉》，载《文学报》1998－02－19。

② 《朱光潜美学文集》（第二卷），上海：上海文艺出版社，1982年，第118页。

民族语言创作才能保持民族语言特色，并从而保持民族文学特色。实则民族语言虽是民族文学的重要特征，但不是唯一的特征。民族文学特征除语言文字外，还包括主题题材、人物塑造、环境描写、写作方法、伦理道德、风土人情、审美标准、文化心态等等，这些特征，用本民族语文写，固然更方便、更容易体现，体现得更直接更充分，不过，用汉语写同样可以体现，并可以体现得很浓郁。即使在语言上也可以深深地打上第一母语思维和表达方式的印记，内在地体现民族语言特色。意西泽仁在《答重庆西南师范大学钱国钢同志问》中，曾这样说过：“小说的确是语言的艺术，尤其是对于我们直接用汉语来写作的民族作家来说，语言似乎显得更为重要了。我觉得这里有个内在和外在的问题，如果把民间谚语、俗语和比喻一味地朝自己的作品中放，而人物想的和干的事情又不像这个民族的人，这就有些像外国人唱京戏一样，使人觉得有些滑稽。语言的民族特色应该是内在的，在作家的叙述语言和作品人物的语言上，如果不用谚语和比喻之类东西，读者也能感到这个民族独特的心理素质和文化氛围，那么这种语言就真正有民族特色了。”谚语、比喻之类的夹杂使用，可为汉文创作点缀一些民族语言色彩，但那仅仅是从外面镶嵌进去的，因而是浅表的。意西泽仁强调叙述语言和人物对话的民族化，只有作家的叙述语言和作品人物的对话能够传达少数民族独特的心理素质和文化氛围，让人从中感受到少数民族独特的精神世界和叙述方式，那才是内在地体现了民族语言特色，并通过语言媒介全面体现文学民族特色，从而深化了也升华了人们的认识。

“内在体现”说总结和概括了新时期以来四川少数民族汉语创作的一条重要经验。试看《尘埃落定》之一片段：

父亲并不打算因为白送了别人麦子而责备我，他问：“茸贡家的女儿怎么样？”

“我爱她，请你快去给我定亲吧。”

“儿子，你真有福气，做不成麦其土司，也要成为茸贡土司，她们家没有儿子，当上了女婿就能当上土司。”他笑笑说，“当然你要聪明一点才行。”

我不知道自己是不是有足够支用的聪明，但我知道自己有足够的爱，使我没有可能忘记塔娜了。

亲爱的父亲问我：“告诉我爱是什么？”

“就是骨头里满是泡泡。”

这是一句傻话，但聪明的父亲听懂了，他笑了，说：“你这个傻瓜，是泡泡都会消散。”

“它们不断冒出来。”

“好吧，儿子，只要茸贡土司真把她女儿给你，我会给她更多的麦子。我马上派人送信给她。”

“我”即麦其土司的傻子二少爷，他既是作品主人公之一，又是故事的叙述人。“足够的爱”，“爱就是骨头里满是泡泡”，还有“我要卓玛”，“我已经长大成一个真正的男人了”，“我心里很深的地方，很厉害地动了一下”，“水从高处的盆子里倾泻出去，跌落在楼下石板地上，分崩离析的声音使她的身子忍不住痉挛一下”以及“汉族皇帝在早晨的太阳下面，达赖喇嘛在下午的太阳下面。我们是在中午的太阳下面还在靠东一点的地方”等等，“傻子”二少爷的所有叙述和对话不夸饰，不张狂，较少有陈言，少有空洞、抽象的话头，其最显著的特点是用最基本的汉语言表述最基本的事实：行为和直觉，或者叫感情和灵感。阿来“力图使汉语回到天真，使动词直指动作，名词直指事物，形容词直指状态”①，在冲淡汉语文化背景的同时，巧妙地抹上了藏文化心

① 李敬泽：《为万物重新命名》，载《中华读书报》1998-02-25。

理色彩。既符合"装傻的杂种"似痴愚而实聪慧的汉藏混血儿"我"的个性特征，又符合藏民族的思维习惯和情感表达方式。"汉语写作表达出的却是浓浓的藏族人的意绪情味，能给人以独特的美感享受。"这样有少数民族特色的汉语实际上已经是一种创造，一种超越。

既是纯熟的汉语，又内在地体现母体民族的语言特色，阿来似的语言驾驭艺术，我们在彝族青年作家巴久乌嘎的中短篇小说中一样可以观赏到。"那时候还没有枪，距离有枪的日子不远了，强悍尚能端坐马上，目空一切"；"从母系那方的血统来讲，这方水土享有'德古'尊称的仑卓士与同样声名显赫的索拉威尔是表兄弟"——这是《阳坡花》和《起源葫芦》的开头，它们是纯粹无瑕的汉语，又分明是在传统的"述源观念"指导下的彝人的叙述基调。"若论禽，仑难与九天雄鹰共翔；若论兽，仑难与大壑黑虎为伍：仑是人，哪敢与神仙攀亲"（《阳坡花》），"尔比"脱口而出，表面谦卑实则反讽，对话也是以"克智"（舌头灵便，擅长比喻、夸张）著称的彝人的口吻。巴久乌嘎非常尊重、热爱并精通汉语，但本民族语言——彝语对于他又是根深蒂固的。他说："在写作的高潮，在思维的波峰、情感的浪谷时，我习惯于母语思维、抒发。"记得阿来也在一次讲演中说过：找不到适当的形容，就想到藏语对话，如觉得好就借用，把藏语对话变成汉语，汉语对话隐含藏族思维模式（大意）。二者异曲而同工，都在纯正的汉语叙述和对话中自然地融入第一母语的叙述和对话方式，从而获得强烈的民族语言文化的内在特征。

二、意境创造与民族特质含纳

"新文学观"告诉人们语言不仅仅是文学表达思想内容的工具，更是文学的同构物，特定语言是与特定语言文化体系下的文学观念、文学规律和文学特性以至审美思维、审美意识和审美倾向等紧密联系在一起的。少数民族作家学习汉语，运用汉语创作，绝不是限于单纯掌握表达工具、交际工具而总是要通过汉语言这个载体进而感悟、执掌汉族文学的表现手法、创作原则、审美思想等等，用以增强文学创作的智慧和能力。上面我们着重考察了四川新时期少数民族小说的汉语言运用艺术，下面我们着重从诗歌艺术主要是造境艺术的角度看一看四川新时期少数民族诗人对汉文化的接受。

（一）追求意境美创造

以儒学思想为正宗的汉族传统文化偏重主客观统一的整体思维方式，与此相适应，中国汉族传统诗歌很讲究境界、意境。所谓“意与境会”“思与境谐”、寄情于物、托物载情、情志寄托、情中有景、景中有情、“情景交融、形神兼备”等等，要言之，是诗人丰富的想象、深沉的思想、强烈的感情和鲜活的形象的统一。诗的意境，大多经诗人精心锤炼而成，于是进而讲究凝练、精粹、含蓄、委婉，所谓“语少意足，有无穷之味”，“含不尽之意，见于言外”，“言有尽而意无穷”，“曲而隐”等等。又由于“诗贵有含蓄不尽之意，尤以不着意见声色、故事、议论者为最上”[①]，我国汉族古代诗歌便更进而讲究意象的营造、象征的运用。所谓比兴在很大的程度上和范围内就是指意象、象征的营造。“比”中之隐喻就是意象的一种重要类型，而“兴”则是或近似象征。闻一多先生指出：“西洋人所谓意象（Image），象征（Symbol），实在都是隐，即隐语是借另一个事物把本来可以说得明白的说得不明白点，拐一个弯儿借另一种事物说明一事物。”[②]

中国汉族古典诗歌艺术对诗人的素质要求是很高的，随便举

① 《清诗话续编》（第一册）。

② 《闻一多全集》（第一卷）。

例说，如要能“观物微”而“托兴远”，否则不可能创造出浩茫深幽的境界；要有“思接千载，视通万里”“登山则情满于山，观海则意溢于海”的想象和激情，否则不可能创造出形神兼备的意象；要有炼字炼意的基本功，否则不可能“语少意足，有无穷之味”，等等。但新时期四川少数民族诗人中相当一部分人从小接受汉文化的熏陶，深受汉族古典诗歌和现代诗歌艺术的浸润，不仅认同汉族以精炼、含蓄的意境创造的诗美观，而且能熟练地运用汉语创造意境美、含蓄美、意象美、象征美。例如白族诗人栗原小荻。还在栗原小荻的少年时代，屈原、李清照、郭沫若就成了他梦幻中的星云，而其所受汉族诗歌影响的最明显表征，也是其诗的最大思想艺术价值就是笼罩“忧患意识”和热烈憧憬的情志寄托，就是运用意象、象征构筑的壮美境界。以群山和大海作背景，影视剧诗《血虹》中的主人公山神之子大辘和海神之女苔媛就具有象征性，酝酿构思之初，可能是象征大陆和台湾，创作、修改过程中扩充为象征东方文化和西方文化，或者干脆如关纪新在《血虹》汉彝双语版本序言中所说，可“理解成中国或世界范围内的任何一对双边文化”。但是，不论如何理解，诗人透过苔媛和达轳由对峙而相知相爱的感人故事所寄托的情志是确定不移的，即：对人类文明最终战胜蒙昧，祥和最终替代恶斗，仁爱最终化解怨恨，良知最终超越物欲的美好生存环境的喻示。20世纪末，中国和世界均正面临着社会历史文化的巨变，《血虹》预期的理想境界有助于我们审美地把握社会历史文化走向。

意境创造在被称为“新山水诗”代表之一的土家族诗人冉庄的山水诗中也有出色的表现。“一群白族姑娘/围在蝴蝶泉边/宛如明镜一面/湛蓝湛蓝明镜/映着姑娘的笑脸//不见蝴蝶翻飞，却见蝶蝇彩练/不见五彩蝴蝶/飞来蝴蝶泉边/长长姑娘发辫/个个鲜花缀满。”（《蝴蝶泉边》）如果说把蝴蝶泉喻为明镜未免老套的话，那么把一群白族姑娘的发辫喻为蝴蝶泉特有景观的“蝶绳彩练”就新奇而又无比贴切了，且极其自然地流露出诗人对美丽的姑娘和她们生活其间的五彩世界的赞美。景是真景，情是真情，且融景生情，情从景出，难怪青年诗评家杨四平称述冉庄的山水诗“追求诗词融合，即古典与现代在意境技法上的融合”①。

（二）意境含纳民族特质

少数民族文学之为少数民族文学，根本在于它含纳和表现了各少数民族的民族特质，诸如民族性格、民族心态，民族特有的审美眼光，文学结构形态、表现手法上的民族特征等。如同一些作家不满足于熟练地运用汉语写作小说而着意在故事叙述和人物对话中体现本民族的语言特色一样，活跃在新时期的四川少数民族诗坛的一些诗人，也不满足于能用比兴手法创造意境，且着意使之含纳和表现民族特质，以区别于通常汉族诗歌的意境构筑。彝族诗人吉狄马加曾经在《我与诗》中把自己比喻成几条河流交汇处的一块礁石时说：“在我身上有彝文化的基因，有汉文化的标记，还有外来文化的影子。如果说对我进行文学启蒙的是本民族的民间口头文学的话，那么使我真正认识到什么是作家书面文学的却是汉文化。”的确，马加的汉文化功底是很坚实的，还在读中学时，尽管是文化禁锢年代，他已诵读了李白、杜甫诗选，而后来到大学专攻汉语言文学。试看这些曾经被人击节赞赏的诗行：“雨丝是有声的门帘/牵动着梦中湿漉漉的思念/雪片是绣花的窗帘/挂满了洁白洁白的诗笺”（《猎人岩》），借助暗喻将同情和赞美的激情注入猎人苦寒的生活实境，又借助“通感”把猎人的思念情怀化为具象，造境技法之纯熟，炼字炼意之精工确乎使人联想到“红杏枝头春意闹”的名句。当然，谙熟并且妙用汉族古典诗歌造境技法，只是吉狄马加意境创造的一个方面，另一方面他的意境营构又绝不同于汉族古典诗歌，它创造地继承了彝族

① 杨四平：《冉庄诗歌谈片》，载《文艺报》1996－02－16。

传统诗歌的创作方法和表现技巧，如"烘云托月""乌云藏月""隔雾观花"以及克智和尔比等等，更注重选取具有鲜明、深刻的彝民族社会历史文化生活特征的形象，将诗的情感——"彝魂"灌注其中，构成新颖、独特的意境，让人确凿感到彝文化基因的存在。如"天上的雄鹰/也有站立的时候/地上的豹子/也有困倦的时候/妈妈的儿子/你就睡吧/（有一支多情的手臂/从那温暖的地方伸来/歌手沉重的额头/寂静如月光的幻影）//天上的斑鸠/也有不飞的时候/地上的獐子/也有停步的时候/妈妈的儿子/你就睡吧/（传说奇妙的故事/被梳理成少女的小辫/游戏在天黑之前/把梦想留在了门外）//天上的大雁/也有入眠的时候/地上的猎狗/也有打盹的时候/妈妈的儿子/你就睡吧/（远处的隐隐雷声/剩下的缠绵思念/小路再不会明白/那雨季过后的期待）//天上的太阳/也有下落的时候/地上的火塘/也有熄灭的时候/妈妈的儿子/你就睡吧/（等你早晨醒来/就会长成威武的勇士/假如你的妈妈/已经离开了这个人世/你可千万不要去/辛苦地找寻/因为她永远属于/这片黑色的土地）//"顾名思义，《催眠曲（为彝人母亲而作）》是诗人对"襁褓时期"的难忘催眠曲的抒怀，景物、人事、情思融混，意境温馨、肃穆、幽深，从中可见诗人多维文化的视野，而又以彝族文化为蓝图。豹子、斑鸠、獐子、大雁、猎狗以及火塘等景物是彝区自然环境的标志，而雄鹰和月光、太阳等更是彝族三色文化的符号，提起它们不难联想到好多好多神话故事。勤劳、善良、仁慈、顽强不息而带"无声忧郁"的母亲不仅是彝人母亲的代表，而且也是彝民族的象征。诗人寄托在人、事、景、物中的深沉的爱、崇高的敬和"百年孤独"的忧思，同样反映彝民族的心声。即使是诗歌的表达方式也打上了彝族歌谣谚语的胎记，比兴手法和排比句的大量运用就是突出的表现。这便与汉族古典诗歌的简练、含蓄相背了；好在各个排比句段所铺衍的内容呈层层递进之势，同中有不同，不变中有变，否则就难有多少艺术空白。

着意追求诗歌意境含纳和表现民族特质，在新时期四川少数民族诗人中不只吉狄马加一个，而应该是人数不算很少的一群。《阳光与高原》《阳光与人群》《阳光与我》——以“阳光系列”知名的藏族青年诗人远泰，其诗歌创作的特色和成就也是意境创造的独特和新颖，亦即其民族性和地域性。从取材和造境的角度看，远泰善于以阳光、雪山、草地、丛林、火塘、牛群、莜麦的意象示人，并且在这些题材与意象的深处，在诗人的心灵与血脉中，始终律动着对自己民族的历史和文化的关注。诚如吉狄马加、孙建军在《远泰和他的阳光与高原》一文中所述，“远泰的诗如一幅幅画，把那方土地的神秘、人民生生不息的倔强展示出来，让我们领略到了生命古老、生活艰辛而美丽的意境”，然而“远泰的诗并不是那种浮光掠影的图片解说词，他涉笔风情的时候，始终贯注了一种民族文化的原始和深沉，又给人一种悠远的思考”。从叙事抒情方式的角度看，远泰长于对故乡的山故乡的水故乡的人作纵情放声歌唱。如同吉狄马加的尔比尔吉式的博喻和排句有时难免会影响诗歌语言的凝练一样，远泰一泻千里的唱吟，有时也难免失之于冗杂，但是这唱吟有着深厚的文化背景，它承接着藏民族的史诗和情歌传统，植根于并且适应着藏民族的审美情趣。亦如孙建军所说：“读远泰的诗，能让人从他的语言的抑扬顿挫之间，感触到原本诗意之外另一种意境，就是藏族那宽厚的、站在很高的地方，一直对着苍天唱的民歌。我以为藏族民歌最动人之处在于词语之间的长长的热情过渡，其中深藏着独在一隅的人们要把自己的心声表达到天高地远之处的愿望。远泰诗作一咏三叹的风格，不能不与这一文化背景有关。”①

① 孙建军：《我们不愁没有新的火苗——读远泰诗集〈阳光与人群〉》，载《四川作家报》1995年第10期。

"五四"迄今，特别是新时期以来，中国诗歌创作，由于借鉴西方诗歌艺术，已经超越、突破传统的赋、比、兴三法，在表现方法、手段和技巧上获得很大的丰富、发展和提高。这种超越、突破和丰富、发展和提高，主要不是表现在意象的营建或象征、暗示、变形、通感等手法的运用（如此等等，在中国实在是古已或多或少有之的），而是表现在诗人主观的更深介入，诗歌意象象征和境界的主体化倾向的加强①。汉族传统诗歌倡导"意与境会""形神兼备"，强调的是"意随象出""以形传神"，不太重视对人的内心世界作细致、具体的开掘，势必对个人情思形成某种抑制。主体化倾向的加强正有助于矫正这一缺陷，弥补这一弱点，使诗歌赶上时代潮流。时下，所谓诡谲的意象、奇奥的比喻、象征，无非是在意象形态上表现出的难以捉摸的主观随意性，心智对观照对象的"别样意义"的与众不同的发现，而费解的"变形""通感"等则无非是主体意志对客观物象的大胆"改造"，并从而衍生出新的物象。前面引述的吉狄马加《猎人岩》中的名句"雨丝是有声的门帘，牵动着梦中湿漉漉的思念"的"湿漉漉的思念"是心理感觉转换成物理感觉的"通感"显例，而心觉之能同视觉沟通，关键就在诗人主观想象力的张扬，由"雨丝"联想到"门帘"，联想到老猎人的"家"，伤感之余更迳直"象随意出"把"雨丝"幻化"改造"成了绵绵不尽的相思泪，以此，使老猎人的心灵痛苦具象化又不失女委曲美。"通感"的意象组合和新奇的观态搭配等现代诗歌技法在吉狄马加诗中频频出现，在栗原小荻、马德清、倮伍拉且、远泰、何小竹、牧莎斯加、列美平措、阿库乌雾等四川少数民族年轻诗人的笔下同样随处可见，充分反映出他们的主体精神的觉醒。需要强调指出：

---

① 参看毛迅：《主体化：异质诗学文化中的中国现代诗歌意象艺术》，载《西南民族学院学报》1996年第6期。

不同于传统造境技法的现代诗艺对新时期四川少数民族诗歌的渗透，与其说是受了欧美意象主义、象征主义等现代主义诗歌流派风格的影响，毋宁说是直接吸取了20世纪中国新诗特别是新时期汉族诗歌的营养。仍然以“雨丝是有声的门帘/牵动着梦中湿漉漉的思念”为例，欲从吉狄马加奉为圭臬的聂鲁达诗歌中去捕捉“影子”较难，而从中国现当代诗歌中去寻找源流则似乎较易。李金发的《琴的哀》中不是已有过“微雨溅湿帘幕/正是溅湿我的心”的诗句吗？二者心有灵犀，很可能吉狄马加受到了李金发的触发。所以就造境的方法、手段、技巧而言，无论是传统的一套，还是现代的一套，新时期四川少数民族诗人都受惠于古今汉族诗歌，但他们总是与自己民族的固有诗歌技艺结合为用。

三、少数民族文学发展与汉文化融入

以上主要从小说创作语言和诗歌表现方法两个层面考察新时期四川少数民族文学对汉文化的吸收和消化，带有举例性质。实则四川少数民族作家、诗人对汉文化的接受决非局限于汉民族语言文字的借用和汉民族诗歌造境技法的借鉴，而是从文学观念、审美意识到哲学思想、道德观念到价值取向、思维方式等等，均有所消化和吸收，几乎涵盖了精神文化的一切领域。例如汉民族奉为正宗的儒家主张积极入世，参与政治，关注现实，忧国忧民，为文则当使其发挥“兴、观、群、怨”的政治和教化功能。在儒家思想的长期熏陶下，关心政治、爱国忧民的思想意识为汉民族志士仁人、知识分子的精神支柱，也构成了中国现实主义文学创作的优良传统。四川当代少数民族作家对“儒家”的评价未必相同，接受儒家思想影响的程度也不一样，但他们却普遍地继承了关心国家命运、民族命运和人民疾苦的“忧患意识”和以积极的态度介入人生，反映并改造现实的现实主义精神。意西泽仁说：“我写文学作品，实际上是我表达情感的一种方式”，“这种表达情感的方式，从没有使我感到过轻松，因为我的喜怒哀乐是和民族、国家和世界联系在一起的”。阿库乌雾说他无比神往地追求存在主义诗人、哲学家海德格尔主张的“诗化人生”“诗意的栖居在大地上”的艺术、哲学境界，但其灵魂深处，则一方面是深层的民族文化依恋，强烈的民族自尊心和坚韧的民族自信力的张扬；一方面是浓烈的民族忧患意识，激越而亢奋的民族文化反省、文化批判、文化重构愿望的承诺。足见，关注国家现代化发展，忧思民族文化生态环境，同情父老乡亲疾苦，已成为当今四川乃至全中国少数民族作家群体的人生要义，成为他们创作的指导思想。当然，作为活跃在改革开放历史舞台的社会主义新一代，国家性、民族性、人民性的传承并不妨碍人性的张扬、个性的发挥和情感的宣泄，只不过如前所示，他们的“小我”化入“大我”，他们的喜怒哀乐与民族、国家甚至世界沟通。四川新时期少数民族作家的不少人对汉族引为正统、体现儒家思想的“中和之美”“温柔敦厚”“乐而不淫，哀而不伤”等审美标的认同也是有案可稽、有迹可循的。不过现在，我们无法继续疏理四川少数民族文学接受汉文化影响的所有方面，而把目光收回到我们需要考察的重点即本文开头提出的四川少数民族文学接受汉文化影响之规律和经验上来吧。

（一）吸收主体文化方能促进发展

谷范在为《西域少数民族诗选》所做的序言中指出：“每个民族，都是你中有我，我中有你，所谓民族文化的纯洁性是根本不存在的。”在多元化一体的中国，汉民族和各少数民族以及各少数民族之间在文化上更是互相注入、互相融合、互相影响，并从而实现共同丰富、共同发展、共同提高的。穿越漫漫的历史长河，我们看到了少数民族文化和文学艺术从各个方面溶于汉族作家以及他们的创作给以影响和促进，更看到汉族文化和文学对少数民族作家以及他们的创作以巨大影响和促进。我们用了“更”

和“巨大”强调汉文化对少数民族的影响，这是说明事实，也是揭示规律：在民族文化双向交流的过程中，小民族、非主体民族接受大民族、主体民族的先进文化的影响总是更多、较大，即使某一少数民族在某个时期占统治地位，在文化上同样还是不以人的意志为转移地接受大民族、主体民族精英文化的巨大影响。正是基于对文学和文化融合、发展的这种规律的深切理解和把握，因此，四川当代少数民族作家一般均不愿作茧自缚，能理性地看待汉文化的必然影响，并且怀着开拓本民族文学新领域的希望和热情去接受汉文化的积极影响。马德清说：接受汉文化，掌握汉语文，不仅“可以用汉族的文化和表达方式写自己的民族，更主要的是可以用现代文化的意识和当代文明的观点来审视自己民族的传统文化，既能继承民族的优秀文化，摒弃传统文化的糟粕，又能学习和借鉴先进民族的文明成果，不断充实和丰富自己，取人之长，补己之短。同时，又能以两种民族文化结合优势互补，创造一种新型的文化氛围”。马德清的论断无疑是正确的，从吉狄马加、阿来等诗人、小说家的创作可资证明：少数民族文化的特质与作为中国主体文化的汉文化联姻已经结出新鲜的果实，到下一世纪必将创造出诱人的奇葩。

（二）和而不同方能保持自我

接受汉文化的影响而提高思想艺术境界，是改革开放时代中国少数民族文学发展的大趋势，但是如果只注意与主体文化趋同，而不注意保持和发展母体民族的传统和特点，也会逐渐导致淡化自我，甚至完全丧失自我、“全盘汉化”，正如中国在接受外国文化影响的过程中数典忘祖，唯欧美马首是瞻会导致“全盘西化”一样。“我面临的教育，从小学到大学都是在汉语言的环境之中，这并非坏事，也并非幸事”，远泰说“并非坏事”自然不言而喻，而所谓“并非幸事”，则是指由于长时间的汉语言文化教育，已使他对其本民族即藏族的语言开始淡忘，对其本民族的文化内涵只有一些支离的认识，一旦需要本民族文化给予文化背景的支持和思维方式的支持时，显得乏力。远泰虽有力不从心的感觉，其诗歌、散文和小说创作的雪域高原文化色彩，还是浓烈的，而另有一些少数民族作家的汉语文学创作倒确乎从形式到内容均已汉化，对其本民族语言和本民族构成“解构”和“颠覆”的威胁。要保证吸收大民族文化或强势文化时不丢失母体文化，四川一些少数民族作家和批评家发出了强烈的呼唤。为此，我们觉得最需要彰显一种新人文精神，其要义是倡导异质文化多元共生，强调各文化在一体中尽量保持自己的民族个性，正确解决国际性和民族性，多元性与统一性、地方性的关系。用“中华和合文化弘扬工程”构建者的说法就是“和而不同”。《国语·郑语》：“夫和实生物，同则不继。以他平他谓之和，故能丰长而物归之；若以同裨同，尽乃弃矣。”“和”是诸多异质因素的多元和合即多样性统一，使世界多彩多姿，生机蓬勃；而“同”则是一元的，同质事物的叠加、简单的同一，不可能产生新质的事物。“和而不同”就是多元一体，一体多元的多元共生原则。不仅要强调东西方文化多元共生、平等对话，对于像中国这样的多民族国家内部的各民族文化元也应强调同生共荣，而不能泯灭传统，抹杀特点，完全同化于主体文化、强势文化。以“和而不同”的人文精神融合汉文化，相信只能促进少数民族文学的丰富、发展、提高，并从而充实中华文库，决不会陷入“全盘汉化”的狭胡同。

（三）强化民族意识能提高文化自主能力

“和而不同”能保证中国少数民族作家在接受汉文化以及西方文化时不丧失自我。若进一步追问，怎样方能保证“和而不同”，我们的回答：关键在于创作主体要有现代民族意识，首先表现为民族认同感、尊严感和责任感以及民族忧患意识，但不包容狭隘的排他性和愚昧的孤立性。其次表现为民族历史文化反思，再认识，理性自觉。即站在过去与未来的交叉点上，对民族历史文化进行思考和辨析，将感受升华到理性，明白它的来历、形成过程、特色和优长、劣质和弱点以及发展趋势。读吉狄马加、倮伍拉且等人的诗歌，我们便可感到，他们一方面挖掘彝民族文化“活化石”，重新切准文化神脉，借民族深层认同为前提的民族感情呼唤，唤起民族自信力、自豪感，另一方面，从理性自剖层面，自觉汰除民族文化之愚昧、落后的糟粕；一方面重新认同历史原初标定的价值取向，深切关注民族文化的异化，另一方面，又追求超越传统，赞美大无畏的“文化涅”精神。与此同时还要将民族历史文化放到中国和世界的多元文化格局中去观察、研究，“确立自己的位置，经过自主的适应，和其他文化一起，取长补短，共同建立一个共同认可的基本秩序和一套各种文化能和平共处，各舒所长，联手发展的共处守则”①。少数民族文学创作主体对自己的文化具有了这样的“自知之明”，具有了这样的“文化自觉”，也就强化了对文化转型的自主能力，获得了决定适应改革开放时代文化选择的自主地位。文化转型自主能力一经强化，文化选择自主地位一经获得，自然就能“和而不同”，既不会陷入文化保守主义，也不会失之于“全盘他化”“全盘西化”“全盘汉化”。

[原载《西南民族学院学报》(哲学社会科学版)，1999 年第 6 期]

① 费孝通：《反思·对话·文化自觉》，载《北京大学学报》1997 年第 3 期。

文学人类学的中国历程

徐新建

一、领域交叉：文学与人类学的相互走进

"西学东渐"以来，中国的学术体制一直处于改造和重建的探索之中。经过百余年的演变，逐渐形成了以西方自然科学、社会科学、人文学科"三足鼎立"为根基的一整套学科体系和教研分工，以至派生出近似于画地为牢式的相互界限。如今，由于受到来自学术内部的不断挑战及源于社会现实的需求影响，既有的体系和分工又卷入了新一轮学科交叉与重组的浪潮。这个浪潮冲击广泛，对各门学科皆有影响。当代中国的"文学人类学"可视为较为突出的体现之一。

近代以来，包括文学、人类学在内的诸多领域经过长时间的中国化、汉语化，已大致完成了语言和术语的本土转型。通过几代人的努力，人们已能够熟练地用汉语来讲述文学和人类学，也就是民族国家的表述问题，但其实这表象后面掩盖着一种本相，那就是很多人忘记了当今以汉语呈现的学术样式很大程度上其实是西学引进的一个倒影。表面上的东方之路，其实是"literature"和"anthropology"的异邦镜像和模拟。所以，随着世界性的学科交叉与门类重组时代的到来，文学与人类学这两个表面看去距离甚远的独立门类，不约而同地迈出了相互走近的步子。此种趋势在当代中国也有体现。正由于从引进之初就深深烙上的西学印记，看似已本土化了的文学和人类学同样呈现出彼

此的交叉和兼容。

在当年“西学东渐”的过程中，张之洞撰写的《劝学篇》就提到“今欲强中国、存中学，则不得不讲西学”。后来的康有为则强调“西学甚多新理，皆中国所无，宜开局译之，为最要事。”[1] 在此风气之下，从晚清起逐渐创办的高等学府基本以西式的学科分类为基础。在其中，文学始终占有独立和重要的位置，可称为介于自然科学和社会科学之间的人文学代表，同时还肩负着进行社会动员与改造国民性的使命。新中国建立后，文学被划归到中文系和外文系，成了承继本土的平台和了解世界的窗口之一。中文系的全称本是“中国语言文学系”，但由于地域、观念及师资方面的局限，在很长时期里，国内大部分高校，包括北大、南大和复旦等名校，都仅有其中的一个“汉语言文学专业”，无法实现对中国多民族文学的完整呈现和传承。与此同时，在少数民族地区的民族院校设立的课程里，往往只突出本地、本族的单一语言、文学和文化，也缺乏对中国文学的整体教学。

这种二元对立式的文学划分不利于多民族中国的文学阐释和传授。一方面，随着国家民族团结政策的确立和推进，作为学科和教育门类的中国文学终于在与民族学、人类学联手交汇的互动下，实践着学科的交叉和兼容。另一方面，随着新时期改革开放政策的实施，以往相对封闭的外国文学教育又在比较文学、比较文化的推动下，兴起了突出国别差异及关联的“影响研究”与强调学科对话的“平行研究”，同时还倡导注重全球关怀的“世界文学”远景。这些新现象的出现既为文学与人类学的整合提出了明确的时代要求，也为其提供了坚实的社会支撑。

经过老中青学者们的共同努力，以新兴交叉学科为特征的文

---

① 《康南海自编年谱》，收录于中国史学会主编：《中国近代史资料丛刊·戊戌变法》（第四册），上海：神州国光社，1953 年，第 119 页。

学人类学已列入教育部学科目录。自 1993 年成立中国比较文学学会下属二级学会的中国文学人类学研究会后，陆续在四川大学、厦门大学以及上海交通大学等国内若干院校设置了文学人类学的学科点和研究基地。2012 年暑期，经教育部批准，首届高校教师文学人类学培训班在上述机构的合作下顺利举办，标志着文学人类学的中国历程又进入了新的时期。①

二、“文学”之问：对汉词翻译的反思

什么是文学？学术界的争论很激烈，前一段时间又把焦点转向了“文学性”。人们试图由此界定什么是文学，并进而回答网络、手机、短信乃至广告词语……是否算文学。有人说算，因为文学是在发展的；另外的人则坚决反对，理由是不能把文学泛化了，文学的本质是审美。可见，在什么是文学的讨论中没有共识。不过许多人没注意到，在讨论“什么是文学”的时候，需要先界定“文学”这个词语本身。也就是说，如果没有对西方世界的“literature”加以对照，我们无法理解什么是汉语所说的“文学”。在近代以前，中国人并不使用 literature 这个概念，也不刻意去说“文学”。在大多时候，用一个“文”字就足矣。在《文心雕龙》里，“文”的含义很广，而且自足，很难与“literature”对应，甚至可以说有所超越。其他双声的词语，如“文章”“文采”“文笔”“文韵”乃至“文理”“文道”等都彼此相关但又各有特指。那么，近代中国为什么要淘汰其他，单单留下或凸显“文学”一词呢？从话语更迭意义上讲，这体现了一种学术的谱系性“失语”。我们没有话讲、讲不出话了，只好用翻译过来的新词来表述亘古的意思和跨国的问题。

---

① 刘壮：《中国高校首届文学人类学骨干教师高级研讨班在渝成功举办》，载《中华读书报》2012-08-15。

然而作为翻译，“文学”这个词是有问题的。与“化学”“算学”“群学”等其他近代译词相似，文学的词根是“学”，也即强调其是一种学问和一门学科，这就与 literature 在西文本义里将其归为艺术的划分发生了冲突，混淆了抽象的学理与形象的创作，致使翻译过来的汉语含义不伦不类。“Literature”一词来自拉丁语的“letter”，后来引申的词义是指“the art of written work”，也就是“写作的艺术”。就是说它是“艺”而不是“学”。但是我们的文学院不培养作家，我们培养的是研究文学的人，我们上的课是文学史、文学批评和文学理论，而不是文学创作。

所以在我看来，现代汉语的“文学”是一个有问题的假词。问题在哪里呢？就在文学的“学”。如果把文学视为艺术，再有一门关于文学的学问和学科，那它应该叫“文学学”。作为研究文学的一门学问，就像物理学是研究物理的学问一样。由此引申，现在使用的“比较文学”同样有问题，作为一门关于文学比较的学问，也应该叫“比较文学学”。

三、“人类学”追问：对西式学科的考察

与文学人类学相关的另一个领域是人类学。从官方到民间，从学界到媒体，人们大量地把人类学当做知识用语和解释工具，用人类学的方式去展现国家形象和族群身份。然而这只是表面现象。实际上相对于“文学”而言，公众对人类学的了解或许更少。

中国自近代引进的人类学通常包括源于英美传统的四大部类。

第一是体质人类学或者叫生物人类学。它偏重于自然科学，研究人的种属、起源及演变、分布，乃至基因遗传等等。在这方面，假如有人想要确认南方某一民族在体质上的特征，那他或许

就会接受体质—生物人类学训练，然后由此出发，从相关族群中挑选一些成员标本来测量身高、血型甚至基因等，然后通过分析比较得出相关结论。这是人类学比较经典的一种方式和门类。

第二是考古人类学。作为主要关注人类远古文明及消逝的文化遗址的学问，考古人类学对现今的世界知识谱系产生了重大影响，因为它以科学实证的方式构建了史前文明与进化阶序，从而在世界各地为不同人群生产出既统一又有别的"史前史"。对于历史悠久，自认为万世一系的中国，该学科的影响也非常之大。从周口店猿人的化石发现到仰韶、红山等多处史前遗址的出土和解读，在学术和政界激发的一个心愿，就是如何把"上下五千年"的大一统历史由传说和想象朝科学的方向落实。如今越来越多的地方都希望通过考古来形塑各自的文化传统，凸显本地身份，增强社会资本，也就是把考古当作了一种重写历史的实用工具。人们都把本属于人类学一个分支的考古视为新的竞争力，为什么呢？就在于考古能够发掘出地下文物，而地下文物是一种强有力的话语，可以传达出其他文字方式无法言说的故事信息。所以考古虽然在中国历史不长，但现在已被社会各界所关注。其中比较突出的表现是如今几乎每个有能力的地方都在大力兴建博物馆，也就是用考古叙事的方式，开展历史文化的话语竞争。这形成了另一种表述中国的新浪潮。它在近代中国的产生，可从周口店发现"北京人"算起，然后到"元谋猿人"、中原"仰韶文化"的出土和传播，直到最近闻名的内蒙古"红山文化"和成都平原的"三星堆文化"……极大改变了世人对于"中国""中国人"和"中国历史"的集体认知。

第三是语言学人类学。它也在人类学的四个分支里面，而且是一个很重要、也是很难掌握的学科。不过由于如今人们对语言研究不感兴趣，所以对这一门类关注不多。并且由于受文化认同上的"本族中心论"限制，容易把语言学的视野和对象不知不觉地压缩为各自单一的母语，比如汉语，或藏语、蒙古语，同时对其他语种视而不见。然而作为人类学的早期支柱之一，语言学的研究对解释人类及其文化的作用是非常有力的。它的突出特征在于对人类的语言现象进行抽象和深层的结构分析，以及对不同人群的语言行为加以比较研究。

按英美系统划分的人类学第四部类，就是如今人们较为熟悉的文化人类学和社会人类学。需要指出的是，这样的划分并不是全球性的，而是带有明显地域色彩，可称为人类学学科的一种“地方性知识”。此外，由于考古人类学和语言人类学因自身的强大而逐渐独立分家，即便在英美，人类学谱系也缩减为两个基本部分，即体质—生物人类学和社会—文化人类学。①

经过百年演变，如今在中国影响较广的是社会—文化人类学。由于这种偏狭的压缩，导致人类学被一些学者强调为“研究‘他者’的学问”，也就是主要关注人类不同文化的相互特征和历史变迁。

然而与英美体系不同，欧洲大陆的人类学传统呈现的是三分法，其中包含了人类学的哲学和宗教面向，合在一起的构成是：体质—生物人类学、社会——文化人类学和哲学—神学人类学。

文学与人类学的交叉整合意味深长。可以看出，在其背后蕴藏着的是跨学科、跨领域的范式融通，你中有我，我中有你，既代表了传统的人文学科，也体现着经典的自然科学和现代的社会科学。这也就是为何可以把文学人类学视为当代学术转型的一种代表的原因。

四、四个问题：文学人类学的内部构成

作为两大学科的交叉融合，文学人类学内部包含的问题有四

① 徐新建：《回向“整体人类学”》，载《思想战线》2008年第2期。

个，即：文学问题、人类学问题、文学与人类学问题和文学人类学问题。四个问题相辅相关，彼此不同，而且体现着递进的逻辑联系。

（一）文学问题

所谓“文学问题”，举例而言，在如今中文系的汉语言文学教学中，要讲授中国现当代文学史、古代文学史，有的可能还要上外国文学史，讲西方、日本和印度等国的文学。现在，这个实施已久的体系受到了质疑和挑战，那就是——

1. 中国文学的民族多样性明显缺失。这也就是很多学者尖锐批评的现行的中国文学史基本上仅只是汉语文学史和汉民族文学史。从《诗经》一直到鲁迅，都是这样，都主要是以汉族作家、汉语文献和中原叙事为其构架和主线的。这样的缺位，使得今天汉族之外的55个少数民族的文学类型没有被客观、完整和真实地体现出来。这是第一个大问题。

2. 关于文学的定义主要受限于西方。由于这样的限制，文学被界定和分类为四个部类：诗歌、小说、散文、戏剧，而且以印刷的作品标志，非此就不是文学。这样的界定以精英和文字的书写为代表，扼杀了民间、口传和仪式过程中的活态文学，比如格萨尔、玛纳斯以及刘三姐、阿诗玛……几乎都被限制在所谓正统的文学分类之外；要不就将后者剥离出来，作为另类书写，与精英和书面的文学形成二元对立，或作为对前者的陪衬。

由这样的眼光来看，我们现有的文学观念、文学理论以及文学史都是不完整的。在这个意义上，作为一门学科，现代汉语所谓的“文学”——这里的文学实际是“文学学”，也即关于文学的学问——其实是充满了问题的。要想解决，首先就需要从概念上予以突破，更何况如今已进入了网络媒体及其催生的“超文本”时代。

所以，面对一个多样化的世界和动态的历史过程，现今流行的文学教科书及其观念体系已不足以解答全面的文学问题，超越的途径之一，就是人类学转向。

（二）人类学问题

人类学的根本问题在于回答“人是什么”，延伸来看，亦要解答汉族、少数民族乃至中国人、印度人、美国人及所有古人和今人的存在和变迁，也就是要在各类分述的前提下阐述我们是谁，从哪来，在哪里，到哪里去。

在西方，这些问题是在现代人类学之前就有答案的——一切指向上帝，指向基督教的“创世论”和万民信奉的经典——《圣经》。到了后来，现代人类学的出现把神学的答案颠倒过来，用“自然进化”置换“上帝创造”，以人本主义改写历史，用科学替代宗教。在这样的过程中，以达尔文为起点和代表，人类学家们开始以动物化石及考古遗址为素材，重新书写人的故事，直至用基因图谱构造出人类共同起源于非洲的“新史诗”，并故意与《圣经》作对，将故事主角命名为“真正的夏娃”，让原被说成以男人肋骨做成的女人成为人类之源，把全世界不同肤色和不同文化的民族——包括中国人在内，都回归到统一的自然母体之中。[①]

但是，人类学的科学主义回答表面“超越”《圣经》，整合了西方的两希传统（希伯来和希腊），但并没有消除另外的挑战，那就是来自非西方世界其他“轴心话语”的解答。[②] 比如道家的“阴阳五行”观和佛教的“六道轮回”说。

在我看来，对于人类的终极追问而言，佛家的解释不亚于基

① 相关资料可参阅中国文采声像出版公司引进的纪录片《真正的夏娃》，2005年（ISRC：CNA510501270）。原名：*The Real Eve*，由美国探索传媒有限公司拍摄。

② 此处的“轴心话语”，取义于雅斯贝斯的轴心时代论述和福柯的话语理论。参见［德］雅斯贝斯著，魏楚雄等译：《历史的起源和目标》，北京：华夏出版社，1989年；［法］福柯著，谢强、马月译：《知识考古学》，北京：三联书店，2007年。

督教的《圣经》故事。以《六道轮回图》的开示为例，它的阐释可谓博大精深：从作为众生本性的“贪嗔痴”到决定性命的“十二因缘”，直至循环不定的“生死六道”以及佛所指引的出世涅槃……对于人类的由来、处境及与环境万物的关系，真是阐发得环环相扣，丝丝入理。

可见人类学的问题就是人的问题；而在人类学的视野下，文学的问题也与此相关，体现为对“人是什么”的不同描绘和表述。而由于有文学的问题需要回答，同时有人类学的问题需要面对，因而在特定的条件下出现了探寻文学与人类学关联的可能。这就是从学科上走向文学人类学的一个必然过渡。

（三）文学与人类学问题

第三个问题包括两个不同的维度，同时又都指向文学与人类学的联盟。由这问题的提出，就引出了上面所说的两个领域及两个学科的链接。一方面通过人类学来认识文学，一方面经由文学来反观人类学。二者的结合，或许将产生出新的可能，推出一个新的交叉学科，即文学人类学。

当文学与人类学联盟以后，接下来的问题是：与过去的研究相比，它们所关注的问题是什么？对象和方法何在？怎么样来进行它们的交叉研究？于是便引出了需要探索的下一个问题。

（四）文学人类学问题

从学科产生的脉络和实践看，作为一种新兴的研究门类，文学人类学的范式严格说来还处在探索之中。为此，与其过早地针对文学人类学“是什么”下定义，不如对其已有的实践作描述，通过分析具体的研究过程和作品，来展示文学人类学正在和可能会怎么样。下面结合中国学者的学术实际对此再做陈述。

五、类型开放：文学人类学在当代中国的探索和实践

文学人类学在中国的兴起经历了几起几落过程。如果简约划

分的话，可以大致分为 1905 至 1949 和 1949 至今的两个时期。第一个时期的成果是奠基性的，需要下力气挖掘梳理。其中的重要人物有闻一多、郑振铎、茅盾等。第二时期以“改革开放”以来的学科重建为代表。其中的标志性成果可大致概括为五种类型或五个面向。

（一）经典与重释

20 世纪 80 年代，大陆学界在对西方“原型批评”的理论引进及创作界的“寻根文学”出现之后，推出了一套名为“中国文化的人类学破译”丛书。其中有萧兵的《楚辞的文化破译》、叶舒宪的《诗经的文化阐释》以及臧克和的《说文解字的文化说解》等。对于丛书的主要成就，主编王孝廉的评价是，作者们“在传统文献的掌握和西方理论的认知两方面，取得平衡而又开拓出自己的见解”。① 而从今天的学科发展史角度来看，这套丛书及其倡导并实践的经典重释，可以说就是“新时期”中国文学人类学的重建标志。此类型的成果特点在于尝试用人类学眼光和方法，对本土传统的文献表述重新解读，打破了过去，比如说仅用小学的方式对经典进行考据、训诂的惯例。当然，他们的结论并不都为学术界所公认，有的甚至争论激烈。但它的确辟出了一条新路，引起很多有意思的讨论，乃至推出了文学人类学的新类型。

（二）原型与批评

此类型是把人类学理论与方法运用于中国文学批评的一种实践。自 20 世纪 80 年代末期以来，以方克强、叶舒宪等为代表的一批学者连续发表了用原型理论分析中国作品的论文。其中包括《原型题旨：〈红楼梦〉的女神崇拜》《原型模式：〈西游记〉的成

① 王孝廉：《关于叶舒宪等“中国文化的人类学破译”丛书的笔谈》，载《海南大学学报》1995 年第 4 期。

年礼》以及《我国古典小说中的原型意象》等。1992 年，继叶舒宪编著的《神话——原型批评》之后，方克强出版《文学人类学批评》一书，对文学的人类学批评做了系统梳理，后来又在高校开设同题课程，向研究生们讲授“原始主义文学批评”“神话原型文学批评”“文学人类学批评的世界性潮流”等专题，把此类型的实践带入到体制内的教学系统中，扩大了文学人类学作为新兴学科在中国学界的影响与接受。

（三）文学与仪式

文学人类学在中国新时期出现的另一类型是对“文学与仪式”的整合与研究。以厦门大学的彭兆荣等为代表，彭兆荣早期做比较文学时关注希腊戏剧，接着在把文学与人类学加以交叉审视的前提下，通过对酒神精神及《金枝》仪式分析，阐释戏剧与故事后面的仪式象征。2004 年，在他到海外就仪式课题做专门的访学回来后，以丰富的第一手文献为基础出版了论述文学与仪式的专著，副标题就叫“文学人类学的一个文化视野”。顺此思路，不少学者同样展开了对本土文学的仪式性研究和阐释。

如今看来，文学人类学的重要成果之一就是对文学与仪式的关注。这不仅因为从人类学角度把文学与仪式相关联，更重要的是从理论上把文学也看成一种仪式。这是一个很大的贡献。作为一种类型，文学与仪式的研究有什么特别之处呢？举个例子，仪式研究是人类学里的一个重要领域。但不少人以为提到仪式就是古老的，都是远方和乡村的，要不就跟宗教、巫术相关，与现代都市的世俗社会扯不到一起。这是一种偏见。其实，在现代都市的世俗社会里，几乎每个人都逃避不了仪式的包围，从学校的开学典礼到全民的国庆大典，直至中外观众参与的“奥运会”“世博会”开幕式、授奖式……哪一处不是意味深长的仪式？哪一个不值得文学和人类学进行分析和阐释？至于将文学和仪式结合最为紧密的事例，无疑是每日在世界各地频频出现的“国歌”高咏和列队“升旗”。在奏国歌和升国旗的仪式里，伴随着的文学就是歌词。在神圣庄严的音乐中，人们面对国旗起立高唱：“起来，不愿做奴隶的人们……”这时，文学不是仪式是什么？

这一分支的贡献在于不仅从人类学角度把文学与仪式相关联，更重要的是从理论上把文学也看成一种仪式。人类社会里，仪式无所不在。即便进入现代都市，人们仍逃避不了仪式的包围。

不过，结合现实的研究状况看，文学与仪式的类型在中国可谓方兴未艾，还需要大家开掘和努力，继续突破过去的文本限制，把目光从单一的言辞、书写等分类模式中超越出来，把文学视为仪式，当作生活场景中动态的、交流的文化事象。

（四）民歌与国学

这一类型的实质是力图从文学人类学视角对中国文化中“官–士–民”结构的打通，以及将精英的书写与民众的口传连为整体。在这方面笔者做了一些尝试，出版了专著《民歌与国学》。其他学者的相关成果也不少，如《到民间去》《眼光向下的革命》等，共同的意图是力求从总体上考察并阐释民族、民间和民俗的文学表达，也就是要研究人类学意义上的“大文学”“活态文学”“草根文学”乃至“生命文学”与“终极文学”。[①]

顺此思路，笔者通过对贵州和广西少数民族地区的田野考察，出版了《侗歌民俗研究》。意图与上述初衷仍是一致的，那就是在国家话语与国学叙事形成统摄的前提下，考察并阐释民族、民间和民俗的文学表达——当然，这里的文学指的是人类学意义上的“大文学”或曰“活态文学”“草根文学”乃至“生命

① 参见徐新建：《民歌与国学》，成都：巴蜀书社，2008年；［美］洪长泰著，董晓萍译：《到民间去：1918—1937年的中国知识分子与民间文学运动》，上海：上海文艺出版社，1993年；赵世瑜：《眼光向下的革命——中国现代民俗学思想史论（1918—1937）》，北京：北京师范大学出版社，1999年。

文学”与“神性文学”。相关的例子还有很多，如朝戈金对丝绸之路少数民族口头传统的现状考察、罗庆春对彝族母语文学的研究和继承，梁昭及陆晓芹、廖明君等对刘三姐与壮族歌圩的研究等。①

（五）神话和历史

把神话与历史作整体看待称得上文学人类学在新时期以来的另一类型。代表性成果是叶舒宪团队推出的几套相关丛书。

在五四“新文学”以来的体系里，神话也开始在文学教材里出现。其中会提到希腊的神话、中国的远古神话，以及世界上一些少数族裔的神话（传说）。不过由于过度强调进化论观点，使得对神话的解释添上了“过去”“异邦”和“蒙昧”“落后”等色彩。如今的研究逐渐以结构—功能主义替代进化主义，更多从文化相对主义和多元论出发来看问题，对神话有了更为宽容和宽泛的理解，同时也以可称之为“新神话观”的立场为基点，对包括文学和历史等在内的族群记忆进行了进一步阐释。为此，叶舒宪从文学与历史整合的角度提出重新阐释“神话中国”的呼吁。他指出：

神话作为初民智慧的表述，代表着文化的基因。后世出现的文、史、哲等学科划分都不足以涵盖整体性的神话。作为神圣叙事的神话与史前宗教信仰和仪式活动共生，是文史哲的共同源头。中国早期历史具有“神话历史”的鲜明特点。文学人类学与历史人类学的会通视角，是重新进入华夏文明传统，重新理解中

① 参见朝戈金：《中国西部的文化多样性与族群认同：沿丝绸之路的少数民族口头传统现状报告》，北京：中国社会科学文献出版社，2008年；罗庆春：《穿越母语：论彝族口头传统对当代彝族文学的深层影响》，载《民族文学研究》2004年第4期；梁昭：《民歌传唱与文化书写：跨族群表述中的“刘三姐”事象》，四川大学博士论文，2007年；以及廖明君、陆晓芹：《山歌好比春江水——广西少数民族歌谣文化通览》，载《广西日报》2011年8月10日。

国神话历史的门径……呼吁学界从文学视野的“中国神话”，转到文化整体视野的“神话中国”。①

此外，从文学人类学出发对神话与历史的研究还进入到了将古代文本与当代社会彼此关联的对照之中。一批史学家对“炎黄子孙”“黄帝崇拜”以及“英雄祖先”与“兄弟故事”等现象的梳理和论述，即可视为此中的重要成果之一。② 与此同时，艺术界与学界对“狼图腾”与“龙传人”等新神话表述的展现和论争，也堪称对此的热烈回应。③ 在后一种论述框架中，神话就活在当代，呈现在包括 CCTV 新闻在内的“海外华人祭拜炎帝黄陵墓”与河南、贵州等地修建缅怀炎帝、黄帝和蚩尤的“三祖堂”等事件中。

在我看来，从人类学角度对神话和历史进行的分析和阐释，对于文学人类学的中国实践来说非常重要。因为这涉及一个重要的问题，即如何延续并评述中国这一自古注重世代传承且存有丰富文献与口传遗产之大国的族群记忆。

结语

综上所述，可以把当代中国的文学人类学实践概括为四个数字：一、二、四、五。

“一”是说文学人类学是一个学科，一种方法或一个领域，

---

① 叶舒宪：《中国的神话历史：从“中国神话”到“神话中国”》，载《百色学院学报》2009 年第 1 期。

② 关于这方面的论述可参见沈松乔：《我以我血荐轩辕：黄帝神话与晚清的国族建构》，载《台湾社会研究》1997 年 12 月刊；孙隆基：《清季民族主义与黄帝崇拜之发明》，载《历史研究》2000 年第 3 期；王明珂：《论攀附：近代炎黄子孙国族建构的古代基础》，载《“中央研究院”历史语言研究所集刊》2002 年第 3 期。

③ 可参阅姜戎：《狼图腾》，武汉：长江文艺出版社，2004 年；徐新建：《“龙传人”与“狼图腾”：当代中国的民族身份表述》，载《民族文学研究》2006 年第 4 期。

或一种尝试，同时也是一种从西方引进并逐渐在本土生长起来的新知识范式。

"二"指的是其关涉的两个领域，即文学与人类学，强调两个门类的连接和打通。

"四"就是四个相关的问题："文学问题""人类学问题"以及"文学与人类学问题"和最后的"文学人类学问题"。四个问题交织为一体，构成了此项研究的基本内容。

最后的"五"，代表到目前为止中国文学人类学较有代表性的五个方面，从"经典破译"到"民歌国学""神话历史"，体现了一代学人的执着追求。其中成败皆有，需要总结。

这样的概括并非固定不变。随着实践的推移，又有不少新的话题和类型涌现了出来，如近来对"多重证据""文化遗产""民族志文本"和"人类学写作"与"多民族史观"等议题的论述，都值得进一步关注。

总体说来，作为一门横跨文理两边的新兴学科，文学人类学在当代中国的探索实践可谓刚刚起步，今后的发展不但需要从业者们的加倍努力，还需要更多有志于学科交叉与整合之同道的关心和扶持；同时不仅要依托于前辈学者的持续开拓，更离不开青年学子的积极参与。

[原载《西南民族大学学报》(人文社会科学版)，2012 年第 12 期]

文学人类学：探寻文化表述的多重视野[①]

叶舒宪

本文从文学人类学研究会的前任会长萧兵先生的会议开场白“冲冠一怒为红颜”开始展开。为什么呢？因为此话讲的是文学中的一个永恒的主题。我们先从古希腊的第一部文学作品，也是西方文明史开篇的荷马的《伊利亚特》谈起。《伊利亚特》告诉我们的是，古希腊联军为了夺回一个美女海伦，一定要攻打特洛伊。这场战争一打就是十年，史诗一开始的叙事就是希腊联军历经十年的战争遇到困境的场景。从文学人类学的立场看，对史诗该不该有独到的看法？如果文学人类学只能去研究山歌，那么这样的文学人类学，主流的学术是不会认可的。文学人类学从早期的前驱者闻一多、郑振铎这一线开启，然后有闻一多弟子孙作云继承发扬，再到20世纪80年代的萧兵先生，这是在和苏联的庸俗社会学占统治地位的文学研究模式作斗争中，非常艰难地生长出来的。现在从国家政策看，无论是教育部，还是国家社科基金，都在有意识地压缩过于庞大臃肿的已有学科，努力扶持新兴的交叉学科。不论是教育部的985立项，还是社科院系统的研究指导性文件，都一再强调知识的创新。国家已经意识到高等教育大扩招，造成质量整体的下降，没有知识的创新不行。到哪里创新？陈寅恪先生早就说过，一个时代有一个时代的学术。人类学

① 本文为叶舒宪在2010年6月20日中国文学人类学研究会第五届学术年会（南宁）闭幕式上的讲演，由金立江博士根据录音整理。

是20世纪发展最快、影响最大的一门学问。徐杰舜教授已经多次提到，当今的人文学科几乎没有一个不与它形成交叉学科的。文学人类学作为一个新兴的研究领域，有这么多年轻的朋友们愿意加入进来，这是令人鼓舞的，但问题和阻力还是相当严峻的。

一、重新理解荷马史诗：文学人类学的视野

《荷马史诗》能不能用文学人类学去解读？不知道大家看了那本《故事的歌手》没有？《荷马史诗》研究从《故事的歌手》这部著作开始，已经完全不是按照古典学的模式，去考证希腊文的那些字词的意思。它首先是无文字时代的"singer"（歌手）们传唱的，荷马也是歌手，就像刚才讲的从对歌中走来的这些人一样。因为荷马是盲人，不可能写文本，连看都不可能。所以，要找文本也好，本文也好，《故事的歌手》告诉你，史诗就是在民间传唱的。本来是口头传唱的东西，今天我们现代性的文学观把它建构成"literature"（文学），然后，讲西方的文学从这里开始。史诗之后有戏剧，希腊文学之后是罗马文学。但我们看这部文本，它是文学吗？也就是说它是我们今天意义上讲的"literature"，在课堂上用来做审美、修辞、人物分析的文学作品吗？我们说这些是现代性知识建构出来的一套知识范式。为什么要做文学人类学，就是要还原出一位还能讲唱的，甚至唱完了还能治病的荷马。这些知识从哪里来的？就是从我们此前提出的"四重证据"的第三重证据来的。当你实地考察了《格萨尔》演唱的歌手，以及前南斯拉夫的史诗歌手，就会发现他们所唱的并不是今天意义上的文学，也不是用来消遣、欣赏之类的。它就是我们所讲的，唱歌是一个民族的社会秩序的再造，它是一个活态的行为，和文化整体是不可分割的。谁把它当成了一个书面的、文本的东西呢？就是今天的现代性文学学科。虽然西学东渐以来，我国完全照搬了这个学科，并按照这个学科反过来去讲本土

的中国文学。这个问题，是文学人类学责无旁贷地要反思的对象。首先我们意识到六十年来大学课堂上讲的《文学理论》《中国文学史》是非常成问题的。这不能怪任何一个个人，这是时代造成的。

《荷马史诗》的背后是一个口传文化，现在达成的一个新的认识就是把人类学的一对概念反向再造一下。就是大家说的大传统和小传统的问题。我们希望把雷德菲尔德说的“grand tradition”（大传统）看成是小传统，把他说的“little tradition”（小传统）看成是大传统。怎么讲呢？就是孔子所说的“礼失求诸野”意义上的。我们不该把民间的、没有文字记载的、看起来是下里巴人的，看成是小传统；把精英的、掌握文字、掌握叙事、掌握权力的看作是大传统，这是非常不妥的。判断“大”和“小”要有一个历史的时间维度。如果由历史维度重新进入，是能够歌唱的传统更长呢？还是书写文本的传统长呢？希腊文从公元前几世纪到现在就两千多年，三千年都不到。那么荷马背后的人能够歌唱，在仪式上表演、拜神的传统有多长呢？今天的考古学家、人类学家一致认为从尼安德特人开始，人已经有崇拜，已经有埋葬等宗教仪式，那至少有十万年。三千年和十万年是不成比例的，哪一个是大传统？今天下里巴人还在唱的这个，背后联通的是大传统。我们把一切有文字记载的，有书面记载的文明看作是“little tradition”。我们把这对概念颠倒过来，因为其中有人类学的历时性审视在里面。这样一来，潜藏在歌手荷马背后未知的东西，比我们已知的文本化记录，要多不知多少倍！

再回到“冲冠一怒为红颜”的问题，都知道希腊人为了海伦去打一场跨国战争的，大家想一下其中的可能性有多大？当时的希腊不是原住民，不是部落，已经是城邦制国家。希腊联军多少人牺牲在了海滩上？今天的美国大片《特洛伊》还在再现那个血腥的景象。但只为抢一个女人，有这个可能吗？这就说明传统的叙事只盯住文本，而文本背后的多重证据却被忽略了。我们讲四重证据不是为了标新立异，它带出的恰恰是学科创新的重要方面。荷马《伊里亚特》一开篇讲的就是一个祭司叫克鲁塞伊斯，他的女儿被希腊联军夺去了，他手中拿的是一个黄金权杖。可能一般学文学的人根本不会去注意这些道具。首先他的身份是一个祭司长，是特洛伊联军方面的宗教领袖，他手上的黄金权杖代表什么呢？这背后透露出的是我们不知道的历史真相，或者至少是历史线索。有一位叫谢里曼的德国学者，就循着这线索去当地进行发掘。当时还没有考古学，西方考古学的兴起，谢里曼的贡献很大。谢里曼从小读荷马史诗入了迷，他认为没有比荷马史诗讲得更真切的上古史了，他从来没有把它当神话看，没有把它当做今天意义上的文学去看，他认为荷马讲的一切都是真的。因此，他立志要找到荷马描绘的特洛伊城。怎么办？他只是一个开杂货铺的，很穷。于是，他先赚钱，然后通过结婚给自己找一个人生伴侣，他找妻子的第一个条件要会希腊语，第二要精通荷马史诗。然后这个德国人就带着他新婚的希腊新娘去土耳其挖特洛伊城，结果挖出了一个有十几个地层的特洛伊文化遗址。考古学家认为，荷马描绘的只是特洛伊城的一个时期。这就告诉我们，今人所说的文学，只是现代性的西方文学观建构出来的东西。文学背后是文化记忆。史学界今天的研究转向对此非常关注，希望找到《荷马史诗》中深远的文化记忆。

谢里曼最惊人的发现就是挖到所谓特洛伊城的黄金。大家还记得赫克托耳的尸体在被阿喀琉斯拖在战车后面绕城糟蹋的时候，老国王为了赎回尸体付出了什么代价吗？要用十塔兰同的黄金去换一个尸体。如今不清楚十塔兰同的重量是多少，但绝不会是克，换算到今天肯定是相当多。那么荷马作为一个游吟诗人，能自己编造虚构出一个黄金的重量？这是绝无可能的。这背后带出的是深远的文化记忆。谢里曼挖出来的所谓特洛伊城中有成公斤的黄金，其中有黄金面具，这些珍宝后来辗转被放进柏林博物馆，第二次世界大战后又神秘丢失，现在又变成了莫斯科博物馆的镇馆之宝。荷马生活的年代顶多是公元前八、九世纪，而挖出的黄金等东西则属于公元前十二、十三世纪，其间隔了好几百年。这说明荷马不只是一个文艺家，他首先是带着古老的没有文字社会悠远的历史记忆唱诵史诗的。如果没有谢里曼，没有这些挖掘，这一切都无人知晓。随后的欧洲考古学者在土耳其、在希腊的迈锡尼，尤其是爱琴海中的克里特岛，挖出了一个人们还不知道的，古希腊文明之前的文明，它的最大特征就是大批的黄金。这样的叙事背后，正说明说希腊联军对所谓东方黄金之城的垂涎欲滴。从《荷马史诗》的多次描绘中，已经告诉我们希腊人攻打特洛伊，跟美国人打伊拉克一样，表面上说是为了“红颜”海伦，这其实只是一个幌子，这只是表层文本告诉我们的。实际上今天看来就是要寻找当时最重要的战略资源——黄金，跟今天到伊拉克去寻找石油是一个道理。大家都知道伊拉克是世界上第二大产油国，美国总统布什表面上告诉你，这儿有大规模杀伤性武器，美国人去寻找证据，毁灭这些武器。这和《荷马史诗》背后揭示出来的东西一模一样。所以，什么是文本，黄金是什么？如果没有地下出土的第四重证据——黄金器物，人们永远说不清《荷马史诗》到底是想象所建构的，还是反映历史真实的。更重要的是争夺黄金的源头还不是这里，特洛伊的黄金只是公元前十二世纪。如果把视野再放到整个地中海考古学，黄金崇拜的源流才能看得清楚。

世界上最早的黄金器皿出现于五千多年前的埃及和苏美尔。今天在伊拉克国家博物馆就陈列着完整的苏美尔国王的黄金头盔，没有比这样的“物的叙事”更具体的证据了。大家都知道希腊文明的背景是古代地中海文明。地中海的爱琴海文明和地中海东岸的西亚文明不可分割。今天的西方文学研究者只要看《大英百科全书》中的"western literature"（西方文学）一条，就会发现，首先是从苏美尔开始讲，因为那是五千多年前建立的文明，比希腊人歌唱《荷马史诗》的时候早了几千年。论及人类文学时你能够把它割裂开来讲吗？刘珩副教授发言讲到欧洲民族志的问题，这里包含着如何重新进入西方文明开端的一个视野。今天的希腊神话的研究绝不仅仅是一个"Greek"（希腊）的问题，也不仅仅是一个西方的问题，它必然和苏美尔、埃及、巴比伦、亚述和腓尼基联系在一起。

《荷马史诗》的第二部叫《奥德修纪》，要回到西方文学的本源去，奥德修斯的形象也需要做深入的重新认识。他的爷爷名字叫阿尔克西奥斯，如果不了解这个词的意思，可以去看阿尔忒弥斯，那位希腊女神是以"母熊"为象征的。带有"阿尔"的词根，在希腊文中是"熊"的意思。那么奥德修斯的爷爷的名字叫阿尔克西奥斯，在希腊文的意思就是"熊之子"。而《奥德修纪》讲的是什么？有一位学者，在国内的文学研究中从来没有人关注的，叫卡彭特（Rhys Carpenter），他专门研究荷马史诗背后的仪式和图腾信仰，提出是熊图腾造就了西方文学的开端。为什么在祭拜阿尔忒弥斯女神的仪式上，一定要女祭司披上熊皮呢？虽然每一种动物看起来只是一个物，但它的背后可能潜伏着一个悠远的已经被遗忘的叙事传统。没有考古学我们永远不知道这个传统有多深远。在尼安德特人的洞穴中，熊的头骨被供在祭坛上时，那是十万年至五万年前。考古发现让卡彭特认识到的《荷马史诗》背后的熊图腾叙事和想象，绝不是哪一个人能够发明的，其深远的程度远远超过了使用文字记录的文化记忆。阿尔克西奥斯所讲述的熊的家族故事有什么特点呢？熊最重要的特征就是冬眠，在人看来就是定期的消失—复现—回归—又消失。所以，整个《奥德修纪》讲的是什么？一个回家的故事，其中有主人公下到阴间的故事。人的消失就是下到阴间。卡彭特甚至把整个西方文学中最具主导性的英雄叙事模式和中古史诗《贝奥武夫》全部联系起来，一共分析了二十多种欧洲语言的同类叙事，这种跨文化的整合性眼光是真正文学人类学的。运用这种通过“物”来揭开由文本、修辞等表象所遮蔽的东西的思路，把被遮蔽的眼界打开，将深层的东西找出来，实际上这就是知识考古。文学人类学研究的目标是什么？知识的考古应该是一个主要的目标。

二、中国文学与文明的再认识

以上介绍的是对西方文学开端所做的文学人类学的理解，要是以此为借鉴，回到我们脚下的本土文化，会有同样的再认识效果。全世界没有任何一个文明像华夏文明这样丰富多样而持久，这就是为什么要强调多族群的、多元的互动视角原因，而不是说仅仅今天为了落实民族政策才这样做。中国传统文化之所以具有的巨大的生命再生能量，就因为它多元，它吸收了南来北往的因素，将不同族群文化各自的优长凝聚到一个整体中。过去都说是“夷夏东西”成就了这个文明，今天看来，用基因人类学的分析数据看，主要是南和北的问题，就是说依照基因标准划分中国的人口分布的话，可以大致分为以长江为分界的南方人和北方人。用大家熟悉的话说就是百越族群，加上两广和福建，以及其他的一些南方地区，和包括黄河流域加上蒙古高原的北方地区。这样一南一北两个文化带的互动应该是构成中华文化人种基因上的最基本的主线。

本会特意把台湾学者请来，希望帮助大陆学者克服一些认识的盲点。台湾十四族原住民的主要语言学特征是南岛语系。当年“中央研究院”民族学研究所的凌纯声所长在讲《楚辞》的时候，就提示过：创造《楚辞》的百越族人和北方的中原人不一样，他们应该和南太平洋语族有些关系。当然这只是一种推测。他把广西、贵州、越南铜鼓上的图文和整个百越族的文化作了比较，就是这样一条思路。按照人类学关于人类起源的"走出非洲"说，那么谁是第一批从非洲经过印度洋来到亚洲的人？在日本有古老的阿依努人。今天的考古学认为阿依努人是两万年前登上日本列岛的。在阿依努人的口传叙事中还有一族，比他们还先来到这里，认为那一族是小矮人，身高1.2米左右，但今天已经不存在了。台湾十四族的原住民中大概有八、九族的口传神话叙事都说，有一个比他们先登上岛的小矮人，后来叫矮黑人——肤色是黑的。过去从来没有把这些民间故事当真来看，但如果到菲律宾去旅游——那跟台湾一水之隔，菲律宾的海岛上有数以万计的矮黑人，今天是旅游观光的对象。这时候你就会突然发现：啊！人类走出非洲的历程原来是这样。如果没有人类学多重证据的眼光，你根本不知道这是一个完整的文化传播带。本会原来邀请了杨南郡先生，他是在台湾的高山上踏查了60年的学者，现已80高龄，没有人的田野经验比他更丰富。他去年有个报告就是调查台湾岛上消失的矮黑人。过去研究者认为是神话、传说、想象的东西，而实际上是深远的文化记忆显现出来的"事实"。如果把南岛语系的人种迁徙情况看作一个整体联系起来，那就要跟刚才提到的特洛伊黄金发生关联了。中国大陆上，迄今考古学界给出的最早的黄金器物在玉门火烧沟的四坝文化，距今大约四千年，比苏美尔、埃及的黄金晚了一两千年。四坝文化只出土非常简陋的金耳环之类的装饰品。如果你再看三星堆和金沙遗址出土的黄金权杖、面具，你会发现中原没有这种东西，哪里有？从河西走廊到成都平原，顺着西北、西南这条路，也就是岷山—横断山文化走廊，又称藏彝走廊。把藏彝走廊和河西走廊联系起来，这条路是文化传播的要道。它会告诉你一个我们根本不知道的中华文明的发生历程，那跟中亚、西亚及整个的欧亚大陆文明息息相关。只是因为没有汉字记录，所以我们根本不知道它的存在。如果没有三星堆和金沙遗址的考古发现，大家永远不知道这个文明是什么样子的。因为中原文明是没有黄金权杖这个东西的，而苏美尔、埃及的壁画中，象征王权和神权的就是权杖。三星堆出土一个将近一米的黄金权杖，没有比这更宝贵的第四重证据。从四坝文化到三星堆文化，大件的黄金制品在中原以外先出现。到西周以后，才有较大的黄金器物出现在中原。所以，我们中国文学中的贾宝玉、薛宝钗作为金玉良缘的想象，没有人想想曹雪芹怎么会不让林黛玉和贾宝玉结合，两个都是玉嘛，不宜近亲繁殖。一定要找出和玉相配的金——薛宝钗。可以说这是一个八千年的“玉文化”叙事传统和一个四千年的“金文化”叙事传统在曹雪芹这位清代小说家这里汇合。我们对文学作品的解读已经超越课堂上所学的老一套：通过什么人物，表现了什么主题等等。多元视野希望从文字叙述的背后去寻找到文化的基因和编码。

那么，文学人类学能不能做这样的事情？原来不敢说，因为有太多的障碍，人的精力是有限的，但是从“冲冠一怒为红颜”的萧兵先生这里，开始找到动力。他当时在1980年代的《南开大学学报》上发表文章，讲的是《诗经》中《大雅·生民》的“三弃三收”。萧先生从图腾仪式考验入手，对《大雅·生民》重新进行文学人类学的解读。如果说新时期以来有一个文学人类学传统，那就是从20世纪80年代这里开始的。如今为什么要倡导四重证据法呢？就是因为解释学也好、科学实证也好，都是非常宝贵的学术资源。王大桥提出“authenticity”（真实性）的问题，人文研究怎样能找到本真的、原真的东西，有没有可能？科学能不能带我们找到本真？人文学、解释学、文学批评能不能找到这个本真？这个问题的解答就包括在多重证据法之内。

还有徐新建的《民歌与国学》。《民歌与国学》提示的是三重证据的思路。在中国文学的传统中是只有冯梦龙和蒲松龄这些人才注意那些民间的东西。蒲松龄科举考试没有希望，才去讲民间的鬼故事。为什么要把民间的材料作为国学的一部分来看呢？这种情况被概括为：眼光向下的革命。这是赵世瑜的一本书的名字，他讲的是中国现代学术史上的民俗学运动。今日的文学人类学已不仅仅是眼光向下的问题，刚才说的文化大传统实际上要求眼光向大和向远。现在能够看到的东西远远不是前人能看到的，因为今人借助于考古学的测年技术，能把出土的文物断定在五千年或更早，而司马迁不能，孔子想也想不到。陈寅恪说“一个时代有一个时代的学问”，其道理就在这里。我们把《民歌与国学》这个眼光向下的维度，“礼失而求诸野”的活态文化维度，看成是一个历代传承的非常宝贵的脉络，也就相当于“口传与非物质文化遗产”的内容，这在人类学的视野中是非常重要的。但它不是研究的目的，而是整合性的方法论中的一重维度而已。它的益处在于有很强的人文阐释性。考古挖掘的东西放在那里，很多人都知道，都去看黄金权杖，但没有人想到它跟文化的传播有关系。现在想到了文化的传播与互动。人类学有一派叫文化传播论，专门讲人类文化如何传播的。大家关注一下最近在新疆以西的考古文化发现及研究，非常值得重视。二十四史之类汉语文献中从来没有告诉我们，天山、昆仑山那边住的是什么人？古代的大月氏，到底什么人种也不清楚。只有当新疆发掘出土几千年前的金发木乃伊的时候，你突然知道那个地方是一个印欧人种和蒙古人种互动的地方。那文化是怎么过来的？古文化绝不需要什么护照、签证的遮拦，游牧族借助于快刀和战马，可以纵横千里，看成吉思汗就明白了。世界上最先孕育骑马文化的地区是中亚，最先孕育冶金的也是中亚。按照这条路看，出现在商周遗址中的马车，和中亚文化的传播可能大有关联。此前的夏代是没有车的，养马术也没有。这个文化传播经过的是草原之路，河西走廊，包括整个蒙古草原，整体上就是一个文化传播带。要把文化传播的基本脉络弄清楚，按照器物出土的年代在地图上一排列就知道了。中国最早出土的一把青铜刀在甘肃东乡县，河西走廊东端，距今约五千年。那时候整个中原地区还没有铜制工具和武器。文明到底是独立发生的？还是传播互动的？通过文学人类学的多重证据，可以重新认识到文化最基层的地方。这样看来，有文字叙事的中华文化，什么儒家、道家，都只是小传统而已。人类学、考古学给的视野让我们真正摸到了大传统的脉络。那么崇拜玉的文化是从八千年前开始的。上次年会请来了安徽考古所的张敬国所长，大家记得他放完幻灯片后掌声都停不住，为什么？他让我们看到了五千三百年前长江流域的高等文化景观：凌家滩文化王者之墓的景象。《红楼梦》形容富贵有“白玉为堂金做马”的说法。五千年前没有金，领袖墓中的陪葬品几乎全部是玉石器。曹雪芹描述富贵之家的语词是没有依凭的奇想吗？五千三百年前就开始用大批的玉器为王者陪葬，真好像是“白玉为床”。凌家滩文化之后一千多年，金属冶炼技术才逐渐在本土文化中成熟起来。再经历一千多年，才建构出《山海经》的叙述模式：讲到一百四十座山，出不出玉，出不出金。对这些记载，过去根本看不懂，不知所云。甚至以为《山海经》是一些贩卖玉石的贩子写的，为什么写到一座山就要特别记录有没有什么玉呢。玉是金属出现之前最重要的通神物，在史前时代具有战略资源性质。谁拿着最好的玉器，谁就可以充当获得天命之王。一个从玉旁的“瑞”字，点明了中国政治神话的五千年通用原理。所以说，玉的崇拜与想象，造就中国神话，这是地球上的东亚一地孕育出的最大的神话。找到了这样的神话叙事的主脉，再来看儒家对玉的推崇，就会理解“君子比德于玉”的价值编码基础是什么。“仁、义、礼、智、信”这些所有儒家讲的伦理都在玉上。道家则告诉你，最高的天帝名叫玉皇大帝。然后再看西边的瑶池仙境，西王母掌管着不死药。实际上，玉就是神灵和永生的象征，玉意味着不死。所以，西王母神话以后所有的变形叙事，包括孙悟空行窃的西王母蟠桃会，都源出于玉和永生的信仰。在此可以看到，有了文学人类学的视野，不只是要把学术探索的目光引向田野，而是一定要把中华文化的主脉牢牢抓住。

除了《民歌与国学》的这条路，还有《文学与仪式》这条路。彭兆荣教授《文学与仪式》这本书，应该是文学人类学从业学生和研究者必读之书。仪式派在西方古典学派中是一个独立的学派，弗雷泽就是这个学派的代表。为什么要强调仪式？过去做文学的人不看它，可是今天做非物质文化遗产的主要关注的却是它。仪礼空间的东西，人类学把它看作是一个活态传承的文化遗产。它背后是什么？就是信仰——对神圣的信仰。它的表层话语就是神话，仪式和神话的关系就是一而二，二而一的关系。通过《文学与仪式》，可以改变文学本位的神话观，我们不再在《山海经》《淮南子》中找一些故事（story）和古希腊的雅典娜、宙斯的叙述相比了，或以为这就是中国神话。这样的做法是成问题的，是用文字文本限制了考察神话的眼界。因为从史前时代把某一种器物崇拜为神圣开始，中国神话已经揭开序幕。所以，要把以文学为本位的神话观拓展到作为文化原型编码的神话观。这要靠什么？要靠神话和仪式的关联。

三、“四重证据法”拓展文学人类学的多重视野

文学人类学的多重视野问题，也就是其方法论的优势所在。我们必须多维度！一开始不可能一下子进入这么多知识领域，但是最重要的是这些知识之间的彼此互动和整合。2008 年贵阳年会上提示了四重证据和五种叙事。仪式就是一种单独的叙事，或者说是身体的叙事，它是人类与生俱来的最古老的叙事。人们还不会发有声语言的时候，动作肯定是有的。甚至今天的社会生物学家在高等动物中也找到了仪式或准仪式，那种人类文化最深远的根，保存的基因和记忆最深厚的传统，我们今天只能用“礼失而求诸野”的方式，在民间去寻找。台湾赛夏族的矮黑人祭典仪

式，鲜明地见证着他们民族记忆中最初来到台湾岛的是什么人。

有了这样的几重视野，加上考古学的视野，能把古人想看而看不到的，而今人能看却大部分因为学科的隔膜而看不到的东西，尽量地找出来。有位学者提出文学人类学研究近年来有一个转向，叫考古学转向。就是因为张敬国先生播放了一个刚出土的玉猪图片，88公斤重，那是全世界没有，在中国也从来没听说过的文物，五千多年前的。所以，要找中国文化的源流，如果仅仅跟着《史记》走，跟着《尚书》走，那你知道的就是汉代以后的书写文本的东西，找不到远古的东西。要找到书本上没有的，靠什么？就靠新知识、新材料。当我们把这个维度称为四重证据法，它是否能够推广应用的问题就出现了。从这个意义上看，本会讨论中国文化的“表述”问题，也是视野和方法的问题。

第四重证据的新材料是古人想利用而不可利用的，它对文化的解释力就像法庭上抓贼要赃一样。比如说新疆古代住着什么人，不用争论，史书上再说也说不清。地下发掘出来一测，是什么头发，什么肤色，体质人类学一分析就明白，不用多争论。就像法官只认证据，特别是物证。去年中国政法大学召开证据科学国际会议上，邀请我们人文学者参加。会上有最高人民法院的法官和最高人民检察院的专家，为什么要请人文学者呢？因为法学专家们觉得人文研究中的四重证据法问题，对法学的证据科学也是有启示的。本会的孟华教授参加了中国政法大学张保生副校长牵头成立的证据科学研究中心项目，新创办的刊物叫《证据科学》。要用科学的方法解决法庭调查和审判的依据问题。对于人文研究者，考据的对与错只关系研究成果的质量。法庭却是事关人命的，不能随便，那么法庭上是怎么权衡证据的？那就一定要把证据作为一门科学的对象来探讨。会上有北大的法学院院长的报告，对我们的震动很大。他提出以后的法庭审判不能偏信书证。就是用文字写下来的东西在他们看来是没有太多法律效力的。因为字是人写的，所有的诬告信都是人写的。被告可以写，原告也可以写，法官信谁的？所以，在法庭上要尽量减低对书证的依赖，因为它造成太多的冤、假、错。那么要靠什么？就要靠刑侦科学，也就是类似福尔摩斯的工作，拿出铁证来。我们做的文献研究，传统的国学可以说是只有一重证据，只靠书证，离开书证没有东西，那怎么办呢？就是要把二重的、三重的、四重的（证据）作为我们今天的方法论整合，这应该是我们能够为国学的更新，为西方的人类学进入中国并实现本土化，进而创建它特有的方法论体系作出的贡献。所以，我的总结既是对会议讨论的主要问题的总结，同时也是对文学人类学研究范式的一个总体设想。

[原载《西南民族大学学报》（人文社会科学版），2011 年第 1 期]

文学与学文：一个比较文化的视野

彭兆荣

“文学”在今天指一门独立的学科、学问，也是现行大学体制中的一个科系设置。但是，考其原始，索其脉络，现代的“文学”已被“窄化”“僵化”“退化”。“文学”之“文”在历史的知识谱系中与文字、文身、纹饰、文路、文脉、文化、文明等皆有关系，形成了各自表述却又彼此呼应的完整的知识表述，远非文学这个现行学科可以囊括。重要的是，如果对这些知识脉络和复杂关系不厘清、不了解，对文学的原始、原生、原初意义的认识就不够、不足，那么，对文学的完整意义的了解和认识也就无从谈起。鉴此，谈文学，先学文。

“文”的意义——特别是当它与不同时代、社会、环境、族群、知识等联系在一起，与各种符号、文物、器具、构件、行为、样态等发生关系，就会产生不同“语境”（CONTEXT）中的“互文”（CONTEXT），对其做一个类似于“知识考古学”的梳理，无论就文学的反思、文学的理解还是文学的阐释都大有裨益。大致看，“文”的知识表述可从以下几个方面的维度进行讨论。

第一，“文”作为历史和文明的演化标识。一直以来，人们习惯性地将历史上出现的各种形态、形式的文字符号视为进入文明门槛的标志。这在早期的人类学研究领域非常明确。在人类学进化学派的代表人物摩尔根的《古代社会》中，人类文明被划分为三个阶段：蒙昧、野蛮和文明阶段，而人类进入文明阶段“始于标音字母的使用和文献记载的出现。文明社会分为古代文明和近代文明社会。刻在石头上的象形文字可以视为与标音字母相等的标准。”标音字母的发明和文字的使用作为文明社会的标志，一直使用至今。[①] 虽然，摩尔根对文明进化的划分在今天看来已不足为训，但文字的出现和使用作为“文明社会”最重要依据在学界仍不失为最具代表性者。我国学术界今天仍围绕着摩尔根的观点中究竟是“文字的出现”还是“应用于文献记录”为文明标志的讨论。在我国的线性历史表述看，所谓“惟殷先人，有删有典”——到了商代才有成文的历史。[②] 而如果以当今的考古材料来看，在距今6000年前的仰韶文化和大溪口文化的陶器上的刻画符号是否算作“文字”仍有争议。换言之，我国“文字符号”与“文献记录”出现之间有一个很长的历史时段，这对我国文明阶段的划分至关重要。需要澄清的是，“文明”二字在我国古代典籍中虽有出现，却没有今天我们使用“文明”的意思，意指“文采光明、文德辉耀”。《易・大有》：“其德刚健而文明。”西文中的“文明”（civilizition）与城市、教化、公权等有关。这大概也是我国在讨论文明起源的时候将文字与城市放在一起讨论的原因。[③] 不过，这种套西式“文路”于中国“文脉”之“文法”是否符合我国历史和国情，还有待于更深入地讨论。

第二，“文”作为国家政治话语的表述方式。在今天，“文字”首先让人们想到的是与印刷术结合在一起的“印刷文字”符号形式，它又成了现代民族国家（nation-state）话语权力的官

---

① ［美］路易斯・亨利・摩尔根著，杨东莼等译：《古代社会》（上册），北京：商务印书馆，1977年，第11～12页。

② 李学勤主编：《中国古代文明与国家形成研究》，昆明：云南人民出版社，1997年，第5页。

③ 李学勤主编：《中国古代文明与国家形成研究》，昆明：云南人民出版社，1997年。

方表述，即“在积极的意义上促使新的共同体成为可想象的，是一种生产体系和生产关系（资本主义），一种传播科技（印刷品），和人类语言宿命的多样性这三个因素之间偶然的，但却是爆炸性的相互作用。”[①] 这是当代著名学者安德森·本尼迪克特《想象的共同体：民族主义的起源与散布》中的重要判断，它属于民族国家一种独特的话语表述形态。从历史的角度看，我们也可以把国家的形态往前推至帝国时代，文字书写作为的记录、记忆和存留形式，以及在表述形态上所遗留下的痕迹，即只要文字与任何一种国家政治结合在一起，便获得了相比其他表述方式和手段更具公认的合法性和权威性。印刷术起源于中国，是为世界所共识。与丝绸和瓷器相比，印刷术对现代社会的意义更为重大。它的出现大大提升了社会生产程度，创造了非凡的审美杰作，但是，印刷术的重要意义在于这项技术本身。[②] 其实，我国的印刷技术从出现到发展本身就是一段值得大书特书的文明史，就印刷技术的三个因素：印版、墨和纸张，早在印刷技术发明以前，比如青铜时代就已被工匠们所掌握。拓片技术用于复制和留存方式，中国人千百年来一直使用。[③] 所以，就世界范围看，印刷文字何时进入到国家政治性话语表述体系以及形态是不同的和多线的。我们当然也可以因此质问，非印刷性文书或前印刷性文字是否不具备国家政治性话语表述的范式特征？至少从我国的国家发展史来看，回答是肯定的。秦始皇在统一中国之初，“焚书坑儒”成为其建立和维护帝国政治统治的一个重大的政治手段和

① ［英］班纳迪克·安德森著，吴睿人译：《想象的共同体：民族主义的起源与散布》，台北：时报文化出版企业股份有限公司，2005 年，第 53 页。

② ［德］雷德候著，张总等译：《万物》，北京：三联书店，2005 年，第 191～192 页。

③ ［德］雷德候著，张总等译：《万物》，北京：三联书店，2005 页，第 207～208 页。

历史事件。也就是说，前印刷时代，文字（或手书，或刻画，或镌镂）已然与帝国政治结合到了一起。所以，现代国家与印刷技术的结合只不过是国家历史形态中的一种“后表述”而已。

第三，“文”作为制作书写材质的多种样态。与语言相比，文字的历史要短暂得多；但是，文字符号的出现是与制作、刻画、书写的方式和材料融为一体的，这一点通常被许多学者们所忽视，或者将文字与书写材料置于不同学科范畴分别对待。文明的一个关键的因素，就是将人类生产生活方式中的工具革命与文化变迁视为有机部分，甚至是关键部分。古代文明公认最古老的文字是埃及的神圣文字（hieroglyph）和苏美尔的楔形文字，其可追溯的年代是公元前三百年。中国古代的甲骨文以“龙骨”（龟背壳等），金文以金石、铜器等，竹简以竹材等为材料，以及后来的混合材料制成的纸张，可能清楚地看出，文字形态与材料形态不可分离。无论是以“泥块”“泥板”、动物背壳、由矿物质熔铸而成的器件，抑或是植物材料；无论是以塑形、打凿、镌刻还是书写，文字与书写材质形成了一个彼此相关的共同体，共同演绎着文明的发展线索和线路。即使到了纸质文字时代，文本还有不同的装帧、装订手段、手法和收藏方式上的差异，比如“善本”。不同的文字与不同的材质、制作手段、保存方式相结合，对文明进化和文化类型都是一个非常重要的说明；而作为文明进化的一种基本判断，文字与特殊材质的构造关系也是文明、文化独特性不可或缺的依据。比如，中国殷墟的陶器制作形制、作法、文饰、陶质材料，在这些材料上所刻画的符号文字以及若干雕成的花纹，与殷商时代的甲骨文及青铜器之间形成了亲密的关系。[①] 中国文字的“写法”可凿、可刻、可陶、可镌、可镂、可图、可书于不同的材料；反过来，不同的材料又彰显和表达着不

---

① 李济：《殷墟陶器研究》，上海：上海世纪出版集团，2007年，第3页。

同的书写方法和艺术。中国的文书史不啻为世界上最伟大的材料史。同理，我们也可以在西方的文明史上看到同样的材料线索和隐喻性表达，赫西俄德在《农作与日子》中把人类文明的演进时采用的几种物质材料进行分段——“黄金时代—白银时代—青铜时代—黑铁时代”比附归纳。今天，考古学上的所谓“石器时代”仍是一个世界性通用概念。

第四，“文”作为记录神话时代的方式和手段。约翰传福音书中说，语言与神同在，语言即是神。所以，从历史的变迁轨迹看，文字以神话为背景，其原初性功能是记录神意的工具和手段。[①]“天文”便是一个极好的注疏。许慎在《说文解字》卷十五“叙”中说，在文字出现之前，人们曾经历过一个“观法取象”的阶段，而“天文”正是所谓“天人合一”的照相——“从天文现象中寻找表达世界存在之事物的象征符号（象）。”[②] 在对“天文”的观察、理解和阐释中，人们发现了“人文”精神，或者说，“人文”与“天文”在意象理解上是一致的；“天象”是人类观察附会于人类社会的照相，反之亦然。而有“天文”便有“地文”“水文”等。而“天”是神话的终极解释。再比如，“图腾”是神话时代的衍生物。“图腾”一词虽然来自北美印第安人奥吉布瓦（Ojibwa）语言中的“ototeman”，即今天“totem”的来源；意为“他的亲族”。张光直先生认为，在中国“图腾”这个词指称古代器物上动物的图像。例如半坡村的仰韶文化的陶体上画的鱼形，于是鱼便是半坡村住民的图腾。殷商青铜器上铸有虎、牛、蛇，或是饕餮的纹样，于是虎、牛、蛇、饕餮这些实有的或是神话性的动物，便是殷商民族的图腾。[③] 他同时认为，

---

① ［日］白川静著，林琦等译：《汉字》，厦门：厦门大学出版社，2005 年，第 7 页。

② 王铭铭：《心与物游》，桂林：广西师范大学出版社，2006 年，第 94 页。

③ 张光直：《考古人类学随笔》，北京：三联书店，1999 年，第 117 页。

"中国古代文明是所谓萨满式（shamanistic）的文明"，巫师有通天地的本领，而通天地又有各种手段，包括仪式用品、美术品、礼器的独占。[①] 这些祭祀仪式的用品大都有各种纹饰符号，也有其独具特色的"文法"和"文路"，它们都是神话时代的认知要理，也是记录方式和手段。将天—地—人—鬼沟通的方式记录在器物上，传递着人类的文化表述和人文精神。我们无法想象，如果离开了对自然的认识、理解、判断、启示和物化符号系统的文化表述，人文精神几乎无从生成和传达。同时，我们也清楚地了解到，在神话时代，记录的方式和手段多种多样，前文字符号充其量只是众多记录、表述中的一种，且在很长一段历史时间里并未获得特殊的权力话语性质。孔子的"论语语体"恰恰是重口述的表述。

第五，"文"作为认知形态的物化构造和模式。西方的文字系统是由抽象的字母构造组合而成，"letter"既可以指字符，可以指文字；"letters"可以指文字作品，也可以指制造文字作品的文人。这种抽象的表音和相对简单的工具符号将西式的思维形态、认知形态特点展露无遗。反之，中国的文字系统是具象的表意和相对复杂的工具符号，即"象形文字符号"。无论是相对简单的表音符号系统还是相对复杂的表意符号系统，其实都是认知形态的果实，也都是人类祖先对自然的模仿的结果，仿佛弗雷泽在《金枝》中所总结的人类原始巫术产生和造型的根本原则"象生象"。[②] 德国学者雷德侯将中国的汉字系统总结为"模件构造"——"模件即是可以互换的构件，用以在不同的组合中形成书写的文字"——相同的模件可以组合成为"万物"；他引用周

---

① 张光直：《考古学专题六讲》，北京：文物出版社，1986 年，第 4~11 页。

② J. G. Frazer：*The Golden Bough*：*A Study in Magic and Religion*. Charpter Ⅲ，New York：The Macmillan Company. 1947.

敦颐的太极图说，“万物生生，而变化无穷焉。”[①] 在此，中西方文字系统鲜活地呈现出了两种完全不同的思维和认知形态，前者是用有形表达无形，所谓“大象无形”；后者是在抽象中塑造模型。中国的文字造型如同积木的搭建；它根据自然和生活形态中的“象形”原则，像建筑一样，在造型结构的整体中分别制造出各种基本的“模件”（module），诸如“口”“又”“言”等（它们又以更小的元素——笔画所组成），既可独立使用，更多地却是成为其他文字组合的“模件”，组成出各自单元（汉字），进而进行序列的连贯，形成文本。[②] 汉字的这种特点不仅反映出中国特色的“形/意”间的变通，也衬托出文字构造的美学原则；而这种“模件化”特点又可以在中国的建筑、器物、园林以及造型艺术上清晰地瞥见——属于中国式思维形态的构造形制。文字记录有时反而相形见绌；比如对我国商周时代青铜器作用的解释——通常人们都到《礼记》中寻找答案——我们虽然可以从《礼记》文书中了解到祭祀为中国古代头等重大的事情，却无法看到青铜器使用规定的具体记载；毕竟我们所见的《祀记》是在商朝灭亡一千多年后成书的。因此，礼器本身仍是我们索取历史信息的主要途径。[③] “文物”也因此有了一个崭新的阐释，即它不独为一种有形的遗产，更是一种文与物结合在一起的认知方式和表述记录。

第六，“文”作为人类行为的原生形貌和形态。众所周知，我们现在所知的，与“文”发生各种关系者大多属于延伸形态以及演化符号的衍生意义；与原初形态、原生符号中的原始意义已经发生很大的变异。以汉字“文”为例，原始意思中的“文”并

---

① ［德］雷德候著，张总等译：《万物》，北京：三联书店，2005 年，第 22～23 页。

② ［德］雷德候著，张总等译：《万物》，北京：三联书店，2005 年，第 14 页。

③ ［德］雷德候著，张总等译：《万物》，北京：三联书店，2005 年，第 42 页。

非与“字”一并出现；一种解释认为，“文”指的是如象形文字的单体字，“文”与“字”的结合是后来的事。“文”原为文身的意思，具体地说，就是在人的胸部施行文身。对于“文”的这种起源风俗，一种猜测认为，它是以一种特殊的礼仪将尸体神圣化。[①] 换句话说，“文”的发生形态属于某种原始意义上的风俗习惯和仪式行为。如果按照涂尔干《宗教生活的基本形式》中的分类：“一个神圣的事物，一个世俗的，这种区分构成了宗教思想的特征。”而诸如信仰、神话、教义等表象体系属于神圣的，而具体的物质、手段等则属于世俗。[②] 我国“文”的发生学形态（即对尸体的文身）中“神圣/世俗”却是无法泾渭分明，更无法分割对待。也就是说，“文身”的观念、思想、行为、仪式、符号、工具、技术、手段与意义完全交错在一起，形成了“文化”整体表述。“神圣/世俗”是后续的、人为的、衍生的概念、分类和总结。我们同样可以借此反观中国文字体系，以及由于文字体系延伸出来的诸如书法艺术等，它们都有一种与众不同的文脉，这就是形体异而脉络通。每一个书法家写出的文字是不一样的，它们各有其风骨，甚至同一个书法家在写同一个字的时候，也不会完全相同叠合，但这并不妨碍人们在汉字书法的“文脉”中去做艺术欣赏和理解，这关乎中国传统书法的“文理”问题。它也被认为是“百科全书式的心智”表达。[③] 又比如中国古代青铜器，作为文物，“纹”也是其理，“文”“纹”通假，“文”是在人的身体、尸体上描绘，而“纹”则是在器物、材料上刻画。形式

---

① ［日］白川静著，林琦等译：《汉字》，厦门：厦门大学出版社，2005年，第20页。

② ［法］E. 涂尔干：《宗教生活的基本形式》，收录于史宗主编：《20世纪西方宗教人类学文选》，上海：上海三联书店，1995年，第61页。

③ ［德］雷德候著，张总等译：《万物》，北京：三联书店，2005年，第251页。

上无论有多么大的差异，贯彻其中的脉理都具有一致性。如果我们将甲骨文与古代青铜器的神兽纹置于一畴，会发现其中共通的脉理。[①] 而“文化”正缘此而出。这样的“文脉”“文理”在西方是没有的。

第七，“文”作为“形而上/形而下”之技术系统。反思汉字、汉语中的“文”，人们还会发现，它与原始（今天仍有不少遗留在乡土社会中）巫术、占卜、天象、律令、时节等行为、技术有着密切关系。传说文字由仓颉所创，《春秋元命苞》说他：“四目灵光，生而能书。于是穷天地之变，仰观奎星圆曲之势，俯察龟文鸟羽、山川指掌而创文字。”这个故事透露出一个鲜为人知的变化轨迹：“仓颉造字”所倚者为原始巫术，包括卜术、邪技、口占、灵异、天象等。沿着这一线索，我们无妨将文字理解为一种特殊的巫术变体，以及一整套特殊的观察、记录和制作技术；同时，它又构成了我国乡土社会中民间智慧最具活力的部分。在我国，各种各样属于原始宗教、民间宗教、自然宗教的行为技术已经深刻地融入到了广大人民的生活之中，大凡各种重要的活动、仪式，比如在人生的“通过仪式” （the rites of passage）[②] 中的出生、结婚、死亡等各种礼仪中，都可以看到充满各种技术手段、技术方式的技术系统。再比如在我国的东南沿海和台湾地区民间流行的“童乩”（也叫“乩童”），属于一种占卜巫术，以测吉凶。一种解释认为，“乩”亦为“稽”，即查测之意。[③] 具体做法是童乩根据所卜之象和各种纹路测查、记录，并对各种符图、符号纹测度吉凶之兆。事实上，中国的文字体系中

---

① ［日］木已奈夫著，常耀华等译：《神与兽的纹样学——中国古代诸神》，北京：三联书店，2009 年，第 12～14 页。

② A. Van Gennep：*The Rites of Passage*，（Translated by Vizedom，M. B. and Caffee，G. L.）Chicago：The University of Chicago Press，1960.

③ 王铭铭：《心与物游》，桂林：广西师范大学出版社，2006 年，第 87 页。

有不少原始表述形态都与之有涉。有意思的是，这些原始技艺既属于一种"形而下"的技术，也蕴含了对宇宙万物、天地人、自然规律的认知和理解，因而也具有"形而上"的意思。在今天，其中不少则属于所谓的"无形文化遗产"（the intangible cultural heritage，官方译为"非物质文化遗产"）。在遗产学研究中，无形文化遗产的技术系统是非常重要的传承部分，也是重要的研究范畴。

第八，"文"作为一种文学特指的隐喻类型。文有类，曰文类（genres）。作为一种专业指称上的文类，在文学范畴，专指文学作品的类型、种类，通常叫"文学形式"，[①] 在西方曾经专指传奇、诗歌、戏剧和讽刺。弗莱认为，"文字中的常规、文类和原型不会简单地出现，它们一定经过从不同源头、或许从同一源头那里的历史性演化"[②]。沿着神话的历史演化线路，他在原型模式批评[③]中对"文类"做如下整理与归纳：

1. 黎明，春天，出生。英雄的出生仪颂。大地的生物复苏，再生，生命战胜了黑暗、冬季与死亡的神话。它的复合形象是父亲和母亲。原型的哲学与美学形态特质表现为极致的狂喜；与之相配合的艺术叙事门类为酒神颂歌和传奇。

2. 正午，夏天，婚礼。英雄的胜利仪赞。神圣的荣耀，光辉普照，通往天堂道路的美丽神话。它的复合形象是在未婚妻的相伴下，英雄走在胜利的旅途中。原型的哲学美学形态特质表现为神圣的庄严；与之相配合的艺术门类为喜剧、牧歌、田园诗和

① ［美］M. H. 艾布拉姆斯著，朱金鹏等译：《欧美文学学术语词典》，北京：北京大学出版社，1990年，第126页。

② ［加］诺思洛普·弗莱著，王逢振译：《批评之路》，北京：北京大学出版社，1998年，第17页。

③ ［加］弗莱著，陈慧等译：《批评的剖析》，天津：百花文艺出版社，1998年。

小说。

3. 黄昏，秋天，死亡。英雄的死亡仪礼。毁灭的命运，垂死的英雄，野蛮的弑戮，祭献与牺牲，孤独的英雄神话。它的复合形象是叛徒、出卖者和诱拐者。原型的哲学美学形态特质表现为悲壮的苦难；与之相配合的艺术门类为悲剧和挽歌。

4. 夜晚，冬天，颓绝。英雄的苦楚仪殇。理性的坍塌，命运的苦斗，人类的毁灭与复归于混沌神话。它的复合形象为巨人与巫师。原型的哲学美学形态特质表现为拼搏与抗争；与之相配合的艺术门类为讽刺。

弗莱形象和精巧地把人文精神、艺术类型、神话叙事等都揉在一起，仿佛是生命的诗性演绎：春天的神话与传奇对应；夏天的神话与喜剧对应；秋天的神话与悲剧对应；冬天的神话与讽刺对应。[①]“文类”在季节的自然演化中获得了形态上的契合。

第九，“文”与“非文”间的历史性代际关系。如果说，在历史的演变中“文”的书写直接来源于某种仪式行为（文身）存在着解释上历史上的证据链的话，那么，口述与文字在生产上，毫无疑问，都是历史纽带上两个密切相连的知识形态或表述方式的代际关系。可是，由于在后来的国家形态中，文字符号和书写类型被附丽了社会的权力价值，才造成了特殊“书写文化”的话语。克里福德在《书写文化》中认为，文字过程——隐喻、书写、叙事——成为影响文化现象“注删”的一种方式。[②]一旦书写被赋予了特权，便形成了类似于福科“知识话语”，即在一个特定的“权力场”里，“知识”按照既定的规则进行区分和排斥。

---

① E. M. Meletinsky：*The Poetics of Myth*，(Translated by Lanoue，G. & Sadetsky，A.) New York & London：Garland Publishing，Inc. 1998：83.

② J. Clifford and G. Marcus (ed.)：*Writing Culture*：*The Poetics and Politics of Ethnography*. Berkeley：University of California Press. 1986：4.

事实上，正是社会价值体制中这样一种分类决定着所谓“知识”的级差和取舍；比如“官方/民间”“雅/俗”等概念分类无不透着权力的气息。鲁迅先生曾以文学的发生与变迁为例有过一段精彩的考述：

> 歌，诗，词，曲，我以为原为民间物，文人取为己用，越做越难懂，弄得变成僵石，他们又去取一样，又来慢慢地绞死它。譬如《楚辞》罢，《离骚》虽有方言，倒不难懂，到了杨雄，就特地“古奥”，令人莫明其妙，这就离断气不远矣。词，曲之始，也都文从字顺，到后来，可就实在难读了。(《鲁迅书信集·致姚克》，1934 年 2 月 20 日)

而从“文”的表述方式的生成关系看，它远比口述、绘画、歌舞晚近得多，“文”作为表述方式与“非文”的口述、绘画、歌舞等形成了不可断裂代际关系。现在问题是，当现代文学纳入到现代文字体系的国家政治形态之中，那些原生性的、发生性的各种表述，那些无文字民族、族群的多种形态都处于“失声状态”。而文学人类学的一个目标，正是要尽其所能恢复那些“失声”了的表述的声音。

第十，“文”之于交织性语际文本的共属关系。

就文学而言，“文本”（text）是最真实可感，最可凭据的终端。文本可以理解为某种特定的形式表述。表述的多样性，也决定着文本的多样性。其间存在着两个基本的视角：(1) 文本来源的历史逻辑。虽然历史为我们留下了大量的文学叙述方面的文本，但“文本”与“人本”之间却经常被学科樊篱所阻隔。换句话说，我们要怎样尽可能地将文本中的人类智慧（homo sapiens）全貌性挖掘出来。反过来，文学应该如何在浩如烟海文本当中挖掘出“本文”，——即最具备和代表人类体貌和文化的特性。从“本文”到“文本”划出了一道“自然—文化”的历时性发展轨迹；也彰显出“从动物到人类”的进化图景。文学人类学研究正是要致力复归从“文本”到“本文”基本形貌。只是这样，才能满足最为根本的学术逻辑：来来往往、归纳演绎同为一物。一言以蔽之，人类本性和人文价值，是为文学人类学研究之本。[①]（2）文本的多样性决定了对单一性文本的采纳和对单一性文本在理解上的偏见。刘禾在她的《语际书写——现代思想史写作批判纲要》一书中，借用“刘三姐”这一特殊历史表述现象——多文本共谋——的剖析，揭示了在政治“暴力”时代的文本建构意义。在她的分析中，“刘三姐”形成了一个不同文本之间语际交流、合作、共谋的属性。“刘三姐”作为山歌文本、歌舞剧文本、民间文本、官方文本、历史文本、传奇文本、口传文本、民俗学文本、民间文学文本、电影文本……在讨论中刘禾借用了人类学家费边（Fabian）的《时间与非我：人类学如何建构其对象》中对“我们/他们”的时间、空间的交错中，“自我/非我”的边界必定被打破。[②]假定我们相信“刘三姐”历史的原真性文本是山歌，那么，今天世界华人圈内所熟悉的“刘三姐版本”已经完全变成了一种“非我文本”，而其意义的获得和变化都建立在各种文本的语际书写之间。

综上所述，文学与其说是一个学科上的“自我满足”的“自圆其说”，毋宁说是文化与文明上的“自我的他说”中“自我的他性”表述。

[原载《西南民族大学学报》（人文社会科学版），2011年第1期]

① 彭兆荣：《文学与仪式》，北京：北京大学出版社，2004年。

② 刘禾：《语际书写——现代思想史写作批判纲要》，上海：上海三联书店，1999年，第155页。

在狱中传递台湾现代戏剧精神

——杨逵在1950年代台湾剧坛的意义

胡星亮

20世纪50年代的台湾剧坛，因为弥漫着"反共抗俄"和"戡乱""战斗"的浓烈硝烟，而成为一片"精神的荒原"。台湾本省剧作家的遭遇更是艰难。1947年"二二八"事件使他们在意识形态方面遭受巨大压抑；战后台湾进入"国语"时代，又使这些日本殖民地时期生长和接受教育，并长期使用日语创作的剧作家无法继续写作。由此带来的结果，是大陆去台戏剧家主导了此期台湾剧坛，而"他们排斥三〇年代暴露黑暗统治的社会意识浓厚的文学，同时也几乎扬弃了五四文学革命以来的民主和科学的新精神"①；另一方面，则是"众多台湾知识分子被囚或死去，这造成台湾文化传统的断绝，使日本殖民地时期的新文学运动被打入黑暗的忘却的深渊，造成文学传统的中断、扭曲和裂沟。"②

然而杨逵却是一个例外。杨逵此前也长期使用日语写作，但他是少数几个在战后通过刻苦学习而能掌握汉语继续创作的台湾本省作家之一；杨逵1949年因为《和平宣言》而以政治犯身份获刑12年，但在火烧岛监狱中，他仍然保持主体精神和独立思考，并且利用监狱各种活动而仍然坚持写作。1949至1961年间，杨逵在火烧岛监狱创作的《牛犁分家》《猪八戒做和尚》等

---

① 叶石涛：《台湾文学史纲》，长沙：文学界杂志社，1987年，第86页。

② 叶石涛：《台湾文学史纲》，长沙：文学界杂志社，1987年，第9页。

多幕剧，和《光复进行曲》《胜利进行曲》《睁眼的瞎子》《婆心》《丰年》等独幕剧，[①] 即是他日本殖民地时期戏剧创作的继续。这些剧本很难说有多么高超的艺术性，但在诚挚、朴拙中，自有一种独特的戏剧精神和魅力。尤其值得肯定的，是它们在特殊境遇中传递了日本殖民地时期台湾现代戏剧精神，也延续了“五四”以来中国新文学的传统。[②]

一、“将艺术与社会结合才是有根的”

对于戏剧与社会人生的审美关系，杨逵自20世纪30年代从事文学和戏剧创作以来，就始终强调：“将艺术与社会结合。……这样的艺术呈现才是有根的。”[③]

杨逵的人生经历和戏剧创作，与现当代台湾社会和台湾人的命运有着深刻关联。杨逵对台湾这块土地怀有热烈深沉的爱，然而在他日本殖民地时期40年和战后40年的艰难人生中，这块土地与他一起，长期遭受日本殖民者的野蛮践踏和国民党政府的专制统治。有压迫就有抗争。杨逵在日本殖民地时期参加“文化协会”“农民组合”等抗日社会运动，和战后起草《和平宣言》抗议高压政治，并因此先后12次被关进日本侵略者和国民党政府的监狱，就是他铁肩担道义，被称为“压不扁的玫瑰”精神的体现。同样地，戏剧和文学创作在杨逵看来也是从事社会运动、进行反抗斗争的有力形式。他说：在日本殖民地时期发展起来的台

---

① 杨逵这些剧本除个别外都没有注明创作时间。部分作品当时在火烧岛中正堂演出过，台湾“解严”前后全部陆续发表。

② 上文引用叶石涛语，其完整表述是“以杨逵为首的众多台湾知识分子被囚或死去……”这是因为叶石涛写作《台湾文学史纲》时，杨逵火烧岛时期的创作还没有发掘出来。但语言转换，尤其是“二二八”事件对台湾本省戏剧家的影响巨大，此前活跃剧坛的张维贤、林抟秋、宋非我、简国贤等都因此被“消音”。

③ 杨逵：《〈牛与犁〉演出有感》，载《时报杂志》1980年第5期。

湾新文学运动，“自始至终即以抗日、反殖民统治的武力压迫和经济压榨为前提；以关怀绝大多数被欺凌被掠夺的大众生活为骨肉；以争取民族自决、返归祖国、建立平等合理的生活为最终目标。因此，台湾新文学的奋斗史在整个中国近代文学史上，便有着永难磨灭的光辉。”①

因而在日本殖民地时期，杨逵强调台湾新文学和戏剧的第一要义是“呐喊”，要真实表现被欺压的劳苦大众悲愤和反抗的心声；强调台湾新文学和戏剧的“文化启蒙”意义，要唤起民众的民族意识和促使民众奋发向上。② 他的《送报伕》《模范村》《鹅妈妈出嫁》等小说是如此，其《父与子》《扑灭天狗热》《怒吼吧！中国》等剧作也是这样。《父与子》搬演富翁陈不治与乞丐母子之间的故事，表现弱小者被欺辱、被遗弃而穷病死亡，和权势者丧尽天良却被社会捧为“高德之士”，嘲讽社会上层的伪善，同情底层民众的苦难。《扑灭天狗热》反映日本殖民地时期台湾农村的破落和农民生活的贫困，批判锋芒直指异族殖民统治的经济压榨，以及放高利贷者的毒辣盘剥和冷酷无情。《怒吼吧！中国》改编自苏联作家特洛查可夫的同名剧作，以鸦片战争时期英帝国主义践踏中国国土、屠杀中国人民的史实，影射和抨击日本侵略者的罪恶。这些作品，都是杨逵站在底层民众立场的情感流露和心灵呐喊，深深地植根于那个时代台湾社会运动和反抗斗争之中。

光复初期，台湾社会情形并未发生根本改观。原先期待同心协力建设新台湾的普通民众，不久即发现，现实依然是“贪官污

---

① 杨逵：《台湾新文学的精神所在》，载《文季》1983年第1期。

② 参见杨逵《灵谶与迷信》（1934年11月27日《台湾新闻》）、《会报的意义与任务》（《台湾文艺家协会会报》第6号，1941年10月）等文。原文日文，译文（分别由邱振瑞、涂翠花译）见《杨逵全集·诗文卷（上）》，（台湾）文化资产保存研究中心筹备处2001年版。《杨逵全集》版本下同。

吏拉不尽，奸商倚势欺良民，是非都颠倒，恶毒在横行”，而悲愤感慨：“这成一个什么世界呢?”[①] 1947 年“二二八”事件发生，整个社会更是笼罩在一片白色恐怖之中。然而此时，台湾文艺界却陷于死水般寂静状态。杨逵有感于虽然“文学不是万应灵药，但历史告诉我们，只要切实地表现人民的真实的心声，文学有其促使人民奋起，刺戟民族解放与国家建设的伟大力量”，而于 1948 年初发起“如何建立台湾新文学”的讨论，呼吁台湾新文学“需要一次嚷”[②]；更进一步，有感于“二二八”事件造成外省人与本省人之间的严重隔阂，杨逵欲以文学和戏剧来弥补现实中尤其是人们心灵上的鸿沟，遂在 1949 年初接受本省和外省部分文艺家的委托组织“文化界联谊会”，并起草有关省籍和睦、和平民主的《和平宣言》。尽管因此身获重刑，然而杨逵的主体精神并未在政治高压下萎缩。他在监狱中创作的戏剧，一方面，如《光复进行曲》《胜利进行曲》《丰年》等，表现战后台湾挣脱殖民统治而回归祖国，人民欢庆胜利、重建美好家园的满心喜悦；而另一方面也是更重要的方面，是《牛犁分家》《猪八戒做和尚》《婆心》《睁眼的瞎子》所进行的社会批评和文明批评。社会批评，如《牛犁分家》在百姓日常生活和家庭矛盾的描写中承载着社会政治的深层寓意，喻示本省人和外省人在台湾如同牛和犁是不能分家的，要同心协力“开拓荒地，创造美丽的田园”，如《猪八戒做和尚》激愤批判军阀混战、官府腐败“比洪水猛兽更加厉害”，深切同情“做牛做马还是难挨过”的劳苦民众，以及对于世界大同天下和平的热切期盼；文明批评，如《婆心》《睁眼的瞎子》对于或图慕享受而贪求荣华富贵，或不事生产而

① 杨逵：《为此一年哭》，载《新知识》1946 年 8 月创刊号。

② 参见杨逵：《如何建立台湾新文学》（《新生报》1948 年 3 月 29 日）、《现实教我们需要一次嚷》（《中华日报》1948 年 6 月 27 日）等文。

好吃懒做等人性幽暗的嘲讽批判；等等，都是“切实地表现人民的真实的心声”，可见其日本殖民地时期戏剧和文学创作“呐喊”与“启蒙”精神的延续。与1950年代台湾剧坛鼓噪“反共抗俄”的那些空洞宣教的“战斗文艺”迥然不同，这些真实表达普通民众心声的创作，充满强烈的社会使命感和现实批判精神，有着真实的艺术生命力。

在杨逵看来，戏剧和文学创作是他所从事的社会运动的继续，是他社会革命和现实批判的一种审美表达。杨逵这种戏剧与文学创作的特点，其影响源，主要是鲁迅为代表的“五四”新文学运动。台湾新文学是在“五四”新文学运动激荡下展开的，“五四”文学“为人生”的创作理念，对杨逵等台湾新文学作家影响极其深刻。杨逵说：“我生长在日本的异族统治下，我成人以后从事的无论是实际行动的文化运动、农民运动或工人运动，以至后来的文学创作，无不是跟我整个反侵略、反帝国殖民政策、反阶级压迫的根深蒂固的思想有关”①。与此相关联，变革时期法国、俄国和英国那些批判社会病态的作品，如雨果的《悲惨世界》、屠格涅夫的《处女地》、果戈理的《钦差大臣》、狄更斯的《艰难时世》等，这些“描写对过去的因袭与社会罪恶的抗议或反抗，以往的社会矛盾，底层社会悲惨的人们的作品”②，更能引起他的情感共鸣；1920年代末杨逵留学日本时正值普罗文学兴盛期，千田是也、秋田雨雀等的日本左翼戏剧，又启发他积极探索以演剧去启蒙民众和推进社会运动。

二、有思考、有理想的现实主义

杨逵从事戏剧与文学创作的初衷，是要用自己的笔写出历史

① 杨逵：《台湾新文学的精神所在》，载《文季》1983年第1期。
② 《我要再出发——杨逵访问记》，载《夏潮》1976年第7期。

的真实。1915年，年幼的杨逵曾目睹台南民众武装抗日的“噍吧哖事件”，后来又听父兄说起日军在那次事件中大肆屠杀无辜百姓的罪恶。然而在殖民者编的《台湾匪志》等书中，台湾人民此类英勇行为都被视为“匪徒”所为。杨逵说：“这种种历史不真、法律不公的事实，便深深在我幼小的心灵中种下了反抗异族、反抗统治者谎言与暴力的种苗。”还说：这次事件“对我日后所以走上文学路途，以及我的写作方向与思想感情，有着决定性的影响”——“想以文学纠正被殖民统治者歪曲了的历史”[①]。写真实，因而成为杨逵一生戏剧和文学创作的追求。光复初期杨逵发起讨论“如何建立台湾新文学”，强调首先是要有“反映现实性的真实感”[②]。1957年身在囹圄谈论写作，他仍然认为“没有真实性”，“根本就没有生命，没有灵魂”[③]。

就戏剧和文学的真实性来说，杨逵认为现实主义是根本，其要点有三：直面现实、真实描写和真挚情感。尽管杨逵这一时期的戏剧都是在监狱中创作的，也尽管这一时期台湾文坛在政治强制、奖金诱导下弥漫着“反共抗俄”的浓烈硝烟，但是杨逵的剧作，无论是《光复进行曲》《胜利进行曲》表现台湾人民挣脱殖民统治而进行的艰苦斗争，还是《牛犁分家》《猪八戒做和尚》《婆心》《睁眼的瞎子》等剧，对于光复初期台湾社会现实和国民劣根性的描写与批判，都体现出剧作家勇于直面现实的创作精神。

杨逵认为戏剧的生命是内容、是思想，反对创作的孤芳自赏或胡编乱造，强调应该撷取生活中那些能够使作家感奋、高兴或

---

① 杨逵：《台湾新文学的精神所在》，载《文季》1983年第1期。

② 《如何建立台湾新文学——第二次作者茶会总报告》，载《新生报》1948－04－09。

③ 杨逵：《杨逵全集·诗文卷》（下），台南：文化资产保存研究中心筹备处，2001年，第370页。

愤慨、悲伤的所见所闻，并予以真实描写。这就要求作家既要“面对现实，对腐蚀社会的根源，追根究底”，又“须培养洞悉社会的能力，深刻检讨现实”[①]，深入发掘和表现生活的真实。以反映农民生活为例。杨逵在日本殖民地时期从事社会运动，为了维护农民的权益曾跑遍全岛各穷乡僻壤，杨逵熟悉他们的生活、了解他们的艰辛并对他们怀有深厚的感情；杨逵自己在日本殖民地时期为了表示不与侵略者合作的气节，和他在1961年走出火烧岛监狱之后为了养家糊口，也主要是靠双手开垦荒地种植花卉以维持生存。故杨逵对农民及其辛勤劳动始终心怀敬意。他的《牛犁分家》《光复进行曲》《睁眼的瞎子》《丰年》等剧，都对农民的勤劳坚韧、朴实善良，及其用自己双手改变命运、创造未来的艰辛劳动给予了热情赞美。但同时，杨逵也对农民身上体现出的人性弊端进行了尖锐批评，用爱心呼唤他们改过自新成为真正的人。如金枝（《牛犁分家》）不愿在田地劳作而贪图当舞女、酒吧女的享受，和她由于自私而心胸狭隘、无理取闹，林醉生（《睁眼的瞎子》）好吃懒做，为了钱财可以不要良心，还什么事都是有嘴讲别人无嘴管自己，等等。而无论是赞美或是批评，这些戏剧在对于生活真实描写的字里行间，都流露出剧作家力透纸背的真挚的思想情感。也正因为这些戏剧的真实描写和真挚情感，它们才有感染人、打动人的艺术力量。

杨逵戏剧的现实主义，还有两点是值得注意的：一是强调思考和人格的独立，二是要有理想和梦想。

杨逵从不避谈戏剧和文学创作的社会使命感，但他同时强调，戏剧和文学反映现实人生，“切记不要成为统治阶级的传声筒”，因为这样就“失去了作为一个作家所应具备的人格独立与

① 杨逵：《梦与现实》，载《潮流》1948年夏季号。

思考独立的条件，更失去作为一个人所应拥有的立场与尊严。”[①]《牛犁分家》是杨逵自己很看重的作品。该剧写日本殖民地末期，林耕南带领家人开垦荒地准备春耕，虽艰辛但全家和睦，不想日本警察强征儿子大牛、铁犁去打仗。林耕南和儿媳拼命劳作仍生活困窘，无力交税又被税吏牵走耕牛，他只得自己当牛拖犁。战后儿子回来，大牛秀兰夫妻努力劳动，铁犁被媳妇金枝拉着到处玩耍，林耕南教训却被金枝蛮横顶撞而气死，妯娌斗气又分家。然而数日后，牛、犁分家的两个家庭都不能耕作，兄弟妯娌这才想起父亲常说的要“宽量”“容忍”，而渐渐消除隔阂，团结协作建设家园。剧情发生在 1945 年前后，其所指则是经历“二二八”事件的台湾现实。杨逵说：当时“在光复后不久，我认为大家要沟通，才能重建一个新的时代，因而有感而发”，写了这部“寓言”式的作品[②]。剧作家期望经历这次悲惨事件，外省人和本省人作为兄弟“应该宽量、容忍”，就像该剧主题歌所唱的：“废除界线心相应，除掉障碍血交流”，“勇往直前迈向复兴建设道路”。《睁眼的瞎子》中讲述的两个瞎子相碰打架，知道真相后认错和好的故事，也包含着相似的寓意。杨逵因为“二二八”事件后起草《和平宣言》而坐监，但即便是在牢狱中，他仍然坚持自己的信仰和追求，站在社会正义立场去审视现实，从人的生存和发展去思考现实，其戏剧写实就具有追求真理的深刻性。

然而杨逵的戏剧写实又充满理想。《牛犁分家》中的兄弟妯娌最后同心协力，“开拓荒地，创造美丽的田园”，就体现出戏剧家的美好憧憬。杨逵的剧作都有类似描写。其戏剧表达美好憧憬常用的词是“大同世界”，常见的场面，是蓝天白云下劳动丰收、男女相爱、自由平等的情景。《猪八戒做和尚》是故事新编，前

---

① 杨逵：《台湾新文学的精神所在》，载《文季》1983 年第 1 期。

② 杨逵：《〈牛与犁〉演出有感》，载《时报杂志》1980 年总第 51 卷。

面几场戏写猪八戒卷入军阀混战、土匪抢劫、官府腐败弄得民不聊生，最后一场戏写猪八戒等来到桃花源，被这里人人劳动衣食丰、男女老少齐欢乐的"大同世界"所感动，而留下来共创快乐人生。如此快乐人生，也是《胜利进行曲》对于战后"复兴民族，促进大同，泱泱大国风"的理想追求。其他如《丰年》表现农民的丰收喜悦和爱情喜悦，《光复进行曲》以歌舞描绘春天里农民"手拿锹头修田岸，男男女女好做伴"的欢快劳动场面，等等，也都是剧作家的美好理想。杨逵认为"真正的写实主义是要捕捉真实状态下人与社会，或人与人之间关系"，而人若是没有理想和梦想是很难生活的，所以"真正的写实主义是把人的梦想和理想都纳入考虑的"[①]。后来，杨逵把这种站在理想高度来描写现实的创作称为"理想的写实主义"，它在"反映时代之外，还要进一步带动时代"，以促进社会"走向更美好的境地"[②]。

正因为剧作家是从人的生存和发展出发去审视和描写社会人生，其戏剧的理想憧憬与独立思考所以并不矛盾。也正因为如此，尽管杨逵着意于批判和改造社会人生，其戏剧创作有时社会意识压过审美意识，然而其艺术表现真诚，直面现实而有真切的感触和真实的体验，在朴实叙事的深层流淌着剧作家现实关怀和人文关怀的真挚情感。1958 年，"五四"新文学发起者胡适针对台湾文坛"由政府来辅导"乃至"由政府来指导"的情形，主张复归"五四"文学精神，提倡一种"自由的文学"："人人是自由，本他的良心，本他的知识，充分用他的材料，用他的自由——创作的自由——来创作。"[③] 在普遍缺乏自由精神的 1950

① 杨逵：《新文学管见》，载《台湾新闻》1935 年 7 月 29 日—8 月 14 日。原文日文，译文（陈培丰译）见《杨逵全集·诗文卷（上）》。

② 《我要再出发——杨逵访问记》，载《夏潮》1976 年第 7 期。

③ 胡适：《中国文艺复兴·人的文学·自由的文学》，载《文坛季刊》1958 年第 2 期。

年代台湾剧坛，正是杨逵在最不自由的火烧岛监狱，用他自由、真挚的心灵在创作真正的戏剧。

三、人道、社会主义与戏剧

杨逵是一个坚定的社会主义者。但杨逵同时强调，他是一个“人道的社会主义者”[①]。作为一个社会主义者，杨逵从青年时代起就积极参加台湾农民团体、工人团体和文化团体的社会运动。正如他在《台湾新文学的精神所在》文章中所言：这“使我得以深入到一般大众，尤其是工农大众的现实生活里头，得以理解在殖民统治者高压和剥削底下求生存的劳苦民众的挣扎与悲苦，……加深了我体恤低阶层民众的情感。”而作为人道的社会主义者，杨逵一生向往“老吾老以及人之老，幼吾幼以及人之幼”的“天下为公”的理想社会。他看到“人类与生俱来的欲求是悲悯不幸、痛责不法、追求更好的生活”[②]，所以，他总是站在人道和人性的立场去描写社会人生。社会主义者杨逵，其戏剧充满强烈的现实性；而从人道的社会主义出发，杨逵的戏剧在强烈的现实性背后又渗透着浓浓的人生况味和人道精神。

杨逵主张戏剧要描写底层社会的日常生活，尤其要与普通民众的生命相拥抱，要“把他们人格上的真伪、善恶、美丑，整个的表现出来”[③]。杨逵的戏剧不大注重揭示人性的复杂和丰富，而是着眼于人性美丑、善恶、真伪的呈现。其剧情结构大都由人性完美者、人性丑陋者、人性扭曲者三种不同类型人物的思想动

---

① 《追求一个没有压迫，没有剥削的社会——访人道的社会主义者杨逵》，载《前进广场》1983年第15卷。

② 杨逵：《新文学管见》，载《台湾新闻》1935年7月29日—8月14日。原文日文，译文（陈培丰译）见《杨逵全集·诗文卷（上）》。

③ 杨逵：《杨逵全集·诗文卷》（下），台南：文化资产保存研究中心筹备处，2001年，第365页。

作和矛盾冲突所组成，这三类人物也就体现出戏剧家对于人性，及其所体现的社会人生的深沉思索。

人道主义把人的尊严和价值放在首位，把人性和人格的完善作为思想行为判断的尺度。所以即便是坚定的社会主义者，杨逵戏剧中的正面形象也不是那种“阶级本位”的代言人，而是“人本位”的体现者，在他们身上突出彰显了人的价值与尊严、人格与人性。这些正面形象都是辛勤的、普通的劳动者。《牛犁分家》中的林耕南即是典型。林耕南教育孩子要崇尚劳动：“不要让土地抛荒，就不怕没番薯饭，应菜汤。”他为自己是劳动者而自豪：“我们日出而作，日入而息，是老实忠厚的做田人。”身处日本殖民者铁蹄之下，他还常常吟诵“与其随佞而得志，不若从孤竹于首阳”以自励。林耕南对于台湾这块土地深挚的爱，对于侵略者、压迫者的勇敢抗争，对于生活艰辛的坦然和坚韧，对于家人缺点的宽厚和容忍，以及对于未来的乐观和希望，既是一个普通农民的生活、性格和思想情感，又闪烁着一个真正的人的人性和人格的光辉。《胜利进行曲》中做牛拖犁也要坚韧地生存，要靠自己的力量“同敌人拼命去，还管得骨头断不断”的老头老太；《睁眼的瞎子》中即使生活再艰难，也是辛勤地上山砍柴、喂猪种菜、编织麻袋而不为金钱所惑的林家母女；《婆心》中“我们都有两只手，我们什么都可以干”，宁可做工、种地、擦皮鞋也不愿攀附高贵的王家父女；等等。他们都是寻常百姓，在生活中都遭遇艰难困厄，但他们不求神明不信命运，也不为金钱权势所迷惑，而要用自己的劳动改变现实、创造未来，同样体现出真正的人的价值和尊严。

卢卡契认为人道主义是文学艺术的本质，并着重指出：如果文学艺术“不但热衷研究人、研究人的人性性质的真正本质，而且同时热衷维护人的人性完整，反对一切对这种完整性进行攻击、侮辱、歪曲的倾向，那么它们也必定是人道主义的。”[1] 作为社会主义者，杨逵愤世嫉俗，对一切欺辱人、压抑人而使人不能成为真正的人的种种社会现象进行严厉抨击；而作为人道的社会主义者，杨逵也深刻地理解，那些被现实压抑而人性扭曲者也有值得同情之处。因此，杨逵戏剧“维护人的人性完整”也就表现为两种情形：对人性丑陋者是“痛责不法”，对人性扭曲者是“悲悯不幸”。

杨逵戏剧中的人性丑陋者主要有两类：一类是殖民时期的侵略者和汉奸；一类是光复初期的贪官和奸商。前者如《胜利进行曲》中的日本侵略者，他们叫嚣“今天是日本人的世界”而狂妄凶残，男青年被抓去当炮灰做苦工，年轻女子他们肆意侮辱糟蹋，农家的牛羊鸡鸭都被抢光，老年人做牛拖犁还遭他们打骂，其形象如剧中青年甲愤怒指斥的：“这个畜生！”《光复进行曲》中那些助纣为虐的汉奸，他们帮助荷兰侵略者烧杀淫掠无恶不作，同样被百姓斥为“狗奴才”！对于这些没有人性、没有人味的东西，剧作家在形象描写中投以无比憎恶之情。光复初期的贪官污吏，比如《婆心》中的“陈科长”。这位从台北来的科长，开口“升官发财”，闭口“汽车洋楼”，整天是“到处视察，到处酒、鱼肉大菜”，手上的权势更是威风——“只要我给他帮一点点忙，他也是可以阔起来的！”虽然由于社会原因，剧作家曲笔把“陈科长”写成是流氓冒名行骗；但是就像果戈理笔下的赫列斯达科夫（《钦差大臣》），“陈科长”的自我吹嘘、得意忘形直至最后露出马脚的招摇撞骗，还是透露出现实黑暗之一斑。《睁眼的瞎子》中的褚先生是光复初期的奸商，他不仅成百万地大发光复财，他还贩卖鸦片，还认为有钱就能为所欲为，被剧中的母亲

---

[1] 《卢卡契文学论文选》（第一卷），北京：中国社会科学出版社，1980 年，第 282 页。

斥为“民族的败类”。对于光复初期此类“贪官污吏拉不尽，奸商倚势欺良民”，剧作家的愤怒和鄙视也是溢于言表的。

而对于那些人性扭曲者，杨逵一方面是嘲讽批判，另一方面则又抱着悲悯的情怀。《睁眼的瞎子》中的父亲和《婆心》中的母亲，都因为贪图钱财、追求享受而差点葬送女儿的幸福。尤其是那位被“陈科长”的吹嘘炫耀弄得神魂颠倒的母亲，什么事从来都认为自己对别人错，对家人从来是百般挑剔态度凶狠，这一次她同样以为自己聪明能干：“哎哎，升官发财，真是太好了!”她自以为是替孩子的幸福和前程着想，却正如丈夫所斥责的：“为求荣华富贵，连自己女儿的终身大事也要送给那个流氓科长啦!”《牛犁分家》中的二儿媳金枝，光复后还难改先前做舞女、酒吧女染上的习气，仍然贪图那种“每天吃鱼、吃肉、看电影、出入坐汽车”的生活，不愿再从事农村艰苦的劳动。剧作家对他们的批评是尖锐的，但他同时也深深地理解，这些普通百姓身上的人性扭曲更多是那个不合理社会的遗留物，从而在对社会进行严厉批判的同时，对他们又悲天悯人地予以宽量和容忍。林耕南（《牛犁分家》）最后被金枝无理取闹活活气死，但临终前他原谅了金枝，并嘱咐家人原谅她帮助她：“只有大家的爱，才能使她从泥沼里回来。”《婆心》中的母亲和《睁眼的瞎子》中的父亲，最后也都由于家人宽量、容忍而得到重新做人的机会。

从根本上说，杨逵作为“人道的社会主义者”创作这些戏剧，是为了维护人的尊严和价值，完善人的人性与人格。即他所谓“追求更好的生活”。这也是剧作家“大同世界”理想的重要组成部分。杨逵站在人的立场，去维护人的尊严和价值，批判人性的丑陋和人性的扭曲，张扬人间的正义、勤劳和爱心，帮助人们完善人性和人格，如此以人道主义为本的戏剧是值得肯定的。有感于“五四”文学精神在当代台湾受挫，1958 年胡适再次提倡“人的文学”，并着重指出：这种文学是“要有点儿人气，要有点儿人格，要有人味儿的。”[①] 尽管杨逵这些戏剧对于人和人性的描写还不够丰富深刻，然而，在“反共”“战斗”甚嚣尘上而少有“人的戏剧”的1950年代台湾剧坛，正是这些创作传承了“五四”文学精神。

四、台湾味与民族精神、世界视野

杨逵谈论台湾新文学还有一个重要概念：“台湾味”。他说这种“台湾味”，主要指“透过台湾式的看法、想法，构思并彻底描写台湾式的自然、台湾式的性格、台湾式的生活”，当然也包括“民族、乡土特有的风俗、制度、习惯、语言所带来的特殊芳香或风味”[②]。

毋庸置疑台湾属于中国，然而长期以来因为特殊的地理位置和历史遭遇，台湾的社会人生、风土人情等都有其独特内涵。久远的历史不说，“自郑成功据台湾及满清以来，台湾与国内的分离是多么久？在日本控制下，台湾的自然、政治、经济、社会教育等在生活上的环境改变了多少？这些生活环境使台湾人民的思想感情改变了多少？”[③] 杨逵的戏剧就是关于这些历史遭遇、社会人生的形象展现。《光复进行曲》和《胜利进行曲》分别描写台湾人民在荷兰、日本侵略者奴役下的悲惨生活，及其为了摆脱殖民统治、争取自由民主而进行坚忍顽强的斗争；《牛犁分家》《睁眼的瞎子》表现光复初期台湾社会的省籍矛盾等种种复杂现实，以及普通百姓对于“家庭和睦”“共建美丽家园”的期盼；《丰年》反映长期遭受奴役的台湾民众在成为主人翁之后，他们

---

① 胡适：《中国文艺复兴·人的文学·自由的文学》，载《文坛季刊》1958年第2期。

② 杨逵：《谈艺术之“台湾味”》，《大阪朝日新闻》（台湾版）1937年2月21日。原文日文，译文（涂翠花译）见《杨逵全集·诗文卷（上）》。

③ 杨逵：《“台湾文学”问答》，载《新生报》1948-06-25。

对于劳动、爱情、平安、幸福的向往；等等。这些都是作者"透过台湾式的看法、想法"，对于台湾历史与社会、台湾人生活与思想情感的真实描写，从而渗透着浓浓的"台湾味"。

长期殖民统治对台湾文化的摧残是严重的。特别是 1937 年以后，日本在台湾厉行"皇民化"政策，禁掉所有报刊的中文版，以及所有与中华民族有关的文化艺术。然而中华文化具有顽强的生命力，并非是野蛮侵略就能轻易改变的。从小接受殖民教育而以日语写作的杨逵，光复之后很快就能运用汉语创作，并在戏剧人物对话的方言土语中透露出台湾特有的民俗风情，就是最好的例证。不仅如此，歌仔戏、傀儡戏等在殖民时期艰难传承下来的台湾民间戏曲艺术，也成为杨逵戏剧重要的表现手法。杨逵认为戏剧艺术只要看起来是真的就好，所以，剧本编写尽量剪裁冗长拖沓的场景而用幕前戏连接情节，剧中穿插音乐、歌唱和舞蹈而又不破坏剧情的完整，以及采用无实物布景的表演等，都是借鉴歌仔戏的艺术表现。而《光复进行曲》《胜利进行曲》《丰年》等剧，又更多借用《驶犁歌》《春天花》《思想起》《百家春》《丰年舞》等台湾民谣和舞蹈，创造了极具地域特色的"'台语'街头剧"。其内容充满泥土气息，演出形式灵活自由，观演混合，生动活泼，既能真实表现民众的生活情感，又能优美地把剧情传达到观众心底去。这是散发着独特幽香魅力的台湾戏剧。

然而杨逵的戏剧又充满强烈的民族精神。他明确指出："台湾的新文学，它可以说是中国文化在台湾的延续和发扬。"① 从小接受日语教育的杨逵早先尽管对中国传统文化涉猎不多，然而，司马迁崇尚真实的写史精神、文天祥宁死不屈的民族正气和郑成功收复台湾的民族意识等，对其影响是刻骨铭心的。郑成功在台湾被尊称为"国姓爷"，郑成功收复台湾，让台湾人民感受

① 杨逵：《台湾新文学的精神所在》，载《文季》1983 年第 1 期。

到回到祖国、归属中华民族的温暖和自豪。杨逵热爱祖国、热爱台湾，为了反抗侵略殖民和追求民族解放，他曾多次入狱却矢志不移，可谓“虽九死而未悔”。杨逵戏剧所描写的台湾人民在殖民时期坚韧顽强地抗争以争取自由，其戏剧流露的对于台湾从荷兰、日本侵略者手中光复而回归祖国的无限喜悦，都是这种民族意识的真诚表现。在反抗殖民侵略的那些艰难岁月里，激励和支撑着杨逵的，是文天祥“人生自古谁无死，留取丹心照汗青”的民族正气，以及类似的“与其随佞而得志，不若从孤竹于首阳”的首阳气节。这不仅成为杨逵为人处世的原则——不愿侍奉日本人而开垦“首阳农园”以养家糊口，而且在其笔下如林耕南（《牛犁分家》）等人物身上也鲜明地体现出来。

而从创作来说，杨逵认为最重要的是“发掘真实，表现真实”，其影响源，他坦承主要是对于司马迁崇尚真实的写史精神的发扬光大[①]。民族文学艺术其他手法在其戏剧中也都常见。杨逵小时候喜欢听说书人讲《水浒传》《三国演义》《西游记》等，这与他后来的创作有深刻关联。这些作品广受欢迎，杨逵说，研究它们“为什么有那么多人爱看、爱听的缘由，在填补现代小说无法大众化的鸿沟上，能发挥很大的功效”[②]。杨逵从事创作之初，就强调艺术表现“应该尽量浅白，让所有识字的民众都能看懂，并且有兴趣看，不识字的人也能听懂，并且有兴趣听”[③]，就是从这些古典小说继承来的民族文学传统。杨逵的戏剧也是这样，运用通俗的语言、朴实的技巧讲述有趣的故事，内涵深刻而又让普通民众都能看得懂、听得懂。此外，杨逵的戏剧富于喜剧性，《婆心》《睁眼的瞎子》《猪八戒做和尚》是尖锐批判的讽刺

---

① 杨逵：《追思吴新荣先生》，载《夏潮》1977年第4期。

② 杨逵：《谈〈水浒传〉》，载《台湾新闻》1942年8月24日。原文日文，译文（涂翠花译）见《杨逵全集·诗文卷》（下）。

③ 杨逵：《台湾新文学的精神所在》，载《文季》1983年第1期。

喜剧，《丰年》《光复进行曲》是喜庆、喜悦的抒情喜剧，它们都渗透着民族“相声这样笑的艺术”，能够“调剂我们的情绪，提起我们的精神”[1]；《胜利进行曲》里饰演空军的演员手拿飞机模型、口仿飞机声音走圆场，《光复进行曲》中演员装扮“猪羊进，在青年男女们中间转”，等等，也是民族戏曲艺术的借鉴。

不仅如此，杨逵还强调“台湾味”的台湾新文学必须具有世界性。所以他总是把台湾新文学放到“第一次世界大战后民族自决和民权思想的洪流”[2] 中去考察，总是强调“作家首先以亲见亲闻为经验而创作，但应扩散展开，要具有世界性的视野。”[3] 这使得杨逵戏剧的“台湾味”又富于世界的眼光和内涵。杨逵是个坚定的现实主义者，其“世界性的视野”在艺术表现方面少有趋向现代主义的拓展（杨逵抵制现代主义当然是偏颇），而主要是戏剧题材主题方面，他在台湾社会人生的真实描写中体现出人类的普适价值和现代意识。《光复进行曲》和《胜利进行曲》揭露殖民者的野蛮侵略，歌颂台湾人民坚忍顽强的反抗斗争；《牛犁分家》和《猪八戒做和尚》站在普通百姓立场，表达人民对于生活安定、社会和睦的热切期盼；《婆心》和《睁眼的瞎子》批判被扭曲的人性，期望每个人都要有尊严都要堂堂正正地做人；《丰年》赞美劳动和劳动者，描绘田野丰收、人民幸福的美好未来；等等。戏剧家从世界性视野去表现台湾社会人生，都有力地加强了剧作的现代性品格。“只有那种既是民族性的同时又是一

① 参见杨逵的相声《乐天派》，见《杨逵全集·戏剧卷》（下）。

② 杨逵：《台湾新文学停顿的检讨》，载《和平日报》1946 年 5 月 24 日。原文日文，译文（邱慎译）见《杨逵全集·诗文卷》（下）。

③ 《压不扁的玫瑰花——杨逵先生演讲会记录》，载《台湾文艺》1983 年总第 80 期。

般人类的文学，才是真正民族性的”[1]。杨逵创作的就是这种戏剧。

1950年代的台湾剧坛由大陆去台作家主导。这些作家，他们“不认识这块土地的历史和人民，也不想了解此块土地上台湾民众真实的现实生活及其内心生活的理想和心愿”，所以没有真正直面台湾社会人生的作品。更严重的是，这些作家因为国民党政权失败，“充满他们心灵的是沮丧和仇恨”，这就“使得他们的文学堕为政策的附庸”——“反共抗俄”，“变成令人生厌的、划一思想的、口号八股文学”[2]。杨逵从人道出发真诚拥抱现实的这些充满“台湾味”和民族精神、世界视野的创作，因此在1950年代的台湾剧坛具有特殊意义。

[原载《西南民族大学学报》(人文社会科学版)，2012年第9期]

---

① [俄] 别林斯基著，满涛译：《对民间诗歌及其意义的总的看法》，收录于《别林斯基选集》(第三卷)，上海：上海译文出版社，1980年，第187页。

② 叶石涛：《台湾文学史纲》，长沙：文学界杂志社，1987年，第88~89页。

百年中国话剧史与文学史的现代性问题刍议

——兼谈当下中国话剧史研究诸问题

韩　晗

一、从中国话剧萌芽的四种观点谈起

芬兰美学家希尔思说：“戏剧艺术，在戏剧这个词的现代意义上它必然是相当晚近的事情，甚至是最晚才出现的，他是艺术发展的一种结果。”① 作为表演形式的一种，戏剧的存在则有着相当久远的历史，直可追寻到古希腊时代，而作为一门自成体系的艺术学术领域，“戏剧作为艺术学科来研究，始于20世纪初”②。因为在工业革命、世界金融危机与世界大战之后的20世纪后半叶，世界文学的总体宏观结构开始出现了变革。“如同西方小说从18世纪开始取代传统的韵体叙事文而成为一种主要的文学样式一样”③，小说、戏剧等大众文学的研究不断在这段时间里逐渐攀升自身的文学地位，从而获得了文论界与创作界的关注。

就在这样的一个大环境下，伴随着新思潮、社会革命对于文

---

① 朱狄：《艺术的起源》，北京：中国青年出版社，1999年，第177页。

② 周华斌：《中国戏剧史新论》，北京：北京广播学院出版社，2002年，第1页。

③ 王嘉良、颜敏：《中国现当代文学史》（上册），上海：上海教育出版社，2004年，第5页。

化的刺激，话剧开始在中国出现了。在当下的文学史研究中，对于当时戏剧在中国的出现，一直有各种各样不同的诠释。笔者粗略地归纳一下，就话剧在中国获得起源、发展这一个文化思潮来说，就有多种不同的说法。笔者略微总结了一下，其中以王嘉良先生为代表的“象征说”、樊骏先生为代表的“功利说”，钱理群先生为代表的“商业化说”和黄修己先生为代表的“工具说”这四种说法为代表。

话剧出现是19世纪末、20世纪初的事情。早在1866年，就有西方的侨民在上海组织“ADC剧团”，可惜在民众中反响甚小，但却对于知识分子影响甚大。三年后，上海圣约翰书院的学生编演出了一出“时事新戏”《官场丑史》，这部戏摆脱了中国戏剧中“唱功”与“坐功”的程式美学束缚，成了中国话剧的雏形。①

真正对于中国话剧萌芽的研究，一般以1906年底成立于东京的春柳社为考察对象。这个由旅日华裔留学生组成的文学团体，自然而然也因为其特殊的印记而给后学者留下了许多诠释的角度与空间。

文学史家王嘉良从“春柳社”的戏剧创作与作品影响出发，将其“在日本的影响”“波及国内的影响”分段叙述，“西方写实戏剧之最初‘输入’中国，实际上走了一条经由日本的‘之’字形道路。”这段历史在王嘉良看来，有着继往开来的巨大作用，对于这段历史的功用与价值，王嘉良援引了日本戏剧评论家伊园青青园的一句话，“中国青年的这种演剧，象征着中国民族将来的无限前途。”② 故而王嘉良对于中国话剧早期萌芽的关注，并

---

① 汪仲贤：《我的俳优生活》，载《社会月报》第一卷（连载），1934年。

② 王嘉良、颜敏：《中国现当代文学史》（上册），上海：上海教育出版社，2004年，第117页。

不囿于一般化的文化研究，而是将这种研究涉猎到了社会、历史这个层面之上了。

而持"功利说"的樊骏则认为中国早期话剧则是源于戏剧本身的广泛接受性，樊骏从戏剧本体论入手，谈到了中国历史悠久、一脉相承的演剧传统，"中国传统戏剧历史悠久，剧种繁多"。并从当时的国情出发，阐释了为什么话剧会在那个时候成为文学界普遍关注的对象："在这个文盲占绝大多数的国度里，诗歌、散文、小说等唯有识字者才能接受，那么戏剧通过舞台演出的方式，可以拥有包括文盲在内的广大观众，戏剧具有直接诉诸群众的特点，怀着深厚思想启蒙使命感的'五四'文学革命的倡导者，也就格外看中这种文学体裁。"樊骏同时也看到中国传统戏曲所遇到的困境，"随着中国社会的急剧转型，这些戏曲也因为远离现实而迅速丧失艺术的活力，戏剧革命同样提上了日程，而且决定了这将是一个更为复杂、艰巨的任务。"①

与王嘉良、樊骏所不同的是，钱理群一方面看到了话剧的产生是因为"适应于现代文明的需要"，一方面看到了"戏剧的教化功能被发挥到了极致"。但更重要的是，钱理群关注的层面深入到了戏剧产生的经济根源。作为上层基础的戏剧，出现的原因除了其本体自身的原因之外，还和经济的发展息息相关。他从早期话剧的"甲寅中兴"入手，站在商业化的角度谈戏剧。"以'职业化'和'商业化'为主要特色，一年之内，上海一地即成立职业剧团数十个，职业演员在千人以上，演出剧目数百个"。②

从戏剧文学剧本的缺乏来审视中国话剧破茧而出的原因，是黄修己关于中国话剧起源的观点。"理论十分丰富，剧作却十分

---

① 张炯、邓绍基、樊骏：《中国文学通史·现当代文学篇》，北京：华艺出版社，1997年，第198页。

② 钱理群、温儒敏、吴福辉：《中国现代文学三十年》，北京：北京大学出版社，1998年，第165页。

缺乏”，并且着重提到了“易卜生主义”这个概念，“从文艺上讲，（易卜生主义）就是现实主义”，由于传统戏剧的陈旧、写意与美学程式化这些桎梏，结果导致大量戏剧受众产生了对于现实主义剧作的渴求。在之后，黄修己不断提到关于“剧本缺乏”的观点，并引用郑振铎先生所说，“到处都能感到剧本饥荒的痛苦。”① 在这样“理论”与“剧作”严重不平衡发展的动力下，中国的话剧获得了萌芽与发展。

综上所述，在中国现代文学史中，关于早期话剧萌芽的代表性观点总体分为这四大类。当然如就单纯的戏剧史研究来看，自然远远不止这些观点。纵观当下戏剧理论界，较有影响的观点还有胡星亮教授的“反戏曲传统—回归戏曲传统”说②、周安华教授的“光荣属于‘他者’”说③、焦尚志教授的“审美体认”说④，以及陈白尘、董健教授的“戏剧贫困化”⑤ 说，这些在戏剧界影响深远的观点——构成了当下对于中国戏剧现代性起源的争鸣与思考。在本文中，笔者将力图在中国现代文学史的书写中析出中国戏剧的发展与嬗变，从而探索现代文学中“现代性”这个意义深远的命题。

---

① 黄修己：《中国现代文学发展史》，北京：中国青年出版社，1997年，第189页。

② 胡星亮：《论中国话剧与民族戏曲传统》，收录于《南大戏剧论丛》，北京：中华书局，2005年，第290页。

③ 周安华：《光荣属于“他者”——论中国戏剧的现代型生成》，收录于《南大戏剧论丛·贰》，北京：中华书局，2005年，第232页。

④ 焦尚志：《中国现代戏剧美学思想发展史》，北京：东方出版社，1995年，第8页。

⑤ 陈白尘、董健：《中国现代戏剧史稿》，北京：中国戏剧出版社，1989年，第5页。

二、对于话剧史研究的重新结构

就整个中国现代文学史而言，历史跨度仅为三十二年。可以这样说，并没有哪个专门文学史在时间上拥有这样狭小、封闭的考量范畴。但是就在这三十二年里面，形成了话剧这个新兴文学形式，并对其他的文学形式产生了非常重大的影响。

从当下的戏剧史研究来看，对于话剧的研究并没有能很好地被放置到文学史这个大框架下来考量。被独立关注的话剧却仅仅是从其本体出发，而没有能从文学史的整体出发。即使是编写文学史，也只是单纯地、单方面地将戏剧史列为文学史的附庸，却很少关注戏剧史对于文学史的影响与作用。从目前文学史界对于话剧史研究的状况来看，一般分为戏剧作家（作品）研究和戏剧思潮（社团）研究这两大类。直至2001年，才有黄爱华的专著《中国早期话剧与日本》出版，但这本书并没有从文学史出发，来分析中国戏剧"世界性"这样一个命题。

从上文关于中国早期话剧的萌芽我们可以看到，早期的戏剧的萌芽原因是内因和外因相结合的。在表象上，这种结合被理解为"国剧"与"舶来剧"的结合。从这点来看，学者傅谨则主张"重新恢复国剧在现当代文学史与戏剧史上应有的地位"，但他却从古今文学史这个高度出发，系统地阐释了文学史书写中戏剧史的叙述形式。"不能以新文学史代替现代文学史、不能以剧种作为衡量作品价值的标准、文学史观念应该有民族视野。"① 但傅谨在下文中则又囿于了另一层的悖论，随即他又将戏剧史的考量对象放到了传统戏剧戏曲即国剧的层面之上。

但是值得关注的是，傅谨仍然提出了"文学史观念"与"民

① 傅谨：《20世纪中国戏剧史的对象与方法——兼与〈中国现代戏剧史稿〉商榷》，载《戏剧艺术》2001年第3期。

族视野”这个命题。文学史和历史带有一样的、发展性的内涵。而人类对于历史发展的观照，则应该是进化的。“正像达尔文发现有机界的发展规律一样，马克思发现了人类历史的发展规律。”[①] 尤其在现代文学史中，我们很有必要如傅谨所说，将古代、近代文学史与现代文学史相对比，但是我们的重点并不在探询现代文学史中的古代传统，而是应该采取对比的方式，观照现代文学史作为一种历史的“现代性”。

之所以笔者将现代文学史的观照着眼于现代文学史体系中话剧史部分，是因为话剧作为一种新兴物种，它自身是基本上与曾经的戏曲“断代”的。因为中国古代戏曲与西方戏剧在本质上有着霄壤之别，虽然同为“戏”但两者却不可混为一谈。从形式上看，话剧与中国传统戏剧最大的区别在于“演员和舞美”的不同，话剧重“体验”而传统戏剧则重“神似”。[②] 从内容上看，就中国的“传统戏剧”而言，应该可以归类到我们常说的“戏曲”范畴当中，无论是从编排演出的形式上理解，还是从剧本撰写的内容上分析，发轫于现代文学初期的“文明新戏”与中国传统戏曲最大的区别乃是在于其审美层面上“音舞性、程式性、虚拟性、叙事性”的缺失。代表文学现代进程的话剧，是中国现代文学史开山的重要一环。正是因为具备这些特征，文学史才从中国古代的审美原则进化到了现代性的审美原则。“现代文学史的起点应该从‘现代’一词的含义来理解，即无论思想内容或语言形式，包括文学观念和思维方式，都带有现代化的特点。”[③] 所

---

① 恩格斯：《马克思恩格斯选集》（第三卷），北京：人民出版社，1995 年，第 776 页。

② 曾纪鑫：《没有终点的涅槃：中国戏剧发展与反思》，山东：济南：山东文艺出版社，2004 年，第 194 页。

③ 王瑶：《中国现代文学史的起讫时间问题》，载《中国社会科学》1986 年第 5 期。

以说将话剧作为考察样本，是可以管窥中国现代文学的现代性的。

从本质上看，中国早期话剧起源于西方戏剧的传入，这并不是突然的。随着鸦片战争的爆发，西方的各种先进文化形式不断传入到我国，冲击着我国业已存在的传统的文化观念与文学形式，并造成相当广泛的影响，而西方戏剧则是诸多文化表现形式之一。所以直至现在我们都只能笼统地知道，当时传入中国的戏剧是从“西洋”传入的，当然也包括从日本传入的“二手西洋货”。那么，如果我们把观照现代文学史的立足点放到对于早期话剧的考察上来的话，我们就更能洞悉中国现代文学史中的现代性意义与价值。

笔者以为，只有对话剧这种形式的考察，才是对于现代文学史中现代性的一种完备考察。但是我们还要关注现代文学史中伴随着现代性的另一种本质，即世界性的问题。而来自于西方现代文明的“中国话剧”，则是一扇管窥中国现代文学史现代性的窗口。

三、话剧史在现代文学史中的地位

话剧史在文学史中并没有作为一种重要的考察对象而被放置到整个现当代文学体系当中，因为中国的文学史一般是以作家作品的细线条叙述与思潮流派的粗线条表达为两套并行的书写模式。而戏剧并不是单一的“作家—文本”结构，正是因为话剧史和其他文体史的不同之处，结果导致在文学史的书写中，一直把对文学史的书写形式与研究方法套用到话剧史之上。

如何在现代文学史中看待话剧史的问题，在实质上就是一个怎么去理解现代文学史的问题。发轫于一九一七年“五四”新文化运动，中止于一九四九年七月第一届全国文代会的中国现代文学史，跨度整整三十二年。但是其中的话剧史部分并非恰好与这三十二年相吻合。正如王嘉良所指出的那样，晚清文学出现现代化的端倪，乃是源于“西方文学的译介”与“现代传媒和文学市场的形成与作家的职业化”，而正因为这样的原因，才促使了“中国文学的现代化也就不能不在‘世界文学’的体系和视野中展开”①。

上文所述的四种“话剧发轫”的主张，再粗略看来，无非是分为了两个大的部类，其一是“内因”，即话剧的发展是建立在大量的“戏曲观众”这个基础之上的，戏剧作为一种“工具”而被社会革命、政治运动所使用。在这个观点体系中，社会居于其一，而戏剧则居于其次，成了社会的派生物。第二个部类则可以理解为“外因”，即把话剧出现的根源认定为“西学东渐”的衍生，带有西方现代意识的话剧，对于中国传统的戏曲并没有任何的继承关系和改进关系，持这种观点的人，往往主张话剧是独立于传统戏曲之外的一种学科体系，话剧史与戏曲史在现代文学史中应该分开研究，分开书写。

那么我们如何来透过话剧史来观照现代文学史呢？“一个时期的文学是不是属于‘现代文学’，取决于这一时期的文学坚持还是违背了五四确立的这一文学精神。”② 追求人性解放与个体自由的启蒙主义文学也就成了现代文学与古代文学的学科分野。无论是“五四文学精神”，还是个性解放与启蒙主义，都并非中国传统的产物，而是源自于西方的近代启蒙思想。早在现代文学发轫之前的近代文学现代化的萌芽时代，话剧就已经作为一种新兴的、舶来的、带有现代性意识的文学形式而存在了。五四文学运动中戏剧已经成了文学的主力。“为了贯彻自己的理论主张，

① 王嘉良、颜敏：《中国现当代文学史》（上册），上海：上海教育出版社，2004年，第3页。

② 李杨：《文学分期中的知识谱系学问题》，载《文学评论》2003年第5期。

新文化的先锋们一方面大力鼓吹并推动对西方戏剧的翻译工作”[①]。一九一七至一九一八年这一年间，《新青年》杂志陆续发动了对新剧的鼓吹，对传统戏剧的批判，钱玄同主张要把京剧“全数扫除，尽情推翻”，建立“西洋派的戏”；周作人、傅斯年等更是主张戏剧全盘欧化。其中，对于文化持保守观点的刘半农也撰文声称，“现今之所改良之皮黄，固亦当与昆剧同处于历史的艺术之地位”，并认定传统戏剧到一定时期应该被“西洋式”戏剧所代替。[②]

“西洋式”戏剧所携带的现代性对于旧时代、旧文学的冲击力，逐渐为当时的学者、观众、作家所认可。五四运动之后，各种进步色彩的话剧社、戏剧文学作品如雨后春笋般涌现，学生演剧与紧随其后的工人演剧与这些进步剧社相配合，成了当时话剧界最大的三股进步力量。舞台演出自然而然也就构成了当时文化革命运动最大的进步力量之一。

话剧作为中国现代文学史的开山之笔，就凭这一点，话剧史在现代文学史中的地位就丝毫不逊色于小说史、散文史、诗歌史甚至于其后的电影史等其他文体史的地位。笔者在这里仅仅只是从现代文学史与古代文学史的分野、现代文学史的发轫来初步探讨这个问题。当然，对于戏剧在现代史其他时间段所扮演的重要角色，更是值得在后文探讨的。

四、管窥文学史书写的“现代性”

就目前看来，当下文学史界对于现代文学史的书写，更多地停留在“革命史体系”这个话语逻辑之上。“革命史的合理性和

---

① 刘彦君、廖奔：《中国话剧百年足迹》，载《光明日报》2007－03－30。

② 唐弢、严家炎：《中国现代文学史》（上册），北京：人民文学出版社，1979年，第16页。

合法性，并不一定能成为文学史和学术史的全部法则。”[1] 在这样一个情况下，现代文学史的书写被提到了一个可商榷的位置之上。“五四—左联—根据地文学”成为一条贯穿文学史书写的主线。“即使是以‘反帝反封建’面目出现的东西，也未必都是现代的”[2]。在革命性大于现代性的书写逻辑下，特别是在早期现代文学史的研究中，戏剧的价值取向与书写逻辑也被“革命性”所阉割了。

在文学史的书写中，按照“作家—作品—思潮”这种以点带面的一贯编排方式并无法突出戏剧的存在价值，而是将戏剧、戏曲、电影等文学形式笼统地处理化了，成了一锅大杂烩。忽略了戏剧的存在价值，实质上就是忽略了戏剧的现代性意义，也就等于是将现代文学史中的“现代性”抹杀了。谈到现代文学史，就不得不谈到戏剧这条线，但是把这条线隐藏于其他的文体史之下，则是一种对于现代性的无意识掩饰。话剧的精神，其本质实际上就是一种带有启蒙思想的、现代性的、人本意识的表达。所以说，就现代文学史的书写逻辑而言，对于话剧史的书写，都是在整个结构中具有相当重要地位的。可以说，研究者们感知到了戏剧的现代性，但并没有彻底探索到话剧史与现代文学史的深层次的逻辑关系。

产生了话剧之后的现代文学史，即使在对于作家、作品、文学思潮进行书写的同时，实质上或多或少地都将话剧史的成分作为了较为重要的考量对象。站在一个全新的角度与高度，重新审视现代文学史中对于现代性与启蒙意识的重视程度与理解深度。而作为现代性发端的话剧史，则成了考量现代文学史的一个重要

---

① 张福贵：《革命史体系与现代文学史写作的逻辑缺失》，载《吉林大学学报》2006 年第 5 期。

② 马俊山：《论中国话剧现代性的生成机制——以“演剧职业化”运动为支点的考察》，载《南京大学学报》2006 年第 1 期。

依据。曾经对于文学史关注的传统观点则更着重于对于文学史中的某个人与某个文本的研究，而忽略了整体性的考察。

这就导致了戏剧这种"群体性"构建的文学体裁很难纳入中国现代文学史的主流批评视野，在戏剧体系中，导演、演员、编剧甚至评论家们各司其职，群策群力，一部优秀的戏剧，很难说是属于具体哪一个人的成果。但长期以来的文学史却习惯于以"以点带面"的书写形式排挤戏剧的书写特征。毕竟越是伟大的作品，越是与集体主体息息相关。"透过作品与集体主体的关系，而不是其与作者的关系，才能以一种科学的限定方式来理解作品。"①

事关现代文学史中话剧史的书写，"革命性"是与"现代性"在某种层面上是有契合因素的。"革命性"的过程就是履行"现代性"，并把"现代性"作为一种手段、工具。而话剧史的结构原则，则是发轫于"现代性"但是旋即又成为被"革命性"所操持的一种体系。所以，我们在书写现代文学史的时候，对于话剧史的态度与书写方式实际上也就是我们对于现代文学史本质的认知程度。在书写现代文学史的时候，我们可以给现代文学史无限的张力与叙述空间，但是我们却不能在这样的一种书写姿态下去探讨属于话剧史的话语维度。因为主张个体的现代文学史可以附庸于业已存在的社会形态，但是主张集体的话剧史却是相对独立的。站在整整中国话剧百年的当下，我们应该有针对性地将话剧史纳入"现代性"文体史的探讨范畴当中来。

五、话剧史研究低潮的原因初探

戏剧学者曾纪鑫曾撰文称，话剧艺术对中国最大的贡献，当

---

① ［法］吕西安·戈德曼著，牛宏宝译：《文学社会学方法论》，北京：工人出版社，1989年，第174页。

在于通过自身独特的形式，自觉或不自觉参与了社会对“古老陈旧思维模式及民族心理结构”的“整体性改造”，这种改造的本质，就是一种关于文学史的“现代性”改良。[①] 而在这样一个基于“现代性”的学术框架下，话剧史作为一种专门史的研究，却没有受到“现代性”的关注。仅仅就新中国成立以来的话剧史编写来看，全国仅有三部正式出版的话剧史[②]，且这三部话剧史与大部分话剧史资料的编写，也只是集中于中国艺术研究院话剧研究所这个部门当中，“一个小小的研究所，十几年推出这么一组史著，是蔚然可观的，是不可低估的一批成果”[③]。我们在这里可以清楚地看到，话剧史并非如其他学科史、艺术门类史一样，在全国各大高校均获得编写的机会与研究的重视。但就与其“二元并生”的戏曲而言，关于“戏曲史”的编写竟有四十二种之多，且其中不乏周贻白等名家的大手笔，也不乏青木正儿、田仲一成这样的异域学者独特视野的真知灼见。即使是视野相对狭窄的京剧史，也有数十部“京剧史”出版。可以这样说，与戏曲史相比，话剧史几乎沦落到了不忍卒观的冷清地步。既然具备“现代性”的中国话剧，为何在日益现代化的中国，却无法受到学术界应有的关注？

笔者认为，任何一种“现代性”文体史的研究与关注，都是与这个文体当下业已存在的状况——文本的书写与接受息息相关的，如果只停留于现代史的范畴观照整体话剧史研究，自然就只

---

① 曾纪鑫：《没有终点的涅槃：中国戏剧发展与反思》，济南：山东文艺出版社，2004年，第198页。

② 这三部话剧史分别为郭富民的《插图中国话剧史》（济南出版社，2003年），王卫国、宋宝珍、张耀杰的《中国话剧史》（文化艺术出版社，1998年）与柏彬的《中国话剧史稿》（上海翻译出版公司，1991年）。

③ 田本相：《中国话剧史·序言》，收录于王卫国、宋宝珍、张耀杰：《中国话剧史》，北京：文化艺术出版社，1998年，第1页。

能得出片面的、局部的结论。话剧作为一种肇始于现代的表演性在场艺术，要想探求其自身历史的发展、研究状况与历史规律，就不得不从其当下的接受程度与书写状况来考量。纵观当下话剧史研究，其降温甚至“长期低温”并非是由于戏剧自身的“小众”与“夕阳艺术”，也并非是文学史学者对于现代性的忽视，而是由于话剧史在这百年中所形成自己的美学视野、表现形式与传播维度这三个原因所决定的。

首先是美学视野的单一化。在研究话剧的时候，我们须知一点，那就是话剧不是从哪个国家照搬过来的，而是将西方的歌剧、舞剧等形式相结合，根据社会改良而形成的“艺术工具”。“西洋底艺术形式强奸了观看戏曲的民众，‘文明新戏’就是所生出的杂种。”① 这种顺应时势而营造出的戏剧形式，并非是艺术自然发展的结果。而戏剧家张庚则是更直接地定义，“近五十年中国话剧的历史主要不是剧场艺术发展的历史，而是话剧运动如何配合革命运动而发展的历史。”②。究其原因何在？原因在于中国的话剧所遵循的是斯坦尼拉夫斯基写实戏剧观与现实主义的演剧原则，本身就具有很强的社会针对性与对社会的反映能力。在这种情况下发展起来的艺术形式，肯定丧失了其开阔的美学视野。③

其次是表现形式的僵化与单调。我们不难看到，话剧的剧作家、导演几乎完全陷入了传统戏曲的创作桎梏。作为从语言、情节到导演出形式“全新”的话剧而言，其创新难度竟然不亚于传统戏曲的现代性开掘。戏剧界普遍认为，话剧作品的推陈出新成

---

① 吴宓：《我之新剧观》，载《学衡》1923 年第 32 期。

② 张庚：《半个世纪的战斗经历》，载《戏剧论丛》（三），北京：中国戏剧出版社，1957 年，第 103 页。

③ 韩晗：《从当下中国戏剧的现状试论其发展前景》，载《四川戏剧》2006 年第 2 期。

了桎梏话剧发展的最大问题。即使话剧想火爆全国，依靠的也不是话剧的自身力量，而是对于名家作品的“明星版”再演出。而西方的舞台艺术，则年年不断推陈出新。作为开创“现代性”的话剧，而今却成了固守经典、老调重弹的艺术形式。这也是话剧为何出现研究低潮的重要原因。

最后，传播维度的日趋狭窄也成了影响话剧进入批评视野的重要桎梏。一种戏剧，一旦缺失了观众，就自然而然没有了审美维度可言。从“知识分子—小剧场”这个模式我们就能看出，当一种文艺成为特定人群的审美癖好或实验的一种形式的时候，文艺也就自然而然地失去了自己的存在价值。作为研究形式的一种，我们应该去公正地审视话剧的实际历史地位与文学史“现代性”研究的阐释关系，但是我们也应该给已经发展整整百年的话剧史以一个客观的、历史性的交代。

[原载《西南民族大学学报》(人文社科版)，2008 年第 5 期]

符号学文化研究：现状与未来趋势

赵毅衡

一、符号学与文化研究

符号是意义活动（表达意义与理解意义）的必须而且独一无二的工具，不用符号无法表达任何意义；反过来，任何意义必须用符号才能表达，因此，符号学即是研究意义活动的学说。而文化是一个社会所有意义活动的总集合，符号学为文化研究的各种课题提供了基本的共同的方法论，符号学必然以文化研究为最主要目标。

但是，有两个特殊原因，使文化符号学的研究范围小于一般符号学。首先，人类使用的符号体系中，语言是个超大体系，符号语言学早就形成独立学科，[①] 文化语言学也在形成，[②] 因此，文化符号学转而更关注非语言符号；第二，因为叙述是符号学最典型的研究对象，叙述学已经发展成独立学科，文化符号学才更关注非叙述文本。

因此，文化符号学，特别关注非语言、非叙述的文化现象。这只是一个分工问题，一个完整的符号学理论应当涵盖语言学与叙述学。

---

① 参见王铭玉：《语言符号学》（北京：高等教育出版社，2004 年）一书。

② 参见邢福义主编：《文化语言学》（武汉：湖北教育出版社 1999 年初版，2000 年第 2 版）一书。

符号学是形式论在20世纪发展的结晶，符号学实际上是形式论的成熟形态。而形式论、马克思主义文化批评、心理分析、现象学—存在主义—阐释学，构成了20世纪文学/文化批评的四个基本理论支柱。近半个世纪，文化批评发展迅速，流派迭出，都是以上四个支柱理论的结合、应用与发展。弄清楚这四个支柱理论本身，才能从根子上弄懂现代批评理论的各种变体，及其最新发展，不至于跟着"新潮流"疲于奔命，也不至于拾捡一些新术语浅尝辄止。

国内学界，在这四个支柱理论上用力并不平衡，对形式论—符号学下的功夫可能最为不足。李幼蒸的《理论符号学导论》，是迄今为止中国学界最扎实的贡献，此书主要在评述符号学诸家的学说；胡壮麟、王铭玉等人发展了语言符号学，使之成为中国符号学的最大支脉；台湾学者龚鹏程的《文化符号学》一书，是中国古代语文学的一种总结，自成一家；赵宪章对现代形式美学作了相当系统的整理和发展；国内尚有不少学者集中精力于符号学的单科应用，例如叶舒宪等人在符号人类学上卓有所成。合起来看，国内学界的符号学研究，已作出不少成绩，但是留下的空白更多，尤其是缺少理论开发上的努力。

这原因倒不完全是国内学界的责任：无论是从中国还是从世界范围看，符号学本身的发展，遇到比其他三个支柱理论更多的困难。符号学目的是为当代人文社科各种课题的研究寻找一个共同的方法论。这个任务只能说完成了一部分：当今各种文化课题的研究，都离不开符号学的基本原理，但是至今的成果尚不能令人满意，表现在至今没有一个比较完整而合用的文化符号学理论。许多文化符号学著作只是罗列各种应用范围（例如传媒符号学、时尚符号学、广告符号学、影视符号学等等），用同一个理论涵盖文化研究中任何可能的应用领域，至今尚是一个未完成的工作。

二、符号学的几种模式

符号学在今日，依然受困于自身发展过程中形成的几种模式。第一种模式是语言学模式：索绪尔认为语言只是一种符号，语言学为符号学提供了基本模式，索绪尔的符号学实为符号语言学。20世纪前期，"索绪尔式语言学"在叶尔慕斯列夫、马丁奈、班维尼斯特等大家手中迅速成熟，符号学在20世纪60年代起步发展时，语言学为之提供了清晰的理论框架，也使之长期难以摆脱语言学模式。巴黎学派提出的符号学体系（巴尔特的《符号学原理》、格雷马斯《论意义》等）都构筑在索绪尔原理之上，他们的符号学实际上是语言符号学。例如巴尔特研究时装，集中于时装的语言描述；格雷马斯提出的符号方阵，实际上是概念语项的对立，都难免落入结构性共时封闭格局。

符号学的另一种模式，是皮尔士于20世纪初提出的逻辑—修辞学模式。这种模式认为符号与意义之间有"根据性"，这就形成了符号的基本分类，促使符号学向非语言符号与非人类符号扩展；皮尔士模式提出了所指的复杂构成，解释项成为进一步表意的起点，形成无限衍义。由此，符号学突破了语言学模式的封闭系统。西比奥克、艾科等人从皮尔斯理论出发，把符号学推进到后结构主义阶段。因此，皮尔士理论成为当代符号学最重要的模式，也是当代符号学的转捩点。有论者甚至认为索绪尔对符号学理论的贡献只能说"相当微小"(has been only minor)。[①]"符号学之父"竟然已经被近年的发展边缘化了。这是一个非常令人吃惊的结论，但是并非故作惊人语。对于有志于从事符号学研究的学子，应当说是一个适时的提醒。

---

① Infried Noth：*Handbook of Semiotics*，*Bloomington & Indianapolis*，Indiana University Press，1990：64.

符号学的第三种模式，建立者是苏俄符号学家，即以洛特曼、伊凡诺夫等人为首的塔尔图—莫斯科学派。这一派坚持巴赫金开创的从形式研究文化的传统，长年坚持用符号学研究社会和文化，提出许多精辟之论。尤其是他们的“符号场”理论，从大处着眼研究文化，摆脱了形式论常有的琐碎。这一派理论主要借鉴信息论与控制论，尤其是普利高津的耗散理论，技术色彩较浓。

这三种模式都为现代符号学理论发展作出了贡献，也各有阻碍符号学进一步发展的弱点。语言学模式由于过于依靠系统的同型性，很难摆脱有机论；逻辑—修辞模式继承了欧洲修辞学传统，但是也重现了经院哲学的烦琐；苏联符号学派对所谓“三论”的热衷，容易使符号学落入准科学，而失去人文学科的敏感与灵活。

三、符号学与其他学说的结合

从上世纪后20年以来，理论符号学没有能提出更合适的模式，而当代文化的迅速转型，却对符号学提出了更急迫的要求。符号学近年在另外两个方向迅速向前推进：一是与其他学派结合，二是广泛应用于具体课题。

与符号学结合最顺理成章的是马克思主义。两者结合首先推动了符号学的社会学研究。巴赫金的文化符号形式论、阿尔都塞的意识形态构成研究、詹姆逊的政治无意识理论、霍尔的文化解码理论、霍基等人的社会符号学、博迪厄的符号资本理论、博德里亚的商品符号学，都是这种结合显著的成绩。他们的论辩展开的动力是马克思主义的社会批判精神：符号学本质上是批判性的，它把符号的意指看成编织社会话语权力网，与马克思主义对资本主义意识形态的批判精神上契合，“马克思主义符号学”（Marxian Semiotics）已经成为一个引人注目的潮流。

符号学与心理分析的结合，也是相得益彰。弗洛伊德解析梦所用的"修辞"，与符号的分析策略非常相似；拉康从"能指链"着手讨论潜意识的符号构成；在克里斯苔娃的"符号心理分析"理论中，符号学成为心理分析与性别研究结合的桥梁。在性别研究中，如巴特勒的"展演性"理论，实际上已经建立了一种性别符号学（semiotics of gender）。

现象学/存在主义/阐释学这一理论系列，关注意义的生成与理解，与符号学相当部分重叠：梅洛—庞迪最早结合符号学与存在主义；格雷马斯、库尔泰等人发展主体符号学理论，塔拉斯提最近的著作发展了存在符号学；① 德里达从符号角度找出胡塞尔理论的盲点，为解构主义打下基础；喀勒与艾科等人融合接受美学，对符号学的解释理论作出了全新的阐发；而希尼与利科等人发展出系统的现象符号学。这是符号学近年发展的一个非常重要的方向。

符号学与这几个文化批评支柱理论的结合，已经产生了极其丰富的成果。可以说，自从后结构主义兴起开始，几乎所有新起的学说，都是与符号学融合的产物。符号学今后的发展，学派融合是不可或缺的重要方面。

四、符号学的"民族化"方向

符号学与非欧美民族哲学传统的结合，也有相当程度的展开。中国学者在整理中国哲学中的符号学上，作出了卓有成效的贡献，如黄亚平、申小龙、孟华等人的汉字符号学，李先焜等人对先秦名学的总结等。

莫里斯和托多洛夫都认为（西方）符号学有四个源头：语言

---

① 参看塔拉斯蒂（Eero Tarasti）的《存在符号学》（*Existential Semiotics*, University of Indiana Press，2000）。

学（包括语言哲学）、逻辑学、修辞学、阐释学。[①] 这个说法显然不全面，美学、诗学、非语言传播研究、认识论，甚至生理学，都为20世纪符号学的兴起提供了思想资源。[②] 符号学就是意义学，因此所有与意义研究相关的学问，不论东方的还是西方的，都参与到符号学中来。如果其至今没有能够充分融入，那么符号学的发展就应当下功夫吸收这些理论。目前，符号学研究中明显的缺项就是未能充分吸收中国的名学、禅宗美学、唯识宗因明学的成果，这不仅是为了建立“中国特色的符号学”，而是为了推进一般符号学的发展。

应当坦诚地说明：单靠东方现代之前思想史的理论成果，不太可能为符号学建立一个独立的新体系。正如西方20世纪之前关于符号的讨论，例如欧洲中世纪发达的修辞学，都无法转换成现代符号学。它们只可能有借鉴意义，不可能从西方古代各种有关意义的文献中构筑一种符号学理论体系。这是一种“虚构的谱系学”[③]，或“黄金时代传说”（Golden Legend）。[④] 同样，要构筑一个独立的“东方符号学”，一样是荒谬的，因为现代符号学是在现代性充分成熟后，在对意义问题的刨根问底的寻求成为气候时，从多个源头（索绪尔、皮尔士、俄国形式主义、布拉格学派、英美新批评等）同时产生的。这种条件在20世纪之前，无论在东方或西方都不存在。企图靠19世纪末之前的“纯中国”学术资源建立一个中国符号学，正如靠19世纪末之前的“纯西方”学术资源建立一个西方符号学，一样是历史的不可能。符号

---

① 参看茨维坦、托多洛夫著，王国卿译：《象征理论》，商务印书馆，2004年，第12页。

② 参看温弗雷德·诺斯（Winfried Noth）的《符号学手册》（*Handbook of Semiotics*，Bloomington & Indianapolis：Indiana University Press 1990），第11页。

③ Paul Bouissac：The “Golden Legend” of Semiotics，*Semiotica*.

④ Paul Bouissac：The “Golden Legend” of Semiotics，*Semiotica*.

学不可能靠回到任何一种过去来向前推进。

自 20 世纪 80 年代以来，符号学本身的主要推进方向，却在“门类符号学”，即各种课题的应用上。人类文化的各个部门，都涉及意义活动，因此都是符号学的用武之地。例如，在实用符号学方面，出现了广告符号学、商品符号学、商标符号学、时尚符号学、明星符号学、旅游符号学、游戏符号学、体育符号学、竞技符号学、教育符号学、赛博空间符号学等；在社会符号学方面，出现了城市符号学、考古符号学、宗教符号学、亚文化符号学、民俗符号学、生态符号学等等；在艺术符号学方面，出现了电影符号学、音乐符号学、图像符号学、建筑符号学、设计符号学等等。以上单子还不包括超出一般社科与人文领域的“准科学”，如法律符号学、人工智能符号学，甚至风水符号学、预测符号学、刑侦符号学等等。

几乎所有这些研究，都是近 20 年来的成果，其范围之广，确实地证明符号学可以成为文化研究的总方法论。其中某些著作本是“门类研究”（例如霍尔的大众传媒研究、纳泰兹的音乐符号学）却对符号学理论有所贡献；但是也有相当多研究，无论是中国的还是外国的，其应用的理论只局限于浅层次的概念套用。学科实践上虽然有意义，却没有发展理论。符号学理论要从门类符号学实践中得到丰富，还要在两个方面有意识地努力。

从这个局面也可看出：现有理论模式的实践意义有限。无论是语言学模式、逻辑—修辞学模式、信息论模式，在应用中都暴露出局限。因此，必须考虑如何建立一门有理论深度，同时具有较强操作性的，真正可以作为人文社科“公分母”的文化符号学理论。近年来，东西方的符号学家都在为此而努力，更成熟的文化符号学已经在形成。

五、文化符号学的特点

要建立一个文化符号学，我们不得不采取的方式，一是沿着符号学发展脉络，总结符号学至今为止的理论成果作为进一步讨论的基础；二是检查今日符号学发展的现状，尤其是与其他现代批评学派，以及与中国传统符号理论的结合；三是总结符号学在人文社科各个领域的应用。在总结这三个方面发展的基础上，综合出一个比较系统的文化符号学理论。

意义问题（包括意义的产生、发送、传达、接受、理解和变异）是人文社会学科的共有的核心问题，而符号学的任务就是提供研究意义的基本方法。从符号学着手，头绪纷繁的文化现象就有了一个共通的理论框架，相互之间出现比约性，而理论也就不再是架空之论。当今时代面临一个大变局：文化发展迅疾，变型加速，社会的符号活动空前活跃，生活的各个方面都出现了“符号满溢”。这是整个世界历史上从未出现过的现象。建立一个文化符号学理论，在今日既有可能，也有迫切的需要。

但是建立文化符号学有一个难点：文化这个大概念本身边界模糊，当前的变化使其边界更为流动，本研究对文化的定义也必须有一定弹性，必须避免套入僵化的模式。在这个问题上，符号学理论发展史上有足够的教训，例如巴尔特曾认为各种文化符号学讨论归根结底只是一个语言学问题，因为必须像其著作一样用语言来讨论文化现象，例如不可能用图像讨论图像符号学。① 如何提出一个相对有效的理论框架，同时保持文化研究本身的动势，这也是我们不得不解决的难题。

---

① 罗兰·巴尔特认为：“人类语言不仅是意义的模式，更是意义的基石”，因此符号学研究的是：“当事物与语言相遇时会如何。”参看巴尔特著作《流行体系：符号学与服饰符码》，上海人民出版社，2000 年，第 3 页和第 10 页。

建立文化符号学的另一个难点是：文化符号学发展至今，文献资料虽然丰富，研究路线却相当散乱。目前国内国外已有几种文化符号学论文集，进行理论综合的却并不多。

温纳（Irene Portis Winner）与西比奥克（Jean Umiker－Sebeok）编辑的《文化符号学》[①] 一书，是1977年在休斯顿一次会议的论文合集，可见早在20世纪70年代，符号学家们就力图建立文化符号学这个学科；福赛特（Robin Fawcet）等人编辑的“*The Semiotics of Culture and Language*”[②]，此书分上下两卷，集合了几十篇文章，上卷讨论社会与语言，下卷讨论文化与语言，理论框架都落在符号语言学之中；

希尔佛曼（Hugh J. Silverman）所编“*Cultural Semiosis*”[③] 论文集，讨论梅洛－庞迪、利奥塔、德里达等人进行的“学科融合”的努力，文章非常出色。但是编者承认，该书并不试图综合各家观点，因为他们并不构成一个前后一贯的理论。

莫斯科—塔尔图学派的文化符号学论著，译成英文后编在几本文集中，其中洛特曼的《心灵宇宙》[④] 第二部分关于“符号场”的几篇论文，理论上较完整。但是依然未能构成一个完整的理论。

此外国外尚有几本普及类型的书，例如斯威茨（Tony

---

① 参看 Irene Portis Winner，Jean Umiker-Sebeok：*Semiotics of Culture* (Mouton，1979)。顺便说一句，Jean Umiker-Sebeok 是美国符号学界领袖人物 Thomas Albert Sebeok（1920—2001）的妻子。

② Robin Fawcet et al（eds），*The Semiotics of Culture and Language*，London，Frances Pinter，1984。

③ Hugh J Silverman（ed）：*Cultural Semiosis*：*Tracing the Signifier*，New York & London：Routledge，1998.

④ Yuri Lotman：*Universe of the Mind*：*A Semiotic Theory of Culture*，Ann Shukman，London：I. B. Tauris，1990.

Thwaites）等人编写的《介绍文化传媒研究：符号学方法》[1] 把符号学方方面面的实际应用都介绍了，但是重点在各种传媒体裁；达奈赛（Marcel Danesi）的《分析文化：导论与手册》[2] 则把文化划成条块，综合的理论就不得不简略。

因此，文化符号学并非细读国内国外已有资料就能完成，因为没有一种文献建成了这样一个理论体系。我们不得不对一个世纪以来各个学派及其主要代表人物的思想，包括学科融合与课题应用方面的成绩，综合在一个比较完整的理论框架之中，从而在当今文化转型的关键时刻，推进符号学这门当代批评理论的支柱性学说，为各种课题的文化研究提供一种通用的方法论。

[原载《西南民族大学学报》(人文社科版)，2009 年第 12 期]

① Tony Thwaites et al：*Introducing Cultural and Media Studies*：*A semiotic Approach*，New York：Palgrave，1994.

② Marcel Danesi ，Paul Perron：*Analysing Cultures*：*An Introduction and Handbook*，Bloomington：Indiana University Press，1999.

春晚如何？如何春晚？

——一种仪式符号学读解

王立新

在中国，春节最早是关于节气纪年标记，代表中国农历年的岁首，即农历正月初一。但是，作为农业社会的重要节日，春节并不是一个纯粹的民间节令，而是由节气活动逐渐演变为一种综合祭祀的庆典仪式，掺杂了权力话语对民俗话语的替换渗透。汉封建大一统局面出现后，官方历书的执行，调整了先秦时代比较散乱的原始信仰体系，强有力的国家政权开始介入到对节日时间以及风俗的选择和规范中来。作为岁首伊始的春节，开始被赋予区别于“平常时间”的“神圣”意味，成为中国人心中具有特殊意义的时间仪式符号。

当代社会，由于科技发展带来的社会生活变迁，传统节庆仪式符号日渐式微。节庆仪式活动被大众传媒主导的各种庆典晚会所替换，其中最有代表性和影响力的就是中央电视台的春节晚会。以下，本论文将进一步分析央视春晚的仪式符号性及其功能，而如何在当代社会保持和发挥春晚的仪式符号功能则是本文论述的意义所在。

一、春晚的仪式符号性

1983年，伴随改革开放带来的思想解放、文化活跃的大时代氛围，中央电视台推出了一台综艺晚会——春节联欢晚会。1983年的春晚获得了极大成功，从此开始了持续二十多年的连续举办。尽管对春晚未来的发展，存在诸多争议，但不容否认的是，目前春晚已成为最具中国特色和规模优势的电视节目形式之一。春晚的持续播出以及强大影响力（高收视率以及每年春晚举办前后的公众热议）说明当代中国社会，由于传统节庆仪式的匮乏，春晚客观上扮演并承担了这一角色，承载了中国人的历史记忆，如同“过年”一样引发民众强力的文化共鸣。如吕新雨所言：“除夕夜有一个结构性的仪式饥渴需要满足，这就为电视作为现代民族国家之仪式行为的介入提供了前提。”①

事实上，按照仪式的原始定义，央视春晚也体现出明显的仪式符号性。

首先，非日常性。通常来说，仪式是不同于一般日常生活的活动，是对日常生活的强调和超越。

自 1983 年起，央视春晚固定在每年的大年三十的晚上八点准时开播，不管当初选定这一时间是否具有偶然性，但几十年的持续，已经成为当代中国人年末的一个特定时间符号标志，此外，节目进行中不时插播的预先录制好的全球同贺中国新年的录像带，更是刻意构建了一个虚拟的公共时间，以此形成节目播出时的共同神圣时空。

此外，鉴于传媒属性，电视媒介的威力不仅仅表现在参与架构日常生活秩序的传播方式，而且更在于其随后控制传播的能力。电视媒介选择正在播出的节目、活动的内容，让颁演好的仪式进入到媒介电波之中，自己并不被干扰，置其他一切社会活动于静止状态，它的表演也属于“神圣时间”。

其次，程式性。春晚特定的程序和节奏，并形成的基本规范，与仪式活动特点一致。

央视春晚在几十年的举办中，基本保持了“茶话会”式的团

① 吕新雨：《仪式、电视与意识形态》，载《读书》2006 年第 8 期。

圆结构，期间虽然尝试有所改变，但并不成功，原因就在于春晚的节目形式符合中国人的传统审美习惯的结构。而从历届春晚结构、内容来看，虽然各种节目类型数量上有所微调，但基本框架没有大的变异，基本保持歌舞、曲艺、贺电这样大致统一的程序模式。节目遴选的典型流程也基本固定：苦心筹划，精心打造（春晚节目的选择、制作、审查的烦琐和节目的淘汰率都是惊人的——参见历届亲历者的自传或回忆录）；名家、名曲、名流；各类型、各民族综艺性精品汇集。

第三，符号象征性。通常，仪式事件的整个过程和各部细节，都不仅只是其本身，还会具有其他的象征意义，具备进一步解读的意义。这一点也符合春晚。无需讳言，作为官方主流媒体播出的央视春晚代表的是“国家意识形态的政治象征资源”它所秉承和传达的与传统官方庆典仪式一样，是主流话语，仅从题名来看，就具有令人玩味的符号修辞学意义，学者潘知常指出：“春节”是春节联欢晚会所提供的文化心理背景；“联欢”是春节联欢晚会所喻示的意识形态指归；“晚会”则是春节联欢晚会所提供的表演平台，意味着一个虚拟想象的空间。①

二、春晚的典型仪式符号读解

（一）控制性时间符号

从播出方和播出时间符号看，到目前为止，春晚仍由官方主流媒体央视主播，时间固定为晚八点，在播出时段上，各地方台自办的春节晚会一般都要作出让步，这不仅使央视春晚笼罩着强烈的权力话语色彩，而且奠定了其有同类节目不能与之比肩的明显优势地位。

---

① 潘知常：《最后的晚餐——春节联欢晚会与新意识形态》，来源：紫金网，2008-01-05。

（二）基调符号：团结

多年以来，喜庆、欢乐、团结、祥和与开拓、奋进、昂扬、向上等等一直是春节联欢晚会的主要基调。对于春节这样一个特定的辞旧迎新的时刻来说，固然无可非议，但事实上历届的春节联欢晚会并不仅仅如此，而是自始至终都在清楚地凸显意识形态的主旋律。查阅历届春晚举办拟定的主题词，出现频次最高的主题词是："团结"[①]，这个关键词有明显政治意蕴，春晚节目中固定的不变的驻防部队问候、港澳台节目、海外祝福等内容无不蕴含着这样强大的意识形态旨归。

（三）穿插符号：时事汇总

历届春晚一般都有当年重要时事以及相关的人物穿插或出场，比如战场英雄，熊猫命名、宇航员，奥运体育明星，07 年和谐组曲、08 年农民工之歌等等，这些时事穿插符号使春晚并不单纯为一台综艺晚会，而成为国家主流意向的形象代言。

（四）置换符号："家"与"国"

作为节气，春节最初表达的是先民对于个人、氏族幸福生活、美好年景的期盼与祈祷，更多代表的是个人愿景。传统社会中，主流意识形态开始借助于庆典，将民众的生活情感神圣化为国泰民安的诉求，同传统中国的官方庆典仪式一样，央视春晚也将民众对幸福生活的诉求由"家"而"国"，带入一个公共的，集体乃至政治的情感空间，从而使自身成为"一个现代民族国家的当代政治仪式"。从春晚最常选用的片尾曲是《难忘今宵》就可见，与春晚节目一样，片尾曲题名虽然是"难忘今宵"，但考察其歌词，反复吟唱的却是："神州万里同怀抱，共祝愿祖国好，祖国好!"

因此，虽然不少论者只是把春晚视为一种"新民俗"，笔者

① 张凤铸：《1983—2004 年春节晚会主题一览表》，收录于《中国当代广播电视文艺学》，北京：中国传媒大学出版社，2004 年，第 95 页。

认为，从上述春晚的仪式性和符号功能来看，春晚并不是单纯作为一个专门欣赏艺术的场合而存在，而是一个贯注权力符号话语，具有强力政治功能的节日庆典仪式，它在当代中国社会文化中扮演着一个倡导主流文化、构建文化认同、整合集体情感记忆、培养社会情绪的媒介平台，这和古代中国的传统庆典仪式在功能上无本质不同。

还有人认为，现代社会是一个大众文化的世界，科学在这个世界中取代了宗教和仪式，宗教和仪式不过是那些为现代化社会感到不安的人引以安慰的源泉，春晚的仪式符号性有无存在的价值？人类学研究指出，节日丰富着人类的生活记忆，节日仪式则规定了人在宇宙中的位置，告诉人们它自身的起源、本性和命运。它们能够帮助人们超越混乱、单一的时间里程，平稳而充满信心地把握未来和自己的命运，[①] 因此，作为人类文化中象征性时间和象征性体系存在的节日以及节日庆典，是现代人生活同样需要的。

春晚正是以电子媒介的方式承担了庆典仪式的功能，客观上扮演了庆典仪式的象征体系，才保证了它持续二十多年的隆重上演。从近几年来的收视调查来看，央视春节晚会的收视率虽然在下降，但 2007 年央视春节联欢晚会的收视率仍达到 30.21%[②]，据称 2008 年高峰期为 96.4%，虽然一些研究者对央视索福瑞公布的春晚收视统计数据提出质疑，与同期节目相比，客观上看，春晚的收视率应该还是遥遥领先的。在频道竞争激烈、观众选择多样化的当代，已是一个不俗的成绩。总体而言，到目前为止，在各电视台、各频道奉献给广大电视观众的众多“精神年夜饭”中，央视春节晚会仍是大家偏爱吃的一种。2009 年“小沈阳”

① 阴法鲁、许树安：《中国古代文化史》，北京：北京大学出版社，1991 年。

② 参见中华广告网：《中央电视台收视竞争力分析——2007 年总盘点》，2008 年 2 月 27 日。

和刘谦的一夜成名和引发的相关话题一方面充分显示了春晚的收视老大地位，另一方面也正是对春晚所扮演的特殊角色以及在长期持续举办中固化了文化功能的有力证明。

三、再语义化——春晚仪式符号功能的实现

符号的再语义化过程，是符号在不同语境下，意义发生的不断衍生和扩展。符号进入传播时，不同时空会给它带来不同的语义场，其原初意义也会随之发生一些变化和变异。在符号意义的生成和扩张过程中，符号的不断再语义化，是保持符号再生能力的一个手段，也是符号意义不断丰富的过程。通过大众传播媒介成长起来的春晚，是传统的春节仪式符号在当代社会再语义化的一个重要场域。从符号再语义化的角度，对播者而言，要充分实现春晚仪式符号功能，以下几个方面应予以重视。

（一）圆形结构

英国李约瑟说："古代中国思想界关于天地形状的最为盛行的想法，是认为天圆地方。"在华夏哲学体系里，圆是神性的标志。圆是最高的自足和圆满，圆是世界体系的象征……宇宙（自然、时间）循环思想、佛教的轮回学说，以及各种关于事物圆满性的幸福信念反映着中国人集体记忆中对圆形观念的强调与重视。①

春节联欢晚会自1983年在中央电视台首次播出以后，每年农历除夕的北京时间晚上8点（早期也曾经在8点之前开始播出），春节联欢晚会都会在中央电视台进行现场直播，节目时间持续约5个小时，直到凌晨1点，节目的最后以《难忘今宵》合唱结束（此曲最初是为1984年春节晚会创作的，后被1985年、1986年和1990年的春节晚会作为结束曲，并自1990年以来沿

---

① 朱大可：《建筑的精神分析——圆形政治和矩形政治》，来源：朱大可博客@栅栏后的絮语，2008－02－26。

用至今)，首届春节联欢晚会开创的很多先例，比如设立节目主持人、实况直播、开设热线电话等成为后来几乎每一届春晚都沿用下来的形式，欢乐团圆的节目氛围以及首尾照应、完整衔接节目形态符合中国人的圆形经验观，很容易唤起情感上的亲近和认同。笔者认为，春晚在今后的节目形态上应更为自觉地关注中国传统美学的圆形观念，保持其丰富、喜庆的群众性大联欢风格，建立以圆形视角为中心的娱乐风格。

（二）模式化

20余年的持续举办，使春晚有了比较固化的节目样式，比如开场的迎春闹春大歌舞，较为固定的主持人、语言类节目尤其是小品是节目的重中之重等等。比较固定的节目样式是春晚倍受诸方批评的焦点问题之一。基于前面对春晚性质和功能的分析，本文认为，盲目的求新求变，对春晚而言，是不明智的做法，较为固定的节目模式，恰恰是节庆仪式符号的重点。

从心理学角度来说，人们对习俗、文化经验有着集体无意识的心理情感认同机制。仪式本身因其包含的重复的模式内容而得以沿袭，我们以"年夜饭"作比，年夜饭并不比平时更为可口，甚至常常让人产生饱腻之感，但年夜饭在许多中国人心中的认同意义大于其实际意义，这是由于其文化所指功能的作用，所以，春晚的模式化恰恰可以构筑、强化春晚的文化庆典仪式的地位。春晚收视调查资料表明：与收视率下降幅度相比，近几年来央视春节晚会的观众平均忠实度下降幅度较小。从1998年到2003年，央视春节晚会的观众平均忠实度由84.7%下降到71.9%，下降了约12个百分点，这个幅度基本与同一时段所有节目的观众忠实度下降幅度相同①。这一事实说明：在过去几年中，观众

① 参见《近几年央视春节联欢晚会收视分析》，来源：搜狐网，2004年12月8日。

对央视春节晚会忠诚度的下降并没有与收视量的下降保持同步。由此可见，模式化并不必然是削弱观众收视忠实度的因素，反之，一定意义上，恰恰是模式化符号参与了春晚仪式功能的构筑。

（三）仪式功能的自觉

从功能上看，仪式本身并不仅仅是一些一味重复、毫无意义的陈规旧习，它具有文化象征功能，社会教化功能，团结功能等丰富外延，因此，作为庆典仪式，春晚可在节目的构成和内容上，对这些功能予以充分强调和自觉表达。

以文化象征而言，仪式作为沟通现实生活与终极根据中介，其活动的程式、动作背后都是某种价值的象征，对人类的社会生活具有重要的引导意义。除了表层的在每年的生肖上做文章或者场景布置的民族元素以外，春晚节目应该不只是在形式，而是在节目内涵上发掘与中国文化的巧妙契合，引发受众的共同美感和情感共鸣，2008年北京奥运开幕式点火仪式对夸父追日典故的结合可以说是好的范例。

社会教化功能，庆典活动中的仪式性与集体性，外在常常具现为歌、乐、舞三位一体的民俗文化氛围，施行着风俗、道德、宗教等方面的文化控制。中国自古有乐教传统，是我们民族文化的珍贵资源，我们不应该一概视之为权力话语斥之。通过对中华民族的核心价值观和优秀的传统文化精神的传播，春晚节目充分发挥这一传统。实际上，庆典中演奏的音乐，可以借助音乐形式传达、传递某种观念或意绪，强化族群的认同感和向心力。利用节目中的奏乐、歌诗和舞蹈，通过共同的音乐体验，利用媒介制造的仪式氛围，可以唤起人们的心灵共鸣，在情感沟通的基础上，实现“和”的效果，进入秩序和谐的理想状态。

团结功能，在节日狂欢的庆典活动中，受礼者们领受了一种去异趋同的仪式，地位差别、性别差别、服装差别和角色差别暂时消失，这时人们体验到一种超越性的共同情感，从而建立起使人们团结一致的人际情感，正因为如此，团结、团圆仍应作为的春晚的核心主题之一。

（四）满足大众传媒特性

作为在电视播出的晚会，春晚仪式符号应与其载体电视紧密相关，所以大众传媒自身特性的要求应予以关注。

1. 参与和分享：大众狂欢的需要

现代社会，电子媒介改变着人们对共同事件和活动的参与及体验，创造出该社会成员彼此遵循的一整套行为文化，从而形成人们共同的仪式。对此，春晚制作中要注重的是：一方面，受电子媒介自身特性的制约，春晚有保持其独特的传播和表达方式，如节目时长，画面视觉性等；另一方面，要考虑到，春晚是线形传播，参加春晚仪式活动的人（包括演员和观众）也要受到电子媒介的制约和限制，制作方如何有效利用媒介特性，形成参与和共享，营造大众狂欢的效果，既是仪式符号功能实现的重点，也是电视娱乐功能实现的重点。

2. 必须关注的一种现实——市场细分的需要

虽然与同类电视节目相比，春晚具有很强的竞争力，占据着巨大的市场份额。春晚有着许多电视节目无法相比的高收视率和高到达率：平时电视节目在20：00以后的最高收视率的最高到达率分别为只有6.2%和6.8%左右，春晚播出期间，在23：00以前，收视率和到达率均在40%以上，最高值分别达到44.8%和45.8%，在新年钟声敲响的时候，收视率和到达率也分别能够达到35%左右①。超高的节目收视率和节目忠实度，使春晚蕴藏着巨大的商机和巨额的利润链条，自然成为追求利润最大化的商业社会的宠儿。春晚高额的广告费用、冠名商家的密集程度、

① 参见《近几年央视春节联欢晚会收视分析》，来源：搜狐网，2004年12月8日。

节目的分秒必争以及节目、演员竞争的白热化无不证明其背后巨大的垄断利益，实际上，春晚早已成为迅速打造品牌知名度、提升品牌权威形象的快速通道。

尽管如此，我们必须清醒地认识到，在观众需求和选择日趋多样化的今天，春晚过去那种一统天下的格局将不复存在，正如2008年春晚导演陈临春的评价："春晚是我们的原创，这是一个文化现象。但是10年内它一定像'同一首歌'一样，无法再垄断市场。"[①] 与古典时期充斥着精英话语，不计成本的庆典仪式不同的是，大众传媒的商业属性决定了收视市场是春晚继续存在的前提和保证，在当代社会传媒必须迎合尽可能多的大众的世俗需要，从而建立和维护自己的商业利益。作为媒介庆典仪式的春晚的特殊性在于，一方面，尽管有着先天的优势，但娱乐和消费是春晚必须重视的内容；另一方面，要注意的是在经济与政治一体化的现代语境下，市场本身也成为多元话语争夺权利的场域（由"超女"引发的大讨论可见）。吕新雨指出："今天的中国，市场既是国家新的自我认同的来源也是自我分裂的动力"，[②] 作为媒介庆典仪式的春晚，一方面成为中国当代社会国家意识形态的象征资源的代言，另一方面也要根据消费市场也就是大众的需求推导自己的文化产品。而如何实现娱乐话语和政治话语的有效衔接，无疑将成为春晚下一步需要密切关注的议题。

［原载《西南民族大学学报》（人文社科版），2009年第12期］

① 凌霜华：《春晚启示录》，载《三联生活周刊》2008年第6期。

② 吕新雨：《仪式、电视与意识形态》，载《读书》2006年第8期。

中国诗味论与符号学

马建智

乍看，中国传统的"味"论与当代西方的符号学似乎风马牛不相及，很少相互影响，各自都有自己的一套思维模式和话语方式，且产生的时代也大不相同。但是，我们只要站在一个适当的角度，就会发现，它们面对艺术的共同问题，各自从不同层面都做了深入的探索。如果对其进行相互印证，相互阐释，避免简单的比附，我们就会加深对问题的理解，激发新的认识。例如：对艺术作品的审美特性和读者的鉴赏批评的探讨，中国传统的"味"论与当代西方的符号学就有一些相同的看法，也从中可窥见两种思维模式、话语方式和理论方法的差别。

一

在中国古代文学批评中，我们经常看到一个字"味"，或称"滋味""风味"，后来又称"韵味""禅味""味外味"等等，直到今天我们的词汇中还有"意味""有什么什么味""有味道"等。味在古文论中有时候作名词，指文学作品所具有的审美属性和隽永的意蕴。如汉魏以来人们所谓的"真味""精味""清味""至味"，乃至"逸味""遗味""余味"；味有时候作动词，指主体的审美投入和主体鉴赏体验活动，如"耽味""诵味""含味""体味""品味""讽味"和"玩味"。因此说，"味"是中国文学理论的一个重要范畴，它是古人对生理反应的提升，超越了一般意义上的生理体验，上升为一种心理体验、一种所领会的精神活动。在文学批评中以“味”为中心形成了相关的一套理论。

用味觉来类比艺术最初出现于春秋时期，在《左传》中就有很多记载欣赏音乐的材料，其中有一些就把音乐欣赏和味联系起来。如《左传·昭公二十年》记载了晏子对音乐的评论：“声亦如味，一气，二体，三类，四物，五声，六律，七音，八风，九歌，以相成也。清浊，小大，短长，急徐，哀乐，刚柔，迟速，高下，出入，周疏，以相济也。”他把声与味相比，认为声音的变化与味道的丰富多样有异曲同工之妙。老子也推崇“无味”为至味。《道德经·三十五章》中说：“为无为，事无事，味无味。”由此可见，这个时期味的引用已经具有一定程度的审美色彩。

两汉继承了先秦关于“味”的理论，将味的标准引入艺术的评论中。《淮南子》发挥了老子的无味理论，认为“故无声者，正其可听者也；其无味者，正其足味者也。吠声清于耳，兼味快于口，非其贵也。故事不本于道德者，不可以为仪；言不合于先王者，不可以为道；音不调于《雅》《颂》者，不可以为乐”。《淮南子》用味来类比说明音乐和为政的准则。

总体上说，先秦两汉的味论还没有完全超越生理体验，更多的论述都是以味的生理感受作为类比。到魏晋南北朝时期，味论逐渐实现了从生理体验到心理体验的飞跃，是一个重要时期。尤其是钟嵘提出的“滋味”说标志着这一实现，具有极其重要的意义。他在《诗品·序》中说：

夫四言文约意广，取效风骚，便可多得，每苦文繁而意少，故世罕习焉。五言居文词之要，是众作之有滋味者也，故云会于流俗。岂不以指事造形，穷情写物，最为详切者耶！故诗有三义焉：一曰兴，二曰比，三曰赋。文已尽而意有余，兴也；因物喻志，比也；直书其事，寓言写物，赋也。宏斯三义，酌而用之，干之以风力，润之以丹彩，使味之者无极，闻之者动心，是诗之至也。若专用比兴，患在意深，意深则词踬。若但用赋体，患在意浮，意浮则文散，嬉成流移，文无止泊，有芜漫之累矣。

钟嵘把五言诗与四言诗作了对比，认为五言诗是最有滋味的。其原因在于：一是它描写事物、抒发情感最为详尽贴切；二是能选择采用兴、比、赋三种手法；三是风力与辞彩的很好结合。这已经完全脱离了生理感受，滋味指的是文学艺术的感染力。

唐宋时期是味论进一步发展的重要阶段，其代表是司空图的"味外之旨"理论和严羽的"兴趣"说。司空图在《李生论诗书》（据《四部丛刊》本《司空表圣文集》卷二）说："文之难，而诗之尤难。古今之喻多矣，而愚以为辨于味而后可以言。噫！近而不浮，远而不尽，然后可以言韵外之致耳。""盖绝句之作，本于诣极，此外千变万状，不知所以神而自神也，岂容易哉？今足下之诗，时辈固有难色，倘复以全美为工，即知味外之旨矣。"他认为诗的极致（最高境界）在于表现诗歌语言之外的美的感受——味外之旨，这样的诗近而不浮，远而不尽。严羽同样倡导这一审美追求，他以盛唐诗人为榜样，"盛唐诸人惟在兴趣，羚羊挂角，无迹可求。故其妙处透彻玲珑，不可凑泊，如空中之音，相中之色，水中之月，镜中之象，言有尽而意无穷"。司空图、严羽进一步发展了味论，使味论更加明确和具体。钟嵘提出"滋味"说，其目的在品评五言诗的优点，他的味论显得宽泛而笼统，包括了诗歌给人的多方面审美感受，而司空图、严羽把味确定为一种审美标准，一种艺术追求，就是那种超脱了诗歌语言的给人留下无穷艺术空间的美感——言有尽意无穷。这个时期与魏晋南北朝时期比较，区别是很明显的，即不在着眼于"指事造形，穷情写物"，而指向"言外之意"。

明清时期，味论又进一步深化。当味的内涵基本确定后，文人们在如何才能做到有味、达到这个艺术境界做了较为微观的探索。代表人物袁枚从大量的文学实例出发，提出了"味欲其鲜"

的观点，他说："熊掌、豹胎，食之至珍贵也；生吞活剥，不如一蔬一笋矣。牡丹、芍药，花之至富丽者也，剪采为之，不如野蓼山葵矣。味欲其鲜，趣欲其真，人必知此，而后可与言诗。"(《随园诗话》卷一)"谚云：死蛟龙不如活老鼠，可悟作诗文之旨。"袁枚总结了前人的论述，并指出文学要新鲜，这样才能有味。

总之，中国古代文论中的"味"体现了一种独特的思维方式，古人取式感官经验，在发展中由浅入深，由具体到抽象，不断丰富味论的内涵，味论一直影响文学活动，它有着重要的理论价值。"味"不仅形象地概括出了艺术应具有的审美特征——文学艺术要有"使味之者无极"的意蕴，同时，也发现文学鉴赏批评就是一个辨"味"的过程，即文学鉴赏批评是读者的个人化、个性化的感悟，因而读者对文学作品做出的情感反应和审美判断必然是有差异的。

二

符号学是研究符号系统（语言、编码、信号等）的科学。符号学运用于文学研究是一条很有意义，也很有重大收获的途径。

任何符号都包括两个方面：能指和所指。符号学就是研究能指和所指关系的学科，也就是意指的作用。符号只有组成系统才能产生作用，系统是靠编码而成立的。文学是语言艺术，语言以符号为其特征的事实决定了它是符号的体系，因此文学作品也是一种符号系统，而且是一种特殊的符号系统。其特征就在于艺术是一种使用特殊符号的特殊系统，也就是说，艺术语言是以自然语言为基础的第二语言、第二符号系统。艺术符号系统的编码不同于一般的技术符号编码。技术符号编码基本上是单一的，所指要求明白、准确，它排除风格和内涵变化的可能性。相反，在艺术符号系统的编码中，这些所指的风格和内涵变化的可能性却非常大。正如当代西方符号学的重要代表人物苏联的符号学家洛特曼所言：“艺术语言能以极小的篇幅集中惊人的信息量”[①]。信息就是意义，一部作品所包含的信息量越大，意义就越丰富，它的审美价值就越高；反之，信息量越少，意义就越小，它的审美价值就越低。因此，洛特曼说：“美就是信息。”

洛特曼在《艺术文本的结构》中还认为：艺术文本的信息，是其他方式无法贮存和传达的，读者对它的任何解释，都只能是一种近似。因此，苏珊·朗格说：“所谓艺术符号，也就是表现性形式，它并不完全等同于我们所熟悉的那种符号，因为它并不传达某种超出了它自身的意义，因而我们不能说它包含着某种意义。它所包含的真正的东西是一种意味。”[②] 就是说，艺术符号虽也指涉外在事物，但它的意义在于体验，在于表现，它具有一种创造能力，艺术符号对任何约定都是自由的。

三

中国诗味论与西方符号学固然存在很大差异，但对文学艺术审美特性和读者接受方面的认识却有一致性。

中国诗味论的内容是很广泛的。它认为，文学艺术具有的言外之意、言有尽而意无穷的特质，也就是说艺术作品具有给人启示、发人联想、引导读者超越言象之外而获得充分审美自由的审美属性。《庄子》的言、象为筌蹄的言意说已认识到言是不能尽意的，在《外物》篇中说：“筌者所以在鱼，得鱼而忘筌。蹄者所以在兔，得兔而忘蹄。言者所以在意，得意而忘言，吾安得忘言之人而与之言哉。”晚唐司空图正式提出了“味外之旨”和

---

① Juri Lotman：*The Structure of the Artistic Test*，University of Michigan，1977：123.

② ［美］苏珊·朗格：《艺术问题》，北京：中国社会科学出版社，1983年，第134页。

“味在酸咸之外”两个纯文艺美学的命题，可以说是对这一问题的精到概括。苏轼把司空图的这两个命题集中为“味外味”。总之，“味”指的不是浅显的，而是深蕴于作品之中的东西。

当代西方符号学的一些代表人物如洛特曼等人认为艺术文本最大的特征就在于它能够容纳无穷信息的特殊机制。比如一部优秀的小说比一部教科书传达给读者的信息要多得多，而且提供的信息是无穷尽的。艺术文本中的信息就是指我们常说的意义。一部艺术作品审美价值的高低也取决于其信息量的大小。这就是洛特曼说的“美就是信息”。伊格尔顿在《当代西方文学理论》中评述洛特曼的观点时说：“洛特曼认为诗的原文是一种‘系统的系统’，是一种关系的关系。诗是可以想象的最复杂的语言表现形式，它把好几个系统凝聚在一起，其中每个系统都含有其张力、对应、重复和对立面，而且其中每一个系统都不断修正其他所有的系统。实际上，一首诗必须一读再读，因为它的某些结构只有以回顾的方式才能理解。”① 意大利符号学家埃科在《开放的作品》中也认为，文学等艺术作品是可以无限阐释的符号体系，“任何艺术作品，即使是已经完成、结构上无懈可击至善至美‘划上句号’的作品，依然处于‘开放’状态，至少人们可以以不通的方式阐释它而不至于损害它的独特性。”②

中国诗味论强调对作品艺术特征做一种深入的、主观的、直觉的把握。因为味觉与视角不同，颜色的分辨容易做到，能够达到一目了然，而滋味的把握就比较困难，需要仔细地品尝，以味论文便含有沉潜反复，细细品尝的意思。再者，味觉的分辨主观色彩强，各人口味不同，而且很难明确地将自己的感觉表达出

① ［英］伊格尔顿著，王逢振译：《当代西方文学理论》，北京：中国社会科学出版社，1988 年，第 151 页。

② ［法］塔迪埃著，史忠义译：《20 世纪的文学批评》，天津：百花文艺出版社，1998 年，第 235 页。

来，这样就突出了文学欣赏的主观性，仁者见仁，智者见智，各人由于生活环境、文化传统、知识机构、文化水平等等的不同，会有不同的体会。

当代西方符号学的研究也表明了这一点。洛特曼认为：在艺术作品完成后，读者在理解作品时，经常面对着两种语言（指索绪尔的"语言"，一种规则）：作者的与读者的。也就是说，读者不仅要借助他自己所掌握的语言去理解艺术文本的信息，还要懂得作者编码文本的语言。当作者和读者使用的"语言"相同时，文本信息就会被顺利接受；当双方使用的"语言"不一致时，作者的信息就不能被接受，只会被误读，或者读者只接受了他熟悉的信息。况且作者的语言和读者的语言是一个极为复杂的等级结构，这就使得文本的信息量具有相当大的变化系数。对同一艺术作品，读者从中所获取的信息量以及信息给人的感受也是大不一样的。

读者接受中的这种复杂的现象，不仅仅由艺术文本的语言属性所决定，也在于它天生与更广泛的意义体系间的关联。也就是说文本的意义不仅是文本内在的问题，还在于文本与社会文化环境的外部关系。用洛特曼的术语说，这就是文本与外文本的关系。在洛特曼看来，艺术结构的外文本是艺术整体中极富意义的部分，它比文本更不稳定，更为多变，具有许多人为的特征。同一艺术文本对不同的接受者会传送不同质、量的信息，因为外文本部分是因人而异的，同一艺术文本对同一接受者在不同的时间地点也会传送不同质、量的信息，因为外文本部分因时间地点的不同也会发生变化。

四

综上所述，中国诗味论与西方符号学对文学艺术审美特性和读者接受方面的认识有一致性。它们二者都认为文学艺术的主要特征之一就在于蕴藏着更多的意义，不是简单浅显的；读者对文学艺术的接受有很大的主观性和差异性。但我们也看到，中国诗味论与西方符号学在思维模式、话语方式和理论方法存在着很大差别。

中国诗味论是一种整体直觉思维，运用具象、意象进行思维，有一套不脱离具体物象的概念、范畴，形成了自己的话语方式，常常采用类比推理的方法。整体直觉思维一般不注重逻辑分析，它以经验感受为基础，把人与社会及整个自然界都看作是一个整体，靠主观的直觉去认识客观世界。直觉思维也不是对客观事物作一般性感觉经验的把握，它通常是对感性经验和已有知识做持续思考，不受逻辑知识规则的约束，不依赖概念的运作，而直接顿悟事物本质的一种认识的突变，这是我们古人把握客观世界的最主要的方式。整体直觉思维的性质就决定了它的思考过程始终不脱离形象，它的概念、范畴取式于自然和人事，始终具有形象的特征，比如：味、气、象等。在思考过程中它通常运用类比推理的方法。这种思维方法体现在观察文学现象时便是将文学作品看作是一个整体进行观赏，读者和作品融为一体，并发挥自身的想象，加以理解，做出判断。

符号学体现的是西方的抽象逻辑思维，它从认识活动的基点来考察客观世界，运用一系列的概念、判断去推理，为自己构建了一个庞大的逻辑确定的对象世界。在西方，从亚里士多德时代开始，就将语言视做意义的符号，一切理性和普遍规则就存在于语言之中。伊格尔顿在《文学理论导论》中就说明了这一点：

西方哲学曾是“语音中心论”的，集中于“活的声音”而且深刻怀疑写的文本，所以在某种更广泛的意义上说它也是“逻各斯中心论”的，赞同某些基本的“道”、存在、本质、真理或现实的信念，认为它们是我们一切思想、语言和经验的基础，它极想得到那种可以赋予其他所有符号以意思的符号——“超验的表现者”——以及那种固定的、明确的、可以确切说明所有我们的符号的意思（“超验的表现者”）。①

伊格尔顿还指出：西方思维认为语言对意义有创造的功能，“从索绪尔和维特根斯坦到当代的20世纪‘语言革命’的标志，是承认意义不只是在语言里‘表达’和‘反映’的东西：意思实际上产生于语言。这不是向我们有一些意义和经验，然后给它们披上言语的外衣；我们只能一开始就有这些意义和经验，因为我们有一种把它们包含在内的语言。”② 由此可见，受这种观念的影响，西方文论是非常注重语言运动规律的探索的，由语言现象到语言系统，由系统分析到深层结构，由结构的研究去把握它的内在意义。符号学是研究符号系统的科学，语言是一种表达观念的符号系统，而且是一个重要的符号系统。因此，在探讨文学蕴藏更多意义的特性时，符号学运用能指、所指构成意义的模式，运用本义、转义（隐喻）的层次结构，说明符号具有表达多重意义的可能。他们认为构成艺术文本的语言是一个多层次的等级体系，每个层次都包含信息，各个层次相互交错，变化无穷，因而作品的意义是无穷尽的。

尽管中国诗味论与西方符号学对文学艺术特性的认识有相同之处，但对读者如何鉴赏文学作品的看法却是不同的。中国诗味论强调“体味”，体味就是体会和品味。读者在阅读时带着情感全身心地投入，和作者在作品中所描写的情境融为一体，调动自己的经验和想象，在反复吟咏中得到顿悟。西方符号学强调语言符号分析，通过对语言符号结构的把握以求得对文本意义的理解。

---

① ［英］伊格尔顿著，王逢振译：《当代西方文学理论》，北京：中国社会科学出版社，1988年，第190～191页。

② ［英］伊格尔顿著，王逢振译：《当代西方文学理论》，北京：中国社会科学出版社，1988年，第94页。

中国诗味论与西方符号学体现的是两种思维方式。比较二者，我们还不能过早断言谁优谁劣。面对复杂的文学现象，中国诗味论认识到它是难以言说的，与其说不清强说，还不如取象类比，通过直觉对整体做出把握，并用形象化的语言将感知生动地传达出来，又给读者留下感悟的空间，始终保持着主客体的双向互动。这种直觉感悟思维模式体现了中国人的哲学的智慧和审美特质。但这种意象式的批评的缺陷就是模糊性和多义性。一个词有多种意义，一个概念范畴无法准确地加以界定，并且这种方法要掌握也很困难，需要艺术经验和生活阅历的长期积累。西方符号学试图对文学像对待自然科学一样进行科学研究，促进文学研究的科学化。现在我们运用符号学的方法从一个新的角度研究文学现象，或观照我们的传统文论，肯定会有重要的发现。但是，面对复杂的文学艺术，我们只从语言的层面去发掘文本的全部意义也是不可能的。正像一些西方学者所指出的那样，符号学面临一种二难的境地——文本意义的无穷尽和追求意义的精确的矛盾。因此，我们应客观地看待中西两套文论体系，在相互印证、相互阐释中激发新的认识。

[原载《西南民族大学学报》(人文社科版)，2005 年第 5 期]